Les Folles Années

DU MÊME AUTEUR

Un viol sans importance, roman, Sillery, Septentrion, 1998.

La Souris et le Rat, roman, Gatineau, Vents d'Ouest, 2004.

Un pays pour un autre, roman, Sillery, Septentrion, 2005.

L'été de 1939, avant l'orage, roman, Montréal, Hurtubise HMH, 2006.

La Rose et l'Irlande, roman, Montréal, Hurtubise HMH, 2007.

Les Portes de Québec, t. 1, *Faubourg Saint-Roch*, roman, Montréal, Hurtubise HMH, 2007.

Les Portes de Québec, t. 2, *La Belle Époque*, roman, Montréal, Hurtubise HMH, 2008.

Les Portes de Québec, t. 3, *Le prix du sang*, roman, Montréal, Hurtubise HMH, 2008.

Les Portes de Québec, t. 4, *La mort bleue*, roman, Montréal, Hurtubise, 2009.

Haute-Ville, Basse-Ville, roman, Montréal, Hurtubise, 2009 (réédition de *Un viol sans importance*).

Jean-Pierre Charland

Les Folles Années

tome 1

Les héritiers

Roman historique

Hurtubise

Catalogage avant publication de Bibliothèque et Archives nationales du Québec et Bibliothèque et Archives Canada

Charland, Jean-Pierre, 1954-

    Les folles années

    Sommaire: t. 1. Les héritiers.

    ISBN 978-2-89647-266-6 (v. 1)

    I. Titre. II. Titre: Les héritiers.

PS8555.H415F64 2010   C843'.54   C2010-940027-5
PS9555.H415F64 2010

Les Éditions Hurtubise bénéficient du soutien financier des institutions suivantes pour leurs activités d'édition:

- Conseil des Arts du Canada;
- Gouvernement du Canada par l'entremise du Programme d'aide au développement de l'industrie de l'édition (PADIÉ);
- Société de développement des entreprises culturelles du Québec (SODEC);
- Gouvernement du Québec par l'entremise du programme de crédit d'impôt pour l'édition de livres.

Graphisme de la couverture: René St-Amand
Illustration de la couverture: Polygone Studio
Maquette intérieure et mise en pages: Folio infographie

ISBN 978-2-89647-266-6

Dépôt légal: 1er trimestre 2010
Bibliothèque et Archives nationales du Québec
Bibliothèque et Archives du Canada

Diffusion-distribution au Canada: Diffusion-distribution en France:
Distribution HMH   Librairie du Québec / DNM
1815, avenue De Lorimier   30, rue Gay-Lussac
Montréal (Québec) H2K 3W6   75005 Paris
Téléphone: 514 523-1523   www.librairieduquebec.fr
Télécopieur: 514 523-9969
www.distributionhmh.com

Imprimé au Canada
www.editionshurtubise.com

Liste des personnages principaux

Buteau, Marie : Jeune fille née dans le quartier Saint-Roch, veuve d'Alfred Picard, elle dirige le commerce fondé par ce dernier.

Caron, Élise : Fille du médecin des deux familles Picard, veuve de Charles Hamelin depuis l'automne de 1918, elle retourne vivre chez son père.

Dubuc, Paul : Député libéral de Rivière-du-Loup, père de deux filles, Amélie et Françoise. Il épouse Marie Picard, née Buteau, en secondes noces en 1919.

Dugas, Gertrude : Servante dans la maisonnée de Marie (Buteau) Picard.

Dupire, Fernand : Il épouse Eugénie Picard en 1914. Il succède à son père dans son étude de notaire et, à ce titre, s'occupe des affaires des Picard.

Girard, Jeanne : Domestique employée chez les Dupire depuis le mariage d'Eugénie.

Létourneau, Fulgence : Administrateur des ateliers de confection des entreprises PICARD. Son épouse se prénomme Thérèse. En 1909, il adopte un garçon, Jacques, dont il ne connaît pas les véritables parents.

Paquet, Évelyne : Fille d'un avocat en vue, elle épouse Édouard Picard en 1917.

Picard, Édouard: Fils d'Alice et de Thomas Picard, à la mort de son père en 1919, il prend la relève au magasin.

Picard, Eugénie: Fille d'Alice et de Thomas Picard, elle a épousé Fernand Dupire, dont elle a trois enfants.

Picard, Mathieu: Fils de Marie Buteau et de Thomas Picard. Alfred Picard avait toutefois assumé sa paternité. À son retour de la guerre en 1919, il reprend ses études de droit à l'Université Laval.

Picard, Thalie: Fille de Marie Buteau et d'Alfred Picard, elle étudie à l'Université McGill depuis 1918.

Picard, Thomas: Marié en secondes noces à Élisabeth Trudel, père d'Eugénie et d'Édouard. Il est décédé de la grippe espagnole au printemps de 1919.

Poitras, Flavie: Employée d'Édouard Picard au magasin PICARD, elle fréquente Mathieu Picard.

Trudel, Élizabeth: Seconde épouse de Thomas Picard. Devenue veuve, elle acquiert une maison de chambres.

Liste des personnages historiques

Gouin, Lomer (1861-1929) : Avocat, membre du Parti libéral, premier ministre du Québec de 1905 à 1920, il passe à la scène fédérale en 1921.

King, William Lyon Mackenzie (1874-1950) : Premier ministre du Canada de 1921 à 1930, puis de 1935 à 1948, année de sa démission.

Lapointe, Ernest (1876-1941) : Avocat, il est élu député de Kamouraska pour la première fois en 1904. Il occupe ce siège jusqu'à son passage dans le comté de Québec-Est en 1919.

Lavergne, Armand (1880-1935) : Avocat, ténor de la cause nationaliste, député à l'Assemblée législative et à la Chambre des communes.

Taschereau, Louis-Alexandre (1867-1952) : Avocat, député provincial à compter de 1900, il occupe le poste de premier ministre du Québec de 1920 à 1936.

Chapitre 1

L'évidence s'imposait : sortir d'une maison s'avérait aussi difficile que d'y entrer. Après avoir contemplé le plafond de sa chambre pendant deux heures, un livre ouvert posé en travers de sa poitrine, Mathieu, jurant contre son insomnie, s'était levé pour coller son front à la fenêtre. Située au dernier étage de la bâtisse, la pièce donnait sur l'arrière. Le sol se trouvait à plus de vingt pieds, une arrière-cour malpropre.

— Tant pis, je vais affronter le bouledogue domestique.

Une veste de tweed sur le dos, sans cravate, les derniers boutons de la chemise laissés ouverts, il passa dans le couloir. Rendu près de la porte de la cuisine donnant accès à l'extérieur, un bruit attira son attention. Il se retourna pour découvrir une silhouette fragile, dans une chemise de nuit un peu trop grande.

— Tu sors ? demanda Gertrude.

— … En cachette, comme papa le faisait dans le temps.

La vieille domestique secoua la tête, agitant la masse de ses cheveux ébouriffés.

— Ne dis pas de bêtises, ce n'est pas la même chose.

— Pourtant, comme lui sans doute, à cette heure de la nuit, je sens les murs de ma chambre se resserrer autour de moi. Je jurerais qu'ils veulent m'écraser.

— À cette heure de la nuit, pour reprendre tes mots, tu devrais dormir.

Le sourire, sur le vieux visage ridé, allégeait la remontrance.

— Je ne peux pas. Cela fait « Boum ! Boum ! » dans ma tête, sans arrêt.

— Il y a trop de silence pour toi, je suppose.

— Désolé de t'avoir réveillée. Ne reste pas toute la nuit à m'attendre… Et ne verrouille pas derrière moi, je ne souhaite pas alerter tout le monde à mon retour.

Sur ces mots, le jeune homme tira le verrou, gagna l'escalier métallique un peu raide. Dans l'obscurité, il s'accrocha à la rampe et chercha les marches du bout du pied. Au moment de déboucher dans la rue Couillard, il regretta de nouveau l'absence de lampadaires dans la petite artère. Si les mauvaises rencontres demeuraient peu probables, le pavé inégal cachait de nombreux pièges.

Une fois passé la rue Saint-Jean, il atteignit l'escalier donnant accès à la Basse-Ville. Quelques noctambules, sans doute hantés aussi par de mauvais souvenirs, se trouvaient sur son chemin. À cette heure de la nuit, les règles habituelles de la politesse ne tenaient plus : aucun salut ne s'échangea avec eux.

Malgré la prohibition, les débits de boisson ne manquaient pas. La difficulté demeurait de les trouver. Guidé par un murmure de voix avinées audible depuis la rue Saint-Vallier, Mathieu s'engagea sous une porte cochère. Il découvrit un grand hangar dans la cour arrière. Dix ou quinze ans plus tôt, des écuries se dressaient là. L'édifice, bas et long, dont toutes les ouvertures étaient aveuglées, profitait d'une nouvelle vocation. Le jeune homme frappa à une porte, un colosse au nez de travers ouvrit à demi pour l'examiner des pieds à la tête, puis s'esquiva pour le laisser passer.

Autant les rues environnantes demeuraient plutôt silencieuses, autant l'animation régnait en ce lieu. Autour de tables sur lesquelles étaient posées des lampes tamisées, des dizaines d'hommes buvaient dans un nuage de fumée de pipes et de cigarettes. Quelques femmes trop fardées, embellies par la pénombre ambiante, passaient d'un groupe à l'autre pour lier conversation.

Le jeune homme s'assit un peu à l'écart, commanda un verre de gin à un prix outrageusement élevé. Une jeune femme s'approcha pour demander :

— Comment tu t'appelles ?

Ses lèvres épaisses paraissaient rouge sang sous l'éclairage artificiel, son sourire montrait des dents résolues à se chevaucher l'une l'autre.

— Je n'ai besoin de rien, ne perdez pas votre temps avec moi.

Vexée, la marchande de chair s'éloigna, la bouche crispée en un rictus.

— Tu as fait vœu de chasteté, ricana quelqu'un à une table voisine.

Pour rentabiliser l'espace, les tables s'entassaient les unes contre les autres. Cela ne favorisait pas la discrétion propice à ce genre de transaction.

L'importun pouvait être personnellement intéressé dans le commerce de la travailleuse de la nuit. Plus probablement, il trouvait un peu d'excitation à chercher noise au premier venu. Pour certains habitués des buvettes, clandestines ou non, une bonne soirée se terminait par un échange de coups qu'ils préféraient généralement donner, pas recevoir.

— C'est ça, maugréa Mathieu, je dois entrer dans les ordres la semaine prochaine. Je serai ordonné dimanche dans le chœur de l'église Saint-Roch.

L'autre demeura un moment interdit, comme s'il prêtait foi à la boutade. Puis, après un regard échangé avec son compagnon de beuverie, il reprit :

— Imbécile. L'église est toujours en construction.

Mathieu haussa les épaules, prit son verre de sa main gantée et avala une partie de la boisson.

— Tu ne le savais pas ? insista son interlocuteur.

— Je me trouvais en voyage.

— En voyage ? Où ça ?

— Très loin.

Les occupants de la table voisine se concertèrent un moment à voix basse.

— Ça doit être un héros de la guerre, ricana l'un d'eux. Le 22e vient de revenir.

— Tu penses ? rétorqua l'autre. Il ressemble à un idiot, pas à un héros.

Tous les deux pouffèrent de rire, vidèrent leur verre. Après un moment d'attente, le plus bavard insista :

— Tu vas nous le dire, à la fin ? Tu es l'un de ces foutus héros de la Grande Guerre, l'un de ceux qui ont paradé dans les rues ?

Ce genre de manifestation ne suscitait visiblement pas une admiration unanime.

— Non, tu l'as dis, je suis un idiot.

— Ça c'est vrai. Il fallait être idiot pour se laisser enrôler de force.

— J'étais volontaire.

Le vétéran se trouva un peu sot de donner cette précision. Pourtant, la distinction lui paraissait toujours marquer une différence importante. Ses interlocuteurs se regardèrent, puis le plus hargneux des deux s'exclama :

— Non mais tu l'entends ? Il est allé là-bas de son propre chef. Un vaillant petit combattant du roi !

En se tournant à demi, l'homme demanda encore :

— Porter un seul gant, comme toi, c'est une décoration ?

Ou alors un signe secret, comme celui des francs-maçons entre eux.

Mathieu regarda sa main droite, le gant en cuir noir très fin. Ensuite, il chercha un serveur des yeux, ou le portier.

Personne ne se trouvait suffisamment près pour lui venir en aide. Ses interlocuteurs portaient de mauvais vêtements. Ils pouvaient gagner leur vie dans les usines environnantes, ou encore compter parmi la faune des petits truands encombrant toutes les villes du monde. Dans cette seconde éventualité, ils cachaient sans doute une arme dans leur poche.

— Ce gant, répondit-il en déplaçant ses pieds de façon à pouvoir se lever très vite, c'est mon arme secrète… pour me protéger des infections.

— … Il n'y a pas eu de nouveau cas de grippe depuis des semaines.

— Quand je tape sur la gueule des trous du cul, je ne me salis pas.

Au moment où son interlocuteur allait se lever, Mathieu se dressa, saisit de sa main gauche le dossier de sa chaise pour la lancer dans les jambes de l'homme le plus loin de lui. Son poing droit s'abattit sur le visage de l'autre sans qu'il puisse y mettre une bien grande force, mais cela suffit tout de même à faire tomber le malfrat sur le sol.

L'ancien militaire chercha un moment dans sa veste, sortit sa main solidement fermée sur un objet. Pendant ce temps, l'autre adversaire avait enjambé la chaise projetée dans sa direction tout en saisissant une garcette dans la poche de son pantalon, un court instrument couvert de cuir et terminé par une petite masse de plomb, pour donner un grand coup circulaire.

Mathieu se recula juste assez, l'arme toucha sa lèvre inférieure avec une force suffisante pour fendre la peau.

Il s'avança, décocha son point droit avec un «han!» de bûcheron jetant sa cognée, atteignant de plein fouet la base du nez. L'autre s'étala de tout son long, tenta un moment de se relever, mais ses jambes se dérobèrent sous lui.

Le premier adversaire, lui, s'était remis sans mal sur ses pieds. Le sort de son ami le rendait toutefois un peu hésitant. Mathieu fonça sur lui, encaissa un coup de poing dans l'estomac, réussit à esquiver le second lancé vers son visage, plaça le sien avec plus de succès. La rencontre avec le menton mal rasé lui donna l'impression d'une explosion contre ses jointures.

Ses deux adversaires au sol, le vétéran se tourna juste à temps pour voir arriver le portier, un bâton de baseball à la main. Ce sport devait connaître une recrudescence de popularité, car deux serveurs s'approchaient d'un autre côté, eux aussi équipés de la même façon.

— Oh! Du calme. Ces gars m'ont cherché querelle sans raison.

Sa main repassa par la poche de sa veste. Il les présenta toutes les deux ensuite grandes ouvertes aux employés de la maison.

Le portier jeta un regard aux deux clients maintenant dressés sur leurs genoux, toujours incertains de leur équilibre.

— Je les connais.

Cela ne semblait pas le réjouir beaucoup. Il continua:

— Tu sors calmement. Au moindre mouvement...

L'homme agita son bâton de baseball de façon menaçante.

— D'accord, donnez-moi une seconde.

Mathieu se retourna pour prendre son verre sur la table et le vider d'un trait. Puis il se dirigea vers la porte d'un pas assuré, escorté par un trio d'employés prêts à l'assommer au moindre mouvement suspect. Au moment où il mettait le pied dehors, le portier conseilla :

— Ne reviens pas ici. Ces gars sont de bons clients. S'ils te reconnaissent...

— Ou si je les reconnais...

Ayant assez joué au fanfaron, il s'éloigna sans demander son reste.

❖

Finalement, revenir en douce se révéla aussi difficile que sortir. Alors qu'il mettait la main sur la poignée de la porte, celle-ci s'ouvrit tout de suite sur une silhouette blanche, un peu fantomatique.

— Tu ne m'as pas attendu, tout de même ?

— Tu n'es pas le seul à faire des insomnies... Grand Dieu !

La lumière électrique de la cuisine venait d'éclairer le devant de sa chemise. Sans gravité, la blessure à la bouche avait saigné beaucoup. Une traînée rouge descendait sur son menton, s'étendait sur le vêtement.

— Tu es blessé.

— Juste une lèvre fendue. Cela ne fait même pas mal.

La repartie faisait penser à celle d'un petit garçon soucieux de se montrer brave.

— Je te verse une tasse de thé, décida la domestique.

La vieille femme semblait croire depuis toujours en l'efficacité absolue de ce remède. Une théière se trouvait déjà sur la table, elle n'eut qu'à prendre une tasse dans le buffet.

— Où es-tu allé chercher la bagarre ?

— Dans un mauvais lieu, ricana le jeune homme, l'un de ceux dont parlent les curés du haut de la chaire. Comme on ne peut plus prendre un verre tranquille au *Château Frontenac*…

— Mais ta mère a de l'alcool dans son armoire.

— Parfois, le sherry ne suffit pas.

La vieille domestique porta une tasse à sa bouche, demanda en la reposant sur la table :

— Tu ne bois pas ? Il est à la bonne température.

— Je vais éviter à la fois l'alcool et le thé, le temps que ma lèvre soit moins douloureuse.

Il affichait maintenant une véritable lippe, fendue juste au milieu.

— Comment as-tu pris ça ?

— Parfois, de mauvais garçons hantent les mauvais lieux.

Un sourire narquois précéda un souffle de la domestique.

— Dans le temps, je t'ai donné un objet pour t'aider à te défendre.

— Mais je l'ai toujours.

Le vétéran passa la main dans la poche de sa veste, sortit un boulon gros comme le pouce pour le poser sur la table.

— Tu l'as gardé !

Elle s'émerveillait de la chose.

— Et si tu voyais les deux brutes…

Cette fois, elle rit de bon cœur.

❁

Le lendemain matin, Mathieu passa très tôt dans la salle de bain, contempla un long moment dans le miroir sa lèvre inférieure, toujours aussi enflée qu'au moment de se coucher, à peine cinq heures plus tôt.

— Je vais me faire gronder par la patronne, murmura-t-il.

Près d'une heure plus tard, quand il prit place à la table familiale, la prédiction se réalisa. Sa mère leva les yeux en commençant :

— Bon…

Puis elle enchaîna, un soupçon de panique dans la voix :

— Seigneur, que t'est-il arrivé ?

— Un simple accident. Je suis tombé.

En réprimant un sourire, Gertrude posa une cafetière fumante sur la table. Cette boisson remportait maintenant la faveur des jeunes femmes de la maison.

— On ne mesure pas les dangers encourus par les garçons dans la solitude de leur chambre à coucher, ironisa Thalie en prenant sa place à table.

Françoise, de son côté, paraissait un peu dégoûtée de le voir ainsi. Une croûte noirâtre gâchait sa bouche.

— Tu ne me dis pas la vérité, fit la mère d'un ton sévère.

— Je suis sorti prendre l'air, insista le garçon. Dans l'obscurité, j'ai glissé sur une marche.

Marie secoua la tête, puis elle déclara, sceptique :

— Peut-être devrais-je faire mettre une lampe, près de la porte. Il fait bien noir, c'est vrai. Si tu dois sortir encore, passe par l'avant.

Le jeune homme, en bon garçon, acquiesça d'un mouvement de la tête en se versant un peu de café. Lorsqu'il porta la tasse à sa bouche, il laissa échapper un « ouch » douloureux.

— Tu vas devoir boire avec une paille, ricana Thalie.

— Voyons, ce n'est pas gentil de te moquer ainsi de ton grand frère. Cela doit faire mal.

Les deux enfants se regardèrent, puis éclatèrent de rire. Un bref instant, ils eurent dix et treize ans. La mère se joignit bientôt à eux, puis elle reconnut :

— Mais c'est vrai, une paille serait tout indiquée.

Elle marqua une pause, puis continua, un peu soucieuse :

— Tu ne pourras pas travailler aujourd'hui. Heureusement, demain c'est dimanche, la boutique sera fermée. En mettant de la glace, cela ne paraîtra presque plus lundi matin.

— Nous pourrions lui faire porter un masque, l'un de ceux que nous utilisions pendant l'épidémie.

Cette fois, le regard maternel obligea Thalie à abandonner les railleries. Françoise amena tout le monde sur un sujet plus léger.

— Nous allons connaître la première journée vraiment chaude de juin, je crois.

— Tu as raison, observa Mathieu. Puisque me voilà contraint à un congé forcé, je pense que je vais faire une longue marche dans la campagne de Sainte-Foy.

Le jeune homme savait déjà où le porteraient ses pas.

❈

Quand Mathieu redescendit l'escalier un peu raide, à l'arrière de la maison, la matinée se trouvait bien entamée. Cette sortie discrète permettrait de ne pas attirer l'attention des clientes sur son visage.

Rue Saint-Jean, il flâna un peu devant les vitrines. Des femmes attardaient leur regard sur sa longue silhouette, remarquaient son visage encore un peu émacié par les conditions d'existence des deux dernières années. Lui ignorait leur attention.

Arrivé devant l'Auditorium, il constata la présence d'un grand nombre de jeunes désœuvrés allant en paire ou en trio. À leur façon de marcher d'une foulée régulière, avec un mouvement oscillant des bras, le dos bien droit, il reconnaissait des vétérans. Lui aussi devait encore aller au pas. Certains d'entre eux, en le voyant, esquissaient le geste de faire un salut militaire. Peut-être son allure trahissait-elle l'ancien officier. Plus probablement, ils se souvenaient de l'avoir aperçu en Europe ou sur le bateau, au moment du retour.

Tous ces anciens soldats erraient devant les locaux du YMCA, ou alors entre les rangées de charrettes des cultivateurs entassées sur la place du marché Montcalm. Ils espéraient qu'un employeur vienne recruter là des manœuvres pour la journée. Ou encore ils rêvaient de se voir offrir, ou de subtiliser, de quoi payer le repas du midi. Certains tendaient la main sans vergogne en clamant, à tort ou à raison :

— Pour un héros de Courcelette, la charité s'il vous plaît !

Ceux qui pouvaient exhiber une manche ou une jambe de pantalon vide, une boiterie appuyée ou alors une « gueule cassée », c'est-à-dire un visage laissé déformé par une mauvaise blessure, affichaient une attitude un peu crâneuse. Les autres demeuraient discrets, honteux même. Tous espéraient pourtant l'obole d'un emploi pour assurer leur subsistance. En attendant cet heureux dénouement, quelques sous susceptibles de leur payer un repas feraient l'affaire.

Au Canada, un peu plus d'un demi-million de soldats se trouvaient ainsi démobilisés. Sur ce nombre, le cinquième au moins souffrait de blessures physiques ou psychologiques les rendant inaptes au travail. Les autres trouvaient tout simplement closes toutes les portes des ateliers, des manufactures et des commerces. Les employeurs renvoyaient le personnel afin de faire face au ralentissement économique, ils ne recrutaient pas.

Passé la rue d'Youville, le jeune homme monta à bord d'un tramway. Au moment de descendre, là où la rue Saint-

Jean devenait le chemin Sainte-Foy, la ville faisait place aux champs. Le blé et l'avoine présentaient déjà une couleur verte très tendre. Assez distantes les unes des autres, les maisons de paysans cossus faisaient oublier la proximité de la ville. Dans les potagers, des femmes et des enfants se penchaient vers le sol afin d'en arracher les mauvaises herbes.

— Voilà le monde que les fils de cultivateurs ne voulaient pas quitter pour aller à la guerre, grommela le vétéran. Je les comprends un peu.

Ce monde-là disparaîtrait lentement, dans ces environs. Des édifices de services publics, ou conventuels, se dressaient déjà le long du chemin. Des promoteurs ne tarderaient pas à acheter des fermes pour en faire des lotissements. Le cimetière Belmont se trouvait près de la falaise, légèrement en retrait du chemin conduisant au village de Sainte-Foy.

Un peu moins de cinq ans plus tôt, il était venu là afin d'enterrer Alfred. Il retrouva sans mal l'endroit au détour d'une allée ombragée. La pierre tombale de granit noir, un simple rectangle aux arêtes cassées, portait le nom du défunt et, juste au-dessous, celui de Marie. Pour elle, bien sûr, la date de la mort manquait toujours.

— Cher papa adoptif, si la nouvelle histoire d'amour de maman finit par une noce, où allez-vous caser le beau Paul ? Comme elle ne voudra pas partager ses faveurs avec toi, je doute qu'elle le mette entre vous deux.

Les veuvages assez fréquents forçaient bien des familles à gérer ce genre de situation délicate. Aucune femme ne devait se résoudre à un ménage à trois dans l'au-delà. Mais bien peu connaissaient une situation aussi alambiquée que celle des Picard de la rue de la Fabrique.

— Pardon, c'est une mauvaise blague, marmonna-t-il. Je suis allé à la guerre et j'en suis revenu. Cela m'a rendu cynique, je le crains. Remarque, revenir n'est pas un accomplissement en soi. Toutefois, parmi ceux qui se trouvaient dans les tranchées, plusieurs ne peuvent en dire autant.

De son vivant, Alfred aimait opposer le vent de liberté en France et la chape de plomb mise en place par les curés sur le Québec. Sa connaissance du vieux pays tenait à ses lectures. Au moment d'aller vérifier cela en personne, un naufrage avait jeté son corps sur les rives du Bas-Saint-Laurent.

— Pour défendre la liberté et la civilisation que tu chérissais tant, poursuivit-il à voix basse, j'ai bien peur d'avoir commis moi-même quelques actions plutôt barbares.

Les conversations tenues à sens unique ne pouvaient durer bien longtemps. Le jeune homme demeura un court moment silencieux. Avant de s'éloigner, il glissa encore entre ses dents :

— Thalie se porte bien. Il s'agit de ta véritable fille, personne ne peut en douter. Elle serait prête à toutes les audaces afin de réaliser son rêve de devenir médecin. Continue de la surveiller de là-haut. En bousculant ainsi les convenances, elle risque d'attraper un mauvais coup, tôt ou tard. Protège-la bien.

Mathieu n'avait pas assisté aux funérailles de la seconde personne à laquelle il entendait présenter ses respects et ne savait pas comment localiser sa tombe. Il erra longuement dans les allées du cimetière. La sépulture datait de quelques mois à peine, en conséquence il ne s'attardait qu'aux rectangles de terre récemment remués. Ceux-ci se révélaient toutefois nombreux, à cause de toutes les victimes de la grippe espagnole.

Finalement, la vue d'un ambitieux monument tout neuf, orné d'anges, une trompette à la bouche, retint son attention. La pierre portait en lettres soulignées d'or : THOMAS

PICARD 1866-1919. Parvenu, l'entrepreneur avait choisi ce cimetière plutôt que celui de la rivière Saint-Charles, plus populaire, où reposait sa première épouse. Ici, les voisins étaient plus distingués.

« Pour la discrétion, c'est raté, grommela le visiteur. Pourquoi ne pas avoir inscrit aussi "Le roi du commerce de détail" ?

Des gerbes de fleurs flétrissaient lentement sous le soleil.

« Dois-je t'appeler " papa " ? »

L'idée lui tira un ricanement mauvais.

« Tu es parti un peu tôt, cela t'a soustrait à l'obligation de me donner des explications. Maintenant, je serais en âge d'avoir une petite conversation. Tes grands airs ne feraient plus une bien grande impression sur moi. »

La scène de la veille lui revint en mémoire. Son statut ne lui valait pas une admiration unanime, mais il n'en avait cure. Les escarmouches le détournaient de ses idées noires. Après sa seconde rencontre avec Gertrude, il avait dormi comme un bébé.

« Je parie que tu as un peu éparpillé la propriété du commerce. Ta femme et ta fille ont dû recevoir leur part. Je me demande si cela va me rendre les choses plus simples ou plus difficiles. Le grand-père Théodule avait créé un précédent en laissant l'essentiel de l'héritage à son fils cadet. Toi aussi, tu as oublié ton aîné… »

Comme des gens passaient dans une allée toute proche, Mathieu se tut un moment, puis il chuchota encore :

« Tu vois, je ne renonce pas à l'idée de m'asseoir un jour dans ton fauteuil. »

Comment réaliser ce projet ? Il n'en avait pas la moindre idée. Après un salut militaire plein d'ironie, l'ancien combattant du 22ᵉ bataillon tourna les talons pour rejoindre le chemin Sainte-Foy. Il entendait faire cette fois tout le trajet à pied, quitte à s'arrêter manger dans un petit restaurant du faubourg Saint-Jean avant de réintégrer son domicile.

❖

Le soir venu, le sommeil se dérobait toujours. Pour ne pas s'exposer encore à une mauvaise rencontre, Mathieu se résolut à piller la réserve de sherry maternelle. Une fois dans le couloir, il changea d'idée et frappa doucement à la porte de la chambre de sa sœur. Enfant, elle se livrait déjà à de longues veilles. Le «Oui» étouffé lui indiqua que cela demeurait toujours son habitude.

En ouvrant, il aperçut la petite silhouette blanche de sa robe de nuit près de la fenêtre. Refermant avec délicatesse pour prévenir le claquement du pêne dans son logement, il murmura, un peu amusé:

— Quand tu es à Montréal, je me demande comment Québec peut continuer à vivre, soustrait à ta surveillance.

— C'est toujours un peu intrigant, n'est-ce pas? Les choses et les gens continuent d'exister sans nous. À notre retour, on les retrouve à la fois semblables et totalement différents.

— Tu sembles parler de Françoise... De ma relation avec elle. Enfin, cela décrit bien la situation entre nous.

Thalie se tenait assise sur le banc placé près de la fenêtre. Maintenant, pour mettre ses coudes sur le bord, elle devait se pencher un peu. Elle avait défait sa lourde tresse pour laisser ses cheveux noirs et ondulés couvrir ses épaules. Elle se tassa un peu pour laisser une place à son frère, à ses côtés.

— Je parle de tout le monde. De Françoise aussi, en conséquence. Prends ma propre relation avec elle: nous continuons de bien nous entendre, mais nous avons si peu à nous dire maintenant. J'ai emprunté un autre chemin, très différent du sien. Elle ne comprend rien à mes découvertes, ni même à mon intérêt pour cette vie. Moi, d'un autre côté, je trouve sur ma route des personnes partageant mes passions.

— Toutes ces camarades à qui tu écris…

— Oui.

L'étudiante entretenait une correspondance avec trois ou quatre de ses compagnes de la pension Milton, en plus de chercher les journaux publiés à Montréal, en anglais. Des échos de la vie à l'Université McGill s'y trouvaient parfois.

— Maman aussi a changé, ajouta-t-elle.

— Notre retour lui donne l'impression que tout est rentré dans l'ordre. Toutefois, sa vie ne doit plus tourner autour de notre présence, sinon elle sera déçue.

La jeune fille hocha la tête.

— Cela fait son chemin dans son esprit. Ce soir, elle nous a abandonnés pour aller souper avec le beau Paul.

Sous leurs yeux, les lampadaires jetaient des taches de lumière jaune sur les trottoirs de la rue de la Fabrique. À cause du beau temps, des promeneurs s'attardaient encore. Demain dimanche, ils pourraient rester un peu plus longuement au lit. Pas au point de rater la messe, toutefois : certaines obligations demeuraient tout aussi impératives.

— Les gens et les choses ont changé, et nous aussi ne sommes plus les mêmes, conclut Mathieu.

— Ce qui s'applique à certains plus qu'à d'autres, insista Thalie. Toi, en particulier.

— Au point de ne pas toujours me reconnaître.

Elle chercha sa main gauche, finit par la serrer sur son index, un peu intriguée par l'absence du majeur.

— Pourquoi refuses-tu de discuter avec moi de ces souvenirs ? Ils te hantent, je le comprends bien.

— … Tu es ma petite sœur.

— Justement, nous avons toujours été proches l'un de l'autre.

— Et je tiens à ce que nous le restions. Si je te disais…

Il craignait par-dessus tout de voir se modifier définitivement le regard qu'elle posait sur lui.

— Je suis une grande fille maintenant, et je sais combien cela a dû être difficile, là-bas.

— Tu demeures ma petite sœur. Je ne mettrai pas certaines choses entre nous. Cela changerait tout…

Il souhaitait préserver leur petit monde d'innocence, celui de l'enfance. Après quelques minutes, la jeune femme rompit le silence :

— Françoise ne paraît plus cadrer dans ton existence.

Sa gentille placidité séduisait le grand collégien.

— Je ne suis plus cette personne-là. Puis elle veut tellement bien faire…

L'invitée de la maison déployait des efforts infinis pour chasser la mélancolie de son « fiancé ». À la fin, cette insistance le rendait plus morose encore.

— Crois-tu que le temps arrangera les choses ? interrogea Thalie.

— Avec elle ?

— Non, avec toi. Je souhaite que tu ailles bien, avec ou sans Françoise dans ta vie.

Mathieu demeura songeur un moment, soupesant la question.

— Je suis revenu le 18 mai. Il y aura seulement quatre semaines demain ! Tout le monde paraît l'oublier. C'est si court pour tourner la page.

Thalie hocha la tête en signe d'acquiescement.

— Nous rêvons de te voir reprendre tes activités, comme si rien ne s'était passé. C'est naïf de notre part, admit-elle.

Le frère et la sœur se perdirent encore dans la contemplation de la petite place sous leurs yeux. Une voiture passa sur le pavé en pétaradant, des effluves d'essence consumée montèrent à leurs narines.

— Hier, tu ne t'es pas blessé dans l'escalier.

Le ton affirmatif ne lui laissait guère le choix d'une réponse.

— Non, mais j'aurais pu. Paul Dubuc est un homme chanceux : passer par là pendant deux ans sans se casser la gueule tient du miracle.

— Chanceux surtout de venir rencontrer maman. Au terme de son équipée, il la prend dans ses bras. Cela doit lui donner du courage.

Elle aussi devait se réconcilier avec cette idée : sa mère avait refait sa vie. Cette histoire d'amour ne tenait pas de la passade. Elle marqua un temps d'arrêt avant de reprendre :

— Que s'est-il vraiment passé ?

L'hésitation de son interlocuteur ne dura qu'un instant.

— Je suis allé prendre un verre dans un débit clandestin de la Basse-Ville. Deux gars m'ont cherché noise.

— … Mais pourquoi donc ?

— Pour s'amuser. Pour une partie de l'humanité, échanger des coups représente une partie de plaisir. Je me suis trouvé sur le chemin de deux trous du cul.

— Voyons, les gens ne sont pas comme ça…

Elle s'arrêta avant de se faire traiter de petite fille naïve, puis reprit :

— Il leur fallait un prétexte, souffla-t-elle.

Son frère baissa encore le ton avant de répondre :

— J'ai refusé les services d'une prostituée, cela a piqué leur curiosité. Ensuite, ils se sont amusés à s'en prendre à un « héros de la guerre ». Ce sont leurs mots, pas les miens.

— Quel motif ridicule.

— Te souviens-tu de toutes les assemblées où nous sommes allés ensemble ? Nous habitons dans une province où la majorité des gens s'est opposée à la participation au conflit. Mon statut de volontaire ne crée pas un sentiment unanime de sympathie à mon endroit.

De nouveau, elle donna son assentiment d'un hochement de tête.

— Aujourd'hui, continua-t-elle, tu es revenu de ta longue escapade en sueur.

— Je me suis rendu au cimetière Belmont.

— Sur la tombe de papa ? Si j'avais su, j'y serais allée aussi.

Un peu de déception marquait la voix de la jeune fille.

— Nous nous reprendrons au cours de l'été. Plus précisément, je suis allé sur la tombe de mon père adoptif et sur celle de mon vrai père.

— Ton vrai père, c'est Alfred !

Le ton péremptoire trahissait sa façon de voir les choses.

— Thalie, ce n'est pas tout à fait vrai. Alfred a joué ce rôle de façon irréprochable. Mais mon véritable père, c'est Thomas.

Il continua après une pause, un sourire amusé sur les lèvres :

— Tiens, le mieux serait de dire faux père, comme on dit faux frère. Cela décrirait bien la réalité.

— Qu'allais-tu faire sur ces deux tombes ?

— Juste leur signaler mon retour. Comme ils n'ont plus le loisir de venir au magasin afin de contempler le survivant, cela m'a semblé la chose à faire.

Sa sœur posa son grand regard intrigué sur lui, puis elle réprima un bâillement.

— Je te garde debout, murmura Mathieu en se levant. Si tu es en retard à la messe demain, les voisins soupçonneront que les gens de McGill ont fait de toi une protestante.

— Ils le murmurent déjà.

— Raison de plus pour être prudente. Bonne nuit.

Sur ces derniers mots, il posa légèrement ses lèvres sur le petit front étroit. Elle lui rendit son souhait de bonne nuit dans un second bâillement.

Chapitre 2

Le quartier Limoilou s'étendait progressivement au nord de la rivière Saint-Charles, avec ses rues et ses avenues bien larges tracées à angle droit. Les élus municipaux, tout comme les entrepreneurs immobiliers, peut-être inspirés par leurs collègues de langue anglaise, ne paraissaient pas doués d'une bien grande imagination. Les lignes de ce grand damier portaient, en guise de noms, un chiffre affublé des mots « Rue » ou « Avenue ». Cette tendance ne durerait pas toujours : le panthéon des saints patrons et celui tout aussi vénéré de l'histoire de la Nouvelle-France fourniraient éventuellement une liste d'odonymes plus évocateurs.

Un peu après onze heures, le dimanche 15 juin, un couple apparemment mal assorti revenait de la messe à l'église Saint-Roch, toujours en chantier. Leur propre temple paroissial, Saint-Charles, rasé par un incendie l'année précédente, offrait encore des murs à demi érigés. Plutôt que de se contenter du confort sommaire de locaux de fortune près de chez eux, ils choisissaient parfois d'aller entendre les sermons sévères de monseigneur Buteau.

L'homme et la femme s'engagèrent sur la 3ᵉ Rue. Fulgence Létourneau était de petite taille, mince au point de paraître malade, une impression accentuée par son dos un peu voûté et la pâleur de sa peau. Son visage osseux s'ornait d'une fine moustache, un vestige de l'époque où il désirait se vieillir un peu. L'ornement pileux semblait désormais inutile : un peu passé quarante ans, l'homme en paraissait dix de plus.

Sa compagne, Thérèse, mesurait deux bons pouces de plus que lui et faisait au moins une fois et demi son poids. Ses cheveux blonds coupés courts, vaguement bouclés, surmontaient un visage rond facilement souriant, sauf pour son époux. Derrière ce couple venait un gamin un peu grand pour son âge, mince et robuste, les cheveux au ras du crâne. Parce que chacun tenait à trouver une ressemblance, tous reconnaissaient en lui les cheveux et la vigueur maternels… et rien du côté paternel.

Le trio entra dans une petite maison de deux étages dans la 3e Rue. La cuisine témoignait de la prospérité relative de cette famille. Directeur des ateliers PICARD, situés à la Pointe-aux-Lièvres, Fulgence remettait toutes les semaines une paie appréciable à sa femme. Elle en faisait un usage prudent, au point de voir le compte du couple s'enfler avec une rassurante régularité à la Caisse populaire de la paroisse.

— Jacques, déclara-t-elle tout en enlevant son chapeau de paille, va jouer un peu dehors en attendant le dîner.

— Avec ces habits ?

Il portait une veste et une culotte de velours brun. De longs bas lui couvraient les jambes. Seuls les genoux demeuraient nus. Sauf l'hiver, avant l'âge de douze ans révolus, le port du pantalon ne s'imposait pas.

Thérèse apprécia le souci de son rejeton pour ses habits du dimanche.

— Fais attention, tout simplement. J'aimerais parler un peu avec ton père.

Le garçon sortit sur le perron, s'installa sur l'une des chaises placées là en permanence et se mit en devoir de surveiller les jeunes voisins désireux de disputer une joute de baseball en plein milieu de la rue. Ceux-là ne craignaient pas les accrocs à leur costume. D'un autre côté, ils ne paradaient pas avec les plus beaux habits disponibles chez PICARD.

— Hier encore, nous n'avons reçu aucune lettre, annonça la grosse femme d'une voix impatiente.

Fulgence redoutait de voir ce sujet revenir encore sur le tapis. Depuis un mois, elle l'abordait tous les jours. Il alla prendre une tasse dans l'armoire, actionna la pompe pour la remplir d'eau.

— Tu m'écoutes? Nous n'avons rien reçu.

— C'est sans doute un oubli. Le notaire doit être un peu trop occupé.

— Cela fait six semaines qu'il nous oublie. Nous n'avons rien reçu le 1er mai dernier, nous sommes le 15 juin.

Trois fois par an, le couple recevait un chèque devant couvrir les frais reliés à l'entretien du garçon. La somme avait été convenue environ dix ans plus tôt avec le professionnel de la Haute-Ville, quelques semaines avant l'adoption de Jacques.

Comme son mari ne lui répondait rien, Thérèse respira longuement pour réprimer sa colère, puis elle s'efforça d'être un peu plus amène.

— De quoi as-tu peur, à la fin? Nous avons un contrat, le notaire Dupire doit nous verser la pension régulièrement. C'est la première fois qu'il est en défaut.

— Je n'ai pas peur. J'aime ce garçon, j'ai les moyens de l'élever. En acceptant cet argent, je me fais l'impression de recevoir la charité.

À son tour, lui aussi avait un peu élevé la voix. Il avait dirigé plus de cent cinquante ouvrières et une trentaine d'hommes au plus fort de la guerre. Les allusions répétées de son épouse à sa pusillanimité lui donnaient parfois envie de donner des coups!

— Je l'aime autant que toi ! rugit-elle.

Cela ne faisait pas de doute. Jacques devenait l'obsession de son existence. Cette femme reportait sur lui son besoin d'admirer un homme. Elle rêvait de le voir réaliser toutes les ambitions qu'un époux timoré ne poursuivrait jamais.

— Mais ce n'est pas une raison pour se laisser dépouiller. Nous avons un contrat, cet argent nous est dû. Nous devons l'inscrire aux classes préparatoires du Petit Séminaire en septembre. Les études ne sont pas gratuites. Avec l'université, cela veut dire des frais de scolarité pendant les treize prochaines années.

Car, contrairement à son père, Jacques Létourneau serait un professionnel, l'un de ces avocats ou de ces médecins vêtus d'un complet coupé par un tailleur. Dans ses rêves les plus fous, elle l'imaginait même vivre sur la Grande Allée.

— Nous pouvons payer tout cela, fit remarquer son mari d'une voix déjà moins assurée.

— Nous paierons après son dix-huitième anniversaire. D'ici là, il faut faire des économies.

L'homme n'aurait pas gain de cause à ce sujet. Elle le houspillerait jusqu'à ce qu'il obtempère.

— Je vais lui écrire pour lui demander un rendez-vous, céda-t-il.

— Tu peux lui téléphoner.

— Je lui écrirai.

La voix cassante amena Thérèse à abandonner la partie. Insister encore gâcherait totalement ce dimanche pourtant prometteur.

— Nous irons. Je vais t'accompagner chez le notaire Dupire.

Elle ne céderait pas là-dessus, son compagnon préféra acquiescer d'un mouvement de la tête.

Sur la galerie, Jacques se tenait assis à proximité d'une fenêtre entrouverte. Comment sa scolarité pouvait-elle dépendre d'un contrat passé devant notaire ? La situation le laissait songeur.

❖

La réception de la lettre mise à la poste le lendemain matin par Fulgence trouva le vieux notaire Dupire un peu troublé. Depuis la mort de Thomas Picard, au mois d'avril précédent, aucun montant d'argent à l'intention du père adoptif ne lui était parvenu. En conséquence, il n'avait rien transmis. Comment se pardonner un oubli pareil ?

Sur un carton, le professionnel convoqua son correspondant à un rendez-vous le vendredi suivant, en début de soirée. D'ici là, il espérait avoir réussi à parler au fils de son vieil ami.

❖

Au jour dit, le couple monta dans un tramway devant les ateliers PICARD. Thérèse était venue rejoindre son mari dès la sortie des ouvrières, afin de s'assurer qu'il ne se dérobe pas à son devoir. Le trajet jusqu'à la Haute-Ville leur prit du temps, ils durent changer de voiture à deux reprises. Descendus au coin de la Grande Allée, ils franchirent les dernières dizaines de verges à pied. Depuis le trottoir, ils contemplèrent un moment l'austère maison de la rue Scott.

Le grand volume en brique ne payait pas de mine, mais il inspira tout de même une remarque admirative à Thérèse :

— Tu vois, c'est pour que Jacques habite un jour une maison comme celle-ci que je désire faire respecter ce contrat. L'argent lui permettra d'étudier et un jour, il vivra ici.

Elle voulait dire dans une maison de ce genre.

— Tu rêves éveillée. Tu vois, de ce côté, il y a la demeure de Thomas Picard. Un simple diplôme ne suffira pas, parfois il n'est même pas nécessaire. Les châteaux de ce genre, on en hérite, comme Édouard vient de le faire.

La femme lui jeta un regard chargé de mépris. «Quel perdant tu fais!» songea-t-elle. Les mots ne franchirent heureusement pas ses lèvres.

Une plaque en bronze, près de la porte, affichait les mots «Léon Dupire, notaire». Le bruit du heurtoir du même métal résonna dans la grande maison. Un moment plus tard, une jeune femme en uniforme noir, une coiffe blanche sur la tête, vint répondre.

— Nous avons un rendez-vous avec le notaire, commença Thérèse. Nous sommes monsieur et madame Létourneau.

— … Je vais voir s'il peut vous recevoir. Si vous voulez entrer.

Jeanne les laissa dans le hall. Son employeur ne recevait que très rarement des clients à cette heure, et dans ce cas, il venait les accueillir lui-même.

— Monsieur, déclara la domestique en passant la tête dans l'embrasure de la porte de la salle à manger, un couple veut vous voir.

Le vieil homme leva les yeux de son assiette, un peu désemparé, comme pris en défaut.

— Je les avais totalement oubliés.

Il posa sa fourchette, fit mine de retirer la serviette accrochée au col de sa chemise.

— Laisse, papa, intervint Fernand. Termine ton repas. Je vais aller leur dire d'attendre dans ton bureau.

— … Bonne idée. Mon esprit fonctionne mal quand j'ai l'estomac vide.

L'affirmation fit sourire le fils. Après une première portion du plat principal, la seconde largement entamée, son cerveau aurait dû briller. Un instant plus tard, il demandait aux visiteurs :

— Pouvez-vous me rappeler votre nom ?

— Fulgence Létourneau. Voici ma femme, Thérèse.

Le jeune homme marqua un temps d'arrêt, surpris. Depuis 1909, ces gens s'occupaient du fils naturel de sa propre épouse, Eugénie. Les voir devant lui suscitait une émotion trouble.

— … Enchanté, prononça-t-il sans conviction en tendant la main.

— Nous avons rendez-vous avec monsieur Dupire, précisa l'épouse.

Elle faisait mine de chercher la lettre dans la poche de sa veste, afin de le lui prouver.

— Je suis son fils. Papa est présentement occupé. Je vais vous conduire dans son bureau. Il vous rejoindra dès que possible.

Un instant plus tard, le couple prenait place dans les deux chaises placées devant un massif bureau en chêne. La femme examina la pièce avec de grands yeux. Les boiseries sombres, les lourds rideaux aux fenêtres rappelaient le presbytère de la paroisse Saint-Charles. Ce luxe très sobre la convainquait de réclamer son « dû » avec la plus grande énergie. Voilà où des études universitaires conduiraient Jacques !

❖

Fernand reprit sa place dans la salle à manger. Ses yeux se posèrent un bref moment sur Eugénie. Butée, la jeune femme mangeait du bout des lèvres, économe de ses paroles, résolue à ignorer les autres membres de la maisonnée.

— Ce sont les Létourneau, murmura-t-il bientôt, à l'intention de son père.

— Oui. Je les avais totalement oubliés. Cela m'arrive de plus en plus souvent. L'âge…

— Voyons, mon vieux, tu es au meilleur de ta forme, protesta son épouse.

Elle disait cela depuis vingt ans.

— Tu l'entends? ricana le père à l'intention de son fils. Dans la même phrase, elle m'offre «mon vieux» et elle vante mes capacités.

Des yeux, Fernand chercha Jeanne debout contre le mur, mais il n'osa pas sourire. Après plus de trente ans de mariage, ses parents s'entendaient encore si bien. Il n'avait jamais connu cela depuis le jour de la célébration de sa propre union.

❁

Les Létourneau patientèrent en silence pendant quarante minutes. En gagnant son bureau, le vieux notaire faisait encore tomber de la main des miettes de pain sur le devant de sa veste.

— Madame, monsieur, que puis-je faire pour vous?

Le tabellion oubliait déjà la raison de leur présence.

— Nous n'avons rien reçu au début de mai, commença la visiteuse un peu impatiente.

— Ah oui! C'est vrai.

Le vieux professionnel chercha un moment une explication plausible. Il ne pouvait tout de même pas dire à cette femme que la mort récente du patron de son mari tarissait la source de la pension versée depuis plus de dix ans avec une régularité rassurante.

— Monsieur Létourneau, commença-t-il, vous savez que dans cet arrangement, je sers d'intermédiaire. Cela a été clair dès le début.

— … Oui, je sais.

L'épouse lui jetait un regard sévère, comme si cet aveu lui paraissait être une faiblesse.

— Si j'ai signé les chèques pendant tout ce temps, l'argent n'est jamais venu de moi.

Le couple gardait les yeux fixés sur lui, soudainement inquiet.

— Nous avons un contrat, glapit la femme.

— Depuis mai, le… le bienfaiteur se trouve en voyage. Je ne peux rien faire avant son retour.

Le qualificatif lui parut convenir. Évoquer le grand-père de l'enfant leur mettrait la puce à l'oreille. Quant à attribuer la cause du retard à un décès, cela aurait poussé cette dame vindicative à mener son enquête. Elle n'aurait plus qu'à chercher dans les rubriques nécrologiques le nom d'un notable disparu en avril. Thérèse répéta :

— Mais notre contrat ? Nous respectons notre part de l'entente, nous donnons les meilleurs soins à notre enfant.

— Je suis absolument certain de cela, madame. Mais comprenez-moi bien : le bienfaiteur est présentement absent de la ville. À son retour, je ne doute pas qu'il voudra régler les arrérages.

— Vous pouvez nous payer, et récupérer votre argent ensuite.

Cette femme ne devait jamais abandonner la partie. Sa détermination un peu hargneuse ne la rendait guère sympathique.

— Ce genre de chose ne se fait pas. Je suis simplement le lien entre les parties, dans cette histoire. Ne vous inquiétez pas, dès son retour, je m'occuperai de vous.

— S'il ne revient pas? maugréa Thérèse.

— Tout le monde revient à la maison.

Le notaire s'appuya sur son bureau pour s'aider à se relever. Les visiteurs devaient interpréter son geste comme un congédiement. Fulgence quitta sa chaise avec empressement, heureux de mettre fin à son malaise. Sa compagne s'attarda juste assez longtemps pour bien exprimer sa réticence à abandonner la partie.

Dans le couloir, le couple se trouva face à face avec Eugénie. La jeune femme regagnait ses quartiers à l'étage, après avoir terminé son repas. Un début de migraine servait de prétexte à cette désertion hâtive du salon familial.

Thérèse Létourneau la suivit des yeux, le front plissé, pendant un long instant.

— Il s'agit de ma belle-fille, précisa Dupire machinalement.

Il ouvrit la porte en ajoutant :

— N'ayez crainte, je m'occupe de cette affaire.

Les visiteurs s'esquivèrent après des souhaits de «Bonne soirée» sans conviction.

❖

À peine cinq minutes plus tard, Fernand se tenait dans l'embrasure de la porte du bureau, la mine préoccupée.

— Que voulaient-ils?

— Récupérer leur argent. Ferme la porte et viens t'asseoir un moment.

Le jeune homme s'exécuta. Son père paraissait terriblement mal à l'aise.

— Ces gens s'occupent du fils illégitime de ta femme, expliqua le vieil homme. Ils reçoivent une pension depuis la naissance de l'enfant.

— Je sais. Thomas Picard payait cette somme. Que se passe-t-il depuis son décès ?

— C'est là le problème. Peu avant sa mort, il m'a fait venir chez lui, pour un tas de mauvaises raisons… Je veux dire qu'il m'a confirmé le contenu de son testament. En réalité, il n'y a apporté qu'une modification mineure, pour donner une petite somme à son infirmière. Mais il a évoqué le fait que son fils assumerait ensuite la responsabilité de payer les Létourneau. J'ai totalement oublié d'aborder la chose avec Édouard depuis le décès.

— Cette obligation ne figurait pas dans le testament lui-même, bien sûr.

La précaution allait de soi. Personne ne claironnait les secrets de famille dans un document aussi public. Eugénie elle-même avait assisté à sa lecture. Elle avait ignoré jusqu'à présent où se trouvait son fils, et mieux valait garder les choses ainsi.

— Quel gâchis, grommela le vieux professionnel. Ces gens réclament leur dû. Ils n'ont pas reçu le versement du 1er mai.

— Que leur as-tu dit ?

— Que le généreux bienfaiteur voué au soutien de ce garçon se trouvait en voyage. Ce genre d'excuse ne suffira pas éternellement.

— Ils n'ont pas vraiment de recours légal.

Cela semblait une évidence. Devant un tribunal, le juge encenserait Thomas pour avoir été si généreux tout au long de son existence, mais il ne lui tiendrait pas rigueur d'être décédé avant les dix-huit ans de son protégé.

— Tu as raison, cela même si cette grosse dame clame avoir un contrat. Mais si elle fait du bruit avec cette affaire, tout le monde se demandera pourquoi notre voisin s'intéressait tellement à un enfant né hors des liens du mariage.

— Crois-tu que quelqu'un pourrait comprendre sa motivation ? s'inquiéta le fils.

— En sortant, les yeux de cette grosse dame ont accroché Eugénie.

Cette fois, Fernand afficha une réelle inquiétude.

— Elle ne peut pas se douter, tout de même.

— Tu te souviens d'avoir vu ce garçon ?

— Deux fois je crois, aux funérailles d'Alfred, puis ensuite à celles de Thomas Picard. Blond, les yeux bleus…

— Comme sa mère.

Peut-être Thérèse Létourneau avait-elle perçu une ressemblance suffisante pour capter son attention. Ce ne serait jamais une preuve, mais une femme dotée d'un peu d'imagination broderait un beau récit sur un élément aussi mince.

— Le mieux serait qu'elle ne vienne jamais ici de nouveau, déclara le jeune notaire.

— Je vais demander à Édouard de me rencontrer, je lui ferai un résumé de la situation. Je suppose qu'il aura la décence de respecter les engagements de son père.

— S'il refuse ?

— Cet homme est attaché à sa sœur, n'est-ce pas ?

Père d'un fils unique, le vieux professionnel imaginait les parents liés entre eux par des liens indéfectibles. Fernand demeurait plus sceptique : il se souvenait de l'hostilité sourde entre les deux jeunes gens, une dizaine d'années plus tôt.

— Et s'il ne l'est pas, enchaîna le vieux professionnel, nous n'aurons pas le choix, n'est-ce pas ? Eugénie est la mère de tes enfants, nous devons tout faire pour qu'elle conserve sa quiétude.

Les Dupire possédaient ces moyens. Tout de même, subvenir aux besoins du fils du premier amant de sa femme souriait bien peu au jeune homme.

✦

Le lundi suivant, Fernand Dupire annula ses rendez-vous de fin d'après-midi afin de se livrer à une petite expédition discrète. Alors que personne ne lui demandait de rendre des comptes, Fulgence Létourneau envoyait de courtes missives afin de signaler les événements principaux de la vie de son fils adoptif. Celui-ci terminait la première année du cours complémentaire. En réalité, ce serait sa dernière journée d'école ce jour-là.

Le trajet de la Haute-Ville au quartier Limoilou, en tramway, lui prit près d'une heure. Un peu avant quatre heures, il marchait sur le trottoir de la 4ᵉ Avenue parmi de rares parents, ceux des élèves les plus jeunes de l'école des frères. Ceux-ci sortirent les premiers, une petite meute de garçonnets rieurs en culottes courtes, heureux de retrouver leur liberté pour neuf bonnes semaines.

Après quinze minutes, Fernand commençait à se sentir un peu ridicule, planté ainsi devant l'école Saint-Charles, ou pire, suspect. Puis ce fut au tour des grands de sortir sous l'œil attentif d'un frère des Écoles chrétiennes. À cet âge, les enfants devaient faire preuve d'une maîtrise de soi suffisante pour réprimer tous les mouvements de joie intempestifs.

La discipline prévalut pendant une dizaine de verges, puis le groupe s'égailla lui aussi bruyamment. Le notaire fixa son attention sur un garçon plutôt grand, les cheveux d'un blond très clair. Celui-ci remarqua l'intérêt dont il était l'objet, au point de s'arrêter pour le regarder aussi.

— Qu'est-ce qu'il y a ? demanda un camarade. Tu connais ce type ?

— Non, je ne l'ai jamais vu.

— Cela doit être un vicieux. Tu sais, le père Herman nous en a parlé.

Fernand ne perçut pas les mots, mais en devina le sens. Son regard s'accrochait aux grands yeux bleus, ne pouvait s'en détacher. L'enfant haussa les épaules, puis tourna les talons pour continuer son chemin.

Bien sûr la ressemblance n'était pas parfaite. Mais quelque chose, dans ce visage régulier, rappelait Eugénie.

Chapitre 3

Le soleil pénétrait par les vitrines donnant rue de la Fabrique. Les clientes entraient, nombreuses, dans la boutique ALFRED, afin de contempler les chapeaux de paille à larges bords, les ombrelles en soie et en cotonnade, ou les gants en dentelle. Certaines choses ne changeaient guère, constatait Mathieu : les ventes obéissaient au climat radieux.

— Tu vois, observa la mère en passant près de la caisse, nous avons bien fait d'ouvrir.

Le sujet avait fait l'objet d'une longue discussion, lors du repas du dimanche précédent. Le jeune homme inclinait pour la fermeture complète le jour de la Saint-Jean-Baptiste, alors que la propriétaire demeurait attachée à la tradition établie par son défunt mari plus de vingt ans auparavant : accueillir les clientes pendant la matinée.

— Nous ratons la messe solennelle à la cathédrale, protesta son fils, un sourire narquois sur les lèvres.

— Voilà une autre de tes nombreuses métamorphoses : vouloir assister à la messe un mardi !

— La province semble avoir changé plus que moi. Ronger des balustrades devient essentiel, dans les affaires. Notre absence fera jaser.

Son fils avait raison. Un nombre croissant d'entreprises fermaient leurs portes le jour de la fête du saint patron des Canadiens français. Deux religions mobilisaient maintenant le peuple : le nationalisme faisait l'objet d'un culte aussi exigeant que le catholicisme. Le 24 juin, il convenait de sacrifier aux deux, ou bien risquer un double ostracisme.

Marie se tourna vers une cliente en arborant son meilleur sourire. La nouvelle venue remarqua :

— Quelle surprise de vous trouver ouvert aujourd'hui !

Le ton contenait un reproche implicite. Ses lèvres sèches s'ouvraient sur des dents ébréchées.

— Vous savez, les affaires ont été difficiles, ces derniers mois. Il y a huit semaines à peine, nous étions encore aux prises avec la grippe espagnole...

Mieux valait évoquer ces mois de misère. En février, mars et avril, la contagion sévissait encore dans la ville, prélevant une nouvelle moisson de jeunes vies.

— Cela a été terrible, convint la cliente. Votre commerce n'a pas trop souffert, j'espère ?

— Avec un surcroît de travail, nous arriverons à compenser les pertes.

— Au moins, vous pouvez compter sur l'aide de vos enfants.

Elle portait les yeux sur le grand jeune homme debout derrière la caisse. Elle continua après une pause :

— Cela ne se remarque presque pas...

Évoquait-elle la morosité sur le visage ou le petit handicap ? Marie réussit à maîtriser son impatience au moment de dire :

— Que puis-je faire pour vous ?

— ... Des mouchoirs. Au retour de l'été, la morve coule comme la sève d'un érable.

La précision paraissait inutile, la femme tenait un carré de coton à la main et, tout en parlant, le portait à son nez rougi.

— J'ai justement un nouvel arrivage, un tissu très doux.

La propriétaire entraîna la cliente vers les alignements de tablettes, au fond du magasin. À ce moment, une femme dans la vingtaine s'approchait de la caisse, une paire de gants à la main. Mathieu les prit en disant, un sourire de commerçant sur les lèvres :

— Voilà un excellent choix. De nouveau, nous recevons des vêtements de France et d'Angleterre. Cela change un peu des produits américains.

Selon les usages, l'acheteuse devait enchaîner avec une banalité sur la mode, le temps de payer la marchandise et de quitter les lieux. L'attention de celle-là fut distraite. Avec des gestes précis, Mathieu pliait les gants afin de les mettre dans une jolie petite boîte. Sa main gauche demeurait nue, la droite s'ornait d'un gant en cuir. Le jeune homme sentait les yeux curieux, cela rendit ses mouvements un peu plus saccadés.

— Vous devriez l'enlever, murmura-t-elle.

— … Pardon ?

— Votre gant. Non seulement il fait chaud, mais cela nuit à votre dextérité.

Comme pour illustrer les mots de son interlocutrice, un faux mouvement déchira le papier de soie. Le caissier serra les mâchoires. Il le chiffonna avec impatience, en chercha un autre sous le comptoir.

— Cela ne me gênerait pas, je vous assure.

Mathieu leva les yeux sur elle, les lèvres serrées. La cliente se voulait gentille. La blessure du jeune vétéran ne faisait pas mystère. Tout le monde, parmi les habitants de la rue, savait.

— Je suis comme vous, madame, je préfère porter des gants. À tout le moins, un gant. Cela fait plus élégant, ne trouvez-vous pas ?

Le regard du jeune homme contredisait les paroles et le ton légers. Ses yeux bleus exprimaient une colère à peine contenue. Son interlocutrice se tint coite ensuite, paya son dû et quitta la boutique d'un pas rapide. De retour près de la caisse, toujours avec son enrhumée en remorque, Marie avait entendu les derniers mots.

— Laisse, je vais compléter l'achat de madame.

— … Je peux m'en occuper.

La voix contenait une pointe d'impatience. La mère et le fils échangèrent un bref regard, le second baissa les yeux et s'écarta un peu. De cela aussi, les voisins conversaient sans doute. En plus de son majeur, le fils Picard avait laissé en Europe son humeur égale et son sourire mercantile.

❈

La matinée paraissait s'allonger indûment. Les clientes demeuraient nombreuses, beaucoup s'exprimaient en anglais. Moins d'un an après la Grande Guerre, le tourisme reprenait lentement ses droits. Celles-là n'avaient aucune raison de se trouver dans la cathédrale Notre-Dame, située à quelques dizaines de verges, pour une messe présidée par le vieux cardinal Bégin.

Un peu après onze heures, un homme fit tinter la sonnette placée au-dessus de la porte. Il dirigea son regard vers la caisse, visiblement intimidé de se trouver en ces lieux. Les représentants du sexe fort pénétraient dans un univers féminin avec une pointe d'appréhension. Celui-là plus que les autres.

De son poste derrière la caisse, Mathieu demanda :

— Je peux vous aider, monsieur ?

Le ton narquois accentua le malaise de l'autre.

— Je…

Le son sortait à peine de sa gorge. Marie, son attention attirée par le grelot joyeux, se plaça prestement entre le nouveau venu et son fils. Le visiteur enleva son chapeau.

— Elle se trouve en haut, murmura Marie en lui posant la main sur l'avant-bras.

Le client risqua un autre regard en direction du caissier, puis se dirigea prestement vers l'escalier situé au milieu de la grande pièce. Quand les jambes disparurent de sa vue, le fils s'intéressa à une nouvelle cliente.

À l'étage, Gérard Langlois chercha son amie, repéra bientôt Françoise, debout près de la fenêtre, une blouse dans les mains. Quand elle reconnut le nouveau venu, la vendeuse adressa un signe de la main à Thalie afin de lui confier sa cliente, puis s'approcha :

— Tu ne devrais pas venir ici, commença-t-elle.

— Ce n'est pas la première fois.

La jeune femme se troublait, le rose envahissait ses joues. L'autre, son chapeau dans les mains, ne paraissait guère plus assuré. Après une longue hésitation, il demanda enfin :

— Tu ne lui as pas parlé ?

— Je ne suis pas capable. Je ne sais trop comment aborder le sujet.

Au moment du rapatriement des soldats du 22ᵉ bataillon, l'hésitation de la jeune femme paraissait naturelle. Souligner le retour du vétéran par une rupture semblait cruel. Après de nombreuses semaines, ses atermoiements tombaient sur les nerfs de son compagnon.

— L'aimes-tu encore ?

Françoise secoua la tête en signe de dénégation. Le geste agita ses cheveux châtains, qu'elle gardait longs malgré la mode des coiffures « à la garçonne ». Elle se mordit la lèvre inférieure, réussit à articuler :

— Non, ce n'est pas cela…

Après une pause, elle renchérit :

— Il a tellement souffert. Je ne veux pas en remettre...

— Ces foutus héros de la guerre... Ils me font chier.

La colère donnait à sa voix un côté cassant. Dans ce cadre feutré, le gros mot devenait plus vulgaire encore. Quand il vit des larmes perler au coin des yeux de son interlocutrice, il ajouta, un ton plus bas :

— Si tu veux, je peux lui parler moi-même.

— Non, non. Je le ferai, je te le promets.

L'homme prit les mains de sa compagne dans les siennes, les tint un moment.

— Je m'excuse, murmura-t-il à la fin, je ne voulais pas m'énerver. Mais je tiens à toi. Cela ne peut pas continuer ainsi. Je dois savoir.

Incertaine de maîtriser le timbre de sa voix, la jeune femme acquiesça d'un signe de la tête. Au moment où Gérard traversa le rez-de-chaussée, il garda résolument les yeux sur le plancher, afin d'éviter de voir son rival.

❖

À l'étage, Thalie abandonna sa cliente en murmurant :

— Excusez-moi. Mon amie...

En raison de la présence de ses enfants et de Françoise, Marie avait débauché ses vendeuses au mois de mai. En quittant son poste afin d'aider son amie, la jeune femme laissait tout l'étage sans personnel. Elles se réfugièrent dans un coin de la grande pièce.

— Ma belle, tu vas devoir clarifier cette situation.

— Je devrai partir de cette maison. Déjà, l'atmosphère est empoisonnée. Alors si je lui parle...

Bien sûr, vivre sous le même toit que son ancien prétendant rendait les choses plus complexes encore.

— Tu n'as rien à craindre, jamais Mathieu ne te fera de reproches.

— Son visage est un reproche. Tu as vu son regard, son air sombre…

Thalie acquiesça d'un signe de tête. Son frère demeurait le même, bien sûr, attentionné, respectueux. Toutefois, sa morosité pesait sur tout le monde. Les rires désertaient l'appartement situé au dernier étage du commerce.

— La guerre l'a changé. Cela semble la même chose avec tous les vétérans.

Les longues lettres échangées avec Catherine l'amenaient à une généralisation bien hâtive. Son amie, de retour dans sa famille à Sherbrooke, ne tarissait pas sur ses inquiétudes à propos de son frère aîné. Surtout, Thalie parcourait les journaux avec suffisamment d'assiduité pour conclure qu'aucun vétéran ne s'en tirait sans séquelles psychologiques.

— Mais je t'assure, insista-t-elle, rien dans son attitude ne contient un reproche à ton égard. Cela tient à sa vie là-bas.

— Je me sens coupable. Quand il pose les yeux sur moi…

— Son regard exprime une peine immense. Une partie de sa douleur tient sans doute à l'idée que sa relation avec toi est finie. Une certaine nostalgie, peut-être. Mais crois-moi, cela ne signifie pas qu'il ressente de la rancœur pour toi. Son estime à ton égard demeure intacte, j'en suis certaine.

Furtivement, l'employée essuya une larme sur sa joue. Thalie serra sa main droite dans les siennes, puis murmura :

— Monte à l'appartement. Je pourrai m'occuper seule de ces personnes.

Quelques clientes leur lançaient des regards curieux ou courroucés, selon leurs propres états d'âme. Françoise s'esquiva bien vite dans l'escalier, heureuse de cesser de se donner en spectacle.

❖

Un peu avant midi, Paul Dubuc entra dans le magasin, un sourire sur les lèvres. D'un regard circulaire, il s'assura de l'absence de clientes, puis se pencha pour embrasser sa maîtresse sur la joue.

— Je suis désolé d'arriver si tard. Monseigneur Langlois n'était plus capable de s'arrêter. Il nous a expliqué le sens de notre vocation providentielle : préserver le catholicisme en terre d'Amérique.

— Rien de nouveau sous le soleil, rétorqua la marchande en fronçant les sourcils. Nous avons droit à ce genre de discours depuis des années.

— Mais cette fois, l'ensoutané s'est livré à une longue comparaison entre nous et le peuple juif. Nous sommes le nouveau peuple élu.

Ce commentaire sur le sermon de l'évêque auxiliaire de Québec lassa bien vite Amélie, qui accompagnait son père. La petite fille laissait la place à une très jolie adolescente blonde, aux yeux d'un bleu clair fort séduisant. Elle se dirigea vers le comptoir et salua d'une voix un peu intimidée :

— Bonjour, Mathieu. Comment vas-tu ?

— Comme tu vois, me voilà de nouveau vendeur de dentelles.

Devant cette charmante personne au minois rieur, le sourire lui revint un moment. Il tendit la main. La visiteuse l'ignora et offrit plutôt sa joue. Impossible de se dérober. Le garçon posa une bise sur la peau d'un rose juvénile, et ce faisant, déplaça un peu le joli chapeau de paille.

Marie surveillait la scène du coin de l'œil, heureuse de voir le voile de morosité sur le visage de son fils se lever un peu. Sans vraiment prêter attention à la réponse, elle demanda à son compagnon :

— Mgr Bégin n'a pas prononcé lui-même le sermon ?

— Malheureusement non. Vieux et perclus, au moins le digne prélat se serait montré un peu plus bref.

Lui aussi surveillait sa cadette du coin de l'œil. La minaudière montrait toutes ses dents, comme si elle entendait tester ses charmes sur ce grand garçon mélancolique.

— Ta présence doit faire augmenter la clientèle du magasin, remarqua-t-elle.

Le compliment se révélait lourd de sous-entendus sur ses charmes virils.

— L'été, les touristes se font plus nombreux. Cela ne tient pas au vendeur, tu le sais bien.

— Oh ! Je suis sûre que si !

— Ou alors, certaines dames viennent voir le caissier au gant unique.

En disant cela, Mathieu leva sa main droite, agita ses doigts. Le majeur immobile paraissait un peu de guingois. Il le redressa de son autre main. Cette allusion rabattit l'humeur charmante de son interlocutrice.

Marie chassa le malaise en disant à son fils :

— Comme il ne reste plus que nous en ces lieux, verrouille derrière toi. Gertrude doit déjà avoir mis le couvert.

Sur ces mots, elle offrit son bras à son compagnon et s'engagea dans l'escalier. Son fils engagea les deux verrous de la porte dans leur logement, puis il baissa la toile de la fenêtre découpée dans la partie supérieure de celle-ci. Quand il se retourna, Amélie se tenait tout près. Le rose aux joues, elle mima le geste de la propriétaire des lieux. Le garçon accepta de prendre le bras en souriant. Alors qu'ils atteignaient le premier étage, elle reprit :

— Aucune femme ne remarque le gant. Si tu ne le portais pas, elles ne verraient pas le doigt.

— Évidemment, il n'est plus là !

— Idiot, tu m'as très bien compris.

Elle marqua une pause. Au moment où son compagnon se dérobait pour la laisser entrer dans l'appartement, elle chuchota encore dans un souffle :

— Elles regardent les yeux. Tu es vraiment le seul à faire toute une histoire de ce doigt perdu.

Cela se pouvait bien. Des vétérans manchots ou unijambistes promenaient sans vergogne leur moignon dans une manche ou dans une jambe de pantalon vide. Lui bourrait d'ouate un doigt de son fameux gant, pour faire illusion.

❦

Gertrude ne s'était guère mise en frais pour ce repas sur le pouce. Tous les convives rejoindraient les terrains de l'exposition assez tôt dans l'après-midi. Des viandes froides et une salade suffiraient à les sustenter. Réunis dans la salle à manger, les Picard et les Dubuc formaient une famille nombreuse, où la domestique incarnait un peu le rôle de l'aïeule revêche.

Afin de rompre le silence oppressant, Thalie demanda bientôt :

— Monsieur Dubuc, je ne suis pas allée chercher le *Chronicle* ce matin, et *Le Soleil* ne paraît pas le jour de la Saint-Jean. Pouvez-vous me confirmer les résultats de l'élection tenue hier ?

— Nous avons gagné.

Un large sourire éclaira le visage du politicien. Les élections provinciales, tenues la veille, avaient permis de reporter au pouvoir les libéraux et leur chef, Lomer Gouin.

— Cela ne doit pas être une surprise pour toi ou pour tes collègues, commenta Marie dans un sourire. En diabolisant les conservateurs, à l'origine de la conscription, vous leur enleviez toute chance de faire élire leurs candidats.

— Mais ce sont vraiment les responsables de cette loi !

— Ainsi que des mesures d'exemption qui ont rendu la loi totalement inefficace, commenta Mathieu. Partout au Canada, une large majorité des appelés a pu se dérober à son devoir.

La présence d'un vétéran dans la maison désamorçait un peu le discours partisan. D'un côté, l'enrôlement obligatoire venait d'un gouvernement d'union composé en bonne partie de libéraux. De l'autre, tant chez les francophones que chez les anglophones, une majorité des jeunes conscrits avaient profité des exemptions. Très peu d'entre eux s'étaient finalement retrouvés exposés aux balles ennemies.

— Selon la rumeur, la province a été balayée, intervint encore Thalie afin de détourner les convives de ce sujet délicat.

— Cinq électeurs sur six ont appuyé le Parti libéral, à travers la province.

— Et dans le comté de Rivière-du-Loup, que s'est-il passé ? demanda Mathieu afin de se faire pardonner sa dernière remarque.

Le député rougit un peu au moment de préciser :

— Personne ne s'est présenté contre moi.

— Papa était tout à fait imbattable, intervint Amélie avec un bel enthousiasme filial.

— Ce fut le cas aussi dans plusieurs autres comtés, précisa l'homme avec une modestie feinte.

Sauf dans les endroits profitant d'une solide tradition conservatrice, ou alors d'un électorat en partie de langue anglaise, les candidats du parti d'opposition s'exposaient à recevoir un nombre risible de voix. Plusieurs avaient préféré déclarer forfait plutôt que de s'exposer à une totale déconfiture.

— Au moins, ils ont pu faire élire leur chef, commenta Thalie.

— Arthur Sauvé, de même que quatre de ses compères, ont bien été élus, précisa Dubuc.

— L'opposition comptera aussi deux députés ouvriers, ajouta Mathieu.

Dans ce cas aussi, la rumeur était fondée. Le politicien se renfrogna un peu avant de souligner :

— Ce seront des appuis pour les libéraux. Nous ne leur avons opposé personne.

Dans les comtés à majorité ouvrière, les syndicats favorisaient parfois la candidature de l'un de leurs membres. Si le personnage paraissait acceptable, le parti au pouvoir s'en faisait un allié en ne présentant aucun candidat contre lui.

— Ne risquons-nous pas de voir les désordres de l'Ouest nous affecter ? demanda Françoise, un peu inquiète des rumeurs de révolution venant des Prairies.

— Non, nous n'avons pas ici de succursale des syndicats bolcheviques.

— La loi martiale a été décrétée à Winnipeg, insista la jeune femme.

Depuis la fusillade aux abords de l'École technique, l'année précédente, tout le monde à Québec savait combien une situation de ce genre pouvait rapidement dégénérer. La capitale du Manitoba comptait déjà une victime.

— La paix reviendra rapidement. La ville a formé un corps de police spécial pour rétablir l'ordre, expliqua son père pour la rassurer.

— Cette police improvisée compte quatre fois plus de membres de la force policière en grève, rapporta Thalie. Cela laisse présager des affrontements pires que ceux des derniers jours. Des grèves d'appui ont éclaté à Vancouver et à Edmonton.

Le conflit de travail paralysait la ville de Winnipeg depuis plusieurs jours. Littéralement, un comité ouvrier assumait le pouvoir dans cette agglomération industrielle. De plus en plus, on murmurait qu'il s'agissait d'un véritable « soviet » susceptible de reproduire au Canada la triste expérience de la Russie, survenue en 1917. La multiplication des arrêts de travail de sympathie dans de très nombreuses villes de langue anglaise ajoutait à cette frayeur croissante.

Mathieu ne calma les craintes de personne en précisant :

— À Toronto, les unions ouvrières paraissent s'engager sur une voie identique. On observe des mouvements du même genre au Royaume-Uni et en France. En Allemagne, l'anarchie est totale.

Françoise arrêta le geste de porter sa fourchette à sa bouche, reposa l'ustensile dans son assiette en fixant ses grands yeux sur son voisin. Celui-ci se reprit :

— Mais je suis convaincu, comme ton père, que nous ne risquons pas de connaître ici une révolution bolchevique. C'est à la fois plus complexe et plus simple que cela.

— … Comment cela ?

— Pendant la guerre, les prix ont monté très vite, et les salaires aussi. Présentement, de nombreux employeurs font face au ralentissement économique. Ils réduisent les salaires afin de préserver leurs entreprises. Même maman a congédié ses vendeuses pour mieux faire face à la mauvaise conjoncture.

De l'autre côté de la table, Marie cessa un moment de mastiquer. Elle précisa bientôt:

— Je vous ai offert de vous verser un salaire, à toi et Thalie. Vous avez refusé…

— Et je refuserai encore, rétorqua le fils dans un sourire. Nous faisons notre part pour maintenir le petit navire ALFRED bien à flot, comme disait papa. Je parlais en termes généraux. Les travailleurs du Canada réagissent à des salaires qui paraissent baisser plus vite que les prix. À peu près personne ne rêve de la contagion bolchevique, chez les chefs ouvriers.

La marchande retrouva un peu sa sérénité. Le chômage croissant, depuis la fin de l'effort de guerre, tout comme la chute des revenus des agriculteurs, la forçait à brader ses marchandises. Selon les observateurs, le développement industriel ramènerait bien vite le climat économique au beau fixe. Chacun serrait les dents dans l'attente de jours meilleurs.

— Voilà le côté simple de la situation, remarqua Thalie. Tu as évoqué une dimension plus complexe.

— Cette fameuse police spéciale, à Winnipeg, est composée de vétérans. Ces hommes sont souvent pleins de rage et de désespoir.

Chacun comprit, autour de la table: Mathieu se comptait parmi eux. Il enchaîna après une pause:

— Pendant quatre ans, une partie de la jeunesse a été envoyée à la boucherie. À l'arrière, tout le monde s'enrichissait… À tout le moins, ce fut le cas au Canada et aux États-Unis.

Paul Dubuc songea à protester, se retint pour ne pas ajouter à la morosité du jeune homme.

— Les cultivateurs ont vendu leur bacon et leur fromage à prix d'or, continua-t-il. Les ouvriers ont obtenu des augmentations et ils ont allongé les horaires travaillés. Surtout, les entrepreneurs ont engrangé des profits faramineux.

Impossible de contester ce bilan. Pas un coup de feu, pas un obus n'avaient été tirés sur l'Amérique par les forces ennemies. Pendant ces années, tous avaient tiré profit du conflit. L'immense tuerie s'était révélée bonne pour les affaires.

— Ceux qui ont échappé au massacre reviennent pour se retrouver aux prises avec le chômage…

Mathieu marqua une pause, puis il ajouta avec un sourire amer :

— Tous ne profitent pas d'un emploi dans le commerce maternel et de la perspective de reprendre des études de droit en septembre. Je suis privilégié.

Au ton du jeune homme, chacun devinait combien ce destin ne lui paraissait pas si enviable, après tout.

— Quand ces vétérans voient tous les emplois occupés par des personnes qui se sont dérobées à l'obligation de combattre, continua-t-il, la haine les envahit. Ils croyaient être reçus en héros, en vérité leur retour dérange. Quand, à Winnipeg, des planqués se mettent en grève, ils ne ressentent aucune sympathie. Dans ces circonstances, en quelques heures, les élus municipaux ont pu recruter mille constables spéciaux parmi les anciens combattants. Les affrontements pourraient devenir sanglants.

La plupart de ces hommes, enrôlés très jeunes pour aller à la guerre, connaissaient un seul métier : tuer. Mathieu n'osa pas pousser son exposé jusque-là. Il poursuivit pourtant :

— En Allemagne, les vétérans se réunissent dans de petites armées privées liées à des aventuriers politiques. Au Royaume-Uni, les grèves mettent le pays sur les genoux. Même dans les pays alliés, la victoire ne garantit pas nécessairement des lendemains qui chantent.

Autour de la table, chacun affichait une mine consternée. Gertrude se demandait bien dans quelle tranchée était demeuré le charmant garçon parti en 1917. Le vendeur de dentelles et de jupons affable se métamorphosait en un jeune homme profondément aigri.

Sans conviction, mais désireux de rompre un silence oppressant, Paul Dubuc revint au début de l'argumentation.

— Tout de même, il se trouve bien des bolcheviques et des anarchistes, dans l'Ouest. La police multiplie les arrestations. Heureusement, la plupart seront retournés dans leur pays d'origine.

— Oh! Une ou deux douzaines de personnes seront déportées en Europe, très souvent en Allemagne. Cela aussi fâche les vétérans. Les personnes d'origine britannique sont allées combattre, pendant que des étrangers, en particulier des ressortissants des pays ennemis, faisaient de bons salaires dans les manufactures. Aujourd'hui, eux se trouvent encore au chômage, alors que ces gars-là font la grève pour améliorer leurs conditions de vie…

Le jeune homme en colère s'arrêta de nouveau, avant de conclure avec un sourire amer:

— Je suis devenu un vrai casse-pied! Je m'excuse. Mais la frustration de ces héros de la Grande Guerre, mêlée aux discours de chefs ouvriers un peu trop pâmés sur Lénine et Trotski, nous réserve peut-être de mauvaises surprises.

Marie décida de verser du thé dans les tasses, au moment où Gertrude, médusée, allait chercher un plateau chargé de biscuits dans la cuisine. La conversation ne reprit pas vraiment.

— Si nous voulons voir un bout de cette fameuse parade, conclut la maîtresse de la maison, mieux vaut nous mettre en route immédiatement.

Les convives l'imitèrent tout de suite, heureux de cette diversion. Elle continua, cette fois à l'intention de sa domestique :

— Es-tu certaine de ne pas vouloir nous accompagner ?

— Si ces beaux messieurs de la Société Saint-Jean-Baptiste avaient voulu me faire voir leurs chars, ils les auraient fait passer par la rue de la Fabrique, sous nos fenêtres. Tant pis pour eux, je n'irai pas me planter debout sur un trottoir pendant une heure avec ma patte folle.

— Nous prendrons un taxi, pour aller et revenir.

Gertrude ignora la précision, tellement elle comptait apaiser ses inquiétudes, à la suite des paroles entendues, en lavant la vaisselle.

Chapitre 4

— Ce monsieur semble être un très bon médecin ! s'exclama l'homme en entrant dans une antichambre bondée.

Âgé de vingt-huit ans, le nouveau venu présentait bien, dans son léger complet en lin d'un beau gris pâle. Son canotier un peu incliné sur l'œil gauche lui donnait l'air d'un touriste.

— C'est le meilleur, monsieur Picard, ricana l'un des autres patients en reconnaissant le nouveau venu.

Un homme entre deux âges sortait du bureau de consultation, un sourire sur les lèvres, une petite feuille de papier à la main.

— En plus, cela lui prend une minute pour rédiger la meilleure prescription possible, continua le même loustic.

Sourire en coin, Édouard prit sa place dans la file. Malgré l'affluence, inutile de chercher une chaise dans la salle, le praticien les avait fait disparaître afin de faire de la place. L'attente ne serait pas bien longue. Des hommes, âgés entre vingt et quatre-vingts ans, entraient dans une pièce, souvent sans se donner la peine de fermer la porte derrière eux, pour ressortir bien vite.

Après vingt minutes, ce fut son tour. Le vieux médecin leva à peine les yeux de son bureau au moment de demander :

— Ce sera la même chose ?

— Du cognac sera parfait, docteur Couture.

L'autre releva tout à fait la tête en entendant prononcer son nom.

— Ah! Le jeune Picard! Mes condoléances pour votre père. Je n'ai pas encore eu l'occasion…

— Je vous remercie. Je sais, nous sommes bien peu de chose entre les mains du Seigneur.

Plusieurs semaines après le décès de Thomas, Édouard se lassait d'entendre ces propos dans la bouche de parfaits inconnus. Dans celle d'un homme dont il ne gardait pas le meilleur souvenir, cela lui semblait plus déplacé encore. Ce médecin avait fréquenté le domicile de la rue Saint-François toutes les semaines, vingt-cinq ans plus tôt, afin de visiter sa mère malade.

Le praticien se le tint pour dit. Un instant plus tard, il tendait une prescription portant les mots «deux bouteilles de cognac» en annonçant:

— Ce sera un dollar.

Passé soixante-dix ans, le généraliste venait de découvrir une source de revenus merveilleuse, meilleure que les filons du Klondike. La prohibition faisait une exception pour l'alcool utilisé à des fins «sacramentelles, mécaniques ou de santé». Les curés trouvaient donc leur vin de messe comme à l'habitude, les mécaniciens de quoi dégraisser des engrenages, et tous les autres un «cordial» susceptible de servir de panacée. À ce prix, pour des consultations d'une durée d'une minute tout au plus, l'homme se préparait une retraite dorée.

Un moment plus tard, Édouard emboîtait le pas à une petite troupe afin de se rendre rue Dalhousie, à quelques minutes de marche du bureau de consultation. Dans le *Chronicle* du matin, Jean-Baptiste Letellier annonçait avoir obtenu de nouveau sa «licence» pour vendre des alcools. L'encadré rappelait la nécessité de présenter un certificat signé par un médecin.

Au 92, Dalhousie, le patient fit de nouveau la file. Cette fois, la queue s'allongeait jusque sur le trottoir. À la place de l'un de ses employés cependant, le marchand reconnut la silhouette d'un gros homme, jeune encore, au crâne prématurément dégarni.

— Fernand, quelle surprise ! Nous souffrons de la même maladie.

Le notaire Dupire se retourna, adressa un sourire hésitant à son voisin de la rue Scott, laissa passer deux personnes devant lui afin de s'en approcher la main tendue.

— Comme tous les hommes de cette ville, j'en ai bien peur.

— Je n'avais jamais réalisé combien les médecins se trouvaient près du gouvernement, au point de mériter ce petit article dans la loi. Ce sont bien les seuls à tirer profit de la prohibition. Tu parles d'une arnaque !

— Ce monsieur Letellier doit aussi faire d'excellentes affaires, commenta Fernand en contemplant la file devant lui.

L'homme se retint d'évoquer également les fonctionnaires qui vendaient des « licences » à un millier de marchands d'alcool dans la province. Tous attendaient une nouvelle version de la loi à la suite du plébiscite tenu le printemps précédent. Grâce à une prohibition « mitigée », au moins le vin et la bière se trouveraient bientôt en vente libre.

Édouard changea de ton pour dire :

— Au dîner, dimanche dernier, Eugénie paraissait terriblement morose. Elle n'a pas prononcé dix phrases pendant le repas.

— Je sais…

L'homme marqua une pause, puis continua sans trop de conviction :

— La mort de son père l'affecte plus que de raison.

Cette explication, plausible, valait mieux qu'une longue description de la réalité conjugale de la jeune femme.

— Elle lui a toujours été très attachée, mais cela ne peut justifier son humeur mauvaise. Tu as bien du mérite de vivre avec elle.

Le notaire répondit d'un sourire gêné. Au cours des dernières semaines, la cohabitation avec la sœur aînée de son ami avait pris une curieuse tournure. Chacun se retranchait dans ses quartiers, tout en s'efforçant de présenter une allure de normalité en public.

— Et surtout, continua Édouard, je suppose que sans la présence de papa, l'existence d'Élisabeth lui pèse plus encore.

— Cet obstacle ne durera pas. Ta belle-mère semble déterminée à aller s'installer sous un autre toit.

— Oui, tu as raison. Depuis que je lui ai acheté la maison, elle se décrit comme une visiteuse. Quand elle quitte la table, ou alors quand elle entre dans le salon ou la bibliothèque, elle commence par s'excuser auprès d'Évelyne et moi, comme si elle était devenue une étrangère.

Cette attitude heurtait celui qui, des années plus tôt, s'était entiché profondément de la belle jeune fille blonde recrutée par son père.

— Je ne devrais peut-être pas le répéter, expliqua Fernand, mais Eugénie ne veut plus participer à nos rencontres dominicales d'ici son départ.

Ces repas réunissant les familles du frère et de la sœur se poursuivaient un dimanche sur deux malgré l'absence du patriarche. Pourtant, ni l'un ni l'autre n'y trouvait le moindre plaisir. Le poids des convenances les forçait à continuer la tradition.

Édouard hocha de la tête en entendant ces mots.

— Cela ne devrait plus tarder maintenant. Maman ira bientôt te voir pour boucler une transaction immobilière.

— Elle compte acheter ? Bien sûr, cela représente un meilleur placement, mais elle devra voir seule à l'entretien.

J'aurais parié la voir choisir un petit appartement. Il y en a maintenant de bien jolis sur la Grande Allée, ou dans les rues environnantes.

— Elle cherche plutôt une maison immense. Elle aussi me paraît étrangement affectée par la mort de papa. Elle projette… Et puis non, maman t'expliquera elle-même ses plans. Je compte sur toi pour essayer de lui faire entendre raison.

Le notaire se priva du plaisir de préciser son rôle dans ces transactions. Il conseillerait sa cliente de son mieux sur le plan légal et même financier. Sa mission n'irait tout de même pas jusqu'à se faire l'intermédiaire entre une personne jouissant de toutes ses facultés et un fils désireux de garder un œil sur les affaires de sa mère.

Lentement, les deux hommes progressaient dans la file d'attente, au point de se retrouver dans un commerce rappelant une banque. Au fond d'une petite pièce se trouvait une grille en fer percée de deux guichets. Derrière, une salle prenait des allures d'entrepôt poussiéreux. Édouard abandonna les questions familiales pour revenir au sujet principal de leurs conversations, au cours des douze dernières années:

— Ton chef a réussi de justesse à conserver son siège, hier.

— Au contraire, il a obtenu une bonne majorité.

— Si cela peut te consoler, je te le concède. Mais les libéraux ont obtenu soixante-quatorze sièges, et l'opposition, en comptant les deux représentants ouvriers, sept.

Fernand jugeait toujours que le Parti libéral se montrait… trop libéral pour être honnête, justement.

— Avec toute la démagogie de tes amis, rétorqua-t-il, ces résultats ne me surprennent pas. Les candidats de Gouin se promenaient dans les campagnes et répétaient qu'une nouvelle guerre éclaterait sous peu…

— La situation est bien menaçante en Europe. Les Allemands n'ont pas encore signé. Puis du côté de la Turquie...

— Tes amis promettaient une nouvelle conscription pour demain.

— Les conservateurs nous ont fait le coup une fois. Il faut les empêcher de recommencer.

Le notaire s'approcha de l'un des guichets en affirmant :

— Le gouvernement d'union, composé en bonne partie de libéraux, a voté la conscription. Puis, Arthur Sauvé n'a aucun lien avec les conservateurs du reste du Canada.

— Ton chef renie ses seuls alliés. Mais les Québécois ne sont pas dupes.

L'homme n'écoutait plus. Il demanda au préposé derrière le guichet :

— Une bouteille de whisky et une autre de sherry... C'est pour ma femme.

Encore un petit mensonge. Jeanne, et non Eugénie, aurait droit à sa petite gâterie avant d'aller au lit. Au moment de sortir, il adressa un salut de la tête à son vieil ami.

❖

En 1919, la parade de la Saint-Jean commençait son périple dans la Basse-Ville et, après avoir parcouru les quartiers ouvriers, gravissait la côte du Palais et s'engageait dans la rue Saint-Jean. Les quartiers bourgeois ne contempleraient ni les chars destinés à raviver le sentiment national, ni les groupes de musiciens amateurs composés d'étudiants ou d'ouvriers plus riches d'enthousiasme que de talent. Leurs habitants préféraient voir la populace se tenir loin des pelouses bien entretenues devant leur demeure. La course de cette procession s'arrêterait à l'église du prospère faubourg Saint-Jean-Baptiste, où les participants profite-raient d'une cérémonie religieuse.

Au départ de la boutique, les Dubuc et les Picard se joignirent aux très nombreux badauds entassés sur le trottoir de la rue Saint-Jean. Marie donnait le bras à Paul. Thalie allait seule, forcée d'étirer le cou afin de voir au-dessus des épaules des autres spectateurs. Mathieu se trouvait gâté. Françoise tenait son bras droit et Amélie, son gauche. La première murmura, au moment où un contingent de zouaves pontificaux passait sous leurs yeux :

— Je suis désolée, pour tout à l'heure.

— Désolée ? Pourquoi donc ? Ce serait plutôt à moi de m'excuser. Depuis mon retour, je donne des leçons de politique à droite et à gauche, sans me soucier si mes voisins ont envie d'entendre mes récriminations.

— Oh ! Je ne parlais pas de cela…

La jeune femme marqua une pause, fit mine de s'inté-resser à un char représentant le navire de Champlain, le *Don-de-Dieu*. Le fier capitaine se tenait d'une main au mât dressé au milieu de l'embarcation, guère plus gros qu'un manche de fourche. La barbe du célèbre explorateur, suant à grosses gouttes sous le soleil de juin, paraissait sur le point de se décoller. L'homme, un ouvrier de l'usine de cigarettes Rock City, y portait sa main libre à chaque minute afin de replacer son ornement pileux.

— Je voulais parler de la visite de Gérard au magasin. Je ne l'ai pas encouragé à…

Le rouge aux joues, elle s'arrêta. Bien sûr, elle ne donnait aucun rendez-vous au magasin. Cette initiative tenait à son chevalier servant.

— Nous nous sommes déjà expliqués à ce sujet. Au moment de mon départ, nous étions des enfants. Les événements nous ont changés en profondeur. Les choses… ne sont plus comme elles étaient.

Amélie feignit de se passionner pour un char intitulé *L'Ouvrier du Canada*. Le prolétariat s'incarnait dans une jolie ouvrière de la chaussure. Elle se tenait sur la plateforme d'un camion Chevrolet, les pieds dans un nuage de gaze teint d'un vilain bleu, entouré du *Red Ensign* et de l'*Union Jack*. Le lien entre cette jeune personne et le pays, déchiré depuis la guerre, paraissait terriblement ténu. Sa présence dans la parade tenait sans doute à l'engouement d'un membre de la Société Saint-Jean-Baptiste pour ses charmes prolétariens.

La cadette des Dubuc ne perdait aucune des paroles prononcées.

— Tout de même, voir ce garçon passer devant toi n'a pas dû…

Françoise n'osa pas dire «améliorer ton humeur». Elle continua plutôt, après une courte hésitation :

— C'était terriblement indélicat de sa part de se manifester ainsi en ta présence.

Amélie s'appuyait un peu plus lourdement sur son bras gauche, remarqua Mathieu. La jeune fille venait de faire ses adieux définitifs au pensionnat des ursulines. Pour les deux ou trois prochaines années, son unique travail serait de dénicher un bon parti. Elle paraissait résolue à s'attaquer à cette tâche sans perdre une minute.

— Je t'assure, il est tout à fait naturel que tu continues de voir ce jeune homme.

Le garçon s'arrêta, car les cuivres de l'orchestre de la Garde Champlain perçaient les tympans. Les uniformes colorés s'éloignèrent un peu.

— En réalité, je suis très heureux de te voir engagée avec ce banquier. Je me sens un peu moins coupable de promener ma face lugubre dans le commerce.

Cette fois, Françoise ressentit un pincement au cœur. Jamais encore elle n'avait pensé être «engagée» avec Gérard. En présentant les choses ainsi, son compagnon ajoutait à la distance entre eux. Elle ne pouvait tout de même pas clamer: «Non, non. Je ne suis pas engagée, je suis incertaine.»

À ce moment, Thalie choisit de se rapprocher afin de commenter le char sous leurs yeux:

— Cette fois, ils entendent nous impressionner. Cela rappelle les affiches de recrutement, pendant la guerre.

Sur la plateforme d'un camion, des ouvriers avaient réalisé une représentation évocatrice du fortin du Long-Sault, construit en rondins. Cinq hommes représentaient Dollard des Ormeaux et ses courageux compagnons. Le chef balançait un petit tonneau au-dessus de sa tête: le fameux baril de poudre responsable de la défaite face aux Iroquois.

Pour ajouter au réalisme de la représentation, des adolescents affublés de costumes ridicules, des plumes de corneille sur la tête, couraient autour du camion en poussant des «hou hou» peu susceptibles de glacer le sang. Tout de même, ce rappel des ancêtres héroïques témoignait bien du rapport particulier avec le passé cultivé dans les collèges classiques, et communiqué à la masse du peuple par des commémorations de ce genre.

— Je préférais encore l'affiche pour gagner des volontaires pour le régiment d'Olivar Asselin. Tu te souviens du soldat incroyable, à mi-chemin entre un zouave et un clown du cirque Barnum?

Au moment de ces événements, le frère et la sœur fréquentaient tous les rassemblements politiques, au grand désespoir de leur mère. La succession des drames survenus depuis donnait l'impression d'un passé lointain. Pourtant, trois ou quatre ans seulement s'étaient écoulés.

Le dernier char allégorique portait le saint patron des Canadiens français. Un garçonnet aux cheveux blonds, bouclés, une croix blanche à la main, s'offrait à la contemplation des badauds. La vision de Jean-Baptiste enfant s'imposait dans l'imaginaire, plutôt que celle d'un adulte hirsute hurlant ses imprécations près des rives du Jourdain.

Derrière ce char venaient encore les groupes musicaux de quelques collèges, affublés de costumes militaires de fantaisie. Après le dernier, la foule des spectateurs envahit la chaussée, pour se déplacer en direction du marché Montcalm. La municipalité avait prévu la présence de très nombreux tramways afin de déplacer toute cette populace vers le terrain de l'exposition, situé au nord de la rivière Saint-Charles.

Comme Marie l'avait évoqué un peu plus tôt, les familles Picard et Dubuc préférèrent le confort des taxis, plutôt que de rester debout dans des transports publics bondés. Des voitures se trouvaient justement rangées près de l'Auditorium, dans l'attente de clients.

❁

D'une certaine façon, au cours de sa vie, jamais Élisabeth n'avait pris une décision. Le décès de ses parents l'avait précipitée au couvent et la supérieure des ursulines assumait seule la responsabilité de son passage chez la famille de Thomas Picard. Pendant toutes les années subséquentes, en vertu des usages tout comme du Code civil de la province de Québec, elle s'était trouvée soumise à son mari, une mineure dans les domaines économique et politique. L'idée d'engager le reste de sa vie lui donnait un vertige à certains égards délicieux. Toutefois, une erreur la placerait dans une situation difficile.

Assise sur un banc du jardin des Gouverneurs, elle contemplait depuis de longues minutes une maison au recouvrement en brique beige, dans la rue Sainte-Geneviève. Construite au siècle précédent, elle affichait une élégance austère. Le mur donnait directement sur le trottoir, aussi on ne voyait pas un brin d'herbe. Heureusement, la petite place au centre de laquelle se dressait le monument dédié à Wolfe et Montcalm fournissait un agréable espace de verdure distant de moins de dix verges. Surtout, en descendant trente pas vers le sud, on arrivait directement sur la terrasse Dufferin.

Cet emplacement se révélait près de tout: l'hôtel du Parlement, l'Université Laval, la Citadelle, le *Château Frontenac*. Cela assurerait la présence constante de personnes désireuses de se loger pour quelques jours, ou plusieurs mois.

— Mais je ne sais rien faire! se dit-elle.

Ce constat revenait sans cesse la hanter. Plus de vingt ans plus tard, même sa formation d'institutrice devenait trop ancienne pour lui être utile. La jolie femme leva la main pour regarder la montre-bracelet à son poignet. Édouard lui avait offert ce bijou à son dernier anniversaire. Elle devait désormais gérer son temps en fonction de ses propres obligations, et non plus en s'ajustant constamment à l'horaire très chargé de Thomas.

Cette pensée lui tira un soupir attristé. En se levant, elle murmura:

— Autant rentrer pour le repas, cette maison ne va pas changer de place d'ici demain.

Élisabeth emprunta la rue Haldimand jusqu'au chemin Saint-Louis. En quelques minutes, elle pourrait regagner la rue Scott.

❖

La répartition des passagers entre les deux voitures entraîna une brève discussion. Amélie entendait demeurer collée au jeune homme, soucieuse de donner libre cours à une inclination ressentie quelques années plus tôt. Si, en 1915, il lui avait bien fallu admettre être trop jeune, quatre ans plus tard, fière de ses dix-sept ans, elle clamait haut sa conviction d'être une femme.

À la fin, l'autorité paternelle s'imposa. Elle monta avec son père et Marie… Cela laissait le trio de jeunes gens dans le second véhicule. Thalie monta à l'avant, à côté du chauffeur, le couple se retrouva à l'arrière. Silencieuse depuis plusieurs minutes, Françoise glissa au moment où le taxi s'engageait dans la côte d'Abraham :

— Le mieux serait que je regagne Rivière-du-Loup avec papa, demain. Je passerais l'été avec lui.

— … J'ai été aussi désagréable que cela ?

La voix du jeune homme contenait juste assez de contrition pour amener sa compagne à protester bien haut.

— Non, pas du tout.

Elle marqua une pause avant d'ajouter :

— Mais la situation n'est pas convenable.

Deux mois plus tôt, elle s'inquiétait de la difficulté de vivre sous le même toit que son prétendant. La perspective de partager l'intimité d'un ex-promis lui paraissait plus pénible encore.

— Si tu es lassée de la vie de vendeuse, commenta Mathieu, personne ne t'empêchera de reprendre ta liberté. Maman te paie exactement le prix d'une employée dotée de ton expérience, elle te remplacera sans essuyer de perte. Je comprends que pour une fille de député, cela puisse paraître indigne.

— Ce n'est pas cela. J'aime beaucoup Marie, et m'occuper de la caisse, ou des clientes, vaut bien mieux que me morfondre dans une grande maison au milieu d'un petit village. Si papa espère condamner Amélie à ce genre de vie, cet automne…

— Dans ce cas, reste à Québec !

Le visage morose du grand dadais jouait sur son humeur. Surtout, depuis des semaines, la culpabilité l'empêchait d'accepter la moindre sortie. Elle se dérobait même à l'idée d'aller prendre le thé au *Château Frontenac* avec Thalie. En réalité, dans l'appartement situé au dernier étage du commerce, chacun s'interdisait de sourire afin de ne pas blesser le grand écorché vif.

Le jeune homme parut enfin comprendre son dilemme.

— De toute façon, je compte aller vivre ailleurs.

— Je partirai, affirma Françoise.

— Libre à toi. De mon côté, je vais me trouver un logis où broyer mes idées noires dans la solitude. Si tu désires aller vivre chez ton père seulement pour t'éloigner de moi, ne te donne pas cette peine. Si tu aimes ce travail, reste à ton poste. Mon départ et le tien, en même temps, mettraient maman dans une situation difficile.

Depuis le début, Thalie essayait d'afficher l'indifférence de celle qui n'entendait rien. Toutefois, quand son frère évoqua son départ, elle se retourna vivement. Là, elle n'y tint plus :

— Comme je passerai l'été à Québec, maman ne serait pas si désemparée de vous perdre tous les deux. Cependant, Françoise, je serais très heureuse de te voir rester à la maison. Depuis l'épidémie, je te vois un peu comme ma sœur, ma jumelle même, puisque nous avons le même âge.

Sur ces mots, elle passa un bras au-dessus de la banquette pour prendre les doigts de son amie. Celle-ci s'adressa à elle en disant :

— Mais je ne peux pas éjecter Mathieu de sa propre maison. Marie ne le tolérerait pas. Si je ne pars pas, elle me chassera.

— Maman ne fera rien de cela. Le départ de Mathieu lui donnera un air bougon pendant deux jours, puis elle comprendra. Si elle demeure morose plus longtemps, ce sera à cause de la distance entre elle et son beau Paul, cet été. Elle ne te tiendra pas rigueur de nos absences.

Au moment de passer le pont Dorchester, le chauffeur de taxi tendait l'oreille afin de démêler toute cette histoire. «Voilà une famille bien étrange», songeait-il en changeant les vitesses.

— Mathieu, murmura Françoise en regardant son compagnon dans les yeux, tu ne vas pas quitter ta famille pour aller vivre chez des étrangers.

— Mais tu fais exactement cela, et tu viens de nous dire y trouver du plaisir.

Le rose monta encore aux joues de la jeune femme. Thalie prit sur elle d'expliquer:

— Tu sais, sortir de sous les jupes de maman présente de bons côtés. Je me suis fait des amies à Montréal, je suis contente de mon indépendance. Mathieu sera heureux de faire le point sur sa vie sans avoir tous nos regards posés sur lui.

Le jeune homme remercia sa sœur d'un regard. Elle ferait un bon médecin, elle venait de fournir un excellent traitement. Françoise demeura un peu songeuse, puis elle convint:

— Je veux bien le croire, nous nous trouverons tous mieux à la suite de cette décision. Cependant, Marie ne le verra sans doute pas de cet œil.

Son compagnon lui adressa un demi-sourire, puis expliqua:

— Je le sais bien. Comme au moment de mon enrôlement, je compte recruter son cher Paul pour aider à faire passer la pilule.

Son interlocutrice fit une pause, puis acquiesça d'un signe de la tête.

❀

Dans la seconde voiture, Amélie se retrouva assise à l'avant, près du chauffeur. Pendant de longues minutes, le couple à l'arrière évoqua les activités des prochaines semaines. Paul Dubuc revint sur un sujet déjà fréquemment abordé :

— Viendras-tu me rejoindre à Rivière-du-Loup au début juillet, comme convenu, pour tout le mois ?

Sa maîtresse n'avait rien convenu du tout. Elle opposa son argument habituel :

— Pendant les deux mois de la belle saison, je réalise le tiers de mon chiffre d'affaires annuel, peut-être plus. Je ne peux m'éloigner.

— Voyons, trois personnes très compétentes sont en mesure de prendre la relève : Mathieu, Thalie et Françoise. Ce sont des adultes capables de tout faire fonctionner.

— L'un des enfants doit absolument m'accompagner, si je veux aller chez toi. Un veuf et une veuve dans la même maison, ce ne serait pas convenable !

Paul Dubuc prit la main de sa compagne.

— Nous ne serons pas seuls. Ma sœur Louise et Amélie habiteront là aussi.

— Ce n'est pas la même chose, tu le sais bien. Les électeurs, surtout dans les paroisses rurales, ne doivent pas avoir une morale bien élastique.

Le politicien éclata de rire, puis précisa :

— Du moment où je me présente pour le Parti libéral, je pourrais avoir autant de femmes que le Grand Turc, et je continuerais d'être élu sans opposition.

— Si tu fais trop jaser, le parti trouvera un autre candidat. Une seule intervention en chaire de la part d'un curé soucieux des bonnes mœurs suffirait. Nous ne devons pas prendre ces choses à la légère. Les comportements de tous les Québécois sont scrutés à la loupe par une armée de censeurs.

La réplique ne découragea pas tout à fait le député. Les enfants de la dame viendraient certainement appuyer ses arguments. Amélie profita d'une accalmie de la conversation pour se retourner à demi et demander :

— Marie, Mathieu et Françoise ne sont plus…

La jeune fille chercha le mot juste un instant, puis ne trouva rien de mieux que :

— Fiancés ?

— Leur relation n'a jamais eu un caractère officiel. Mais oui, je pense que c'est la meilleure façon de présenter les choses. Ils ne se fréquentent plus.

— Tu devrais faire preuve de discrétion à ce sujet, conseilla le père. On ne sait jamais. Si on leur laisse le temps de s'ajuster de nouveau l'un à l'autre, après cette longue absence, peut-être reviendront-ils à leurs sentiments anciens.

Amélie répondit d'un sourire, puis précisa :

— Le changement semble bien définitif. Je les ai entendus tout à l'heure. Ma sœur a déjà un autre homme dans sa vie.

Cette fois, ce fut au tour de Marie d'essayer de réprimer un peu cet enthousiasme.

— Françoise a rencontré quelques fois un jeune employé avant le retour de mon fils. Cela ne va pas plus loin.

— Il est venu la relancer ce matin au magasin !

La marchande demeura un moment interdite, surprise de voir la jeune fille au courant de ces événements. Paul intervint avec autorité :

— Ce garçon ne m'a jamais été présenté. Il n'y a rien de sérieux entre eux !

Malgré ses propres accrocs à la morale, le député était bien soucieux du respect des convenances par ses propres enfants. Cette habitude des jeunes gens de la ville de se rencontrer en dehors du foyer familial de la demoiselle lui paraissait bien dangereuse. Heureusement, son aînée demeurait bien sage, malgré cette situation un peu trouble. La cadette, plus audacieuse, resterait en liberté étroitement surveillée, pour éviter toute mauvaise surprise.

Amélie ne calma guère son inquiétude.

— Mathieu est très beau. J'aimerais qu'on se fréquente.

Dans un premier temps, Paul demeura muet de surprise, puis il répondit en élevant un peu la voix, au point d'amener le chauffeur de taxi à regarder dans son rétroviseur.

— Mais il est bien trop vieux pour toi !

— Voyons, il aura vingt-deux ans en juillet.

— Et toi dix-sept ! Tu es sortie du couvent vendredi dernier ! Lui arrive de la guerre.

Le constat tomba, lourd de sous-entendus. Après des années dans un pensionnat de religieuses cloîtrées, l'homme imaginait sa fille tout à fait ignorante des « choses de la vie ». De son côté, un vétéran rapportait avec lui un bagage d'expériences à l'effet délétère.

Amélie fixa son beau regard bleu sur son paternel, mordit sa lèvre inférieure. Très vite, des larmes roulèrent sur ses joues. Marie intervint pour prévenir l'ondée. En posant sa main sur l'avant-bras de la jeune fille, elle expliqua :

— Ton père veut dire que dans le cas de Mathieu, le calendrier habituel ne vaut plus rien. Si tu regardes les yeux de mon fils attentivement, tu constateras qu'à certains égards, il paraît très âgé. Tu as certainement lu dans les journaux combien les hommes ont souffert là-bas. Tu es une magnifique jeune fille, vive, jolie, intelligente. Mais penses-tu pouvoir donner ce dont il a besoin à un homme profondément meurtri?

— Françoise a dix-neuf ans et elle sort du couvent aussi. Mais à vos yeux, elle faisait une fiancée parfaite.

La cadette des sœurs Dubuc se retourna vers l'avant, le visage buté. Au moins, sa colère chassait ses larmes. Heureusement, car la voiture entrait déjà sur le terrain de l'exposition provinciale.

Chapitre 5

Pendant des années, les foires agricoles tout comme les cirques ambulants avaient planté leur chapiteau sur les plaines d'Abraham. Les bourgeois de la Grande Allée avaient protesté contre les odeurs de crottin et les bruits de foule de ces fêtes foraines, au point d'amener les autorités municipales à reléguer les manifestations de ce genre à la périphérie de la ville.

Les familles Dubuc et Picard descendirent sur une large plaine herbeuse située à l'angle des rues des Commissaires et de La Savane. De nombreuses constructions, certaines bien sommaires, les autres de pierre ou de brique, accueillaient des exposants ainsi que des manifestations culturelles ou sportives.

Pour la fête nationale, une forêt de mâts recevait des drapeaux nombreux. Si les *Union Jack* faisaient bonne figure, ceux du Vatican et les Carillon-Sacré-Cœur se révélaient de loin les plus nombreux. Des arcs de triomphe composés d'une simple armature en bois couverte de branches de sapin, d'épinette ou de pin permettaient aux visiteurs de se croire les héros de guerres lointaines, les vainqueurs d'ennemis bien mystérieux. Dans un coin, un peu à l'écart des diverses installations, un amoncellement de bois laissait présager un rassemblement autour d'un grand feu, une fois la nuit tombée.

— Mesdames, commença Paul Dubuc avec ironie, laquelle de ces nombreuses activités retiendra d'abord notre attention ?

Ces festivités populaires n'attiraient guère les habitants de la Haute-Ville... ou les députés de la campagne élus par acclamation. Comme les femmes demeuraient silencieuses, il crut bon de préciser :

— Comme vous pouvez l'entendre, il y a un orchestre dans ce kiosque. Puis nous aurons droit à une partie de baseball, à des courses de chevaux, et même ensuite à une course de motocyclettes.

— Nous pouvons aller voir d'abord les joueurs de base-ball, proposa Amélie.

Cette façon de présenter la chose, tout de suite après la dernière conversation, fit sourciller le père. Marie exerça une pression sur son avant-bras afin de le contraindre au silence. Le petit groupe se déplaça en direction d'un losange improvisé grâce à des traits de chaux sur l'herbe. Deux cents personnes, peut-être, se massaient de ce côté du terrain de l'exposition.

— Ils auraient dû aller jouer au stade, commenta Paul Dubuc. Celui de la Pointe-aux-Lièvres se trouve à deux pas.

Sous leurs yeux, le deuxième but tenta d'attraper une balle bien lente, l'échappa, essaya de la récupérer entre ses jambes, la laissa tomber une nouvelle fois avant de s'en saisir trop tard pour éliminer le coureur. Un éclat de rire des spectateurs souligna la performance.

— Des équipes un peu plus spectaculaires avaient réservé le stade, commenta Mathieu.

— Qui sont ces gens ? questionna Amélie.

La couventine paraissait résolue à ne pas s'éloigner de l'objet de son désir. Elle se tenait à ses côtés, le visage levé vers lui.

— Selon *Le Soleil*, les employés de Bell Canada disputent cette chaude lutte à ceux du Canadien Pacifique.

«De simples ouvriers», songea la jeune fille. Certains présentaient des silhouettes grandes, bien découpées. Toutefois, leur statut de novice s'affichait bien nettement. Les frappeurs touchaient rarement la balle, malgré la faible puissance des lanceurs. Les joueurs au champ paraissaient s'ennuyer au point de converser entre eux. Seuls leur famille ou des amis s'entêtaient à demeurer sur place et à hurler des encouragements.

— Ils sont nuls! commenta bientôt Amélie en leur tournant le dos.

— Nous pourrions aller juste à côté, proposa Thalie. Au moins les chevaux savent courir, c'est dans leur nature. Laissons les vaches jouer à la «balle au champ».

Les sociétés du Bon parler français proposaient des traductions parfois étranges de toutes les expressions venues des États-Unis. C'en était une.

Tout le monde acquiesça à la suggestion. Juste à côté du losange se trouvait un grand ovale autour duquel se pressait une assistance nombreuse. La popularité des courses de chevaux ne se démentait pas. De très nombreux notables – avocats, manufacturiers, propriétaires de commerce – se payaient le luxe de posséder un superbe étalon. Une douzaine de fois pendant l'été, ils revêtaient leurs plus beaux atours pour se rendre dans des manifestations populaires. Les plus téméraires se mêlaient même de conduire eux-mêmes leur bête. Cela se produisait rarement lors des courses de plat. Bien peu, parmi ces bourgeois, se seraient risqués à galoper sur le dos d'un étalon nerveux, et puis leur embonpoint les condamnait à une piètre performance. Toutefois, pour les trots attelés, certains se retrouvaient le cul calé dans un sulky, les rênes solidement tenues dans une main, un fouet dans l'autre.

Thalie avait raison. Les bêtes nerveuses parcouraient le grand ovale avec une élégance toute naturelle. Les sabots ferrés de neuf soulevaient des mottes de terre, pour les lancer parfois jusqu'au premier rang des spectateurs.

Pourtant, un « oh ! » surpris, un peu effrayé même, leur parvint plutôt du terrain de baseball. La balle lancée par un monteur de ligne de Bell Canada rencontra le bâton manié par un mécanicien de locomotive, décrivit un grand arc de cercle pour retomber lourdement… sur l'épaule de Françoise.

— Fausse balle, cria quelqu'un.

— Aïe, répondit la jeune femme.

Devant le joueur accouru pour récupérer le projectile, le député Dubuc protesta d'une voix outrée :

— En plus de ne pas savoir jouer, vous estropiez les gens.

— … C'est un accident.

— J'espère bien que c'est un accident. Autrement, ce serait une agression armée, un crime valant dix ans de prison.

Le pauvre travailleur n'en revenait pas de sa malchance. Une fausse balle devenait un délit criminel, aux yeux de ce petit notable. Thalie fit preuve à la fois de plus de mesure et d'un meilleur à-propos :

— As-tu mal ? demanda-t-elle à son amie.

— Un peu. J'ai surtout été surprise.

— Si nous sommes soumises à un bombardement, conclut Marie, autant boire une limonade près du kiosque. Qui vient avec moi ?

Françoise fit tout de suite mine de la suivre, de même que l'étudiante.

— Je vais regarder la prochaine course, indiqua Mathieu, et je vous retrouve tout de suite après. Vous aurez à peine le temps d'être servis, avec cette affluence, alors commandez pour moi.

— Amélie, accompagne ta sœur et Marie, ordonna le politicien. Je vais aller dire un mot à ces idiots armés de balles, puis je vais vous rejoindre.

La jeune fille en rupture de couvent voulut protester. Mathieu évita une scène en disant :

— Monsieur Dubuc, pourriez-vous revenir ici d'abord ? J'aimerais vous dire un mot seul à seul. Cela ne prendra qu'une minute.

L'adolescente prit cela comme un congédiement et emboîta le pas à son hôtesse.

❖

Mathieu allait ouvrir la bouche quand les spectateurs de la course s'agitèrent encore. Une balle venait de nouveau d'atterrir au milieu de la foule.

— Ce sont vraiment des imbéciles heureux, commenta le politicien. Je reviens tout de suite.

Paul s'éloigna d'un pas rapide, marcha jusqu'à l'arbitre et s'agita un moment devant lui. Mathieu s'amusa de la pantomime. À la fin, le joueur debout au sommet du losange jeta son bâton sur le sol, le receveur enleva son masque. Il fallut une minute aux joueurs de champ avant de comprendre la situation. Les journaux commenteraient abondamment la partie interrompue afin de protéger les badauds. Heureusement, personne ne donnerait le nom du député courroucé. Cela aurait pu réduire les appuis au Parti libéral, de la part des milieux sportifs.

Quand Dubuc retrouva Mathieu, les notables de la ville de Québec lançaient une autre fois leurs chevaux nerveux sur le grand ovale en terre battue.

— Depuis deux semaines, commença le jeune homme, j'essaie en vain de trouver un emploi dans une étude légale, sans aucun succès. Pourtant, je suis prêt à me passer de salaire.

— Tu n'as fait qu'une année de droit, il y a deux ans déjà. Surtout, l'été tout le système judiciaire tourne au ralenti.

— Cinq avocats m'ont expliqué cela, dans les mêmes mots.

Le jeune homme marqua une pause, puis il conclut :

— Dois-je renoncer à ce projet ?

— Peut-être. Mais je serai heureux de passer une douzaine d'appels téléphoniques, demain matin. Je ne peux rien promettre, cependant.

— Je le comprends bien. Je vous remercie.

Pendant un moment, les deux hommes regardèrent la demi-douzaine de chevaux passer devant eux. Puis Paul constata :

— Tu n'as pas l'intention de continuer à travailler dans le commerce de ta mère.

— Non. Je ne suis pas du tout disposé à vendre encore des chiffons. Puis ma face lugubre fait une bien mauvaise réclame.

Il marqua une pause avant de continuer :

— Je m'inquiète un peu de la reprise des cours, en septembre. Il me semble avoir oublié tout ce que j'ai appris en 1916-1917. Mais ce n'est pas seulement ça. Je ne me sens plus la force de sourire à toutes ces dames, de les entendre me demander de parler de la guerre. Elles sont bien gentilles, remplies de bonnes intentions, mais je veux oublier ces mois d'horreur, pas m'y replonger pour leur procurer quelques sensations fortes.

Il interrompit la confidence, puis précisa :

— Je désire aussi quitter la maison, afin de vivre seul.

— Oh ! Cela fera des vagues.

Le politicien lui adressa un sourire. Marie résisterait à l'idée de laisser son aîné quitter de nouveau le nid familial. Elle se réjouissait tant de l'avoir retrouvé à peu près indemne.

— Je ne repars pas à la guerre. Je vivrai sans doute à moins de dix minutes de marche de la maison. Les chambres d'étudiant se trouvent toutes dans le quartier.

— Tout de même, tu la connais autant que moi.

— Il y a deux ans, vous m'aviez aidé à faire passer la nouvelle de mon enrôlement.

Son interlocuteur hocha la tête à ce souvenir.

— Vous pourriez encore jouer le même rôle.

Le politicien laissa échapper un ricanement bref. Les chevaux retinrent un moment son attention.

— Je me sens un peu en conflit d'intérêt, précisa-t-il. Ce matin, j'ai encore invité Marie à prendre quelques semaines de vacances avec moi à Rivière-du-Loup. Mon meilleur argument était ta présence au magasin, pour prendre le relais. Si tu t'en vas, elle ne voudra plus rien entendre.

La situation lui paraissait inextricable. Non seulement sa maîtresse voudrait demeurer à Québec, mais son humeur s'assombrirait les prochaines semaines.

— Alors négocions. J'offrirai à maman mes services pour la période où elle sera absente. Vous vous efforcerez de lui faire comprendre qu'après ma présence au front et tous ces mois dans des chambrées militaires, je trouve difficile de passer vingt-quatre heures par jour à proximité d'une mère aimante et attentionnée au point d'en devenir un peu envahissante.

Ces mots décrivaient bien l'attitude de la marchande. Paul hocha la tête avant de prendre un engagement formel :

— Je ferai tout mon possible pour la rassurer. Surtout, je me rendrai détestable auprès de tous mes collègues à force d'insister afin de te trouver une place de stage. Toutefois, tu dois t'attendre à un emploi très ennuyeux, comme classer de vieux dossiers.

— Je suis prêt à nettoyer les toilettes, du moment que cela se passe dans une étude légale, et cela pour l'amour du bon Dieu.

— Je vais te donner un conseil d'avocat : ne fais pas allusion à ton désir de travailler sans être payé. Tes futurs confrères risquent de te détester si tu fais baisser le prix du travail légal.

Le député tendit la main afin de sceller l'entente entre eux.

— Le mieux serait de rejoindre les dames, conclut Mathieu, sinon ma limonade sera tout à fait tiède.

Après un dernier regard sur les chevaux, les deux hommes se dirigèrent vers le kiosque à leur tour.

❖

L'expérience ne marquerait la vie d'aucun mélomane, mais l'orchestre Morin berça les spectateurs massés autour du kiosque érigé au centre du terrain d'exposition tout l'après-midi. Il se produirait aussi en soirée sur la terrasse Dufferin.

Le groupe des Picard et des Dubuc monopolisa deux petites tables rondes pendant un peu moins d'une heure. L'épaule de Françoise et les risques inhérents aux joutes de balle au champ monopolisa la conversation un moment, puis l'intérêt se porta sur la belle saison s'ouvrant sous les meilleurs auspices. Le ciel offrait un bleu soutenu depuis le matin. Surtout, les nuages de la guerre étaient enfin dissipés. Si les Allemands retardaient toujours la signature du traité de paix, à Versailles, personne ne songeait à une reprise des hostilités.

Marie le vit la première. Édouard Picard, dans son bel habit en lin, le canotier incliné sur l'œil, demeurait un jeune homme très séduisant. Au moment où il aperçut le groupe rassemblé, son hésitation fut à peine perceptible. Un instant plus tard, il tendait la main à la veuve en disant :

— Madame, je suis très heureux de vous revoir.

Elle présenta sa main gantée, incapable toutefois de retourner le compliment. Charger l'enfant des péchés de son père serait injuste. Cette réflexion lui permit d'esquisser un sourire.

Le nouveau venu conserva la même attitude polie en se tournant vers Thalie, même si le souvenir d'une plume de poulet lui donnait envie de distribuer des gifles.

— Mademoiselle, vous avez terminé la première année du cours de médecine, je pense.

— Oui, vous êtes bien informé.

— Personne ne peut ignorer ce fait. Vous serez la première femme de la ville à recevoir un diplôme de ce genre.

— Je vous retire mon compliment. Chacun sait qu'Irma Levasseur fut la première à devenir médecin.

L'homme encaissa la remarque sans se départir de son sourire.

— Vous demeurez jolie, vous êtes certainement intelligente…

Il laissa en suspens le reste de la phrase : « … et arrogante au point de mériter une bonne correction. » L'étudiante n'entendait pas demeurer en reste dans ce genre de civilités.

— Oh ! Vous n'êtes pas mal non plus… dans votre genre.

Cette fois, les mâchoires masculines se crispèrent un peu. Mieux valait porter son attention sur un autre membre du groupe.

— Mathieu, tu es enfin de retour au pays.

Entre des hommes apparentés et à peu près du même âge, le tutoiement demeurait de rigueur. Le vétéran tendit sa main gantée en disant :

— J'aurais mauvaise grâce à nier cette information.

— L'un de ces jours, nous devrions discuter, tous les deux.

— Je n'ai aucune intention de retourner à la guerre prochainement, donc une rencontre entre cousins ne posera pas de difficulté.

Sur le mot « cousin », Édouard perçut une curieuse inflexion dans la voix de son interlocuteur. Comme il ne faisait pas mine de s'en aller, Marie ne put se dérober à l'obligation de faire les présentations :

— Monsieur Paul Dubuc, un ami de la famille. Paul est avocat et député à l'Assemblée législative.

Puis, à l'intention de son compagnon, elle précisa :

— Édouard Picard était le neveu de mon défunt mari.

— Je suis enchanté de faire votre connaissance.

Les deux hommes échangèrent une poignée de main. Le nouveau venu remarqua :

— Vous devez être très fier du succès du Parti libéral, hier. Nous avons connu une belle victoire.

— Très belle, en effet… Je vous présente mes filles, Françoise et Amélie.

Chacune tendit sa main gantée en se disant : « Enchantée. » La cadette mit un enthousiasme un peu exagéré dans le ton utilisé, tout en se levant à demi. Le député laissa échapper un petit soupir. Celle-là s'enflammait un peu trop rapidement pour tout ce qui portait un pantalon : l'été offrirait sa part de discussions orageuses.

Thalie n'allait pas, de son côté, perdre l'occasion d'une nouvelle petite pique :

— Vous avez connu la victoire ?… Vous n'êtes plus le fidèle Sancho Pança ?

— Pardon?

— Sancho Pança, le faire-valoir de don Quichotte. Depuis ma naissance, du moins on me l'a dit, vous avez joué ce rôle auprès d'Armand Lavergne.

Comme l'autre rougissait, Mathieu précisa :

— Vous avez évoqué votre victoire libérale. Pourtant, le donquichottesque Lavergne n'a pas appuyé Lomer Gouin, cette fois-ci, mais plutôt ses adversaires.

— Je ne m'intéresse pas aux convictions de ce monsieur.

— Voyons, renchérit Thalie, je vous ai moi-même vu à ses côtés lors de toutes les manifestations contre la conscription.

La conversation prenait une tournure inquiétante. Pourtant, elle revêtait un étrange côté thérapeutique. Pour la première fois depuis son retour, Mathieu arborait un sourire franc, aucune ombre ne voilait son regard.

— Ma sœur évoque le héros de Cervantes. L'image me plaît. Votre comparse lançait de grandes entreprises contre les moulins à vent impérialistes. Fidèle, tu suivais assis sur un âne.

— … Empêcher les impérialistes d'enrôler de force des Canadiens français ne tenait en rien de la chimère. Ils voulaient anéantir notre nation dans les tranchées des Flandres.

La voix devenait cassante, le visage se couvrait du rouge de la colère. Édouard put se ressaisir juste assez pour murmurer :

— Mesdames, messieurs, je dois vous quitter, la course commencera bientôt.

Il tourna les talons pour s'éloigner d'un pas raide. En pouffant de rire, Thalie remarqua à l'intention de Paul :

— Si on gratte ce libéral, on trouve très vite un nationaliste.

— Mais il est si beau, conclut Amélie.

Le politicien secoua la tête. Marie vint à son secours en disant :

— Allons voir cette course. Cela doit représenter le clou de la journée.

❖

Si les personnes plus âgées et les amants des beaux animaux se pressaient au moment des courses de chevaux, les jeunes s'enthousiasmaient pour des montures pétaradantes et malodorantes. Les motocyclettes s'alignaient près de la ligne de départ, au nombre de quatorze.

Les audacieux assez fous pour s'élancer sur la piste ovale ressemblaient à s'y méprendre aux « as » de l'aviation dont les photographies ornaient fréquemment les journaux. Ils portaient en effet des casques et une veste en cuir épais, destinés à prévenir des éraflures douloureuses en cas de contact trop violent avec le sol. Toutefois, ces minces protections se révéleraient dérisoires contre un impact brutal.

— Nous ferions mieux d'éviter cette section des estrades, près de la ligne de départ, remarqua Thalie.

Édouard Picard se trouvait là avec des hommes de son âge et de sa condition sociale. Leurs discussions animées témoignaient d'une réelle passion pour les « machines ».

— Il y a de la place de ce côté-là, répondit Marie.

La femme montrait du doigt une section proche de la courbe supérieure du grand ovale. L'endroit offrait un excellent point de vue.

— Je me demande bien pourquoi personne n'occupe ces places, remarqua Paul en se dirigeant vers l'endroit.

Un élément de réponse s'imposa au moment où ils durent essuyer la poussière sur le madrier rugueux servant de banc. La piste en terre battue, toute proche, se trouvait bien sèche. À cet endroit, les chevaux avaient tourné dans un nuage.

— Nous risquons de ruiner nos tenues, se plaignit Françoise.

— Un peu de poussière ne gâtera pas un bon tissu, rétorqua Thalie. Gertrude fera tout disparaître à la prochaine lessive.

— Elle va plutôt faire tremper ma robe dans l'huile de moteur.

La vieille domestique maîtrisait mal sa mauvaise humeur depuis des semaines. Voir l'invitée de la maison lever le nez sur Mathieu lui paraissait l'impudence absolue. Sa politesse froide, le masque impassible sur son visage se révélaient pire qu'une franche hostilité.

— Si tu veux, je vais lui parler.

— Cela ne changera rien, Marie a déjà essayé.

Thalie répondit d'un sourire. La vieille bonne ne refuserait rien à l'un des enfants de sa patronne. Près de la ligne de départ, les coureurs baissaient leurs lunettes d'aviateur sur leurs yeux, donnaient un coup de pied à leur démarreur. Très vite, le bruit de la pétarade devint insupportable. Tous les regards convergèrent dans cette direction. Un officier de police se tenait immobile, son revolver pointé vers le ciel.

Les compétiteurs s'approchèrent du trait de chaux sur le sol, deux d'entre eux se virent incités à reculer un peu, tellement ils mordaient la ligne. Quand retentit la détonation, certains motocyclistes démarrèrent en trombe, seule leur roue arrière portant sur le sol. D'autres, moins audacieux, ou plus rusés, évitèrent de se mêler au peloton pour tenter de le dépasser en s'éloignant à l'extérieur de la piste.

En s'engageant dans la courbe du grand ovale, les montures en fer s'inclinèrent dangereusement, certains genoux effleurèrent la terre battue, parfois les roues arrière glissèrent dans un dérapage difficilement maîtrisé. Surtout, elles soulevèrent un nuage brunâtre que le vent poussa vers les estrades.

Marie toussa brièvement tout en portant sa main devant sa bouche. Finalement, ces places se révélaient moins avantageuses qu'elle ne l'avait d'abord cru.

— Nous pouvons nous éloigner un peu, proposa Paul en criant pour couvrir le vacarme. Si nous demeurons debout un peu vers l'arrière…

— Non, protesta Amélie. Je ne verrai rien.

Elle tenait son chapeau de paille de l'une de ses mains gantées, plaçait l'autre près de sa bouche. Le père échangea un regard impatient avec sa compagne, comme pour signifier : « Si récemment échappée du pensionnat, sa nouvelle liberté lui monte un peu à la tête. »

Pendant un long moment, le peloton des coureurs s'éloigna d'eux, se perdit même dans un brouillard d'un vilain brun au moment de prendre la courbe opposée, puis reparut, progressant à une vitesse folle. De nouveau, ce furent l'inclinaison vers l'intérieur de l'ovale, les dérapages, et la poussière un peu étouffante. De nombreuses personnes hésitaient entre protéger leur bouche ou leurs oreilles.

Les « oh ! » et les « ah ! » soulignaient les dépassements les plus audacieux ou les oscillations trop marquées des machines. Au cinquième tour, Bilodeau menait. Toutefois, sa roue avant buta dans l'un des trous laissés un peu plus tôt par les chevaux. Il fit un mauvais mouvement, sa roue arrière sembla un moment vouloir dépasser celle de l'avant. La motocyclette se coucha sur le côté, il laboura le sol de son genou et de son épaule.

Un, deux puis trois coureurs purent l'éviter. Leurs manœuvres soulevaient encore plus de poussière. Le cinquième, Jack Patterson, désireux de prendre la tête en se dirigeant vers l'extérieur de la piste en accélérant, ne distingua tout simplement pas l'obstacle. Sa roue avant donna brusquement sur le bloc moteur de Bilodeau, son bolide s'envola littéralement, son chauffeur toujours cramponné au guidon.

Le lendemain, les journaux parleraient d'une trajectoire de vingt-cinq à trente pieds. Mathieu ne chercha pas à l'estimer au moment où l'homme toucha violemment la terre juste devant lui, pour culbuter sur lui-même à trois reprises. Il se leva plutôt pour s'approcher de la victime, sauta en arrière afin d'éviter le contact avec une motocyclette passant en trombe. Ensuite, prudemment, il demeura un moment en retrait, le temps de laisser passer tous les compétiteurs.

Quand le bruit des moteurs s'éloigna, la poussière retomba un peu. Personne d'autre n'avait heurté l'un des engins, ou les corps étendus sur le sol. Cela tenait du miracle. Bilodeau se mettait malaisément sur les genoux afin de regagner avec difficulté le gazon au centre de la piste. Des spectateurs s'empressèrent de dégager les machines. D'autres faisaient de grands signes des bras afin d'amener les officiels à interrompre la course.

De son côté, Mathieu s'agenouilla près de Patterson. Il l'apprendrait à la lecture des journaux du lendemain, ce gars avait survécu à deux ans de guerre. Au moment de sa démobilisation, il avait repris son emploi au chantier naval Davie, sur la rive sud. Finalement, sa passion pour la course se révélait plus dangereuse que les balles allemandes.

— Il faudrait le sortir de la piste, proposa Paul Dubuc, venu le rejoindre.

L'ancien soldat leva la tête. Si des spectateurs marchaient sur le grand ovale, le bruit tonitruant des moteurs laissait toujours craindre l'arrivée soudaine des compétiteurs grisés à l'idée d'une victoire.

— Le déplacer peut être dangereux.

— Le laisser là aussi.

Finalement, des curieux venus voir le blessé se saisirent soigneusement de ses membres, l'un d'eux passa ses doigts sous la ceinture en cuir à sa taille. Thalie soutint la tête entre ses mains.

— Il va mourir, murmura Mathieu quand le corps du coureur se trouva étendu sur la banquette rugueuse.

Sa sœur remontait les lunettes d'aviateur sur le front de Patterson. Son visage semblait bien étrange, couvert de saletés à l'exception de l'espace protégé par le verre, très blanc, marqué de taches de rousseur. Une moustache mince, d'un roux foncé, courait sous son nez.

— Il est beau !

Au son de la voix d'Amélie, Paul Dubuc ne put réprimer un juron.

— Il ne s'en tirera pas, répéta le vétéran.

— Sa respiration paraît régulière…

Le frère et la sœur tenaient chacun à leur pronostic. Mathieu précisa sa pensée :

— Renifle.

Au moment de le soulever, les bons Samaritains avaient bien perçu l'odeur d'excréments, le pantalon de grosse toile était mouillé d'urine devant. L'abdication des sphincters lui inspirait ce pessimisme.

Une silhouette noire se dressa près d'eux, le jeune homme reconnut une soutane. Le prêtre appuya son diagnostic en disant :

— Il vaut mieux l'administrer.

Comme d'habitude lors des festivités de ce genre, l'abbé Émile Buteau parcourait le terrain de l'exposition. Il convenait de montrer que l'Église appuyait l'aspect profane de la fête nationale, cela d'autant plus que toutes ces personnes avaient consacré leur matinée à des cérémonies religieuses.

Surtout, sa seule présence permettait de prévenir la commission de péchés, petits et grands. Aucune jeune femme au maquillage outrancier, à la démarche provocante, n'avait hanté les lieux. L'ecclésiastique s'inquiétait toutefois d'avoir vu des hommes réunis autour de coffres de voiture ouverts. Les passeurs d'alcool envahissaient même les célébrations de la Saint-Jean-Baptiste. Dès le lendemain, le prêtre de choc publierait un article excessif dans *L'Action catholique* ; le prochain dimanche, tous les curés du diocèse de Québec fustigeraient la « dive bouteille » du haut de la chaire.

Buteau ne se laissait jamais prendre au dépourvu. Une ouverture placée à un endroit opportun sur le côté de la soutane lui permit de tirer une étole de la poche de son pantalon sans se trousser. L'ornement autour du cou, alors qu'il s'apprêtait à tracer une croix du bout de son pouce sur le front du blessé, quelqu'un fit remarquer :

— Il n'est peut-être pas catholique.

— Il est peut-être catholique, rétorqua le prêtre.

Le sacrement des mourants ne ferait pas de mal à un protestant, et il représentait un passeport pour le ciel aux yeux des pratiquants de la vraie foi. L'ecclésiastique marmotta de mystérieuses paroles en latin. Heureusement, aucun bruit de moteur ne déchirait plus les oreilles. Les compétiteurs, sales et hagards, s'approchaient plutôt en poussant leur monture à leur côté.

Un instant plus tard, un homme nerveux, une petite mallette en cuir à la main, fendit la foule en clamant d'une voix autoritaire :

— Éloignez-vous, vous l'empêchez de respirer !

Devant l'abbé Buteau, le nouveau venu crut nécessaire de présenter ses lettres de crédit.

— Je suis le docteur Bertrand. Quelqu'un s'est chargé d'appeler une ambulance. Elle va arriver dans un instant.

— Je lui ai donné l'extrême-onction.

Le scientifique acquiesça devant le représentant de Dieu, puis il se pencha sur le blessé pour mettre sa main sur son cou.

— Son cœur bat toujours.

Au moment où il commençait à détacher les boutons de la veste en cuir, une voix s'éleva au-dessus des rumeurs de la foule :

— *Jack ! My God, Jack !*

De nouveau, les curieux desserrèrent les rangs pour laisser passer une femme tenant un très jeune enfant dans ses bras. Elle se jeta sur ses genoux au moment où le marmot décidait de pleurer à s'en fendre les poumons.

— Je vais le prendre, dit Marie en joignant le geste à la parole.

L'autre se laissa dépouiller de son fardeau sans même lever les yeux, puis elle approcha son visage tout près de celui du gisant.

— *Oh ! Jack, talk to me !*

Devant le silence de son mari, elle tira sur les revers de sa veste, fit mine de le relever à demi, comme pour l'asseoir.

— Madame, ne faites pas cela. Vous risquez de le blesser.

Dans les circonstances, les paroles du médecin paraissaient un peu ridicules. Toutefois, nul ne savait combien de fractures affectaient ce grand corps. Les deux mains du docteur Bertrand posées sur ses épaules, la femme éplorée abandonna son projet pour poser plutôt la tête sur la poitrine de son époux. Ses sanglots bruyants faisaient tressaillir tout son corps.

L'attention des curieux fut bientôt attirée par le son d'un moteur. Une ambulance roulait sur la piste de course. À cause des risques inhérents à certaines activités de la journée, un véhicule se trouvait à l'entrée du terrain de l'exposition. Deux hommes en descendirent. Ils se munirent d'une longue planche avant de venir vers le blessé.

— C'est un Anglais, précisa le médecin en aidant l'épouse à se relever. Conduisez-le au Jeffery's Hale.

Le praticien s'en tenait aux usages, les deux peuples ne devaient se mêler ni à l'école ni à l'hôpital. Les employés usèrent de mille précautions pour faire passer le corps de la banquette à la planche. Au moment où, sous les yeux de l'épouse en larmes, ils faisaient passer leur fardeau dans le véhicule, Marie tendit l'enfant tout en chuchotant en anglais :

— Madame… je vous souhaite bonne chance.

Gênée par la souffrance toute nue livrée à son regard, elle s'esquiva bien vite pour aller se pendre au bras droit de Paul Dubuc. En soirée, le 25 juin, Jack Patterson rendrait l'âme sans avoir jamais repris conscience.

❖

L'ambulance quitta la piste de course, laissant des centaines de spectateurs frappés de stupeur. Un mouvement de foule se dessina vers la sortie. Pour endiguer ce flot, les organisateurs s'emparèrent de porte-voix et se répandirent dans le vaste terrain pour hurler :

— Malgré le malheureux accident, nous allons poursuivre les activités comme prévu. Ce sera une bonne façon de rendre hommage au valeureux sportif. Un médecin nous a livré des paroles rassurantes sur l'état du blessé.

Ces mots eurent l'effet escompté sur la plupart des visiteurs. Paul Dubuc remarqua à haute voix :

— Leur impudence est sans limites. Ce gros mensonge doit éviter de gâcher la belle fête.

— Ils doivent parler de l'autre coureur, rectifia sa fille, le premier qui est tombé. Je l'ai vu s'en aller tout à l'heure, soutenu par des amis.

Françoise tenait à présenter chacun sous son meilleur jour.

— Que faisons-nous ? demanda le père.

— Nous restons ici, répondit Amélie. Je suis triste pour ce pauvre homme, mais je veux profiter de cette fête.

L'homme regarda Marie près de lui, résolu à respecter le choix de sa compagne. Celle-ci hocha la tête pour lui signifier son assentiment. Le petit groupe regagna sa place sur les banquettes dans l'attente de la suite du spectacle.

❖

Le programme annonçait la tenue de « Manœuvres militaires par notre valeureux 22ᵉ bataillon ». La grande entreprise de récupération de l'héroïsme des autres se poursuivait au sein des milieux nationalistes.

L'interruption abrupte de la course de motocyclettes forçait les organisateurs à devancer d'une heure cette manifestation. Tous les participants ne se trouvaient pas encore sur place, aussi les anciens militaires devaient resserrer les rangs. Certains se promenaient devant les estrades, à la recherche de camarades désireux de payer de leur personne.

L'un d'eux s'approcha bientôt pour dire :

— Capitaine Picard, heureux de vous revoir.

Mathieu accepta la main tendue.

— Après votre évacuation à l'arrière, continua l'autre, beaucoup de rumeurs ont circulé. Cela semblait être une bien mauvaise blessure.

Deux places plus bas, Marie tendait l'oreille. Malgré ses questions, son fils demeurait bien peu loquace sur l'étendue des dégâts. Tout au plus savait-elle que des éclats de shrapnell avaient atteint le côté droit de son corps. Et son fils ayant bientôt vingt-deux ans, elle ne pouvait tenter de pénétrer dans la salle de bain au mauvais moment dans l'espoir de voir l'importance des cicatrices.

— Elle était assez bénigne, puisque je suis là.

C'était la dérobade habituelle. Le soldat abandonna le sujet, pour enchaîner plutôt :

— Venez-vous jouer avec nous ? Nous allons montrer aux bonnes gens de Québec un peu de notre savoir-faire.

— Je n'ai pas d'uniforme. Je l'ai jeté au feu.

L'autre demeura un moment interdit, puis il partit en secouant la tête.

— Tu le connais ? s'informa Thalie.

— Le visage me paraît familier, mais je ne saurais dire son nom.

— Lui connaissait le tien.

Son frère lui adressa un sourire contraint.

— Les officiers avaient une certaine visibilité, tu sais. Notre travail faisait l'objet de discussions incessantes. Les soldats faisaient même des procès à certains d'entre nous et rendaient une sentence.

— Que veux-tu dire ?

— Ils formaient un simulacre de tribunal, avec un jury, puis examinaient le comportement d'un officier lâche, cruel, incompétent. Cela se soldait parfois par un verdict de culpabilité et une sentence de mort.

— Tu veux dire qu'ils…

La jeune femme ouvrait très grands ses yeux bleus et sombres.

— La mettait à exécution ? Non. Ils se contentaient de lui remettre une note anonyme portant la sentence. L'effet se montrait parfois dévastateur.

Mathieu s'interrompit un moment, avant de préciser :

— Certaines sentences ont certainement été exécutées. Quand nous marchions vers les lignes ennemies, au milieu de la mitraille, des coups de feu éclataient derrière nous. Tous les soldats ne sont pas morts à cause des tirs ennemis.

Le jeune homme murmurait presque dans l'oreille de sa sœur. Les autres membres du petit groupe n'entendaient rien, mais soupçonnaient le caractère dramatique de ses confidences. Thalie serra la main gantée dans la sienne.

— Bref, nous étions bien connus de nos hommes, mais ceux-ci ne comptaient pas parmi nos intimes.

Aucun officier ne voulait connaître trop bien les personnes susceptibles de mourir en obéissant à ses ordres.

Sur le terrain devant les estrades, une centaine d'hommes en uniforme serraient les rangs, le fusil sur l'épaule. Le corps très raide, la poitrine gonflée de fierté, les vétérans firent un tour complet de la piste. Pendant ce temps, des employés plaçaient des potences sur le terrain, auxquelles pendaient des sacs de sable.

Les soldats formèrent un carré, avec dix hommes de front, sur dix rangées de profondeur. Les premiers saisirent leur arme à deux mains, puis s'élancèrent en hurlant, enfoncèrent leur baïonnette dans les sacs. Le second rang fit la même chose.

Les spectateurs médusés regardaient en silence, imaginant sans peine ces vétérans, un an plus tôt, faisant les mêmes gestes en direction de poitrines ou de ventres ennemis. Pour certains, la réminiscence se révéla insupportable. Mathieu se plia en deux et vomit bruyamment entre ses pieds. Pâle comme la mort, il se leva ensuite en laissant échapper :

— Je m'en vais.

Thalie s'empressa de lui emboîter le pas en s'accrochant à son bras et sa mère s'attacha à leurs talons. Le clan Dubuc dut les suivre. Même Amélie n'osa pas protester. Le groupe passa devant les estrades de tout un côté de la piste, sous le regard surpris de nombreux spectateurs.

— Le pauvre homme, commenta une jolie brunette aux cheveux courts et bouclés.

— Il s'agit de Mathieu, mon seul cousin.

Édouard Picard avait aperçu sa jolie secrétaire, Flavie, dans les estrades les plus hautes et, à force d'insister, l'avait convaincue de venir s'asseoir près de lui.

— Mathieu ? Il a fait la guerre, n'est-ce pas ?

Dans une petite ville comme Québec, chacun connaissait de grands pans de la vie familiale de son patron. Ses collègues du grand magasin PICARD s'empressaient de lui apprendre tous les secrets de la généalogie du nouveau propriétaire.

— Pauvre homme, une scène comme cela a dû lui retourner l'estomac, glissa-t-elle.

— Ou alors il a abusé d'une boisson vendue frauduleusement dans notre bonne ville.

En disant ces mots, le marchand songea aux deux bonnes bouteilles placées dans le coffre de son auto. Payées bien trop chères, au moins elles ne risquaient pas de lui valoir une amende. Les juges ne badinaient pas avec la prohibition. Après une pause, il ajouta :

— Vous savez, Flavie, aucun de ces vétérans n'est revenu au pays avec toute sa tête.

Chapitre 6

Jeanne faisait très attention de ne pas effleurer sa patronne au moment de poser la pièce de viande dans l'assiette. Quand un contact de ce genre survenait, Eugénie se raidissait comme si sa colonne vertébrale devenait d'acier ou, mieux, de verre. Alors, le moindre coup l'amènerait à se briser. Pourtant, grâce à la politesse apprise chez les ursulines, elle arriva à prononcer d'une voix à peine audible :

— Merci.

L'instant d'après, la domestique servait son jeune employeur. Le même mot, émis tout aussi discrètement, contenait une richesse de sentiments bien différente. Quand elle fit mine de placer une généreuse portion de bœuf dans l'assiette du vieux notaire Dupire, celui-ci plaça sa main au-dessus pour l'en empêcher.

— Non merci. Cette chaleur me pèse, je préfère m'en tenir à quelques légumes.

Avec sa serviette, l'homme épongea son front couvert de sueur.

— Cela ne va pas ? questionna son épouse, assise à sa droite.

— Seulement cette température excessive, je suppose.

— Je t'ai déjà vu avaler la moitié d'un bœuf par un climat bien plus suffocant.

— Cela signifie seulement que tu m'as connu jeune homme. Aujourd'hui, mon propre poids me pèse beaucoup.

Le notaire se trouvait au début de la soixantaine. Toutefois, sans doute pour avoir transporté toute sa vie une soixantaine de livres de trop, peut-être plus, il paraissait considérablement plus vieux que son âge. Son épouse, guère plus mince, gênée dans tous ses mouvements par l'arthrite, gardait pourtant une plus grande vivacité.

Le second service occupa les membres de la famille. Afin de briser le silence, Fernand annonça :

— Maman, j'ai pu refaire la provision de sherry.

La confidence s'adressait surtout à la domestique. Cela valait une invitation à un petit conciliabule tardif.

— Comment fais-tu ? s'informa la mère. Avec la prohibition, ces boissons ne peuvent être vendues dans la ville.

Plusieurs semaines plus tôt, une majorité de comtés du Québec s'était prononcée pour une prohibition « mitigée », c'est-à-dire permettant la vente du vin et de la bière. La nouvelle loi n'avait pas encore été promulguée. De plus, comme la ville de Québec s'était placée sous la loi fédérale Scott en 1917, elle ne profiterait même pas de ce petit allégement sans une intervention du Conseil de Ville.

— Je me suis présenté chez un médecin de la Basse-Ville afin d'obtenir une ordonnance. Nous étions une petite foule devant sa porte.

— Comme c'est étrange, ce genre de commerce. Heureusement, les docteurs des environs ne se compromettraient pas ainsi.

Elle voulait dire ceux de la Haute-Ville de Québec. Pour la vieille dame, seuls les professionnels des mauvais quartiers s'abaissaient de la sorte.

— Mais ma chère, confia son époux, le docteur Caron m'a gentiment donné une ordonnance afin de me procurer du cognac.

— ... Ce n'est pas la même chose. Toi, tu as vraiment besoin d'un cordial.

Tout de même, elle se montrait moins assurée, tout d'un coup. Le sujet de la corruption des mœurs modernes gâcherait un peu le bon repas. Elle choisit de changer de sujet et demanda plutôt :

— Eugénie, je suppose que les enfants ont bien aimé leur petite expédition, cet après-midi.

— Aucun des deux ne s'est plaint.

Certes, si elle s'adressait à ses enfants sur ce même ton cassant, aucun n'oserait jamais exprimer la moindre attente, ou la moindre insatisfaction. Fernand posa sur sa femme des yeux impatients. Le rose aux joues, elle consentit :

— Nous sommes allés sur les plaines d'Abraham, comme prévu. Ils se sont promenés sous les arbres pendant une heure environ, dans une voiture bariolée tirée par un poney noir et blanc.

Elle ne devait pas avoir aligné autant de mots depuis une ou deux semaines, sauf chez son médecin ou son confesseur.

— C'était une bonne idée de les amener là, commenta leur père. Les pauvres ne prennent pas l'air aussi souvent qu'ils le devraient. Tout à l'heure, quand je suis passé par leur chambre, sans doute à cause de l'effet de l'activité physique et de la chaleur, ils dormaient déjà.

Cela ressemblait à un compliment. Eugénie baissa les yeux sur le contenu de son assiette.

❖

Si Édouard ne vomit pas ses tripes comme son cousin Mathieu en contemplant les exploits des héros du

22ᵉ bataillon, le spectacle ne suscita guère son admiration. Aussi contempla-t-il le profil de Flavie pour tromper son ennui. Ses boucles brunes balayaient sa nuque, couvraient à demi ses oreilles. Son chapeau cloche dissimulait tout le haut de son front. Son nez droit, petit, sa bouche étroite, ses lèvres bien dessinées, son menton... tout cela formait un charmant visage. La plus petite émotion modelait ses traits, ce qui trahissait le moindre de ses sentiments.

Au moment où les anciens militaires quittaient le terrain en rangs serrés au son du *God Save the King*, courtoisie de l'orchestre, le patron demanda à sa jeune employée :

— M'accompagnez-vous à l'intérieur du pavillon ?

— Vous passionnez-vous maintenant pour les animaux d'élevage ?

— Je me passionne pour les industries qui enrichissent mes clients, qui à leur tour viennent m'enrichir en vidant les rayons du magasin. Remarquez, depuis la fin de la guerre, les pauvres me réduisent à la famine.

Les jours de marché aux denrées, l'affluence dans le commerce ne se démentait jamais. Le prix d'un cochon bien gras se transformait en trois ou quatre jolies robes. Plus récemment, la baisse du prix des denrées et le chômage rendaient les choses plus difficiles pour tout le monde.

— Je veux bien vous accompagner.

Flavie ne montrait pas un enthousiasme extrême. Elle accepta pourtant de poser sa main sur le bras d'Édouard. Celui-ci interpréta cela comme une autorisation à commencer son grand jeu de séducteur.

— Comment se fait-il qu'une jolie fille comme vous se trouve ici toute seule ?

— Faut-il absolument venir aux fêtes de la Saint-Jean deux par deux ?

— Vous savez ce que je veux dire. Les garçons doivent se battre entre eux pour vous servir de cavalier, mais je ne vous ai jamais vue avec quelqu'un.

Elle hésita un moment avant de rétorquer :

— C'est vraiment curieux, je ne vous ai jamais vu non plus avec votre femme.

Le jeune homme perdit un moment son sourire. Pendant quelques secondes, il fit semblant de se passionner pour des vaches laitières noir et blanc.

— Ma femme ne s'intéresse pas du tout aux mêmes choses que moi. Ce mariage a été une monumentale erreur, j'en ai bien peur.

— Pourtant la cérémonie a eu lieu il y a deux ans environ.

La précision ne permit pas à son compagnon de retrouver sa bonne humeur. Sa main gantée sous le nez pour bloquer un peu les effluves du fumier, la jeune femme demanda encore :

— Alors pourquoi vous être engagé avec elle ?

La question semblait bien indiscrète. Il émit un ricanement.

— Je suis certain que vous connaissez déjà la réponse.

— … Nous n'avons jamais abordé le sujet. Au bureau, jamais je n'oserais.

— Mais à l'écoute des employés du magasin, vous devez entendre un grand nombre de ragots. Vous connaissez sans doute tous les aspects de mon existence depuis ma naissance.

Une entreprise comptant plus de quatre-vingts vendeuses et vendeurs, des commis et des chefs de rayon, ressemblait à un petit village : chacun y surveillait la vie des autres.

— Les gens prétendent que vous vous êtes marié pour éviter la conscription, reconnut la jeune femme.

Même s'il se doutait bien de cette présentation des faits, Édouard accusa difficilement le coup.

— Je ne voulais pas du tout aller à la guerre, c'est vrai. Mais mon mariage ne tenait pas seulement à cela. Elle... Évelyne me plaisait vraiment. Mais bien vite, je me suis rendu compte que nous n'avions rien en commun. Elle ne viendrait jamais à une manifestation de ce genre.

— Vous le lui reprochez? Si j'étais plus riche, je me trouverais des loisirs plus... raffinés, et moins odorants.

Le couple se tenait devant un enclos contenant une demi-douzaine de porcs. L'homme trouvait «reposantes» ces activités, de même que les personnes qu'il y rencontrait. Au fil des ans, la Haute-Ville et ses manières hautaines lui pesaient de plus en plus.

— Comme vous ne semblez pas apprécier ces animaux, voyons si vous ne les aimeriez pas mieux sous forme de côtelettes. Nous pouvons manger près du kiosque.

— Je ne sais pas... vous êtes mon patron.

— Nous serons en plein air, à la vue de tous.

S'afficher en public ne lui rendait pas la chose plus facile, bien au contraire. Elle se mordit la lèvre inférieure. À la fin, la perspective d'une soirée dans la solitude de sa chambre orienta sa décision.

— J'accepte, mais je devrai rentrer tôt. Je travaille demain de bonne heure.

— Moi aussi. Je n'arriverai pas plus tard que vous, et je viens de plus loin.

À l'extérieur, tous les deux prirent une grande respiration pour se nettoyer le nez des effluves de porcherie. À table, pendant presque deux heures, ils discutèrent de tous ces petits sujets destinés à permettre à des jeunes gens attirés l'un par l'autre de se découvrir des intérêts communs. Un peu après sept heures, la jeune femme déclara en faisant mine de se lever:

— Je dois rentrer.

— Voyons, il est encore tôt. Il y aura un feu de joie tout à l'heure.

— Le feu de joie aura lieu au début de la nuit. Je serai alors endormie depuis un long moment.

— Je vous reconduis.

Sans attendre sa réponse, Édouard régla le prix des limonades et des repas. Il lui tendait le bras de nouveau quand elle précisa :

— Je vais rentrer seule. Votre voiture devant ma maison de chambres ferait trop jaser.

— … Dans ce cas, vous voudrez au moins m'accompagner jusqu'au stationnement.

Elle mit sa main sur l'avant-bras, se laissa guider jusqu'à un large espace à l'herbe pelée où des dizaines de véhicules s'alignaient.

— Puis-je au moins vous offrir quelque chose avant de vous quitter ?

Édouard ouvrit le minuscule coffre à l'arrière de la Ford pour révéler deux bouteilles d'alcool. Un panier d'osier contenait de la vaisselle, deux couverts et des verres, comme s'il se tenait sans cesse prêt à faire un pique-nique.

— Monsieur Picard, je m'en veux de vous préciser les choses aussi crûment, mais tout doit être clair entre nous. Je ne m'appelle pas Clémentine, je n'ai aucune envie de revivre son histoire.

Il fallait une bonne dose de courage à cette employée pour se risquer à une mise au point de ce genre. Des centaines de personnes cherchaient encore un emploi, des mois après la fin de la guerre. Et puis son patron pouvait lui faire une mauvaise réputation dans les commerces et les entreprises de toute la Basse-Ville. Sa colère lui vaudrait la ruine.

— Voyons, je n'ai aucune intention… de ce genre, protesta-t-il.

— Tant mieux. Dans ce cas, vous ne serez pas déçu.

Elle aurait pu dire plutôt : « Vous ne m'en voudrez pas. » D'un pas rapide, sans se retourner, la jeune femme se dirigea vers la rivière Saint-Charles afin de regagner le quartier Saint-Roch.

En prenant place derrière le volant, Édouard laissa échapper quelques jurons bien sentis. Son mariage seul n'alimentait pas les conversations du commerce. La visite de la jolie blonde désespérée à l'étage administratif avait fait son effet deux ans plus tôt, de nombreuses personnes devaient avoir entendu ses éclats de voix.

Bien sûr, Flavie avait raison. Il tentait de reproduire avec elle son aventure avec Clémentine : une épouse revêche dans la rue Scott devenait plus facilement tolérable avec une maîtresse complaisante dans un petit appartement discret. Il actionna le démarreur électrique d'un geste rageur.

❖

Après une longue disette, Élisabeth retrouvait avec plaisir les romans français. Tout au long du conflit, le commerce du livre s'était tari. Les auteurs se trouvaient nombreux en uniforme, les employés des maisons d'édition aussi.

Elle se tenait dans le grand salon de la demeure de la rue Scott. Sa bru, affalée sur un divan, n'avait pas parcouru un paragraphe depuis une demi-heure. Ses yeux passaient des lignes du magazine à l'horloge posée sur le linteau de la cheminée. Un bruit leur parvint depuis la porte d'entrée. La jeune femme changea de posture, se tint bien droite, les mains dans son giron, comme les religieuses le lui avaient appris.

— Je me suis trouvé de quoi boire, clama Édouard depuis le corridor. C'est cher, mais enfin, chacun a droit à ses petits plaisirs. Je vous sers quelque chose?

— Pourquoi rentres-tu si tard? Le magasin était fermé aujourd'hui.

— Quel bel accueil!

Élisabeth surveillait la scène depuis son fauteuil, gênée de se trouver là.

— Nous avons attendu ton arrivée avant de passer à table, insista l'épouse en colère, avec pour seul résultat de manger froid.

— Tu savais où je me trouvais. Je t'ai dit ce matin que je comptais me rendre au parc de l'exposition.

— Pas jusqu'à huit heures du soir!

La colère la rendait un peu tremblante. Elle semblait cracher ses mots.

— Je n'ai aucune envie d'une scène ce soir. Je m'en vais me réfugier dans la bibliothèque.

— Ce ne sera pas nécessaire, je monte tout de suite. J'ai mal à la tête.

Les mains l'une dans l'autre, la démarche raide, Évelyne passa devant lui en prenant bien garde de ne pas croiser son regard. Édouard demeura un moment silencieux, puis il reprit, à l'intention de sa belle-mère :

— Toi, tu voudras bien boire quelque chose. Je vais te verser un porto.

Sans attendre sa réponse, il se dirigea vers une armoire afin de prendre des verres.

— Non merci, je préfère monter aussi.

Elle ferma son livre en laissant son index à l'intérieur afin de marquer sa page.

— Tu sais, ce matin au moment de partir, tu as évoqué une course de motocyclettes cet après-midi. Non seulement ta femme t'a attendu pour souper, mais elle se faisait une joie de ta présence.

— ... Il y a eu un accident, le programme a été chamboulé.

«Pour se terminer plus tôt», songea le jeune homme après avoir formulé le mauvais prétexte. Le véritable accident, c'était plutôt son inclination pour les bouclettes, blondes ou brunes.

— Tu aurais pu téléphoner, au moins.

L'homme fléchit sous ses mots. Élisabeth reconnut l'enfant de cinq ans si sensible à ses reproches.

— Je m'excuse, laissa-t-elle tomber tout doucement en plaçant sa main sur son avant-bras. Il ne m'appartient pas de te faire des observations de ce genre. Je dois me mêler de mes affaires. Bonne nuit, je monte aussi.

— ... Bonne nuit, maman.

Condamné à boire seul, le jeune homme se versa un double whisky.

❖

La soirée s'écoula très lentement, aucun sujet de conversation ne s'imposait aux Dupire. La vieille dame cessa bientôt ses efforts et préféra s'absorber dans une relecture attentive de *L'Action catholique*. Sa bru prit cela pour une autorisation et récupéra un roman caché sous le coussin de son fauteuil. Les deux hommes s'absorbèrent dans leurs pensées. Au moment où la grande horloge sonna dix heures, le maître de la maison demanda:

— Fernand, m'accompagnes-tu un moment dans mon bureau? J'aimerais te parler.

Le jeune homme se leva en acquiesçant d'un mouvement de la tête, tendit la main afin d'aider son père à quitter son fauteuil.

— Je vous souhaite tout de suite une bonne nuit, observa la mère. Je vais aller me coucher.

Son fils l'aida aussi à se lever. À la surprise générale, Eugénie quitta son siège en offrant à sa belle-mère :

— Je vais prendre votre bras. Ce sera plus facile.

— … Oh ! Ma chère fille, comme c'est gentil.

La surprise sur le visage ridé témoignait de la rareté des initiatives de ce genre. Un moment plus tard, assis derrière son lourd bureau, le notaire commença :

— Je viens de voir un miracle. Je m'approche du bon Dieu, sans doute.

L'ironie marquait la voix usée.

— Comment as-tu fait ? demanda-t-il après une pause. Elle semble devenir un être humain.

Fernand s'installa sur la chaise en face de la table de travail de son père tout en réfléchissant à la pertinence de dire toute la vérité.

— D'un côté, je pense que la situation s'est clarifiée entre nous. Elle n'aura plus jamais à souffrir mon corps gros et gras sur son ventre. Je ne la toucherai plus, cette perspective la réjouit.

Le vieil homme serra les dents devant une allusion aussi claire à la sexualité.

— Je me suis aussi permis de lui révéler ce que je savais… sur sa faute. En quelque sorte, un péché neutralise l'autre.

— Tu as trahi le secret d'un client, déclara le père sur le ton de la réprimande. Thomas Picard méritait plus de discrétion. Il a fait confiance à notre étude.

— Tu me permettras de te retourner le reproche. Tu m'as mis dans la confidence avant le mariage. Pas à titre de collègue dans ce cabinet, mais en tant que père désireux de m'éviter une mauvaise union.

Son vis-à-vis baissa les yeux. Lui seul devait assumer la responsabilité de cet accroc professionnel. Fernand le rassura d'un sourire, puis il continua :

— Je te remercie de l'avoir fait. Malheureusement, je ne t'ai pas écouté. Je le regrette aujourd'hui. Mais à mes yeux, la faute d'Eugénie n'est pas la grossesse, mais le fait de ne pas m'en avoir parlé, au moment de ma grande demande. Cela, et cela surtout, aurait dû m'amener à abandonner l'idée de ce mariage.

Bien sûr, une confidence de ce genre aurait donné une base toute différente à leur union. Il laissa échapper un long soupir découragé. Impossible pour lui de réécrire sa propre histoire.

— Papa, tu ne m'as pas demandé une conversation en privé ce soir pour discuter de l'importance de préserver le secret professionnel.

— Je m'inquiète. Ta mère et moi comprenons ce qui se passe entre toi et la domestique.

— Nous vivons sous le même toit.

Fernand ne pouvait descendre un escalier sans faire craquer les marches sous ses pieds. Même Jeanne ne passait pas inaperçue.

— Cela ne pourra pas durer… Avoir sous le même toit une maîtresse et une épouse.

Même à des gens infiniment moins religieux que ce vieil homme, pareille situation paraîtrait inadmissible.

— J'en suis bien conscient. Toutefois, tu sais combien Eugénie demeure froide envers ses propres enfants. Si Jeanne s'en va, qui s'occupera d'eux ?

— Ta mère…

C'était absurde. Elle avait du mal à monter et descendre un escalier. Le notaire laissa échapper un long soupir. Après une pause, il changea encore de sujet.

— Je ne suis plus vraiment capable de travailler.

— ... Voyons !

Le vieil homme leva les mains pour empêcher toute protestation inutile.

— Depuis des mois, tu prends prétexte de taper mes actes pour apporter des corrections.

Cette précaution lui permettait en effet d'éliminer de nombreuses erreurs, dont le nombre allait en s'accroissant.

— Tu vas prendre la relève. Je n'ai plus rien à t'apprendre, les clients gagneront au change.

Le fils songea un moment à protester, puis se ravisa.

— Tu pourras me conseiller sur les sujets les plus difficiles.

— Ce sera avec plaisir. Dans les circonstances, il te faudra songer à embaucher un clerc. Tu n'y arriveras pas seul, nous croulons sous la paperasse.

Fernand acquiesça. Comme il se chargerait désormais des rencontres avec les clients et de la rédaction des actes, quelqu'un devrait au moins s'occuper de les copier à la machine. Quand son père fit mine de se lever, il l'aida de nouveau, l'accompagna jusqu'au pied de l'escalier.

— Je vais monter sans aide. Cela demeure mon seul effort physique. Tu réfléchiras, au sujet de... ta situation.

— Je ne fais que cela, réfléchir. Ma principale préoccupation demeure le bien des enfants.

Resté seul, le jeune homme éteignit toutes les lumières du rez-de-chaussée, sauf une petite lampe dans un coin du salon. Il déboucha ensuite la bouteille de whisky toute neuve pour s'en servir un verre bien tassé.

Ce nouveau développement l'affectait plus que de raison. Même s'il abattait la majeure partie du travail et révisait les actes de son père, la présence du vieil homme le rassurait. Dorénavant, il se trouverait au premier rang, prendrait toutes les responsabilités sans pouvoir s'en remettre à une autre personne.

❀

Près d'une heure plus tard, Fernand demeurait seul dans le salon, enveloppé par la demi-pénombre.

— Quelque chose ne va pas?

La voix, venue de l'embrasure de la porte, le fit sursauter. Jeanne se tenait là, discrète dans son uniforme noir. Au moins, débarrassée de sa coiffe blanche, il devenait possible d'oublier un peu sa fonction dans la maison.

— Je te verse un verre et je te raconte tout.

En quelques phrases, l'homme la mit au courant de la situation. De sa place habituelle sur le canapé, elle commenta:

— Ton père semble tellement fatigué. Il pourra enfin se reposer un peu.

— Cela me donnera un petit surcroît de travail. Je risque de retarder d'une autre année mon projet de vacances.

Comme beaucoup de ses voisins, Fernand rêvait de passer quelques semaines dans une grande maison paysanne donnant sur le fleuve. L'idée de longues marches sur la grève, de ses enfants profitant du grand air, le réconciliait avec les longues heures passées à se dépêtrer dans les arcanes du droit de la propriété.

— Tu ne devrais pas prendre le risque de nuire à ta santé. Tu mérites du repos.

Lors de leurs tête-à-tête, le tutoiement s'imposait naturellement. Jeanne se trouvait assise tout contre le corps de son employeur, celui-ci parcourait toute la longueur de son dos du plat de sa grande main.

— Je sais bien. Mais je dois faire face à mes obligations. Désormais, je serai seul pour faire fonctionner cette étude.

Elle découvrait que le travail revêtait diverses formes. Rédiger des contrats et recevoir des clients entraînaient son lot de fatigue.

Des semaines plus tôt, pendant les jours suivant la scène d'Eugénie, Jeanne s'était sentie honteuse, souillée. Elle avait évoqué son désir d'aller travailler ailleurs. Puis elle s'était faite à l'étrange situation. Sa patronne cultivait une politesse froide, méprisante. Toutefois, elle n'osait plus formuler le moindre reproche.

Les verres vidés, le couple s'abandonnerait à certaines privautés. Puis, chacun regagnerait sa chambre.

❖

— Monsieur, monsieur! Un grand malheur!

Fernand se dressa sur son séant, troublé par l'étrange rêve, un grand cri d'abord, puis des paroles à la signification incertaine. Il entendit des coups sur la porte...

Il ne rêvait pas. Le temps de passer une robe de chambre, il ouvrit. La vieille domestique de ses parents, celle qui l'avait élevé, se trouvait là, échevelée, les yeux en larmes.

— Monsieur... votre père... Venez vite!

Il lui emboîta le pas. La porte opposée à la sienne demeurait ouverte. Sous ses yeux s'offraient un lit défait et un homme couché de travers. Le vieux notaire reposait sur le dos, la bouche et les yeux ouverts. Pris d'un malaise au milieu de la nuit, il avait sans doute essayé de se lever. Cela expliquait les couvertures sur le plancher, le contenu de la table de chevet répandu sur le parquet.

Un bruit attira son attention. Sa mère sortait de sa propre chambre. Un peu sourde, le tapage de la domestique ne l'avait pas éveillée. Le fils se précipita en disant:

— Maman, attends-moi, je dois te parler.

❖

Le mercredi 25 juin, le commerce ALFRED reprenait sa routine habituelle. À ce moment de l'année, les bourgeoises de la Haute-Ville aimaient renouveler leur garde-robe avant de migrer vers les lieux de villégiature. Les touristes s'ajoutaient à cette cohorte de clients de la Vieille Capitale. Aussi, au cours de la journée, Mathieu ne trouva pas le temps de parler en tête-à-tête avec sa mère.

À la fermeture, il l'accompagna jusqu'à la porte et demanda :

— Maman, veux-tu sortir un moment avec moi ?

— Gertrude…

— Elle mettra les assiettes dans le réchaud en nous attendant. Ce ne sera pas la première fois.

La femme s'arrêta pour le regarder dans les yeux, puis donna son assentiment en hochant la tête. Un instant plus tard, elle verrouillait la porte derrière elle. Sans doute à cause d'une longue habitude, sans se concerter, ils se dirigèrent vers le parc Montmorency, trouvèrent un banc libre près du muret surplombant la Basse-Ville et le fleuve.

Marie semblait perdue dans ses pensées, alors que son fils ne savait trop comment aborder le sujet de ses préoccupations. À la fin, ce fut elle qui brisa le silence :

— La dernière fois que nous sommes venus ici, tu m'as annoncé ton intention de t'enrôler dans l'armée. Quel que soit ton projet aujourd'hui, cela ne pourra être plus dévastateur. Alors dis-le-moi.

Les lèvres maternelles présentaient un sourire attristé. Mieux valait mettre fin à cette tension.

— Je ne supporte plus le travail au magasin. Toutes ces femmes me regardent…

— ... Pas plus qu'avant. Mais je suis d'accord avec toi : tu vas finir par faire fuir la clientèle.

Comme son fils gardait un visage troublé, elle enchaîna :

— Je devine que tu as une autre mauvaise surprise en réserve pour moi.

— ... J'aimerais aussi emménager ailleurs.

Cette fois, Marie encaissa le coup plus rudement. Les coins de ses yeux s'alourdirent de larmes.

— La présence de Françoise... commença-t-elle après un moment.

— Non, pas vraiment.

— Que se passe-t-il exactement, avec elle ?

— Je ne comprends pas bien moi-même. Je suppose qu'en 1916, une jolie fille timide et rougissante présentait pour moi une promesse de bonheur éternel. Aujourd'hui, la magie n'existe plus. Elle a bien raison de chercher ailleurs.

Leur innocence réciproque les avait réunis au début. Ils étaient tous les deux si jeunes ! Françoise le demeurait tout autant, du moins à ses yeux. Lui sentait le poids de nouvelles décennies sur ses épaules.

— C'est juste elle, ou bien toutes les femmes te font cet effet ?

— Toutes les femmes, cela donne beaucoup de monde.

Marie ne put retenir un éclat de rire.

— Quelque part, continua le fils, il se trouve peut-être une jolie fille capable de chasser les idées noires de la tête d'un vétéran. Le tout est de savoir si elle s'aventurera un jour sur son chemin, et quand.

La mère posa sa main sur celle de son fils, la tint un long moment avant de murmurer :

— Avec Thalie, tu fais une bonne équipe.

— Ne crains rien, je ne songe pas à m'éloigner de Québec. Mon inscription à l'Université Laval est déjà faite. Je serai tout près de toi.

— Ce n'est pas ce que je veux dire. Depuis un mois, elle m'explique combien tu dois trouver difficile de renouer avec ton ancienne existence, après les événements...

Jamais Marie ne référait explicitement à la guerre, à l'expérience singulière de tuer ses semblables et de risquer d'être tué par eux.

— Je ne lui ai pas demandé de te parler.

— Je le sais bien. Elle a deviné... et en toute honnêteté, j'en arrivais aussi au même constat, tout en espérant que les choses redeviennent comme elles l'avaient été.

— Ce n'est plus possible de continuer à vivre ainsi. Je suis devenu un adulte.

Elle eut de nouveau un ricanement bref. Dans la plupart des familles, les jeunes gens quittaient la maison au moment de se marier, pas avant.

— Quels sont tes plans, précisément ?

— J'ai demandé à Paul de voir si dans son entourage un avocat ne voudrait pas d'un clerc prêt à travailler bénévolement. Je veux me replonger dans l'étude du droit. La rentrée de septembre m'effraie un peu. Je crains d'avoir tout oublié.

— Je suppose qu'il y arrivera. Et au sujet du logement ?

— Je verrai dans les maisons de chambres autour de l'université.

La petite main féminine se crispa sur la sienne. Cette désertion du foyer la troublait fort.

— Je te promets d'aller souper tous les dimanches à la maison, et sans doute à de nombreuses autres occasions aussi. Je n'ai aucune querelle avec les membres de la tribu Dubuc, et je t'aime toujours autant.

— ... Tu pourras attendre quelques jours avant de déménager tes pénates ?

— Cela ne revêt pas un caractère urgent. Pourquoi ?

— Une idée, comme ça. Je pourrai peut-être te suggérer un endroit où habiter.

Elle songeait bien sûr aux projets d'Élisabeth. Le savoir là lui donnerait au moins un peu l'impression de continuer de veiller sur lui. Le garçon tint à préciser :

— Dans le cas du commerce, toutefois...

— Tu descendras les jours où tu te sentiras capable d'affronter les clientes, tu t'abstiendras les autres jours, jusqu'à ton départ.

— Que feras-tu ?

— De nombreuses manufactures ont procédé à des mises à pied. Je pourrai peut-être même réembaucher l'une des vendeuses qui ont déserté au cours des dernières années pour aller dans les usines de munitions. Au pire, je trouverai une jeune fille fraîchement débarquée de sa campagne et je la formerai. Ne t'inquiète pas.

Mathieu hésita un moment avant de continuer :

— Sur le plan financier, ce ne sera pas trop difficile ? Cela te coûtera un salaire de plus. Déjà, Françoise reçoit une rémunération...

— Amplement méritée. Tu sais, en mourant, Alfred m'a laissé un commerce libre de dettes. Si les affaires n'ont pas été excellentes pendant la guerre, j'ai tout de même pu économiser tous les ans. Je pourrais même t'aider à payer tes études.

— Alfred a été généreux pour tous ses proches. Ma part du grand magasin PICARD représente une jolie bourse d'études. Vois-tu, mon ineffable demi-frère Édouard fera de moi un avocat.

Marie fronça les sourcils en entendant le mot « demi-frère ». Cela lui semblait trahir la mémoire de son défunt mari.

— Je sais bien qu'il y a un réchaud au-dessus de la cuisinière, conclut-elle, mais rentrons tout de même. Je commence à avoir faim et, par politesse, ta sœur et Françoise attendent certainement notre retour pour se mettre à table.

Bras dessus, bras dessous, ils se dirigèrent vers la rue de la Fabrique. Au moment de passer sur le parvis de la cathédrale, la femme ajouta :

— Le plus déçu dans cette histoire, ce sera Paul.

— Je ne comprends pas.

— Il insiste pour que j'aille le rejoindre quelques semaines à Rivière-du-Loup. Je ne pourrai pas laisser les filles toutes seules.

— Accepte.

Le jeune homme s'arrêta devant l'entrée du cinéma *Empire* pour regarder sa mère dans les yeux.

— Va en vacances chez lui.

— Françoise et Thalie ne pourront faire face à l'affluence, surtout si une vendeuse sans expérience complète l'effectif.

— Pendant ton absence, je viendrai tous les jours les aider, du matin au soir. Je te le jure sur la mémoire de papa. Tu as besoin de ces vacances. La dernière année a été rude : ton fils à la guerre, ta fille à McGill, la grippe espagnole. Va te changer les idées à la campagne.

Comme la femme semblait hésiter encore, Mathieu ajouta :

— Je serai très déçu si tu refuses. Je penserai que c'est ma faute. Envoie-lui un télégramme dès ce soir, ou mieux encore, téléphone.

— Sans chaperon, je ferai jaser.

— Les gens cancanent déjà. Pourtant ta boutique demeure prospère, et ton Casanova a été élu par acclamation, il y a peu de jours.

En reprenant le bras de sa mère pour parcourir les quelques pas les séparant encore du commerce, il ajouta :

— Tu pourras même lui laisser entendre que la durée de ton séjour là-bas sera proportionnelle à la réputation du cabinet où il me dénichera un emploi.

Avec une pareille récompense, le député ferait des pieds et des mains. Peut-être même forcerait-il la porte de l'étude de maître Louis-Alexandre Taschereau, député de Montmorency et vedette du cabinet provincial.

Chapitre 7

Dans son bureau, Édouard entendit la sonnerie une première fois, puis une seconde, avant que la domestique n'ait même eu le temps de quitter la cuisine.

— Bon, qui s'impatiente de me voir à ce point? grommela le marchand en fermant le grand registre sur sa table de travail.

Il quitta son siège pour gagner le couloir au moment où Julie laissait entrer le visiteur. Il reconnut Armand Lavergne. Tout au long de la guerre, l'agitateur lui avait promis l'imminence d'un événement historique susceptible de secouer tout le Québec sur ses bases. Le retour à la paix, le désir largement partagé par tous de reconstruire les ponts entre les Canadiens le mettaient en quelque sorte à la retraite.

— Armand, fit-il en lui tendant la main, comment vas-tu?

Dans les années 1900, il l'appelait «Monsieur». Mais les bouteilles d'alcool de contrebande partagées depuis rendaient inutiles les formules de politesse.

— Bien… même si je reconnais que j'aimerais soustraire dix ans à mon âge.

À la veille de ses quarante ans, l'homme offrait toujours une masse de cheveux ondulés un peu trop longs. Toutefois, de nombreux fils gris trahissaient le passage cruel du temps. Les traits demeuraient harmonieux, juvéniles, mais ils s'empâtaient, des poches soulignaient ses yeux.

— Console-toi en pensant à l'expérience accumulée. Les gens me regardent encore comme si j'étais un adolescent.

— Crois-moi, je préférerais ton problème au mien.

Ce genre de discussion ne les conduisait nulle part. Plutôt que de s'y complaire, Édouard proposa :

— Viens dire bonsoir à ma mère, puis je te servirai quelque chose.

Dans cette grande demeure, depuis la mort de Thomas, chacun passait ses soirées seul. Élisabeth se réfugiait le plus souvent dans le grand salon avec un livre. À leur entrée dans la pièce, la femme leva les yeux, trouva son plus beau sourire en se levant.

— Monsieur Lavergne, quelle heureuse surprise !

Elle tendit la main vers le visiteur. La formule tenait à son rapport étroit avec les manuels de civilité, en particulier celui de la baronne de Staffe. En réalité, du vivant de son époux, jamais ce boutefeu n'aurait osé franchir le seuil de la porte.

— Madame, soyez sûre que tout le plaisir est pour moi. Je suis enchanté de vous voir. Je vous réitère ma plus profonde sympathie pour le deuil qui vous afflige.

— Je vous remercie.

Le rappel du décès fit passer une ombre sur le visage de la veuve. Elle se détourna un moment.

— Nous allons te laisser retourner à ta lecture, déclara son fils, troublé par la scène. Je te souhaite tout de suite bonne nuit, au cas où tu te retirerais avant que nous ayons fini de refaire le monde.

— Bonne nuit aussi.

— Madame, la salua Lavergne en inclinant la tête, avant de se retirer sur les pas de son hôte.

Les deux hommes revinrent vers la bibliothèque. Spontanément, Édouard se dirigea vers une armoire afin d'en sortir une bouteille de cognac. Le visiteur prit place dans l'un des deux fauteuils placés de part et d'autre de la cheminée. En acceptant le verre, il déclara :

— Ta mère demeure une femme magnifique. Honnêtement, je pense n'en avoir jamais croisé de plus belles. Des égales peut-être, mais pas plus belles.

Élisabeth était pourtant son aînée de deux ans. Entre ces deux individus particulièrement choyés par la nature, il existait une différence notable : elle était une femme au charme juvénile, lui incarnait l'adolescent refusant son âge.

— Si tu continues, je me méfierai de tes visites, à l'avenir.

— Oh ! Comme tu le sais, je suis marié.

— Ce n'est pas toujours un empêchement.

Le commerçant se cala dans son siège en avalant une gorgée de cognac.

— Je ne suis pas le plus vertueux des hommes, mais je demeure plutôt raisonnable en ce domaine.

Édouard préféra ne pas aborder la question de ses propres turpitudes. Il ramena la conversation sur leur sujet de prédilection :

— Tu as dû être impressionné par la victoire de Lomer Gouin, lundi. Les conservateurs sont allés au massacre.

— Avec les fantômes de la conscription, pas un Canadien français ne pouvait voter pour Arthur Sauvé sans risquer de se faire lapider sur la place publique.

— Tout de même, là tu exagères. Le chef a été élu.

— Bon, bon, si tu veux t'arrêter aux détails, j'en conviens. Mais excepté lui, les autres conservateurs viennent des comtés de langue anglaise.

Le commerçant n'arrivait pas à deviner si son visiteur s'en réjouissait ou non. Au plus fort de la crise de la conscription, Lavergne avait présenté Lomer Gouin comme le seul espoir de la race. La paix revenue, il semblait regretter de voir l'opposition réduite à une portion si congrue de l'échiquier politique.

— Cette histoire d'une nouvelle guerre, y crois-tu ? demanda-t-il.

— L'Empire a déjà entraîné des soldats canadiens dans la lutte contre les bolcheviques de Russie, sans même que le Parlement d'Ottawa ne donne son avis.

— Seuls des volontaires ont été mêlés à cette opération…

— Ils veulent aussi nous engager dans l'aventure turque. Ce sont des incorrigibles.

Un moment, l'agitateur avait retrouvé le ton qui enflammait les travailleurs de la ville de Québec contre l'enrôlement obligatoire.

— Ils perdent leur temps, opina le marchand. Même Borden n'osera jamais faire cela. La guerre est finie, le bonhomme doit maintenant songer à sa réélection.

— Borden ne fera pas la prochaine campagne électorale. Il est fini.

— Ce sera la même chose pour son successeur.

Édouard avait raison, même son interlocuteur devait en convenir. Celui-ci se perdit un moment dans la contemplation de son verre, cherchant visiblement le meilleur moyen d'aborder le véritable motif de sa visite.

— Le gouvernement tarde à convoquer l'élection partielle dans le comté de Québec-Est.

— Tu penses ?

— Sir Wilfrid est mort depuis des mois, mais nous n'entendons parler de rien.

— Je suppose que Robert Borden agira au moment de l'ouverture de la session. De toute façon, comme le Parti libéral n'a pas encore de chef, rien ne presse.

Le commentaire amena le visiteur à se renfrogner un peu. Il leva son verre en disant :

— Tu permets?

— Bien sûr, sers-toi.

Lavergne alla se verser une nouvelle ration de cognac.

— Je ne vois pas le lien entre le choix du chef et le déclenchement de l'élection complémentaire, déclara-t-il en revenant s'asseoir.

— Cela me paraît pourtant simple. Le candidat voudra savoir à quel chef il devra porter allégeance. De son côté, le chef doit accepter ou non le candidat.

— Le choix revient aux membres du parti dans le comté concerné. N'est-ce pas la règle en démocratie?

La question ne méritait pas de réponse. Wilfrid Laurier lui-même avait chassé Lavergne des rangs de son organisation politique.

— Pourquoi le sujet de l'élection complémentaire te préoccupe-t-il? demanda Édouard. Cherches-tu à connaître le nom de la personne à qui tu crieras des invectives?

Le visiteur se troubla un moment, une réaction bien rare de sa part, puis il murmura:

— J'aimerais me porter candidat.

— ... Tu perdrais ton temps et tes dollars. Le Parti libéral l'emportera nécessairement dans ce comté. Les gens idolâtraient la «langue d'argent».

L'ancien premier ministre avait mérité ce surnom assez tôt dans sa carrière. Ses talents d'orateur faisaient toujours l'unanimité à la fin de sa vie.

— Ils voteront pour l'un de ses fidèles, conclut Édouard.

— Tu ne comprends pas. Je veux me porter candidat pour le Parti libéral.

Le marchand demeura un moment interdit, tellement la proposition lui semblait audacieuse.

— Tu me fais marcher, sûrement. Lors de l'élection de 1917, Laurier lui-même a suscité une candidature contre toi dans Montmagny, tellement il souhaitait te tenir loin des banquettes du Parlement d'Ottawa.

— Mais sir Wilfrid est mort, et la question de la conscription est oubliée. Je veux reprendre ma place dans le grand parti.

— Tu es connu dans Montmagny…

L'homme secoua la tête, puis il interrompit son hôte :

— Je suis connu dans toute la province. J'ai droit à son siège. C'est mon héritage.

Un long moment, Édouard ne sut quoi répondre. Une vague ressemblance entre Lavergne et Laurier, combinée à la longue et très tendre amitié entre le grand homme et la femme de son partenaire dans son cabinet d'avocat, alimentaient la rumeur d'une naissance adultère. Plutôt que de nier, le principal intéressé s'en amusait.

— Tu ne comptes tout de même pas te réclamer de cette supposée paternité dans les débats contradictoires.

— Je n'aurais pas à me sentir honteux d'une pareille origine.

Sans doute pas, mais une allusion de ce genre ferait scandale. Dans la très catholique province de Québec, cela déclencherait une croisade de tous les prêtres et des grenouilles de bénitier toujours prêtes à combattre pour eux.

— Pourquoi me dis-tu cela ? Tu devrais faire part de tes ambitions à Daniel Mackenzie, le chef par intérim du parti.

— Je te le répète, le choix du candidat sera effectué par les membres influents dans le comté de Québec-Est, avec la participation des députés libéraux de la région. Tu fais partie de ces membres importants. Ton père a été le principal organisateur du parti dans la Basse-Ville, et tu parais déterminé à prendre sa relève dans tous les domaines.

La remarque réjouit le jeune homme. Cela signifiait que même cet énergumène reconnaissait son nouveau rôle dans le parti.

— Ne crois-tu pas avoir suffisamment semé la tempête depuis le début du siècle pour susciter une méfiance solide de tous les militants libéraux ? Du haut de toutes les estrades, tu as sans cesse nargué ces gens. Il y a des insultes qui ne s'oublient pas.

— Les insultes, ils me les ont rendues au centuple.

L'agitateur montrait un tel talent dans ce domaine, il avait semé plus de venin que tous ses adversaires réunis.

— Ton opposition à l'enrôlement obligatoire… rétorqua Édouard. Tu les as défiés plusieurs fois de te poursuivre pour haute trahison.

— Mais tous nos compagnons reviennent dans les grâces du Parti libéral. Wilfrid Lacroix et Oscar Drouin, placés à la tête de la Ligue anticonscriptionniste, vont se présenter à la prochaine élection. Drouin m'a même confessé lorgner Québec-Est !

Son hôte enregistra l'information. Ernest Lapointe serait content de l'apprendre.

— Que veux-tu de moi, exactement ?

— Ce sont tes amis. Je veux dire, tu connais tous les notables de la Basse-Ville qui indiqueront à leurs employés pour qui voter. Dis-leur que j'aimerais représenter le comté de mon… du grand homme et revenir au sein du Parti libéral.

— Je crois que ce sera inutile, mais je le ferai.

— Tu peux même leur préciser que je me présenterai de toute façon. Ce sera pour ou contre ce parti.

Édouard ne trouva pas utile d'expliquer à son ami combien ce genre de menace le rendait indésirable. L'autre continua :

— Bien sûr, en tant que mon plus vieil ami, j'espère que tu joindras tes forces aux miennes si je dois me résoudre à me présenter comme indépendant. Maintenant, ton respectable papa n'est plus là pour t'empêcher d'exprimer tes convictions politiques.

Son interlocuteur remarqua le mépris contenu dans cette tirade. Il se renfrogna un peu.

— J'aurai besoin de support dans les estrades... et d'argent, précisa le visiteur.

— Tu sais, pour l'argent... Les affaires ne sont plus aussi bonnes.

— Voyons, tu demeures le roi du commerce de détail dans la ville de Québec.

— Un roi assailli de toutes parts. Tu as vu tous les concurrents qui s'installent rue Saint-Joseph. Et puis avec le chômage, les prix élevés, les salaires à la baisse...

Ce portrait de la situation, rigoureusement exact, justifiait à lui seul la réserve du jeune commerçant. Surtout, il n'entendait pas risquer un sou dans la carrière d'un aventurier de la trempe de son ami.

— Sincèrement, continua-t-il pour faire taire toute insistance, ces jours-ci tu dois obtenir de meilleurs revenus que moi, avec toutes les poursuites entamées contre les insoumis.

— Tu serais surpris. Ces jeunes gens ne sont pas très riches.

— Oh! Si je connaissais un moyen fiable de comparer nos ressources, je parierais. Je te soupçonne de drainer les épargnes de bien des cultivateurs soucieux de soustraire leur fils déserteur à la prison. Ces gens ont gagné de l'argent avec la demande européenne pendant le conflit. Leur bas de laine doit fondre maintenant en frais juridiques.

Sans le demander, cette fois, l'avocat se servit un troisième cognac. Au cours des années précédentes, en affectant de jouer au croisé voué à limiter la participation canadienne à la guerre, il avait vu son nom claironné par tous les journaux. De nombreux jeunes gens avaient recouru à ses services pour obtenir une exemption. Les fuyards récidivaient aujourd'hui pour échapper à une condamnation. Les profiteurs de guerre ne sévissaient pas tous dans le commerce ou l'industrie.

— Dis-moi, continua l'hôte pour prévenir toute protestation, tu dois en savoir long sur le scandale des fausses exemptions. La région de Montmagny paraît avoir été au centre d'une machination de grande envergure.

Armand Lavergne s'absorba dans une longue contemplation de la robe de son cognac. Des pères de famille inquiets avaient payé des sommes exorbitantes pour de faux papiers susceptibles de protéger des jeunes hommes de l'enrôlement. Maintenant, des noms de notables étaient évoqués dans les plumitifs des tribunaux.

❖

Fulgence Létourneau se faisait un devoir de n'être jamais en retard à un rendez-vous. Avec un sourire contraint, il parlait de la ponctualité comme étant la politesse des rois. Quand il s'agissait de rencontrer son patron, il arrivait avec quinze bonnes minutes d'avance.

— Bonjour, mademoiselle Poitras, commença-t-il. Vous allez bien ?

— Très bien. Et vous ?

— Oh ! Je n'ai pas à me plaindre.

Ils avaient épuisé les phrases convenues. La secrétaire regarda en direction de la porte de son patron avant d'annoncer d'un ton désolé :

— Il se trouve encore avec un chef de rayon. Cela ne devrait plus durer très longtemps.

— Je suis arrivé trop tôt. Je vais attendre.

Le visiteur alla occuper l'une des chaises placées le long du mur.

— Je vais vous préparer un café.

Flavie se leva à demi. Un réchaud se trouvait dans un petit cagibi situé à proximité.

— Ce ne sera pas nécessaire… Mon estomac ne supporte pas bien cette boisson.

Peu désireux de s'étendre sur sa dyspepsie, l'homme changea abruptement de sujet :

— En traversant le rez-de-chaussée, j'ai eu l'impression d'une belle affluence.

— Vous savez, je ne suis pas ici depuis assez longtemps pour me faire une bonne idée. Toutefois, monsieur Picard laisse échapper de gros soupirs en contemplant ses colonnes de chiffres.

Comme pour donner raison à la jeune femme, à ce moment, un homme sortit du bureau du directeur en disant :

— Je vous assure, monsieur, les gens viennent en grand nombre, mais ils repartent souvent les mains vides en évoquant les prix trop élevés.

— Pourtant, nous les avons baissés.

— Les meubles sont de gros morceaux. Les gens paraissent se résoudre facilement à faire un an de plus avec du vieux, ou alors à accepter les dons d'une vieille tante.

Édouard Picard acquiesça d'un signe de tête, puis il porta son attention sur le chef des ateliers.

— Fulgence, entrez. Je suis à vous dans un instant.

Le directeur quitta son chef de rayon sur une poignée de main, puis il revint prendre son fauteuil derrière sa lourde table de travail.

— Les choses ne vont pas mieux ? demanda le visiteur.

— Avec tout ce monde sans travail, les grèves nombreuses, les ventes ne reprennent pas.

— Pourtant, les rayons me paraissaient bien achalandés, tout à l'heure.

Le chef des ateliers reprenait l'argument utilisé avec la secrétaire.

— Les grands magasins deviennent des lieux de visite, un passe-temps comme les autres. Les gens tâtent, essaient parfois, mais ils n'achètent pas.

Les chômeurs, justement, tuaient le temps en contemplant les marchandises accumulées et en contant fleurette aux vendeuses. Cela les aidait à attendre des jours meilleurs.

— Il nous faudrait réduire les prix, conclut le jeune marchand. Enfin, ceux qui dépendent de nous.

Excepté les vêtements, les entreprises PICARD achetaient leurs marchandises à divers ateliers.

— … Je vous assure, je gère au plus serré. Les bâtiments de la Pointe-aux-Lièvres sont délabrés, les machines à coudre datent parfois de l'ouverture, en 1897.

— Dans les circonstances, l'interrompit le patron, il est bien heureux que nous n'ayons pas à amortir de nouvelles constructions ou des équipements. Nous vendrions carrément à perte.

— Je ne fais que les dépenses absolument nécessaires, insista l'employé, l'entretien essentiel pour maintenir la production.

En se plaçant tout de suite sur la défensive, Fulgence minait la confiance de son employeur.

— Je ne vous fais pas de reproche, lâcha Édouard d'un ton peu convaincu. Je constate seulement que nos compétiteurs arrivent à offrir une chemise un peu meilleur marché que nous.

— Je suis allé chez eux. Je vous assure, l'un dans l'autre, le Syndicat vend au même prix.

Plus de vingt ans plus tôt, quelques chefs de rayon s'étaient rebellés contre la direction ferme de Thomas Picard au point de créer un magasin rival un peu plus à l'ouest, rue Saint-Joseph. Contre toute attente, l'entreprise avait survécu et même prospéré.

— Je pensais plutôt au Woolworth.

Le développement des magasins bon marché *five-and-dime* venus des États-Unis faisait la vie dure aux commerces établis depuis plus longtemps.

— Nous ne vendons et ne fabriquons pas des produits d'aussi mauvaise qualité.

— Mais les cultivateurs endettés, les travailleurs sans emploi ou victimes de réduction de salaire vont acheter dans ces commerces. En faisant la fine bouche, nous restons simplement avec plus d'invendus sur les étagères. Nous les soldons à perte au terme de la saison.

— Votre père a toujours tenu à se positionner soigneusement entre des endroits plus chics comme Simons et ceux qui vendent de la camelote. La spécialité de la maison est d'offrir de la qualité au meilleur prix. C'est pour cela que les gens nous font confiance.

Rien ne déplaisait plus à Édouard que d'entendre ses interlocuteurs évoquer la saine gestion et les excellents choix de son père, surtout s'ils avaient raison.

— Nos prix demeurent tout de même trop élevés. Les ventes sont en chute. Il faut tenter de les relancer. Vous avez réduit le personnel, déjà ?

— En plusieurs vagues successives. Cela a commencé il y a un an, à la fin des commandes militaires.

— Foutue guerre ! Nous en avons souffert tout le temps de sa durée, nous en souffrons encore des mois après le retour de la paix.

Le refrain nationaliste ne méritait aucun commentaire, alors le visiteur garda le silence.

— Selon vous, nous ne pouvons réduire encore l'effectif tout en maintenant la même production ? demanda le marchand après une pause.

— Le personnel des ateliers travaille soixante heures par semaine. Personne ne perd son temps. Allonger encore l'horaire ne donnerait rien. Après un certain temps, les ouvrières commettent tellement d'erreurs que nous perdons de l'argent.

— Dans ce cas, nous devons réduire les salaires. Nous les payons à la pièce ?

— Évidemment.

Les couturières touchaient une fraction de sou pour fixer un col ou un poignet à une chemise, si le travail ne présentait aucun défaut, bien sûr. Avec un effort soutenu d'une dizaine d'heures tous les jours, elles obtenaient à peine assez pour vivre.

— Nous devons réussir à abaisser le coût de revient d'au moins cinq pour cent, conclut le commerçant. Avec un peu de chance, cela incitera les gens à ouvrir leur porte-monnaie.

— Déjà, ces employées ne sont pas bien riches.

— Des fois, vous me semblez parler au nom d'un syndicat. Ne me dites pas que l'abbé Maxime Fortin vous a recruté dans l'une des unions catholiques.

Édouard se rappelait avoir été lui-même l'objet des entreprises de séduction de l'onctueux petit prêtre. De très nombreuses associations ouvrières de la ville s'inspiraient maintenant de la doctrine sociale de l'Église.

— Plus simplement, je suis sensible à la condition de ces personnes. Elles sont à la base de la prospérité des entreprises PICARD.

— Si le ralentissement économique entraîne notre faillite, elles ne seront pas plus avancées.

— Nous n'en sommes pas là, certainement.

Pendant un moment, le jeune marchand eut envie de mettre ses livres de comptes sous le nez de son interlocuteur. Puis il trouva cette réaction ridicule. Il n'avait rien à prouver à cet employé, lui donner des ordres suffisait.

— Les prix baissent partout, après avoir augmenté en flèche pendant toute la guerre. La réduction de salaire devra permettre de faire décroître le coût de la production de cinq pour cent.

— Nous parlons donc ici d'une coupure des revenus de dix pour cent, car les prix des matériaux ne changent pas. Pour ces gens-là, ce sera très difficile.

— Mais comme je le disais tout à l'heure, les prix sont aussi à la baisse. Vous avez vu combien coûte la pinte de lait, ces jours-ci ? Leur pouvoir d'achat ne sera pas plus bas qu'il y a un an, en réalité.

Le jeune marchand n'avait pas tort. Toutefois, pour résister à ces diminutions, les syndicats multipliaient les grèves un peu partout au pays.

— Je ferai comme vous dites, céda finalement Fulgence.

Tant de mauvaise grâce à suivre ses ordres heurta le jeune employeur.

— Vous savez, ajouta-t-il avec humeur, je me demande si le maintien de nos propres ateliers vaut vraiment la peine. Nous ne fabriquons pas de chaussures, nous passons des contrats avec les plus bas soumissionnaires. La formule est à la fois souple et simple.

— … Mais nous ne sommes pas certains de la qualité.

— Les chefs des rayons ont un œil exercé, au moment de juger de la qualité. Ils se tirent fort bien d'affaire.

Aux yeux de l'employé, cela valait une menace de congédiement. Un moment, il songea à évoquer la marge de profit dégagée annuellement grâce à sa saine gestion. Finalement, l'homme préféra rester silencieux.

— Je vous remercie d'être venu me voir, Fulgence. Je vous laisse retourner à vos occupations.

Après des salutations sans conviction, le directeur quitta les lieux, fort troublé. En passant dans l'antichambre où se trouvait la secrétaire, il n'entendit même pas son «Au revoir, monsieur Létourneau.»

❖

Le vendredi suivant, les funérailles du vieux notaire se tinrent à la cathédrale. Tous les bancs du temple trouvèrent preneurs. Conservateurs et libéraux tenaient à rendre hommage à cet homme de loi à la fois discret et compétent.

Un cortège se forma ensuite à destination du cimetière Belmont. Élisabeth monta à l'arrière de la nouvelle Ford rutilante d'Édouard, sa dernière gâterie, alors que sa petite Chevrolet, presque neuve, demeurait près de la maison, derrière la Buick. Trois autos pour une famille de quatre personnes ! Même les Price, les barons du bois, ne devaient pas afficher une pareille ostentation.

— Est-ce bien nécessaire ? demanda Évelyne en prenant place à l'avant.

— Pendant toutes mes années de collège, Fernand a été mon ami, il a épousé ma sœur, nous mangeons avec eux toutes les deux semaines. Alors, je te le demande, est-il nécessaire de nous présenter au cimetière ?

Elle se renfrogna, la mine butée, puis descendit la voilette momentanément relevée sur son chapeau. Ce geste témoignait de son désir de se couper de son époux, de se retirer. Les vêtements de deuil lui allaient plutôt bien. Heureusement, car pour celui de son beau-père elle se trouvait condamnée à des vêtements noirs au moins pour six bons mois, et ensuite à porter des teintes sobres, discrètes, pour une période équivalente.

Veuve depuis peu, Élisabeth devrait se contraindre au grand deuil pendant une année. Depuis la banquette arrière, elle contemplait le jeune couple. Tout en vivant dans la même maison, en partageant le même lit tous les soirs, ces deux-là s'éloignaient l'un de l'autre de façon irrémédiable. Cela ne laissait présager rien de bon pour l'avenir.

Le jeune entrepreneur se joignit à la longue file de voitures. Bientôt, le cortège s'engagea rue Saint-Jean, roula jusqu'au chemin Sainte-Foy. Depuis un an, ce pèlerinage se répétait trop souvent, songeait-il. Surtout, il venait bien tôt après la mort de Thomas.

Plusieurs minutes plus tard, le corbillard se rangea sous les grands arbres. Le défunt, conservateur en politique et dans la vie, étrennait pourtant une extraordinaire innovation dans la mort: il était le premier à bénéficier du seul corbillard automobile de la ville de Québec!

Les employés de la firme Arthur Cloutier, une entreprise du faubourg Saint-Jean, en sortirent le cercueil. Les témoins de la scène aperçurent la grimace de ces hommes. Le vieux notaire, mort sans avoir maigri au cours d'une longue maladie, pesait de tout son poids. Ils gagnèrent une allée ombragée avec leur fardeau. Derrière eux, suivaient les proches. Madame Dupire profitait d'un fauteuil roulant, car ses vieilles jambes ne la supportaient que pour de très brefs trajets. Son fils la poussait devant lui. Eugénie, à ses côtés, paraissait tout à fait étrangère aux événements. Sans ses vêtements de deuil, on aurait pu la prendre pour une promeneuse.

Venait ensuite une ribambelle de parents, de partenaires d'affaires, de clients fidèles, de membres de sociétés pieuses. La procession s'arrêta devant un trou creusé dans la terre brune. Fernand apprécia l'amoncellement de fleurs, et surtout les grands arbres. Le lieu respirait la sérénité. Il songea que son père s'y plairait, puis trouva ce genre de sensiblerie ridicule. Au mieux, son père, assis sur un nuage, profitait de la présence de Dieu. Au pire, il n'en subsistait plus rien. Cette pensée fugitive le troubla profondément.

Dans le fauteuil roulant, sa mère paraissait immunisée contre toute forme de doute. Elle présentait un visage désolé, encore incapable de bien se figurer ce que serait sa vie sans ce compagnon des trente-cinq dernières années. Tous les deux s'étaient connus sur le tard, après avoir abandonné l'espoir de se marier. Pourtant, par un curieux mimétisme, ils en étaient venus à se ressembler étrangement. D'accord sur tout, les divergences entre eux se limitaient à d'infimes nuances.

En posant les yeux sur sa conjointe, Fernand se fit la réflexion que son propre mariage, un peu tardif lui aussi, avait connu une évolution diamétralement opposée, au point de se trouver aux antipodes de celui de ses parents. Autant Eugénie avait érigé un mur entre elle et lui, autant ses parents s'étaient montrés complices l'un de l'autre.

Les jeunes enfants du couple, incapables de bien saisir le sens des derniers événements, étaient demeurés à la maison. Cela valait mieux. Inutile de les troubler précocement avec la finalité inéluctable de l'existence. Jeanne leur tenait compagnie. Le souvenir de la domestique tira l'ombre d'un sourire au jeune professionnel.

Le soleil tapait fort, tous les hommes suaient sous leur col et leur cravate. Certains cuisaient sous un feutre tandis que d'autres, plus imprudents, offraient une tête nue aux rayons assassins. Heureusement, les chapeaux de paille dominaient l'assemblée. Pour libérer au plus vite ces personnes, le prêtre expédia la prière, le sermon et la bénédiction. Au bout de vingt minutes, les spectateurs commencèrent à se disperser.

Au lieu de suivre ce mouvement, ses deux compagnes en remorque, Édouard marcha vers les proches du défunt. Gentiment, il posa un genou à terre devant la veuve pour lui prendre les mains et déclarer :

— Madame, je vous offre de nouveau mes condoléances sincères.

— Et je te remercie encore. Dieu paraît bien pressé d'avoir de la compagnie. Ton père d'abord, parmi toutes ces victimes de la grippe, puis mon pauvre Léon.

Le jeune homme songea qu'il entendait évoquer pour la première fois le vieux tabellion par son prénom. Sa profession en avait fait office pendant des décennies. On parlait parfois du notaire, parfois de Dupire, jamais de Léon.

— Surtout, murmura-t-il, Celui-là paraît bien soucieux de rappeler ses fidèles dans la force de l'âge. Votre époux n'était pas tellement plus âgé que papa.

— Je lui en veux de m'avoir oubliée.

— Ne dites pas cela. Vos petits-enfants ont besoin de vous.

Le jeune homme exerça une dernière pression légère sur les doigts affectés par l'arthrite, puis il se releva afin de tendre la main à son vieil ami.

— J'ai beaucoup pensé à toi, ces derniers jours. Je te souhaite à la fois courage et sérénité.

— L'étude me semblera bien vide maintenant.

— Comme le magasin pour moi. C'est curieux, pendant des années nous pestons contre le regard paternel par-dessus notre épaule, pour découvrir ensuite que cela nous manque terriblement.

Fernand acquiesça. Inutile de préciser que depuis quelques mois, il surveillait son père discrètement. Ce n'était pas l'inverse. Un souvenir lui revint soudainement à l'esprit.

— Tu avais un rendez-vous avec lui cette semaine.

— ... Oui. Il m'a demandé de passer le voir. Je ne sais pas pourquoi. Tous les détails de la succession ont été réglés.

— Il voulait t'entretenir d'un autre sujet. Viens au moment prévu. Je te mettrai au courant. Le pauvre homme a oublié, après le départ de ton père.

Assise sur ses talons devant la vieille dame, Élisabeth murmurait des mots de réconfort. L'une portait sa jeune quarantaine de façon majestueuse, l'autre, plus âgée de vingt ans, en paraissait beaucoup plus. Toutefois, les deux souffraient cruellement d'avoir perdu un époux très cher.

Elle se releva bientôt pour venir vers le fils, la main tendue :

— Vous avez toute ma sympathie, Fernand.

Elle l'avait tutoyé à l'époque où son amitié pour Édouard en faisait un invité fréquent de la maison. Aujourd'hui, devant cet homme fait, elle n'osait plus.

— Je vous remercie.

Pendant des années, cette femme avait traité le gros garçon sensible avec une grande délicatesse, aussi il retint sa main un peu plus longtemps que ne le voulaient les convenances.

— C'est un peu étrange, j'ai l'impression que ce cimetière devient une extension de mon bureau : j'en profite pour confirmer mes rendez-vous. Vous viendrez me voir à l'heure prévue, lundi.

— Vous devriez prendre un peu de repos, vu les circonstances. Mon affaire peut attendre.

— Dans les circonstances, faire du notariat me soulage
un peu.

À la suite d'Élisabeth, Évelyne avait fait part de sa sympathie à la veuve sans y mettre la moindre conviction,
répétant les formules toutes faites apprises lors de son séjour
au pensionnat. Elle se déplaça afin de débiter les mêmes
mots au fils. Pendant ce temps, Édouard se dirigea vers sa
sœur, lui serra la main en murmurant :

— Mes condoléances.

— … Merci.

Vu son attachement si ténu pour le défunt, la politesse
lui parut d'abord saugrenue. Quand Élisabeth tendit la main
à son tour, la jeune femme marqua une hésitation plus
longue encore, avant de consentir à la prendre.

Une jeune femme, en deuil elle aussi, s'approcha ensuite
pour dire quelques mots à l'oreille de la dame dans le fauteuil roulant. Elle se dirigea ensuite vers le fils, saisit ses
deux mains pour dire :

— Fernand, papa te transmet ses souhaits de courage. Il
ne pouvait pas venir lui-même.

— Élise ! Élise Caron… Je veux dire Hamelin.

Douze ans plus tôt, il la croisait régulièrement chez
les Picard. Son père soignait la famille Dupire depuis
une trentaine d'années. Elle aussi portait le deuil d'un
époux.

— Je vous remercie. Transmettez mes salutations au
docteur.

Quand la nouvelle venue serra la main d'Eugénie, celle-ci
afficha la même froideur distante. À une amitié complice
succédait une indifférence glaciale. Puis elle s'esquiva.
L'endroit lui rappelait des souvenirs bien cruels.

Madame Dupire s'affaissa un peu sur le fauteuil roulant. Fernand adressa un dernier salut aux Picard, puis il poussa sa mère vers la lourde voiture de location réservée par l'entreprise de pompes funèbres pour la journée. Eugénie le suivit après un discret salut de la tête à ses proches.

Édouard regarda sa mère et sa femme, puis déclara :

— Regagnez la voiture sans moi. J'aimerais lui dire un mot. Je vous rejoins dans un instant.

Au pas de course, il se dirigea vers Élise. Élisabeth se tourna vers sa bru pour expliquer, en guise d'excuse :

— Elle était la meilleure amie de ma fille, même si elles ne se fréquentent plus guère. En conséquence, elle était aussi une amie de mon fils.

— Existe-t-il à Québec une seule femme juste un peu regardable qui n'a pas été, ou qui n'est pas encore une amie d'Édouard ?

Sur ces mots, Évelyne tourna les talons pour regagner la voiture. Sa belle-mère regarda son fils, secoua la tête, un peu dépitée, puis la suivit.

Édouard avait rejoint la jeune veuve.

— Élise, pouvons-nous converser un peu ? demanda-t-il pour attirer son attention.

Elle se retourna, hésita un moment avant de répondre :

— Pourquoi pas. Il n'ira nulle part, n'est-ce pas ?

Des yeux, elle désigna une tombe toute proche, surmontée d'une pierre tombale plutôt modeste. Son bien-aimé Charles gisait là. Cette pensée refroidit un peu son interlocuteur.

— Comment vous portez-vous ?

— Dans les circonstances, bien, je suppose, même si j'ai fréquenté plus que ma part de cimetières, au cours des derniers mois. Mais, à ce compte, nous sommes dans le même bateau, n'est-ce pas ?

— Damnée grippe. Elle a eu mon père aussi.

L'homme marqua une pause, avant d'enchaîner :

— Vous habitez maintenant chez vos parents, je crois.

— Depuis le décès, oui.

— C'est un arrangement définitif ?

— J'espère qu'il le sera, je ne pourrais offrir à mes enfants un mode de vie satisfaisant, autrement. Pauvre papa ! Il rêvait de réduire ses activités, et le voilà responsable du bien-être d'une jeune famille.

Édouard hocha la tête, comme pour exprimer sa considération au médecin pour tant de générosité.

— Je me demandais… commença-t-il en hésitant. Au nom de notre vieille amitié, m'autorisez-vous à vous visiter parfois ?

Son interlocutrice le dévisagea de ses grands yeux bruns, puis elle répondit, incrédule :

— Je n'ose en croire mes oreilles : je vois votre femme debout près de votre voiture, la tombe de mon mari se trouve à vingt pas à peine, si récente que l'herbe hésite encore à y pousser, et vous me demandez si vous pouvez venir veiller « les bons soirs », comme disent les paysans.

Elle secoua la tête, le mouvement fit voler les boucles brunes dépassant de son chapeau de paille noire.

— Je ne voulais pas dire…

— Demandez toujours à mon père. Je ne me souviens pas de l'avoir vu vraiment en colère. Toutefois, une circonstance de ce genre viendra à bout de sa bonhommie habituelle. J'aimerais voir la scène, je l'avoue.

Sur ces mots, Élise tourna les talons pour aller se planter sur la tombe de son époux. L'homme la contempla un moment, puis regagna les siens.

Chapitre 8

Marie pressa le pas afin de rejoindre la rue Sainte-Geneviève. Elle aperçut la longue silhouette vêtue de noir au milieu du jardin des Gouverneurs. Mince, la femme avait ramassé ses lourds cheveux blonds sur sa nuque. La masse fauve soulevait un peu le chapeau de paille noire, l'inclinait légèrement sur ses yeux. En la rejoignant, elle posa ses lèvres sur les joues fraîches et dit :

— Je m'excuse d'être un peu en retard… les clientes se font nombreuses.

— Moi-même je suis arrivée après l'heure convenue. Je me suis rendue au cimetière Belmont.

— Pour les funérailles du notaire ?

La grande femme acquiesça de la tête.

— Je ne le connaissais pas vraiment, continua Marie, sauf les salutations devant l'église, le dimanche…

— Nous nous fréquentions en voisins. Il s'occupait des affaires de…

— De Thomas, je sais. Tu peux prononcer son nom devant moi, je ne ferai pas de scène.

Un sourire en coin accompagna l'affirmation. Cette sérénité était bien nouvelle. Quelques années plus tôt, le souffle lui manquait à la moindre allusion au notable de la Haute-Ville.

— Le notaire Dupire s'occupait des affaires de Thomas, reprit sa compagne, maintenant son fils me conseille. Celui-là, Fernand, a épousé Eugénie.

— Alors, tu devais non seulement assister aux funérailles, mais te rendre aussi au cimetière pour l'inhumation, comme il convient pour un parent. Nous y allons, ou nous attendons quelqu'un?

Élisabeth demeura un moment silencieuse, puis elle confessa, mal à l'aise:

— Le notaire se trouve déjà à l'intérieur. Je… je me sens terriblement intimidée.

Son amie saisit son bras pour traverser la rue. Elle laissa tout de même la cliente agiter la sonnette. Son tintement leur parvint de l'extérieur.

— Madame Picard, je vous attendais, déclara un petit homme affable.

— Je m'excuse de mon retard. Merci de me permettre de visiter de nouveau.

— Voyons, ce n'est pas comme acheter une robe. Vous devez y réfléchir, je comprends.

La condescendance marquait la voix du jeune homme. Il posa les yeux sur la compagne de sa cliente.

— Madame… commença-t-il en tendant la main.

— Picard. Je suis justement une vendeuses de robes.

Le ton ironique ramena son interlocuteur à la raison de sa présence en ces lieux:

— Comme vous connaissez déjà la maison, je vous laisse aller.

— Les occupants…

— Depuis la mort du propriétaire, sa veuve refuse tous les nouveaux locataires. Il ne reste que les trois députés, mais comme les débats sont terminés, ceux-là sont retournés dans leur comté.

— Les touristes?

Le notaire secoua la tête en guise de dénégation.

— Elle ne veut rien entendre. La pauvre femme a déserté la maison.

Sur ces mots, il alla s'asseoir dans le salon. Une copie du *Soleil* lui tiendrait compagnie en attendant la fin de la visite.

Après son départ, Élisabeth se sentit un peu plus à l'aise. Elle fit un geste de la main pour désigner le hall en commentant :

— Le décor fait un peu vieillot, mais cela conviendra.

Le papier peint fleuri rappelait les années 1900. Au fond, un petit comptoir portait un gros registre. Contre le mur, un casier contenait une douzaine de clés.

— Tu m'as déjà parlé de la maison de chambres de Thalie. Elle est plus grande, je suppose ?

— Elle compte plus de vingt chambres.

La veuve demeura songeuse, puis elle expliqua :

— Ce serait trop cher pour moi, et je serais sans doute dépassée par la tâche. Le salon se trouve à côté.

Une vaste pièce donnait sur la rue, éclairée de deux fenêtres. Le jeune notaire salua leur entrée d'un sourire, puis retourna à son journal. Des fougères s'étaient fanées dans les pots en cuivre. Une demi-douzaine de fauteuils et une causeuse permettaient à une compagnie abondante de se reposer. Un piano droit contre le mur laissait présager des soirées musicales. Des guéridons et une table basse portaient de vieilles copies de périodiques, tant anglais que français.

— La salle à manger, tout comme la cuisine, sont de l'autre côté du couloir.

Elles débouchèrent dans une salle encombrée d'une longue table capable de recevoir une quinzaine de convives. De vieilles estampes ornaient les murs, montrant de bucoliques paysages européens. Une porte battante ouvrait sur une cuisine bien équipée. Les chaudrons traînaient sur une table de service, couverts d'une poussière vieille de trois ou quatre semaines. Marie se planta devant une fenêtre.

— C'est une assez jolie cour.

Des tables et des chaises, sous un vieil érable, permettaient aux invités de prendre le thé en plein air. Au fond, une remise servait à ranger des outils et le mobilier de jardin.

— Lors des beaux jours, cela pourrait devenir une retraite agréable, expliqua Élisabeth.

— C'est certainement un avantage. Ma propriété donne sur un petit espace destiné aux livraisons. Pour prendre un peu d'air, je me rends au parc Montmorency… Aucune chambre ne se trouve au rez-de-chaussée ?

— Non, seulement les pièces de service. Nous y allons ?

Les deux femmes empruntèrent un escalier assez majestueux. Au premier, trois portes s'ouvraient sur le côté droit du couloir. Élisabeth prit la précaution de frapper à la première, attendit en vain une réponse, puis ouvrit. La pièce donnait sur la rue, et au-delà, sur le jardin des Gouverneurs. Un lit, une commode et une chaise représentaient le seul ameublement.

— Elles ne sont pas très grandes, mais confortables.

Toujours en s'assurant au préalable de l'absence de locataire, elle ouvrit les portes suivantes, trouva un décor absolument identique au précédent. Au fond du couloir, une salle de bain servait aux occupants de l'étage.

Sur le côté opposé du passage, la première chambre ne réserva aucune surprise aux visiteuses. Elles pénétrèrent ensuite dans une pièce double. Dans la première section, deux fauteuils, un guéridon et un secrétaire témoignaient de sa fonction.

— Les anciens propriétaires avaient ici leurs quartiers. Si je me décide enfin à acheter, je ferai la même chose.

Dans la seconde partie éclairée de deux fenêtres, un lit, une commode, une coiffeuse et une chaise assortie offraient un confort relatif. Toutefois, les meubles vieillots et le papier peint très sombre donnaient un caractère austère à cet espace.

— Cela fait… commença Marie.

— Sévère, conclut Élisabeth. Cela devra être refait en entier. Je ne garderai rien de ce que tu vois. Les fenêtres donnent sur la cour. Tout l'après-midi, la lumière du soleil entre à flot, comme tu peux le voir.

— Cela te fera un beau logis.

La veuve se mordit la lèvre inférieure. Bien sûr, elle pourrait connaître là un confort tout à fait satisfaisant… mais rien de comparable à la somptuosité de la maison bourgeoise de la rue Scott.

— Une salle de bain, je pense, continua Marie en désignant une porte au fond de la pièce. Un petit luxe pour les propriétaires des lieux. Je partage la mienne avec quatre personnes, ces jours-ci.

Le second étage se révéla identique au premier en tous points : quatre chambres plutôt petites, une suite de deux pièces, une salle de bain. Le troisième se trouvait sous les combles, le toit incliné réduisant l'espace disponible.

— Les domestiques logent ici, expliqua Élisabeth.

— Elles sont nombreuses ?

— Deux. Cela me semble compter un peu juste.

— Les locataires prennent-ils tous leurs repas ici ?

— Cela dépend. À midi, les députés mangent habituellement au parlement, les touristes doivent dénicher de petits restaurants au gré de leurs expéditions. Les étudiants reviennent certainement manger à la maison. Le soir, la plupart des locataires doivent être là.

Marie fit le compte rapidement, puis conclut :

— Il te faut une personne juste pour la cuisine. Une autre pour faire le ménage de toutes les chambres et des espaces communs.

— Selon le notaire qui se charge de la vente, l'entretien ne se fait pas tous les jours, dans le cas des locataires à la semaine ou au mois.

— Dans votre grosse maison, vous avez combien de domestiques ?

— Deux.

En prononçant ce mot, la veuve esquissa un sourire. Pour justifier leur présence, ces femmes multipliaient les attentions envers les membres de la famille. Dans un endroit comme celui-ci, elles iraient plutôt au plus pressé.

— Les propriétaires devaient assumer une bonne part des travaux, expliqua Marie. Si tu restes avec un pareil effectif, tu devras payer de ta personne.

Les visiteuses jetèrent un regard sur les deux chambres de bonne, très sommairement meublées, et une troisième guère mieux pourvue.

— Celle-ci accueillait un étudiant. Tu sais, de septembre à mai, les plus petites chambres sont occupées par des garçons de l'Université Laval, les plus grandes par des députés ou des employés peu disposés à entretenir un intérieur.

— Cela ressemble en effet au logis de Paul à Québec.

L'existence de cet homme dans la vie de sa belle-sœur avait occupé une longue conversation un mois plus tôt. Élisabeth ouvrit une dernière porte afin de montrer une pièce un peu plus grande que les précédentes, éclairée de deux lucarnes donnant sur la cour. En plus du lit, d'une commode et d'un vieux fauteuil, un bureau, des étagères et deux chaises permettaient à un jeune homme appliqué de faire avancer ses études.

— Jusqu'au mois dernier, un jeune interne en médecine a logé ici, expliqua Élisabeth. Voilà toute cette maison.

La grande blonde marqua une hésitation avant de demander :

— Qu'en penses-tu ?

— Allons nous asseoir dans le parc, le temps est beau.

Le bruit de leurs pas dans l'escalier alerta le notaire. Il les reçut dans le petit hall.

— Alors, madame Picard, ferons-nous des affaires ensemble ?

— Comme je vous l'ai déjà dit, mon conseiller regardera les livres, je vous donnerai une réponse au cours de la semaine prochaine.

L'autre dissimula sa déception. Le décès du notaire Dupire retarderait irrémédiablement la transaction. Après les salutations d'usage, les deux femmes sortirent pour aller occuper un banc dans le jardin des Gouverneurs. Après un moment, la veuve insista :

— À ma place, achèterais-tu cette grande maison ?

— Cela me paraît une demeure solide et bien construite. Cependant, si j'étais toi je donnerais cinq dollars à un entrepreneur en construction pour qu'il visite les lieux, de la cave au grenier. Cela te permettra de savoir si des rénovations te pendent au bout du nez.

— … Faire cela forcerait ce pauvre homme à perdre encore une autre demi-journée.

Elle parlait du notaire.

— Ce pauvre homme gagne sa vie. Il ne te donnera pas une part de sa commission, si la transaction se fait plus rapidement que prévu.

Élisabeth tenterait de retenir la leçon : les règles habituelles de la bienséance ne s'appliquaient plus. Mener des affaires la placerait sur un autre registre. Elle devrait compter, servir toujours ses propres intérêts.

— Et si la maison se révèle en bon état? demanda-t-elle encore.

— Le notaire va-t-il examiner les chiffres?

— Je dois le voir à ce sujet lundi.

— Pourras-tu payer comptant?

La question frôlait l'indiscrétion. Son interlocutrice choisit la franchise.

— Oui.

— J'étais dans la même situation en 1914, au moment d'hériter. Cela me plaçait dans une situation très sûre. À moins de commettre des erreurs grossières, je ne pouvais rater mon coup. Il en ira de même pour toi.

— Mais tu possédais près de vingt ans d'expérience.

Élisabeth se troubla un moment puis continua, rougissante:

— Je ne sais rien faire.

— Faux. Tu gères, ou tu gérais une maisonnée bourgeoise, tu employais deux domestiques, tu as reçu à ta table des marchands, des députés, des ministres.

«Des premiers ministres, même», songea la grande femme. Au fil des ans, elle était devenue une hôtesse sûre de ses choix, de son intérieur et de sa personne. Elle précisa à haute voix:

— Des occupations de bourgeoise. Toi, tu te tiens dans ton magasin tous les jours, tu t'occupes de la comptabilité, tu fais affaire avec des fournisseurs.

— Justement, je dois retourner au magasin, fit observer Marie. Tu me rappelles à l'ordre. Écoute, je ne peux pas te dire quoi faire. Si tu ne veux pas demeurer inoccupée, l'achat de cette grande maison de chambres me semble une bonne idée. Pendant six mois tu apprendras beaucoup de choses, tu dormiras mal la nuit, occupée à revivre ta journée en pensée pour traquer les erreurs. Ensuite, cela deviendra de la routine.

Élisabeth se leva en disant :

— C'est vrai, je t'accapare, alors que tu as à faire. Tu vois, je ne réalise même pas encore cela : mes voisines et moi gaspillons nos journées à papoter. Nous ne servons à rien.

Son interlocutrice se leva aussi. Elle prit le bras de sa compagne.

— Je suis prête à t'aider. Nous pouvons devenir de très bonnes amies. Sincèrement, je pense que tu peux y arriver...

Après une brève hésitation, elle ajouta :

— Et si ton projet se concrétise, j'aimerais te demander un service.

— Ce sera avec plaisir.

— Mathieu souhaite quitter le toit maternel. Il pourrait devenir ton premier client. J'aimerais que tu le surveilles discrètement. Le pauvre traverse une période difficile.

Lors de quelques repas pris ensemble, Marie avait évoqué le mal de vivre de son aîné. Élisabeth exerça une pression de la main sur le bras de sa compagne.

— Oui, sans faute. Curieusement, penser à lui comme à un client me paraît rassurant. Cela fera au moins un visage familier.

Les deux femmes se firent la bise et se quittèrent sur un dernier au revoir.

❖

Après les funérailles du notaire Dupire, au moment de son retour à la maison, Élise demeurait toujours aussi troublée. Avant de retourner à son travail dans la salle d'attente de son père, elle passa par la cuisine afin de partager le repas des enfants.

— Tu es allée voir la tombe de papa ? demanda Estelle.

— Oui, je suis passé le voir.

— Ce n'est qu'un grand trou noir et froid, commenta Pierre.

Du haut de ses huit ans, le garçon entretenait un rapport rationnel avec le monde. D'un an son aînée, sa sœur préférait pourtant rêver encore un peu. Ce cimetière, elle l'imaginait comme le lieu d'une résidence secondaire plutôt agréable.

— Ce n'est pas vrai, maman, n'est-ce pas ? plaida-t-elle d'une voix plaintive.

— Cela dépend de notre façon de voir les choses. Le corps de Charles a été mis dans la terre.

La fillette paraissait sur le point de se mettre à pleurer. Cela lui arrivait très souvent depuis l'automne précédent.

— En même temps, près de sa tombe, comme nous pensons très fort à lui, nous sentons sa présence. Nous savons bien qu'il ne nous a pas laissés seuls.

Estelle acquiesça silencieusement de la tête. Son frère eut le bon sens de ne pas exprimer à haute voix son scepticisme. Un moment plus tard, Élise leur conseillait d'aller jouer dehors. Commencées depuis quelques jours, elle espérait que les grandes vacances d'été leur permettraient de retrouver la sérénité propre à l'enfance.

Sa mère avait entendu l'échange depuis la pièce voisine. En se plaçant derrière elle, la femme lui posa les mains sur les épaules, esquissa un mouvement caressant.

— Cela fait huit mois. Les blessures se cicatriseront bientôt. Le temps se révèle un grand médecin.

— Je deviens aussi pessimiste que Pierre. Le temps nous conduira tous au cimetière Belmont. En ce sens, c'est vrai, il nous guérira de tous nos maux. Le trajet de Charles sur terre a malheureusement été très court.

La mère posa une main sur le front de sa fille pour ramener sa tête contre elle, elle l'enlaça un moment, trop émue pour tenter de formuler des paroles rassurantes. La veuve arriva à se ressaisir un peu.

— Je nous sers un peu de thé, puis je retourne prendre mon poste dans la salle d'attente. Papa est bien gentil de me laisser ainsi faire semblant d'être utile.

Elle tendit le bras pour prendre la théière, versa le liquide dans deux tasses.

— Ne sous-estime pas ton utilité, déclara la mère en s'asseyant sur la chaise voisine.

— Jusqu'à cet hiver, personne n'a pris les appels, ou encaissé le prix des consultations, et son bureau fonctionnait rondement.

— Ton père s'en occupait… ou moi. Maintenant, il voit quelques patients de plus tous les jours, et surtout, ceux qui abusaient autrefois de sa bonté règlent maintenant rubis sur l'ongle.

Le docteur Caron négligeait parfois de réclamer son dû aux personnes semblant les plus démunies. Heureusement pour lui, travailler dans la Haute-Ville raréfiait ces situations.

— Aujourd'hui, ricana Élise, plus personne n'ose partir sans payer la jeune et jolie veuve.

Sa situation émouvait les bonnes âmes.

— Tu sais qui j'ai croisé au cimetière ? poursuivit-elle après une pause. L'ineffable Édouard Picard.

Sa façon de prononcer le qualificatif indiquait qu'il ne s'agissait pas d'un compliment.

— Cela est bien naturel. Ceux-là ont été de bons amis… Enfin, je veux dire les deux pères et les deux fils. Fernand se trouvait aussi souvent chez les Picard que toi, il y a une douzaine d'années.

— Tu as raison. À certains égards, Édouard n'a pas vraiment changé. Te souviens-tu ? Il m'a un peu fait la cour pendant l'été de 1908.

Non seulement la femme se souvenait, mais elle avait porté un regard un peu complaisant sur le jeune garçon. Alors, elle le voyait comme un bon parti.

— Il a remis ça tout à l'heure, précisa la jeune femme.

— Que veux-tu dire ?

— Il a exprimé le désir de me rendre visite, les bons soirs.

— Voyons…

La mère allait dire quelque chose comme : « Il voulait sans doute venir en toute amitié. » Le souvenir des rumeurs sur ses nombreuses conquêtes l'amena à déclarer plutôt :

— Il semble oublier un petit détail.

— Son mariage date de moins de deux ans, précisa sa fille, son fils doit à peine savoir marcher. Bon, je vais aller me rendre utile à papa.

Elle quitta la pièce en soupirant. Au passage, la jeune femme regarda par la fenêtre. Les deux enfants, la tête basse, se tenaient sur les balançoires.

❖

Un peu plus au nord, rue Scott, dans une salle à manger particulièrement austère, un repas se déroulait dans une atmosphère plus lugubre encore. Madame veuve Dupire, sa masse imposante dissimulée sous une avalanche de voiles noirs, regardait son assiette sans appétit.

— Tu dois manger tout de même, murmura son fils. Évite de te laisser aller.

— Rien ne passera. Ton pauvre père…

Elle renifla, des larmes coulèrent sur ses joues ridées. Fernand regrettait aussi ce départ soudain, mais demeurait résolu à bien s'alimenter. Derrière lui, Jeanne se tenait debout dos au mur, les mains l'une dans l'autre afin de demeurer prête à satisfaire les désirs de ses patrons.

La vieille dame se tassa un peu de côté en laissant échapper :

— C'est inutile… Apporte-moi un peu de thé très fort.

La domestique récupéra l'assiette et s'esquiva vers la cuisine. Eugénie se tenait le plus souvent coite en sa présence. Elle saisit l'occasion de son départ pour prendre la parole.

— Je ne prendrai plus de repas chez Édouard aussi longtemps qu'elle sera là.

— Tu me l'as déjà dit. Il s'agit de ton seul parent. Couper les ponts avec lui ne te servirait à rien.

— Je ne vais pas couper les ponts avec Édouard, mais avec cette femme, ma belle-mère. Du vivant de papa, je la supportais pour lui. Maintenant, je ne veux plus contempler ses airs de douairière.

Le jeune homme échangea un regard avec sa mère. Devenue veuve, celle-ci assumerait avec plus de réalisme encore sa ressemblance avec la reine Victoria à la fin de sa vie. Sans doute soulevait-elle la même rancœur chez la jeune femme.

— Tu te rends compte : elle a hérité de notre maison ! Édouard se trouve dépossédé de son bien.

— Le testament de ton père respectait tous les usages. Cette maison où nous habitons tous les deux a aussi été transmise à la veuve. Nous sommes présentement les invités de maman.

Le notaire eut envie d'ajouter : « Alors, dans les circonstances, demeure respectueuse. »

Eugénie saisit l'allusion et continua un ton plus bas :

— Ce n'est pas la même chose. Madame Dupire a été la seule épouse de ton père. Cette femme s'est immiscée dans la vie du mien de la pire des façons.

— Cela suffit. Cette conversation souvent reprise ne nous conduit nulle part.

— Je ne retournerai pas dans la maison de papa tant qu'elle y sera, conclut Eugénie, butée.

Jeanne revint bientôt, une théière d'argent à la main. La jeune femme replongea dans son mutisme.

❖

Peu après le repas, plaidant la fatigue accumulée et le soleil cruel au cimetière Belmont, Eugénie quitta le salon familial. Rare accroc à sa fidélité au sherry, la vieille madame Dupire avait accepté un cognac afin de s'anesthésier un peu.

Juste après que l'horloge eut sonné neuf heures, elle sortit de son silence.

— Je me demande bien pourquoi Dieu m'a oubliée ainsi.

— Sans doute parce que tu as encore des choses à accomplir ici-bas.

— Je ne sers plus à rien.

— Être ma mère, ce n'est pas rien.

Elle lui adressa un sourire amusé, le premier depuis quelques jours. Après un long silence, elle consentit à révéler le projet forgé dans son esprit depuis le matin.

— Je pense à me retirer chez les religieuses de l'Hôpital général.

Si cette institution de la Basse-Ville, sise tout près de la rivière Saint-Charles, recueillait parfois des personnes âgées indigentes, elle recevait aussi, contre une généreuse contri-

162

bution, des femmes de bonne condition désirant mener une vie de prière et de recueillement. Cela revenait à s'enterrer vivante, entre une cellule confortable, les jardins et une chapelle, un chapelet toujours à la main.

Fernand demeura songeur un moment, avant de plaider :

— Je te demande de ne pas le faire. Par amour pour moi.

— Tu l'as entendue au souper. Dans un mois, elle me reprochera de posséder cette maison. Déjà, elle regrette sans doute de ne pas m'avoir vu descendre dans le même trou que ton père, ce matin.

— Reste ici, justement à cause d'elle.

La vieille dame contempla son fils. À la fin, elle se força à exprimer le fond de sa pensée.

— Tu sais, ta situation ne me plaît pas… avec Jeanne. Je sais que tu as des raisons. Je ne te fais pas de reproche, je ne te juge pas, mais cela me trouble. En la gardant dans la maison, tu amplifies ta faute. Ta femme pourrait s'adresser aux tribunaux… Imagine la honte.

— J'ai décidé de ne plus avoir honte. Après la grippe, je me suis dis que cela ne valait pas la peine de ruiner le reste de ma vie. Je tiens aux quelques petits bonheurs se trouvant encore à ma portée.

— Pour moi, c'est inacceptable.

Un moment, la veuve eut envie de lui parler de la nécessité, pour chacun, de porter sa croix. Puis, dans un soupir, sa rectitude morale s'effrita. Elle en vint à la véritable cause de son désir de s'en aller.

— Eugénie apporte dans cette maison une atmosphère insupportable. Même enfermée dans sa chambre, sa présence demeure oppressante.

— Pour cette même raison, je veux te garder ici et je désire aussi conserver Jeanne à mon service.

Son interlocutrice ouvrit de grands yeux incrédules.

— L'Hôpital général te fournirait un cadre de vie serein et quiet, reconnut Fernand. Jeanne pourrait sans difficulté aller travailler ailleurs. Je pourrais même la loger en ville à mes frais et voir à ses besoins. Nous nous verrions tous les deux jours.

Sa mère se raidit devant une allusion aussi explicite à une maîtresse entretenue.

— Tu imagines combien je préférerais passer des soirées, et même des journées avec elle, à la place des moments volés, toutes les lumières éteintes.

La confidence avait quelque chose de révoltant. Pourtant, la vieille dame attendit la suite sans broncher.

— Je veux vous garder toutes les deux ici à cause des enfants. Je veux qu'ils te connaissent, qu'ils s'imprègnent de ton amour. Puis, tu as vu comme Jeanne s'occupe bien d'eux.

Un peu à contrecœur, elle reconnut :

— Elle a un instinct maternel très développé.

— Celui d'Eugénie ferait honte à tous les animaux de la Création ! Je pourrais sans mal sortir notre domestique de la maison et me construire une existence bien confortable, comme certains de nos voisins, avec une épouse détestable à la maison et une maîtresse quelque part en ville. Mais je crains que les enfants, abandonnés à son influence, deviennent comme elle.

La mère supporta sans broncher l'allusion à la vie dissipée de ces voisins. Le vieux notaire faisait parfois mention de testaments étranges, trahissant l'existence de deux familles parallèles.

L'homme adopta un ton plus bas encore.

— D'après ce que je sais, elle reproduit le comportement de sa propre mère. Tu imagines Béatrice devenir comme elle ?

L'image de l'angelot blond apporta un sourire contraint sur le visage de la grand-mère. Elle plaida encore :

— Tu pourrais tout de même embaucher une nouvelle personne pour prendre soin des enfants.

— Si j'avais la certitude de tomber aussi bien… Mais les petits aiment Jeanne, tu le sais. Ce serait leur faire de la peine.

Elle ferma les yeux, en proie à un violent débat intérieur. Vaincue, elle s'enquit enfin :

— Que feras-tu si elle demande le divorce ? En vertu du Code civil, elle peut le faire. Avoir une maîtresse dans le domicile conjugal te donne tous les torts.

Madame Dupire savait égarer ses yeux sur les codes de lois, elle aussi. Elle venait de bien résumer la loi québécoise.

— Elle a un enfant qui traîne à la Basse-Ville. Son passé ne contient rien pour émouvoir les juges en sa faveur.

— Cette situation ne durera pas éternellement. Moi-même, je peux mourir demain.

Fernand lui adressa son meilleur sourire pour la rassurer.

— Tu peux aussi mourir dans trente ans. À six ans, les petits pourront être pensionnaires dans un jardin d'enfants. Cela vaudra peut-être mieux pour eux que cette maison triste. Cette éventualité nous conduit en 1925 pour le plus jeune, Charles. Si la situation demeure intenable, ton exil à l'Hôpital général sera une solution.

Elle hocha la tête. Six ans ! Cela lui semblait être une très longue peine.

— Tu viens me reconduire à ma chambre ? Je me sens écrasée par la vie, tout d'un coup.

Le jeune homme lui offrit son bras pour l'aider à quitter le fauteuil. Ils progressèrent lentement dans l'escalier. À mi-parcours, elle demanda encore :

— Si je reste ici, ne serait-il pas possible de m'installer une chambre au rez-de-chaussée ?

— Sans doute pourra-t-on réaménager le bureau de papa, y ajouter une salle de bain privée.

— Cela conviendrait très bien.

Ce qui lui épargnerait de gravir ces marches quelques fois par jour et, avantage non négligeable, sa porte ne donnerait plus sur celle d'Eugénie.

❁

Jeanne était assise sur les genoux de son patron. Elle tenait son visage entre ses deux mains et susurrait :

— Comme tu as passé une journée affreuse ! Non seulement les funérailles ce matin, mais encore cette scène à l'heure du souper.

Fernand lui avait confié en deux mots les récriminations d'Eugénie. Elle continua après avoir posé ses lèvres sur le début du crâne, dégagé par une calvitie précoce.

— Cela me paraît d'autant plus injuste que madame Picard a toujours été très gentille, très tolérante à son égard, même si elle ne recevait aucune reconnaissance pour ses bons soins.

— Au fond, plus sa belle-mère fait des efforts, plus elle réagit violemment. C'est vraiment étrange.

Après avoir entendu la confession de Thomas, au mois de février précédent, Élisabeth avait affiché la plus grande commisération à l'égard de la jeune femme. Une agressivité plus grande récompensait cette attitude.

Le couple s'égara dans un long baiser, les mains explorèrent des zones interdites au point de laisser chacun pantelant. En remettant de l'ordre dans ses vêtements un peu mis à mal, la domestique revint sur leur premier sujet de conversation :

— Ce matin, j'aurais aimé être aux funérailles. Monsieur a toujours été très bon. Puis, même en me tenant debout à l'arrière de la nef, j'aurais été avec toi.

— Tu m'as manqué aussi.

La cruauté de leur situation se révélait dans des moments de ce genre. Alors que chacun se languissait de la chaleur, de la tendresse de l'autre pour mieux passer à travers des instants difficiles, ils devaient s'ignorer totalement. Ils gardaient leurs distances plus soigneusement encore que les domestiques et les maîtres dans les autres maisonnées, car le moindre geste pouvait les trahir.

— Mais il fallait bien quelqu'un pour s'occuper des enfants, continua l'homme après avoir reboutonné sa braguette. À leur âge, les exposer à une cérémonie de ce genre les aurait troublés pour rien. Comment prennent-ils la chose ?

— Cela dépend. Antoine demeure bien sceptique devant cette histoire de grand sommeil. Il me demande sans cesse : « Si pépère dort, il va finir par se réveiller, non ? »

L'aîné aurait bientôt quarante mois. Certaines des affirmations des adultes méritaient déjà un examen minutieux de sa part.

— Béatrice et Charles ne se sont rendu compte de rien. À leur âge, c'est normal.

Surtout, Fernand avait pris soin d'éviter à ses enfants la vue du corps de leur grand-père, placé en chapelle ardente dans le salon pendant deux grandes journées.

Jeanne passa à une autre de ses préoccupations.

— Crois-tu cela réaliste, aménager une chambre en bas pour ta mère ?

— Ce qui ne serait pas réaliste, c'est de lui demander de monter et de descendre cet escalier plusieurs fois par jour.

Comme je désire la voir demeurer ici encore quelques années, je n'ai pas le choix.

— Mais cela te laissera un bien petit bureau pour recevoir tous tes clients à l'avenir. Puis l'espace ne paie pas de mine.

Ces questions aussi faisaient l'objet des confidences de l'employeur. Il se surprenait de la voir comprendre très bien les enjeux liés à ces réaménagements.

— Pour tout de suite, je me contenterai de ma petite pièce. Toutefois, je serai peut-être obligé de me louer un espace en ville.

— ... Cela me fera de la peine de ne plus te savoir présent dans la maison.

Chapitre 9

La grande maison de la rue Scott paraissait étrangement morose depuis la mort de Thomas. Elle appartenait maintenant de plein droit à Édouard. Le contrat signé reposait dans le coffre de l'étude Dupire, l'argent de la transaction dans le compte en banque de sa mère. Pour payer le coût de la propriété, le jeune homme avait liquidé le portefeuille d'actions de son paternel. Le solde lui avait permis d'acquérir une voiture Ford toute neuve.

À l'heure du souper, l'absence de l'ancien maître de la maison se faisait cruellement sentir. Son fils avait beau occuper le bout de la table, il ne comblait guère le vide laissé par son prédécesseur. Sa femme Évelyne prenait place à sa droite, sa mère à sa gauche. La première lui faisait grise mine depuis plus de vingt-quatre heures, tellement son enthousiasme à rejoindre Élise la veille, au cimetière, lui paraissait suspect.

— Je te l'ai expliqué déjà, c'était une amie de ma sœur, répéta-t-il afin de la faire sortir de son mutisme. Je ne suis jamais sorti avec elle.

Devant le mensonge, Élisabeth préféra se perdre dans la contemplation de son repas. Un vendredi, le poisson revenait nécessairement au menu. En 1908, le garçon avait paru fort intéressé par la demoiselle Caron. «Non, se corrigea-t-elle bien vite. Il paraissait fasciné par le jeu de la séduction. Elle, de son côté, semblait disposée à lui abandonner son cœur. »

Évelyne ne se montra pas dupe :

— Ce serait vraiment étonnant. Mes conversations avec les voisines témoignent de ton intérêt pour tout ce qui portait un jupon à la Haute-Ville. Si tu dis vrai, cette pauvre fille était bien la seule sur qui tu levais le nez. Pourtant, elle ne m'a semblé ni borgne ni bancale.

— Et même si cela se trouvait, à l'époque nous étions tous les deux célibataires.

— Mais tu ne l'es plus. Entends-tu les pleurs dans la pièce à côté ? C'est ton fils.

Le jeune homme laissa échapper un soupir étouffé, décida de se concentrer sur le souper pendant les minutes à venir, sans se soucier des humeurs de sa compagne. La présence de son père, dont il émanait une autorité un peu mystérieuse, avait réprimé les expressions de cette frustration. Sa femme réservait alors ce genre de scène à l'intimité de la chambre conjugale. Cette retenue disparaissait maintenant, au détriment des autres occupants de la maison.

Après le second service, Élisabeth s'essuya la bouche et annonça en se levant :

— Si vous voulez m'excuser, puisque je n'ai plus faim, je vais passer à côté un moment.

— Maman, j'aimerais te parler tout à l'heure. Tu pourrais passer me voir dans la bibliothèque ?

— Bien sûr. À tout de suite.

La femme adressa un sourire à sa belle-fille en quittant la salle à manger, puis elle gagna la cuisine. La cuisinière s'activait devant l'évier, alors qu'une jeune domestique nourrissait l'héritier de la maison à la cuillère. Elle lui dit en souriant :

— Laisse-moi ta place, je vais m'occuper de ce gourmand. Verse-moi plutôt une tasse de thé.

La jeune fille abandonna sa chaise un peu à regret pour aller chercher une toute petite théière dans un vieux buffet. Au cours des dernières semaines, la situation se répétait avec régularité. Cet enfant demeurait agréablement inconscient des tensions entre les adultes. Élisabeth essayait de profiter de sa compagnie le plus souvent possible.

En posant la boisson chaude près de sa patronne, la bonne glissa :

— Je peux vous parler un moment ?

— … Oui, bien sûr. Tu préfères le faire tout de suite ?

Le regard de la femme se dirigea vers la cuisinière. Sa jeune interlocutrice rougit un peu.

— Ce n'est pas un secret. Victoire prétend que vous allez quitter cette maison.

Elle parlait de la seconde employée.

— Oui, dans une semaine ou deux.

— Vous aurez besoin de personnel, sans doute.

— Sans doute.

— … Je serais heureuse de rester à votre emploi.

La confidence fut suivie d'un silence intimidé. Élisabeth demeura un instant interloquée. Sa surprise monta d'un cran quand la cuisinière déclara, en garnissant le chariot lui permettant d'apporter le dernier service à ses jeunes patrons :

— Moi aussi, je ne dirais pas non à un changement d'air.

Elle sortit de la pièce sur ces mots.

— Si mes projets se réalisent, je quitterai bientôt cette demeure. Mais les personnes que j'embaucherai auront une tâche plus pénible qu'ici.

— La lourdeur de la tâche, ce n'est pas tout. Déjà, c'est si triste depuis la mort de Monsieur. Alors si vous partez aussi…

La patronne acquiesça de la tête. Évelyne promenait son malheur de pièce en pièce. Elle devait faire payer ses petites misères aux employées, car son époux se blindait contre tous les reproches.

— Je vais réfléchir à cela. Quand ma propre situation sera un peu plus nette, je te parlerai de mes projets. Je ne dis pas non, mais bien des choses devront être clarifiées.

La domestique prit cela comme un congé. La veuve consacra de nouveau toute son attention sur l'enfant. Le jeune Thomas allait sur ses quinze mois. Bien bâti, joufflu, il présentait sans vergogne sa bouche grande ouverte à sa grand-mère.

— Toi, tu promets d'avoir un solide appétit.

Le garçon fixait sur elle de belles billes bleues, les yeux de son père et de son grand-père.

— Je te souhaite juste de savoir le discipliner un peu. Un homme ne gagne rien à courir dans toutes les directions afin de se satisfaire. Non seulement il ne se trouve pas plus heureux, mais il sème la peine autour de lui.

La domestique baissa les yeux en entendant la petite leçon de morale. L'enfant se contenta de réagir à la douceur de la voix en s'agitant sur sa chaise, les bras tendus, un sourire béat laissant apercevoir quelques dents.

❊

Vers neuf heures, après qu'Évelyne se fut retirée dans sa chambre, Élisabeth frappa à la porte de la bibliothèque. Depuis la signature du contrat de vente de la maison, elle avait adopté l'attitude d'une invitée.

— Oui, entre, répondit Édouard en quittant le siège derrière le lourd bureau en chêne.

Il se dirigea tout de suite vers la petite armoire contenant quelques bouteilles en disant :

— Je te verse un porto. Heureusement, il nous reste un moyen de contourner la prohibition, mais cela fait monter les prix.

Sa mère s'installa dans l'un des fauteuils près du foyer. En acceptant la boisson, elle confia :

— Cette scène s'est répétée si souvent avec ton père. La revivre de cette façon me chavire toujours un peu.

— … Préférerais-tu aller dans une autre pièce ?

— Non, ce n'est pas la peine. Ce ne sont pas des souvenirs désagréables, au contraire. Mais je demeure tout de même troublée dans ces lieux familiers.

Le garçon hocha la tête, prit le temps de se verser un cognac avant d'aller occuper le fauteuil placé de l'autre côté du foyer.

— Tu tiens à quitter la maison afin de t'éloigner de ces souvenirs ?

— C'est certainement l'une des raisons.

— Cette décision me bouleverse. Je comprends ton désir de vendre la résidence, de ne plus assumer cette responsabilité. Mais nous avons de la place, tu pourrais conserver la chambre des maîtres, y aménager un nid à ta convenance.

Élisabeth trempa ses lèvres dans son verre, puis entendit clarifier la situation.

— Ma présence nuit à tes rapports avec ta femme.

— Voyons ! Au contraire…

— Elle permet d'éviter des scènes plus désagréables encore que celle de ce soir, j'en conviens. Toutefois, elle vous empêche de vider la question. Parlez-vous, mettez fin à votre différend, sinon vous vous construirez une existence malheureuse pour les cinquante prochaines années.

Le jeune homme se renfrogna un peu. Ce «différend», c'était bien sûr la présence d'une maîtresse avant, et pendant les premiers mois qui avaient suivi le mariage. Il se demandait encore comment la rumeur avait atteint les oreilles de son épouse. Parfois, la pensée que sa sœur avait peut-être agi comme messagère le mettait en rage.

— Elle n'a rien à me reprocher. Je suis tous les soirs à la maison à éplucher les dossiers de papa. Prendre la relève n'apparaît pas si simple.

— J'en conviens, depuis le service funèbre de Thomas, tu as été ici presque tous les soirs.

Le garçon rougit un peu, tellement le sous-entendu demeurait explicite : non seulement cette vertu était toute nouvelle, mais elle ne durerait pas éternellement.

— Je suis très sérieuse, tu sais. Évelyne doit se sentir la maîtresse de cette grande maison. Aussi longtemps que je serai là, elle ne le pourra pas.

— Tu serais très bien ici, sans aucune responsabilité, sauf peut-être prendre soin de Junior.

— Mais te rends-tu compte de ce que tu dis ? Ce garçon est votre fils à tous les deux, et moi, par le sang, je ne suis même pas sa grand-mère.

Édouard parut blessé, comme si ces paroles constituaient une trahison. Elle voulut tempérer le reproche en reprenant d'une voix plus douce :

— Évelyne doit reprendre sa place auprès de lui, tout comme elle doit la reprendre auprès de toi.

Le silence domina la grande pièce lambrissée de noyer pendant un long moment. À la fin, son interlocuteur céda.

— Soit, nous devons demeurer seuls. Évelyne me l'a tellement seriné au moment où papa vivait encore. Elle me servait l'exemple du couple de Louis Lavigueur, dans sa petite maison de la rue Saint-Jean. Mais tu pourrais trouver un appartement près d'ici. Dans le *Chronicle*, j'ai vu quelque chose de très bien rue Haldimand.

— C'est en effet un joli quartier.

Élisabeth sourit en songeant à la maison de la rue Sainte-Geneviève, située tout près.

— Cette idée de tenir une maison de chambre me paraît si...

Le jeune homme hésita sur le mot « démente », se rabattit sur :

— Saugrenue.

— Je ne resterai pas à tricoter au coin du feu pendant les vingt prochaines années. J'ai la chance d'avoir un petit capital, j'entends le faire fructifier.

Elle marqua une pause avant de préciser, un sourire narquois sur les lèvres :

— Cela devrait te réjouir, tu hériteras de ma fortune avec Eugénie.

— Mais tu n'as jamais travaillé, tu ne connais rien aux affaires.

La femme encaissa le choc. Soucieuse de bien maîtriser sa voix, elle attendit un moment avant de répondre.

— Nous aurons donc des choses à apprendre tous les deux, au cours des prochains mois. Moi à mener une affaire, toi à réussir un mariage. Nous donnons-nous tout de suite rendez-vous en janvier 1920, afin de comparer nos résultats ?

Ce fut au tour de son interlocuteur de demeurer un moment interdit.

— Je m'excuse, bafouilla-t-il, je ne voulais pas te blesser.

— Moi non plus... Toutefois, j'étais sérieuse. Nous avons tous les deux beaucoup à faire.

Au moment où la femme fit mine de se lever, Édouard déclara, un sourire en coin :

— La propriétaire d'une pension de famille devrait posséder une voiture. Je pense à un petit cabriolet de couleur rouge. Une Chevrolet...

— Je ne sais pas conduire. Puis ce serait une dépense somptuaire.

— Si tu peux apprendre à mener une affaire, tu feras la même chose avec une machine. Et en ce qui concerne le prix, je sais que tu peux te le permettre.

Élisabeth marqua une pause, puis elle demanda, un ton plus bas :

— Dois-je comprendre que tu es quelque peu... serré ?

— Pas vraiment, mais j'ai un tantinet tiré sur mes liquidités, récemment. Trois voitures sont rangées contre la maison. Deux sont de trop.

— La Ford surtout.

Le marchand choisit de ne pas réagir devant le reproche implicite.

— Non, je dois avoir une voiture familiale en bon état, sinon les gens vont croire que le magasin PICARD va à la banqueroute. L'erreur, c'est la Chevrolet. Mais au moment de son achat, nous pensions tous les deux que papa avait au moins vingt ans devant lui, avec toutes ses bonnes résolutions.

La femme acquiesça d'un signe de la tête.

— Tu as raison. Je m'excuse pour cette question. Je me mêle de ce qui ne me regarde pas.

Elle se retira sur ces mots, sans s'engager à se muer bientôt en automobiliste.

❖

Le dernier dimanche de juin, madame Caron s'activa devant ses fourneaux pendant la majeure partie de l'après-midi. Élise trouvait un peu curieux de la voir se mettre en frais de la sorte pour un seul invité, un collègue de son père, de surcroît. Dans ce genre de circonstance, d'habitude, la maîtresse de maison s'en tenait à l'ordinaire.

L'homme arriva vers cinq heures, le docteur l'amena au salon.

— Va les rejoindre, déclara la mère, je vais m'occuper de dresser la table.

La jeune femme arqua les sourcils, intriguée, avant de faire comme on le lui disait. Quand elle entra dans la pièce, le visiteur quitta son fauteuil pour se tenir devant elle, visiblement un peu intimidé. La petite conspiration se révélait enfin.

— Ah! Voici ma fille, déclara l'hôte en se levant à son tour. Élise, voici le docteur Boisvert. Philippe Boisvert. Il a un bureau rue Saint-Jean.

— Enchantée, monsieur, murmura-t-elle en tendant la main.

L'étranger bredouilla quelque chose avant de reprendre sa place.

— Vous acceptez de prendre un verre avec moi? Bien sûr, le choix demeure très limité, mais ce reste de whisky devrait bien fournir deux verres. Élise, la bouteille de sherry de ta mère n'a pas été ouverte.

Sans attendre de réponse, il remplit les verres.

— Comment fais-tu? demanda le visiteur. Te fais-tu une prescription à toi-même?

— J'en fais une à ma femme. Je l'imagine rougissante en train d'attendre au guichet.

L'homme tendit les verres avant de retrouver son siège.

— C'est pratique. Je ne peux profiter de cet avantage.

— ... Philippe est veuf depuis plusieurs années, précisa l'hôte à l'intention de sa fille.

Élise demeura interloquée quelques secondes, puis rougissante, elle avala la moitié de son verre.

— Depuis bien près de dix ans, compléta l'homme.

— Tes enfants doivent être grands, aujourd'hui.

— Les deux garçons sont maintenant au collège. Dans les circonstances, je préfère les voir pensionnaires.

Pendant quelques minutes, les deux hommes commentèrent les projets d'avenir des deux adolescents. En passant à table, la jeune femme réussit à chuchoter d'un ton de colère contenue à sa mère :

— Vraiment, vous n'auriez pas dû faire cela.

Des larmes perlaient à ses yeux. Elle put tout de même garder sa contenance pendant tout le repas. Le visiteur porta souvent les yeux sur les deux enfants, comme s'il se demandait si la cohabitation avec eux serait possible.

❖

Heureusement, le visiteur ne s'attarda pas. Plaidant la longue journée du lendemain, il quitta les lieux un peu après neuf heures.

— Tu penseras sérieusement à nos projets.

— Bien sûr. Je vais t'en reparler bientôt.

Peu après, l'homme passait la porte. Quand son père revint au salon, Élise lui demanda d'une voix chargée de colère :

— Je veux te parler, seule à seul.

La nécessité de dominer sa fureur devant cet inconnu l'avait épuisée. Elle éclaterait bientôt en sanglots.

— Allons dans mon bureau, ce sera plus simple.

La mère les regarda quitter la pièce, consciente de l'orage qui se préparait.

— Comment as-tu pu faire cela ? glapit Élise quand la porte se referma dans son dos. Tu es cruel.

Les larmes coulaient maintenant sur ses joues. Le docteur regagna son siège à son tour.

— … Tu m'as fait revivre la scène de 1908, avec Charles. Alors, c'était un jeune collègue prometteur, maintenant c'est un veuf. Voilà trois heures que je me retiens de hurler de toutes mes forces.

— Je… commença son père, maintenant profondément ému. Je n'avais pas pensé à cet aspect des choses.

— Ne te moque pas de moi. Tu invites quelqu'un pour me caser, encore une fois. Tu as dû te dire : « Comme cela a fonctionné avec le premier candidat, essayons encore. » Ainsi, je partirais et tu retrouverais ta vie tranquille.

Les derniers mots vinrent dans un sanglot. L'homme chercha dans un tiroir de son bureau pour en sortir un mouchoir à peu près propre. Elle se moucha bruyamment.

— Tu sais, pour un vieux couple comme nous, ton retour à la maison n'est pas une catastrophe, mais une bénédiction. Demain, au plus tard après-demain, nous serons vieux. Tout le monde rêve d'un enfant aimant pour prendre soin de lui à ce moment.

La jeune femme ne put réprimer l'ombre d'un sourire.

— Donc, tu allais contre tes intérêts en tentant de me pousser dans les bras de ce vieux monsieur.

— À mes yeux, il est jeune. Écoute-moi bien, tu as trente ans. C'est bien tôt pour renoncer à ton existence de femme. Le jour où tu rencontreras quelqu'un, je verrai cela comme une bénédiction pour toi, mais j'aurai un pincement au cœur.

— Charles est mort depuis huit mois. Penses-tu que je veuille le remplacer ?

L'homme posa ses avant-bras sur la surface de son bureau, réfléchit un moment.

— Tu ne le remplaceras jamais, comme je ne remplace-rais pas ta mère si elle venait à mourir. Tu as vécu avec lui quelque chose d'unique.

Elle acquiesça d'un signe de la tête, heureuse de l'entendre le dire.

— À cette époque, en 1908, je ne l'avais pas invité pour te caser, mais pour te permettre de rencontrer une personne que je trouvais estimable. Tu vas me le reprocher aujourd'hui ?

Cette fois, ce fut en rougissant qu'elle confia :

— Non, bien sûr que non.

— Je souhaite que tu rencontres d'autres personnes estimables.

— Je...

— Ne me dis pas que tu ne le désires pas. Je serais trop déçu de voir ma fille âgée de trente ans m'annoncer que la vie ne lui apportera plus rien de bon.

De nouveau, elle se moucha, essuya les larmes sur ses joues.

— Aujourd'hui, je ne peux pas concevoir qu'un jour futur je m'intéresserai à quelqu'un.

— Cela, je peux le comprendre. Mais tôt ou tard, tu devras faire un effort pour sortir de ta solitude.

— Je vis dans ta maison avec mes enfants. Je ne suis pas seule.

Les yeux de l'homme exprimaient un profond scepticisme, mais il choisit de se taire.

— Mais ce soir, tu as voulu me forcer la main en me présentant ce monsieur.

— Je pense être assez bon juge des personnes. Philippe est un homme bien. Je ne peux deviner s'il a la moindre inclination pour toi, ou toi pour lui. Comme tu es une femme adorable, quelqu'un s'intéressera à toi un jour.

Garde seulement les yeux ouverts, et ne lui fais pas grise mine quand il se présentera.

— Écoute, je comprends que cela te vient d'un bon sentiment. Ce soir, tu souhaitais… Ces projets communs…

Son père éclata de rire, Élise s'assombrit d'abord. À la fin, il consentit à lui expliquer :

— J'aimerais le voir abandonner son cabinet pour venir pratiquer ici. Nous avons aménagé une pièce de consultation pour Charles, elle a bien peu servi.

— Quel avantage y trouveras-tu ?

— Je ne la lui laisserais pas gratuitement. Je ne pense pas que tu sois terriblement occupée pendant la journée. Tenir les horaires de deux personnes, percevoir les frais de consultation, écrire aux clients récalcitrants… En fait, je veux profiter de toi un peu plus. Je lui ferais payer le local et le secrétariat.

Les deux projets, la « caser » et tirer un meilleur parti de sa situation professionnelle, devaient hanter son père. Après cette conversation, Élise ne pouvait plus lui en vouloir. Au moins, l'homme se montrerait dorénavant plus circonspect dans ses grandes manœuvres.

— Je vais aller rejoindre maman. Elle doit se demander si nous n'avons pas échangé tout notre répertoire de gros mots.

— Oh ! Elle demeure convaincue que ni toi ni moi n'en connaissons.

— Voyons, elle n'est pas si naïve !

Tous les deux quittèrent le cabinet. En revenant vers le salon, Élise déclara :

— Je vous souhaite bonne nuit à tous les deux. Je suis chanceuse de vous avoir. Toutefois, je vous en prie, ne cherchez pas à me présenter des hommes esseulés avant que je ne sois prête.

Après une bise à chacun d'eux, elle se dirigea vers la chambre de ses enfants.

❖

Élisabeth se présenta chez le jeune notaire Dupire en début d'après-midi. Au premier coup de sonnette, Jeanne vint lui ouvrir la porte.

— Bonjour, madame.

— Bonjour. Je viens rencontrer votre employeur.

— Vous avez le temps de vous asseoir un instant au salon, il est occupé. Désirez-vous quelque chose à boire ? Je préparais du thé.

— Je ne sais pas si je peux...

La domestique lui adressa son meilleur sourire en répondant :

— Je ne l'offrirais pas à un client habituel. Mais vous êtes sa belle-mère, et mon ancienne patronne.

— Dans ce cas, je veux bien.

Quelques minutes plus tard, elle tenait sa tasse près de sa bouche, soufflait dessus légèrement pour refroidir un peu son thé. Fernand se présenta bientôt à elle en disant :

— Je suis désolé de vous avoir fait attendre.

— Comme vous pouvez le voir, on s'est très bien occupé de moi.

— J'aimerais mieux vous recevoir ici, dans cette pièce, cela conviendrait mieux pour une parente, mais par souci de discrétion...

La veuve, tout comme son hôte, souhaitait par-dessus tout éviter de voir surgir Eugénie devant eux. Le notaire se pencha pour prendre le plateau sur une table basse.

— Apportez votre tasse.

— Je suis gênée...

— Ne vous inquiétez pas, Jeanne s'est aussi occupée de moi.

Ils se retrouvèrent dans le grand bureau de l'ancien maître de la maison. Bientôt, des ouvriers viendraient commencer les travaux de réaménagement du rez-de-chaussée. À la réflexion, l'homme inclinait maintenant pour la construction d'une nouvelle pièce à l'arrière. La « rallonge » n'aurait rien d'élégant, mais la nécessité de devoir bientôt s'adjoindre un clerc le forçait à cette solution plus ambitieuse.

Après avoir évoqué la santé de ses trois enfants avec sa belle-mère, le notaire demanda :

— Vos projets évoluent dans le bon sens ?

— J'ai encore une fois passé la matinée rue Sainte-Geneviève. Non seulement l'entrepreneur en construction que vous m'avez recommandé m'assure qu'aucune mauvaise surprise ne me tombera dessus, mais il a produit une estimation du coût de quelques travaux dans mes futurs quartiers.

Elle marqua une pause, puis demanda :

— De votre côté, quelles sont vos conclusions ?

— Les livres de cette pension me paraissent en ordre. Le profit permettrait certainement à un couple, ou à une personne seule, de subvenir à ses besoins.

Ce fut au notaire de s'arrêter un moment. Il usa de précautions avant de poursuivre :

— Depuis que je vous connais, j'ai apprécié votre gentillesse, votre respect.

— Vous m'avez toujours paru mériter l'un et l'autre. Mon mari partageait la même opinion, soyez-en assuré.

— Ce sentiment ne fut pas partagé par tous les membres de la maisonnée, malheureusement.

Après un rire bref, chargé de dépit, il ajouta :

— Et j'ai marié celle de vos parentes qui ne le partageait pas, justement. La vie nous réserve parfois d'étranges situations.

L'homme retrouva sa sérénité au moment de poursuivre son exposé.

— Je vous parlerai donc en ami, en souvenir de nos bonnes relations. Vous pourriez sans doute vivre dans l'aisance jusqu'à la fin de votre vie sans travailler. Chez Édouard, cela ne fait pas de doute.

— Des raisons personnelles me font préférer aller habiter ailleurs.

— Même dans un appartement situé dans la Haute-Ville, vous vous en tireriez sans mal, je crois.

Élisabeth répondit d'un sourire.

— D'abord, je ne me vois pas demeurer inactive pendant les années à venir, admit-elle. Puis à ma place, prendriez-vous le risque? L'économie connaît des à-coups. Voyez comment les prix ont monté rapidement ces dernières années, pour descendre maintenant.

— Vous avez raison, on ne peut jurer de rien. Dans les circonstances, cette maison me paraît un bon investissement.

— Susceptible de me faire vivre?

L'homme lui répondit d'un sourire d'abord, puis il lui tendit le rapport de son examen des livres.

— Aucun notaire ne s'engagera en ce sens. Une personne mal avisée peut ruiner la meilleure entreprise. Toutefois, cette affaire est saine, je doute que vous preniez des décisions déraisonnables. Vous immobiliserez un capital important, le revenu des locations vous procurera un train de vie raisonnable.

— Et si jamais cela ne fonctionnait plus? Je n'ai aucune expérience.

— Vous pourrez revendre la maison sans rien perdre. Mais je ne doute pas de votre réussite.

Le rose monta aux joues de la cliente. Elle murmura avec plaisir :

— Vous êtes la première personne à me dire cela... à l'exception de Marie Picard. Mais elle ne me connaît pas très bien. Je n'ai jamais occupé un emploi, sauf au moment où Thomas m'a embauchée à la sortie du couvent.

— Je vous ai vue au fil des ans. Je vous imagine sans mal dans le rôle d'une hôtesse charmante pour tous les locataires de cette maison.

Il la laissa un moment à ses réflexions, puis demanda enfin :

— Que ferez-vous ?

— ... J'achète ! Cela ne donne rien de tergiverser encore.

— Vous pourrez signer le contrat mercredi prochain. Mon jeune collègue est impatient de boucler cette transaction.

— Je ferai viser un chèque afin de vous le remettre.

Quand la femme s'apprêta à se lever, le notaire demanda :

— Pouvez-vous me donner encore un peu de votre temps ?

— Oui, bien sûr, consentit-elle en reprenant son siège.

— Vous possédez une part du magasin PICARD. Celle-ci vous donnera un revenu d'appoint.

La femme acquiesça, curieuse de voir où son interlocuteur voulait en venir.

— Si jamais vous vouliez la vendre, je serais acheteur.

— ... Croyez-vous que je devrais me départir de cette part ? La situation vous inquiète ?

— Je ne dis pas cela, et à en juger par les rapports annuels et les chèques correspondant à sa part des profits qu'Eugénie reçoit tous les ans, cela demeure un bon placement. Mais si, de votre côté, vous en veniez à vouloir vous départir de cet actif, je vous serais reconnaissant de me le faire savoir.

Un bref moment, l'image des trois autos rangées près de la maison passa dans l'esprit d'Élisabeth. Les goûts somptuaires d'Édouard l'inquiétaient parfois. Elle se ressaisit puis dit avec un sourire en coin :

— Seriez-vous le genre de notaire à acheter les actifs d'une cliente, même si ceux-ci devenaient moins rentables ? Pour tout de suite, vous l'avez dit, le placement est bon.

La remarque fit rire l'homme de loi. Il se versa du thé avant de répliquer :

— Si vous doutez de votre capacité à mener des affaires, rassurez-vous. Après cette remarque bien sensée, j'ai la preuve que vous saurez vous tirer d'affaire. Nous nous sommes parlé franchement jusqu'ici, je continuerai. Actuellement, avec la moitié des parts, Édouard gère seul l'entreprise, pour le meilleur et pour le pire. Eugénie, vous et le jeune Mathieu Picard possédez l'autre moitié du magasin, mais vous ne pouvez en orienter les destinées, à moins de faire front commun. À ma connaissance, aucune réunion des actionnaires n'a jamais été tenue.

Élisabeth acquiesça d'un signe de la tête. Thomas avait administré l'entreprise sans rendre d'autres comptes que l'envoi du bilan de fin d'année. Mais à l'époque, il détenait la majeure partie du commerce.

— Je ne détesterais pas réunir ces parts.

— Je suis certain que votre femme aimerait me voir perdre la mienne. Toutefois, elle me vient de mon époux et j'y tiens.

Le notaire se pencha pour se rapprocher d'elle.

— Je ne comprends pas les raisons de l'inimitié d'Eugénie à votre égard, son attitude me paraît cruelle. Mais croyez-moi, je ne suis pas en service commandé pour elle. Mes motifs sont intéressés, bien sûr, nous parlons affaire. La rancune de mon épouse n'y joue toutefois aucun rôle.

Élisabeth se leva en promettant:

— Si jamais je songe à vendre, je vous en glisserai un mot. De toute façon, vous êtes mon notaire, vous serez aux premières loges pour voir l'évolution de mes affaires. Vous n'en ignorerez rien.

L'homme la reconduisit jusqu'à la porte de la maison.

— Vous remercierez Jeanne pour le thé, ajouta-t-elle en sortant.

Elle tendit la main, le notaire la prit dans la sienne.

— Je vous reverrai donc dans quarante-huit heures.

— Sans faute.

Elle sortit sur ces mots en ajustant ses gants noirs. Fernand la regarda rejoindre le trottoir, haute silhouette élégante et digne dans ses vêtements de deuil.

Chapitre 10

Le simple fait de quitter bientôt le commerce familial rendait Mathieu un peu plus serein. Bien sûr, au fil des jours, des clientes demandaient encore :

— Comment c'était, là-bas ?

Il répondait invariablement avec un sourire à peine crispé :

— Une aussi charmante personne que vous n'a pas vraiment le désir de le savoir, croyez-moi.

La moindre insistance de son interlocutrice se heurtait ensuite à un silence buté et à un faciès de moins en moins avenant, au point de devenir parfois hostile.

En fin d'après-midi, le dernier jour de juin, Françoise descendit l'escalier à demi pour lui dire :

— Mon père se trouve au bout du fil. Il aimerait te parler.

Le téléphone du commerce avait été installé à l'étage, car le minuscule bureau de la propriétaire se trouvait là. Le jeune homme monta prestement, appuya le cornet contre son oreille et prononça dans la pièce de bakélite placée en haut d'une petite colonne de laiton :

— Mathieu Picard à l'appareil. Vous m'appelez de Rivière-du-Loup ?

Dans l'affirmative, mieux valait limiter la conversation à l'essentiel : les appels interurbains demeuraient hors de prix.

— Non, j'ai dû revenir dans la capitale ce matin, afin de discuter d'octrois pour la construction de chemins.

La gestion du patronage meublait le quotidien des élus. Une paroisse privée trop longuement d'un bout de route ou d'un petit pont revêtait bien vite un charme fou pour le parti d'opposition.

— J'ai parlé de toi à droite et à gauche, ces derniers jours, continua le député. J'aurais un poste un peu étonnant à te proposer. Mais au moins, il y a un salaire.

— Étonnant jusqu'à quel point?

— Le bureau du procureur général.

Tous les étudiants en droit savaient que ce « ministère » s'occupait de poursuivre au nom du roi – de l'État, en réalité – les personnes accusées d'un crime. On désignait les membres de ce service du titre d'avocats de la Couronne.

— Bien sûr, cela ne vaut pas un gros cabinet, reconnut Dubuc.

— Comme les études responsables des affaires des grandes entreprises sont les seules à pouvoir rendre un procureur riche, les candidats doivent se bousculer aux portes.

— C'est exactement cela.

Ces postes convoités revenaient à des personnes très proches du pouvoir. Le protégé d'un simple député du Bas-Saint-Laurent rompu aux querelles de clôtures ne se classait pas parmi les prétendants légitimes.

— Je vous remercie infiniment, dit Mathieu avec chaleur. Ce sera pour moi une excellente école de droit criminel.

L'étudiant avait raison. Sa sincérité rassura son interlocuteur.

— Tu pourras te présenter dès demain chez l'un des substituts du procureur, Arthur Fitzpatrick.

— Le fils de…

— De Charles, le représentant de Sa Majesté le roi dans notre belle province.

Charles Fitzpatrick occupait le poste de lieutenant-gouverneur depuis l'année précédente. Cela représentait tout un accomplissement pour l'un des défenseurs de Louis Riel, le chef métis exécuté en 1885.

— Il y a un petit inconvénient, précisa encore son interlocuteur à l'autre bout du fil. Comme tu le sais, l'Assemblée n'est pas en session, les tribunaux font relâche une partie de l'été. Cet emploi ne débutera pas avant septembre. Je sais que tu désirais quitter la boutique...

— Ne vous en faites pas. De toute façon, j'ai sous les yeux la jeune vendeuse recrutée par maman pour compenser mon absence. Au cours des semaines à venir, je potasserai mes gros codes. Je porterai une attention particulière au droit criminel.

La jeune fille en question, prise en main par Thalie, explorait depuis le matin la section des sous-vêtements. Âgée d'une vingtaine d'années et connaissant quatre mots d'anglais – *May I help you?* –, elle constituait une relève passable au fils de la maison.

— Une nouvelle employée... se lamenta le député. Marie ne voudra pas s'éloigner.

— J'ai plaidé pour vous. Surtout, j'ai promis à maman de demeurer au magasin pendant toute la durée de ses vacances. Puis, cette fille n'est pas une véritable néophyte. Elle a travaillé ici quelques mois en 1918, avant de déserter pour une usine de munitions. Elle comprend maintenant que les dentelles promettent une plus longue carrière que les cartouches.

La nouvelle employée entendait la conversation. Elle jeta un regard un peu coupable en direction du fils de sa patronne. Il la rassura d'un sourire affable.

— Marie voudra-t-elle venir passer quelques semaines chez moi ?

— Insistez encore un peu. Vous êtes à Québec, une visite aujourd'hui accompagnée d'un bouquet de fleurs devrait la faire fléchir. Elle meurt d'envie d'accepter.

— Si tu es là pour t'occuper du magasin, elle n'a plus rien à craindre.

— Je n'en doute pas. Surtout, Thalie demeure sans égale pour me donner des ordres. Les choses devraient aller rondement.

Sa sœur, à quelques pas, posa ses yeux rieurs sur lui et fit un geste de la main pour imiter une personne trop bavarde. Mathieu saisit l'allusion.

— Je vous remercie encore, monsieur Dubuc. Je dois maintenant retourner travailler.

— Tu as raison, moi aussi le devoir m'appelle. Nous nous reverrons en soirée. Mes salutations à Marie… et à toutes les autres jeunes femmes du commerce.

— Je distribuerai les bises à votre place.

Le jeune homme descendit ensuite pour annoncer la nouvelle à sa mère.

❖

Après avoir reçu sa belle-mère l'après-midi, Fernand accueillit son beau-frère en soirée. Le marchand commença par s'asseoir une petite demi-heure au salon afin de parler avec sa sœur. Profitant d'une absence de son époux, celle-ci réitéra sa résolution récente au principal intéressé.

— Aussi longtemps qu'elle sera là, je n'ai pas l'intention de retourner dans la maison de papa. Quand je pense qu'elle a réussi à mettre la main sur la résidence familiale !

— Depuis deux semaines, j'en suis le seul propriétaire.

— Tu as dû lui racheter notre bien !

Eugénie tentait de lui instiller sa révolte. Un peu après le décès, elle avait même essayé de convaincre son mari de contester le testament en son nom. «Papa était gravement malade, il ne jouissait plus de toutes ses facultés.» Toute à son indignation, elle ne voulait pas comprendre que Thomas avait suivi les usages. N'importe quel juge en aurait convenu.

— Maman a été une excellente épouse pour lui, insista le jeune homme. Cette maison lui revenait.

— Ce n'est pas ma mère.

L'éclat de voix ramena Édouard de nombreuses années en arrière. De multiples scènes de ce genre meublaient sa mémoire.

— Tu pourras donc partager un repas avec nous dans deux semaines. Elle va acheter une nouvelle demeure dans quarante-huit heures, et quitter les lieux le 11 juillet prochain.

— Elle paiera cette maison avec notre argent !

Fernand revint dans la pièce au moment où elle lançait ces mots. D'une voix sévère, il conclut :

— Eugénie éprouve beaucoup de difficulté à saisir les notions les plus simples du droit de propriété et du droit matrimonial.

Le rose monta aux joues de la jeune femme, elle leur présenta un visage buté, fermé à la raison.

— Nous passons dans mon bureau ? Je ne voudrais pas te retenir ici trop longtemps.

Le visiteur troqua son siège au salon pour un autre dans la pièce voisine. Le notaire ferma soigneusement la porte, puis il offrit avant de gagner sa place :

— Tu accepteras un whisky, sans doute.

— Sur recommandation de mon médecin.

Une fois les deux verres remplis, le tabellion regagna son siège et il commenta un moment la composition du nouveau cabinet provincial. À la fin, le visiteur n'y tint plus :

— Pourquoi as-tu demandé à me voir ? Un problème avec l'héritage de papa ?

— Non. N'en déplaise à ma charmante épouse, de ce côté-là, tout demeure en ordre. Toutefois, en regardant dans les notes de mon père, je me suis rendu compte que le pauvre homme a oublié de t'entretenir d'une question délicate. À la fin de ses jours, sa concentration laissait un peu à désirer.

Le notaire sortit une chemise d'un tiroir, la tendit au visiteur. Édouard parcourut une page de format légal, puis leva les yeux, surpris.

— Je ne comprends rien à cela.

Un moment, il soupçonna le vertueux Thomas, si prompt à fustiger les écarts des autres à la morale sexuelle, d'avoir laissé un rejeton illégitime dans le paysage.

— Papa aurait… continua-t-il.

— Non, ne va pas croire une chose pareille. Il s'agit de l'enfant d'Eugénie.

Ces mots laissèrent le marchand médusé. Il réussit à articuler après une longue minute :

— Tu es au courant de… cet accident ?

— Je l'étais avant mon mariage.

— Et tu as tout de même accepté…

— Ce qui fait sans doute de moi un parfait imbécile.

Le notaire parlait à voix basse. Il agita un doigt pour imposer le silence, se leva doucement afin de se rendre à la porte pour l'ouvrir vivement. Son épouse se redressa très vite, offrant un visage pivoine.

— Même l'oreille collée à la serrure, tu n'entendras rien. Ce bureau est construit pour celer les secrets professionnels. Ne va pas te poster dehors près de la fenêtre, ce ne sera pas mieux. Au risque de suer à grosses gouttes, je l'ai fermée tout à l'heure.

La femme s'esquiva très vite sans mot dire. Ses pas dans l'escalier produisirent le son d'une arme automatique. Quand son hôte retrouva sa place, Édouard était suffisamment revenu de ses émotions pour demander :

— Te l'a-t-elle avoué ?

— Non. Mon père m'a montré ce contrat afin de me détourner de cette union. Je n'ai rien voulu entendre.

Une nouvelle pause lui permit de se remémorer ce moment de sa vie. Comme il regrettait, maintenant !

— Remarque, ce document est rédigé en termes très laconiques. Monsieur Picard payait une pension à Fulgence Létourneau pour l'entretien d'un jeune enfant. Il prétendait servir d'intermédiaire.

— C'était peut-être pour une autre histoire.

— Ne nie pas l'évidence. Ta sœur venait de disparaître pour son long voyage. Elle est revenue déprimée, un peu moins abrasive, ramollie même au point de m'accepter comme époux.

Fernand écarta les bras de son corps, comme pour signifier combien une pareille métamorphose lui demeurait encore incompréhensible.

— En fait, ce sont les récriminations de Fulgence Létourneau qui me forcent maintenant à te parler de cette histoire. Tu vois, mon père servait d'intermédiaire, maintenant c'est mon tour. Le tien versait la somme, le mien l'acheminait discrètement.

— Et depuis sa mort, la source s'est tarie.

Le tabellion hocha la tête en signe d'assentiment.

— Je suis tenu de payer à mon tour ?

— Le contrat prévoit le versement d'un montant modique, que ton père a d'ailleurs porté à soixante dollars en 1914 de sa propre initiative, puis à quatre-vingts en 1918. Si l'on tient compte de l'inflation des dernières années, ces augmentations ont été bien raisonnables. Tu vois les ajustements sur le contrat. Le paiement doit se poursuivre jusqu'à ce que le garçon atteigne ses dix-huit ans. Il en a dix, aujourd'hui.

— Mais légalement, je peux me dégager de cette obligation.

La voix contenait une pointe d'impatience. Le frère ne semblait pas disposé à couvrir les fautes de sa sœur.

— C'est une dette d'honneur, en faveur d'un membre de la famille. Il s'agit de ton neveu, après tout. Je ne sais pas comment cela tournerait devant un tribunal. Je ne sais même pas si Létourneau voudra poursuivre. L'homme semble très attaché à l'enfant, il craindra peut-être de lui faire du mal en ébruitant cette vilaine affaire. Mais sa femme…

Édouard paraissait perdu dans ses pensées. La soirée fatidique lui revenait en mémoire. Eugénie, désespérée, confessant sa situation, Élisabeth, malgré les horreurs dont la jeune fille l'accusait, offrant néanmoins toute son aide.

— Es-tu sûr que c'est son fils?

— Il lui ressemble un peu.

Devant les yeux écarquillés de son visiteur, le notaire précisa :

— Je suis aussi curieux qu'un autre. Je me suis posté à la sortie de son école. Je l'ai reconnu sans mal.

— Sait-elle? Je veux dire, Eugénie connaît-elle l'existence de cet arrangement avec Létourneau, de la pension versée par papa?

— Non. Tu as pu le constater, elle est curieuse. En conséquence, ce document ne quitte jamais mon coffre.

Pendant un long moment, Édouard demeura pensif.

— Mon cher employé Fulgence ne s'en doutera jamais, confia-t-il à la fin, mais cette situation vient de sauver son emploi. Je songeais à me passer de ses services.

— Continueras-tu de verser la somme due ?

— Même si je ne me sens aucune responsabilité dans cette histoire, je paierai.

— C'est un parent.

L'argument amena une grimace sur le visage du client.

— C'est étrange, expliqua-t-il, mais les liens du sang me paraissent peu de chose. Contrairement à Eugénie, je vois Élisabeth comme ma véritable mère. Et ma sœur se révèle si étrange que je me demande souvent si nous sommes apparentés.

L'homme tira son portefeuille de sa poche, en sortit le montant de la pension annuelle prévu au contrat pour le déposer sur le bureau.

— Et si je te payais les sept années restantes en nature ?

— Vraiment, sans façon !

— Que vas-tu penser ? protesta l'autre en affectant le dégoût. Je songeais à t'abandonner la Buick en échange.

— La vieille auto de ton père ?

Le notaire jetait un regard amusé sur son interlocuteur.

— Elle n'est pas si vieille. Puis cela n'a pas de sens, un professionnel de ton envergure obligé de prendre le tramway.

— Nous discuterons de cela un prochain dimanche, quand ma digne épouse acceptera de remettre les pieds chez toi, décida Fernand en se levant. Tu as dit dans deux semaines, tout à l'heure ?

Le visiteur lui jeta un regard narquois. Ainsi, dans cette maison, Eugénie n'était pas la seule à écouter aux portes. Il se laissa reconduire jusqu'à la sortie. Les anciens amis du Petit Séminaire se quittèrent sur une poignée de main cordiale. En regardant son visiteur regagner le trottoir, le notaire se fit une remarque amusée :

— Ainsi, le voilà prêt à régler des dettes d'honneur en bradant les biens de son défunt père.

❖

Mathieu se présenta à la porte de l'hôtel du gouvernement à l'heure convenue, le mardi 1er juillet. Le grand édifice en pierre grise se révéla à peu près vide. Dès la fin de la session, les députés retournaient à leur maison de campagne. Seuls quelques commis promenaient leur désœuvrement dans les interminables corridors.

Le substitut du procureur général se trouvait dans un bureau attenant à celui de son patron. L'étudiant frappa à la porte laissée entrouverte. Un homme âgé d'une quarantaine d'années leva la tête d'un dossier.

— Oh ! Le jeune Picard. Selon Dubuc, vous êtes la huitième merveille du monde.

Le visiteur demeura un moment interdit, puis commenta avec un sourire amusé :

— Ce brave homme exagère un peu. Disons la dixième, peut-être même la douzième.

Devant la main tendue, Mathieu allongea la sienne. Le fonctionnaire contempla un moment le gant. Confus, le visiteur le retira.

— Je m'excuse, dit-il. Comme les regards me gênent un peu, je trouve cela plus discret.

Fitzpatrick serra sa main, la retourna de côté pour voir, ou plutôt pour constater l'absence du doigt, tranché par un éclat d'obus au milieu de la première phalange.

— Je me le demande. Votre gant accroche tout de suite le regard, sans lui, je n'aurais rien remarqué sans doute. Prenez place.

L'homme désigna une chaise devant son bureau, regagna la sienne tout en poursuivant :

— Vous avez commencé vos études de droit il y a longtemps ?

— À l'automne de 1916. Je me suis engagé à l'été de 1917.

— Vous n'avez pas été conscrit.

— … Non. Je me suis porté volontaire.

Son interlocuteur apprécia la précision. Les volontaires paraissaient affublés d'une supériorité morale sur les enrôlés de force. Puis, il décida de venir tout de suite au fait :

— Vous pourrez revenir le 1er septembre après-midi, pour vous présenter au chef de service. Pour huit dollars par semaine, vous fournirez quelques heures de travail tous les jours. Je suppose que vous passerez l'essentiel de votre temps à classer des dossiers.

L'homme s'arrêta pour fixer son interlocuteur dans les yeux.

— Le salaire et les conditions vous conviennent-ils ?

— Tout à fait. Je pourrais commencer dans deux ou trois semaines. Dès que je pourrai quitter mon emploi actuel.

Finalement, Marie avait cédé à la tentation. Elle passerait deux semaines à Rivière-du-Loup. Pendant ce temps, le fils protégerait le commerce et les jeunes femmes y travaillant contre tous les dangers, réels ou imaginés.

— Ce n'est pas ce qui a été convenu avec monsieur Dubuc.

— Je ne demanderai aucun salaire pour ces quelques semaines.

Le substitut du procureur général sourit devant autant de bonne volonté.

— Je suis anxieux de me retrouver devant des livres de droit, confessa Mathieu. Voilà deux ans que je n'en ai pas vu un.

— La difficulté ne tient pas au budget. Le chef de service reviendra à son poste fin août. Personne ne sera là pour vous encadrer. Je comprends toutefois votre inquiétude. Alors prenez mon conseil. Tous les matins, présentez-vous à la bibliothèque de l'Assemblée. Vous trouverez là des employés capables de vous guider dans vos lectures.

Fitzpatrick se leva sur les derniers mots, signifiant son congé au visiteur. Celui-ci quitta son siège, accepta la main tendue en disant :

— Je suivrai votre recommandation, monsieur. Je vous remercie beaucoup pour votre accueil.

Au moment de mettre les pieds dehors, le futur employé du gouvernement consulta sa montre. Comme il était encore tôt, il obliqua vers la gauche. Il pourrait passer deux bonnes heures dans la bibliothèque située dans le grand édifice voisin.

❖

Un petit camion stationnait devant la spacieuse maison de la rue Scott. La boîte demeurait à peu près vide, Élisabeth voyagerait léger. Pour l'occasion, contre l'avis de sa mère, Édouard était revenu très tôt du commerce. Il se tenait sur la large galerie, les yeux mouillés.

— Je ne peux rien dire pour te convaincre de changer d'idée ?

— Non, tu le sais aussi bien que moi. Ce sera pour le mieux, je t'assure. Je dois apprendre à me débrouiller toute seule, tu ne crois pas ? J'aurai bientôt quarante-deux ans.

— Jamais je ne t'aurais empêchée de faire ce que tu désires.

— Ce sera aussi une bonne occasion pour toi, si tu sais la prendre.

Le jeune homme ne voulait pas revenir sur le sujet de sa vie conjugale. À la place, il secoua la tête, tenta de se ressaisir.

— Tu as été la meilleure mère du monde, et cela depuis le premier jour, souffla-t-il.

— Et toi, le meilleur fils.

Élisabeth aussi se trouvait maintenant au bord des larmes. Elle respira profondément afin de réprimer un peu le flot d'émotions se bousculant en elle.

— Nous le demeurerons l'un pour l'autre, continua-t-elle, sauf que nous n'habiterons plus dans la même maison.

Édouard hocha la tête. À la place de protester encore en vain, il déclara en portant son regard vers le camion :

— Pourquoi n'amener que des livres et des vêtements ? Au moins, tu pourrais conserver les meubles de ta chambre.

— Je préfère changer mon cadre de vie. Ces meubles étaient les nôtres, pas les miens.

Elle ne se voyait pas dormir encore dans le lit conjugal. Pendant un moment, celui des anciens propriétaires ferait l'affaire. Ensuite, elle verrait.

Ni l'un ni l'autre ne savaient exactement comment clore cette conversation. Heureusement, les deux domestiques sortirent avec chacune une valise en carton bouilli à la main.

— Nous sommes prêtes, madame.

— Je n'ai qu'une place dans la voiture. Julie, tu veux bien monter dans le camion ?

— Bien sûr, madame.

La jeune bonne gagna le véhicule. Le conducteur se tenait debout contre la portière, visiblement lassé d'attendre.

— Victoire, montez dans la Chevrolet. Je vous rejoins tout de suite.

La cuisinière fit comme on le lui disait. La mère et le fils demeurèrent encore un moment l'un en face de l'autre, immobiles.

— Tu viendras me voir souvent?

— Avec plaisir… les dimanches où Eugénie ne sera pas là, pour éviter les disputes inutiles.

— Quelle idiote!

— Ne dis pas cela. Même si elles sont fausses, elle a de très bonnes raisons d'être… troublée.

Depuis des mois, cette pensée hantait Élisabeth : la petite fille avait eu raison de croire que la mort de sa mère tenait à un crime. Toute sa vie, elle s'était tout bonnement trompée de coupable. Tout en comprenant l'inutilité de lui confier maintenant la vérité – elle refuserait de toutes ses forces de l'entendre –, la femme compatissait de tout son cœur à son sort.

— Si je comprends bien, déclara-t-elle encore, Évelyne ne participera pas à ces adieux.

— Elle t'en veut de partir avec les domestiques.

— Oh! Te souviens-tu de Joséphine, dans le temps? Avec un peu de chance, elle trouvera aussi bien pour remplacer Victoire.

— Je me souviens de Joséphine, murmura-t-il.

Ils n'arrivaient pas à se quitter. Le conducteur du camion, impatient, actionna la manivelle, puis partit.

— Comme il n'a pas la clé, je dois le suivre. J'espère juste pouvoir démarrer ta machine infernale.

— Tu vas voir, tu ne le regretteras pas. C'est une merveille.

Un peu brusquement, elle le saisit dans ses bras, lui plaqua un baiser sonore sur la joue, puis descendit les marches. Peu après, le bruit du moteur se fit entendre. En reculant jusqu'à la rue, elle roula sur un coin de pelouse, freina brusquement puis tourna le volant. L'embrayage gémit un peu au passage en première, puis le véhicule roula avec des à-coups à chaque changement de vitesse.

Au moment de tourner à gauche dans la Grande Allée, Élisabeth le salua d'un signe de la main.

❈

Une demi-heure plus tard, le camionneur terminait de transporter les boîtes au premier étage de la maison de chambres de la rue Sainte-Geneviève. Elle lui donna un bon pourboire, ce qui lui mérita des salutations cordiales.

Avant de donner leur réponse définitive au projet de migrer avec elle, les deux domestiques avaient eu droit à une visite des lieux. Leur décision de la suivre s'en trouvait mieux fondée.

— Cette grande maison vide semble un peu lugubre, commenta la cuisinière.

— L'arrivée des locataires amènera un surcroît de gaieté, je suppose, et de travail.

— Nous verrons bien. En attendant, je vais préparer le repas.

La nouvelle propriétaire avait passé la matinée à faire des courses afin d'approvisionner le garde-manger et la glacière.

— Je vais monter ta valise pour toi, offrit la jeune bonne à sa collègue.

— Et moi, commencer à défaire mes boîtes, conclut la patronne.

Pendant une heure, Élisabeth plaça ses livres sur les étagères dressées dans la suite de pièces réservées à son usage personnel. En terminant une heure plus tard, elle constata :

« Voilà un bien petit royaume. »

Depuis son premier soir dans la maison de Thomas, en 1896, jamais de pareilles émotions ne s'étaient bousculées en elle. Un petit choc contre la porte attira son attention.

— Oui, entre.

— Madame, dit Julie en passant la tête dans l'ouverture, le repas est prêt.

— Je descends avec toi.

Un instant plus tard, elle passait la porte de la salle à manger. Son couvert, à un bout de la longue table capable de recevoir quinze personnes, lui parut tout de suite déprimant. Elle le récupéra, pénétra dans la cuisine en admettant, un peu penaude :

— Ce soir, je ne veux pas manger seule. Je peux me joindre à vous ?

— Bien sûr, répondit la cuisinière en déplaçant un peu sa chaise pour lui faire de la place.

Au même moment, quelqu'un frappa à la porte. Julie alla ouvrir. Elle revint en tenant un bouquet de fleurs blanches, des roses.

— Une jeune fille vient d'apporter cela. Il y a une carte.

Élisabeth ouvrit la minuscule enveloppe pour en sortir un carton crème. Quelques mots d'une petite écriture bien nette lui mirent un baume au cœur : « Tu ne le regretteras pas, j'en suis certaine. Marie. »

« Comme c'est gentil », dit-elle à voix basse.

Curieusement, ce petit geste la rasséréna beaucoup. Elle prit place à la petite table avec ses employées pour manger d'un assez bon appétit.

Le lendemain matin, Élisabeth se leva à l'heure habituelle, surprise de se retrouver dans un nouvel environnement. Cette fois, elle résolut de prendre son repas dans la salle à manger. Malgré la solitude, côtoyer les domestiques fausserait les rapports entre elles. Elle venait tout juste de regagner le salon quand un visiteur se présenta à sa porte.

Mathieu se tenait debout sur le trottoir, un peu mal à l'aise.

— Je suis désolé de vous déranger si tôt, surtout que vous êtes arrivée hier, je crois, mais je serais heureux de visiter la chambre. Selon maman, cela répondra à mes besoins.

— Entre donc. Je vais te montrer les lieux avec plaisir. En réalité, la maison est bien grande pour moi toute seule. Je serai heureuse d'avoir de la compagnie.

Elle s'effaça pour lui permettre de passer. Ils entrèrent d'abord dans le salon et la salle à manger. Pour monter, Élisabeth passa la première. Le jeune homme profita de son point de vue en contre-plongée pour apprécier la silhouette de sa tante. Séduisante, elle devait déjà habiter les rêves de quelques messieurs de son âge, ou plus vieux, célibataires ou non. Sous les combles, il commença par passer un long moment dans les deux pièces en enfilade.

— Les meubles sont un peu vieillots, admit la propriétaire des lieux d'une voix gênée. Puis le matelas me semble creux, au milieu.

— Si vous voulez vous en tenir au prix évoqué par maman, cessez de dire du mal de votre produit.

Elle rit de bon cœur avant d'admettre :

— Il me faudra faire attention.

— Cela vous viendra, croyez-moi. L'endroit me convient tout à fait. Si possible, j'aimerais m'installer dimanche prochain, en après-midi. Cela bien sûr si vous êtes là à ce moment. Je ne voudrais pas vous empêcher de sortir.

— Pour un laps de temps peut-être long, je me ferai très sédentaire. Je vous attendrai.

Avant de redescendre, le jeune homme jeta un œil à la salle de bain située au bout du couloir. Puis, en quittant les lieux, il lui tendit la main.

— Je vous rejoindrai donc dans quelques jours, ma tante.

— À bientôt. Peux-tu remercier ta mère pour les fleurs ? J'aurais aimé le faire moi-même dès hier, mais le téléphone n'a pas encore été rebranché.

— De son côté, maman se prépare à son départ pour Rivière-du-Loup, elle se trouve donc un peu… surexcitée. En fait, elle ne sait plus où donner de la tête. Elle nous avait toutefois laissé des instructions précises à propos de cette livraison.

— Peux-tu me donner son adresse là-bas ? Je lui écrirai.

Mathieu se souvenait du numéro civique. Il le lui transmit tout en ajoutant :

— Mais vous savez, Paul Dubuc est un notable. Son seul nom et celui de la localité devrait suffire.

— Tout de même, j'ajouterai son adresse. Remercie aussi Thalie. Je devine qu'elle s'est occupée de venir porter les roses.

Un moment plus tard, elle s'appuyait contre la porte fermée, heureuse d'avoir enfin un premier locataire.

Chapitre 11

Le vendredi suivant, un peu avant la fermeture, l'entrée d'une grande jeune fille châtaine créa une certaine commotion dans la boutique ALFRED. Depuis le fond du commerce, Thalie s'écria :

— Catherine, enfin !

Les clientes se retournèrent, surprises de l'éclat de voix. Les deux étudiantes se serrèrent l'une contre l'autre après des bises sonores. Marie descendit de l'étage, se dirigea vers la nouvelle venue, les mains tendues.

— Bienvenue à la maison, je suis très heureuse de te revoir. Je regrette seulement de devoir partir demain. Je fais une bien mauvaise hôtesse.

Elle mentait, bien sûr. L'approche du départ la réjouissait, à la fois pour les quelques jours de congé et pour la proximité de son amant. La visiteuse comprit assez bien ce long propos tenu en français.

— Ne vous excusez pas, répondit-elle cependant en anglais, et profitez bien de ce congé.

Thalie tenait son amie par la taille. Elle la conduisit vers la caisse.

— Voici mon grand frère, Mathieu. Tu as vu sa photo dans ma chambre, dès le premier jour.

La visiteuse serra la main tendue en affirmant être « *very pleased* ». Comme quelques femmes attendaient de payer leurs achats, son amie l'entraîna.

— Viens en haut. Je vais te présenter l'amie de la famille, et puis Gertrude.

Françoise fit montre de l'exquise politesse apprise au couvent. Cependant, une ombre passa sur son visage. La meilleure amie de Thalie, ce n'était plus elle. Cette grande anglaise aux yeux gris, aussi étudiante à l'université, prenait sa place. Cette visite marquait le début d'un petit deuil.

Au dernier étage, elles découvrirent Gertrude devant ses fourneaux. La vieille domestique se leva bien vite, s'essuya les mains sur son tablier avant de s'avancer.

— Mademoiselle…

— Voici Catherine. Nous étudions ensemble.

L'invitée tendit la main en articulant dans son meilleur français, tout de même peu compréhensible :

— Je suis contente de vous rencontrer. Thalie m'a raconté toutes vos gentillesses.

— … Je vous remercie.

Les jeunes filles gagnèrent le salon afin de boire une liqueur. La bonne demeura bien pensive après cette étonnante rencontre. Cette Anglaise devait aussi pratiquer la religion protestante : pourtant, elle semblait être une bonne personne. Ce constat érodait certaines de ses certitudes.

❖

Elles tenaient à peine dans le lit étroit, allongées toutes les deux sur le dos, collées l'une à l'autre de la cheville à l'épaule. Thalie murmura, afin de ne pas déranger les dormeurs dans les autres pièces :

— Demain soir, tu pourras occuper la chambre de Mathieu. Cette nuit, si l'une de nous bouge, l'autre se retrouvera par terre.

— Comme je suis l'autre, je coucherai sans doute sur le tapis.

Elle rit doucement à cette pensée.

— Ce n'est pas grave, ajouta-t-elle bien vite. Cela me donne l'impression d'avoir une petite sœur. La nouveauté de la chose est attrayante.

Son amie chercha sa main, la serra légèrement. Après un nouveau silence, Thalie demanda :

— As-tu vu les yeux de mon frère ? Une si grande tristesse marque son regard.

— Le mien a exactement le même air hébété. Ils ont vécu de telles horreurs.

— John accepte de t'en parler ?

Catherine se tourna à demi. Malgré l'obscurité, elle distinguait les grands yeux sombres, les longs cils.

— Non, pas un mot. Je parie qu'il désire m'épargner, faire en sorte de me tenir dans l'ignorance de sa vie d'enfer au front.

— J'ai demandé bien des fois à Mathieu de me raconter. Cela lui ferait du bien, j'en suis certaine. Mais il se ferme, comme une porte de prison.

— Tu es sa sœur. C'est pour te préserver, conserver ta quiétude.

Cela paraissait bien probable. Le grand frère jouait toujours son rôle de protecteur, même s'il était, et de loin, le plus meurtri des deux.

— Tu as vu son foutu gant ? Il ne m'a jamais vraiment montré sa blessure.

— Mon frère non plus.

— John a été blessé à la jambe, je comprends sa pudeur. Mathieu, c'est le doigt !

De nouveau, elle plongea dans ses pensées, demeura muette. Puis elle reprit :

— Parfois, sa démarche devient toute raide. C'est bien pire qu'un doigt en moins, je pense. À ce sujet aussi, il demeure affreusement discret.

Catherine posa son bras en travers de sa poitrine, comme pour la consoler. L'autre retrouva sa contenance, assez pour dire :

— Demain, ce sera ta première journée d'apprentie vendeuse. Mieux vaut dormir.

Elle posa ses lèvres sur la joue de sa voisine, qui lui retourna la pareille, avant de se placer sur le côté, le visage vers le mur. Son amie prit la même position, se retrouva le visage dans la masse de cheveux noirs.

❖

Marie s'arrêta près de la porte, une petite valise à la main. Son fils se tenait à son côté. Elle posa le bagage sur le sol, fit de nouveau la bise à Catherine.

— Je m'en veux de te laisser seule, répéta-t-elle encore. C'est si malpoli.

— Je ne suis pas seule avec Mathieu, Thalie, Françoise et Gertrude. Profitez bien de votre congé, et revenez reposée dans deux semaines.

— En plus, te voilà mobilisée comme vendeuse.

Le rire de la jeune fille résonna un moment. Depuis le matin, elle tentait de se rendre utile dans le commerce.

— Je ne sers pas à grand-chose.

Depuis la caisse, Thalie consulta l'horloge accrochée au mur. Le temps passait bien vite.

— Maman, si tu ne pars pas, le pauvre monsieur Dubuc se passera de ta présence ce soir.

— Tu as raison. Au revoir tout le monde.

Mathieu se montra le plus rapide pour prendre la valise. Sur le trottoir, le jeune homme proposa de nouveau :

— Nous pouvons prendre un taxi, ou même le funiculaire.

— Non, pour descendre, la côte de la Montagne me convient. Dans l'autre sens, j'accepterais ton offre. Cela doit être un signe de vieillesse.

Elle offrait pourtant un visage rayonnant, celui d'une jeune amoureuse. Quelques minutes plus tard, en passant sous les grands bras de bronze de la statue de Mgr de Laval, elle demanda :

— Es-tu heureux de ton entente avec le gouvernement ?

La marchande distinguait mal l'ensemble des ministères. Tout au plus comprenait-elle que son fils aiderait à punir les criminels. Cela lui paraissait un travail fort convenable.

— Le salaire suffira à payer ma chambre. Je me tirerai très bien d'affaire.

Le garçon s'interrompit un moment, un peu inquiet.

— Tu ne m'en veux pas ?

— Si les petits oiseaux demeuraient dans le nid toute leur vie, nous vivrions dans un monde bien étrange. Ma tête comprend très bien votre désir, à toi et à ta sœur, mais mon cœur aimerait vous enfermer tous les deux.

Mathieu passa son bras libre sous celui de sa mère. Elle s'appuya un peu sur son épaule.

— Curieusement, ton absence des deux dernières années ne rend pas les choses plus faciles. La douleur de te voir partir demeure la même.

Elle se mordit la lèvre inférieure, puis révéla le fond de sa pensée :

— Tu parais si malheureux, parfois. J'en viens à craindre que tu commettes une folie.

— Comme un suicide ?

Le jeune homme ralentit son pas au point de forcer sa mère à lever les yeux vers lui.

— Rassure-toi, répondit-il. J'ai appris combien je tiens à la vie dans les plaines des Flandres. J'ai juste du mal à m'ajuster à une existence normale.

— Savoir que tu seras le premier locataire d'Élisabeth me réconforte un peu. Elle aura un œil sur toi.

Cette surveillance-là n'effrayait pas tellement Mathieu. Au contraire, la grande maison de la rue Sainte-Geneviève, située à cinq minutes, tout au plus dix, de la demeure de son enfance, représentait une transition bien rassurante.

— Cette amitié entre vous deux m'étonne un peu. Je me souviens de scènes bien troublantes. Par exemple, au moment des funérailles d'Alfred…

— Cela tenait seulement à sa présence à lui.

La femme demeura songeuse un long moment.

— Tu sais, se remémora-t-elle, je l'ai vue en 1896, le jour de sa sortie du couvent. Cet… cet homme l'a amenée au magasin afin de lui fournir une nouvelle garde-robe. Je l'ai trouvée bien sympathique.

Après un nouveau silence, elle admit encore :

— Même si je crevais de jalousie, je l'appréciais vraiment. Je côtoyais sans cesse la plus grande misère. Cette grande blonde innocente battait des cils et tout lui tombait du ciel. Vêtue de neuf, elle habitait une grande maison et s'occupait de deux jeunes enfants… Encore aujourd'hui, elle est bien plus riche que moi. Pourtant, je n'ai pas cessé de travailler pendant toutes ces années.

Mathieu serra le bras maternel de sa main. Le couple traversait la place Royale, en route vers le quai de la traverse de Lévis.

— Elle a montré sa taille élancée, ses cheveux d'un blond doré, ses yeux bleus, et l'argent est venu à elle.

— Elle se trouve dans une grande pension, seule, forcée d'apprendre à gagner sa vie, au moment où tu vas rejoindre ton amoureux. La vie a été bien cruelle pour toi, je l'admets !

Marie laissa échapper un rire étonnamment juvénile.

— Tu oublies mes deux enfants exceptionnels.

Quand ils arrivèrent près de l'embarcadère, elle retrouva son sérieux pour dire en lui prenant les deux mains :

— Tu vas t'occuper de toutes ces jeunes filles.

— Comme un père intransigeant. Couchées tôt, je les mettrai ensuite au travail d'une étoile à l'autre. Amuse-toi bien et ne pense pas à nous.

— Je penserai sans cesse à vous.

— Si tu promets de nous oublier parfois, je m'engage à sourire à toutes les clientes.

La femme se leva sur le bout des pieds pour embrasser son fils, puis elle embarqua sur le traversier. Dans quelques minutes, elle monterait à bord du train roulant vers les Provinces atlantiques.

❈

Les jours de grande bataille, le réveil venait avant l'aube. Pour Mathieu, quitter la maison se plaçait sous le même registre. À cinq heures, lassé de contempler son plafond dans la pénombre, il décida de se lever pour faire sa toilette. À six, il entrait dans la cuisine afin de préparer le thé. Sans surprise, il y trouva Gertrude hantée par sa vieille fracture à la jambe, un souvenir très souvent douloureux. Elle contemplait un bout de la ville par la fenêtre, les traits durcis.

— Tu es déjà debout, dit tout bas le garçon en faisant mine de mettre de l'eau dans une bouilloire.

— Laisse, je m'en occupe, rétorqua la vieille en lui enlevant l'objet des mains.

Mieux valait la laisser faire. La domestique tolérait mal de voir son royaume envahi. Elle précisa, tout en s'affairant:

— Je suis comme toi: autant se lever que de rêvasser au lit.

— J'aime bien lire, d'habitude. Je me sens un peu perdu, aujourd'hui.

— Ah! C'est une honte, se faire chasser ainsi de sa propre maison. Quelle mijaurée!

La condamnation fut soulignée d'un bruit métallique quand la bouilloire entra en contact avec la cuisinière.

— Que veux-tu dire? Qui chasse qui?

Gertrude hésita un moment, chercha comment exprimer toute son indignation sans élever le ton. Sa grimace se révéla bien éloquente.

— Cette fille de député, avec ses airs de sainte nitouche. Recevoir un prétendant sous tes yeux! Quelle garce!

— … Ne prononce pas des paroles semblables à l'égard d'une personne que j'estime. Nous nous sommes toujours très bien entendus, toi et moi. Ne fais rien pour détruire notre affection. Tu m'es très chère.

Interdite, profondément touchée par la confidence, la vieille femme demeura un long moment silencieuse.

— De l'estime pour elle? risqua-t-elle.

— Bien sûr. Elle demeure aussi gentille, aussi sensible et aussi désirable que le jour où je l'ai connue.

— Elle te trompe avec un commis de banque!

Le ton exprimait un mépris si grand que Mathieu pouffa de rire. Le premier ministre aurait affiché le même air si sa fille lui avait annoncé être entichée d'un garçon d'écurie.

— Elle ne me trompe pas. Je suis parti en 1917. Cela représentait une véritable trahison. Dans cette histoire, Françoise est la partie lésée. Pas moi.

— Elle aurait pu attendre sans regarder ailleurs.

— Moi, j'aurais pu rester ici. Penses-y : le fils unique d'une veuve. Je ne risquais nullement d'être appelé.

Le rappel des circonstances de son départ laissa la domestique bien perplexe.

— Maintenant, tu es là, s'entêta-t-elle à plaider encore. Les choses peuvent reprendre comme avant.

— Nous ne sommes plus les mêmes personnes. Et puis tu le sais bien, je suis encore là-bas, en Europe.

Elle abandonna la cuisinière pour venir s'asseoir à la table, près de lui.

— Tu veux dire à la guerre ?

— Dès que je m'arrête, les images défilent dans ma tête, c'est un peu comme les films présentés à côté, au cinéma *Empire*. Sauf que moi, je vois des couleurs, surtout du rouge, et j'entends des hurlements.

La bonne demeura muette. L'enthousiasme de la victoire, puis les interminables discussions de paix à Versailles, faisaient oublier les horribles articles des journaux publiés à peine douze mois plus tôt, sur la vie au front.

— Mais pourquoi quitter une maison où tout le monde t'aime ? Les cauchemars s'oublient mieux dans les bras d'une mère, ou d'une amoureuse.

— Ce ne sont plus des mauvais rêves d'enfant. Maman n'y pourrait rien. Peut-être une autre femme… mais ce ne sera pas Françoise. Tu ne le comprends pas ? Elle est trop innocente, trop fragile. Ce n'est plus une compagne pour moi.

Gertrude commençait à comprendre que, dans cette histoire, Mathieu n'était peut-être pas le laissé-pour-compte. Elle se leva pour verser l'eau devenue chaude dans la théière. À son retour, elle la posa sur la table, avec deux tasses.

— Cesse de lui faire une si mauvaise mine, plaida le jeune homme, elle ne le mérite pas. Surtout, tu n'as pas fini de l'avoir dans les pattes.

— ... Que veux-tu dire ?

— Tu n'as pas compris ? Maman voit ses enfants quitter la maison, elle est follement amoureuse de son petit député. Pour la première fois, la pauvre a un véritable prétendant, elle ne le laissera pas s'en aller. Ce genre de chance ne se représentera plus.

Évidemment, dans la vie d'une femme, Alfred ne pouvait se qualifier en tant qu'amant. Pour Marie, Paul se révélait vraiment le premier. Mathieu poussa son argument :

— Maman est devenue la meilleure belle-mère du monde pour Françoise. Selon toi, quelle personne veut-elle séduire en s'occupant si bien de son invitée ?

Gertrude demeura un long moment songeuse. Le garçon en profita pour verser du thé dans les tasses.

— À moins que tu ne décides d'aller travailler ailleurs, Françoise sera encore un long moment dans ton horizon.

Elle hocha la tête pour signifier sa compréhension.

— Tout de même, tu n'as pas à quitter la maison.

— Je suis parti en 1917. Tu connais beaucoup d'hommes qui reviennent chez maman après deux ans ?

De nouveau, elle acquiesça. Autant se faire une raison. Après tout, aller vivre de l'autre côté du *Château Frontenac* représentait un exil bien léger. Il se trouverait encore à l'intérieur des murs de la vieille ville.

❖

La messe se déroula lentement, au rythme du cardinal devenu vieux et fatigué. Sur le parvis, les habitants de la paroisse Notre-Dame-de-Québec s'attardèrent un moment, désireux de parler un peu avec des voisins tout en profitant du beau soleil. Les femmes arboraient leurs plus belles toilettes, les hommes les contemplaient tout en faisant mine de se passionner pour la politique municipale.

Dans le passé, les Picard de la rue de la Fabrique s'étaient esquivés dès la fin de la cérémonie afin de ne pas rencontrer ceux de la rue Scott. La mort de Thomas rendait cette nécessité moins impérieuse. Le frère et la sœur saluèrent le couple composé d'Édouard et Évelyne, puis celui d'Eugénie et Fernand Dupire. Ceux-là traînaient en remorque une vieille dame obèse et percluse. En réalité, l'homme se montrait attentionné pour sa mère, la femme tapait du pied d'impatience.

— Catherine, décréta bientôt Thalie, je dois absolument te montrer le parc Montmorency. Pendant toute mon enfance, ce fut mon terrain de jeu favori.

Toutes les deux gagnèrent la rue Buade, bras dessus, bras dessous. Françoise commenta :

— Je me trouve bien étonnée. Elle est protestante, et elle a assisté à une messe catholique.

— Tant qu'elle garde son chapeau et ses gants, cela ne dérange personne.

Mathieu offrit son bras à sa compagne en ajoutant, un sourire sur les lèvres, comme amusé par l'image dans son esprit :

— Bien sûr, si elle avait crié « *Kill all the papists* » au moment de l'élévation, cela aurait troublé la jolie cérémonie.

À cette époque, des vétérans du Royaume-Uni réprimaient le mouvement nationaliste irlandais avec une extrême violence. Tous les jours, les journaux évoquaient un nouvel outrage. Des cris de ce genre devaient résonner dans bien des campagnes du petit pays.

Au moment de s'engager sur le trottoir, la jeune fille murmura :

— Je suis si mal à l'aise de te voir quitter la maison…

— Je t'en prie, ne répète plus cela. Ta présence ne joue aucun rôle dans ma décision. Je ne suis plus en âge de vivre sous la tutelle de ma maman.

Elle voulait bien le croire, tellement sa propre vie depuis presque deux ans se révélait agréable, loin de son père. Son seul autre choix aurait été de regagner Rivière-du-Loup et d'y passer des hivers interminables.

— Si Gertrude se montrait juste un peu moins rébarbative !

L'hostilité muette de la domestique lui pesait beaucoup. La dernière incursion de Gérard au magasin, innocemment évoquée à table par Thalie, lui avait valu des regards furibonds pendant des jours.

— Je lui ai parlé ce matin. Je recommencerai si nécessaire, mais les choses devraient s'améliorer un peu.

— … Oh ! C'est donc cela. Elle m'a presque souri tout à l'heure.

Mathieu déverrouilla la porte du commerce, laissa passer sa compagne devant lui. Ce petit changement de climat dans le domicile familial lui permettrait de partir le cœur un peu plus léger.

❖

À des dizaines de milles de là, Marie revenait de l'église dans une voiture tirée par un beau cheval noir. Son amant évoquait parfois l'achat d'une automobile, mais le coût le rebutait encore. En attendant, un neveu le conduisait à la messe tous les dimanches de l'été.

Devant la grande maison blanche de la rue de l'Hôtel-de-Ville, l'homme tendit la main à Amélie afin de l'aider à descendre du véhicule. Son visage buté témoignait d'une humeur maussade. Il y alla de la même attention pour son amante.

— Merci, murmura-t-elle en touchant le sol. Tu es gentil.

La tante Louise avait préparé un repas léger. Comme à son habitude, elle prit place à table avec la famille. Au second service, Marie se leva en disant :

— Laissez, je vais m'en occuper.

L'initiative venait de son désir de se rendre utile. La parente trouva l'intruse bien audacieuse de se comporter comme la maîtresse de maison.

— Cet après-midi, précisa Paul, je devrai m'absenter une petite heure. L'un de mes électeurs fête ses quatre-vingt-dix ans. Comme cinquante autres électeurs comptent parmi sa descendance et les parents de ses enfants, je ne peux pas lui faire faux bond.

— Si nous avions le droit de vote, tu pourrais séduire aussi cinquante électrices.

Après avoir enregistré son premier suffrage lors du scrutin fédéral de 1917, la marchande demeurait frustrée d'être restée chez elle le 23 juin précédent. La province ne semblait guère disposée à suivre l'exemple du gouvernement central.

— Si cela dépendait de moi… commença le politicien.

— Mais tu peux toujours déposer un projet de loi privé.

— Et indisposer ainsi les trois quarts de mes collègues !

Ce sujet demeurait bien le seul sur lequel ils divergeaient totalement d'opinion. L'homme évoqua un moment le beau temps, puis il revint sur son absence prochaine.

— Viens avec moi. Je me sens toujours un peu seul dans ce genre de réunion.

— Déjà, ma présence dans cette maison sans chaperon fait certainement jaser. Comment me présenterais-tu à tes électeurs ?

Ils devaient avoir eu cette conversation dix fois au moins. Paul lui servit la réponse usuelle :

— Tu es la patronne de ma fille.

— La belle affaire ! Le patron de l'usine de pâte à papier se rend-il à tous les anniversaires célébrés dans cette ville en compagnie du père de l'un de ses employés ?

La dérobade ne satisfaisait pas totalement son compagnon.

— Tu devrais amener Amélie avec toi, renchérit Marie. Parmi la parenté de ce patriarche, il doit bien y avoir une douzaine de jeunes gens.

— Je ne peux pas, grommela la jeune fille. Il reste encore deux jours de ma sentence à purger.

— … S'il te plaît, l'arrêta son père.

La marchande ouvrit la bouche pour poser une question, puis se résolut à rester coite. Mieux valait ne pas chercher à en savoir plus tout de suite. Son hôte en serait quitte pour se rendre à cet anniversaire sans aucune compagnie.

❖

Rue de la Fabrique, le dîner se déroulait dans une atmosphère de gaieté factice. Pendant une petite demi-heure, Catherine commenta les beautés de la ville de Québec. Quand son enthousiasme diminua un peu, personne ne trouva le moyen de relancer vraiment la conversation.

— Mathieu ne va pas mourir, remarqua bientôt Thalie avec humeur. Pourquoi diable personne n'ose aborder le sujet de son départ ?

Comme nul n'ouvrait la bouche, elle résolut de lui demander :

— À quoi ressemble ton nouveau chez-toi ?

— Ça ira. Une grande chambre sous les combles… Pas si grande que cela, mais comme ici, j'aurai un lit d'un côté, un espace de travail de l'autre.

— Mais sans d'aussi jolies voisines que nous !

La jeune fille englobait Françoise et Catherine dans son compliment.

— Je serai le voisin des domestiques de la maison.

— Il y en a beaucoup ?

— Une jeune bonne et une cuisinière. La dernière chambre du grenier, toute petite, ira à un étudiant.

Sa visite des lieux avait permis au jeune homme de se décider tout à fait. À la fois par goût et pour apaiser sa mère, le choix de la maison de la rue Sainte-Geneviève s'était imposé.

— Il y aura de nombreux autres locataires ? questionna Catherine.

— Huit ou neuf, je crois, la plupart aux étages inférieurs.

— C'est peu, comparé à la pension Milton. Cet endroit est réservé aux hommes, je suppose.

— Je ne sais pas…

Mathieu présumait que oui, au moment de la reprise des cours. Mais pendant l'été, les touristes seraient certainement des deux sexes. Les soirées passeraient sans doute plus vite ainsi.

— Nous, nous vivons entre filles, mentionna Thalie. Cela rappelle un couvent.

— Oh ! Vous avez bien plus de liberté que dans un pensionnat, commenta Françoise.

Le monastère des ursulines lui avait laissé un mauvais souvenir. Heureuse de sortir de son mutisme, elle évoqua à son tour le prochain déménagement.

— C'est tout de même amusant, tu habiteras chez ta tante.

— Cela ne tient pas du hasard. Maman a bien manigancé son coup. Je lui ai annoncé mon intention de partir un mercredi ; le vendredi suivant, elle visitait cette maison avec Élisabeth.

Gertrude demeurait silencieuse depuis le début du repas, le coin des yeux alourdi de larmes. Mathieu jeta un regard dans sa direction. Elle allongea la main pour prendre la corbeille de pain.

— Françoise, vous en voulez un peu ? demanda-t-elle à sa voisine.

La gentillesse du ton devait être interprétée comme une amende honorable. Elle visait essentiellement à rassurer le jeune homme sur la suite des choses.

— Oui, merci.

Françoise accepta l'offrande.

❖

Paul Dubuc quitta la maison au milieu de l'après-midi, en promettant de revenir avant l'heure du souper. Marie se retrouva sur la galerie du côté de la rue, confortablement installée dans un grand fauteuil de rotin, un verre de limonade à portée de main. Amélie se tenait bien droite sur le siège voisin, boudeuse.

— Cette histoire de sentence à purger m'a laissée songeuse tout à l'heure, remarqua la visiteuse.

— … Voilà ma prison. Elle va jusqu'au trottoir.

D'un geste ample, elle désignait la maison et la cour.

— Il y a une seule exception : l'église. Sauf pour aller à la messe, je ne peux sortir de cette geôle.

— Comment cela se fait-il ?

— Papa m'a fait une scène épouvantable à notre retour de Québec. Tout au long du trajet, il bouillait de rage.

Elle marqua une pause, les larmes aux yeux. Pour dissimuler son émotion, la jeune fille regarda dans la direction opposée à son interlocutrice en disant :

— Il a utilisé des mots… très durs.

« Garce » et « traînée » lui résonnaient toujours aux oreilles. Bien sûr, l'homme ne lui avait pas jeté d'accusation au visage, mais il avait évoqué une « pente dangereuse ».

— Pourquoi ne me dis-tu pas exactement ce qui s'est passé ?

Elle allongea la main pour lui effleurer l'avant-bras.

— Selon lui, mon comportement est honteux ! Mon intérêt pour Mathieu quand j'ai appris que lui et Françoise…

Un mélange de colère et de honte lui serrait la gorge.

— Puis quand nous avons vu votre neveu, ajouta-t-elle encore après un silence, et encore à propos de ce coureur à motocyclette… Vous savez, le pauvre garçon est mort.

Marie acquiesça d'un mouvement de tête. Les journaux avaient longuement épilogué sur le triste accident.

Amélie protesta avec humeur :

— Je ne suis pas une dévergondée !

— Bien sûr que non !

Leurs yeux se croisèrent un long moment. La visiteuse lut beaucoup de reconnaissance dans ceux de la jeune fille. Avec un sourire, elle demanda :

— Quand retrouveras-tu ta liberté de mouvement ?

— Mercredi.

— Nous ferons alors de longues promenades. Nous aurons l'occasion de reparler de tout cela de nombreuses fois. Mais pour tout de suite, si tu le veux bien, je vais te donner un conseil.

L'autre la dévisagea un moment, puis accepta :

— Lequel ?

— Même si un homme te paraît merveilleux, mieux vaut dissimuler ton… enthousiasme.

Amélie sourit en entendant ce mot. Il décrivait assez bien la nature de ses sentiments.

— Tu comprends, si un garçon demeure bouche bée devant une jolie fille, tout au plus, il fera sourire. Au pire, il passera pour niais. Mais si une fille a la même attitude, elle verra sa situation ruinée.

— … Papa m'a dit à peu près la même chose. « Une demoiselle n'a qu'une réputation… »

Elle imitait assez bien son paternel au moment de ses remontrances. Un peu réconfortée, elle avala une grande gorgée de limonade. De toute façon, la sentence s'achevait.

Chapitre 12

Ce jour-là, Mathieu entendait se contenter d'une valise contenant quelques vêtements. Au cours des prochains jours, il transporterait progressivement toutes les choses auxquelles il tenait, quelques-unes à la fois. Au fond, ses possessions n'étaient pas si nombreuses.

— Cela ne se fait pas, abandonner ton amie, remarqua le jeune homme.

— Oh! Elle désirait vraiment dormir un peu. Tu sais, à deux dans mon petit lit, cela n'a pas été propice au sommeil.

— Dans ce cas...

De la main, le garçon lui fit signe de sortir. Françoise demeurait aussi enfermée dans sa chambre, peu désireuse d'assister à ce départ. Ils parcoururent les deux étages du magasin, se trouvèrent bientôt sur le trottoir. Au moment où ils traversèrent la place d'Armes, pour rompre le silence un peu lourd, Thalie confia :

— Je suis allée voir la pension aussi, la semaine dernière. Tu y seras bien.

— Tu ne songes pas à devenir ma voisine ?

— Non, à moins que l'Université Laval n'accepte des filles en médecine.

— Cela ne surviendra pas avant cinquante ans, j'en ai peur. Nos élites paraissent si effrayées par toutes les innovations.

La triste prédiction, parce qu'elle partageait la même conviction, la réduisit au silence pendant tout le reste du trajet. Ils longèrent les murs du *Château Frontenac* avant d'atteindre la rue Haldimand. Dans Sainte-Geneviève, Mathieu hésita au moment d'actionner la sonnette, pris tout à coup d'un trac étrange. Sa vie changerait à tout jamais : dorénavant, il serait un visiteur au sein de sa propre famille.

La porte s'ouvrit tout de suite sur Élisabeth. Elle s'écarta pour les laisser passer en disant :

— Entrez, je vous attendais.

— Je suis un peu en retard.

— Et moi beaucoup en avance. Pour tout vous dire, je me sens terriblement intimidée.

Elle tendit d'abord la main à Thalie en affirmant :

— Je suis très heureuse de te revoir. Marie me parle de toi avec tant de fierté. Tu nous fais rêver…

Puis elle se tourna vers son nouveau locataire.

— Quant à toi, Mathieu, tu es mon premier client. Cela ne pouvait mieux tomber. Tu sauras me pardonner toutes mes maladresses.

— Je ferais bien de vous laisser… glissa Thalie.

— Non, s'il te plaît, reste un peu. Nous allons prendre le thé… si tu le veux, bien sûr.

Elle offrait le sourire contraint d'une personne qui, placée dans des circonstances nouvelles, cherche à se donner une contenance.

— J'accepte, consentit la jeune fille.

— Je vais d'abord vous présenter le personnel de la maison.

Élisabeth les conduisit vers la cuisine. Deux personnes se tenaient là, inactives. La copie de la veille du *Soleil* traînait sur la table. La plus jeune faisait la lecture à haute voix à la plus âgée. Elles se levèrent à l'entrée de leur patronne.

— Mathieu, voici Julie…

Elle esquissa une mauvaise révérence. À dix-huit ans, elle présentait une taille fine, un visage avenant et des yeux curieux.

— Et aussi Victoire. Elle fera la cuisine pour tous les occupants de la maison.

La matrone d'une quarantaine d'années lui adressa un signe de la tête.

— Ces personnes ont bien voulu me suivre dans cette nouvelle aventure. Je leur en suis très reconnaissante. Comme cela, je me sens un peu moins seule. Elles travaillaient dans la maison… de mon beau-fils.

Édouard s'activait présentement pour trouver du nouveau personnel. Dans l'intervalle, Évelyne devait assumer seule la cuisine et le ménage. Pendant un temps, elle garderait une petite rancœur contre sa belle-mère.

— Nous allons prendre le thé dans le salon.

La cuisinière se dirigea vers le poêle à charbon pour en vérifier la chaleur, puis, peu familière avec ce nouvel univers domestique, elle chercha la bouilloire un moment.

La grande pièce servant de salon donnait sur la rue et, au-delà, sur le jardin des Gouverneurs. Thalie demeura un moment debout devant une fenêtre.

— Vous jouissez d'un très bel emplacement, remarqua-t-elle, situé à deux pas de la terrasse Dufferin. En regardant un peu à droite, j'aperçois le fleuve. Les clients ne manqueront pas. Mais comment les gens sauront-ils que vous êtes « en affaires » ?

— Demain, je mettrai un petit carton indiquant *Rooms to let*.

— Il y a des affichettes à la gare. Vous pourriez ajouter la vôtre sur le présentoir.

— Ce sera pour plus tard. Nous sommes ici trois personnes totalement ignorantes du fonctionnement d'une maison de chambres. Nous allons nous entraîner avec Mathieu, ensuite, je serai heureuse de voir les clients arriver au compte-goutte.

Elle adressa un sourire au grand jeune homme assis dans un fauteuil.

— Alors, mon grand frère continuera à se faire gâter.

Thalie occupa un siège près de ce dernier. Une tasse de thé à la main, le trio évoqua bientôt les projets d'avenir des jeunes gens. Après une heure, Mathieu exprima le désir de monter à sa chambre. Sa sœur l'accompagna, examina les lieux en formulant des commentaires d'experte de ce genre de logis. Puis après une bise, les larmes aux yeux, elle s'esquiva bien vite.

Comme convenu, à sept heures, le nouveau locataire se présenta à la salle à manger. Élisabeth, très élégante dans sa robe ivoire, un camée démodé au cou, l'accueillit d'un sourire timide. Deux couverts, de part et d'autre de la table, les attendaient.

— Il y a de la place pour douze personnes, quinze en se serrant un peu, nous aurons l'air un peu étrange tous les deux.

— Heureusement, nous n'occuperons pas chacune des extrémités. Le résultat serait plus curieux encore.

Elle prit place d'un côté, lui de l'autre. Ses lourds cheveux aux reflets vieil or, réunis en une construction compliquée sur sa nuque, captaient la lumière oblique venue de la fenêtre. Elle se coiffait toujours comme à la Belle Époque. Sa nervosité rendait ses gestes maladroits. Dès que Julie eut servi le bouillon, elle confessa en mettant sa serviette sur ses genoux :

— Je croyais être plus forte. De toute ma vie, voilà mon second souper dans ma propre maison. Avant, j'ai mangé chez mon père, dans divers réfectoires de couvent, chez mon employeur, devenu ensuite mon époux. Chez moi, j'en suis seulement au deuxième.

— Confidence pour confidence, j'en suis au premier.

Devant ses yeux interrogateurs, il précisa :

— L'armée ne compte pas, comme pour vous, le pensionnat. La gamelle dans les tranchées non plus.

Élisabeth regarda discrètement le gant en cuir noir, puis elle admit :

— Je suis heureuse que ce soit avec moi.

Mathieu sourit en se souvenant de l'amabilité indéfectible de cette femme à son égard, comme à l'intention de sa sœur. Elle demeurait séduisante. Les plis aux yeux et à la bouche ajoutaient une part d'humanité à ce visage autrefois lisse comme le marbre le plus fin.

— Le plus étonnant, poursuivit-il, à moins d'une erreur de ma part, est que nous sommes pour la première fois à la même table. Je fais exception du mariage de votre fils. Vous êtes pourtant ma seule tante.

— … Dans les circonstances, tu comprends.

Elle s'arrêta, incertaine de la façon de poursuivre.

— Vous savez, je connais les circonstances de ma naissance. Alors inutile d'user de détours. L'absence de relations entre nos deux familles s'explique aisément. Mais nous voilà ensemble, cela me touche.

Son hôtesse hocha la tête. La vie leur offrait une occasion de faire plus ample connaissance.

— Veux-tu l'enlever ? Cela me ferait plaisir.

Tout de suite, il comprit qu'elle parlait du gant. Un instant plus tard, il le faisait disparaître dans la poche de sa veste.

❈

À neuf heures, la lumière entrait encore à profusion par la lucarne. Mathieu demeurait étendu sur le dos, vêtu de son seul sous-vêtement, les deux mains réunies sous sa nuque. Son côté droit offrait une collection impressionnante de zébrures boursouflées. Huit éclats d'obus, plutôt petits, avaient labouré la chair de sa poitrine. Sa vie tenait à cela. Plus gros, ils auraient atteint des organes vitaux. Son bras droit portait un lacis, dessiné par des morceaux minuscules.

Le sommeil tarderait à venir. Pendant des heures, le cinéma lugubre dans sa tête ne cesserait pas.

❈

Thalie et Françoise, Catherine sur leurs talons, descendirent au rez-de-chaussée un peu avant huit heures et demie, le lundi suivant. Pour la centième fois, la jeune fille de la maison répétait à son amie :

— Chez toi, tu n'as pas à te taper ce genre de corvée. Je m'en veux de t'imposer cela. Et surtout, je me sens un peu coupable, et déçue aussi, de ne pas te consacrer toute mon attention.

La visiteuse éclata de rire avant d'expliquer :

— La Bank of Montreal n'est pas une entreprise familiale. Papa est le seul à figurer sur la liste de paie de sa succursale, mon coup de main gratuit aiderait des actionnaires anonymes. Mais contribuer à une petite entreprise familiale comme celle de ta mère me réjouit.

La jeune femme marqua une pause, soudainement habitée par le souvenir de ses proches.

— Remarque, papa fait tout pour que John soit recruté par son employeur. Mais lui, c'est un garçon.

Chez les anglophones aussi, cela faisait parfois toute la différence. Au moment où elles arrivaient en bas, une voix les accueillit sur un ton de reproche feint :

— Alors, mesdames, nous faisons la grasse matinée ?

Mathieu se tenait devant un carton grand ouvert. Une à une, il posait les robes sur des cintres avant de les accrocher à un présentoir.

— Ne fais pas ton petit patron détestable, rétorqua sa sœur. Nous ouvrirons dans trois minutes exactement, comme à l'habitude.

Contre la fenêtre découpée dans la porte, des coups légers attirèrent l'attention de la jeune fille. Elle leva la tête, découvrit le visage de la vendeuse recrutée la semaine précédente. Un instant plus tard, elle tira les verrous pour la laisser entrer.

Les jeunes femmes gagnèrent leur poste. Catherine, ne sachant guère comment s'occuper, se planta devant Mathieu.

— Je suppose que je saurai placer ces robes à leur place, déclara-t-elle.

— Elles vont selon la taille.

— Tout de même, je suis allée assez souvent dans les magasins pour apprendre cela.

Le garçon répondit d'un sourire, puis il se dirigea vers le fond afin de dénicher d'autres grands cartons. Jusqu'à midi, tous les deux regarnirent les étagères et les présentoirs mis à mal par l'affluence de la semaine précédente.

À l'heure du dîner, Thalie monta au dernier étage, revint avec un plateau de sandwichs et une théière. Dans la petite salle au fond du magasin, le frère et la sœur se tinrent seuls un moment.

— Comment trouves-tu tes nouveaux quartiers ? interrogea-t-elle.

— Plaisants. Notre tante Élisabeth se montre une hôtesse parfaite. Les repas valent amplement ceux de Gertrude. Hier, j'ai passé une partie de l'après-midi sur la terrasse Dufferin, un livre à la main. De ton côté, as-tu trouvé à t'occuper en ce beau dimanche ?

— Après mon retour, Catherine et moi sommes allées en excursion du côté des chutes Montmorency.

L'arrivée de Françoise dans la pièce les ramena au silence. Le jeune homme n'entendait guère s'entretenir des activités dominicales de cette dernière avec le beau Gérard.

— Notre incroyable domestique te fait-elle encore la vie dure ? lui demanda-t-il plutôt.

— Elle arrive à me sourire quelques secondes d'affilée. D'ici la fin de cette semaine, j'espère la voir atteindre la minute.

— Elle y arrivera… Bon, je vais me poster derrière la caisse, le temps de vous laisser manger.

À cette heure-là, les clientes se raréfiaient au point de permettre à un effectif réduit de s'occuper de tout le commerce. La jeune vendeuse demeurait seule à l'étage. Mathieu, flanqué de Catherine, suffisait au rez-de-chaussée. Après un moment, la jeune anglophone s'approcha du comptoir pour lui demander :

— J'aimerais parler avec toi.

Un instant, Mathieu se questionna sur sa motivation. Puis il secoua la tête, certain qu'elle n'entendait pas lui conter fleurette.

— Tout à l'heure, nous pourrions prendre le lunch ensemble.

— Je préférerais un peu plus… d'intimité.

Le rose monta à ses joues. Pour éviter tout quiproquo, elle jugea utile de préciser :

— J'aimerais te parler de mon frère.

Même en s'adressant à lui en anglais, la présence de la vendeuse là-haut demeurait intimidante, au point de la faire chuchoter.

— Nous pourrions souper dans les environs. Il y a des restaurants sympathiques tout autour.

Elle acquiesça d'un geste de la tête, puis se dirigea vers une cliente. Son « Puis-je vous aider ? » à peine compréhensible laissa la pauvre femme interloquée.

❖

Après une journée bien remplie, les jeunes gens s'entendirent pour se rendre dans un restaurant donnant sur la Place d'Armes. En sortant du commerce, Mathieu remarqua :

— Je croyais que Thalie se joindrait à nous.

De nouveau, les motivations de la visiteuse lui parurent suspectes, surtout quand celle-ci répondit :

— Je me sentirais trop intimidée devant elle.

Songeur, il lui offrit son bras afin de traverser la place et gagner la rue Buade. Elle lui demanda en mettant le pied sur le trottoir :

— À la maison de chambres, les repas sont sans doute compris. Je vais te faire rater ton souper.

— Ma logeuse se montre très compréhensive, d'autant plus que c'est une parente. Je l'ai avertie tout à l'heure. Comme elle a accueilli ses premiers touristes aujourd'hui, deux jeunes couples venus de Boston, son personnel sera soulagé d'avoir un couvert de moins.

— Thalie m'a parlé de cette parente. Quel curieux personnage! Son histoire tient du roman: la préceptrice épouse finalement son employeur!

— Cela a sans doute fait beaucoup parler il y a vingt ans. Aujourd'hui, tout le monde s'attriste plutôt du sort de cette respectable dame devenue veuve si jeune.

Ils se retrouvèrent à une table placée près d'une fenêtre. Après avoir passé commande au serveur, Catherine demanda en riant:

— Tu dois te demander ce que je veux. Cela se fait beaucoup, sortir avec le frère de sa meilleure amie.

Une envie de rire plissait les yeux de sa compagne. Le garçon se troubla, au moment d'évoquer:

— Tu as parlé de ton frère…

— … Oui, je m'amusais un peu à tes dépens. Auparavant, veux-tu l'enlever? Cela me met un peu mal à l'aise.

— Pardon?

— Le gant. Cela fait si étrange, au moment du repas.

Le garçon songea à se rebiffer: cela devenait une habitude! Jamais un homme n'exigerait qu'une femme retire ses gants pour manger. Mais les yeux gris de sa jeune compagne, son sourire intimidé l'amenèrent à se faire conciliant. Il tira sur les doigts, ôta le gant en cuir fin pour le faire disparaître dans la poche de son pantalon.

— Tu permets?

Elle tendit la main, saisit l'index pour l'attirer vers elle, passa les doigts sur le petit bout de la première phalange du majeur.

— Cela a dû faire mal?

— Pas du tout.

Devant sa mine interrogative, il expliqua:

— L'éclat n'est pas venu seul. J'ai volé dans les airs avec le souffle de l'explosion, je me suis retrouvé trois ou quatre verges plus loin, tout le corps meurtri. La douleur partout ailleurs m'a fait oublier ce petit bout de chair.

— Je comprends. John aussi a été atteint par des éclats de shrapnell.

Après ces confidences, le silence se prolongea très longtemps.

— A-t-il été touché gravement ? demanda le garçon à la fin.

— À la jambe. Même s'il ne se plaint pas – enfin, pas tellement –, il a du mal à marcher. Les mauvais jours, il doit s'aider d'une canne.

L'arrivée du premier service les força au silence un moment. Elle précisa, au milieu du potage :

— En réalité, je ne sais pas s'il a été atteint durement. Il ne parle jamais de ses expériences là-bas.

Son compagnon hocha la tête, continua à manger en attendant la suite.

— Sais-tu pourquoi il demeure silencieux ? Mes parents aussi restent dans l'ignorance. Sans rien savoir, comment pouvons-nous l'aider ?

Mathieu s'absorba si longuement dans la contemplation de son bol qu'elle s'emporta un peu :

— Répondre n'est pas si difficile, tout de même.

Le « *Goddamn !* » précédant le mouvement d'humeur attira l'attention de quelques clients assis à la table voisine. Elle continua sur un ton plus mesuré :

— Pourquoi John ne veut-il rien dire ? Pourquoi ne veux-tu rien dire à Thalie ou à ta mère ? Nous ne sommes pas si innocentes, les journaux nous ont abreuvées d'histoires d'horreur. Nous ne perdrons pas conscience au moindre récit de bataille.

Le jeune homme regarda un moment les grands yeux gris, les traits délicats. À la fin, il murmura :

— Vous ne savez rien. Parmi les gens restés à l'arrière, personne ne sait comment c'était. Bien sûr, vous avez lu des articles. Mais même si les gazettes ont donné des détails très précis, tu sais bien qu'imaginer et vivre des événements, ce n'est pas la même chose.

Il la contempla un moment. Pour prévenir une protestation de sa part, il précisa :

— Lire que mille cadavres pourrissent dans le *no man's land*, ce n'est pas comme en respirer l'odeur tous les jours.

La jeune femme plissa le nez, déposa la cuillère dans son bol avant de repousser celui-ci de quelques pouces.

— Je vois, admit-elle à la fin. Tu as raison. Savoir que vous avez vécu ces horreurs, ce n'est pas comme les endurer soi-même.

Pendant la majeure partie du second service, elle essaya de s'intéresser à d'autres sujets. Puis elle revint sur l'objet de sa préoccupation :

— Ce silence de la part des vétérans, ce serait seulement pour nous épargner les détails les plus… insupportables ?

Mathieu contempla son interlocutrice, porta les yeux sur le petit bout de son majeur, comme surpris de le voir nu.

— Oui et non, céda-t-il à la fin. Sur un trottoir, un homme doit marcher du côté de la rue afin d'éviter à sa compagne de salir le bas de sa robe. Alors, raconter des histoires pareilles à des parentes, à des amies…

Catherine hocha la tête pour indiquer combien elle comprenait. Elle demanda encore :

— Ça, c'était le oui. Et le non ?

— La honte.

Il n'avait pas hésité une seconde. Un moment, elle demeura bouche bée.

— La honte de quoi, grands dieux ? souffla-t-elle. Vous êtes des héros ! Tout le monde vous adule.

Le ricanement de son interlocuteur la troubla.

— Je comprends, songea-t-elle. Chez les Canadiens français, la participation à la guerre demeure un sujet de controverse...

— Bien au contraire. Tu sais, maintenant que plus personne ne risque l'enrôlement, à part quelques tarés, tous les habitants de la province chantent les louanges du 22ᵉ bataillon d'une seule voix.

Il marqua une pause, puis proposa :

— Prenons une tasse de thé, puis allons poursuivre cette conversation ailleurs. Cet endroit compte un peu trop d'oreilles attentives.

Comme leur échange se déroulait en anglais, les touristes étaient à même d'en faire leur profit. Des sujets anodins les occupèrent jusqu'à la fin du repas. Au moment de payer, la jeune fille proposa :

— Laisse, je vais m'en occuper.

— Cela ne se fait pas !

— Entendre ces mots de la bouche du frère de Thalie ! Cela me semble incroyable. Je croyais toute la famille à l'abri des traditions.

— Ah ! Mais moi, je suis attaché aux convenances.

Sur ces mots, le jeune homme tira son portefeuille de sa poche. Elle insista en ouvrant son sac :

— Tu es venu ici à ma demande. Normalement, tu mangerais à la pension Sainte-Geneviève.

— Tout de même, je ne te laisserai pas payer.

— Tu me forceras à accepter ta générosité ? Au moins, je paierai mon repas. Cela se fait, chez les Anglais.

Comme le serveur se tenait près d'eux, l'homme céda avec un soupir. Quelques minutes plus tard, tous les deux s'installaient sur un banc de la terrasse Dufferin. Des dizaines de verges plus bas, des embarcations de toute taille décrivaient un curieux ballet sur le Saint-Laurent.

— C'est magnifique, s'extasia la jeune femme.

— Oui, c'est vrai. Nous finissons par ne plus le voir.

Elle fixa ses grands yeux gris dans les siens, dans une demande muette.

— Les vétérans semblent se diviser en deux groupes, dit-il à la fin : ceux qui racontent leurs exploits, le plus souvent imaginaires sans doute, et ceux qui en ont honte.

— Je ne comprends pas. Vous faisiez tous votre devoir.

— Mais nous avons tous été élevés dans le respect de certaines règles élémentaires. En tous les cas, ce fut mon sort. À la guerre, il faut oublier tous les usages. Du jour au lendemain, nous devons tuer des jeunes gens de notre âge. Des deux côtés, nous avions tous vingt ans.

— C'étaient des ennemis, ils étaient responsables de leur malheur. La Grande-Bretagne n'a pas déclenché la guerre.

Mathieu secoua la tête, excédé par cette assurance tranquille.

— Aucun des gars que j'ai tués n'a déclaré la guerre. Un vieil empereur avec de grandes moustaches a déclenché cette boucherie. Maintenant, il se cache en Hollande. Jamais il ne passera devant un tribunal pour expier ce crime. Des deux côtés, dans les tranchées, nous étions là en vertu de la volonté de vieux messieurs souvent incontinents.

L'homme marqua une pause, puis formula avec un certain cynisme :

— C'est ridicule, hein ? Je me suis porté volontaire et je tiens des discours de ce genre !

— Tu t'es enrôlé afin de faire ton devoir, par loyauté pour le roi et l'Empire, murmura sa compagne.

— Oh non ! Rien de si grandiose. Je ne saurais même pas te dire pourquoi.

Mathieu marqua une pause, puis proposa :

— Veux-tu une crème glacée ? Il y a un restaurant dans ce kiosque.

Le mouvement de la tête fit voler les boucles châtaines en guise de refus.

— Tu as dis la honte ? Ce n'est pas seulement dû au fait de tuer des jeunes gens, n'est-ce pas ?

— Tuer à coups de carabine, à coups de revolver, parfois aussi avec la baïonnette. Les tripes pendantes sur les cuisses, les hurlements de douleur et de peur mêlés, la terreur dans leurs yeux surtout…

Catherine porta sa main droite sous son nez, comme pour empêcher une odeur de mort d'atteindre ses narines. Elle apprécia avoir une digestion solide, car une fois lancées, les confidences ne s'arrêteraient pas tout de suite.

— Les officiers attirent maintenant l'attention dans les salons. Sur un champ de bataille, ils jouissent de l'insigne privilège de mener leurs hommes à la mort. Dans une année au front, as-tu la moindre idée du nombre de jeunes gens tués sous mes ordres ?

— Encore là, c'était ton devoir… comme celui de John.

Cela faisait une bien piètre consolation, la jeune femme le devinait bien. Suivre les ordres représentait une excuse douteuse pour une âme sensible. Elle demeura silencieuse, car son compagnon ne paraissait pas avoir terminé.

— Tu t'en doutes, puisque ton frère et moi avons été victimes d'éclats d'obus, le pire à endurer, c'était la canonnade constante. Une pluie de plomb et de fer nous tombait sans cesse dessus. Le bruit devenait assourdissant, le sol tremblait sous nos pieds. Savais-tu que certains soldats souffraient d'un état de choc ?

Le vétéran avait utilisé l'expression *shell shoked*, rendue familière par les journaux.

— Des gars pleuraient comme des bébés, recroquevillés au fond d'une tranchée, pissant et chiant sous eux.

Elle reporta ses doigts sous son nez, résolue à ne pas lui demander de se taire, à entendre ses confidences jusqu'à la fin.

— Ils n'entendaient plus rien. J'avais beau leur crier à l'oreille, ils ne saisissaient rien à mes ordres. J'utilisais les menaces, je frappais sur eux avec la crosse de mon revolver.

Une pause un peu plus prolongée incita la jeune femme à poser ses yeux dans les siens, attentive.

— Deux gars ont refusé de se porter à l'attaque. J'ai dû faire un rapport sur leur comportement. J'ai suivi les ordres, j'ai fait mon devoir, comme tu le disais plus tôt.

De nouveau, il s'enferma dans le silence, se concentra longuement sur la manœuvre du traversier de Lévis, en train de s'amarrer au quai.

— Ils ont été accusés de désertion. Savais-tu que plusieurs hommes du 22e bataillon ont comparu devant la cour martiale, pour ce motif?

— La rumeur circulait dans les journaux. Dans mon milieu, on accusait les nationalistes de la répandre pour nuire à l'effort de guerre.

— Dans le mien, sur le front, nous soupçonnions les officiers canadiens-français de se montrer plus sévères que les autres, à ce sujet. Ils cherchaient sans doute à se faire une réputation de courage, de loyauté, auprès de leurs collègues de langue anglaise.

Une grimace de dépit marqua le visage du vétéran.

— ... Qu'en penses-tu? demanda-t-elle.

— Il faudrait avoir tous les chiffres sur les exécutions: ces informations sont soigneusement gardées secrètes. Tu comprends, comme les Canadiens français s'enrôlaient en moins grand nombre que les autres, pour prouver leur courage et leur loyauté, les officiers essayaient d'en faire un peu plus. Combien de fois ai-je entendu, à la table du mess : « Nous allons leur montrer ! Nous serons dignes de nos ancêtres de la Nouvelle-France. »

L'enrôlement se faisait sur le thème de l'héroïsme de la race. Dollard des Ormeaux se trouvait porté aux nues par les responsables du recrutement.

Catherine demanda bientôt d'une voix faible :

— Ces deux hommes ?

Elle attendit plusieurs secondes, puis son compagnon souffla :

— Fusillés pour avoir refusé d'obéir aux ordres. En vérité, ils n'étaient ni réfractaires ni lâches.

— Comme c'est horrible.

Elle plaça sa main gantée sur celles de son compagnon. Depuis le repas, son gant à lui était demeuré dans sa poche. Afin de le rassurer, elle murmura encore :

— Les autorités voulaient sans doute éviter que ces… événements ne prennent la dimension d'une épidémie.

Mathieu se tourna vers elle, contempla son visage posé, aux traits harmonieux.

— C'était là l'argument de ceux qui ont prononcé la condamnation à mort. Mais tu sais, je ne le crois pas. L'armée française a fusillé des centaines et des centaines de ses soldats. Ils affichaient pourtant une bravoure remarquable. D'un autre côté, l'armée australienne n'a fusillé personne de toute la guerre. Ses membres se sont montrés tout aussi courageux. Les exécutions ne tenaient qu'à l'imbécillité des officiers.

Pour tout dire, ces exécutions lui avaient paru absurdes. Plutôt que de galvaniser les hommes, ces scènes ruinaient leur moral.

— Nous rentrons, maintenant ? proposa le vétéran.

— Oui. Je ne voudrais pas faire jaser Gertrude.

Il se leva le premier, offrit son bras à sa compagne. En traversant la Place d'Armes, Catherine demanda encore :

— Il y a une finale à ton histoire, n'est-ce pas ?

— Puisque j'étais leur officier, que je les avais dénoncés moi-même, on m'a donné l'ordre de diriger le peloton d'exécution.

L'homme précisa après une pause :

— En fait, le major a voulu me donner une leçon, me punir de les avoir trahis. J'ai mis tout le monde dans l'embarras, en plus de faire deux victimes.

Il s'arrêta, leva la main droite pour agiter les quatre doigts, puis souffla :

— Le lendemain, cela...

Quand ils se trouvèrent devant la boutique ALFRED, Mathieu déverrouilla la porte, entra afin d'allumer la lumière électrique. Sa compagne se tint devant lui un moment avant de lui confier :

— Je te remercie de m'avoir parlé. Tu es très généreux. Mon frère a certainement aussi sa part de fantômes. Je comprends mieux son silence.

Elle lui posa un baiser sur la joue, puis elle saisit sa main droite pour effleurer des lèvres la phalange tranchée net.

— Si tu peux, ne porte plus ce gant.

Elle se dirigea vers l'escalier, s'arrêta après avoir gravi trois marches.

— Je le vois bien maintenant, tu avais raison. Je n'avais aucune idée des événements survenus là-bas. Je souhaite de tout mon cœur que tu saches te pardonner. Tu ne mérites pas les reproches que tu te fais à toi-même... Merci encore.

Elle s'empressa de monter vers l'appartement du troisième, des larmes sur les joues.

Chapitre 13

La vie à Rivière-du-Loup obéissait à un rythme plus lent, et les habitants de la grande maison blanche, rue de l'Hôtel-de-Ville, vivaient un bien petit drame, en comparaison avec la guerre : l'enthousiasme d'une adolescente à dénicher le bon parti.

— Je te remercie d'avoir parlé à Amélie, laissa tomber Paul, soucieux de ne pas être entendu.

La jeune fille occupait une chambre donnant sur la cour arrière de la demeure. Les conversations des occupants de la galerie de la façade risquaient peu de parvenir à ses oreilles. Toutefois, le jeu de fenêtres ouvertes et fermées pouvait réserver des surprises. Mieux valait demeurer discret.

— C'est un rôle où je me sens un peu mal à l'aise, répliqua Marie. Je ne sais pas grand-chose des fréquentations des filles de notables. Mon expérience dans ce domaine demeure bien limitée.

La femme n'avait pas fait le détail des avatars de sa jeunesse à son amant. Celui-ci savait seulement que son patron, chef de rayon chez PICARD, lui avait proposé le mariage même si son inclination première le portait plutôt vers les hommes.

— Tu en sais tout de même plus que moi... Puis ne joue pas à la modeste dans ce domaine. Tes enfants font preuve d'un savoir-vivre sans faille. Bien que non conformiste,

243

jamais Thalie ne se rend coupable d'un accroc à la bienséance ou d'une faute de goût.

D'un côté, la femme pouvait s'enorgueillir de ses succès, de l'autre, le « non-conformisme », aux yeux de plusieurs, constituait en soi une véritable tare.

— Mais tu sais, commenta-t-elle, peu désireuse de s'engager sur le terrain de ses propres enfants, confier l'éducation des jeunes filles à des personnes ayant fait vœu de chasteté ne permet guère de les préparer à la réalité. On a dit à Amélie de chercher le bon parti, mais aucune de ses religieuses éducatrices ne se doutait de la façon de le faire !

— C'est pour cela que je suis heureux de ta présence. Tu as les deux pieds sur terre.

— Oh ! Je n'ai vraiment aucune prétention à la sainteté. Je ne m'envolerai pas au ciel comme la Vierge dont je porte le prénom.

Le député chercha sa main, la garda dans la sienne un long moment. Ces derniers jours, il s'était montré un peu partout en sa présence. Ce soir, de la rue, tous les passants verraient leur silhouette proche l'une de l'autre. Aussi Marie l'entendit dire sans surprise :

— Lors de ta première visite ici, tu te souviens, je t'ai demandé quelque chose.

— Tu ne veux certainement pas parler d'une invitation à se promener dans le parc près de la rivière…

La femme s'interrompit pour reprendre, sur un ton plus bas encore :

— Tu m'as demandé de t'épouser. Je m'en souviens très bien.

— Tu as refusé.

— Pour des raisons qui ne diminuaient en rien mon affection pour toi…

Le politicien laissa échapper un soupir. Elle ne l'aidait guère.

— Je veux te refaire cette demande en mariage aujourd'hui. Veux-tu m'épouser ?

— Cela me semble…

— Impossible ?

— Difficile.

Voilà qui se révélait plus encourageant. Paul approcha encore sa chaise de la sienne, puis reprit un peu plus bas, cette fois afin de priver sa sœur, cloîtrée quelque part dans la maison, d'entendre :

— Tu avais évoqué deux motifs : le premier était les relations entre Mathieu et Françoise. Comme nous le savons, ces deux-là ne risquent pas de nous faire compétition au pied des autels.

— S'ils changeaient d'idée ?

— Cela paraît bien improbable. Mais si cela survenait tout de même, des amis à l'évêché prétendent que notre maison, ou la leur, serait possible.

La précision la laissa perplexe.

— Tu es bien sérieux dans ce projet, si tu as mené une consultation de ce genre.

— Je n'ai jamais été aussi sérieux.

Sa main chercha celle de sa compagne, puis il insista :

— Nous nous entendons très bien. Toutefois, nos voisins risquent de trouver notre petit arrangement condamnable. Tous les deux, nous nous exposons aux critiques.

— Je te le dis sans cesse, clama la femme, nous pourrions être plus prudents.

— Je n'ai aucune envie de me cacher. Cela me semble ridicule.

Libres tous les deux, ils jouaient aux amoureux clandestins. Cette situation répugnait au député.

— Je me suis habituée à mon indépendance, rappela sa compagne. Je mène mon affaire comme je l'entends. Je suis la seule responsable de mes succès et de mes échecs.

Elle s'accrochait toujours à ce même motif. L'homme l'entendait sans surprise.

— Tu crains vraiment que je veuille un jour me mêler de tes affaires ? rétorqua-t-il sans hésiter.

— Tu en aurais la possibilité. Une femme mariée perd tous ses droits.

— Une épouse peut conserver ses biens propres, au moment du mariage. De plus, un contrat devant notaire permettrait de bien établir tes droits. Tu choisiras le notaire, la teneur du contrat, et je signerai.

Marie demeurait songeuse. Mille raisons lui donnaient envie de dire non. Elle demanda à la place :

— Tu en es certain ?

— N'importe quel tabellion un peu compétent pourra te le confirmer. Consulte un professionnel de la Haute-Ville, une personne habituée aux ententes un peu compliquées.

— Je ne sais trop…

Son propos la laissait troublée. Son compagnon se pencha vers elle pour dire :

— La seule véritable question, tu dois te la poser à toi-même, pas à un notaire. M'aimes-tu assez pour unir ta vie à la mienne ? Tout le reste, ce sont des détails. Nous saurons trouver toutes les solutions, si tu réponds par l'affirmative.

— Je… je ne sais pas comment je vivrais sans toi. Bien sûr, parfois nous ne sommes même pas dans la même ville, et quand tu es à Québec, nous passons souvent plusieurs jours sans nous voir. Mais le simple fait de savoir que tu existes, que je serai bientôt en ta présence, me rassure.

— Tu n'as pas répondu. Veux-tu unir ta vie à la mienne ?

Elle demeura songeuse un moment, tout en serrant ses doigts.

— Oui… risqua-t-elle. Tout en voulant conserver mon magasin, mon travail. Ma sécurité, en fait. Mais songe à cela : un député marié à une boutiquière, cela fera jaser.

— Nous faisons déjà jaser. Si les grenouilles de bénitier discutent entre elles d'un mauvais mariage, cela porte moins à conséquence que de les voir évoquer notre relation actuelle, tu le sais bien.

Une totale discrétion demeurait impossible. Au fil des mois, tout le monde, à Québec, devait les avoir vus ensemble.

— Tu voudras peut-être m'empêcher de continuer, murmura-t-elle encore. Pas tout de suite peut-être, mais dans un an ou deux…

— Tu sais, les veuves inactives et dociles ne manquent pas. Si je propose le mariage à une marchande, c'est parce que je préfère cela. Nous faisons tous les deux notre travail, et nous nous retrouvons ensuite avec plaisir. Nous continuerons la même vie.

La perspective de ne plus être seule se révélait séduisante, d'autant plus que les enfants quittaient le nid avec un bel ensemble. Une dernière inquiétude travaillait Marie.

— Tu ne voudras pas m'emmener vivre ici ?

— Quand nous nous retirerons tous les deux, pourquoi pas ? D'ici là, je passerai mes étés ici afin de cultiver mes relations avec les électeurs, je reviendrai régulièrement pendant la session parlementaire pour la même raison. Je ne changerai rien à cela aussi longtemps que je serai député.

— À Québec, tu vivrais…

— Chez toi, à moins que tu préfères me voir demeurer encore à la maison de chambres de la rue d'Auteuil.

Bien sûr, cela paraîtrait un peu original, mais un arrangement de ce genre ne ferait vraiment sourciller personne. Le politicien poussa un peu plus loin son avantage :

— Comme Mathieu est maintenant âgé de vingt et un ans, tu pourrais aussi mettre le magasin à son nom. Comme cela, même si je voulais me mêler de tes affaires, je ne le pourrais plus.

— Le commerce sera partagé entre lui et Thalie.

— Bien sûr, mais elle sera majeure dans deux ans seulement.

Un silence un peu lourd s'installa entre eux. À la fin, l'homme n'y tint plus et demanda :

— Acceptes-tu ?

— … Je veux d'abord en parler aux enfants. Mais je désire de tout mon cœur accepter.

Paul se carra dans son fauteuil de rotin, attira la main de sa compagne afin d'y poser les lèvres. Ils demeurèrent une bonne heure sans rien ajouter, la main dans la main.

❖

La semaine s'achevait sans mauvaise surprise. Mathieu jouait son rôle de chef de famille avec discrétion. La caisse résonnait avec une rassurante régularité. L'affluence des touristes plaçait les commerçants de la Haute-Ville dans une position avantageuse, comparés à ceux de la Basse-Ville.

Le samedi après-midi, la sonnette résonna pour la centième fois peut-être. En levant les yeux, Mathieu reconnut un jeune homme. Il quitta le comptoir pour s'approcher du nouveau venu.

— Je veux voir Françoise, annonça ce dernier. Cela ne prendra qu'une minute.

— Je me doutais bien que vous ne veniez pas ici pour moi.

Le marchand tendit la main en précisant :

— Je m'appelle Mathieu Picard.

L'autre hésita un instant, puis accepta de la serrer. Le doigt manquant lui fit une impression curieuse.

— Gérard Langlois.

— Quand nous nous croiserons de nouveau, le plus simple sera de nous saluer. Vous trouverez Françoise à l'étage.

Le visiteur regarda son interlocuteur regagner son poste de travail, puis il s'engagea dans l'escalier. La jeune fille se tenait près d'une fenêtre, dans l'attente de se rendre utile. Elle vint vers lui avec un sourire hésitant.

— Tu veux toujours venir au cinéma ce soir ?

— Oui, bien sûr. Tu sembles… bizarre.

— Il vient de me tendre la main et de se présenter à moi.

— Comme cela… sans raison ?

L'intrus secoua la tête de haut en bas.

— Alors, à tout à l'heure.

Pâle, songeuse, elle le salua d'un geste. Ce comportement, de la part de son ancien prétendant, marquait leur rupture définitive. De retour à son poste, elle se tourna vers la fenêtre, le temps de reprendre son souffle, d'essuyer ses yeux. Au moment de faire face aux clientes, elle se serait composé un visage à peu près souriant.

❖

En quittant l'appartement du troisième étage, Catherine Baker commença par embrasser Mathieu sur les deux joues en disant :

— Je te remercie. Tu es très bien, aussi bien que le disait ta sœur. Ne t'en fais pas trop, avec tout « cela ».

Le mot bien vague désignait les fantômes de la guerre hantant encore son existence.

— Merci d'être venue. Tu faisais une vendeuse bien convenable, à la fin.

La jeune femme tourna sur elle-même pour montrer la jolie robe reçue en guise de salaire. Le vêtement un peu court lui vaudrait quelques remontrances maternelles lors de son retour à Sherbrooke. Elle fit ensuite la bise à Françoise et à Gertrude, puis quitta les lieux sur les talons de Thalie.

En mettant les pieds sur le trottoir, la visiteuse remarqua :

— C'était gentil à ton frère de revenir à la maison aujourd'hui seulement pour me dire au revoir.

— La bienséance n'a pas de secret pour lui. Cependant, votre conversation a tissé un lien particulier entre vous. Tu as remarqué, il n'a plus remis son gant devant toi, par la suite.

— Se confier lui a fait du bien.

Thalie prit son bras et l'entraîna dans la rue de la Fabrique. Pour se rendre à la gare, il leur faudrait emprunter l'un des escaliers donnant accès à la Basse-Ville. Cela donnerait un trajet bien peu exigeant pour ces jeunes filles en bonne santé.

Elles descendaient les premières marches quand Thalie demanda à son amie :

— Les choses qu'il t'a dites, tu ne peux pas me les répéter ?

— De ma part, ce serait une trahison de sa confiance. Si tu insistais, ce serait très indélicat… pour lui et pour moi.

Elle répondit en serrant doucement l'avant-bras de Catherine. Bien sûr, Mathieu avait préféré se confier à une inconnue. Dans le meilleur des cas, il la rencontrerait tout au plus deux fois l'an.

— Je me sens un peu vexée, grommela l'étudiante. Il ne me fait pas assez confiance.

— Ne va pas penser cela. Mathieu ne veut pas mettre ses fantômes entre vous. Tu devrais respecter son choix. Qui sait, peut-être John souhaitera-t-il se confier à toi un jour.

Pareille éventualité paraissait bien improbable. Au moment de pénétrer dans la gare, Thalie changea abruptement de sujet :

— Je suis terriblement gênée. Tu as passé une semaine à travailler dans la boutique.

— J'ai passé une semaine avec toi, je me suis bien amusée. J'espère juste ne pas avoir fait fuir les clientes avec mes mauvais mots de français.

Après une pause, elle continua :

— Tu viendras faire un tour chez moi ?

— En août. Pour compenser un peu, je vais faire le ménage dans la maison des Baker.

— Mais tu ne recevras pas une robe en échange de tes bons services. Tu t'ennuieras sans doute, alors que moi, je me suis divertie.

Sur le quai de la gare, les jeunes filles échangèrent des bises, puis la visiteuse monta dans le wagon en faisant des signes de la main.

❧

Un entrepreneur en construction se présenta rue Scott tôt le lundi matin 14 juillet. La grande maison des Dupire ressemblait à une boîte rectangulaire posée sur un carré de gazon, plus large que profonde. Ses habitants profitaient d'un assez vaste jardin à l'arrière. La maîtresse des lieux avait passé trente ans à y cultiver des fleurs, à planter des arbustes ici et là. Au début, elle avait poussé le zèle jusqu'à entretenir un potager.

Plus récemment, ses articulations récalcitrantes l'avaient forcée à négliger ses pulsions horticoles. Depuis quelques années, ses platebandes demeuraient en friche, les arbustes croissaient de manière anarchique, sans personne pour les tailler.

— Ces lilas appartiennent à ma mère, expliquait Fernand à un gros homme rougeaud. Il convient de les replanter un peu plus loin dans le jardin.

— Cela pourra se faire.

La voix demeurait un peu sceptique. L'entrepreneur appartenait à ce genre d'homme qui arrachait et plantait de nouveau, quitte à forcer ses clients à se contenter d'un petit arbuste pendant quinze ans. Il préférait sans doute n'avoir aucun obstacle susceptible de nuire aux va-et-vient de ses hommes.

— Je veux une rallonge d'une vingtaine de pieds de profondeur, autant de large, sur les deux étages.

— La maison doit faire trente-deux pieds en largeur.

Son estimation se révélait tout à fait exacte.

— Vous l'alignerez avec le bâtiment existant de l'autre côté. Cela permettra de mettre une terrasse dans l'angle, ici, avec une porte.

— Vous voulez dire une galerie.

— Si vous voulez. Une galerie d'une douzaine de pieds de large pour vingt de long, et couverte. Finalement, elle ressemblera à une terrasse.

Le jeune notaire sortit une feuille de sa poche, pour la tendre à l'ouvrier. Le schéma restait d'une extrême simplicité. D'un côté, avec une règle, il avait tracé en noir le plan de la maison existante, et en bleu l'ajout proposé. Cela donnait un rectangle flanqué à l'arrière d'un carré. De l'autre côté du document, une élévation assez réaliste donnait une bonne idée de l'édifice une fois les travaux terminés.

— Vous comptez donner une collection de frères et de sœurs à celui-là.

Du haut de ses trois ans et demi, Antoine se tenait à peu de distance, les mains réunies dans le dos, attentif à chaque mot.

— C'est ça, maugréa le notaire.

— Avec un ajout comme celui-là, vous aurez une demeure immense.

— C'est exactement mon intention. Pensez-vous être en mesure de faire cela avant le retour de l'automne ?

— Si je mets un nombre suffisant de personnes sur le chantier, je n'en doute pas.

La résidence ne deviendrait certainement pas plus élégante, avec cette immense addition. Mais après quelques jours à faire des calculs complexes, le notaire arrivait à la conclusion que les coûts liés à l'ouverture d'un bureau en ville seraient trop élevés. Puis sa clientèle se composait de personnes vieillissantes, habituées à venir dans cette antique maison. Mieux valait ne pas troubler leur routine.

— Serez-vous en mesure de commencer les travaux tout de suite ?

— Les ouvriers ne manquent pas, avec le chômage actuel. Dans quarante-huit heures, dix hommes s'attaqueront aux fondations. Ensuite, il faudra enlever le revêtement en brique sur toute cette largeur. La construction proprement dite commencera dans dix jours.

— ... La maison demeurera tout de même habitable pendant les travaux ?

Curieusement, Fernand s'était imaginé que l'entreprise serait complétée promptement, avec un effectif limité. En voyant l'entrepreneur utiliser une verge en bois pour mesurer un carré de vingt pieds sur vingt accolé à la bâtisse existante, il prenait conscience de l'ampleur de son projet : cela ajouterait cinquante pour cent à la surface de celle-ci.

— Si vous pouvez endurer les déplacements de mes hommes, les bruits de scie, d'égoïnes et de marteaux, cela ne posera pas de difficulté. Mais ce jeune monsieur devra demeurer à l'intérieur. Il ne faut pas risquer un accident.

— J'enverrai la famille à la campagne. Mais personnellement, je devrai travailler dans mon bureau. J'essaierai de vivre avec le bruit.

— Dans ce cas, je serai là à six heures dans deux jours. Cela bien sûr si nous pouvons régler la paperasse aujourd'hui.

— Le contrat se trouve dans mon bureau.

Les deux hommes entrèrent dans la maison par la porte arrière. Le petit Antoine collait aux talons de l'entrepreneur, fasciné par ce gros personnage aux mains calleuses et au visage brûlé par le soleil.

❖

Une fois son contrat rédigé avec soin et dûment signé, l'entrepreneur en construction quitta les lieux dans le but de recruter sur-le-champ une équipe de travailleurs. Avec la mauvaise conjoncture, il y arriverait sans mal. De son côté, Fernand Dupire devait encore préparer la grande migration.

Après un moment d'hésitation, il résolut d'affronter le pire obstacle en premier. Il monta à l'étage, frappa à la porte du petit salon réservé à l'usage exclusif de son épouse.

— Entrez, fit une voix un peu agacée.

Eugénie se tenait à demi étendue sur son canapé, vêtue d'une robe de cotonnade d'un bleu léger. Si, à l'extérieur de la maison, elle respectait scrupuleusement les règles de deuil, dans ses murs elle prenait un malin plaisir à les défier, comme pour narguer les autres occupants.

— Tu ne m'invites pas à m'asseoir? questionna l'homme depuis l'embrasure de la porte.

— Tu te trouves ici chez toi.

Cette demande laissait prévoir une conversation assez longue, elle ne chercha pas à dissimuler son ennui. Fernand prit place sur une chaise près de la fenêtre, apprécia de nouveau le décor de bonbonnière.

— J'ai conclu le marché ce matin. Nous devrons partir pour la campagne demain.

— Si elle y va, je resterai ici.

— Nous avons déjà eu cette conversation. Sois raisonnable.

Le petit visage présentait la mine butée des mauvais jours. Eugénie serrait les mâchoires, ses yeux exprimaient une colère contenue.

— Tu ne vivras pas ton idylle avec la bonne sous mes yeux.

Eugénie se souvenait des événements survenus vingt ans plus tôt dans Charlevoix. Sa mère malade s'enfermait dans sa chambre d'hôtel, son père en proie au désir parcourait la campagne avec les enfants et Élisabeth.

— Écoute, si tu veux rester ici, soit. Tu pourras préparer mes repas, entretenir la maison. Ce sera pour nous comme une nouvelle lune de miel. Sans les enfants ou ma mère dans la maison, nous retrouverons enfin un peu d'intimité. Qui sait? Peut-être pourrai-je approcher de nouveau ton lit, dont tu me prives depuis bientôt trois ans. Si Dieu est avec nous, tu donneras aussi à notre ménage un nouvel enfant. Comme j'ai été fils unique, j'aimerais avoir une famille nombreuse.

Il avait parlé d'une voix sérieuse, posée. Les yeux d'Eugénie montraient le plus grand effroi.

— Tu parais surprise, précisa Fernand. Pourtant, je te l'ai dit dès le début, je ne passerai pas toutes ces semaines à la campagne. Cette modification à la maison me coûtera une fortune. Je ne veux pas négliger mon cabinet. Je ne m'absenterai que pendant une semaine, et bien sûr les samedis et les dimanches.

L'homme marqua une pause, puis il précisa, cette fois avec un sourire chargé d'ironie :

— Nous renouerons avec la tendresse et l'affection de nos premières années de mariage.

— Ne fais pas l'imbécile avec moi.

Fernand arriva à affecter la plus grande incompréhension.

— Tu ne veux pas te trouver dans une maison de campagne avec Jeanne, observa-t-il. Dans ce cas, tu iras, et elle restera ici avec moi.

Un moment, Eugénie imagina avec horreur son mari et la domestique étendus dans le lit conjugal. C'était une réflexion d'autant plus étrange qu'elle-même en avait chassé le gros notaire.

— Comme cela, siffla-t-elle, tu n'aurais même plus à te cacher. Tant qu'à y être, pourquoi ne pas aller te promener avec elle bras dessus, bras dessous sur la Grande Allée ?

Son interlocuteur choisit de ne pas faire attention à la repartie.

— Bien sûr, si Jeanne ne va pas à Saint-Michel, cela signifiera que pendant quelques semaines tu devras t'occuper de tes enfants comme une véritable mère, et cela toute la journée. Ma vieille gouvernante ne peut plus se livrer à ce genre d'exercice.

Elle s'enferma dans le silence pendant de longues secondes. À la fin, l'homme se leva en disant :

— Tu me diras ce que tu préfères au dîner. Nos dispositions seront différentes, si tu décides de demeurer ici, avec moi.

Il avait ouvert la porte de la chambre quand elle céda.

— J'irai à la campagne… Elle aussi.

Depuis des semaines, elle arrivait à ne jamais prononcer le prénom de la domestique. Plus que tout, Eugénie tenait à l'empêcher de se trouver en tête-à-tête avec Fernand. L'objectif ultime de son existence devenait de les priver d'être heureux, ne serait-ce que lors de moments volés.

— Même si je renonce avec peine à cette seconde lune de miel avec toi, je me ferai une raison. Je passerai les prochaines semaines seul dans ce chantier de construction.

De nouveau, son sourire trahissait son amusement.

— Tu prépareras tes affaires, nous partirons tôt demain.

Il ferma la porte doucement derrière lui.

❁

De l'autre côté du couloir se trouvait la chambre de sa mère. Après avoir frappé, Fernand y pénétra pour la trouver concentrée sur son livre de prières. La grosse femme drapée dans sa robe noire leva les yeux vers lui, souriante.

— Antoine est passé me voir, dit-elle. Selon lui, tu as embauché un ouvrier remarquable.

— Le contrat est signé, les travaux commenceront dans deux jours.

— Tu es certain que c'est une bonne idée ?

— La meilleure, dans les circonstances. Tu n'auras plus à gravir ces escaliers, et moi, je prendrai le bureau de papa, le clerc occupera le mien.

Au cours des dernières semaines, le jeune notaire avait rencontré quelques candidats. Bientôt, un étudiant affreusement timide mais compétent se consacrerait à des recherches en plus de copier des actes.

— Il me reste si peu de temps devant moi, gémit la mère, et toi, tu engages des sommes importantes.

Le sujet de son décès prochain revenait dans la conversation avec une lassante régularité.

— Cela, ni toi ni moi ne le savons. D'ici là, tu disposeras d'une pièce confortable, et les enfants et moi profiterons de ta présence.

L'homme marqua une pause, puis il reprit :

— Cela signifie aussi que nous partons demain pour la campagne.

— Où veux-tu aller, déjà ?

— À Saint-Michel-de-Bellechasse. C'est de l'autre côté du fleuve, un peu vers l'est.

La vieille femme y était allée en villégiature trente ans plus tôt, au début de son mariage. Elle avait constaté bien vite avoir peu de goût pour ce genre de dépaysement, et son défunt mari encore moins.

— Tu crois que cet exil est nécessaire ?

— Mercredi, dix hommes vont commencer à creuser à l'arrière, pour mettre les fondations.

— Grands dieux ! Cela va durer des semaines.

— Aussi, tu demanderas à la gouvernante de préparer ta valise.

Fernand se pencha sur elle pour l'embrasser, puis il quitta la pièce.

❖·

Le déplacement de sept personnes et de leurs malles représentait un défi de taille. Deux voitures taxis stationnaient devant la grande maison de la rue Scott. Fernand offrait son bras à sa mère pour l'aider à parcourir la distance entre la porte et le premier véhicule. La gouvernante la tenait de l'autre côté. Après un effort considérable, la vieille dame se retrouva sur la banquette arrière. La domestique monta avec elle.

Eugénie se tenait sur le trottoir, maussade. Son visage exprimait toute sa frustration de se voir contrainte de quitter les deux pièces lui servant de refuge depuis presque cinq ans maintenant. Son mari ouvrit la portière avant. Elle devrait franchir toute cette distance avant de prendre place à côté du chauffeur.

— Même si Jeanne sera là, essaie de te rapprocher un peu des enfants. Tu es leur mère, après tout.

— Bien sûr, tu es un juge parfait des comportements maternels. C'est elle qui fait de toi un expert?

Des yeux, elle désignait Jeanne, debout près de la seconde voiture. Elle tenait le plus jeune enfant, Charles, sur sa hanche, tandis que Béatrice, à deux ans, s'accrochait à sa main. Elle écoutait Antoine réclamer quelque chose avec insistance.

— Je ne pense pas être devenu un expert. Mais si tu demandes à l'un ou l'autre de ces chauffeurs qui est la mère de ces enfants, tu ne figureras pas en tête de leur liste.

Un rictus marqua le visage de la jeune femme au moment où elle monta dans la voiture.

— Je te souhaite un excellent voyage, ricana-t-il en refermant la portière.

Fernand se pencha pour passer la tête dans la voiture, embrassa de nouveau sa mère.

— Comment vas-tu faire tout seul dans cette grande demeure ?

— Je vais rédiger des contrats.

— Personne ne sera là pour faire les repas.

— Si je maigris un peu, cela ne me fera pas de mal.

Le notaire ne songeait pourtant pas à s'astreindre à un régime bien sévère. La ville recelait de bons restaurants pour satisfaire son appétit. Un moment plus tard, il s'approchait des enfants.

— Mais je veux monter en avant, dans la machine.

— Il y a de la place derrière, plaida Jeanne. Je vais garder Charles sur mes genoux tout le long du voyage.

— Je ne verrai rien.

La voix se montrait bien impérative. Fernand jeta un regard vers le chauffeur, puis il déclara :

— Si tu montes devant, il ne faudra pas bouger. C'est difficile, conduire. Tu ne devras pas déranger le monsieur.

— Je serai sage comme une image.

L'engagement paraissait sincère, mais le trajet serait suffisamment long pour éroder ses bonnes résolutions.

— Si tu t'agites, Jeanne va te prendre par le collet et te ramener en arrière.

— Non, elle ne fera pas cela.

Antoine vérifia cette certitude avec un regard en direction de la domestique, puis il grimpa difficilement dans le véhicule. Quand il fut assis, son père se pencha pour lui faire la bise. L'homme saisit ensuite sa fille sous les bras, la souleva pour l'embrasser bruyamment sur chacune de ses joues, provoquant son fou rire. Il la déposa sur le siège arrière. L'instant d'après, il se trouvait debout devant la domestique.

— Votre mère a raison, murmura-t-elle. Vous serez bien seul dans cette grande maison.

— C'est vrai. Mais j'aurai de quoi m'occuper : surveiller les ouvriers, former un clerc et recevoir les clients.

L'homme se pencha pour embrasser la joue de Charles. Discrètement, en même temps, il passa sa main sur le flanc de la jeune femme.

— Mais je m'ennuierai tout de même de ceux que j'aime.

L'affirmation, assez floue, pouvait englober la jeune femme.

— Vous viendrez nous rejoindre vendredi.

— Plus probablement samedi matin. Mais j'irai, sois-en certaine.

Sur cette assurance, la domestique monta à l'arrière. Quand les véhicules se mirent en route dans un nuage sentant l'essence brûlée, Fernand fit un signe de la main, en guise de dernier au revoir. Seule Eugénie ne lui répondit pas.

Chapitre 14

Marie revint à la maison le dimanche 20 juillet, ravie de son séjour à Rivière-du-Loup. Pour la circonstance, Mathieu quitta sa chambre et passa la soirée dans la maison paternelle.

Au moment de passer à table, Françoise rougit un peu en disant:

— Je suis désolée, mais je dois sortir. Une invitation…

Elle faisait en sorte d'éviter le regard du garçon de la maison.

— En réalité, commenta son hôtesse, cela fait mon affaire. Je voulais parler d'abord à ces deux-là. Et quand tu reviendras, j'aimerais aussi te voir en privé. Si je suis couchée, viens dans ma chambre.

La jeune fille donna son accord d'un signe de la tête, puis elle s'esquiva. Une demi-heure plus tard, après le premier service, Thalie n'y tint plus:

— Quel mystérieux sujet mérite la tenue d'un conseil de famille? Je ne pensais pas que nous avions des cachettes pour Françoise.

— Ce ne sont pas des cachettes, car je dois aborder le sujet avec elle tout à l'heure. Je voulais vous donner la chance de parler librement.

Comme elle s'arrêtait un peu trop longuement, Mathieu insista:

— Alors, tu vas nous le dire ?

La maîtresse de maison fit signe à Gertrude de demeurer assise. Par souci de discrétion, celle-ci s'apprêtait à se retirer dans la cuisine, quitte ensuite à coller son oreille contre la porte afin de ne rien manquer.

— Paul m'a demandée en mariage.

Les autres échangèrent des regards amusés.

— Ce n'est pas la première fois, remarqua le garçon. Tu as déjà refusé.

— Il m'assure que je pourrai demeurer propriétaire du commerce. Je ne sacrifierai pas mon indépendance, selon lui. Surtout, tout cela vous appartiendra un jour, je veux en être bien certaine.

Elle s'interrompit, puis demanda à son fils :

— Tu crois que c'est possible, un contrat de mariage de ce genre ?

— Je ne suis pas spécialiste de ces questions, loin de là. Mais je suppose que oui.

— S'il existe des doutes à ce sujet, je préférerais vous céder le commerce à tous les deux tout de suite. Alfred et moi avons construit cette entreprise ensemble, elle vous reviendra.

De la main, elle désigna la pièce, et par extension l'ensemble du bâtiment.

— Ce genre d'arrangement ne le rebute pas ? interrogea Thalie.

— Il a exactement la même attitude à l'égard de ses propres biens. Tout ira à ses filles.

Les deux enfants se consultèrent du regard.

— Accepte, murmura le garçon à la fin.

— Oui, renchérit sa sœur. Vous vous entendez bien, il paraît respectueux de tes intérêts.

La mère les contempla un moment.

— Je m'en doutais, conclut-elle. Comme vous me quittez tous les deux, sa demande en mariage doit vous soulager. Vous voilà débarrassés de moi.

Elle regretta ses mots tout de suite. Heureusement, Mathieu choisit de sourire.

— Tous les enfants quittent leur maman un jour ou l'autre, c'est inéluctable. Tu as le choix entre devenir une vieille dame aigrie à quarante ans, ou t'engager avec un amoureux.

— Souviens-toi que nous aurons plus de plaisir à visiter une personne heureuse qu'une jeune vieille acariâtre, précisa sa fille.

Marie rougit un peu avant d'admettre :

— Vous avez raison tous les deux. Je m'excuse.

— Bien sûr, personne ne veut connaître mon avis.

La voix bourrue de Gertrude amena un sourire contraint sur le visage de la maîtresse de maison. Elle redoutait un peu la réaction de la vieille domestique à la langue bien pendue.

— Bien sûr. Que penses-tu de ce projet ?

— J'ai passé mon temps à vous encourager dans cette histoire. Il cessera de traverser la cuisine quand il doit retourner chez lui, en fin de soirée. Tant mieux, j'ai le sommeil léger.

Marie tendit la main au-dessus de la table afin de toucher celle de la vieille bonne.

— J'aimerais quand même connaître la nature des arrangements pratiques, précisa celle-ci, et mon propre sort dans cette histoire.

— Paul viendra habiter ici au début de la session, à l'automne. L'été venu, et avec régularité toute l'année, il ira courtiser ses électeurs de Rivière-du-Loup. Je l'accompagnerai quand cela sera possible.

Gertrude gardait les yeux fixés sur sa patronne.

— Cela ne changera rien pour toi, précisa-t-elle encore, sauf qu'il y aura de nouveau un homme dans la maison. Ces deux-là partis, la place ne manquera pas.

Son sourire adoucit un peu les derniers mots. Mathieu préféra ne pas lui en tenir rigueur.

— Françoise demeurera à ton emploi ? questionna-t-il.

— Dans les circonstances, je ne peux plus m'en passer. Si elle m'annonçait vouloir partir aussi en septembre, je serais un peu désemparée.

La femme tenait à souligner à grands traits son sentiment d'abandon. Gertrude ruina un peu l'effet escompté.

— Et la jeune évaporée ? La blonde ?

— Paul ne peut pas la laisser seule à Rivière-du-Loup tout l'hiver. Elle vivra ici.

— En réalité, si elle demeurait là-bas, le curé voudrait la faire exorciser, commenta le jeune homme en riant.

— Il y a aussi le goudron très chaud et les plumes de poulet, renchérit Thalie.

La mère posa sur eux un regard sévère, puis elle commenta :

— Vous exagérez.

— À peine, consentit Mathieu. Je me souviens de son attitude, le jour de la Saint-Jean.

La domestique demanda encore :

— Va-t-elle travailler au magasin aussi ?

— Si elle le désire. Je suppose, sinon, elle risque de s'ennuyer.

La jolie blonde avait fait l'objet de longues conversations entre Marie et Paul. La laisser seule avec tante Louise paraissait un châtiment bien cruel. Puis le père préférait la tenir à l'œil. Ses fréquentations feraient l'objet d'une surveillance attentive.

— Si elle occupe un emploi de vendeuse, ouvre un rayon d'articles pour hommes. Tiens, des chapeaux. Elle attirera son lot de clients.

Mathieu souligna ses mots d'un gros clin d'œil à l'intention de sa mère.

❖

La maison se trouvait à l'extrémité du village, sur un large terrain herbeux. De grands arbres procuraient une ombre bénéfique. D'autres, plus petits, portaient des pommes ou des prunes. Pour Antoine, cela avait été une révélation importante : la nourriture poussait dans les arbres, ou dans le sol. Il prendrait conscience un peu plus tard de l'origine de la viande. La découverte lui procurait un plaisir mitigé. À cet instant, il dormait profondément dans une chambre à l'étage, partagée avec sa sœur et son frère.

— Heureusement, déclara Fernand, cette demeure est assez grande pour tout le monde. Je l'ai trouvée sur la recommandation d'un voisin, sans l'avoir vue.

— Nous avons tous un bon lit, commenta Jeanne.

— Tout de même, voir maman partager la chambre de ma vieille gouvernante me gêne un peu.

Cet arrangement lui évitait toutefois de monter un escalier un peu raide, aux marches rendues glissantes par des passages répétés au cours des dernières décennies.

— Aucune des deux ne s'est plainte de la nouveauté.

La domestique marchait sur la grève en compagnie de son employeur. De petites vagues venaient mourir à leurs pieds dans un bruissement. Sur leur droite, la maison campagnarde au revêtement de planches blanchies à la chaux donnait une impression de solidité. À gauche, un bras du fleuve séparait la côte sud de l'île d'Orléans. Malgré l'obscurité, ils en distinguaient la silhouette. De pâles lumières soulignaient les fenêtres de maisons paysannes.

— Pour toi, le grenier n'est pas trop inconfortable ? s'inquiéta le gros homme.

— J'ai été élevée dans un grenier où il pleuvait l'été et où je grelottais l'hiver.

— Je m'en veux de ne pas pouvoir t'offrir de meilleurs quartiers.

Elle s'approcha de lui, saisit son bras. À dix heures du soir, ils demeuraient les seuls promeneurs. L'homme prit la taille de sa compagne, la pressa contre lui pour l'embrasser.

— Je me trouve très bien ici, affirma-t-elle pour le rassurer.

— Les enfants paraissent se plaire aussi.

— Ils passent leurs journées à courir dans les champs ou sur la grève, et moi à courir après eux.

Sa main descendit tout le long de la colonne vertébrale, effleura les fesses. Avec sa mère dans les parages, Fernand ne pouvait se permettre de privauté envers la domestique, surtout à l'intérieur de la maison. Cela le frustrait un peu.

— Eugénie s'occupe-t-elle parfois des enfants ? demanda-t-il afin de se changer les idées.

La nature de leurs relations rendait difficile l'évocation de son épouse. Fernand évitait les mots « ma femme » avec Jeanne, privilégiant l'usage du prénom.

— … Je suppose que oui.

— Voilà une réponse plutôt curieuse.

— Elle leur parle un peu plus, je pense. Antoine la regarde avec de grands yeux soupçonneux, dans ces moments-là.

De toute la maisonnée, cette femme devait leur paraître la personne la moins sympathique, avec son visage sans cesse maussade. Pour les apprivoiser, elle devrait redoubler d'efforts. Fernand doutait qu'elle en éprouve le désir. Le couple se déplaça vers un bosquet d'arbres près de la grève. D'autres promeneurs pouvaient les surprendre, mieux valait faire un effort de discrétion.

Une heure plus tard, en revenant vers la maison, Jeanne constata d'une voix triste :

— Demain, tu devras partir très tôt de la maison.

— Le train part à six heures. Je serai dans mon bureau à temps pour recevoir mes clients du matin.

Pour la première fois de sa vie, le notaire regrettait de ne pas avoir de voiture.

— Tu reviendras la semaine prochaine ?

— Bien sûr. Je ne peux pas me passer de voir ma famille, ou de te voir.

Elle serra son avant-bras, reconnaissante de la précision.

— Mais tu ne prendras pas de véritable repos.

— Pas plus que toi, je suppose. J'essaierai de me libérer pendant une semaine, en août.

— Ce sera mieux que rien…

Sa sollicitude le toucha. Au moment où ils s'approchaient de la maison, l'homme vit bouger le rideau d'une fenêtre à l'étage. Eugénie continuait sa surveillance attentive. Les attentions dont elle ne voulait pas, elle tenait à en priver sa rivale.

❀

Un peu pour rendre service à Édouard, un peu pour conserver un vestige de sa richesse passée, Élisabeth se trouvait l'heureuse propriétaire d'une petite Chevrolet rouge.

— Tu dois être la seule femme de Québec à posséder une voiture, remarqua Marie, debout sur le trottoir.

— Tu oublies toutes ces familles anglaises de la Grande Allée, dit la visiteuse en riant. Juste chez les Price, il semble y avoir plus d'automobiles que d'occupants dans la maison.

Elle ouvrit la portière côté passager pour permettre à la marchande de monter.

— Je regrette un peu cette folie, continua-t-elle en prenant place derrière le volant. Cet été, je peux toujours la laisser dans une rue des environs, mais je devrai payer pour la faire entreposer dans un garage tout l'hiver.

— Cela te donne tout de même la liberté d'aller où tu veux, pendant huit mois par année.

— Mais maintenant, comme toi, je suis tous les jours liée à mon commerce. Je ne peux même pas fermer le dimanche.

Le moteur ronronnait bruyamment, agitant l'automobile d'un tremblement régulier. Les deux femmes devaient élever la voix pour couvrir un peu le bruit.

— Je comprends que l'affluence se maintient.

— Toutes mes chambres sont occupées par des gens de l'Ontario ou des États-Unis. Cela durera jusqu'à la fin août. Après, l'endroit sera un peu plus calme, avec des pension-naires réguliers.

Élisabeth relâcha le frein à main, chercha la pédale d'embrayage de son pied gauche chaussé d'une fine bottine en cuir. Quand elle enclencha la première vitesse, la voiture fit un petit bond brutal en avant, puis avança sur le pavé à une allure prudente. Marie la regardait faire attentivement, enregistrant tous ses gestes.

— C'est difficile, conduire ?

— Non. Édouard m'a donné quelques leçons. Bien sûr, il me faudrait rouler plus souvent, pour en prendre l'habitude.

— Mais le commerce… Je sais.

La jolie blonde descendit la rue de la Fabrique, s'engagea rue Saint-Jean afin d'emprunter la côte du Palais. Elle portait un chapeau cloche bas sur les yeux, des gants en dentelle, une jolie robe noire. Sur les trottoirs, des hommes s'arrêtaient pour les regarder passer. Certains laissaient même échapper un sifflement destiné aux voyageuses.

Elles se dirigeaient vers la Basse-Ville. Une fois passée la rivière Saint-Charles, la Chevrolet s'engagea sur le chemin de la Canardière. Le niveau sonore les empêchait de poursuivre la conversation. Alors que sa compagne se concentrait sur la conduite, Marie se perdit dans la contemplation du paysage. Le soleil de l'après-midi éclaboussait la campagne, le véhicule soulevait un nuage de poussière.

Après une heure, Élisabeth se gara tout près des chutes Montmorency. Elles descendirent pour se rendre sur le cap rocheux, en surplomb de la rivière. Sous leurs pieds, une plaine étroite s'étendait entre la falaise et le fleuve, deux cent cinquante pieds plus bas. Un peu vers l'est, elles apercevaient l'usine de textiles. La petite paroisse de Saint-Grégoire se développait grâce aux centaines de travailleurs regroupés là.

— Le point de vue est magnifique, remarqua la marchande.

— Oui, c'est très beau. Cela donne des envies de voyage.

— Tu es allée en Europe, je pense.

Le souvenir rendit Élisabeth un peu songeuse. Afin de dissimuler la grossesse d'Eugénie, peu après les grandes festivités du tricentenaire, elle avait accompagné la jeune fille sur le vieux continent d'abord, puis dans l'État de New York.

— Oui, à l'automne de 1908. Ce furent des semaines inoubliables. Si tu as l'occasion d'y aller, saisis-la.

— Tu n'y penses pas. Non seulement c'est hors de prix, mais je ne peux pas abandonner ma caisse pendant bien longtemps.

— Pourtant, tu reviens tout juste du Bas-Saint-Laurent, n'est-ce pas ?

Marie rougit un peu de l'allusion à sa dernière escapade à Rivière-du-Loup.

— Un congé de seulement deux semaines. Pour aller en Europe, je devrais m'absenter pendant deux mois... dont le tiers serait gaspillé pour le trajet lui-même.

— La traversée est une expérience en soi. Mais tu as raison, un voyage de ce genre ne se présente qu'une fois dans une vie, il faut avoir le temps d'en profiter.

Bras dessus, bras dessous, elles cherchèrent un banc sous les arbres, afin de se protéger de l'ardeur des rayons du soleil.

— À ce sujet... J'aimerais obtenir ton avis sur un développement survenu pendant mon absence.

Elle marqua une pause, puis plongea :

— Paul m'a demandée en mariage.

Élisabeth se tourna à demi afin de regarder son amie, un sourire amusé sur les lèvres.

— Cela ne te semble pas ridicule, à mon âge ? demanda Marie.

— Pourquoi ridicule ?

— Je dépasse les quarante ans. Je suis vieille.

— J'ai un an de plus, et je suis jeune !

Le vêtement de deuil n'arrivait pas à la rendre moins attirante. Sa taille demeurait souple, la peau rose et lisse. Sa compagne répondit d'un sourire à la saillie.

— Tu l'aimes ? demanda la grande blonde.

— Comme une femme de mon âge, je suppose.

— Cela devient une obsession. D'après toi, comment des vieilles dames comme nous aiment-elles ?

Marie demeura songeuse un instant.

— Pour tout dire, concéda-t-elle bientôt, je ne connais rien à ce sujet. Jeune, je suis passée à côté de ce sentiment. Tu sais ce qui est arrivé avec Thomas…

L'autre acquiesça d'un signe de tête. Cette catastrophe, survenue quelque vingt ans plus tôt, ne ressemblait en rien à une romance, et l'intervention providentielle d'Alfred non plus. L'épisode bref et torride avec James prenait l'allure d'une passade dans ses souvenirs, rien d'un hyménée.

— Je ne perds pas l'appétit, je ne le vois pas dans ma soupe, mais l'idée de partager son lit tous les jours du reste de mon existence me fait un effet délicieux.

— Donc, tu l'aimes.

— Il y a aussi la sécurité. À la mort d'Alfred, la perspective de me retrouver sans lui, avec deux jeunes enfants, me terrorisait un peu. Maintenant que mes oiseaux s'envolent, je n'arrive pas à me résoudre à demeurer seule. Le projet de partager sa vie, de me trouver avec une nouvelle famille, en fait, me rassure.

S'appuyer sur quelqu'un, trouver la chaleur d'un corps, au plus noir de la nuit, lui avait terriblement manqué.

— Tu as toutes les raisons d'accepter, aucune de refuser.

— En même temps, si cela éloignait de moi Mathieu et Thalie…

Elle s'arrêta encore, gênée d'aborder ce sujet. Élisabeth laissa tomber :

— Ou peut-être penses-tu, si tu demeures seule, les retenir plus facilement auprès de toi.

Sa compagne resta pensive un moment. Elle répondit enfin avec un rire nerveux :

— Je ne devrais pas avoir une amie si intelligente. Ou je ne devrais pas être si sotte. Mes enfants grandissent, ils vont faire leur vie, c'est normal.

— Au lieu de tenter de faire pitié, profite de la chance qui s'offre à toi. Avec tout le bien que tu m'as dit de cet homme, tu me parais privilégiée.

La blonde lui prit le bras, fit mine de se lever en l'entraînant avec elle.

— Allons-nous manger?

Elles se dirigèrent vers un magnifique manoir dressé près des chutes, une grande bâtisse toute blanche. La première construction érigée à cet endroit, en 1781, devait abriter les amours illicites du gouverneur de l'époque. Quelques incendies, au fil des décennies, avaient modifié les lieux. Ils abritaient maintenant un restaurant.

En se tenant par le bras, elles gagnèrent leur place dans la grande salle, attirant des regards masculins sur leur passage. Au gré des services, elles abordèrent divers sujets, évitant soigneusement celui dont elles avaient discuté précédemment.

Puis, tout à trac, au moment du dessert, Marie conclut:

— Je vais accepter. Tout le monde, toi, mes enfants, les enfants de Paul, se montrent du même avis. Mes hésitations deviennent ridicules.

— Ne le fais pas pour plaire aux autres.

— Mais moi, je suis convaincue depuis le début.

Elles s'esclaffèrent en même temps.

Après le repas, les deux femmes gagnèrent une grande structure un peu sommaire, située sur les grandes pelouses du manoir. Pendant la belle saison, des pièces de théâtre réjouissaient les estivants. La soirée passa bien vite.

Au moment de revenir vers la ville, une fois la nuit tombée, Élisabeth roula lentement à la lumière des phares pour bien voir tous les obstacles. Les réverbères des rues lui permirent de se détendre un peu, une fois dans la ville.

En traversant le pont de la rue Dorchester donnant accès à la Pointe-aux-Lièvres, elle déclara, souriante :

— J'ai beaucoup aimé notre excursion. J'espère que tu voudras bien m'accompagner de nouveau.

— Avec plaisir, mais la prochaine fois ce sera à mon tour de t'inviter.

— Si tu désires apprendre, je serai même prête à me faire conduire.

Elle ajouta, narquoise :

— Cela, bien sûr, si le beau Paul accepte de te laisser sortir sans lui.

— Le beau Paul, comme tu dis, prétend vouloir respecter mon autonomie.

— C'est une denrée rare, un homme comme lui. Tu vas faire des jalouses.

Au moment de s'arrêter devant le commerce, rue de la Fabrique, Marie leva la tête. Thalie se tenait accoudée à la fenêtre de sa chambre, afin de respirer l'air du soir. Elle la salua de la main, embrassa son amie sur la joue en déclarant :

— Merci encore. Je suis heureuse que tu sois là. Bonne nuit.

— Bonne nuit, Marie.

Un peu plus tard, la marchande traversait la boutique plongée dans l'obscurité afin de regagner son logis.

❖

Pour le gros œuvre, l'entrepreneur avait recruté une dizaine d'hommes sans aucune qualification. Pour un peu plus d'un dollar par jour, ils devaient creuser une tranchée à l'aide de pics et de pelles. De grosses pierres et du ciment permettraient d'ériger des fondations solides.

Depuis plusieurs jours, Fernand Dupire travaillait au son des onomatopées de ces besogneux, et du choc des outils d'acier contre la terre ou les pierres. Il devait se montrer attentif afin de distinguer les coups à la porte d'entrée. Heureusement, ses clients demeuraient ponctuels. Il suffisait de garder un œil sur l'horloge pour leur ouvrir sans trop les faire attendre. Aussi, Marie Picard put entrer dans son bureau à l'heure dite.

— Je me suis demandé si je me trouvais au bon endroit, déclara-t-elle en prenant place sur la chaise qu'il lui désignait. Tous ces ouvriers…

— Je vis dans un véritable chantier. Mais ne craignez rien, cela n'altère pas mes compétences professionnelles.

— Je ne voulais pas sous-entendre…

La répartie la laissa un peu troublée. Heureusement, l'arrivée d'un jeune homme efflanqué dans l'embrasure de la porte procura une diversion.

— Madame, monsieur, souhaitez-vous avoir du thé?

Le jeune clerc découvrait avec surprise certains à-côtés du notariat. En plus de se trouver enchaîné à une machine à écrire, il assumait quelques tâches domestiques.

Fernand interrogea sa visiteuse du regard, elle secoua la tête de gauche à droite.

— Merci, Louis, ce sera pour un peu plus tard.

L'employé ferma la porte derrière lui.

— Je vous vois pour la première fois, madame Picard. Je veux dire dans l'exercice de mes fonctions.

Ils se croisaient tous les dimanches sur le parvis de l'église. Malgré les saluts de la tête, cela n'en faisait pas des connaissances.

— Comment puis-je vous aider?

— Mon notaire vient de prendre sa retraite. La personne qui a repris son cabinet me semble un peu jeune…

— Vous savez, madame, c'est un défaut qui lui passera assez vite, comme à nous tous.

La situation amusait un peu le notaire. Son physique le faisait paraître plus vieux que son âge. Dans son occupation, cela inspirait confiance.

— Je vais me remarier bientôt, dit Marie, un mélange de timidité et de fierté dans la voix.

— Je vous félicite. Souhaitez-vous rédiger un contrat de mariage ?

— Ma belle-sœur, Élisabeth Picard, m'a conseillé de vous voir. Elle a une très bonne opinion de vous.

Fernand hocha la tête. La visiteuse paraissait fort intimidée. Un peu comme les confesseurs, les notaires recevaient des confidences parfois gênantes.

— Je fais tout mon possible pour ne jamais décevoir mes clients. Vous souhaitez me parler de votre contrat de mariage ?

— Savez-vous qui je suis ?

— Vous possédez un commerce, rue de la Fabrique. Ma femme n'en est pas une cliente, mais je connais l'endroit.

— Il me vient de mon premier mariage. J'ai eu deux enfants avec Alfred Picard. Je veux continuer de l'administrer à ma guise, et le léguer, de même que tous mes biens, à ces derniers. Est-ce possible ?

En formulant son attente à haute voix, elle avait l'impression d'attenter à l'institution sacrée du mariage. Son interlocuteur répondit d'abord par un sourire, puis il saisit sa plume, approcha un bloc de papier.

— Cela ne pose aucune difficulté.

Bien des parents avantageaient leur fille au moment des épousailles, tout en se méfiant de leur gendre au point de prendre des précautions légales.

— Bien sûr, ce sera la même chose pour mon mari. Il voudra léguer tous ses avoirs à ses filles.

— Cela me paraît tout à fait naturel. Vous allez me décrire précisément votre situation matérielle. Cela me permettra de rédiger un contrat à votre convenance. Monsieur devra toutefois le signer aussi.

— Évidemment. Dans le cas contraire…

Marie fit un mouvement de la main, comme pour chasser un insecte agaçant. Son indépendance n'était pas à négocier.

❀

Debout devant une glace placée dans un coin du magasin, Thalie ajustait son chapeau de paille en disant :

— Je suis désolée de partir si tôt, surtout un vendredi, mais j'aimerais lui parler avant la fermeture du cabinet de son père.

— Je comprends, répondit Marie. De toute façon, tu seras de retour au moment où Françoise voudra manger. Tu prendras la relève.

Le vendredi soir, l'affluence des clientes amenait la marchande à allonger les heures d'ouverture, parfois jusqu'à neuf heures. Une fois l'automne venu, elle reviendrait aux usages préconisés par l'association pour la Fermeture des commerces à bonne heure.

— Je serai de retour dans une heure environ.

Elle passa la porte en ajustant ses gants en dentelle. L'été demeurait magnifique.

— Dommage, remarqua-t-elle entre ses dents, je passe toutes ces belles semaines enfermée dans la boutique.

Certains jours, la jeune fille enviait la nouvelle liberté de son frère aîné. L'héritage reçu de son père l'autorisait aussi à passer la belle saison à revoir ses livres. Toutefois, ce serait laisser sa mère dans une situation difficile.

Elle parcourut avec plaisir la distance jusqu'au chemin Saint-Louis, s'engagea dans la Grande Allée. Pendant des années, ce trajet l'avait conduite au *Quebec High School*. Chez les habitants de langue anglaise, la demande d'études secondaires pour les filles allait croissant. L'établissement quitterait bientôt la rue Saint-Dominique afin de profiter de locaux plus spacieux.

Thalie arriva ensuite rue Claire-Fontaine, où elle reconnut bientôt la grande résidence du docteur Caron. Sur la façade, près de la porte, elle remarqua la plaque de bronze marquée par l'oxydation. Pendant quelques années, elle avait été remisée au grenier, car une autre portant aussi le nom de Charles Hamelin occupait cette place. Le décès de ce dernier forçait le professionnel à revenir à une pratique en solitaire.

Elle poussa la porte, pénétra dans un corridor. Les appartements privés se trouvaient au fond, une pièce s'ouvrait sur la gauche. Elle découvrit Élise derrière un petit bureau, un agenda et un téléphone en guise d'instruments de travail. Des chaises s'alignaient contre deux des murs. Une demi-douzaine d'entre elles étaient occupées par des patients.

— Thalie, quelle bonne surprise ! s'exclama la jeune femme en quittant sa chaise.

Elle prit la visiteuse dans ses bras pour lui faire la bise sur les deux joues.

— Je suis désolée de ne pas être venue plus tôt. Voilà plus de deux mois que je me trouve en ville, mais le temps me manque.

— Tu dois travailler au commerce de ta mère, je comprends cela. C'est la même chose pour moi, comme tu vois.

— Elle garde la boutique ouverte pendant de longues heures, cet été, pour profiter de la présence grandissante des touristes. Cela permet de compenser un peu, sinon les affaires tourneraient plutôt au ralenti.

— Je sais. Ici, on ne le remarque pas trop, mais les journaux évoquent des milliers de chômeurs à Montréal seulement.

Toutes les deux se tenaient au centre de la pièce. La porte du cabinet s'ouvrit, le médecin déclara à l'intention d'un petit homme malingre :

— Ne vous en faites pas, monsieur Lebeau. Il ne s'agit pas de la tuberculose.

Alors qu'il s'apprêtait à faire entrer un autre client, il reconnut la visiteuse. Il lui tendit la main en souriant :

— Mademoiselle Picard, comme je suis heureux de vous voir ! La suite de votre année académique s'est bien déroulée ?

— Plutôt bien. Mais le retour de la grippe, cet hiver, nous a perturbés de nouveau.

— Quelle maladie terrible… Avec ses deux épisodes, elle a touché la moitié de la population de la province.

Une ombre passa sur le visage du médecin au souvenir de toutes les personnes mortes à cause de la dernière hécatombe. Son gendre lui manquait beaucoup, et la présence des visages attristés de sa fille et de ses petits-enfants lui rappelait sans cesse la perte cruelle.

— Si vous voulez bien m'excuser, continua-t-il après un moment, je dois reprendre ma pratique. J'aimerais bien vous parler plus longuement, un de ces jours. Pour l'instant, je vous laisse aux bons soins d'Élise.

L'homme se retourna pour dire :

— Madame Leclerc, c'est votre tour.

Pendant ces quelques instants, Élise avait repris sa place derrière son bureau pour recevoir le paiement de la consultation précédente.

Elle demanda ensuite en levant la tête vers la visiteuse :

— Tu aimerais venir dîner avec nous, dimanche ?

— … Je serais trop intimidée. Je connais à peine les membres de ta famille.

D'ailleurs, Thalie ne connaissait pas mieux Élise. Toutefois, la moindre différence d'âge rendait les choses plus faciles.

— Tu as entendu papa… Mais si tu préfères, nous pourrions aller pique-niquer sur les plaines, avec les enfants. Cela leur changera les idées.

— Je n'ai qu'une seule journée de congé.

— Moi aussi. Alors, nous pourrons nous voir dimanche prochain. Je vais appeler chez toi ce soir, afin de régler les détails.

Elle quitta de nouveau sa place pour lui faire la bise.

Chapitre 15

Deux jours plus tard, Thalie retournait rue Claire-Fontaine. Elle portait un panier d'osier. Quelques minutes après, Élise vint la rejoindre, munie elle aussi de son panier. Elle se trouvait flanquée de ses deux enfants. La visiteuse s'assit sur ses talons devant Estelle en tendant les deux mains afin de prendre celles de la fillette.

— Tu vas bien, ma belle ?

Timide, elle hocha la tête en signe d'assentiment. Elle se laissa néanmoins embrasser sur les joues et serrer très fort. La jeune femme se tourna ensuite vers Pierre et tendit la main. Le garçon accepta de la prendre, affirma lui aussi se porter très bien.

Quand elle se redressa, elle expliqua :

— Je me suis arrêtée à la pâtisserie, comme convenu. Ces petites personnes auront de quoi se sucrer le bec, et nous aussi.

— De mon côté, j'ai tout le reste… Nous y allons ?

Machinalement, Élise tendit la main à son fils, alors que Thalie accepta celle d'Estelle avec un sourire.

— Tu sais, tu as une bien jolie robe.

— Maman m'a dit cette semaine que je pouvais porter des couleurs.

Le vêtement orné de petits carrés bleus lui convenait très bien. La mère, quant à elle, se vêtait toujours de noir.

— Elle a bien raison. Une enfant en deuil pendant toute une année, ce serait trop triste. Même pour les adultes, c'est un rituel bien cruel.

En l'entendant, Pierre regarda le brassard noir à son bras. Cela faisait étrange, sur son habit de matelot. Le petit groupe suivit la rue vers le sud, jusqu'à la Grande Allée. Ils attendirent un peu, le temps de laisser passer un tramway et deux voitures, puis ils traversèrent la chaussée afin de gagner le parc des Champs-de-Bataille. Pour la population de Québec, l'appellation « les Plaines » demeurait toutefois dans les usages.

Les jeunes femmes constatèrent bien vite que de nombreux citadins entendaient aussi profiter de cette belle journée pour un dîner sur l'herbe. Elles trouvèrent cependant un espace un peu isolé, sous un arbre, où étendre une couverture grise prélevée dans un placard de l'appartement des Picard.

En sortant les sandwichs de son panier, Élise demanda :

— Vendredi, tu disais à mon père avoir terminé sans mal ta première année à l'Université McGill. Tout se passe bien, alors ?

— Après des débuts un peu difficiles, les choses sont rentrées dans l'ordre. Quelques messieurs font semblant que ma collègue et moi n'existons pas. Les autres se sont habitués, notre présence leur semble normale.

— Et les études elles-mêmes ? Cela doit être difficile…

Elle marqua une pause, puis ajouta :

— Je ne veux pas être indiscrète. Si tu préfères ne pas répondre, cela me convient.

Ce fut au tour de l'étudiante de marquer une hésitation. Un peu rougissante, elle reconnut enfin :

— J'ai fini première de classe.

— … Vraiment ? Bravo !

Son amie paraissait très heureuse pour elle. Thalie tendit une limonade à Estelle et une autre à Pierre.

— Tu comprends, expliqua-t-elle, la seule façon d'être acceptées, de faire taire les gens, y compris les professeurs, qui aimeraient nous chasser de l'université, c'est de réussir mieux que nos camarades.

— Tu as donc comme professeurs ce genre de médecins convaincus de l'infériorité de l'intelligence des femmes, car notre cerveau serait moins pesant que celui des hommes !

Le mépris marquait la voix de la jeune veuve. Si on lui avait demandé lequel de ses enfants possédait l'esprit le plus vif, sa réponse aurait déçu ces grands savants.

— La science rejoint la religion dans ce domaine, expliqua l'étudiante. D'autres affirment que Dieu nous a faites inférieures. Penses-y : il a d'abord créé Adam, et Ève à partir de la côte de ce dernier, car le pauvre homme s'ennuyait.

— Alors tout est dit : le Créateur a fait de nous le jouet de nos compagnons.

Thalie adressa un sourire à son interlocutrice, heureuse de la voir partager ses idées sur ce genre d'argument.

— La seule solution, continua-t-elle, pour toutes les étudiantes, dans tous les domaines, c'est de travailler comme des folles. Aucune soirée à la taverne, aucune joute de hockey, pas même des tournées dans les magasins. Si tu nous voyais : nous passons tout notre temps dans nos livres.

— Pas de tournées dans les magasins ?

Son amie lui adressait un sourire à la fois amusé et sceptique.

— Je l'avoue, parfois. Mais pour le reste, nous sommes sages comme des images.

Tout le temps du repas, elles évoquèrent la vie des jeunes étudiantes, ces femmes d'une espèce nouvelle. Les yeux d'Élise trahissaient une certaine envie. Veuve avec des enfants, elle devait se contenter de servir de réceptionniste à son père. Cela rendait à peine plus supportable le fait qu'elle dépendait de lui pour le gîte et le couvert. L'Université Laval ne lui offrait aucun moyen de se doter d'une compétence professionnelle et de gagner une certaine indépendance.

Une fois les sandwichs et les petits gâteaux consommés, les doigts des enfants soigneusement nettoyés avec une serviette, Estelle demanda :

— Nous pouvons aller jouer ?

— Oui, bien sûr. Mais assurez-vous de toujours être à portée de mes yeux.

Tous les deux s'élancèrent sur la plaine herbeuse.

— Ils semblent bien se remettre, remarqua Thalie. Je veux dire, après une perte si cruelle…

— Parfois, ils se montrent tellement moroses.

Sous ses yeux, Pierre se livrait à des culbutes. Sa sœur le regardait, posait ensuite les yeux sur sa jolie robe. Dans ce genre de situation, son statut de grande fille commençait déjà à lui peser.

— Mes parents et moi, continua Élise, nous essayons de nous en occuper le mieux possible.

— Je ne connais pas ta mère, mais ton père paraît très gentil.

— Et en plus, il compte parmi les hommes prêts à accepter des collègues de sexe féminin. Il tient sans doute ce curieux travers au fait d'avoir eu une fille pour seule enfant.

— Cela en fait certainement une personne adorable.

L'étudiante prononça ces mots en riant.

— Et toi, comment te sens-tu ? ajouta-t-elle en retrouvant son sérieux.

Élise avait peu souvent l'occasion de répondre à cette question avec franchise. À ses parents, sa réponse demeurait toujours la même : « Je suis si chanceuse de vous avoir. Tout va bien grâce à vous. » Elle choisit de croire que sa compagne avait trente ans, et non dix-neuf.

— Je suis souvent désemparée. Bien sûr, je ne manque de rien. Je passe mes journées à remplir le rôle de réceptionniste pour papa, je fais même toute sa comptabilité. Je vis dans une belle grande maison, je mange bien. Parfois, papa vient avec moi chez ta mère pour m'acheter une robe.

Elle leva les mains, regarda sa tenue. Bien sûr, condamnée à porter le deuil jusqu'en novembre, la jeune femme ne profitait pas encore en public de ce genre de libéralités.

— Je me retrouve veuve, avec deux jeunes enfants…

Le rose lui monta aux joues quand elle ajouta :

— Je suis un peu seule… si tu comprends ce que je veux dire.

Thalie répondit d'un sourire modeste, convenant à une jeune femme innocente.

— Je peux comprendre. Cela est d'autant plus facile pour moi que j'ai connu le docteur Hamelin.

À cette évocation, Élise prit l'un de ses gants abandonnés sur la couverture, s'en servit comme d'un mouchoir pour essuyer le dessous de ses yeux.

— Je risque de passer ma vie toute seule. Papa va devoir travailler pendant vingt ans encore pour me soutenir. Ensuite, je leur servirai de bâton de vieillesse.

— Ça, personne ne le sait. Tu vois, ma mère nous a annoncé récemment qu'elle se remariait.

— Son député s'est enfin décidé ?

— … Tu connais l'existence de son prétendant ?

La jeune fille paraissait surprise, au point de faire rire sa compagne.

— Dans une petite ville comme Québec, tout se sait. Remarque, ces deux-là n'ont pas fait d'effort particulier pour se dissimuler. Ta mère loge la fille de son amoureux depuis deux ans.

Elle s'arrêta le temps de vider sa limonade.

— Alors, il s'est décidé ? répéta-t-elle.

— Oh ! S'il n'en tenait qu'à lui, j'aurais un beau-père depuis des mois et des mois.

— Ta mère ne voulait pas ? Pourquoi donc ?

Le ton demeurait marqué par une grande incrédulité.

— Pour conserver sa liberté, ne voir personne interférer dans ses relations avec mon frère et moi.

— Bien sûr, son commerce lui procure une totale autonomie. Elle peut se le permettre.

Une nouvelle fois, l'envie marquait la voix de la jeune femme.

— Je suis heureuse pour elle, continua-t-elle, songeuse. Dans mon cas, je ne pourrai jamais remplacer Charles.

De nouveau, un gant servit de mouchoir improvisé.

— Bien sûr, consentit Thalie. Il est parti il y a si peu de temps.

— Je ne pense pas que les années y changeront quoi que ce soit.

L'étudiante allongea la main pour prendre celle de sa compagne, chercha ses yeux avant de dire :

— Maman n'a pas remplacé papa, et personne ne remplacera ton époux. Je sais combien il était exceptionnel.

Elle répétait exactement les mots de son père. Cela troubla un peu sa compagne. Elle continua sur le même registre :

— Toutefois, elle demeure bien vivante, tout comme toi. Et des hommes très bien peuplent encore notre monde.

Après avoir couru tout leur saoul sur la plaine herbeuse, les enfants venaient vers les deux femmes. Mieux valait revenir à des sujets anodins. Une heure plus tard, ils reposaient, endormis l'un contre l'autre à l'ombre du grand arbre.

Thalie se redressa en reconnaissant une silhouette familière.

— Voilà un parent, remarqua-t-elle avec humeur.

Édouard marchait d'un pas lent dans une allée, son fils dans les bras. Sa femme le tenait au pli du coude. La politesse exigeait que les femmes se lèvent, que les promeneurs s'arrêtent le temps d'échanger quelques mots.

— Je m'excuse de ne pas vous tendre la main, commença le marchand.

Des yeux, il désigna son fils.

— Nous ne vous en tiendrons pas rigueur, le rassura Thalie d'un ton moqueur.

— … Évelyne, je te présente ma cousine, Thalie.

La jeune fille serra la main de l'épouse, tout en se déclarant « enchantée ».

— C'est la fille de mon oncle Alfred, précisa-t-il. Et voici Élise Caron… je veux dire Hamelin. Ce fut l'âme sœur d'Eugénie pendant toutes ses années de couvent.

Les deux femmes échangèrent des salutations plutôt froides, puis le silence s'installa entre eux. Pour mettre fin au malaise, l'homme conclut :

— Nous allons rentrer, sinon ce jeune monsieur va s'impatienter.

Pourtant, Thomas junior paraissait résolu à conserver sa mine raisonnable.

— Nous comprenons, répondit tout de suite Élise. Bonne fin d'après-midi.

Chacun marmonna le même souhait, puis les promeneurs continuèrent leur chemin. En retrouvant sa place sur la couverture, la jeune veuve confia :

— Édouard a été le premier garçon à me faire la cour.

— Vraiment ?

— Et Charles le second.

— Passer du pire au meilleur… Rencontrer tous les autres devenait inutile, ensuite.

Élise choisit d'en rire. Elle se pencha un moment sur ses enfants, puis remarqua en se relevant :

— J'ai déjà vu des parents plus heureux de se rencontrer. Même des cousins…

— Édouard et moi n'avons rien en commun.

— Vous avez un petit différend, peut-être.

— Je dirais de nombreux différends, petits et grands. Si nous devenons des intimes, je te confierai les plus graves d'entre eux.

Pareille éventualité lui paraissait maintenant bien possible. Thalie contempla Estelle un moment.

— Pourrions-nous suivre son exemple ? suggéra la jeune femme. Elle semble si bien.

Elles s'étendirent sur la couverture pour une petite sieste. Les enfants les réveillèrent un peu avant cinq heures. Au moment de reprendre les paniers, Élise demanda :

— Veux-tu venir souper à la maison ?

— Non, le repas du dimanche soir est sacré chez les Picard : Mathieu et moi devons manger avec maman. Aussi longtemps que je suis à Québec, rater ce rendez-vous me vaudrait un anathème.

— Tu reviendras, toutefois ?

— Avec un grand plaisir.

Tenant chacune un enfant par la main, elles retournèrent rue Claire-Fontaine en bavardant. Elles se quittèrent sur des baisers et une poignée de main.

❖

Armand Lavergne ne s'était pas présenté chez les Picard depuis plus d'un mois, même si, à de nombreuses reprises, il avait marché jusqu'à la rue Scott, pour tourner les talons sans oser entrer. Après la requête formulée le lendemain de la Saint-Jean-Baptiste, il demeurait dans l'attente d'une réponse. N'y tenant plus, il sonna chez son ami, quelques jours avant la grande convention libérale.

Encore une fois, Édouard perçut le timbre depuis la bibliothèque lui servant de pièce de travail. Il entendit un pas traînant dans le couloir, celui de la jeune Gaspésienne embauchée depuis peu pour remplacer Julie. Un moment plus tard, debout dans l'embrasure de la porte, elle annonça :

— Monsieur Lavergne, pour vous.

Le maître de la maison quitta son siège pour accueillir son ami. Il revint avec lui dans la pièce de travail.

— Nous ne passons pas saluer ta belle-mère ?

— Elle n'habite plus avec nous, fit Édouard en se dirigeant vers l'armoire à boisson.

— Donc, une fois de plus, la rumeur disait vrai. Quelle drôle d'idée elle a eue. Des allures de reine pour aller tenir une maison de chambres : c'est un gaspillage éhonté.

— Elle veut son indépendance. Nos seigneurs les évêques ont peut-être raison. Le droit de vote leur monte à la tête.

Il tendit un verre à son visiteur, prit place dans le fauteuil opposé au sien.

— Bien sûr, je blague, précisa-t-il après une pause. Elle trouvait la maison un peu trop hantée par papa, et considérait mon ménage comme trop morose. Elle a utilisé la moitié de son héritage pour s'acheter cette liberté.

La confidence se révélait trop intime pour mériter le moindre commentaire. Le visiteur contempla un moment la boisson ambrée dans le verre.

— Je voulais savoir comment mon offre de revenir au sein du Parti libéral avait été reçue, commença-t-il. Comme tu ne m'en as rien dit…

— Je n'avais rien encore à te dire. Je n'en ai parlé à personne.

L'autre le soupesa du regard un long moment, incrédule, un air de reproche sur le visage.

— Cela ne servait à rien, se défendit Édouard. Aussi longtemps que la convention n'aura pas eu lieu, personne ne sera désigné dans le comté. Le choix devra convenir au nouveau chef.

Pour appuyer son argument, il déclara encore :

— Et le nouveau chef devra aussi convenir au candidat. Imagine si les délégués préféraient Fielding. Jamais tu ne pourrais servir sous ses ordres.

Ce candidat à la succession de Wilfrid Laurier avait quitté son parti en 1917 pour aller siéger avec les conservateurs au sein du gouvernement d'union, car il appuyait la conscription de tout son cœur.

— Si j'apportais à Fielding soixante députés du Québec, il ne demanderait pas mieux que de m'avoir dans son équipe. Et avec soixante députés, j'obtiendrais de lui des mesures favorables à notre race.

Voilà que son ami revenait au vieux rêve de répéter le tour de force de George-Étienne Cartier : négocier un partage de pouvoir avec un chef de langue anglaise.

L'opération pouvait sans doute se reproduire, mais Édouard imaginait mal son vieux mentor dans le rôle de guide de la faction canadienne-française.

— Tu pourras proposer cela au vainqueur, quand son nom sera connu. En attendant, nous sommes tous dans l'expectative.

— Ne me raconte pas de fables. Oscar Drouin se promène partout en rêvant tout haut de porter le flambeau abandonné par le grand homme.

— Mais notre ami Oscar peut prétendre ce qu'il veut, cela n'engage personne. D'ailleurs, il n'est pas le seul dans ce cas. Arthur Lachance affiche la même prétention.

— Le substitut du procureur général ?

Édouard donna son assentiment d'un geste de la tête. Cet homme avait été élu au Parlement une première fois en 1905. En 1917, candidat dans Québec-Centre, il avait accepté de se retirer pour céder sa place à un jeune Irlandais prometteur, Charles « Chubby » Power. Cet homme entendait succéder à son père, titulaire de ce siège. De plus, ancien joueur étoile de l'équipe de hockey des Bulldogs, vétéran réformé après avoir été blessé à la bataille de la Somme, récipiendaire de la Croix militaire, fidèle à Laurier, tout plaidait en sa faveur.

Le geste de Lachance envers de Power demeurait dans les mémoires, le Parti libéral avait maintenant envers lui une dette d'honneur.

— Tu as déjà vu cet avocat sur une estrade ? ricana Lavergne. Sa voix ne va pas plus loin que sa grosse moustache. Il fera bâiller l'auditoire.

— Pour ça, tu as peut-être raison. Jamais les discours enflammés de Lachance n'auraient convaincu une foule de se lancer à l'assaut du journal *L'Événement*. Mais parfois, justement, ce genre de talent devient une nuisance…

Le visiteur allait protester avec vigueur quand un cognement se fit entendre à la porte de la bibliothèque. Évelyne entra sans attendre d'y être invitée et s'avança avec son fils dans les bras.

— Je ne voulais pas aller le coucher sans te permettre de lui dire bonsoir…

Elle s'interrompit, contempla le visiteur des pieds à la tête et ajouta sans conviction :

— Je vous demande pardon, monsieur Lavergne. Je suis désolée de vous interrompre.

— Madame, je m'en voudrais de priver mon ami d'une satisfaction domestique aussi douce.

L'ironie pointait dans sa voix. Par déférence, il s'était levé à l'entrée de la maîtresse de maison, sans oser toutefois lui tendre la main. Édouard posa des bises sonores sur les joues du petit Thomas, puis le chatouilla un peu.

— Tu ne vas pas te coucher trop tard ? demanda Évelyne.

Son ton ne laissait pourtant pas soupçonner qu'elle se languissait de le voir regagner sa couche.

— Bien sûr que non.

— Monsieur Lavergne, dit-elle en s'inclinant pour le saluer.

— Madame Picard, répondit-il.

Quand la porte se ferma sur elle, en reprenant son siège, l'avocat commenta :

— Je comprends maintenant mieux ta belle-mère.

Édouard rougit un peu sous la remarque gouailleuse. Ce genre de pique ne ferait pas de lui un très bon émissaire auprès du comité libéral de Québec-Est.

— Si je ne peux pas compter sur toi pour déclarer mes intentions, continua-t-il, dis-le-moi franchement. Je saurai bien me manifester auprès de ces messieurs.

— Je le ferai, pas plus tard que demain. Je dois les rencontrer au *Château Frontenac*.

La confidence attirerait sans doute l'avocat dans les couloirs du grand hôtel ; il collerait son oreille à toutes les portes pour saisir des bribes de conversation.

— Je suppose que la réunion portera sur le choix du nouveau chef ?

— Nous n'avons rien d'autre à l'ordre du jour. Nous devons nous rendre à Ottawa en soirée.

— Sais-tu de quel côté ils pencheront ?

— … Les gens parlent en termes plutôt élogieux de William Lyon Mackenzie King.

Lavergne demeura un moment songeur.

— Ce gars ressemble à mon commis, à la Banque Nationale. Puis son nom interminable ne rentrera pas sur le bulletin de vote.

— Il représente la nouvelle génération. Les libéraux apprécient surtout le fait que pendant toute la guerre, il est resté fidèle à sir Wilfrid.

L'argument mit Lavergne de mauvaise humeur. Cet Ontarien prétendait aussi au titre de fils spirituel du grand homme.

— Il ne peut en tirer aucun mérite, précisa le visiteur. Pendant la guerre, il se trouvait aux États-Unis.

— Les Canadiens anglais lui reprochent justement cette absence. Le bonhomme est célibataire. Demeuré au Canada, les pressions se seraient multipliées sur lui pour l'amener à s'enrôler. Mais la méfiance de nos compatriotes d'une autre origine le rend encore plus sympathique aux nôtres.

Après la remarque sur l'état de son ménage, l'hôte se plaisait à multiplier les coups de griffe.

— J'ai entendu parler de l'enthousiasme délirant de Louis-Alexandre Taschereau lors de sa visite à Québec, juste avant la mort de ton père : « Si vous ne trouvez pas de comté en Ontario, Québec vous en offrira un. »

L'avocat imitait assez bien la prononciation un peu nasillarde du député de Montmagny.

— Ce ne sont pas ses mots exacts, mais tu traduis bien le sens de ses paroles.

— De quel comté parlait-il ?

— À ce que je sache, un seul est vacant au Québec.

— Voyons, ce bouffon ne peut pas se présenter dans Québec-Est. Les Canadiens français ne l'accepteront jamais.

Un doute pointait dans le ton de Lavergne. La menace lui paraissait assez sérieuse pour affecter son humeur.

❖

Édouard Picard se présenta dans l'une des salles du *Château Frontenac* en affichant une mine préoccupée. Il passerait toute la semaine, ou presque, sans se présenter à son commerce, quand les affaires restaient difficiles. Pareille dérobade l'inquiétait un peu.

Il trouva une vingtaine de personnes autour d'une grande table. Les élites libérales de la région étaient bien représentées. Il occupa le dernier siège disponible.

Le maire Lavigueur se tenait dans le fauteuil d'honneur. Premier magistrat de la ville et député au Parlement, il lui revenait de diriger les discussions. Pendant une bonne heure, la conversation porta sur les caractéristiques respectives des divers candidats connus. À la fin, Charles « Chubby » Power demanda d'une voix gouailleuse, avec un lourd accent :

— Finalement, qui allons-nous appuyer ?

— Certainement pas un Canadien français, ricana un industriel de la Basse-Ville.

— Nous savons tous pourquoi, répondit Power.

Le sujet ne se discutait même pas. Laurier avait dirigé le parti plus de trente ans. Un autre francophone ne pouvait lui succéder. La place revenait à un Canadien d'une origine différente.

— King me paraît le meilleur, déclara Louis-Alexandre Taschereau.

Pourtant, le ton du député de Montmorency sonnait un peu faux.

— Je suis aussi de cet avis, renchérit Édouard. Il n'a jamais abandonné Laurier, il ne s'est pas enrôlé pendant la guerre. Cet homme ne sera pas le jouet des impérialistes. Si ces derniers se méfient de lui, cela me le rend sympathique.

Taschereau lui adressa un sourire amusé. Le marchand avait côtoyé ses fils dans les activités de la mouvance nationaliste. Il affectait une tolérance de bon aloi pour ces jeunes gens enthousiastes. Un jour, il trouverait là des alliés pour réaliser certaines de ses ambitions politiques.

— Mais King n'a aucun appui dans les Maritimes, encore moins en Ontario ou dans l'Ouest, analysa Arthur Lachance. Nous risquons de gaspiller nos votes.

— Au premier tour, chaque région soutiendra un candidat, expliqua Lavigueur. Personne n'aura la majorité. Les partisans du candidat éliminé se rallieront à d'autres. Comme toujours dans un exercice de ce genre, la victoire ira à celui qui représente le meilleur second choix pour le plus grand nombre de personnes.

— Fielding risque de passer au premier tour, analysa un autre. Alors, nous serons bien embêtés.

Pendant une heure encore, ces militants se penchèrent sur le déroulement du vote qui aurait lieu trois jours plus tard. Édouard consulta sa montre à quelques reprises en soupirant, fâché de perdre tout ce temps. Quand le président de l'assemblée sembla sur le point de renvoyer tout le monde à ses occupations, il leva la main en disant :

— Messieurs, je dois vous transmettre une information. Mais je suis simplement le messager, sans plus.

Sa prudence attira l'attention de tout le monde.

— Armand Lavergne désire se présenter dans Québec-Est, lors de l'élection complémentaire.

— … Il va se faire rosser, marmonna Taschereau.

— Je me suis mal exprimé. Il entend porter les couleurs du Parti libéral.

Pendant un moment, la surprise laissa les autres bouche bée.

— Il ne peut pas être sérieux, pesta Arthur Lachance.

— Je ne fais que vous répéter l'information, précisa le marchand.

De l'autre côté de la table, il remarqua la mise désolée d'Oscar Drouin. Désireux de se présenter lui-même, la présence de son ancien mentor au sein de la Ligue anticonscriptionniste risquait de lui porter préjudice. Édouard partageait un peu sa crainte. Tôt ou tard, les anciens camarades de l'énergumène se feraient reprocher leur connivence d'hier, si celui-ci devenait une réelle menace aujourd'hui.

— Jamais il ne remportera l'investiture, affirma Power. Je doute qu'il reçoive un seul vote.

Des yeux, le bouillant Irlandais semblait mettre au défi les autres de le contredire.

— S'il ne se présente pas en tant que libéral, il sera candidat indépendant, précisa le jeune marchand.

Cela représentait un danger potentiel. Lors des émeutes de la conscription, l'avocat nationaliste avait pu orienter la colère des gens de la Basse-Ville vers des cibles précises. S'il répétait ce tour de force, il transformerait l'élection partielle en une foire d'empoigne.

— Je te remercie de nous mettre au courant, Édouard, conclut Lavigueur. Cela nous laisse quelques semaines pour le convaincre de se montrer raisonnable.

En quittant les lieux, les militants se demandaient toutefois comment atteindre cet heureux résultat.

❖

Après un court après-midi de travail, Édouard quitta son bureau. Au moment de passer dans l'antichambre, il s'arrêta devant sa secrétaire.

— Mademoiselle Poitras, comme vous le savez, je ne serai pas de retour avant vendredi après-midi. Les chefs de rayon devraient être en mesure de faire fonctionner la boutique sans moi pendant quelques jours. Si jamais une urgence survenait…

— Je vous rejoindrai à votre hôtel, je sais. Vous m'avez donné vos coordonnées la semaine dernière.

— Vous êtes une bonne élève. Et si jamais une décision s'impose très vite ?

— Je demande l'aide de Fulgence Létourneau.

Elle se tenait bien droite sur sa chaise, un sourire sur les lèvres. Ses bouclettes lui donnaient un air juvénile, mais elle savait se montrer compétente et assurée. Un moment, il avait regretté de la voir si vertueuse. À la réflexion, il se disait que cela valait mieux ainsi. Leurs rapports quotidiens se seraient compliqués en cas d'une trop grande intimité.

— Je m'absente pour la première fois, cela me préoccupe un peu. Papa pouvait compter sur moi.

— Et vous pouvez difficilement vous fier sur votre fils pour assurer l'intérim. Quel âge a-t-il ?

— Quinze mois… Vous avez le temps de devenir une vieille dame avant de le voir me remplacer. Allez, je vous quitte, je dois encore passer à la maison avant de prendre le train. Au revoir.

— Bon voyage, monsieur Picard.

D'un pas vif, le marchand descendit les escaliers en répondant aux salutations de nombreux membres du personnel. La voiture se trouvait dans la rue de l'Église. Il l'atteignit en quelques minutes, puis regagna son domicile en s'impatientant derrière toutes les charrettes de livraison encombrant les rues à cette heure de la journée.

Arrivé à la maison, d'un pas vif, il gagna la pièce donnant rue Scott. Les premiers jours, occuper la chambre conjugale de ses parents l'avait un peu troublé. La chose lui paraissait maintenant tout à fait naturelle.

Évelyne se tenait étendue sur le récamier, dans la tourelle ornant un coin de la demeure. Thomas junior était assis près d'elle sur le plancher, occupé à mâchouiller le coin d'un petit livre de contes.

— Je suis venu vous dire au revoir avant de partir, déclara l'homme en s'approchant.

Il s'agissait là d'une demi-vérité. Il tenait aussi à laisser la voiture à la maison, plutôt que l'abandonner toutes ces longues journées près de la gare.

— Je te remercie de cette délicate attention, répondit son épouse d'une voix un peu fâchée.

Elle avait d'abord protesté à l'idée de le voir s'absenter plusieurs jours pour aller assister à un congrès politique. Les membres de sa famille lui avaient rappelé que des centaines de personnes discuteraient du matin au soir du programme du Parti libéral. Cela laisserait à son époux bien peu de temps pour faire un nouvel accroc à leur contrat de mariage. Surtout, peut-être, un an après la disparition de la première, aucune nouvelle Clémentine LeBlanc ne paraissait meubler le côté secret de son existence.

— Je t'assure, répéta-t-il pour la dixième fois peut-être, tu n'aurais aucun plaisir à m'accompagner. Ils m'ont logé dans un minuscule hôtel, et les débats vont s'étaler sur quinze ou seize heures tous les jours.

La jeune femme avait parcouru le programme attentivement, il disait vrai. Aussi elle offrit finalement sa joue à ses lèvres d'assez bonne grâce.

— Au revoir, déclara-t-il en se redressant. Je reviendrai dès que possible.

Elle hésita à peine avant de lui répondre :

— Bon voyage.

L'homme saisit son fils dans ses bras, le souleva à la hauteur de son visage pour lui appliquer des bises sonores sur les joues.

— Sois sage, petite terreur, et essaie de ne pas manger tous les livres de la bibliothèque.

L'enfant lui répondit par une série de sons incompréhensibles. Un instant plus tard, Édouard récupérait son sac de voyage préparé depuis la veille et sortait de la chambre en lançant un « À bientôt, mes amours » à la ronde.

Il trouverait sans mal un taxi sur la Grande Allée. Cela lui permettrait d'atteindre la gare juste à temps pour se joindre à la très imposante délégation libérale de la ville de Québec. Ces hommes voyageaient ensemble afin de manifester leur force.

Chapitre 16

Depuis des décennies, des expositions agricoles se tenaient au parc Lansdowne, un vaste terrain situé en périphérie d'Ottawa, entre le canal Rideau et la rue Bank. Au fil des ans, des bâtiments voués à l'élevage ou à l'horticulture s'étaient élevés en ces lieux. L'érection du pavillon Aberdeen, en l'honneur du gouverneur général, en 1898, avait assuré une ampleur nouvelle aux foires annuelles qui s'y déroulaient. Spontanément, la population l'avait désigné d'un sobriquet, le « palais bovin », un rappel très clair de sa vocation première. En 1904, l'équipe de hockey des Senators y remportait la coupe Stanley : cela avait redonné un peu de prestige à l'édifice.

— Nous aurions dû nous réunir là, fit Édouard en contemplant le vaste bâtiment.

— Trop cher et inutilement grand, rétorqua son compagnon, un homme à la stature imposante.

Ernest Lapointe lui faisait visiter les lieux. Les deux congressistes se trouvaient dans la capitale fédérale pour assister à une première dans l'histoire du pays : la désignation d'un chef de parti par des délégués venus de divers comtés. Des mois après le décès de sir Wilfrid Laurier, il convenait de remplacer le grand homme.

— Mais la bâtisse retenue s'est écrasée deux fois sous le poids de la neige, protesta le marchand.

— En août, nous n'avons rien à craindre à ce sujet.

Le pavillon Howick rappelait un autre gouverneur général, Stanley. Le nom venait de son château en Angleterre. Le jeune homme décida d'arrêter là ses récriminations. Pourtant, à cet endroit, pendant l'exposition d'hiver de 1914, l'explosion d'une chaudière à vapeur avait tué trois hommes, vingt chevaux et six cents volailles.

Édouard Picard ne succédait pas à son père dans les seules activités commerciales. Avec un peu de réticence d'abord, puis pris d'un enthousiasme croissant, Ernest Lapointe en avait fait son principal organisateur politique dans le comté de Québec-Est. La situation apparaissait toutefois comme bien étrange : le politicien, très discret sur ses projets, représentait toujours Rivière-du-Loup à la Chambre des communes et l'élection partielle n'avait pas encore été déclenchée.

Les deux hommes arboraient au revers de leur veste un ruban de soie écarlate portant les mots « Convention libérale nationale, Ottawa, les 5, 6, 7 août 1919 ». Cela leur permettrait de prendre place dans le grand édifice et de participer à la fois au choix des différents éléments du programme et du nouveau chef. Des hommes se promenaient avec une version de couleur rose de cette parure : il s'agissait des journalistes venus de tous les coins du pays.

Dans la grande salle, en même temps que des centaines d'autres, ils découvrirent un décor solennel. Le mur le plus éloigné de l'entrée s'ornait en son centre d'une immense photographie de Wilfrid Laurier, flanquée des *Union Jack* habituels et de drapeaux portant l'écu du Canada. Ceux-là étaient disséminés un peu partout dans ce hall. De façon incongrue, afin de reconnaître le poids des francophones au sein de l'organisation, des drapeaux français se trouvaient aux deux extrémités de la scène.

— Le Carillon-Sacré-Cœur me semblerait convenir mieux, glissa Édouard.

— Les nationalistes en ont fait leur chiffon de prédilection, on le trouve aussi en toile de fond de toutes les manifestations religieuses. Nous ne pouvons plus nous en servir, le symbole appartient désormais aux soutanes.

Dans ces moments, le jeune marchand ressentait souvent un petit pincement. Pendant plus de dix ans, son cœur avait battu pour Henri Bourassa et ses disciples. La très large majorité des jeunes de sa génération faisaient maintenant comme lui : désireux de faire carrière, soucieux de gravir les échelons, on les retrouvait au sein du Parti libéral. Oh ! Bien sûr, Armand Lavergne tirait toujours à boulets rouges sur la grande organisation politique. Il en devenait ridicule. On ne parlait plus d'Empire ou de conscription, mais de la nécessité de réussir la paix, après avoir gagné la guerre.

Des tables couvertes de nappes blanches s'alignaient sur le plancher de la grande salle, des bouquets de fleurs donnaient à l'ensemble un air de fête champêtre. Sept ou huit cents hommes et une poignée de femmes occupaient la moitié des chaises.

— Nous ne serons jamais au complet, grommela le député de Rivière-du-Loup.

— Les gens se préoccupent surtout de l'élection du remplaçant de Laurier, et beaucoup moins du programme, commenta Édouard. Il y aura plus de monde demain, je suppose.

— Pourtant, le programme nous fera gagner l'élection.

— Le choix du chef fera gagner l'appui du Québec, pas les idées. Pour le reste du Canada, je ne sais pas.

De nouveau, Lapointe apprécia le discernement de son nouvel organisateur. Après un homme du charisme de Laurier, ses compatriotes ne se contenteraient pas d'un personnage terne. Ou alors, ils toléreraient un Canadien anglais bien rassurant, peut-être ennuyeux, si celui-ci se flanquait d'un lieutenant de langue française rassembleur. Il rêvait d'être celui-là.

Au lieu d'évoquer ses propres ambitions, le politicien rappela la stratégie à son compagnon.

— Nous rallierons l'Ouest à notre parti en promettant des tarifs douaniers bien bas et la nationalisation du second chemin de fer transcontinental.

— Sans toutefois offrir autant que le libre-échange pour ne pas perdre l'Ontario, je sais.

Lapointe éclata de rire. Le jeune marchand savait lire les journaux aussi bien que quiconque, inutile de lui faire la leçon.

— Allons rejoindre nos amis.

Le terme désignait les membres du Parti libéral originaires du Québec. La délégation, composée des députés élus tant au Parlement fédéral qu'à l'Assemblée législative et des membres des comités de divers comtés, dépassait sur papier les quatre cent soixante personnes. Il s'en trouvait un peu moins de trois cents du côté gauche de la scène.

— J'espère que vous avez raison et que les autres nous rejoindront demain, souffla le politicien, au plus tard après-demain.

— Le pays est bien grand, de nombreux délégués occupent des emplois. Moi-même, ma présence me coûte beaucoup, surtout dans cette conjoncture difficile. Nous ne pouvons pas tous être députés, railla Picard.

Lapointe choisit d'ignorer l'ironie, pour répondre d'un ton amusé :

— Vous avez bien raison, quatre délégués viennent d'aussi loin que le Yukon. Se présenter ici n'est pas si simple.

Quand un homme aux cheveux gris monta sur la scène, Édouard consulta sa montre : neuf heures quinze.

— Même si notre assemblée ne se trouve pas au complet, nous débuterons tout de même nos travaux dans quinze minutes, déclara Charles Murphy.

Le député débita la même phrase en français. Les délégations du Québec et de l'Ontario, placées respectivement à gauche et à droite de la scène, se trouvaient alors présentes aux deux tiers. Les rangs au centre de la salle restaient encore plus dégarnis.

— Les dames sont bien peu nombreuses parmi nous, remarqua le marchand.

— Si vous parlez des personnes autorisées à participer aux débats et à voter, vous avez raison. Et elles parlent anglais.

Vêtues de robes blanches ou aux teintes pastels, coiffées de chapeaux aux bords étroits, ces pionnières s'activaient auprès de collègues de sexe masculin. Édouard Picard en contempla trois, plutôt jolies, absorbées par leur conversation avec William Lyon Mackenzie King. Le petit homme replet et chauve souriait, attentif à chacune de leurs remarques.

— Vous en voyez toutefois quelques centaines dans les galeries, continua le politicien. Plusieurs, y compris moi, sont venus avec leur femme.

Un regard circulaire permit au jeune marchand d'apprécier la véracité de l'affirmation. Il reconnut même Emma Pratte, la très charmante épouse de son interlocuteur, parmi toutes les autres.

— Vous-même, continua le député, êtes-vous avec votre compagne ?

— Évelyne fait profession de détester la politique.

L'affirmation écorchait la vérité, puisque celle-ci détestait surtout que son mari utilise la politique comme un prétexte pour s'éloigner de la maison et de sa famille.

À neuf heures trente, Charles Murphy déclara la convention libérale ouverte. Puis l'assistance entonna le *God Save the King* avec un enthousiasme inégal. Les francophones se sacrifiaient à cet usage de mauvaise grâce. Pour faire bonne mesure, un certain Poulette entonna ensuite le *Ô Canada*. Visiblement, les dirigeants du parti souhaitaient flatter les membres de la minorité.

❖

Le député Murphy invita ensuite le chef intérimaire libéral, Daniel Duncan McKenzie, à prendre la parole. Celui-ci proposa de nommer deux présidents à la convention : George Murray, premier ministre de la Nouvelle-Écosse, et Lomer Gouin, premier ministre du Québec. Pendant un moment, une certaine commotion agita la salle : ce dernier ne se trouvait pas dans le grand édifice.

— Où est cet idiot ? grommela Lapointe à l'oreille de son organisateur.

— Je ne sais pas. Même s'il loge au *Château Laurier*, je l'ai aperçu à mon hôtel hier soir. Le bonhomme aime les conciliabules.

— Il doit encore manigancer avec les gens de l'Ouest.

La rumeur du passage du premier ministre provincial sur la scène fédérale circulait depuis un moment. Le député de Kamouraska fronçait les sourcils à chaque allusion de ce genre. L'arrivée de son « ami » à Ottawa pouvait lui faire ombrage auprès de ses collègues de langue française.

En l'absence de l'éminent délégué du Québec, Murray s'engagea dans un discours fleuve pour évoquer la grandeur de Wilfrid Laurier et du Parti libéral. L'irruption tardive de Gouin ne l'arrêta pas, même si les francophones acclamèrent à tout rompre le nouveau venu. Le bavard ne cilla même pas devant ce vacarme, il enchaîna avec la nomination des vice-présidents, tous recrutés parmi les autres premiers ministres provinciaux. Quand ceux-ci regagnèrent les chaises placées sur la scène, Gouin prit sa revanche. Le petit homme monta l'escalier avec les autres, se campa près de son collègue et prononça son discours sans se soucier des yeux horrifiés de ce dernier.

— Tout de même, apprécia Édouard, notre premier ministre montre un certain cran. Voilà ce malotru proprement remis à sa place.

Lapointe grimaça. Admettre à voix haute les qualités de son adversaire lui aurait trop coûté.

Les discours se succédèrent pendant des heures, portant sur deux objets, toujours les mêmes : la grandeur de l'éminent Canadien disparu, Wilfrid Laurier, et l'important héritage politique du Parti libéral du Canada. Cette insistance devenait un peu louche, elle devait masquer la triste réalité : peu de temps auparavant, de très nombreuses personnes avaient déserté l'organisation et abandonné leur chef pour aller siéger avec les conservateurs au sein du gouvernement d'union. Aujourd'hui, leur véhémence à clamer la grandeur de l'organisation servait à faire oublier l'indélicatesse d'hier.

Sir Allan Aylesworth monta ensuite sur la scène, flanqué de Rodolphe Lemieux, pour présenter une « motion » de condoléances à la veuve de Laurier. Des larmes sur les joues, le premier déclara :

— Sir Wilfrid Laurier fut peut-être plus grand dans l'adversité que lorsqu'il était au pouvoir. Il a fait de la colonie du Canada une nation. Il n'y a pas de mots pour exprimer la perte que nous venons de subir.

Après cela, Lemieux ne pouvait ménager ni les louanges ni les pleurs.

— J'aime la France qui nous a donné la vie, déclama-t-il en citant les mots du grand homme, j'aime l'Angleterre qui nous a donné la liberté, mais le meilleur de mon cœur va à mon pays.

À force de phrases emphatiques, les orateurs finirent par lasser l'auditoire assemblé dans le pavillon Howick. Le texte de la motion fut donné dans les deux langues. Il commençait ainsi : « Avec tristesse et amertume, la convention nationale du Parti libéral canadien enregistre le regret que lui cause l'irréparable perte. » Puis, de nombreux paragraphes suivaient. La finale parut un peu facile : « Il fut en effet le meilleur et le plus grand des Canadiens, et en toutes choses un chevalier sans peur et sans reproche. »

Tout de suite après le vote unanime sur cette adresse destinée à la veuve, les travaux furent ajournés jusqu'à quatre heures.

— Allez-vous manger avec nous ? demanda Lapointe, en levant sa lourde masse avec difficulté, après des heures d'immobilité studieuse.

— Avez-vous vu ce qu'ils appellent un restaurant ?

— Ce n'est pas le grand luxe, j'en conviens : nous avons demandé à un traiteur d'installer une cuisine, des chaises et des tables afin de servir mille repas par jour. Je suis sûr que tout le monde sera satisfait.

— Je me rendrai tout de même en ville pour manger.

Édouard arborait son sourire de marchand, ou de séducteur, pour se faire pardonner sa défection.

— Nous commencerons tout à l'heure les travaux en comité sur notre programme, insista le député.

— Je me passionne pour le choix du chef, ou celui du candidat dans Québec-Est, mais les longues discussions sur les points et les virgules, non merci.

Sur ces mots, le jeune homme tourna les talons et quitta le pavillon Howick. Son compagnon le regarda avec un air sévère. Ce délégué préférait demeurer un dilettante de la politique. Cela limiterait certainement sa trajectoire.

❖

Les membres les plus influents du Parti libéral et les financiers susceptibles de garnir la caisse électorale et, en conséquence, de dicter leurs volontés, logeaient dans le somptueux *Château Laurier*, inauguré en 1912 par le premier ministre dont il portait le nom. Les simples délégués comme Édouard Picard se trouvaient dispersés dans de petits hôtels et des pensions de famille de la ville, souvent au même endroit que le député du comté d'où ils venaient. Le marchand logeait dans un établissement modeste de la rue Daly, dans le quartier Côte-de-Sable.

En sortant du parc Lansdowne, il put monter dans l'un des tramways spéciaux mis à la disposition des congressistes afin de parcourir facilement le trajet entre le lieu de rassemblement et le centre-ville. Tout au long de la rue Bank, il apprécia l'activité fébrile de ce bel après-midi. Un transfert dans une autre voiture lui permit de contempler au passage l'Université d'Ottawa. Le quartier Côte-de-Sable accueillait une proportion appréciable de Canadiens français. Ceux-ci luttaient encore pour la reconnaissance de leurs droits scolaires en Ontario.

Édouard passa dans sa chambre le temps de se rafraîchir un peu, puis il se dirigea vers le marché By. À cette heure, la plupart des cultivateurs avaient regagné leur domicile, de même que leurs clients. Certains s'attardaient toutefois pour acheter des outils, des semences ou des vêtements de travail dans les commerces des environs. D'autres hantaient encore les restaurants, désireux de reporter à plus tard le moment de retourner à leur labeur.

Le visiteur trouva une table située près d'une fenêtre, essaya son plus bel accent anglais avec le serveur pour se faire répondre en français :

— Vous voulez dire une entrecôte saignante ?

— … Oui. Je vais boire…

— Du thé, du café ou une limonade. Nous avons même de l'eau pour les plus difficiles.

— Du thé, soupira le client.

Au Québec, la prohibition devait prendre fin bientôt, sans jamais avoir été sérieusement appliquée. L'Ontario, de son côté, demeurerait encore un long moment la plus « sèche » des provinces canadiennes. Son repas terminé, le jeune marchand regagna la rue Wellington pour marcher en direction du parlement.

Il se trouva bientôt devant un chantier bourdonnant d'activité. Après l'incendie de 1916, les restes du grand bâtiment gothique avaient été rasés pour faire place à une nouvelle construction. Elle serait terminée seulement l'année suivante. Toutefois, le gros œuvre achevé, le visiteur put apprécier la majesté de l'édifice.

Sans jamais le formuler à haute voix, toute sa vie, son père avait rêvé d'occuper un siège de député. Sa passion pour la politique demeurait toutefois tempérée par les exigences de la vie de commerçant. Au cours des dernières années, le pauvre homme avait espéré discrètement l'obtention d'un siège de sénateur.

— Voilà sans doute pourquoi il en voulait tant à Henri Bourassa, ricana Édouard en revenant rue Wellington.

Le chef nationaliste, en faisant campagne contre Wilfrid Laurier en 1911, avait contribué à la défaite libérale. Après ce mauvais coup du sort, cette grande espérance ne pouvait plus être satisfaite. Le premier ministre conservateur Borden ne distribuerait pas des récompenses de ce genre à des organisateurs libéraux.

La suite de sa visite touristique posait au jeune homme des difficultés d'un autre ordre. La caractéristique des plaisirs clandestins était justement leur clandestinité. Aucun panneau publicitaire, aucune petite annonce dans le journal, aucune rubrique dans le bottin de téléphone ne signalaient certains commerces.

Édouard leva le bras pour attirer l'attention d'un chauffeur de taxi. En montant dans la voiture, il bredouilla dans la langue du roi George :

— Je veux aller à Hull, afin de boire un verre.

L'autre se retourna à demi pour dire au client assis à l'arrière :

— La ville s'est placée sous le régime de la loi Scott l'an dernier, sans compter la loi fédérale sur la prohibition.

— Voyons, cela n'empêche personne de boire.

L'autre hocha la tête, abandonnant son rôle de censeur.

Après des années à jouir d'une réputation infâme, la petite ville d'une vingtaine de milliers d'habitants située à la frontière du Québec avait cédé aux pressions des « secs ». Les Ontariens ne pouvaient plus traverser l'un des deux ponts jetés sur la rivière des Outaouais pour étancher leur soif dans la province voisine. Bien sûr, cela ne durerait pas, bientôt la longue caravane des assoiffés reprendrait de plus belle entre les deux rives.

— Et je cherche aussi d'autres plaisirs.

Le jeune homme ne rougissait plus à cette évocation, tellement la chose lui était familière, et son interlocuteur ne cilla pas non plus. Dans son métier, ce genre de requête se produisait trop souvent pour s'en formaliser encore. Il détailla son passager, jugea de ses moyens par sa mise, puis il s'engagea au centre de la rue.

Quelques minutes plus tard, il franchissait un pont. Au passage, Édouard apprécia l'ampleur des entreprises Booth et Eddy, vouées toutes les deux à la transformation des produits de la forêt. Les scieries et les usines de production de papier poussaient en grand nombre dans la province de Québec, laissant prévoir un avenir radieux.

La ville de Hull, même si proche de la capitale nationale, rappelait l'établissement pionnier fondé au milieu du siècle dernier. Les maisons étroites et hautes, construites sur de petits lots, paraissaient fragiles, peu confortables. Cela tenait peut-être au dernier incendie : il avait fallu reconstruire en vitesse, avec peu de moyens. Les immenses cours à bois des scieries ou des papeteries fournissaient du combustible en abondance lors de catastrophes de ce genre.

Le chauffeur s'engagea bientôt sur le chemin Aylmer, laissant les faubourgs derrière lui. De chaque côté, des troupeaux paissaient sans lever la tête au bruit du moteur. Même les vaches s'habituaient aux automobiles.

Sur la gauche, quelques rues formaient un damier régulier, un îlot entre les agglomérations de Hull et d'Aylmer. La voiture s'arrêta devant une maison plutôt cossue, haute de trois étages. Malgré la chaleur et le soleil, les rideaux étaient tirés. Le chauffeur annonça le prix de la course, reçut un généreux pourboire pour avoir amené son client vers les plaisirs interdits.

— *Have a good day!* souhaita l'homme en relançant son moteur.

Tout en gravissant les marches de la galerie, Édouard vérifia la présence d'une boîte circulaire dans sa poche. Des années plus tôt, lors de son premier passage dans un lieu de ce genre, il avait apporté un condom. Onze ans plus tard, cette prudence lui valait de se porter toujours très bien alors que les maladies vénériennes rongeaient quelques-uns de ses compagnons d'aventure.

Quelques coups sur la lourde porte en chêne amenèrent un maître d'hôtel particulièrement robuste à l'ouvrir. Lui aussi jaugea le chaland rapidement, inquiet de reconnaître un agent de police. Les constables de Hull jouissaient d'une réputation peu enviable. Les bien-pensants les soupçonnaient d'opérer en ces endroits quelques descentes pour la forme, sans jamais mettre en péril la survie des bordels.

Ce client semblait trop bien habillé pour être un détective. Le cerbère le laissa entrer dans le hall, puis demanda :

— Voulez-vous boire quelque chose ?

— Un cognac. Un double.

Il hocha la tête, indiqua le salon d'un geste avant de disparaître dans une pièce au fond. Édouard pénétra dans un vaste séjour. Des années plus tôt, la famille d'un baron du bois profitait peut-être de soirées tranquilles en ces lieux. Maintenant, la douzaine de chaises et de fauteuils recevaient des jeunes femmes au costume provoquant. La plupart se contentaient d'un corset, d'une culotte et de bas de soie.

— Veux-tu t'asseoir, mon cœur ?

L'invitation venait d'une dame entre deux âges, la plus vêtue et la plus outrageusement maquillée de l'assemblée. Le visiteur s'installa à l'autre extrémité de sa causeuse pendant que le portier lui tendait son verre.

— Elles sont jolies, n'est-ce pas ? Vous avez des préférences ?

La tenancière parlait des femmes dispersées dans le grand salon.

— La négresse, là ?

Édouard voyageait peu. Excepté trois séjours aux États-Unis, dont son voyage de noces, et six peut-être à Montréal, il n'avait jamais quitté Québec. Pourtant, au gré de ses visites dans des lupanars, il achevait son tour du monde inauguré avec une Asiatique en 1907. Un moment plus tard, il gravissait un escalier en admirant les jambes et les cuisses d'un brun chocolat, impatient de mettre les mains sur des fesses à l'arrondi suggestif sous la soie de la culotte.

En quittant les lieux, deux heures plus tard, il profita du taxi abandonné par un délégué à la convention nationale du Parti libéral. À ce moment, celui-là aussi préférait laisser le ruban écarlate au fond de sa poche. Pourtant, le visiteur venu de Québec reconnut un congressiste originaire de Sydney en Nouvelle-Écosse.

À neuf heures en soirée, le bordel contiendrait assez de membres du parti pour former un sous-comité afin de discuter de la politique douanière du prochain gouvernement. Les joyeux drilles ne pousseraient tout de même pas le zèle jusque-là.

❖

Le lendemain matin, Édouard regagna le parc Lansdowne dans un tramway bondé de délégués libéraux surexcités. Selon toute probabilité, le choix du nouveau chef serait effectué en début de soirée, peut-être même en après-midi si un candidat recevait la majorité des voix dès le premier tour.

Quand le marchand pénétra dans le pavillon Howick, une voix retentit derrière lui:

— Picard, je ne vous ai pas vu hier soir.

Il se retourna pour reconnaître Louis-Alexandre Taschereau. Tous les députés libéraux provinciaux devaient maintenant être présents.

— J'ai profité de la soirée pour prendre l'air dans les environs du parlement. Vous savez, une activité politique de ce genre représente un heureux divertissement, après toutes les heures au commerce.

Le prétexte sembla peu crédible au politicien québécois.

— Oh! Vous m'étonnez: Ottawa promu au statut de lieu de villégiature! L'idée est toutefois originale.

Édouard s'activait dans son magasin plus de soixante heures par semaine. Mais même les plus besogneux ne trouvaient pas la capitale fédérale divertissante. Le prétendre frôlait l'hérésie.

— Enfin, vous êtes là pour le plus important, admit le ministre. La salle doit déjà être bondée.

Un instant plus tard, les deux hommes pénétraient dans une grande pièce réservée à la délégation québécoise. La prédiction de Taschereau se révéla exacte: toutes les chaises étaient déjà occupées. Ils s'appuyèrent contre le mur, à l'arrière. Au passage, le ministre provincial serra la main d'Ernest Lapointe.

Malgré la distance, Édouard remarqua la grimace sur le visage de Lomer Gouin, assis près de la petite estrade au fond de la pièce. Les péripéties de ce congrès, et les alliances qu'il permettait, auraient des conséquences sur les prochaines décennies de la politique canadienne. Voir l'un de ses ministres fraterniser avec le député de Kamouraska n'augurait rien de bon.

Sur la scène, Rodolphe Lemieux devait présider le «caucus» provincial. Il s'agissait du député du comté de Gaspé, un collaborateur de Wilfrid Laurier tout au long de son mandat comme premier ministre national. Après avoir laissé quelques minutes aux participants désireux d'échanger des informations, il frappa sur la table devant lui avec un petit maillet.

— Comme tous nos collègues des autres régions du pays, nous allons discuter ce matin du choix du nouveau chef. Le programme attendra un peu.

Même si chacun des délégués voterait individuellement, tous seraient guidés par la discussion tenue au préalable avec les gens de sa province.

— Ce ne sera pas un Canadien français, remarqua avec humeur quelqu'un dans les premiers rangs.

— Certainement pas, trancha Ernest Lapointe depuis le fond de la salle. Wilfrid a été le chef du parti pendant des décennies. Nos amis des autres provinces ne toléreraient pas d'attendre encore. Ils espèrent leur tour depuis trop longtemps.

— Dans ce cas, continua un autre, il nous faut voter pour un allié du Québec. Par exemple, Walter Mitchell, qui fut toute sa vie un proche de sir Wilfrid.

L'amitié du grand homme paraissait maintenant un titre de gloire susceptible de conduire à la tête du parti. À cause de cela, depuis le début de la convention, chacun se targuait d'être un intime du disparu. Heureusement, Mitchell possédait de meilleurs atouts à son dossier, à titre de trésorier du gouvernement Gouin.

— Même s'il parle anglais, intervint encore Lapointe, notre collègue vient de la province de Québec, comme notre regretté chef. Le Canada compte huit autres provinces, dois-je vous le rappeler?

Mitchell, un homme un peu replet, se leva pour déclarer dans un excellent français:

— Inutile de continuer cet échange à mon sujet plus longtemps: je ne veux pas être candidat.

Plusieurs personnes dans la salle murmurèrent leur déception. De façon bien peu réaliste, ils rêvaient d'un nouveau premier ministre issu de leurs rangs.

— Si Fielding l'emporte, grogna quelqu'un, je ne voterai pas au prochain scrutin fédéral. Le salaud a siégé avec Borden pendant des années, et maintenant, il rêve de retrouver un fauteuil ministériel dans le nouveau cabinet libéral.

Ce délégué venu de Montréal résumait bien la hargne de la délégation originaire du Québec. De très nombreux députés libéraux de langue anglaise avaient choisi de joindre le gouvernement d'union en 1917. La plupart croyaient sincèrement servir ainsi les intérêts du pays dans le contexte de l'effort de guerre. Mais dans cette salle, on préférait expliquer la trahison du vieux chef par des motifs honteux. La plupart des transfuges auraient été soucieux de conserver leur indemnité de député, certains de retrouver leurs honoraires de ministre.

William S. Fielding, de retour au sein de son parti après un exil chez les unionistes, avait été accueilli à bras ouvert par Laurier, qui avait explicitement évoqué son nom au moment d'aborder le sujet de sa propre succession. Il recevait l'appui des délégués venus de l'Ouest. Il espérait gagner celui de ceux de l'Ontario. Toutefois, sa seule présence à cette convention paraissait odieuse à tous les délégués de langue française.

— Chers collègues, le mieux serait de ne voter pour personne, déclara Athanase David en se levant.

Au lendemain de la fusillade responsable de la mort de badauds dans la Basse-Ville de Québec, le 1er avril 1918, peu de temps après la proposition de Joseph-Napoléon Francœur évoquant la séparation de la province, ce jeune politicien avait incarné l'étoile montante du Parti libéral provincial. Il entendait maintenant entraîner ses collègues sur un sentier inattendu.

— Au cours des dernières années, les Canadiens français ont été victimes des insultes, des préjugés raciaux et religieux non seulement de la part des conservateurs, mais aussi de celle des libéraux de langue anglaise. Sur toutes les tribunes, ils nous ont accusés de lâcheté et de trahison de la mère patrie, car nous ne souhaitions pas envoyer nos enfants à la boucherie.

Le constat ne péchait pas par exagération. Sur de nombreuses estrades, dans plusieurs journaux, les loyaux sujets de l'Empire britannique avaient parfois réclamé l'exécution de masse des personnes opposées à l'effort de guerre. Ces éclats de voix ne venaient pas des seuls conservateurs. Ils hantaient encore le parti d'opposition.

— Pendant la guerre, nos collègues nous accusaient des pires crimes. Maintenant, ils protestent sans se gêner sur la trop grande place des Canadiens français au sein du Parti libéral. Ils craignent que le nouveau chef soit placé sous notre autorité.

Les délégués du Québec comptaient pour trente-quatre pour cent du total des participants à la convention. Certains parlaient anglais, mais leur nombre se trouvait compensé par celui des francophones venant des autres provinces. En votant en bloc, ces Canadiens français désigneraient réellement le gagnant.

— Voyons, commença Taschereau, une pareille stratégie ne nous conduira nulle part…

— J'ai une proposition pour vous, poursuivit David.

L'homme sortit une feuille de la poche intérieure de sa veste. Il la déplia et commença de sa belle voix d'orateur :

— Considérant que depuis plusieurs années la tactique des adversaires du Parti libéral au Canada a été, premièrement, de soulever les préjugés religieux et nationaux…

Le politicien lut encore quatre autres « Considérant », tous bien ancrés dans l'actualité récente, susceptibles d'avoir blessé profondément ses compatriotes. Puis, à la fin, il conclut :

— Résolu que les délégués de la province de Québec croient opportun de déjouer ces projets en laissant à leurs concitoyens d'origine anglo-saxonne la responsabilité du choix qui sera fait par cette convention, et de prier les représentants de cette province dans le parlement d'être les continuateurs de la politique libérale énoncée par sir Wilfrid Laurier, dont le pays et le parti déplorent si vivement la perte.

La longue proposition laissa l'assemblée, composée de plus de quatre cents personnes, frappée de stupeur.

— Quelqu'un appuie-t-il la proposition ? demanda Rodolphe Lemieux après un moment de silence.

— Moi, je veux bien.

Depuis un coin de la salle, Moïse Desjardins, un délégué du comté de Terrebonne, la circonscription dont Athanase David était le député à l'Assemblée provinciale, se dévouait. Son appui permettait de débattre de la motion. Autrement, la discussion se serait arrêtée là.

— C'est ridicule, tonna Ernest Lapointe. Nous n'allons pas nous comporter comme des enfants désireux de quitter le terrain de jeu à la première frustration.

— Vous avez entendu les insultes lancées à notre tête, rétorqua Athanase David. Ceux qui aujourd'hui nous adressent de beaux sourires, qui affectent de trouver naturel d'entendre quelques mots de français sur la scène, nous accusaient de lâcheté et de traîtrise l'an dernier.

— Sir Wilfrid Laurier a consacré sa vie à nous faire une place au Canada, railla son adversaire, et vous seriez prêt à tout détruire sur un coup de tête, parce que votre épiderme trop sensible ne tolère pas quelques méchantes épithètes.

— Ils nous détestent, glissa Desjardins.

— Tous nos compatriotes de langue anglaise nous détestent, dites-vous? C'est adopter la même attitude que les impérialistes prêts à nous traiter en bloc de lâches, sans la moindre nuance.

L'assistance demeurait muette, visiblement tentée de cesser de jouer avec ces camarades indélicats.

— Mon collègue suggère que nous renoncions à assumer notre rôle sur la scène fédérale, déclara le député de Kamouraska. Les conservateurs, s'ils l'emportent encore la prochaine fois, ne nous ménageront pas de place. Les nationalistes ont fait en sorte de remettre la direction de la guerre à Robert Borden en 1911, Athanase veut nous amener à remettre la construction de la paix à Arthur Meighen, le dauphin de Borden, qui a toutes les chances de diriger nos adversaires lors de la prochaine élection.

L'argument sembla porter. Rodolphe Lemieux s'empressa de retrouver son rôle de président de séance en demandant:

— Êtes-vous prêts à voter sur la proposition?

Une centaine de voix murmurèrent un « oui », les autres donnèrent leur assentiment d'un geste de la tête.

— Qui vote en faveur?

Athanase David leva la main en affectant une attitude crâneuse; Moïse Desjardins fit de même, d'une manière bien hésitante cependant. Les autres poussèrent un soupir de soulagement.

— Qui vote contre?

Toutes les autres mains se levèrent. La province de Québec ne voulait pas abdiquer son rôle dans le choix du nouveau chef du Parti libéral.

— Maintenant, continua Lemieux, pour quel candidat choisissons-nous de nous prononcer?

— ... Une seule personne chez les libéraux de langue anglaise, déclara Lapointe, a montré une fidélité indéfectible à sir Wilfrid : William Lyon Mackenzie King, qui s'est comporté un peu comme le fils que le cher disparu n'a jamais eu.

Pendant une bonne heure, ces hommes discutèrent des qualités de médiateur du petit homme replet de l'Ontario, de son expérience des relations ouvrières au moment où le mouvement bolchevique menaçait de s'étendre à travers le monde. D'autres encore s'attardèrent aux indélicatesses passées de William S. Fielding, George P. Graham, Daniel D. McKenzie. Ces trois personnes demeuraient dans la course.

Pourtant, à la fin, un seul motif rallierait les délégués du Québec à la candidature de King : sa fidélité envers le cher disparu.

Chapitre 17

À l'heure du lunch, tous ces hommes gagnèrent le restaurant improvisé dans le grand hall du pavillon Howick. Édouard Picard se retrouva à une table avec Taschereau, au milieu d'une demi-douzaine de congressistes venus de Colombie-Britannique. En s'exprimant en français, les deux compères profiteraient d'un complet anonymat.

— Quelle mouche a piqué David? demanda Édouard. Sa proposition a fait l'unanimité contre lui.

— Le pauvre homme est un artiste, sensible et généreux. Les insultes de ces impérialistes lui ont porté sur les nerfs. Il faut le comprendre.

Des yeux, le politicien provincial désigna ses voisins immédiats comme si ceux-là avaient proféré des insanités sur les Canadiens français. Ses lèvres affichaient un sourire narquois qui agaça son interlocuteur.

— Ne me prenez pas pour un imbécile. Ce gars faisait l'admiration de mon père pour sa sagesse; là, il vient de se faire moucher comme un amateur. Le discours de David de l'an dernier, sur la paix prochaine, a rallié tout le monde à l'Assemblée législative de Québec. Tout de suite après les émeutes, c'était remarquable. Ce matin, il détruit toute sa bonne réputation et il fait l'unanimité contre lui.

Édouard s'arrêta, afficha un petit sourire amusé.

— Il se trouvait en service commandé… Il travaillait pour quelqu'un. Vous? Lomer Gouin? Ernest Lapointe?

Devant le silence têtu de son interlocuteur, le marchand ricana :

— Cela ne peut pas être pour King. Celui-ci n'a aucune chance de l'emporter sans le Québec. Après cet épisode, devenu chef, il ne laissera jamais David faire carrière à Ottawa.

— Athanase n'a sans doute aucune envie de passer huit mois par an dans cette ville ennuyeuse. Les froncements de sourcils de King le laissent indifférent.

— Si vous ne voulez pas me révéler qui lui a mis cette mauvaise proposition dans la tête, au moins dites-moi pourquoi, plaida Édouard.

— Sans doute pour détenir un poste au cabinet provincial, aussi longtemps qu'il le voudra. Il sera très bientôt nommé à de nouvelles fonctions, et moi aussi.

Lomer Gouin pouvait faire une promesse de ce genre. Cet engagement devait aussi recevoir l'aval de celui qui entendait remplacer le premier ministre provincial, au moment de son départ vers Ottawa. Cela pouvait très bien être l'interlocuteur d'Édouard. Ce dernier insista :

— Vous me donnez les motifs personnels de David. Mais en termes politiques…

— Je pense que nos amis d'une autre origine discuteront longtemps de l'évocation de cette petite révolution de palais. Cette pensée les rendra prudents. Vous imaginez comment les conservateurs auraient fait leurs choux gras de l'abstention des Québécois ? Nos collègues hésiteront à évoquer la *French domination* à la fin du vote, cet après-midi. Les voilà condamnés à faire bon accueil à celui que nous ferons gagner.

— Surtout, Ernest Lapointe vient de faire la démonstration de sa capacité à retourner le vote du Québec. King doit déjà avoir le cœur débordant de reconnaissance envers lui.

Édouard éclata de rire en prononçant ces derniers mots. La lumière se faisait dans son esprit. La réunion du matin, présidée par Lemieux, avait sans doute été habilement orchestrée selon un scénario préparé à l'avance. Le marchand n'arrivait toutefois pas à identifier clairement qui tirait les ficelles.

— Peut-être êtes-vous le *deus ex machina*, grommela-t-il à la fin, à l'intention de Taschereau.

Le jeune homme souleva une mèche de cheveux pour montrer son front à son compagnon.

— Vous voyez ici ? Cette cicatrice vient d'une pierre lancée par vos hommes de main, quand vous avez chassé pour toujours Henri Bourassa du comté de Québec-Est en 1907. Vos méthodes se sont affinées, mais vous demeurez redoutable.

À ce souvenir, son compagnon lui adressa un sourire narquois.

— Ce jour-là, Armand Lavergne a aussi reçu une pierre. Elle lui sert de presse-papier depuis lors, paraît-il.

À cette allusion, la nostalgie envahit Édouard, au point de l'attrister. Chef d'entreprise prêt à toutes les magouilles, pour ne pas heurter ses nouveaux amis, il devait se résoudre à fréquenter plutôt discrètement l'agitateur nationaliste.

❖

Cette fois, Édouard n'osa pas trop s'éloigner du pavillon Howick, se condamnant à se contenter de la nourriture offerte sur les lieux à l'heure du souper. Les discussions et les votes sur différents articles du programme allaient bon train. Les décisions visaient à satisfaire les Canadiens de l'Atlantique au Pacifique. En conséquence le tout se révélait mi-chair, mi-poisson.

À l'agitation sur le plancher s'ajoutait celle des galeries. Un peu après trois heures, une véritable commotion survint. Une vieille dame aux cheveux blancs, ramassée sur elle-même, courbée, fit son entrée en s'appuyant sur le bras de madame Gauvreau, l'épouse du député de Témiscouata.

Quand elle atteignit sa place du côté gauche, c'est-à-dire celui de la délégation québécoise, le maître de cérémonie Charles Murphy, sur la scène, s'exclama en anglais :

— Lady Zoé Laurier, la veuve de notre chef bien-aimé, vient de se joindre à nous.

Une salve d'applaudissements éclata et dans tous les coins de la salle, des personnes se levèrent en signe de respect.

— Madame, enchaîna l'homme en français, voulez-vous occuper plutôt le fauteuil d'honneur ?

Une grande chaise au tissu grenat se trouvait placée devant l'immense portrait de sir Wilfrid. Le signe de dénégation de la silhouette noire fut perceptible depuis l'estrade. Peut-être soulagé, le maître de cérémonie donna le signal d'une nouvelle salve d'applaudissements. L'assemblée reprit ensuite ses travaux.

Le couple Laurier était souvent venu dans la grande maison de Thomas Picard, rue Scott. Aussi Édouard considéra de son devoir d'aller saluer la veuve. De plus, cela lui donnait l'occasion de traverser plusieurs rangées de chaises occupées par les épouses, parfois les filles des congressistes. En s'approchant de la vieille dame, il constata qu'un autre membre du Parti libéral avait eu la même idée : William Lyon Mackenzie King.

— Oh ! s'exclama Lady Laurier. Deux jeunes hommes désireux de me parler au même moment. Je n'ai pas été l'objet d'autant d'attention depuis mes jeunes années. Et là, je parle d'un temps bien lointain, avant la Confédération.

— Vous n'avez pas changé depuis, j'en suis certain.

King s'était exprimé en français. Malgré un accent plutôt rébarbatif, le politicien arrivait à se faire comprendre. Dans toutes les situations publiques, il s'en tenait cependant à sa langue maternelle.

— Monsieur Picard, enchaîna-t-il en tendant la main, je suis heureux de vous rencontrer. J'ai appris la mort de votre père avec beaucoup de tristesse. Toutefois, Ernest Lapointe m'a expliqué comment vous étiez disposé à continuer de travailler pour nous dans le comté de Québec-Est.

— Il demeure une difficulté : l'élection complémentaire n'a pas encore été déclenchée. Je ne peux donc pas me consacrer à l'élection du remplaçant de sir Wilfrid dans le comté.

— Je suppose que le nouveau chef du Parti libéral saura convaincre le premier ministre de se presser un peu. Il ne nous fera pas attendre jusqu'aux élections générales, j'en suis sûr.

— Avez-vous déjà parlé de cela à Borden ?

L'autre éclata de rire devant la flatterie non dissimulée.

Il affectait une bonhomie totale, comme un grand garçon naïf. Certains aspects de sa personnalité attiraient des commentaires amusés, parfois méprisants : sa participation à des séances de spiritisme pendant lesquelles il s'entretenait avec sa mère ou le chef du Parti libéral britannique, Gladstone, décédés tous les deux, sa tendance à s'entourer de vieilles dames, son célibat. D'autres rumeurs rassuraient plutôt ses collègues, comme ses visites discrètes aux prostituées du marché By.

Édouard reconnaissait autre chose dans le regard de son interlocuteur : une détermination farouche, un côté impitoyable. Le sourire de ce personnage chauve et obèse dissimulait mal son ambition.

Avant de lui laisser la place, il se pencha devant Lady Laurier pour déclarer :

— Je n'ai pas eu la chance de vous présenter mes condoléances. Je ne vous ai même pas écrit un mot. Comme vous le savez, je me suis trouvé bousculé par les événements.

Comme il avait côtoyé le couple éminent à quelques reprises, envoyer un mot aurait été convenable. Ne pas le faire était sans doute passé inaperçu.

— Comme c'est triste, enchaîna la vieille dame. Votre père est parti si jeune. Votre mère a dû être désemparée, à son âge… Comment va-t-elle ?

— Elle tente de prendre le reste de sa vie en main, comme nous tous, je pense.

Zoé Laurier hocha la tête. Elle espérait tout au plus poursuivre encore un peu sa vieillesse sereine. Elle enviait les trente ou quarante années à venir de la belle Élisabeth.

Édouard prit sa main dans les siennes, souffla à voix basse :

— Être ici doit vous sembler horrible.

— Je considère cela comme mon dernier sacrifice pour favoriser les ambitions politiques de Wilfrid. Demain, je quitterai la scène pour toujours.

— D'un autre côté, le spectacle peut tout de même vous amuser. Ces hommes ont piaffé d'impatience tellement longtemps. Certains jouent les fils prodigues avec un sans-gêne remarquable.

King sourit en entendant ces mots. Lui seul, parmi les candidats, était demeuré fidèle au vieux chef. Il le savait depuis le matin, cela lui vaudrait presque tous les votes des délégués de langue française.

— Vous savez, pour un politicien, les années d'opposition sont un véritable désert. Puis la guerre a relégué tout ce monde dans une position intenable. Tous les habitants de notre pays ont des attaches multiples. Conjuguer toutes les fidélités relève du tour de force.

Lady Laurier demeurait fidèle à l'esprit de tolérance du grand homme, elle cherchait des excuses aux transfuges.

— Je vous souhaite la meilleure des chances, madame, conclut le jeune homme en serrant légèrement les doigts devenus noueux à cause de l'arthrite.

— Je vous retourne le même souhait, à vous et à votre jeune épouse.

Les derniers mots firent ciller le marchand. Il se redressa pour tendre la main à Mackenzie King :

— Bonne chance à vous aussi, monsieur.

— Merci, même si le hasard ne jouera plus aucun rôle dans le dénouement.

Le politicien avait raison. Les calculs, les tractations, les promesses, les compromis scelleraient le résultat des divers tours de scrutin.

❖

En revenant sur le plancher, Édouard leva les yeux vers les galeries. King se tenait maintenant assis près de la veuve. Avec un naturel parfait, il serrait les mains des personnes désireuses de présenter leurs respects à Lady Laurier. Il incarnait le rôle du fils aîné avec brio.

Les délégués portaient sur eux une demi-douzaine de bulletins de vote, car le nombre exact des candidats demeurait inconnu encore le matin du 6 août. Finalement, il y en aurait cinq. Comme tous les autres, Édouard déposa le feuillet numéro un dans une boîte à quatre heures, puis il décida de marcher un peu sur les terrains du parc Lansdowne, comme des dizaines de ses collègues et un certain nombre des épouses de ces derniers. Cela lui permit d'échanger des bribes de conversation avec les plus jolies d'entre elles.

— Ils ont terminé le compte, cria bientôt quelqu'un depuis la porte du pavillon.

Le jeune marchand regagna la section gauche de la grande salle, celle occupée par les délégués du Québec. Sur la scène, Charles Murphy, devant un grand panneau où se trouvaient écrits les noms des candidats, tenait à la main des cartons portant des chiffres. Un peu comme dans un aréna ou sur un terrain de baseball, il les accrocherait pour dévoiler le nombre des voix obtenues par chacun des aspirants.

Fielding venait le premier dans l'ordre alphabétique. Il reçut deux cent quatre-vingt-dix-sept voix. Graham et Daniel D. McKenzie en obtenaient tous les deux cent cinquante-trois… et Macaulay aucune.

— L'idiot n'a même pas voté pour lui-même, ricana Louis-Alexandre Taschereau.

Le ministre québécois venait tout juste de rejoindre le jeune marchand.

— N'est-ce pas ce que recommande le *fair play* ? opposa celui-ci.

L'autre lui jeta un regard amusé. Murphy venait de placer un trois à la suite du nom de King.

— Il est premier, cria Édouard, affichant un enthousiasme qu'il n'éprouvait pas.

— Mais avec bien peu de voix, répliqua son compagnon.

Le ministre provincial savait compter aussi bien qu'un marchand. Les nombres suivants furent des quatre. Trois cent quarante-quatre. Moins d'un millier de votes avaient été compilés, alors que mille quatre cents délégués dûment enregistrés devaient se trouver sur les lieux.

Tout de même, les partisans du vainqueur du premier tour multiplièrent les applaudissements, les autres présentèrent des visages déçus. Quand Ernest Lapointe rejoignit les congressistes venus du Québec, Édouard lui demanda :

— Cela vous semble prometteur ?

— Selon les conversations de corridor, à la fin, les voix de Graham iront toutes à Fielding.

Autrement dit, les délégués de l'Ontario feraient front avec ceux de l'Ouest afin de mettre en échec le vote du Québec.

— Donc, nous allons perdre.

— Mais ne prenez pas trop au sérieux ces rumeurs. Parfois, un homme donne son appui à haute voix à quelqu'un, puis agit d'une autre façon dans l'isoloir.

En vérité, à force de se faire solliciter par les organisateurs de chacun des candidats à tous leurs passages dans les toilettes, les participants au congrès devaient promettre leur appui à de multiples reprises.

— Mais où se trouvent donc tous les autres ? demanda Taschereau. Il manque plus du tiers des délégués.

— Certains ne sont sans doute pas venus, expliqua Lapointe. Ce que je prenais pour un retard hier devient une absence aujourd'hui. Abandonner son travail pendant trois jours, assumer les coûts de transport et de séjour, tout cela représente une jolie somme. D'autres ne trouvent personne à leur goût dans ce quintette.

— Cela paraîtra un peu mal dans les journaux, conclut Édouard... Mais je vois que nous sommes de nouveau appelés à remplir notre devoir démocratique.

À une table placée près de la scène, Lomer Gouin incitait ses voisins à se diriger vers les boîtes de scrutin avec le bulletin de vote numéro deux à la main. Une heure plus tard, King demeurait encore bon premier avec un peu plus de quatre cents voix. À six heures passées, alors que de nombreux délégués s'apprêtaient à déposer le bulletin numéro trois, Graham monta sur la scène pour lancer :

— Je me retire, ne votez pas pour moi.

— Mais mon vote est déjà enregistré, protesta quelqu'un.

Un bref moment, les organisateurs discutèrent entre eux, puis le maître de cérémonie annonça :

— Nous allons tous déchirer le bulletin numéro trois et utiliser celui portant un quatre.

La solution apparut raisonnable, car le retrait du candidat enlevait un tour à l'exercice. De nombreuses personnes, dont Édouard, avaient déposé leur bulletin dans les boîtes quand survint un second coup d'éclat. Daniel D. McKenzie monta sur l'estrade pour annoncer à son tour son retrait de la course. Le candidat avait sans doute mené une rude négociation en coulisse avec les meneurs afin de mériter un poste enviable dans le prochain gouvernement, en récompense de son beau geste.

La même solution prévaudrait cette fois encore. Le bulletin numéro quatre dut être détruit, les congressistes déposèrent le cinquième dans des boîtes vidées au préalable.

Il ne restait plus que deux candidats. On les fit monter sur l'estrade. Assis dans de grands fauteuils, ils essayaient de maîtriser leur nervosité. Édouard remarqua un tremblement chez William Fielding. Le vieil homme devenu tout gris avait souffert d'un léger accident cérébral vasculaire peu de temps auparavant. Comme il semblait appartenir à une génération du passé !

Le suffrage commença un peu après six heures trente, les résultats furent présentés à sept heures trente. Fielding reçut quatre cent trente-huit voix ; King, quatre cent soixante-six !

La moitié des congressistes et des spectatrices applaudirent à tout rompre, les autres avec un enthousiasme moins tangible.

— Notre nouveau chef devra se souvenir de ceux à qui il doit son siège, murmura Édouard à l'oreille de Taschereau. Les deux tiers de ses appuis sont venus des Québécois.

— Cela, nous ne le saurons jamais. Si les délégations de chaque province se sont entendues pour favoriser un candidat, les résultats ne seront pas divulgués de cette façon.

— Voilà qui est bien prudent, ironisa le jeune homme. Cela évitera de le présenter comme le candidat des Canadiens français.

Athanase David évoquait la chose quelques heures plus tôt. Au sein du parti, plusieurs se souciaient de la mainmise des francophones. Mieux valait ne pas alimenter ces soupçons.

— Surtout, continua le ministre provincial, même si nous connaissons les mots d'ordre donnés dans les diverses sections du parti, nous ne saurons pas comment les gens ont réellement voté. Par exemple, Lomer Gouin n'a certainement pas donné son appui à King. Il a pu en influencer plusieurs.

Le jeune marchand arqua les sourcils pour exprimer sa surprise. À ce moment, le nouveau chef du Parti libéral approchait au-devant de la scène. Ernest Lapointe se trouvait à ses côtés, alors que Lomer Gouin paraissait avoir été pris d'une irrésistible envie de visiter les latrines.

— Si vous dites vrai, ses chances de devenir le lieutenant canadien-français de King paraissent bien faibles, maintenant.

Son interlocuteur grimaça, comme si cette évidence le décevait. Peut-être lui aussi favorisait-il secrètement Fielding, le candidat du monde des affaires de Montréal. Les jeux de coulisses échappaient encore largement à Édouard.

Sur l'estrade, le candidat défait quitta son siège avec empressement. Un court instant, chacun craignit une scène douteuse jouée par un mauvais perdant. Le vieil homme prit les spectateurs par surprise en déclarant:

— Je propose la tenue d'un quatrième tour de scrutin, le plus important, à main levée, pour donner à notre nouveau chef une décision unanime. Qui vote en faveur de William Lyon Mackenzie King?

Après un moment de silence, tous les délégués, la plupart des spectateurs et même des journalistes saisis par l'atmosphère fébrile, levèrent la main.

— Monsieur King, conclut le politicien diminué par l'âge, vous avez un appui unanime de votre parti.

À ce moment, le vainqueur de la convention se trouvait encadré par ses plus proches collaborateurs. Il reçut des autres candidats défaits l'assurance de leur entière collaboration. Les années indiqueraient la profondeur de leur conviction.

Après avoir accueilli des salves d'applaudissements et des hourras hurlés à pleins poumons avec un sourire modeste, King adressa ses remerciements à l'assistance avant de se livrer à une attaque en règle du Parti conservateur et de son chef, Robert Borden.

Quand il s'arrêta, Édouard confia à Taschereau avec humeur:

— Il aurait bien pu nous dire quelques mots en français. Il connaît notre langue, je l'ai entendu cet après-midi. Après tout, le bonhomme nous est redevable de son siège.

— Vous rappelez-vous? rétorqua Taschereau. Il ne doit pas être notre candidat, mais celui de tous les Canadiens. La jolie scène à laquelle nous venons d'assister ne vous a pas convaincu?

Lui, à tout le moins, ne semblait pas l'être tout à fait.

— Tout de même, un «Merci beaucoup» ne l'aurait pas fait mourir.

— Picard, vous avez trop fréquenté Armand Lavergne.

Sur ces mots, à l'instar de centaines d'autres, Louis-Alexandre Taschereau alla jouer des coudes afin de serrer la main du vainqueur. Comme Ernest Lapointe avait sacrifié à ce cérémonial parmi les premiers, Édouard le retrouva sur le plancher.

— Voilà une première étape franchie, constata le marchand en tendant la main, je suis heureux du dénouement. Je vous souhaite une bonne fin de congrès.

— ... Ne serez-vous pas avec nous demain ?

— Je vais retourner vers mes affaires et ma famille. Une fois le chef choisi, je me sens un peu inutile.

Lapointe accepta la poignée de main.

— Nous nous reverrons bientôt, dit-il.

— J'y compte bien. Je préparerai quelques rencontres avec les marchands et les industriels de la Basse-Ville, mais vous devrez bientôt faire connaître vos intentions. Jusqu'à maintenant, je récolte toujours la même réponse : « Mais il est député de Kamouraska ! » Après ce soir, ce sera considérablement plus facile. Ils seront rassurés à l'idée d'avoir pour député un membre très influent du futur cabinet de William Lyon Mackenzie King.

Après un dernier salut, Édouard sortit pour emprunter une dernière fois l'un des tramways spéciaux affectés au va-et-vient entre le parc Lansdowne et le centre-ville. Il avait encore le temps de se livrer à une dernière expédition à Hull avant de retourner dans son foyer.

❖

Le trajet en train depuis Ottawa prit toute la matinée du vendredi. Édouard décida de se rendre directement au magasin. Depuis la gare, cela représentait une marche de quinze minutes environ.

Il entra par la porte donnant rue Saint-Joseph pour constater une affluence rassurante dans les rayons. Les gens commençaient à se préparer pour la prochaine rentrée scolaire. Ce constat eut le don de le mettre de bonne humeur quand il s'engagea dans l'escalier. En arrivant dans les locaux administratifs, ses bonnes dispositions se trouvèrent un peu rabattues. Armand Lavergne occupait l'une des trois chaises destinées aux visiteurs.

— Mademoiselle Poitras, commença-t-il à l'intention de sa secrétaire, je suis content de voir que le magasin tient encore sur ses fondations.

— Nous avons tous fait un effort supplémentaire pour nous tenir à flot... Monsieur attend votre retour depuis quelques minutes.

— Donc, il pourra patienter encore un peu. Des incidents requièrent-ils mon intervention immédiate ?

Lavergne s'agita un peu sur son siège, outré d'être traité comme une quantité négligeable.

— Vous trouverez une pile de requêtes sur votre bureau. Mais elles pourront attendre demain, ou même lundi. Avez-vous vu tout ce monde dans les rayons ?

— Oui. Cela a de quoi remonter le moral. Je suppose que le nouveau chef du Parti libéral donne à chacun un regain de confiance en l'avenir.

Comme la jeune femme arquait les sourcils en guise de surprise, il continua en riant :

— J'exagère peut-être un peu. Enfin, je suis heureux de voir plus de monde en nos murs. J'espère juste que cela se répercutera sur les chiffres des ventes. Nous avons eu notre part de chômeurs errant dans les rayons pour tuer le temps.

— Ce King, vous croyez que c'est un bon choix ?

— Comme j'ai voté pour lui, oui, je le crois. Bon, je vous laisse pour entendre ce que notre patient visiteur me veut.

L'avocat prit cela comme un signal. Il se leva pour s'approcher de l'entrée du bureau. Le marchand le laissa passer devant lui, ferma la porte puis gagna son siège.

— Qu'est-ce qui me vaut ta visite sur les lieux de mon travail ? C'est bien la première fois…

— Es-tu si content du choix du nouveau chef libéral ?

— Aujourd'hui, tu me fais regretter de ne pas être allé à l'université ! Si j'étais avocat, je pourrais moi aussi sans doute quitter mon bureau en plein après-midi pour aller discuter politique.

— Tu reviens d'un long congrès !

Lavergne occupa l'une des chaises placées devant la table de travail. Il endurait mal de se voir accueilli d'une façon si désinvolte.

— Justement. Dans les circonstances, ne crois-tu pas que j'ai des choses plus importantes à faire que d'en relater les péripéties ?

— Dans ce cas, maugréa le visiteur agacé, j'essaierai d'être bref. Le choix de King te plaît tant que cela ?

— Tu m'as entendu, j'ai voté pour lui. En conséquence, oui, je crois qu'il s'agit de la meilleure personne pour le poste, au regard des intérêts du Québec.

— Il n'a jamais rien fait. On ne l'a jamais entendu, pendant la guerre.

De son côté, visiblement, Lavergne ne se réjouissait pas de sa désignation.

— Justement. C'est un homme nouveau. Si tu avais vu les autres sur la scène ! Ces vieux politiciens ne semblent pas s'apercevoir que notre monde n'a plus rien à voir avec celui d'avant la guerre.

Un court instant, l'avocat se demanda si lui-même, aux yeux de son ancien disciple, comptait parmi les personnes appartenant au passé, et non au présent.

— Comme les Canadiens français ont voté en bloc pour lui, continua Édouard après une pause, jamais il ne négligera nos intérêts.

— Es-tu certain de cela ? Je veux dire, que tous les francophones ont vraiment voté pour lui ?

— … Il s'agissait d'un vote secret, donc personne ne peut en être certain. Mais comme la délégation du Québec a décidé de l'appuyer…

— Dans ce cas, Lapointe aura gagné sur toute la ligne, et notre ineffable premier ministre Gouin s'est fait rosser comme un malpropre. Même mon ami Taschereau a dû avoir du mal à garder un visage impassible, dans les circonstances.

Le visiteur présentait un visage déprimé. Visiblement, lui aussi voyait ses ambitions menacées par cette nomination.

— Là, marmotta Édouard en jouant du bout des doigts avec la correspondance accumulée sur son bureau, tu devrais m'en dire un peu plus.

— Voyons ! La proposition d'Athanase David venait de Gouin ! Et je ne serais pas surpris d'apprendre que Taschereau, désireux de voir son chef s'envoler vers Ottawa pour prendre sa place, l'a rédigée lui-même !

— Dans ce cas, l'un ou l'autre aurait au moins voulu l'appuyer. J'étais là ! Le premier ministre n'a pas ouvert la bouche lors des discussions, et il n'a pas voté en faveur de cette proposition.

Taschereau, de son côté, était longtemps resté silencieux avant d'appuyer les arguments de Lapointe.

— Gouin n'est pas un imbécile. Il devait se tenir dans un coin de la salle où il surveillait les autres. Quand il a constaté que personne ne levait la main en faveur de la proposition, il n'a pas voulu commettre un suicide politique.

Cette fois, le visiteur obtint toute l'attention du commerçant. Depuis Québec, il paraissait comprendre très bien quels jeux de coulisses s'étaient déroulés lors de la convention libérale, tenue à trois cents milles de là.

— Si tu as raison, je ne vois pas quel était l'intérêt de Gouin dans l'affaire.

— Gouin favorisait William Fielding.

— Notre premier ministre est au service des financiers de la rue Saint-Jacques. Il penchait pour le candidat le plus favorable à ses amis.

— Fielding. Sachant que le Québec risquait de voter en bloc pour King, il a fomenté une sorte de coup d'État contre Lapointe, le champion de ton nouveau chef.

— Tout de même, jouer sur la fibre nationaliste pour obtenir l'abstention de ses collègues, cela ne lui ressemble pas, observa le marchand.

Fasciné, Édouard ne songeait plus à chasser son visiteur. Lentement, il comprenait combien les événements de la dernière convention libérale dissimulaient des conflits farouches.

— Voyons, le coquin ne recule devant aucun moyen. Gouin rêvait de devenir le bras droit de Fielding, un partisan de la conscription. Il ne pouvait pas souligner lui-même les indélicatesses de nos compatriotes d'une autre origine à notre égard. De toute façon, dans ce rôle, le bonhomme n'aurait pas été crédible. On ne l'a jamais vu à la tête des émeutiers, n'est-ce pas? Il s'est trouvé un porte-voix.

— Mais pourquoi David?

— Question de convictions, ce gars n'est pas si loin de nous. Puis, la promesse d'une belle carrière au sein du cabinet provincial l'a sans doute convaincu...

Le marchand devait convenir que Lavergne présentait une version des événements très crédible.

— Cela pouvait marcher, conclut ce dernier. Si tu enlèves les voix des délégués du Québec, Fielding passait dès le premier tour.

— Pas tout à fait.

— En tout cas, King aurait reçu tellement peu d'appuis qu'il aurait dû se retirer.

« En conséquence, songea le jeune marchand, le candidat du monde de la finance serait passé au second tour avec une très forte avance. » Quand il avait questionné Taschereau à ce sujet, celui-ci l'avait mené en bateau. Se pouvait-il que lui aussi soutienne discrètement le candidat de la rue Saint-Jacques ? Pourtant, il affichait depuis des mois son appui à King et, en conséquence, à Lapointe.

— Si je te comprends bien, non seulement Gouin servait les intérêts de Fielding, mais il tentait de ruiner les ambitions de Lapointe.

— Dans un poulailler, on ne compte en général qu'un seul coq. Notre premier ministre rêve de devenir le bras droit du futur chef libéral, Lapointe aussi. Pour prouver son utilité, il devait aussi démontrer son ascendant sur les militants de langue française du parti. Au début du congrès, certains parlaient de lui comme du véritable chef du Parti libéral. Il a tenté un coup de force, pour échouer lamentablement. Nous savons tous maintenant que seul David et son compère acceptaient de le suivre dans sa stratégie tordue. Il a joué, et il a perdu.

Le député du comté de Kamouraska avait sans doute consacré des efforts inouïs pour parler à des centaines de délégués dans les semaines précédant la convention. Quelques phrases lancées depuis le fond de la salle avaient réussi à les rallier au moment de disposer de la proposition de David.

— Je suppose que Gouin devra maintenant renoncer à son désir de passer sur la scène fédérale, conclut-il.

— Ne sous-estime pas la pugnacité du vieux gnome. Mais maintenant, au mieux, il sera le bras droit de Lapointe, pas celui de King.

Le visiteur demeura un long moment songeur, puis il précisa :

— Tu sais, Borden a été réélu il y a seulement deux ans. Il ne convoquera sans doute pas d'élection avant 1921. Tellement de choses peuvent survenir d'ici là, pour faire ou ruiner une réputation.

Édouard se déplaça sur son siège, de nouveau pressé de mettre fin à l'entretien.

— Je te remercie de me faire bénéficier de ta sagesse politique. Mais je suppose que tu es venu me voir pour une autre raison.

— As-tu parlé aux gens du comté de Québec-Est de ma proposition de me présenter pour les libéraux ?

— … Oui, je l'ai fait juste avant de partir pour Ottawa. Cela n'a pas soulevé un bien grand enthousiasme.

Lavergne grimaça. Sa réaction parut naïve à son interlocuteur. Après avoir lancé des invectives à partir de toutes les tribunes depuis le début du siècle, il souhaitait maintenant devenir le collaborateur de ses victimes. En même temps, il ne renonçait pas à ses anciennes habitudes, comme le démontra la suite de la conversation.

— S'ils refusent, je vais mener une campagne farouche contre le parti. Pendant toute la guerre, les habitants de ce comté se sont montrés enthousiastes envers mes discours.

— Tu ne trouves pas qu'une offre de coopération accompagnée d'une menace n'inspire pas confiance ? La vraie question est un peu différente : désires-tu servir sous les ordres de King et, si tu as raison, de Lapointe ?

Le visiteur se renfrogna un moment. Déjà, il avait renié la parole donnée à Wilfrid Laurier. Cela rendrait les ténors actuels du parti très méfiants. Édouard se leva en disant encore :

— Et si tu dis oui, tu devras en convaincre les grosses légumes libérales. Dans ce domaine, je suis encore un débutant. Je ne déciderai certainement pas du choix du prochain candidat. Je ne suis même pas certain que quelqu'un souhaitera entendre mon opinion sur la question.

Lavergne comprit que la conversation se terminerait là. Il quitta sa chaise à regret. En le reconduisant vers la porte, au nom de leur vieille camaraderie, son hôte précisa :

— Toutefois, si tu le veux, je leur communiquerai ton désir de les rencontrer.

— C'est bien, fais donc cela.

Ils se quittèrent sur une poignée de main. Le marchand put enfin revenir à ses affaires.

❖

La visite d'Armand Lavergne trotta dans la tête du commerçant tout le reste de l'après-midi. Quand il quitta les lieux en milieu de soirée, il chercha un taxi devant l'hôtel *Saint-Roch*, et demanda au chauffeur de le conduire à l'hôtel de ville. Il faisait le pari que, rentré tôt lui aussi, le maire Henri Lavigueur se trouverait encore à son bureau, soucieux de régler quelques-uns des dossiers accumulés pendant son séjour à Ottawa.

Plusieurs fois dans le passé, son père avait fait le même détour afin de discuter politique avec le premier magistrat. Suivre ce chemin soulevait en lui une étrange émotion. Le gardien de faction devant l'entrée principale accepta de le laisser passer malgré l'heure tardive, pour le suivre ensuite dans le couloir de ses yeux soupçonneux.

En arrivant devant la porte du grand bureau, il frappa d'abord avec timidité, sans obtenir de réponse, puis un peu plus fort.

— … Entrez, fit une voix.

Un moment, depuis son grand fauteuil, le maire le contempla, puis son visage s'éclaira d'un sourire.

— Le jeune Picard? Franchement, tu es bien la dernière personne que je m'attendais à voir. Surtout avec une valise à la main. Viens t'asseoir.

Il lui désigna la chaise devant son lourd bureau, se leva de son siège pour lui serrer la main.

— J'arrive du magasin, s'excusa le marchand. Je ne suis pas passé à la maison en descendant du train.

— J'ai fait la même chose. Nous avons eu une magnifique convention, n'est-ce pas?

— Oui, très belle… même si j'en devine lentement les dessous. Je viens vous entretenir de deux sujets. D'abord, en entrant dans mon bureau cet après-midi, j'y ai trouvé Lavergne.

Son interlocuteur eut un sourire amusé.

— Notre turbulent ami tient donc très fort à revenir dans le sein de notre parti.

— Il a réitéré son intérêt, tout comme son intention de se présenter comme indépendant si nous rejetions sa candidature.

Après coup, Édouard s'amusa du choix de ses mots. Il venait de s'inclure dans le «nous» du Parti libéral, et de mettre son vieil ami dans le «eux» nationaliste.

— Il souhaite rencontrer nos amis, continua-t-il, afin de présenter sa demande.

— Nous le recevrons donc. Nous exigerons de lui qu'il s'engage par écrit à respecter à la fois le nouveau chef et tous les articles du programme. Nous lui réclamerons un serment d'allégeance écrit, en quelque sorte.

— Mais s'il accepte ?

— Il n'acceptera pas.

Lavigueur paraissait absolument certain de cela.

— Tu as évoqué deux sujets ? continua-t-il.

Lui aussi devait être pressé de rentrer chez lui. Il n'entendait pas prolonger la rencontre inutilement.

— Un peu avant la mort de mon père, Ernest Lapointe lui a confié souhaiter occuper le siège de Québec-Est.

— … Mais il est député de Kamouraska depuis seize ans !

L'homme ne dissimulait pas sa surprise.

— Je vous répète ce que je sais. Après les événements de cette semaine…

— Je te remercie de me tenir au courant. Notre ami s'est montré essentiel à la carrière de King lors de la convention. Je comprends la valeur du symbole. Devenu député du comté du vieux chef, il se poserait comme son héritier. Mais il ne sera pas le seul à caresser ce projet.

— Lavergne…

— Oh ! Je ne pensais ni à cet agitateur de carrière ni à son ancien disciple, Oscar Drouin. Tu as vu King se tenir près de madame Laurier à la convention. Lui aussi souhaite se présenter comme le fils spirituel du plus grand libéral de notre histoire. Ce comté attise des convoitises multiples.

Édouard ne chercha pas à dissimuler sa surprise.

— Voyons, ne fais pas ce visage ahuri, déclara le maire en riant.

— Un Anglais dans Québec-Est ! Il ne se donne pas la peine de parler français en public.

— Actuellement, il ne siège pas à la Chambre des communes. Il doit trouver un siège bien vite pour asseoir son nouveau pouvoir, et celui-là est libre. Il passerait sans mal, tu sais.

— Lavergne s'en donnerait toutefois à cœur joie.

Le visiteur imagina la chose avec amusement. Puis il perçut le regard de son hôte vers les papiers traînant sur la table de travail.

— Je ne vous retarderai pas plus longtemps, dit-il en se levant.

Son hôte quitta son fauteuil pour le reconduire à la porte. En lui serrant la main, il déclara :

— Je te remercie de ta visite. Tu sais, te voir ainsi me fait penser à Louis.

Le magistrat portait encore un brassard noir à son bras, un signe de deuil pour son garçon mort de la grippe espagnole.

— … Il me manque souvent, vous savez, confia Édouard. Je vous souhaite une bonne fin de soirée.

— Merci encore, et à bientôt.

Son sac de voyage à la main, Édouard rentra rue Scott à pied.

Chapitre 18

Tôt le samedi matin du 9 août, avant de quitter sa demeure, Fernand se rendit dans la cour arrière. Les travaux avançaient rondement, une structure de poutres et de madriers donnait une excellente idée de l'allure finale de cet ajout substantiel à la maison.

— Je serai absent toute la semaine prochaine, déclara-t-il à l'entrepreneur. Vous avez mon adresse et mon numéro de téléphone à la campagne. Si vous avez besoin de quelque chose, vous me contacterez là-bas.

L'homme portait une salopette bleue et une chemise à carreaux rouge. Sa casquette de toile présentait une couleur douteuse, des traces de sueur et d'autres plus inquiétantes encore. Un crayon coincé sur l'oreille lui permettait de marquer les pièces en bois avant de les découper.

— Ne vous inquiétez pas, nous allons nous débrouiller. À part les plaintes des voisins, tout se passe bien.

Ceux-là devenaient pénibles, depuis que les bruits de scie et les coups de marteau résonnaient sans cesse. La Haute-Ville tenait à sa quiétude.

— Ils devront patienter encore un peu. Après tout, mes parents ont été les plus silencieux de la rue pendant trente ans. Je vous laisse travailler.

Quelques minutes plus tard, le notaire montait dans la Buick. Après des négociations serrées, il avait acheté la vieille voiture de Thomas Picard. Âgée de cinq ans, elle ressemblait déjà à une véritable antiquité. Comme le véhicule n'avait attiré la convoitise de personne au cours des dernières semaines, Édouard avait dû se résoudre à la solder.

Apprendre à conduire à son âge se révélait difficile. Heureusement, la circulation demeurait rare dans les rues de la ville. Les à-coups des changements de vitesse, les arrêts brusques et les calages du moteur risquaient peu de provoquer des accidents. La véritable difficulté se présenta quand vint le temps de prendre place sur le traversier. La présence des autres véhicules dans cet espace restreint lui fit craindre d'écorcher la peinture.

Finalement, il atteignit la maison de campagne épuisé, mais sans qu'une véritable mésaventure se soit produite.

— Papa! s'écria Antoine en descendant de la galerie. Tu arrives bien tard.

— Québec se trouve plutôt loin. Tu ne te souviens pas de la distance, quand tu es venu ici?

Fernand récupéra sa valise sur la banquette arrière de la Buick et prit la main de son fils pour se diriger vers la maison. Sa mère passa la porte au moment où il montait sur la galerie.

— Te voilà enfin, déclara-t-elle. Cela m'inquiétait un peu de te savoir au volant de cette machine. Tu aurais dû prendre le train.

— Tu verras, après une promenade ou deux, tu ne voudras plus t'en passer.

— Cela me surprendrait beaucoup.

L'homme embrassa la vieille dame sur les joues, saisit sa fille sous les bras pour la caler sur sa hanche. En entrant dans la maison, il salua la gouvernante et Jeanne occupées dans la cuisine. Comme dans toutes les habitations rurales, il s'agissait d'une grande pièce servant aussi de salle à manger.

Eugénie demeurait invisible. Bientôt, sa mère murmura :
— Elle se trouve sur la grève.
— Grand bien lui fasse. L'air frais chasse l'air bête.
La veuve regarda dans une autre direction pour cacher sa réaction. Près du gros poêle à bois, Jeanne maîtrisa son fou rire avec difficulté.

❀

L'après-midi, Fernand proposa à Antoine et Béatrice une promenade en voiture. Charles, le plus jeune, dormait déjà. De toute façon, le côté bucolique de Saint-Michel risquait peu de retenir son attention. Les enfants plus âgés acceptèrent avec enthousiasme.
— Eugénie, tu montes avec nous ?
Elle le regarda fixement, les mâchoires serrées. Tout le long du repas, elle n'avait prononcé que quelques mots. Comme la réponse tardait à venir, l'homme se tourna vers l'aînée de la maison :
— Maman, viens voir la campagne environnante.
Il lui tendait la main pour l'aider à quitter la grande chaise berçante.
— Je n'ai pas l'habitude de ces machines.
La vieille dame était montée à de rares reprises dans des automobiles. La dernière fois, c'était pour accompagner son époux au cimetière Belmont.
— Moi non plus, mais nous allons nous familiariser ensemble avec cette mécanique.
Fernand marqua une hésitation, puis il continua :
— Jeanne, tu vas nous accompagner. Mieux vaut garder ces deux-là à l'œil, et j'ai besoin de toute mon attention pour m'occuper du volant, des leviers et des pédales.
La jeune femme leva un regard méfiant sur sa patronne. Puis elle abandonna le linge à vaisselle sur la table et enleva

son tablier pour le suspendre à un crochet. Depuis son arrivée dans cette demeure, elle négligeait de porter la coiffe de domestique. Aussi posa-t-elle un chapeau de paille sur ses cheveux bruns. Seule sa robe noire laissait deviner sa position sociale.

Elle sortit en prenant bien garde d'éviter de voir le regard d'Eugénie. Sur la vaste galerie, elle attrapa Béatrice pour la poser sur sa hanche, tendit la main afin de prendre celle d'Antoine. Pour lui, descendre l'escalier constituait encore un exercice périlleux.

À pas mesurés, appuyée sur le bras de son fils, la vieille dame sortit à son tour en disant à la ronde :

— Au revoir.

La vieille gouvernante, laissée seule pour terminer la vaisselle, grommela un « À bientôt » un peu fâché. La jeune maîtresse de la maison s'enferma dans son habituel silence obstiné. Dehors, Fernand aida sa mère à prendre place sur la banquette avant et actionna la manivelle afin de faire démarrer la voiture. Antoine ouvrit de grands yeux admiratifs devant ce tour de force, avant de gagner sa place à l'arrière.

— Nous allons faire un tour dans les paroisses voisines, annonça l'homme en se mettant au volant.

À l'arrière, Jeanne prit Béatrice sur ses genoux afin de lui permettre de voir par la vitre. Le garçon régla la difficulté de sa petite taille en se mettant à genoux sur le siège.

— Les travaux à la maison progressent-ils bien ? demanda la vieille dame.

— La structure en bois a été montée. Il reste à construire les cloisons, faire le revêtement en brique, et ensuite tout l'aménagement intérieur.

— … Ce ne sera jamais terminé au moment de notre retour.

— Il reste encore trois bonnes semaines aux ouvriers. L'entrepreneur m'a promis de livrer le tout début septembre.

— Ces gens-là promettent n'importe quoi. Une fois les lieux transformés en chantier, tu n'auras pas d'autre choix que d'attendre et de payer.

L'ampleur et le coût de ces travaux inquiétaient la vieille dame. Toute l'entreprise tenait au désir de son fils d'aménager les lieux afin de rendre possible la cohabitation de personnes résolues à s'ignorer. Cela lui paraissait un bien mauvais motif.

— Je crois tout de même que cela en vaudra la peine, déclara Fernand en réponse à l'opposition muette de sa mère. Tu seras très bien au rez-de-chaussée et moi, j'y gagnerai une grande chambre confortable. Les enfants auront chacun la leur.

Jusque-là, le trio occupait la même pièce. Les pleurs nocturnes du plus jeune troublaient le sommeil des plus âgés. Surtout, la morale réprouvait la présence de deux garçons et d'une fille dans une semblable promiscuité.

Pendant deux heures, soulevant un nuage de poussière et effrayant les poules, la Buick roula d'un village à l'autre. Sans l'admettre à haute voix, la vieille dame convint de la supériorité de la voiture automobile sur celle tirée par des chevaux.

En revenant à la maison, Fernand passa devant l'église paroissiale de Saint-Michel, puis il descendit vers le quai. L'assemblage de poutres et de pierres s'avançait dans le fleuve sur quelques dizaines de verges. Il stationna la voiture pour faire face à l'est. Sous leurs yeux, le vaste cours d'eau se donnait les allures d'une mer intérieure et, au loin, des îles faisaient naître des envies de voyage.

— C'est beau, murmura madame Dupire. Quel dommage que je ne puisse marcher jusqu'ici depuis la maison. Je viendrais souvent.

— Tu veux descendre ?

— ... Non. Mais vas-y, toi.

Après tout ce temps en voiture, ses articulations risquaient de se révolter contre cet effort. Fernand sortit, ouvrit la portière arrière pour permettre aux enfants de se dégourdir les jambes. Un moment plus tard, debout sur le quai, les yeux perdus au large, il demanda à la domestique :

— Comment les choses se passent-elles ?

La question, bien vague, lui valut une réponse précise.

— C'est comme à la maison. Elle s'enferme, s'isole.

— Elle s'occupe des enfants ?

— Peut-être un peu plus qu'à Québec.

Le nouveau contexte, le calme de la campagne, le chant des oiseaux, le plaisir de voir les enfants exposés à de multiples découvertes, tout cela ne suffisait pas à la faire sortir de sa morosité habituelle.

Une étrange faculté bien masculine permettait à Fernand de se masquer une part de la réalité. La proximité de sa maîtresse ne disposait pas sa femme à assumer son rôle d'épouse et de mère. Bien rationnellement, aux yeux de cet homme, elle ne pouvait se fâcher de voir une autre se contenter de ce gros corps qu'elle avait rejeté quelques années plus tôt. La situation se révélait bien plus complexe.

— Et toi, te plais-tu ici ?

— Tu... vous savez, pour moi, la campagne ne présente rien de nouveau.

L'alternance des moments d'intimité, pendant lesquels prévalait le tutoiement, et le formalisme de la vie de tous les jours amenaient Jeanne à commettre ce genre d'erreur.

— Bien sûr, Saint-Michel est bien plus riche que Charlevoix. Regardez.

Elle lui désignait l'arc décrit par la baie, une rangée de maisons blanches au toit de tôle sur la rive.

— Mais même plus riche, c'est une paroisse comme la mienne. Puis, je fais ici le même travail qu'à Québec.

— C'est vrai. Les vacances des enfants peuvent même représenter une corvée supplémentaire pour toi.

Comme pour lui donner raison, Antoine s'avança dangereusement au bord du quai afin de contempler le pont d'une goélette amarrée en contrebas. Le marchand général du village surveillait le déchargement des produits venus de Québec. Jeanne se précipita en disant:

— Fais attention à ne pas tomber.

— Je ne tomberai pas.

Plié en deux au-dessus du vide, son assurance paraissait exagérée. La domestique le tint par le col, tout en lui laissant le loisir de contempler les marins s'activant sur le pont de l'embarcation.

Fernand se chargea d'offrir la même protection à Béatrice. Depuis la voiture, la vieille madame Dupire se fit une réflexion curieuse: « On dirait que c'est elle, la mère. »

❁

La maison de location se dressait à une assez bonne distance de la route. Le propriétaire, un cultivateur prospère, se retirait dans une autre habitation plus modeste afin de laisser la place à des villégiateurs. Ses propres enfants couchaient dans le foin entassé dans le fenil de la grange, alors que des étrangers profitaient des paillasses dans les lits. Les seconds n'obtenaient pas nécessairement le meilleur de cet échange.

La proximité des agriculteurs fournissait à Antoine une occupation de tous les instants. Chaque fois qu'il arrivait à échapper à la surveillance des adultes, il collait aux pas des garçons du cultivateur pour observer leurs travaux. Sa sœur, plus timide, limitait ses explorations au potager situé près de la maison.

Seulement sous la surveillance des grandes personnes, les petits pouvaient descendre la pente abrupte conduisant jusqu'à la grève. Quand la marée se retirait, elle laissait une surface boueuse, couverte de galets gluants rendant la marche difficile.

La succession de ces activités épuisait les enfants. À sept heures, ils gagnaient leur chambre pour s'endormir bien vite. Les adultes demeuraient ensuite dans la cuisine, ou alors dans le salon, sous la garde de photographies anciennes montrant les visages sévères des aïeuls des propriétaires des lieux. Eugénie choisissait le plus souvent de se réfugier là, sans autre compagnie qu'un livre. La vieille madame Dupire, quant à elle, retrouvait la chaise berçante placée près d'une fenêtre, une couverture de laine sur les genoux. Née en ces lieux, elle aurait incarné sans mal la grand-mère de cette maisonnée.

Dans une promiscuité impensable à Québec, la vieille gouvernante se tenait sur un siège près d'elle, un tricot dans les mains. Elles ressemblaient à de vieilles amies et, après plus de quarante ans de cohabitation, elles l'étaient peut-être devenues, au-delà du silence et des rituels s'imposant dans leurs relations.

À neuf heures, Eugénie quitta sa retraite au salon. Elle laissa tomber, en s'engageant dans l'escalier :

— Je monte tout de suite. Je suis fatiguée.

— Bonne nuit, répondirent en même temps la mère et le fils en réponse à un souhait non formulé.

Cinq minutes plus tard, la vieille dame répéta le même vœu au moment de se retirer vers sa chambre. La gouvernante l'accompagna afin de l'aider à se mettre au lit.

— Veux-tu m'accompagner ? demanda Fernand en se levant. J'aimerais marcher un peu sur la grève.

Jeanne leva les yeux de la copie du journal posée sur la table. Un article retenait son attention depuis la fin de la corvée de vaisselle. Il concernait un commerce de fausses «exemptions de service militaire» mis au jour dans la région de Montmagny. Neuf mois après la fin du conflit, la question de la conscription agitait encore la société québécoise.

— Je veux bien. Je vais prendre mon châle.

À chacune des visites du notaire à Saint-Michel, le même scénario se reproduisait. Comme sa mère couchait au rez-de-chaussée, la maison n'offrait pas une discrétion suffisante à leurs rendez-vous. Ils devaient chercher un peu d'intimité à l'extérieur.

Un moment plus tard, le couple se dirigeait vers le fleuve en gardant une distance de trois bons pieds entre eux. Le soleil avait disparu au-delà de l'île d'Orléans, mais une clarté bleue permettait de bien distinguer le rivage de l'autre côté du bras du cours d'eau. Sur cette pente douce, ils apercevaient les longs rectangles des terres cultivées, jaunis par l'avoine rendue à maturité, et quelques maisons le long de la route.

Ils avaient déjà leurs habitudes. En bordure de la grève, un peu à l'écart, un tronc d'arbre déraciné, blanchi par les ans, couché dans l'herbe, offrait un banc passable. Jeanne s'assit la première. Après avoir examiné les environs afin de s'assurer qu'aucun autre estivant ne se trouvait à proximité, Fernand vint la rejoindre. Un long baiser souligna leurs véritables retrouvailles. Il garda un bras autour de sa taille, demeura un long moment silencieux.

— Même si cela n'est pas un véritable congé pour toi, je suis heureux de me trouver ici en ta compagnie pour une semaine. Marcher dehors, ou même me promener en voiture, me changera des actes de mariage et des testaments.

— J'ai peut-être exagéré un peu, cet après-midi. Même si je dois m'attacher aux pas des enfants afin d'éviter les accidents fâcheux, je viens ici tous les soirs, quand tout le monde est couché. Cela me permet... de penser à toi.

— Nous tenterons d'en profiter un peu. J'ai enfin trouvé... la chose.

L'homme sortit une boîte circulaire de la poche de sa veste. Jeanne l'ouvrit, sortit un tube blanchâtre. Le contact sous les doigts rappelait une peau très mince, plus fine encore que le chevreau.

— C'est de l'intestin de mouton, précisa l'homme à une question muette.

— Évidemment, quand on y pense, c'est simple. Rien ne peut passer.

Depuis des siècles, la crainte d'une grossesse inopinée forçait les femmes à la vertu. Ce couple illicite se contentait de jeux de mains depuis des mois, dans la demi-discrétion du salon de la grande maison de la rue Scott.

— Où as-tu trouvé cette... capote ? On désigne ça ainsi, non ?

— À la pharmacie Brunet, dans la Basse-Ville.

— Ils vendent ce genre de chose ?

— Comme tous les autres au courant de ce secret, ne le répète pas, sinon le cardinal Bégin ordonnera à tous les zouaves de la ville de s'emparer du pauvre commerçant pour le brûler vif en face de la cathédrale.

Dans la pénombre, la jeune femme ouvrit de grands yeux horrifiés.

— Tu n'es pas sérieux.

— … Non. Enfin, pas totalement. Toutefois, tu sais que c'est un péché d'«empêcher la famille». Le pharmacien serait ruiné si les curés se mettaient sur son dos.

Fernand demeurait intrigué par les convictions religieuses de la domestique. Elle savait adopter les comportements attendus d'une femme de sa condition. D'un autre côté, elle s'était abandonnée avec une relative aisance, l'automne précédent.

— Empêcher la famille, murmura-t-elle. Ces porteurs de soutane connaissent bien le sujet.

La phrase portait suffisamment d'ambiguïté pour intriguer le jeune homme. La voir avec le condom tenu délicatement entre les doigts lui enleva toutefois l'envie de la questionner plus à fond.

— Si c'est défendu, continua-t-elle, comment font-ils pour en vendre?

— Ils se cachent. C'est un peu comme pour l'alcool, je suppose. La loi le défend, mais les gens en achètent discrètement chez les cultivateurs, dans les arrière-cours des usines, dans les ruelles des taudis.

Fernand marqua une pause, laissa glisser sa main dans le dos de sa compagne.

— Tu veux l'essayer?

En 1907, il s'était refusé à accompagner Édouard dans un bordel de Montréal avec une protection de ce genre, soucieux de se «préserver» pour Eugénie. Combien cette naïveté lui paraissait sotte, maintenant.

La jeune femme fouilla l'obscurité grandissante du regard, puis susurra:

— Ici, sur la grève?

— Il y a un bosquet, là-bas.

Malgré l'inconfort, l'idée de se livrer à des privautés sur un tapis de feuilles humides ne rebuta pas la domestique.

Elle en serait quitte pour ajouter une lessive discrète à l'ensemble de ses occupations. Techniquement toujours vierge, elle sacrifierait ce « trésor » sans état d'âme. Sans grand plaisir non plus. La jeune femme espérait toutefois que l'expérience rendrait l'exercice plus agréable, quand ils recommenceraient.

❖

À la mi-août, les touristes demeuraient aussi nombreux dans la ville. Élisabeth contemplait la longue table de la salle à manger. Toutes les chaises étaient occupées. Si la cuisinière regrettait d'avoir abandonné la demeure bourgeoise de la rue Scott, elle dissimulait très bien sa déception. Comme la petite bonne suffisait à peine à faire les chambres, une femme de charge s'occupait des travaux d'entretien les plus lourds.

— *It's so charming!* déclarait une jeune touriste venue d'Albany.

Depuis son arrivée à Québec, elle répétait ces mots avec une lassante régularité. Le climat, l'architecture, les gens, le repas même, tout cela lui paraissait charmant.

La maîtresse des lieux prenait place au bout le plus noble de la table. Au début de l'été, l'anglais appris chez les ursulines lui paraissait bien insuffisant. Au fil des jours, elle gagnait une nouvelle assurance. En face d'elle, à l'autre extrémité, Mathieu devait à son statut de locataire permanent et de parent de la propriétaire l'honneur de profiter du second meilleur fauteuil.

Au moment où le jeune homme servait la soupe à sa voisine immédiate, celle-ci remarqua :

— Vous avez fait la guerre ?

Ses yeux fixaient sa main droite. Moins soucieux du regard des autres, il prenait lentement l'habitude de laisser son gant dans sa chambre.

— Dans la région de Passchendaele.

— Mon mari a été tué à cet endroit.

Elle ne devait pas avoir tout à fait trente ans. L'homme
chercha ses yeux des siens.

— Je suis désolé, déclara-t-il.

La visiteuse secoua la tête, incapable de prononcer un
mot. Un long moment, tous les autres convives portèrent
leur attention sur elle. Après une pause, le jeune homme
tenta d'attirer sa voisine sur un autre terrain.

— Vous venez de l'Ontario, je crois.

— Kitchener.

— L'ancienne ville de Berlin.

— Le nom a été changé pendant le conflit. Auparavant,
en disant «Je viens de Berlin», mes concitoyens et moi
faisions notre petit effet.

La municipalité devait ce premier nom à des immigrants
venus d'Allemagne. On avait préféré lui donner celui d'un
politicien britannique quand l'expression du loyalisme
impérial avait atteint son sommet.

— Vous serez à Québec encore longtemps?

— Je retournerai à la maison dimanche. Je devrai
reprendre le travail dès la semaine prochaine.

Il s'agissait d'une jolie jeune femme, grande et mince.
Coupés court, ses cheveux tendant vers le roux lui donnaient un air moderne. Mus par une étrange émulation,
autour d'eux, les autres convives se lançaient dans une
compétition insolite : c'était à qui alignerait le plus grand
nombre de proches, réels ou imaginaires, morts à la guerre.
Les Américains, engagés tardivement dans les combats, ne
pouvaient l'emporter à ce jeu.

De son côté, Mathieu cherchait des sujets de conversation anodins. Au dernier service, il était arrivé à la faire
sourire à quelques reprises.

En posant sa tasse de thé dans la soucoupe, il proposa :

— Puis-je vous inviter à marcher un peu sur la terrasse Dufferin ? Si le temps reste beau, il y aura de la musique.

— Ce sera avec plaisir. Je vais d'abord passer dans ma chambre.

— Je vous attendrai au salon.

Au moment où ils se levaient, Élisabeth demanda en français à son neveu :

— Je peux te parler un moment ?

— Bien sûr.

— Le temps d'aider un peu à desservir…

La touriste de l'État de New York laissa de nouveau tomber un « *It's so charming* ». Pour elle, pouvoir s'exprimer dans deux langues paraissait extraordinaire.

Un moment plus tard, la propriétaire des lieux vint s'asseoir dans un fauteuil du grand salon placé près de celui de Mathieu.

— Édouard m'a demandé hier si tu accepterais d'aller le rencontrer au magasin, commença-t-elle.

Au moins une fois par semaine, elle allait souper rue Scott. Elle évitait soigneusement de s'y présenter le dimanche, un jour où Eugénie pouvait s'y trouver aussi. Même quand celle-ci était à la campagne, elle s'en tenait à cette nouvelle routine. Cette précaution lui valait de ne pas avoir vu sa belle-fille depuis plusieurs semaines.

— Vous savez pourquoi ? demanda le neveu.

— … Il ne me l'a pas dit.

Mathieu garda ses yeux dans les siens, un sourire incrédule sur les lèvres.

— … Mais je pense qu'il souhaite racheter la part du magasin PICARD que tu possèdes. Cependant, je tire là une conclusion sur la base de conversations passées. Il ne me l'a pas dit vraiment.

Si son beau-fils avait voulu acquérir sa propre part, cela lui semblait une hypothèse plausible. Son interlocuteur laissa échapper un «oh!» de surprise. La jeune Canadienne anglaise entrait justement dans la pièce.

— Je passerai dans la journée lundi, dit-il en se levant. Bonne soirée.

— Bonne soirée, Mathieu, et à vous aussi, madame.

D'autres clients venaient s'asseoir dans le salon afin de converser. Elle leur accorda toute son attention.

❖

Elle s'appelait Jane. Mathieu marcha longuement avec elle sur la terrasse, lui montrant les points d'intérêt du panorama s'étalant devant eux. Quand l'orchestre commença à prendre place à l'étage du kiosque, le couple chercha un banc. Ils le trouvèrent assez loin, le dos aux musiciens. La distance leur permettait de continuer leur conversation sans devoir élever le ton.

— Vous habitez une très jolie ville, avec ses vieux murs.

Comme son compagnon ne se sentait aucune responsabilité particulière à cet égard, il se contenta de hocher la tête.

— L'Europe doit ressembler un peu à cela?

— Un peu, à cause des constructions en pierre.

— Avez-vous eu le temps de visiter?

Elle songeait aux longues descriptions contenues dans les lettres de son défunt mari. Il avait évoqué son désir de revoir un jour tous ces endroits avec elle.

— Oui, surtout au moment de l'entraînement, dans la plaine de Salisbury.

— Gregory a aussi été campé là pendant plusieurs semaines. Il me faisait des descriptions enthousiastes de la cathédrale. L'avez-vous fréquentée?

— De nombreuses fois. Nous n'avions rien d'autre à faire lors des permissions.

Elle hocha la tête, songeuse. Les cuivres résonnèrent un moment, les forçant au silence. Une accalmie de la musique lui permit de demander encore :

— Vous avez vu Londres aussi, je suppose.

— Oui, lors de mon séjour à l'hôpital… Pendant la convalescence, bien sûr. Mais vous savez, une fois rendus sur les champs de bataille, nous ne pouvions pas jouer aux touristes. Nous ne quittions guère les zones de combat, même lors des rotations à l'arrière. Ces régions-là étaient totalement dévastées, elles offraient un spectacle désolant.

Elle acquiesça de nouveau, convenant sans mal que pour voir du pays, la vie militaire se révélait décevante. La jeune femme s'entêta toutefois à relancer la conversation sur cet ailleurs, comme si venir à Québec ne suffisait pas à la rassasier de distances.

— Après la fin des combats, êtes-vous resté longtemps de l'autre côté ?

— Le rapatriement s'est fait très lentement, pour tous les soldats venus d'Amérique ou d'Australie.

— Le manque de navires, sans doute…

— Dans une certaine mesure, oui. Mais surtout, comme vous le savez, le traité de Versailles n'est pas encore signé, malgré de nombreux mois de négociations. Les politiciens devaient craindre que les Allemands ne reprennent les armes. On nous gardait tout près, parés à intervenir.

Les discussions de paix s'étiraient depuis l'automne précédent. Les conditions imposées à l'ennemi se révélaient si dures que même les Alliés comprenaient les réticences de celui-ci à les accepter.

— Pourtant, ils ont agréé aux conditions de l'armistice, plaida la jeune femme, un peu inquiète de ces atermoiements.

— Depuis, l'Allemagne a été la proie de divers mouvements révolutionnaires. Le nouveau gouvernement doit compter avec l'agitation populaire. Vu d'ici, cela semble toujours être l'anarchie.

— Des gens ont été fusillés dans les rues, selon les journaux.

Mathieu hocha la tête. La révolution bolchevique faisait des émules dans de nombreux pays d'Europe, entraînant une répression sanglante.

Sa compagne évoqua encore les charmes du vieux continent, ou les convulsions politiques, pour meubler le silence. Une semaine à Québec ne lui avait pas apporté la sérénité recherchée. Le jeune homme entendait prolonger la soirée pour le même motif.

— Cela vous tenterait de faire une croisière avec moi ?

— Pardon ?

— Une croisière, tout de suite. Cela nous changera de ces flonflons.

Elle le dévisagea un moment, intriguée.

— Nous pourrions prendre le traversier, et aller voir le point de vue depuis l'autre côté du fleuve. C'est magnifique, croyez-moi.

— … Il commence à se faire tard.

— Ni vous ni moi ne travaillons demain matin.

Il se leva, offrit à la fois son bras et son meilleur sourire. Finalement, ce grand Canadien français lui parut préférable au papotage dans le salon de la maison de chambre. Entendre encore « *It's so charming* » déclencherait une crise de nerfs chez elle.

Le couple traversa la terrasse Dufferin sur toute sa longueur afin de rejoindre le funiculaire. Jane tenait son bras légèrement, sans trop appuyer. L'affluence dans la petite boîte métallique la força à serrer de plus près son compagnon. Ses yeux exprimèrent une excuse muette, pas très convaincue. Quelques minutes plus tard, épaule contre épaule, les mains posées sur le bastingage, ils regardaient la ville de Québec s'éloigner.

— C'est vraiment beau, murmura-t-elle.

Puis elle éclata de rire.

— Je me répète. Je suis une petite Anglaise jamais sortie de son patelin, prête à s'enthousiasmer de tout.

— Mais vous avez raison. Je fais cette expédition régulièrement, juste pour voir le *Château Frontenac* se découper sur le ciel.

De la main, elle serra le pli de son coude, lui adressa un sourire un peu timide.

— Et vous aussi, vous êtes très jolie.

Elle détourna les yeux, secoua la tête. Ses cheveux captèrent les derniers rayons du soleil couchant.

— Vous ne devriez pas dire cela.

— C'est vrai, pourtant. Alors pourquoi ne pas le dire ?

La jeune femme lâcha son bras, s'éloigna d'un pas. Elle revint après un moment, à l'instant où le traversier s'amarrait au quai de Lévis.

— Cela fait si longtemps.

— Votre mari s'est enrôlé au début de la guerre.

— En 1915.

— Et il a été tué en 1916. Vous avez connu quatre ans de veuvage, en réalité.

Un instant, elle désira protester, parler de trois ans. À la fin, elle hocha la tête en signe d'assentiment, puis demanda :

— Descendons-nous ?

Des employés s'occupaient de placer la passerelle afin de permettre aux passagers de débarquer.

— À moins que vous ne rêviez de voir les lumières de la ville depuis Lévis, je propose de rester sur ce beau navire et de rentrer sagement. Nous pourrions même nous asseoir pour le voyage de retour.

Une banquette courait près de la coursive. Ils demeurèrent silencieux un long moment, épaule contre épaule, tout au long du débarquement et de la manœuvre de départ. Bientôt, le bâtiment quitta le quai en laissant derrière lui un nuage de fumée grasse.

— Au moment de votre rapatriement, questionna-t-elle, personne ne vous attendait ? Je veux dire une jeune femme.

— … Oui, une très jolie fille.

— Et ?

— L'homme qu'elle attendait est resté en Flandres. Il en est revenu un autre à sa place. Celui-là ne pouvait pas vraiment lui plaire.

Elle fixait ses grands yeux bruns sur lui, un peu inquiète.

— Vous croyez que cela aurait été la même chose entre Gregory et moi ?

— Aucun homme ne revient de la guerre sans être profondément changé. J'ignore cependant si vous vous seriez ajustés ou non.

— Je me demande souvent comment les choses auraient tourné. Je passais mes journées à espérer son retour, et mes nuits à m'inquiéter de l'allure de nos retrouvailles.

Mathieu comprit combien Françoise, pendant les longs mois d'attente après l'armistice, avait dû se poser les mêmes questions. Jane chercha sa main sur la banquette, la serra un moment de ses doigts tremblants. Une fois à quai, bras dessus, bras dessous, ils reprirent le funiculaire, parcoururent la terrasse Dufferin jusqu'au jardin des Gouverneurs.

Dans la pension Sainte-Geneviève, depuis le petit hall, ils entendirent encore le fameux « *It's so charming* ». Tous les deux pouffèrent de rire en s'engageant dans l'escalier. Sur le palier de l'étage, Jane s'arrêta, fit mine de chercher sa clé dans son petit sac. Son compagnon se pencha pour l'embrasser. Elle esquissa d'abord un geste de recul, puis abandonna ses lèvres, et enfin toute sa bouche.

En se redressant, il murmura :

— Venez avec moi.

— Je... Cela ne se fait pas.

Il lui présenta sa main. Elle la contempla un moment, posa finalement la sienne dans la paume ouverte. Tous les deux en avaient assez de leur solitude, mieux valait inaugurer leur nouvelle existence avec une personne qu'ils ne reverraient jamais.

Chapitre 19

Jusque-là, Mathieu avait acheté des services sexuels. Sauf de rares exceptions, tous les militaires en arrivaient à cet expédient. Malgré ces transactions un peu honteuses, en fait, le jeune vétéran possédait moins d'expérience que sa compagne.

Pourtant, les gestes lui vinrent avec un naturel parfait. Quand la porte se ferma derrière eux, le jeune homme la pressa contre son corps, chercha sa bouche avec la sienne. Elle se raidit un moment, puis finalement, accepta la caresse des lèvres, la langue curieuse. Ses années de veuvage lui pesaient... et ce garçon taciturne se révélait fort séduisant.

Les mains parcouraient son dos, s'attardaient au creux de la taille, la pressaient de façon à lui faire sentir la vigueur de l'érection contre son ventre. La poigne sur ses fesses la fit sursauter, mais la jeune femme ne se déroba pas. En constatant sa bonne volonté, Mathieu l'amena à reculer jusqu'à ce que ses genoux touchent le bord du lit. En la poussant et en la retenant tout à la fois, il l'étendit sur le dos, se pencha sur elle pour reprendre le baiser.

— Je n'ai jamais fait cela, lui confia-t-elle en le repoussant avec ses deux mains.

Elle voulait dire : s'abandonner en dehors des liens sacrés du mariage.

— D'une certaine façon, moi non plus.

Elle le regarda dans les yeux. Le soleil pénétrait par la lucarne, jetait une lumière dorée sur le couple illicite.

— Je veux dire…

Jane posa les doigts sur les lèvres de son compagnon. Le moment se prêtait mal à des explications de ce genre. Le jeune homme commença à détacher les boutons de la blouse, maladroit. À la fin, elle déclara :

— Je vais m'en occuper. Je ne voudrais pas que le désordre de mes vêtements me trahisse.

Son appétit s'opposait aux principes moraux de la religion méthodiste dans laquelle ses parents l'avaient élevée. Pourtant, elle se redressa sur son séant, défit les boutons avec des mains tremblantes. Mathieu apprécia la brassière ivoire, la pointe des seins raidis se déplaçant sous le tissu à chacun de ses mouvements. Quand elle dégagea ses épaules de la blouse, il porta la main sur la poitrine, apprécia une rondeur tiède de toute sa paume.

Leurs lèvres se trouvèrent encore. Elle se laissa entraîner de nouveau vers l'arrière jusqu'à être étendue sur le dos.

Quand la main masculine descendit sur le ventre, trouva la peau, remonta sous le tissu vers les seins, Jane chuchota :

— Je ne veux pas tomber enceinte.

— Je comprends. Aussi, je veux bien étrenner avec vous un souvenir rapporté de Londres.

❖

La lumière du soleil disparut bientôt tout à fait, le rectangle du ciel visible par la lucarne se couvrit d'encre. Jane se tenait étendue sur le côté, enveloppée dans un drap, tout près de son compagnon. Mathieu demeurait sur le dos, vêtu d'un seul caleçon, exposé à son regard curieux. Au début, son examen le mit terriblement mal à l'aise, puis il choisit de ne pas se soucier de l'inconvenance de la situation. Il était condamné à ne jamais revoir cette personne, de toute façon.

— Vous avez eu beaucoup de chance, observa-t-elle en passant le bout de son index sur les boursoufflures d'un rose malsain de son avant-bras.

La lumière électrique donnait une plus mauvaise allure encore aux cicatrices. Il en avait du poignet à l'épaule.

— Il s'agissait de blessures superficielles, des petits morceaux de métal pénétrant la peau, se logeant dans les muscles. Les chirurgiens ont fait tous ces dégâts en les extirpant avec leurs lames, malgré la merveilleuse invention de monsieur Röntgen.

Grâce aux rayons X, les médecins pouvaient localiser un morceau de métal dans un corps humain sans aller à la pêche avec un scalpel.

— Ce ne furent pas seulement de petits morceaux.

Les doigts suivaient maintenant des sillons profonds sur la poitrine. Des éclats d'obus avaient labouré le côté droit. Il avait bel et bien eu une chance exceptionnelle, tous les organes vitaux se trouvant épargnés.

— Pouvons-nous changer de sujet ? Je vais soulever ce drap et vous examiner de près à mon tour.

La jeune femme rougit, se troubla un peu.

— Je n'ai jamais fait cela…

— Vous me l'avez déjà dit.

Mathieu posa ses doigts sur ses lèvres. Il ne tenait pas à l'entendre formuler des regrets. Bien sûr, aucune compagne respectable ne s'abandonnait ainsi. S'il la laissait faire, elle se traiterait elle-même de traînée dans un moment.

— Je ne veux pas entendre parler de culpabilité ou de moralité. Jusqu'au lever du soleil, nous ferons semblant que tous les bien-pensants du Canada français comme du

Canada anglais n'existent plus. Si vous voulez vous désoler demain, vous le ferez sans moi. Car, voyez-vous, je suis las de ces gens. Ils réprouvent ce que nous venons de faire, et que nous recommencerons encore dans un instant, mais ils trouvaient respectable de m'envoyer tuer des jeunes gens de mon âge.

— Des ennemis…

— Vous savez, habillé comme je le suis ce soir, vous ne sauriez pas faire la différence entre un Allemand et moi.

Quand il souleva le drap pour regarder sa poitrine, il ne découvrit aucune blessure. Bien au contraire, la peau blanche paraissait parfaite, la pointe des seins d'un rose soutenu. Il entreprit d'en parcourir toute la surface de ses lèvres.

❖

En plein jour, tous les deux retrouvaient le comportement emprunté, les gestes hésitants, la rougeur des joues de personnes intimidées par leurs propres désirs. Dimanche, Mathieu prit la valise de Jane dans le hall de la pension, il lui offrit son bras en disant :

— Vous êtes certaine de préférer marcher ? Il nous faudra au moins une demi-heure pour atteindre la gare.

— Ce sera une promenade agréable.

— Comme vous voulez.

Un peu plus tard, ils descendaient la rue de la Fabrique.

— Ce commerce appartient à ma mère, précisa Mathieu au passage.

La confidence la toucha. Son compagnon lui avait abondamment parlé de son expérience sur les champs de bataille. Aux petites heures de la nuit, il avait même évoqué les visites au bordel de tous ces jeunes gens terrorisés à l'idée d'une mort prochaine. Dans toute autre circonstance, le récit aurait révolté cette femme pudique. Toutefois, pendant quelques heures, elle n'avait ressenti que de la sympathie pour les jeunes gens, et même pour les marchandes de plaisir.

— Votre père ?

— Il est mort en 1914. Maman a continué ensuite, afin de faire vivre la famille.

— Une famille nombreuse ?

— J'ai une sœur.

Jusqu'à l'escalier conduisant à la Basse-Ville, Mathieu évoqua son existence avant la guerre. La situation lui semblait étrange. Après une nuit torride, ils partageaient de petits moments de leur biographie, comme s'ils en étaient à leur première rencontre.

Le couple entra dans la gare quand le train pour Montréal s'arrêtait près du quai dans un nuage de vapeur blanche. Son arrivée leur éviterait de longs adieux. Devant la porte du wagon, Jane offrit sa main. Mathieu la tint dans les siennes un long moment, comme avec une amie très chère.

— Je suis très heureuse de vous avoir rencontré, murmura-t-elle. Cette...

Le mot « aventure » ne franchit pas ses lèvres.

— Cette parenthèse ? suggéra son compagnon.

— Cette parenthèse me permettra de regarder l'avenir de façon plus sereine.

— Je suis aussi très heureux, pour la même raison.

Le jeune homme se pencha pour l'embrasser. Elle détourna la tête pour offrir sa joue, à la place de ses lèvres. L'endroit fourmillait de voyageurs, il fallait retrouver la réserve normale entre un homme et une femme.

— Je vous souhaite d'être heureux, lui glissa-t-elle à l'oreille en montant les trois marches qui conduisaient à la voiture. La guerre est terminée, il faut faire la paix.

L'expression se trouvait dans tous les journaux, elle justifiait la recherche de plaisirs inédits, de nouvelles façons de vivre, de penser. Mathieu allongea le bras pour lui remettre la valise.

— Je nous le souhaite à tous les deux, Jane.

Sur ces mots, il tourna les talons. Quelques minutes plus tard, il gravissait la côte d'Abraham en sifflant. Il s'arrêta bientôt, surpris de sa propre gaieté.

❀

Avec la prochaine rentrée des classes, de nombreuses personnes se massaient devant les vitrines de la rue Saint-Joseph. Mathieu s'attarda lui aussi devant les étals les plus attirants. La perspective de rencontrer son cousin – ou plutôt son demi-frère – ne l'incitait pas à se presser.

Un peu avant onze heures, il passa enfin la porte du grand magasin PICARD. Sa dernière visite en ces lieux datait de 1914, peu après la mort d'Alfred. Depuis, Thomas avait aussi quitté ce monde. Il s'arrêta dans quelques rayons avant de prendre l'ascenseur. Un gamin vêtu de rouge manipulait les commandes et annonçait à haute voix les marchandises offertes à chacun des étages.

Au troisième, le badaud s'attarda plus que de raison dans le rayon des vêtements féminins, examina la marchandise d'un œil expert. Pour une commerçante comme sa mère, la difficulté consistait à offrir des produits un peu plus intéressants que ceux des grandes surfaces, à des prix raisonnables.

Puis il emprunta le passage conduisant au vieux commerce, celui construit par Théodule en 1876. Dans l'antichambre du propriétaire et gérant, une jolie brunette leva les yeux sur lui.

— Oh! Monsieur Picard.

— … Je vous connais?

— Non. Mais je sais que vous avez rendez-vous avec le patron. Surtout, vous ressemblez tellement à monsieur Thomas.

Mathieu tourna la tête pour voir son reflet dans une fenêtre donnant sur le clocher de l'église Saint-Roch. Depuis son retour, il présentait un visage amaigri, des yeux un peu plus enfoncés dans leurs orbites.

— Cela doit être un héritage de grand-papa Théodule. Mon cousin est-il là?

Flavie Poitras se leva pour aller frapper à la porte de son patron. Le visiteur apprécia la silhouette fine, la robe découvrant la presque totalité des mollets. Le privilège d'acheter au prix du gros venait avec son emploi, elle en profitait visiblement pour se vêtir avec une élégance simple. Elle passa la tête dans l'embrasure pour annoncer:

— Votre visiteur est arrivé.

— Faites-le entrer.

La secrétaire se plaça de côté afin de laisser passer le nouveau venu, son meilleur sourire sur les lèvres. Dans le grand bureau, Édouard s'approchait, la main tendue.

— Je te remercie de t'être déplacé.

— Ce n'est rien. Je ne suis pas très occupé, ces temps-ci.

— Tu ne travailles plus dans le commerce maternel, je crois.

Le jeune homme présenta un visage amusé.

— … La nouvelle est-elle parue dans *Le Soleil*?

— Si quelqu'un a le malheur de péter dans la Haute-Ville, la chose est discutée dans tous les foyers.

Le commerçant fit une pause, puis il reprit:

— C'est donc vrai?

— Si je veux devenir avocat, il me faut abandonner la vente de jupons et me consacrer à mes études. Comme je n'ai pas ouvert un livre de droit depuis deux ans...

Il fit un geste de la main pour signifier que le sujet lui paraissait clos. Édouard ne l'entendait pas ainsi.

— Tu n'occupes pas un emploi dans une étude.

Mathieu ne croyait guère que son sort faisait l'objet de discussions dans la ville. Plus probablement, son interlocuteur devait avoir tiré ses informations de sa belle-mère, Élisabeth.

— Jusqu'en septembre, j'étudierai seul. Ensuite, je serai stagiaire. Mais tu ne m'as pas fait venir ici pour t'enquérir de mes progrès scolaires.

L'autre regagna son fauteuil, posa ses coudes sur son bureau. Le visiteur prit place sur la chaise devant lui.

— Tu as raison, reconnut Édouard. Je suppose que pour concrétiser tes aspirations professionnelles, tu as besoin d'argent.

— Les prix ont augmenté pendant la guerre, mais les choses rentrent lentement dans l'ordre. Je devrais m'en tirer.

Mathieu arborait maintenant un sourire narquois. Peu désireux de faciliter les choses à son interlocuteur, il livrerait les informations au compte-goutte. Celui-ci cessa de tourner autour du pot :

— Si tu désires vendre, je suis disposé à t'acheter la part du commerce reçue de ton père à sa mort.

— Grands dieux ! Pourquoi ferais-je une chose pareille ? Grâce à la bonne administration de Thomas, j'ai reçu un joli chèque tous les ans. Comme je ne doute pas de tes talents, cette belle habitude se poursuivra. Je me garderai bien de me départir de ces actions. C'est une bourse d'études fort convenable, vu mes besoins modestes.

— Mais si tu veux ouvrir ton propre cabinet un jour, tu auras besoin d'argent comptant.

— Je n'en suis pas là. Avec la cléricature et l'examen du barreau, il me reste trois bonnes années d'études au moins.

Édouard afficha son sourire mercantile afin de dissimuler sa déception.

— Tu devrais tout de même y penser un peu. Je te donnerais un bon prix, assez pour te permettre de terminer tes études et préparer ta carrière.

— Je veux bien y penser un peu. Cela n'engage à rien.

Le commerçant hocha la tête, puis continua :

— Cela te dirait d'assister à un grand événement ? La célébration de la plus belle réalisation de ce siècle.

— Il reste encore quatre-vingt-un ans au siècle. C'est long.

— Tu as raison : disons des vingt premières années, et dans la seule région de la Vieille Capitale. Veux-tu m'accompagner à la cérémonie d'inauguration du pont de Québec ?

Des trains roulaient depuis deux ans sur le grand ouvrage d'ingénierie. Toutefois, le conflit avait empêché la tenue de réjouissances officielles.

— Avec le prince de Galles ?

Les journaux du matin soulignaient à coup de grands titres en première page l'arrivée de l'héritier de la couronne royale et impériale, Edward.

— Je ne dis pas que nous serons assis à côté de Son Altesse, mais nous serons placés assez près pour voir si les poils de sa moustache sont bien taillés.

— Il n'en porte pas. Mais à quoi dois-tu le privilège de fréquenter les grands de ce monde ?

— Papa comptait parmi les premiers investisseurs de la Société du pont de Québec. Nous avons d'ailleurs bien failli tous les deux nous écraser dans le fleuve avec le premier ouvrage, en 1907.

Édouard se renfrogna un instant en se remémorant la catastrophe. L'événement hantait encore ses nuits, parfois.

— Papa avait reçu une invitation avant sa mort. J'ai hérité de ses deux places.

— Et madame Picard…

— Ne montre aucun intérêt pour les créations du génie.

Évelyne aurait peut-être apprécié apercevoir de près les plus illustres personnages du Canada et de l'Empire, mais elle avait tout de même présenté une mine renfrognée à l'idée de l'accompagner à cette cérémonie.

— Cela aura bien lieu samedi ? demanda le visiteur.

— Le 21 août.

— D'accord. Cela me reposera un peu de mes lectures austères.

Le marchand posa les yeux sur la surface encombrée de son bureau. Le visiteur saisit tout de suite le message.

— Alors, je ne te fais pas perdre plus de temps, dit-il en se levant.

— Nous reparlerons de cela dans cinq jours.

Il voulait dire de la transaction.

— Je passerai te prendre chez maman en fin d'après-midi, continua-t-il en tendant la main à son cousin.

Mathieu quitta le bureau sur un dernier salut. Dans l'antichambre, la secrétaire abandonnait sa machine à écrire. L'horloge placée contre le mur indiquait midi.

— Mademoiselle.

Il inclina la tête en guise de salut.

— Monsieur.

L'homme se dirigea vers l'escalier, s'arrêta et, après un moment de réflexion, revint sur ses pas.

— Mademoiselle, je ne sais si je peux…

Elle fixait sur lui des yeux interrogateurs.

— Vous devez vous apprêter à aller dîner. Me permettez-vous de vous inviter ?

— La question contient la réponse, n'est-ce pas ?

Elle affichait un petit sourire amusé.

— Alors ?

— Le restaurant du sixième vous convient-il ?

Mathieu contempla les lieux autour d'eux, puis répondit dans un sourire :

— Vous devez être lasse de cette grande bâtisse. Je préférerais vous emmener dans un restaurant du quartier.

— … Dans ce cas, attendez-moi un instant.

Elle frappa à la porte de son employeur, allongea la tête dans la pièce.

— Monsieur Picard, je prendrai un peu plus de temps pour dîner. Vous savez, je reste souvent le soir.

Le visiteur perçut un : « Bien sûr, bien sûr. Je vous prendrai quand vous reviendrez. » Flavie alla chercher son chapeau sur la patère, le posa sur ses boucles brunes en s'aidant de son reflet dans les grandes fenêtres.

En la regardant enfiler ses gants, il commenta :

— Vous avez un patron bien conciliant.

— N'allez pas croire cela. Quand il faut faire des heures supplémentaires, je n'ai pas voix au chapitre. Et avec tous les chômeurs et toutes les chômeuses dans la Basse-Ville, mieux vaut ne pas protester.

❀

Ils marchèrent côte à côte vers l'escalier, descendirent d'un pas vif au milieu de la foule. En mettant le pied sur le trottoir, elle demanda :

— Où allons-nous?

— En venant, j'ai aperçu un petit restaurant, le Cartier, rue de la Couronne. Si cela vous convient, bien sûr.

— Je connais. Nous y mangerons bien, et le service est rapide.

Étrangers l'un à l'autre, ils gardaient une attitude gênée, progressant du même pas, mais sans oser se toucher. L'établissement se trouvait tout près. Un serveur leur désigna une table près du mur. Les commentaires sur la température clémente les occupèrent un moment. Quand vint le temps de passer la commande, Mathieu remarqua les yeux de sa compagne sur sa main droite. Il fit le geste de chercher dans sa poche.

— Si vous préférez, dit-il, je peux mettre mon gant.

— Pourquoi feriez-vous cela?

— Certaines personnes n'aiment pas…

— Vous n'avez jamais entendu une remarque en ce sens, j'en suis certaine.

Le jeune homme rougit un peu. Excepté la petite escarmouche survenue plusieurs semaines plus tôt dans un débit de boisson clandestin situé à moins d'un demi-mille de là, personne n'avait formulé la moindre remarque désobligeante.

— Vous avez raison, admit-il.

Elle ne détournait pas son regard de la main blessée. Enfin, elle leva les yeux vers son interlocuteur.

— Vous avez fait la guerre.

— Pendant une année.

— C'est long. Je travaillais alors à Valcartier. J'ai entendu de telles histoires d'horreur. Cela a dû être affreux. Vous avez fait preuve d'un grand courage.

Le commentaire revenait sans cesse, lassant. Sa vis-à-vis était sincère, très jolie, aussi il hocha la tête en affichant un sourire peu convaincant. Il préféra tout de même changer de sujet.

— Vous rappeliez le chômage tout à l'heure. Cela affecte-t-il les affaires du magasin ?

— Je ne sais pas si je peux…

Évoquer les activités de son employeur lui semblait bien indélicat. Son compagnon entreprit de la rassurer.

— Je ne veux pas me mêler des problèmes ou des succès de la parenté. Je possède un sixième de ce magasin. Une fois l'an, mon cousin me fait un rapport de ses activités. En posant la question, je devance seulement le compte rendu de quelques mois.

— C'est vrai ?

— Mes actions dans l'entreprise ? Bien sûr. Grand-papa Théodule, mort longtemps avant ma naissance, a donné une partie du commerce à mon père. Une petite partie, mais je souhaite tout de même me tenir au courant.

L'arrivée des assiettes sur la table permit à la jeune femme de réfléchir un moment.

— Au magasin, consentit-elle enfin, les choses ne vont pas si mal, même si le patron paraît se désoler. Les gens ont économisé de l'argent pendant la guerre. D'un autre côté, les salaires ont été réduits, là comme ailleurs.

Elle grimaça sur ces derniers mots.

— Même le vôtre ? Mon cousin est un goujat.

— Pour dire toute la vérité, les prix ont diminué dans la même proportion que mes gages. Je ne suis ni perdante, ni gagnante.

Tout de même, la propriétaire de sa maison de chambres s'était fait tirer l'oreille pour suivre le mouvement à la baisse. Seule sa menace d'aller vivre ailleurs avait fait fléchir la vieille dame.

Mathieu lui adressa un sourire de connivence.

— Mon employeur n'est pas un... insista-t-elle. Quel mot avez-vous dit ?

— Un goujat. Une personne sans délicatesse, si vous préférez.

La petite leçon de vocabulaire passa sans mal, grâce à la gentillesse dans la voix.

— Au contraire, monsieur Édouard se montre attentionné.

— Il a la réputation de se montrer très attentionné avec les jolies filles.

Flavie fronça les sourcils, prête à défendre son patron. Puis les conversations murmurées dans les toilettes, à propos de Clémentine, lui revinrent en mémoire. Elle-même avait jeté cette affaire au visage de son employeur pour calmer ses ardeurs, plus tôt dans l'été.

Ce souvenir l'amena à nuancer sa position :

— Personnellement, je n'ai aucun motif de me plaindre.

Après la remontrance formulée en langage clair, sans sous-entendu, lors de la Saint-Jean, l'homme avait mis fin aux invitations, tant celles exprimées clairement que les fines allusions.

— J'en suis heureux, répondit son compagnon, car au moment de vous reconduire à la porte du magasin, tout à l'heure, je compte bien vous inviter à sortir avec moi.

Sans trop d'espoir de se rendre aussi loin avec cette jeune personne qu'au cours de son aventure des derniers jours, Mathieu entendait dorénavant s'intéresser aux charmes de la moitié féminine de l'humanité. Lentement, il s'arrachait à l'univers glauque des tranchées.

Flavie souleva les sourcils, surprise par la proposition. Cela lui laissait tout de même une petite demi-heure pour réfléchir à sa réponse. Aussi, de retour dans le commerce, quand elle lui tendit la main pour le remercier du bon repas, elle l'entendit sans surprise demander :

— Mademoiselle, accepteriez-vous de venir au cinéma avec moi ?

— Ce sera avec plaisir.

— Dimanche prochain, alors ?

Elle hocha la tête en signe d'assentiment. Mathieu lui demanda l'adresse de sa pension. Ils convinrent de se rencontrer à une heure à la porte de l'établissement. Au moment de tourner les talons, il suspendit son geste.

— Vous connaissez mon nom, mais vous ne m'avez pas donné le vôtre.

— Poitras. Flavie Poitras.

— Donc à bientôt, mademoiselle Flavie.

L'usage de son prénom heurtait un peu les convenances. Elle choisit de ne pas s'en formaliser. Au retour d'Europe, bien des hommes se montraient trop audacieux.

❖

Si, en juin, Édouard avait imaginé se départir des ateliers PICARD afin de chercher les fournisseurs les moins chers, l'idée ne présentait plus le même intérêt quelques semaines plus tard. Fulgence Létourneau avait réduit le coût de revient des marchandises. Surtout, le petit homme méritait maintenant certains égards, pour des motifs familiaux.

— Vous me présentez les vêtements de la prochaine saison un peu tard cette année, n'est-ce pas ? demanda le patron.

— Comme mon personnel devient bien restreint, les dessins me sont parvenus ce matin seulement. Je suis venu aussi vite que possible.

Jamais l'effectif n'avait été aussi réduit depuis le ralentissement de 1913. Édouard étala les feuilles sur le bureau devant lui. Les esquisses au crayon montraient les modèles de manteau ou de veste susceptibles de séduire les clientes en novembre ou en décembre suivant.

— La semaine prochaine, j'aurai les robes, les jupes et les blouses.

— C'est bien. Cela ressemble à ce que j'ai vu dans les magazines européens ou américains.

— Cela ne doit pas vous surprendre : nos employés s'en inspirent, changent une ligne ici, une autre là, recommandent un tissu un peu plus chaud à cause de notre climat.

Les belles de Québec continuaient de suivre la mode des villes plus grandes avec un léger retard.

— Nous devons maintenant déterminer les quantités, remarqua Édouard en plaçant un registre sur les dessins.

Il l'ouvrit afin de voir les colonnes de chiffres relatives aux dernières semaines.

— Les choses vont-elles mieux ? questionna le visiteur, une pointe d'inquiétude dans la voix.

— Les ventes augmentent lentement, le chômage paraît se résorber. Mais l'hiver est toujours une saison difficile, une fois passé l'achalandage de Noël et du jour de l'An. Nous allons produire les mêmes quantités que l'an dernier.

En 1918, l'appareil de production demeurait encore mobilisé par l'effort de guerre. La modestie du chiffre des ventes se trouvait alors avantageusement compensée par les prix très élevés. Un an plus tard, cela conclurait l'année sur une mauvaise note. Le commerçant ferma son registre en laissant échapper un soupir.

— Ne nous décourageons pas, la situation évoluera bientôt dans la bonne direction... Et pour vous, comment les choses se passent-elles ?

Fulgence demeura un moment interdit. Thomas Picard ne manquait jamais de conclure leurs entretiens sur une note personnelle. Le fils entendait peut-être suivre son exemple.

— Les journées sont longues aux ateliers. Comme le nombre des employés se trouve à son plus bas, nous prolongeons les heures.

En période de chômage, les ouvrières n'osaient pas protester à la perspective de faire plus de douze heures par jour. Dans une meilleure conjoncture, elles auraient tout simplement cherché un emploi ailleurs.

— Je comprends, ce n'est facile pour personne. Moi-même, je quitte ce bureau bien tard. Je n'ai même pas la prétention que cela serve à quelque chose : je contemple les chiffres, je cherche le moyen de faire des économies. Cela n'amène toutefois pas un client de plus dans le magasin.

Édouard marqua une pause, puis demanda encore :

— Votre femme se porte-t-elle bien ?

— Oui, Thérèse demeure en bonne santé.

Vraiment, le jeune patron connaissait une étrange métamorphose.

— Votre garçon… voulez-vous me rappeler son nom ?

— Jacques.

— Il doit bien avoir dix ans maintenant. Je suppose qu'il fréquente l'école à Limoilou.

— L'école Saint-Charles. Mais nous l'avons inscrit à la classe préparatoire du Petit Séminaire pour septembre prochain. C'est un peu cher pour nous…

« Mais c'est moi qui paie », songea son interlocuteur avec humeur.

— Cela m'inquiète un peu, poursuivit Fulgence. Puis le trajet en tramway entre Limoilou et la Haute-Ville prend bien du temps, il devra partir à sept heures du matin, revenir à la même heure le soir.

— À cet âge, on possède tellement d'énergie. Songez-vous à lui faire faire ses humanités?

Pour une personne de la condition de son vis-à-vis, cela paraissait un peu présomptueux.

— Il a beaucoup de talent, répondit le visiteur sur un ton de fausse modestie. Nous ferons tout pour lui permettre d'aller aussi loin que possible.

Le marchand songea encore à l'ironie de la situation. Ils parlaient des perspectives d'avenir de son neveu.

— Vous faites bien de l'encourager. Qui sait, il s'agit peut-être du futur cardinal de Québec.

— Jusqu'à maintenant, Jacques montre une intelligence remarquable, mais sa piété ne le distingue pas des autres.

Le commerçant quitta sa chaise. Fulgence se leva aussi.

— Je vous apporterai bien vite les prochains dessins, dit-il en se dirigeant vers la porte. Nous nous en tiendrons aux quantités convenues.

Un moment plus tard, le petit homme saluait Flavie, puis s'engageait dans les escaliers d'un pas vif. Pour maintenir la cadence, mieux valait ne pas quitter les couturières des yeux trop longtemps.

Chapitre 20

À la fin de l'après-midi, le samedi suivant, Mathieu occupait un banc du jardin des Gouverneurs, juste en face de sa pension. La grosse Ford de son cousin s'arrêta devant lui vers quatre heures. Il ferma son livre, un roman français, pour le glisser dans sa poche avant d'ouvrir la portière du côté du passager.

— J'ai regardé le journal, en me levant. Son Altesse Royale doit abattre une rude journée de travail, aujourd'hui.

— Le pauvre prince sera occupé pendant une douzaine d'heures. Mes employés endurent la même chose six jours par semaine, pour un salaire bien moindre.

Édouard ne manifestait pas un grand enthousiasme à l'égard du visiteur royal. Pourtant, comme des dizaines de milliers d'autres Québécois, il avait regardé la veille les trois navires de guerre portant le visiteur et son escorte jeter l'ancre dans la rade, devant la ville.

— Tu n'as pas eu envie d'assister aux autres cérémonies ? demanda le passager.

— Le voir poser une gerbe de fleurs successivement devant les monuments de Montcalm et de Wolfe ? Non merci. J'ai vu son papa faire la même chose en 1908.

— Je crois qu'il y a aussi une manifestation sur les plaines d'Abraham.

— Je préfère me limiter à l'inauguration du pont. J'ai un vieux compte à régler avec cette grande construction.

Depuis une semaine, de fort mauvais souvenirs se bousculaient dans son esprit. Son compagnon ne l'aida guère à oublier.

— L'autre jour, tu as dit avoir failli mourir, lors du premier accident. Tu peux m'en dire plus ?

Le marchand hésita un moment, peu désireux de ramener dans sa mémoire le cadavre du jeune homme de son âge.

— Le 29 septembre 1907, j'ai insisté auprès de mon père pour aller voir l'état d'avancement des travaux, avant l'arrêt pour l'hiver. Nous avancions sur le tablier, quand un craquement s'est fait entendre. Nous avons eu beaucoup de chance, nous nous trouvions encore près de la rive. Le temps de revenir, et tout s'écroulait.

Le compte-rendu était à la fois exact, succinct et suffisamment évasif pour ne pas entraîner de questions supplémentaires. Édouard roula sur la Grande Allée. Il sortit bientôt de la ville, dépassa l'aéroport du Bois-Gomin et atteignit enfin Sainte-Foy. De nombreuses automobiles encombraient les bords de la route. Le commerçant stationna comme les autres à proximité du fossé, verrouilla les portières avant de se diriger vers les estrades.

— Tu es certain que nous aurons une place ? demanda Mathieu. Des milliers de personnes se trouvent ici.

Les curieux formaient une foule compacte. L'aîné sortit deux cartons de sa poche, les tint à la hauteur de ses yeux en disant :

— Excusez-moi, pardon. Nous sommes attendus.

Malgré leurs protestations, les spectateurs acceptaient de s'écarter un peu. Au premier rang, un cordon de policiers les arrêta. De nouveau, le marchand utilisa les laissez-passer comme un sésame. Bientôt, les deux hommes prenaient place sur des estrades sommairement construites.

— J'ai l'impression de me trouver à l'Assemblée législative, commenta Mathieu. Nous sommes entourés de députés libéraux.

— Les conservateurs sont là aussi. Regarde, Arthur Sauvé se trouve juste à côté.

Des yeux, le marchand désignait un homme corpulent assis deux rangées plus bas.

— Il ne manque que le premier ministre.

— Lomer Gouin se tient près du train, là-bas. C'est le petit gros.

Sur les rails, quatre wagons étaient accrochés à une locomotive. Les voitures portaient une multitude de drapeaux britanniques et des banderoles. Le jeune étudiant reconnut le père de son futur employeur, le lieutenant-gouverneur Fitzpatrick, et d'autres notables du gouvernement, sans compter les membres de la suite royale. Deux hommes en uniforme kaki se tenaient un peu à l'écart.

— Je reconnais le général Landry, grommela Édouard. Le salaud a dirigé la répression au moment des émeutes, l'an dernier.

— Des mutineries fomentées par des irresponsables. Bien sûr, les agitateurs se savaient hors de portée des autorités. Ce ne sont pas eux qui se sont fait tirer dessus, mais des gens assez naïfs pour les écouter.

Le marchand préféra changer de sujet. Il conservait un souvenir affreux de l'échange très acide survenu sur le terrain de l'exposition, le jour de la Saint-Jean. Mieux valait ne pas s'exposer à le voir se répéter.

— L'autre officier, questionna-t-il, tu le connais ?

— Le général Tremblay. Il se trouvait à la tête du 22e bataillon.

— Tu as été sous ses ordres ?

— Les généraux ne donnaient pas des ordres directs aux lieutenants ou aux capitaines. Mais oui, ultimement, voilà l'homme qui me donnait les ordres.

Le vétéran ne préciserait pas avoir rencontré cet officier supérieur à quelques reprises, lors du procès militaire de deux de ses soldats pour refus de combattre.

— Tu n'as pas eu envie d'aller parader sur les Plaines avec tes camarades, cet après-midi ?

Après avoir déployé un grand *Union Jack* au parc des Champs-de-Bataille, les anciens combattants de la ville de Québec avaient marché au pas sous les yeux princiers.

— Pendant la guerre, j'ai fait mon devoir comme je le comprenais. Aujourd'hui, je n'ai aucune envie de jouer au soldat pour exciter des spectateurs prudemment restés à l'arrière.

La repartie fit grimacer son compagnon. Heureusement, l'arrivée d'une énorme limousine, précédée et suivie de nombreuses voitures de la police et de l'armée, attira tous les regards. Sur l'herbe, une douzaine de caméras de cinéma enregistraient des images du prince. La scène précéderait le programme principal de toutes les salles de cinéma du pays, dans quelques jours.

Le lieutenant-gouverneur reçut son souverain avec un discours ronflant, puis Son Altesse royale se dirigea vers l'amorce du pont afin de dévoiler une plaque de bronze. Ce fut l'affaire de cinq minutes. Edward monta ensuite dans le wagon de tête du petit convoi, suivi de son escorte, du lieutenant-gouverneur et des premiers ministres du Québec et du Canada. Une quarantaine de notables grimpèrent dans les autres voitures.

— Ils vont aller faire exactement la même chose sur l'autre rive, précisa le marchand, puis ils reviendront ici pour livrer les discours officiels.

— Une cérémonie passionnante…

L'ironie de Mathieu n'échappa pas à son compagnon.

— Je te l'ai dit, j'ai un rapport particulier avec cette grande construction.

Pendant de longues minutes, Édouard évoqua la longueur totale de l'ouvrage, celle de la travée centrale, son poids, et même le nombre exact de rivets utilisés pour l'assembler.

— Tu les as comptés, rétorqua l'autre, faussement admiratif.

— Ne fais pas l'idiot. Les journaux ont donné ces chiffres cette semaine.

Il fit une pause et ajouta avec un gros clin d'œil :

— Mais ces chiffres, moi, je les ai retenus.

— Si cela t'intéresse autant, pourquoi ne pas avoir fait des études d'ingénieur ? Cela ne vaudrait-il pas mieux que de passer tes journées dans un grand bureau sans fenêtre ?

— … La facilité, sans doute. Prendre la place de papa semblait tout à fait naturel.

Une pareille candeur rendait Édouard bien sympathique, son compagnon devait en convenir. Dans des circonstances identiques, lui-même aurait-il entrepris des études de droit ? Il regarda autour de lui avant de demander :

— À part les députés, les ministres, les échevins et les épouses de toutes ces grosses légumes, les autres invités sont des investisseurs ?

— Certains, oui. Ce sont d'anciens collaborateurs de papa, au sein de la première compagnie.

— Des nostalgiques ! Ce grand amas de fonte a été construit avec des fonds publics.

— Après la catastrophe de 1907, aucun financier n'a commis la sottise de risquer de nouveau son capital là-dedans.

Alors que le train revenait vers la rive nord avec son précieux fardeau, un bruit de moteur se fit entendre sur leur droite. Un biplan aux couleurs de la Royal Air Force s'amenait à une vitesse folle à la hauteur des falaises escarpées de part et d'autre du fleuve. Il plongea vers les flots afin de passer sous le tablier du pont, puis il se redressa à demi pour amorcer une grande boucle.

Quand l'avion passa au-dessus de l'ouvrage d'ingénierie en présentant ses roues au ciel, tous les spectateurs, debout, le cou cassé pour ne rien perdre de l'action, retinrent leur souffle. Quand le pilote ferma le grand cercle, les applaudissements fusèrent.

— Je suis venu surtout pour cela. Il s'agit du lieutenant Vézina, un as de la Grande Guerre. Ces gars sont extraordinaires.

Mathieu ne voulut pas discuter des mérites comparés des fantassins et des aviateurs. Les seconds lui paraissaient avoir eu la vie facile, à la guerre… et plus que leur lot de conquêtes féminines lors des permissions. Le train s'arrêta sur la rive, les passagers descendirent. Le maire Lavigueur monta sur une espèce de caisse, attendit que les spectateurs fassent silence avant de commencer de sa voix de basse :

— Votre Altesse royale, le peuple du Québec éprouve une extrême fierté de vous recevoir pour cette inauguration officielle…

Édouard n'écoutait pas vraiment les mots convenus. La vue du premier magistrat de la ville le ramena de nouveau au moment de la mort du fils de ce dernier, Louis. La grippe espagnole lui paraissait encore comme une affreuse loterie. Les uns étaient morts et les autres, non.

Quand le maire Lavigueur abandonna le petit podium, le visiteur de marque lui succéda, une silhouette longue et frêle vêtue d'une redingote noire et d'un pantalon gris. Il commença dans un français impeccable :

— Monsieur le maire, messieurs les premiers ministres, messieurs les invités, je vous remercie pour l'honneur que vous me faites de m'inviter…

La voix du prince portait moins bien que celle de son prédécesseur. Les personnes présentes tournaient un peu la tête, comme pour tendre l'oreille. Le discours se termina sur une allusion au prince Arthur, venu en 1860 pour l'inauguration du pont Victoria, le premier à permettre à des trains de franchir le Saint-Laurent.

— Tu te rends compte, observa Édouard, soixante ans plus tard, nous en sommes seulement au second.

Les progrès lui semblaient terriblement lents à venir. Le prince termina son intervention. Lorsqu'il regagna sa voiture, une commotion se produisit du côté de la foule massée derrière le cordon de sécurité. Une fillette de dix ans environ trompa la vigilance des policiers, s'élança en courant vers les notables, un agent ventripotent à ses trousses.

Dans l'entourage du prince, les membres de l'escorte se pressèrent autour du grand homme, comme si l'enfant présentait une menace mortelle. Les attentats meurtriers se produisaient en trop grand nombre pour courir des risques. L'héritier de la couronne les écarta en riant, afin de s'approcher de son admiratrice enthousiaste.

Pauline Lebel lui tendait un petit carré en papier. Son Altesse royale se tourna vers un militaire chargé de décorations pour lui demander quelque chose, l'autre chercha un moment dans sa poche afin d'extirper un crayon.

L'écolière retourna bientôt vers son père avec son trophée, les mots « Edward P » tracés par la main royale. Le visiteur de son côté monta dans sa voiture accompagné d'applaudissements frénétiques. Il lui faudrait encore s'astreindre à un souper de gala au Club de la garnison et à une réception à la Citadelle. Pendant ce temps, le bon peuple se contenterait d'un feu d'artifice sur les terrains de l'exposition provinciale.

Les deux cousins attendirent que la foule se disperse un peu avant de regagner la Ford. En s'assoyant derrière le volant, après avoir actionné la manivelle, Édouard demanda enfin :

— Tu as réfléchi à ma proposition ?

— À propos des actions ?

L'autre hocha la tête.

— Je les garde. Aussi longtemps que tu réalises des profits, je n'ai aucune raison de vendre. Et si un jour tu commences à perdre de l'argent, plus personne ne voudra les acheter.

Un moment, le marchand eut envie de reprendre ses arguments. Un regard oblique vers son passager le convainquit de ne pas gaspiller sa salive.

❖

Le dimanche, à l'heure convenue, Mathieu se présenta à la maison de chambres de Flavie Poitras, rue Saint-François. La jeune fille devait surveiller le trottoir depuis une fenêtre, car elle ouvrit la porte sans lui donner le temps de manipuler le heurtoir de bronze.

— Mademoiselle, je suis heureux de vous revoir, prononça-t-il en tendant la main.

Elle lui donna la sienne en le regardant, un sourire un peu moqueur sur les lèvres. Le ton pompeux de son interlocuteur l'amusait.

— Je ne peux tout de même pas dire « Tout le plaisir est pour moi », ironisa-t-elle. Vous vous feriez des idées.

— Pourquoi alors ne pas nous entendre sur « Le plaisir est partagé » ?

— Cela me paraît un excellent compromis. Alors, monsieur Picard, le plaisir est partagé…

Elle découvrait deux rangées de dents parfaites, son sourire lui mettait des fossettes aux joues, des plis au coin des yeux. Elle portait une robe bleue de chez PICARD lui allant à mi-jambe, un chapeau de paille, des gants en dentelle.

— L'autre jour, vous avez suggéré le cinéma, sans préciser lequel.

— Si un périple en tramway vous dit quelque chose, nous pouvons aller au cinéma Empire, à deux pas de chez moi. Cependant, le Palais Royal se trouve tout près, et le programme commence dans quinze minutes environ.

— Alors dirigeons-nous tout de suite de ce côté. Je ne voudrais pas rater les actualités filmées. Vous m'entraînerez du côté de la Haute-Ville à une autre occasion.

Mathieu enregistra tout de suite l'ouverture. Il offrit son bras à sa compagne et la guida vers l'ouest sur une distance d'un pâté de maisons, emprunta la rue de la Couronne pour rejoindre la rue Saint-Joseph.

Le Palais Royal s'élevait sur le terrain de l'ancien Théâtre des Familles. Il s'agissait sans conteste de la plus belle salle de la Basse-Ville, construite deux ans plus tôt selon les plans des « palaces » américains, conçus pour tirer le meilleur parti des « vues animées ».

L'homme paya deux places au balcon, au premier rang. Si sa compagne sembla se soucier un peu de se trouver ainsi au-dessus du vide, au moins les chapeaux les plus extravagants, ou les retardataires, ne risquaient pas de lui dissimuler l'écran. En attendant le début de la représentation, le couple contempla le décor de plâtre somptueux, le rideau de velours rouge, le revêtement des sièges en tissu de même couleur.

— C'est un bel endroit, commenta Mathieu. Vous avez l'occasion d'y venir souvent?

— Comme j'habite tout près, oui. C'est le rendez-vous habituel des travailleurs des environs.

La réponse se révélait suffisamment neutre pour ne pas faire penser à une femme multipliant les rencontres avec des prétendants.

— J'en déduis que de votre côté, vous venez ici pour la première fois, continua-t-elle.

— Vous savez, je viens tout juste de revenir au pays. À mon départ, cet endroit n'existait pas encore. Ces derniers mois, je suis allé quelques fois seulement au cinéma Empire. Le commerce de maman est situé à trois pas de celui-ci.

Les lustres électriques s'éteignirent, ne laissant que quelques lumières tamisées tout près du plancher. Le rideau s'ouvrit dans un grincement d'anneaux sur une longue tringle en métal, révélant la grande surface blanc argenté de l'écran, bien vite éclaboussée par le projecteur. La jeune fille se campa dans son fauteuil pour contempler le prince de Galles posant le pied sur le quai de Saint-Jean, au Nouveau-Brunswick.

— Tout de même, c'est extraordinaire. Cela s'est produit il y a cinq ou six jours à peine, et voilà la scène devant nous.

La remarque ne méritait aucun commentaire. Des agences dépêchaient des centaines de cinéastes journalistes à travers le monde. Les Québécois pouvaient contempler des reportages trois jours après un événement survenu en Amérique du Nord, dix jours après un autre qui s'était produit en Europe. Une sortie de l'empereur du Japon dans les rues de Kyoto intriguait les habitants du quartier Saint-Roch tout au plus trois semaines plus tard. Le monde rétrécissait très vite, au gré des voyages des bateaux à vapeur et des trains.

— Vous l'avez vu à l'inauguration du pont, vendredi dernier, commenta encore Flavie.

— Oui, en après-midi.

Lors du repas partagé la semaine précédente, le jeune homme avait évoqué l'invitation d'Édouard.

— Cela m'aurait plu. Mais un jour de semaine…

Le cinéma muet autorisait les conversations, aussi la grande salle bruissait de murmures. Mathieu fit valoir :

— Vous savez, la foule se trouvait bien loin de Son Altesse. Nous le voyons beaucoup mieux ici.

— Tout de même, c'est une occasion, dans une vie. Puis la performance de l'aviateur a été remarquable, d'après ce que j'ai lu et entendu.

— Ce fut le clou du spectacle.

— Je l'ai vu, il y a une dizaine de jours, à l'exposition agricole.

Le lieutenant Georges-T. Vézina avait effectué le premier vol entre les villes de Québec et Montréal, pour le compte de l'exposition provinciale de Québec. Bien des héros de l'aviation, au terme de la guerre, devaient se muer en artiste de foire afin de continuer à voler.

D'autres sujets d'actualité passionnèrent encore les spectateurs, puis on en vint enfin au divertissement avec une courte comédie, *His Home Sweet Home*. À l'avant de la salle, une pianiste soulignait les temps forts de l'action. Ses efforts passaient plutôt inaperçus auprès d'une foule croulant de rire.

Puis on arriva au programme principal avec *The Wilderness Trail*, mettant en valeur Tom Mix et une nouvelle venue, Colleen Moore. La vedette masculine était bien connue de tous les spectateurs, car le cowboy au large chapeau blanc avait déjà participé à des dizaines de films – avec son cheval Tony, lui-même devenu une véritable célébrité. Le bonhomme semblait toutefois un peu perdu parmi les trappeurs de la baie d'Hudson.

Une fois n'étant pas coutume, dans cette production, les plaines de l'Ouest, les diligences et les troupeaux de bovins cédaient la place aux castors des étendues nordiques canadiennes. Cet improbable changement de décor ne troublait guère les dizaines de gamins bruyants entassés au parterre.

— Je ne suis pas certain que ce film soit destiné à un public de notre âge, se désola Mathieu.

— D'un autre côté, je ne pense pas que *The Microbe*, donné à l'Empire, serait tellement mieux indiqué pour moi, glissa sa compagne. J'en ai eu assez de ces bestioles avec la grippe espagnole.

Flavie s'était tout de même donné la peine de regarder les journaux afin de connaître les longs métrages à l'affiche.

— Mais ce microbe-là est une fille déguisée en garçon, ricana son compagnon, vendeuse de journaux de surcroît.

— Je sais, une gamine sauvée par un écrivain, éduquée par ses soins et finalement épousée après de tristes péripéties. Une autre histoire de pauvre orpheline tirée de la misère par un mariage improbable. J'ai vu cela au moins cinquante fois.

— Tandis qu'un cheval qui comprend tout ce qu'on lui dit et se comporte comme une personne, c'est plus rare…

Elle lui donna un petit coup de coude dans les côtes en réponse au ton moqueur. Sur un mode plus sérieux, il demanda :

— Cette grippe a touché vos proches ?

— Il y a eu des malades, mais heureusement tout le monde s'est remis. Cependant, certains jours, le glas sonnait à de nombreuses reprises à l'église Saint-Roch. Cela me chavirait à chaque fois. Vous avez vu combien c'est près de mon bureau…

— Assez près pour faire trembler les vitres dans les châssis.

Elle acquiesça. Après une pause, elle demanda encore :

— Et dans votre famille ?

— Ce fut la même chose. Des malades, pas de victime…

Françoise deviendrait sa demi-sœur par le mariage de sa mère, il pouvait l'englober dans la parenté.

Comme pour le corriger, sa compagne observa :

— Tout de même, il y a eu monsieur Thomas. Lui est décédé.

— Vous avez raison. Je voulais dire dans la famille immédiate.

Pourtant, à son retour d'Europe, apprendre le décès de son père naturel l'avait laissé étrangement troublé, au point de l'amener à se rendre sur sa tombe.

À cause des «chut» autour d'eux, ils reportèrent leur attention sur les prouesses peu plausibles de Tom Mix et ses amours avec Colleen Moore. À la fin de la présentation, ils retrouvèrent la lumière du jour en clignant des yeux.

— Comme il est encore tôt, nous pourrions marcher un peu, suggéra le jeune homme.

— Pourquoi pas.

Le sourire se voulait plus encourageant que la réponse. Mathieu, la main de sa compagne sur le pli de son coude, se dirigea vers le boulevard Langelier. Les arbres, de chaque côté de la large artère, procuraient une fraîcheur bienvenue.

— Je dois vous reconduire chez vous, dit-il un peu après quatre heures. Manquer le souper du dimanche chez ma mère me vaudrait sa rancune éternelle.

— Je ne voudrais pas être responsable de cela. Vous paraissez être un si bon garçon.

L'ironie amenait de nouveau des rides rieuses au coin des yeux de la jeune femme. Son compagnon s'amusa aussi de la réponse, tout en reprenant la direction de la rue Saint-François. Ils commentèrent encore la douce température du mois d'août, les quelques semaines de beau temps dont ils profiteraient encore avant l'automne maussade. Quand ils arrivèrent devant la maison de chambres, Mathieu se tourna vers elle.

— Mademoiselle Poitras, je vous remercie pour cet agréable après-midi.

— Selon la formule convenue tout à l'heure, le plaisir fut partagé.

— Dans ce cas, m'autorisez-vous à vous inviter à d'autres sorties de ce genre ?

— Vous serez le bienvenu.

Une poignée de main scella cet accord.

❖

Un peu intimidée, Thalie frappa à la porte du domicile du docteur Caron juste avant midi, le dimanche 24 août. À droite de la porte d'entrée, elle remarqua une seconde plaque de bronze placée sous celle du propriétaire des lieux. Quand Élise vint répondre, elles échangèrent des bises affectueuses.

— Ton père s'est assuré des services d'un collègue ? demanda la visiteuse.

La jeune femme commença par esquisser un sourire amusé.

— Depuis quelques semaines, il a tenté d'attirer deux ou trois praticiens. À la fin, un jeune homme frais émoulu de l'Université Laval a accepté. Il s'appelle Alcide Davoine. Tu comprends, cela devenait ridicule de laisser inoccupée la salle aménagée pour Charles.

Le veuf venu souper un peu plus tôt au cours de l'été avait finalement décliné l'invitation. Bien que son père refusât de l'admettre, la décision ne tenait pas à des préoccupations professionnelles. Le pauvre homme avait trouvé la fille de la maison un peu trop jeune pour lui. Il ne se voyait pas recommencer à élever des enfants encore au primaire alors que ses propres garçons fréquentaient le collège. Sottement, après avoir levé le nez sur la fille, il n'avait pas voulu profiter de l'occasion d'affaires.

— Cela représente certainement une belle chance pour ce jeune médecin, commenta Thalie. Non seulement il n'a pas à assumer une installation coûteuse, mais il profite d'une clientèle établie.

— Tu as raison. Et à papa, cela donne un revenu de location.

Les deux amies traversèrent le couloir afin de gagner la partie réservée au logement de la famille Caron. Estelle lui réserva un accueil enthousiaste, comme si elles étaient de vieilles connaissances. Pierre consentit à lui adresser un sourire sincère. Le passage des semaines lui rendait une certaine sérénité. Il commencerait l'école avec plaisir dans quelques jours, heureux de retrouver ses camarades.

Quelques minutes plus tard, la maîtresse de maison invitait tout le monde à passer à table. Le docteur sortit de son bureau pour les rejoindre avec un peu de retard. Il tendit la main à la visiteuse en disant :

— Je suis content de vous revoir, mademoiselle Picard. Vous reprendrez les cours très bientôt, je pense.

— Dans huit jours, très exactement.

— Vous regretterez la fin des grandes vacances ?

Tout en parlant, l'homme prenait place à l'extrémité de la table alors que sa femme commençait à servir le potage. Thalie se trouvait d'un côté près d'Estelle, Élise de l'autre avec son fils. Celui-ci coinçait un bout de sa serviette dans son col. Sa sœur, plus âgée, préférait la déplier pour la poser sur ses genoux, à la façon des grandes personnes.

— Je serai triste de quitter ma famille pour de longs mois, mais heureuse de reprendre les cours.

— Ma fille m'a dit que vous obteniez d'excellents résultats.

Elle avait confié avoir terminé première de classe. Sa réputation la précédait maintenant.

— Je lui ai dit aussi que je n'avais pas vraiment le choix. Autrement, ces messieurs se débarrasseront bien vite de toute présence féminine.

— Tout de même, le contexte ne diminue en rien votre mérite.

Elle le remercia d'un sourire. La visiteuse se concentra sur son potage alors que la conversation porta sur des événements survenus dans la maisonnée. Ce fut la maîtresse de maison qui profita d'une accalmie pour demander, un sourire de sympathie sur le visage :

— À la messe, tout à l'heure, j'ai été heureuse d'entendre que votre mère devait se remarier cette semaine.

Discrètement, ses yeux se posèrent sur sa propre fille, comme si elle voulait lui signifier qu'un heureux dénouement de ce genre pouvait se répéter encore.

— La cérémonie aura lieu samedi prochain.

— Si ce n'est pas indiscret, puis-je savoir comment ils se sont rencontrés ?

— Cela n'a rien d'un secret. Paul Dubuc est entré dans notre commerce pour acheter des robes à ses filles. Ils se sont plu tout de suite, même s'ils ne l'ont réalisé que bien plus tard.

— Cela prend tout simplement un heureux hasard, conclut l'hôtesse, les yeux toujours fixés sur sa fille.

Élise pouvait se révolter contre les pulsions de marieuse de sa mère, ou alors voir cela comme l'expression de son immense sollicitude.

— Peut-être aurai-je la même chance, ironisa-t-elle. Un jour, un homme entrera dans le cabinet de papa pour faire soigner une entorse, nos yeux se croiseront, et ce sera l'amour fou.

— Ne te moque pas. Cela peut arriver.

— Avec ma chance, le bonhomme aura sans doute la tuberculose.

La rebuffade convainquit les parents d'abandonner ce sujet délicat. Pendant la suite du repas, la conversation porta sur l'été finissant et les défis des mois à venir. La moitié des personnes présentes seraient bientôt de retour à l'école : la perspective comportait son lot d'appréhensions. Comme le temps demeurait splendide, tout le monde se retrouva ensuite dans la cour arrière, une boisson fraîche à la main.

Thalie passa de longues minutes à pousser les enfants, assis sur la balançoire. Quand elle revint vers les adultes, le docteur Caron lui fit signe de s'asseoir près de lui.

— L'an prochain, vous travaillerez au Jeffery's Hale, je pense. La rumeur se répand dans le monde hospitalier.

— Le directeur semble vouloir considérer que mes deux premières années d'études feront de moi une infirmière passable.

— Cela, vous l'avez déjà montré au moment de l'épidémie de grippe. Ne sous-estimez pas cette expérience, ce fut une excellente école.

— Oh ! Je le pense aussi. Ma frustration vient sans doute du fait que la plupart des médecins pensent que je devrais m'en tenir à ce travail. À tout le moins, je l'ai entendu murmurer à quelques reprises.

Toutes ces bonnes gens reconnaissaient volontiers que l'enseignement, tout comme le soin des malades, représentaient des activités acceptables pour les femmes, car elles se situaient en quelque sorte dans le prolongement des fonctions de mère et d'épouse. La médecine paraissait cependant receler trop de grandeur, trop de pouvoir pour l'abandonner au sexe faible.

— Vous l'entendrez certainement encore. Toutefois, après vos études, je serai heureux de m'entretenir avec vous de votre carrière.

— … Vous pourrez certainement me donner de bons conseils.

Le docteur Caron avait de plus grandes ambitions en tête. Depuis des heures, il la regardait agir avec les enfants. Une partie de sa clientèle se réjouirait sans doute de la trouver dans son cabinet.

Chapitre 21

L'après-midi réunissait un autre couple sur la terrasse Dufferin. Françoise étrennait une jolie robe de la boutique ALFRED, Gérard Langlois se rengorgeait à côté d'elle, comme s'il avait une quelconque responsabilité dans son élégance. Ils parcoururent une dizaine de fois la grande surface de madriers d'une extrémité à l'autre.

Assuré d'une bonne digestion grâce à cet exercice salutaire, l'employé de la Banque de Montréal proposa bientôt :

— Si cela t'agrée, nous pourrions prendre le thé quelque part.

— Avec plaisir.

Elle espérait cette proposition depuis déjà un moment. Ses souliers, neufs eux aussi, la faisaient souffrir.

— Es-tu déjà allée au nouveau café, rue Buade ? demanda-t-il.

— Je n'en ai pas encore eu l'occasion.

Son compagnon lui adressa un sourire satisfait. Cela signifiait que l'autre ne la sortait pas. Quelques minutes plus tard, ils profitaient du départ de touristes américains et prenaient place à une table près d'une fenêtre du New World Cafe. Frank Clodis avait ouvert ce commerce au début de l'été. Au cœur du quartier touristique, l'établissement souffrait néanmoins d'un voisinage imposant : un mur de la cathédrale, de l'autre côté de la rue, masquait la vue.

Après avoir commandé du thé et des biscuits, Françoise remarqua à mi-voix, comme pour elle-même :

— Dans une semaine, j'aurai une nouvelle belle-mère.

Le ton exprimait des sentiments mitigés.

— Tu t'entends plutôt bien avec elle, je crois.

— Je m'entends très bien avec ma patronne, avec ma logeuse et avec la prétendante de papa, répliqua-t-elle avec un sourire hésitant. Je peux dire que c'est une excellente amie. Elle n'a jamais prétendu remplacer maman, tout en demeurant très attentionnée. Mais si les choses changeaient…

— Crains-tu qu'après la cérémonie, son attitude se transforme ?

Son compagnon préféra s'en tenir à un sous-entendu.

— Je ne sais pas trop à quoi m'attendre. Malgré la situation, au cours des dernières années, elle ne faisait pas vraiment partie de ma famille. Dorénavant, ce sera différent.

À mots couverts, des semaines plus tôt, elle avait laissé entendre combien les relations entre cette femme et son père étaient « très sérieuses, même intimes ».

— Tout le monde vivra sous le même toit, conclut le garçon. Qu'elle en use ou pas, le statut d'épouse lui donnera certains… pouvoirs sur toi.

Elle acquiesça d'un lent mouvement de tête tout en portant sa tasse à ses lèvres. Puis, au moment de la reposer, elle nuança ses pensées :

— Je me questionne très probablement pour rien. Depuis deux ans, elle a été très gentille, très respectueuse de mes sentiments. La nouvelle réalité ne devrait pas changer nos rapports.

— Tout de même, à l'âge où on est soi-même prête à fonder un foyer, se retrouver avec une belle-mère sur les bras demeure un peu troublant.

Le rose monta aux joues de la jeune femme. Il s'agissait d'une première allusion bien nette, quoique détournée, à son propre mariage.

— Ma vague inquiétude tient sans doute à cela. Ma mère m'a beaucoup manqué, au moment de son décès. Marie a été précieuse dans les circonstances. Mais maintenant... Je ne suis plus en âge de voir mes rapports avec elle se modifier beaucoup.

— Et ta jeune sœur, Amélie ?

Cette dernière avait fait les frais de quelques confidences.

— Elle est très jeune... plus que son âge ne le laisserait croire. Elle profitera d'une main ferme pour la diriger dans la vie.

Françoise prononçait ces mots depuis son piédestal de jeune femme prématurément sage. Son compagnon, quant à lui, s'inquiétait des convenances, des risques de mésalliance.

— Ton père est vraiment épris de cette femme. Cette union a donc toutes les chances de fonctionner. Cela, même si lui est un professionnel, et elle une marchande...

Il aurait pu tout aussi bien dire : « Tu es la fille d'un avocat, député de surcroît, et moi un commis dans une banque. Quelles sont mes chances de t'amener au pied de l'autel ? » Il n'osa pas.

— Il faudrait que tu la connaisses. D'abord, elle est bien plus prospère qu'elle ne le laisse paraître. Puis, ses deux enfants jouissent d'un revenu, ce qui leur permet de faire de longues études sans se soucier de la dépense.

Cette réponse ne soulagea en rien les inquiétudes du jeune homme.

— Je ne demanderais pas mieux que de la connaître.

Le ton trahissait une frustration longuement ruminée. Alors que tellement de jeunes gens fréquentaient des demoiselles « pour s'amuser », lui souhaitait rencontrer la famille de Françoise. Ce serait en quelque sorte officialiser son statut de « prétendant sérieux ».

— Présentement, ce serait plutôt indélicat de te recevoir dans sa maison…

— Pourtant, il n'est plus là.

— Mais Thalie…

— Je la connais.

Il se souvenait de la petite personne fantasque, volontaire, rencontrée à une reprise sur la terrasse Dufferin.

— Il y a aussi la domestique.

Si Gertrude présentait maintenant un visage plus amène à la jeune invitée de la maison, voir celui qui évinçait Mathieu de son propre domicile lui donnerait des envies d'empoisonneuse. Ne la connaissant pas, Gérard voyait là un très mauvais prétexte.

Il articula d'une voix chargée d'émotion :

— … Tu iras au mariage avec le soldat, je suppose.

Il évitait toujours de nommer son rival par son nom, mais il utilisait ce terme dans ses moments de grande jalousie.

— Voyons, ne dis pas cela, tu sais bien que ce n'est pas vrai.

— J'entends bien ta protestation. De mon point de vue, il semble difficile de croire que vous serez tous les deux seuls, chacun de votre côté.

L'homme présentait des yeux de chien battu. Depuis leur arrivée dans ce lieu public, il n'avait touché ni le thé ni les biscuits. Elle se mordit la lèvre inférieure, puis bredouilla en rougissant :

— Je vais demander si je peux t'inviter.

En récompense, elle reçut de son compagnon un premier sourire sans équivoque. Sa précision le fit disparaître très vite.

— Mais je ne peux rien assurer. Je verrai la réaction de Marie.

Trente minutes plus tard, alors que le jeune couple se tenait à la porte de la boutique, Gérard aperçut la haute silhouette de Mathieu s'engageant dans la rue de la Fabrique. Par défi, il saisit Françoise aux hanches, plaqua sa bouche sur la sienne, au risque de faire tomber son chapeau vers l'arrière.

— Je téléphonerai cette semaine, laissa-t-il tomber en se redressant, nous pourrons souper quelque part.

Il la laissa pantelante, un peu surprise. Puis il descendit la rue, le corps raide, les mâchoires serrées, les yeux mauvais. Quand il passa à côté de son rival, ce dernier parut surpris de le voir.

— Bonjour, commença le vétéran. Quelle belle journée, n'est-ce pas ?

L'autre demeura pantois. Tout à se remémorer le regard narquois de Flavie, un moment plus tôt, le baiser volé avait complètement échappé à Mathieu.

❊

À moins d'une obligation incontournable, Mathieu venait souper à la maison tous les dimanches soirs. Marie se faisait à ce nouvel état des choses. Normalement, c'était avec une nouvelle épouse à son bras qu'un jeune homme accomplissait ce rituel. Elle devait en convenir, aucun de ses deux enfants ne respectait les traditions.

— Comment s'est déroulée ta semaine ? demanda-t-elle.

— Bien. Tu sais, la bibliothèque de l'Assemblée législative ne fournit pas de grandes émotions, mais je dois avoir parcouru une quinzaine de traités de droit au cours des dernières semaines.

Jamais il ne lui ferait part de son aventure galante avec une veuve esseulée désireuse de rompre une trop longue abstinence. Il ajouta après une pause :

— Toutefois, j'ai rencontré deux personnes éminentes : Édouard et le prince de Galles.

— Le second a dû être dominé par la stature du premier, railla Thalie.

— Je ne sais pas, car Edward se tenait bien loin, et mon cousin Édouard bien près de moi.

L'évocation du fils de Thomas n'avait jamais entraîné de réactions extrêmes chez sa mère. Elle demanda cependant d'une voix bien soupçonneuse :

— Où l'as-tu rencontré ? Il est sans doute venu en visite à la pension.

— Non. Élisabeth lui a servi d'intermédiaire pour me fixer un rendez-vous au magasin. Je me suis retrouvé pendant une petite demi-heure dans le bureau du grand patron. Il y avait juste une erreur de chaise. Je n'occupais pas la bonne.

Marie grimaça à cette nouvelle allusion à l'idée folle contenue dans le testament d'Alfred : reprendre la propriété du commerce familial.

— Je parie qu'il a voulu te proposer un poste de chef de rayon, lança Thalie en riant.

— Pas tout à fait. Il a voulu m'acheter.

Les femmes de la maisonnée ouvrirent des yeux ronds.

— Ne craignez rien, continua-t-il, il ne s'agit pas de profiter de mes charmes, mais de récupérer la part du magasin que je possède.

La nouvelle les laissa silencieuses un moment. Sa sœur fut la première à réagir :

— Ce ne serait peut-être pas une mauvaise idée, si tu obtiens un bon prix. Du temps de Thomas, la situation demeurait rassurante. Mais avec ce bellâtre, tu aurais peut-être intérêt à placer cet argent dans un endroit sûr.

Elle parlait avec d'autant plus de confiance que, bien géré, son petit capital lui procurait une rente la mettant à l'abri des imprévus.

— Mais si je veux vraiment racheter ce magasin un jour, j'aurais intérêt à ne pas lâcher la part que je possède déjà.

— Voyons, cette idée n'est pas sérieuse ! s'exclama la mère. Il a les cinq sixièmes du magasin.

— Pas tout à fait. Sa belle-mère en a une et sa sœur, une autre.

Édouard se trouvait parfois seul au salon avec sa logeuse, en fin de soirée. Cela lui permettait de glaner des informations. Comme le sujet troublait Marie, Thalie intervint :

— Et le prince soldat ?

La presse se plaisait à présenter Edward de cette façon.

— Il s'est affiché avec un uniforme plein de dorures. Sur un champ de bataille, il aurait fait une cible idéale.

— Es-tu allé à l'inauguration du pont ?

— Oui. Il a révélé une plaque de bronze, est monté dans un train pour aller faire la même chose sur la rive sud.

Pendant de longues minutes, le fils prodigue évoqua la cérémonie. La conversation porta ensuite sur les affaires du magasin. La propriétaire demeurait discrète sur la colonne des profits mais son sourire exprimait sa satisfaction. À la Haute-Ville, elle bénéficiait de la présence des touristes, qui compensait celle des clients locaux devenus frileux au moment d'ouvrir leur porte-monnaie. En bas de la falaise, le grand magasin PICARD ne jouissait pas du même avantage.

Au moment de desservir, Françoise profita d'un passage à la cuisine pour parler seule à seule à la maîtresse de maison. La mère demeura ensuite songeuse pendant tout le reste de la soirée. Quand son fils annonça son intention de rentrer «à la maison» – l'expression la faisait encore grincer des dents –, elle déclara :

— Je vais te reconduire à la porte du commerce.

— Ce n'est pas nécessaire, j'ai toujours ma clé.

— Mais je peux tout de même dire un mot à l'oreille de mon petit garçon.

Mathieu fronça les sourcils sur les derniers mots, embrassa les autres femmes et descendit, avec sa mère sur les talons. Au rez-de-chaussée, elle laissa les lumières éteintes, se contentant de la lueur des réverbères pour tout éclairage.

— Tout à l'heure, Françoise m'a demandé une faveur un peu troublante : elle a exprimé le désir de venir au mariage accompagnée.

— … Cela me paraît bien naturel.

— Tu n'y vois pas d'inconvénient ?

— Maman, nous avons tous les deux décidé de reprendre notre liberté. Il revient aux mariés de dresser la liste des invités, pas à moi.

Marie n'arrivait pas à cacher tout à fait sa déception. Deux ans plus tôt, cette histoire d'amour lui paraissait tellement touchante. Si Françoise ne devenait pas sa belle-fille par son propre mariage, ce serait finalement grâce à celui de son père.

— Elle se sent terriblement intimidée, dans cette situation…

— Là, je n'y peux rien, sauf promettre de demeurer poli avec son prétendant. Bien sûr, je ne m'engage pas à devenir le meilleur ami de ce type pour la mettre plus à l'aise.

La femme hocha la tête en guise d'assentiment.

— De ton côté, viendras-tu seul ? demanda-t-elle encore.

— Je ne vois pas vraiment qui pourrait m'accompagner. Il y a bien tante Élisabeth, mais la différence d'âge ferait jaser.

S'imaginant avec elle sur un banc de la cathédrale, alors que sa mère convolait en justes noces, un sourire frondeur lui passa sur les lèvres.

— Ne dis pas de sottise…

L'ouverture d'esprit de Marie n'allait pas jusqu'à tolérer une situation semblable.

— Je ne fréquente personne, reprit-il d'un ton plus conciliant. Pour tout te dire, je suis sortie avec une jeune fille cet après-midi pour la première fois depuis mon retour d'Europe.

C'était là un résumé édulcoré de ses fréquentations passées, confectionné à l'intention des oreilles maternelles. D'un autre point de vue, dans la mesure où les autres aventures avec des mercenaires de l'amour ou une belle Ontarienne ne comptaient pas vraiment, cette version des faits se montrait véridique.

— Pourquoi ne l'invites-tu pas ?

— Je la connais à peine…

— Cela rassurerait tout à fait Françoise.

Elle se leva sur le bout des pieds pour l'embrasser sur les deux joues, avant de conclure :

— Penses-y au moins. Bonne nuit, à bientôt.

— Bonne nuit, maman.

❈

Lancer une invitation afin de rassurer Françoise ne représentait pas un motif bien séduisant. Cependant, une fois dans son esprit, l'idée ne cessa de le travailler toute la nuit. Au matin, une fois rendu à la porte de la bibliothèque de l'Assemblée législative, il demeura un moment immobile.

— Si je ne règle pas cette question, maugréa-t-il, je ne pourrai pas me concentrer de la journée.

L'étudiant descendit d'un pas rapide la côte d'Abraham, emprunta la rue Saint-Joseph afin de rejoindre le magasin PICARD. Quand il apparut devant Flavie, celle-ci le fixa de ses grands yeux bruns, surprise.

— J'espère que vous n'avez pas de rendez-vous avec monsieur Édouard. Il ne se trouve pas ici.

— Cela tombe bien, je ne veux pas le voir. Puis-je vous parler un instant? En privé.

— Ici et maintenant, cela convient très bien. Si vous n'élevez pas la voix, cet endroit est aussi discret qu'un autre. Nous pouvons nous asseoir de ce côté.

De la main, elle désignait trois chaises contre une cloison, destinées à accueillir les visiteurs. Le garçon prit la première et la jeune femme, la seconde.

— Quel motif me vaut le plaisir de votre visite? questionna-t-elle tout de suite, intriguée.

— Un plaisir partagé.

La taquinerie lui tira un grand sourire. Il enchaîna:

— Accepteriez-vous de m'accompagner au remariage de ma mère?

Les sourcils de Flavie prirent la forme d'accents circonflexes. En quelques mots, il lui expliqua sa situation familiale.

— Elle va épouser un député? C'est un professionnel.

— Un avocat.

La question visait à mettre en évidence toute la distance entre elle et ces gens de la Haute-Ville. Cette réalité sociale ne semblait pas impressionner son interlocuteur.

— Vous acceptez?

— Dans un monde comme celui-là, je me sentirais tout à fait une intruse. Je suis une petite secrétaire.

— Je vous parais si... respectable?

Les mots «inaccessible» et «hautain» lui étaient passés par la tête. Elle commença par lui sourire, avant de dire :

— Juste assez. Pas trop.

— Ma mère est comme moi. D'ailleurs, elle a été élevée dans un appartement miteux situé tout juste à trois cents pieds d'ici. Si vous venez avec moi, elle vous recevra très bien.

— Et lui ?

Elle parlait du futur époux, le notable de Rivière-du-Loup.

— Il est un peu moins bien que vous, moi et maman, c'est vrai, car il fait de la politique. Mais si elle est prête à s'en contenter, ce ne serait pas chrétien de notre part de lever le nez sur lui.

Cette fois, elle éclata franchement de rire. Son front se plissa toutefois au moment de répondre :

— Je n'ai rien de suffisamment chic pour l'occasion. Je ferais tache.

— Ce que vous portiez hier convient tout à fait. Personnellement, je serai fier d'être avec vous.

Malgré l'affirmation destinée à la rassurer, sa tenue pouvait vraiment déparer l'auguste assemblée. Elle trouvait aussi que son compagnon allait un peu vite en affaire. Ils étaient sortis une seule fois ensemble, la veille.

D'un autre côté, ce garçon lui paraissait fort attachant.

— Accordez-moi la journée pour y penser. Vous pouvez me donner votre numéro de téléphone ?

Elle se leva pour trouver un morceau de papier sur son bureau, prit les quelques chiffres en note. Le jeune homme jugea utile de préciser :

— Je passe mes journées à la bibliothèque. Je téléphonerai demain un peu avant dîner.

Elle faisait mine de chercher un autre feuillet pour inscrire son propre numéro.

— Ne vous donnez pas cette peine, je le connais déjà. Je vais vous laisser reprendre votre travail. Je vous souhaite une bonne journée, Flavie.

Elle accepta la main tendue en lui répondant :

— Bonne journée à vous aussi, Mathieu.

Il la laissa fort perplexe.

❖

Finalement, non seulement Flavie accepta, mais elle trouva les mots pour convaincre son employeur de lui prêter une jolie robe, un chapeau et des gants. D'instinct, toutefois, elle avait évoqué une sortie, et non le mariage d'une parente de celui-ci.

— Je devrai payer le nettoyage à sec, il va remettre le tout dans le rayon des vêtements pour femmes afin de vendre ces articles, glissa-t-elle à l'oreille de Mathieu, une fois rendue sur le parvis de la cathédrale.

— Papa faisait parfois la même chose, lors des événements spéciaux. De pauvres clientes payaient le prix fort pour une robe déjà utilisée.

À quelques pas de distance, Françoise tenait son cavalier par le coude. Les deux hommes s'étaient salués de façon courtoise, mais ils ne s'isolaient pas au cours de la journée pour une conversation intime.

Quand les futurs mariés pénétrèrent dans le temple, les Picard et les Dubuc leur emboîtèrent le pas. Le caractère intime de la cérémonie les autorisait à utiliser l'une des chapelles latérales. Se répartir de part et d'autre de l'allée centrale aurait paru ridicule : y compris les mariés, l'assemblée s'élevait à douze personnes, treize avec le prêtre.

L'assistance réduite amena le célébrant à faire l'économie des discours ronflants. Comme ils en étaient à une seconde union, il s'épargna aussi la nécessité de s'appesantir sur les droits et devoirs réciproques des époux.

Marie prononça le « Oui » d'une voix chevrotante ; celle de Paul parut à peine plus assurée. Mathieu signa le registre paroissial à titre de témoin, Gertrude aussi. Thalie avait menacé de se rouler sur le plancher de la nef en hurlant si quelqu'un tentait de l'empêcher de faire de même. L'ecclésiastique céda à ce « caprice ». Après la cérémonie, il ajouterait le mot « fille mineure de l'épouse » entre parenthèses, au bout de son nom.

Aucune des jeunes Dubuc n'exigeait de figurer dans le grand registre. Le frère cadet du marié, Armand, et sa sœur Louise lui servaient de témoin.

En sortant de la basilique, Françoise et Amélie pleuraient. De leur côté, Thalie et Gertrude soutiendraient pour le restant de leurs jours avoir reçu simultanément de la poussière dans les deux yeux. Cela parut improbable à tous les autres.

❖

Heureusement, le prêtre ne figurait pas parmi les invités au repas de noces. Se trouver treize à table le jour des épousailles aurait placé l'union sous de bien mauvais auspices. Douze était un chiffre plus rassurant. La table, dans un coin de la grande salle à manger du *Château Frontenac*, présentait un certain déséquilibre, les Dubuc se trouvant plus nombreux que les Picard. Amélie avait migré de bonne grâce parmi sa belle-famille.

La disposition des convives devait prévenir les tensions. Les nouveaux mariés se trouvaient à un bout d'une table rectangulaire, Gertrude et tante Louise à l'autre extrémité. Du côté de Marie venaient Mathieu et son invitée, ensuite

Thalie, puis Amélie. À l'opposé, Françoise se tenait près de son père, Gérard Langlois près d'elle, puis le frère du marié et sa femme. Le résultat laissait à désirer. Les anciens fiancés s'offraient aux regards des rivaux. Pendant un long moment, la conversation languit.

— Nous nous sommes suffisamment entraînés pour les prochaines funérailles, s'exclama Thalie. Si nous levions nos verres en l'honneur des nouveaux mariés?

Elle joignit le geste à la parole. Les autres l'imitèrent, même si son entrée en matière lui avait valu des froncements de sourcils. La conversation s'engagea finalement.

— Ai-je bien compris, demanda le frère du marié, vous n'irez nulle part? Aucun voyage de noces? Pourtant, la session ne commencera que dans quelques semaines.

— … Marie doit s'occuper de son commerce.

L'autre sembla étonné. La situation lui paraissait totalement saugrenue. Qu'une veuve travaille pour faire vivre sa famille, soit. Cela suscitait même l'admiration. Mais maintenant, elle devait s'en tenir à son rôle de maîtresse de maison.

— Pauvre maman, expliqua Thalie avec un sourire en coin: ses enfants vont la déserter demain. Comme nous retournons à l'université, nous ne sommes pas en mesure de prendre la relève pendant une semaine ou deux.

La précision ne réconforta pas vraiment le frère cadet. Apprendre qu'une jeune fille négligeait son devoir pour se livrer à des études supérieures lui semblait se situer juste un cran en dessous de l'hérésie.

— Mais nous nous reprendrons à la période des fêtes, insista Mathieu en regardant sa mère.

Celle-ci acquiesça d'un hochement de tête. Amélie profita de la conversation entre les grandes personnes pour se pencher à l'oreille de Gertrude et lui confier:

— Il est moins bien que Mathieu.

— L'important, c'est que tous les deux apprécient la personne avec laquelle ils sont, non?

La domestique examinait la jeune secrétaire, visiblement très intimidée de se trouver là. Toutefois, sa bouche trouvait naturellement l'expression du sourire et ses yeux, celle du rire. Cette brunette présentait certainement un bon antidote contre les idées noires d'un vétéran. Françoise reflétait sa morosité, celle-là ramenait la joie chez lui. D'ailleurs, en ce moment, la sage jeune fille paraissait bien songeuse, au bras de son banquier.

Thalie ne pouvait rester bien longtemps silencieuse. Elle appuya son épaule contre celle de Flavie pour demander:

— Comme cela, vous travaillez pour mon merveilleux cousin.

Mathieu avait donné une courte biographie de son invitée, au moment d'annoncer sa présence. Marie avait arrondi les yeux de surprise, sans ajouter le moindre commentaire. Après tout, deux cents femmes travaillaient pour les entreprises PICARD. De très bonnes personnes se trouvaient dans le lot.

À cette table, la véritable raison de son malaise lui apparut. Flavie occupait le même emploi qu'elle, un peu plus de vingt ans plus tôt, au service du fils de son abuseur. Aussi, elle se concentra pour entendre la conversation.

— Quelque chose me dit que le mot «merveilleux» ne prend pas son sens habituel, ici. Je ne sais pas trop quoi répondre.

— Je ne suis pas très entichée de lui, admit Thalie.

— De mon côté, je n'ai pas à être entichée. Il me paie, je travaille pour lui. Nos rapports se limitent à cela.

— Il est comment, en tant que patron?

L'employée se sentait un peu piégée, prise dans une situation conflictuelle à laquelle elle ne comprenait rien. Mieux valait répondre honnêtement.

— Plutôt bien. Je ne dois pas trop compter mes heures, mais il se révèle moins pire que bien d'autres, même à ce sujet.

— J'en suis heureuse pour vous. Et comment avez-vous connu mon escogriffe de frère ?

— Il est venu au magasin. Une chose entraînant l'autre…

— Vous vous retrouvez au milieu de cette curieuse assemblée !

Les derniers mots, dits tout bas, s'accompagnèrent d'une pression de la main sur l'avant-bras de Flavie. Elle trouvait en effet ces noces bien curieuses. Évidemment, entre des personnes de plus de quarante ans, parents de jeunes adultes, les choses devaient demeurer bien sages. Toutefois, le regard de la belle châtaine, en face d'elle, commençait à lui peser un peu.

Le nouveau marié se chargea de relancer la conversation.

— Gérard, Françoise me disait que vous travaillez à la Banque de Montréal.

— C'est bien cela, depuis bientôt huit ans. Je commence toutefois à regarder ailleurs.

— Si ce n'est pas indiscret, puis-je savoir pourquoi ?

À cause de sa présence parmi eux, l'employé passait aujourd'hui du statut de simple « connaissance » à celui de prétendant : cela entraînait un véritable examen. Le père de Françoise entendait savoir s'il présentait un parti convenable. Que cela se passe lors de son propre dîner de noces ajoutait du piquant à la situation.

— Pour un Canadien français, même avec une excellente connaissance de l'anglais, les chances d'avancement sont nulles, alors que du côté de la Banque canadienne nationale...

— À votre place, je retarderais mon passage vers cet établissement, le temps de voir venir.

Gérard Langlois présenta un visage surpris, avant de demander:

— Comment cela?

— Cette institution est aux prises avec de très mauvaises créances. En réalité, une seule, mais très mauvaise: la manufacture d'instruments agricoles...

— ... de Montmagny compléta l'invité. La rumeur circule chez les employés, à la banque.

Il continua après une pause:

— Est-ce vraiment si grave?

— Assez pour que je vous donne ce conseil: si vous entendez changer d'emploi à court ou moyen terme, évitez cet endroit. Dans quelques mois, nous en saurons plus.

Comme elle n'osait plus interrompre une conversation aussi sérieuse, Thalie se concentra sur son repas, interrompue seulement par les incessantes questions d'Amélie au sujet de la boutique ALFRED. L'adolescente entendait bien occuper les mois à venir en s'essayant au métier de vendeuse. Son autre choix serait de se cloîtrer dans l'appartement du dernier étage, ou pire encore, d'aller se réfugier dans la grande maison de Rivière-du-Loup, avec tante Louise. Elle se tuerait à l'ouvrage plutôt que de subir un pareil exil.

Quand Thalie se leva pour aller se «poudrer le nez», une expression destinée à dissimuler l'un des avatars de la condition féminine, Flavie se leva aussi en s'excusant. Dans les toilettes, au moment où chacune sortait d'un réduit pour se pencher sur le lavabo, elle entendit:

— Cette réception doit vous donner une curieuse idée de notre famille.

— Oh ! Pas du tout.

— Que de pieux mensonges ne prononçons-nous pas au nom de la politesse. Je vous pardonne. Nous sommes tous empruntés aujourd'hui, personne ne sait quelle attitude adopter au juste.

La jeune secrétaire replaça ses bouclettes brunes en regardant son interlocutrice dans le miroir. À la fin, elle reconnut, avec un sourire en coin :

— Je ne me sens pas à mon aise dans un endroit aussi somptueux. Vous savez, je n'ai jamais vu d'aussi jolis plats… sauf dans le rayon des articles de maison, au magasin.

— Tut, tut, tut ! Encore un mensonge de circonstance. La vaisselle n'a rien à y voir.

L'autre éclata de rire, puis demanda :

— Pourquoi me regarde-t-elle comme cela ?

— Nous y voilà. Mathieu ne vous a rien dit ?

Maintenant, elles se faisaient face.

— Pendant les deux ans où mon frère a été à la guerre, expliqua Thalie, nous avons tous voulu croire que Françoise était sa fiancée. Elle le croyait aussi. Mais elle s'est lassée d'attendre, lui est revenu très changé. Un garçon trop sage s'était embarqué pour l'Europe, un homme blessé, un peu égaré, est descendu de l'*Olympic* le printemps dernier.

La jeune fille préféra ne pas utiliser le mot « torturé ». Effrayer cette demoiselle ne servirait à rien, surtout pas à ménager les intérêts de son frère.

— Si elle s'est lassée d'attendre, pourquoi faire cette tête ? Elle a son banquier.

— Peut-être souhaitait-elle être reconquise. À son retour, Mathieu n'avait pas la tête à cela. Elle a gardé le banquier dans son sillage, et aujourd'hui, mon frère rapplique avec une jolie fille.

— Elle est bien plus belle que moi !

— Vous croyez?

Flavie fit face au grand miroir, incertaine.

— Peut-être avez-vous raison, admit Thalie, je suis mauvais juge en ce domaine. Pourtant une chose est certaine : aujourd'hui, vous êtes avec lui, elle est avec Gérard. Ma pauvre amie se demande bien pourquoi il vous a préférée à elle.

— Ma présence tient à un concours de circonstance. Si Mathieu n'était pas venu voir mon employeur...

— Vous avez si peu d'assurance?

La secrétaire se mordit la lèvre inférieure. Si sa complexion avait été plus pâle, elle aurait rougi jusqu'aux oreilles.

— Je ne comprends rien à cette situation.

L'entrée de deux touristes américaines amena son interlocutrice à la prendre par le bras en suggérant :

— Marchons un peu. Ce n'est pas le meilleur endroit pour discuter.

— Mais les autres...

— Pris par la conversation animée et les fous rires, ils ne remarqueront pas notre absence.

L'ironie grinçante amusa sa compagne. Elle se laissa guider dans les couloirs de l'hôtel.

— Mathieu s'est porté volontaire. Je pense que Françoise a pris cela comme un affront personnel. Puis l'attente interminable a commencé, avec la crainte de recevoir un jour un télégramme de l'état-major. Je regrette un peu de l'avoir incitée à voir d'autres garçons. Cela me semblait plus sage que de rester enfermée dans l'appartement, à espérer son retour.

— Elle s'est éprise de ce garçon.

— Du garçon, je ne crois pas. Elle a été séduite par son côté raisonnable : au lieu de s'exposer aux balles allemandes, il s'insurge contre ses patrons de langue anglaise. Elle comprend ce genre de révolte, cela se situe dans le cadre de son petit univers. Sans doute parce que Mathieu a eu bien du mal à s'ajuster, après son retour, elle a continué de le voir. Depuis le début de la cérémonie de mariage, elle doit se demander si elle a bien fait.

Après avoir fait le tour du rez-de-chaussée, elles retournèrent vers la salle à manger.

— Vous croyez qu'il se pose la même question ? demanda Flavie, anxieuse.

— Je ne crois pas. Il faudrait le lui demander.

En s'approchant de la table, elles trouvèrent Amélie assise juste à côté du vétéran, engagée dans une conversation animée. Elle se leva, rougissante, afin de rendre sa place à la nouvelle venue.

— Je suis désolée, murmura Flavie, je me suis un peu perdue dans les corridors de l'hôtel.

— Cela a permis à ma nouvelle demi-sœur de m'entretenir de ses aspirations, remarqua Mathieu.

— C'est vrai, vous ne gagnez pas seulement un beau-père, aujourd'hui, mais toute une nouvelle famille.

De l'autre côté de la table, Françoise pâlit en entendant ces mots.

Chapitre 22

Peu après, le groupe se dispersa. Dans le hall de l'hôtel, Paul salua sa sœur, son frère et sa belle-sœur. Marie déclara avec un semblant de conviction dans la voix :

— C'est dommage, vous auriez pu souper à la maison.

— Notre train part pour Rivière-du-Loup dans un peu plus d'une heure, répondit Armand Dubuc. Le temps de prendre le traversier, et nous serons à la gare de Lévis au bon moment.

— Oui, bien sûr, je comprends.

Après les bises distribuées à la ronde, le trio s'engouffra dans un taxi. Ce fut alors au tour de Mathieu de déserter les autres.

— Je vais reconduire Flavie chez elle.

— Mais demain, tu viendras dîner à la maison.

La mère ajouta, un ton plus bas, avec l'espoir de n'être entendue par personne d'autre :

— Tu le sais bien, ce sera toujours chez toi.

— Bien sûr, je le sais. Et demain, je serai là pour souligner le départ de ma sœurette vers la grande ville.

Le fils aîné distribua des bises à toutes les femmes présentes, des poignées de main aux hommes. À Paul, il put y aller d'un « À demain ». Dans le cas de Gérard, que convenait-il de dire ? À la fin, il opta pour :

— Au revoir.

L'autre émit un son inintelligible. Quand le couple se fut estompé à son tour, Marie adopta un ton faussement joyeux.

— Rentrons chez nous !

Avec un trac fou, elle s'accrocha au bras de son tout nouvel époux. Un cercle d'or au doigt, elle ne craignait plus le regard des autres portés sur eux. Ce petit confort lui semblait bien cher payé. L'existence de sa petite famille se trouvait irrémédiablement chamboulée.

« Elle l'était déjà, de toute façon, songea-t-elle en traversant la place d'Armes. Les enfants ont raison, j'ai fait pour le mieux. »

Trois pas derrière les nouveaux mariés, Françoise tenait le bras de son cavalier. Si le repas avait paru interminable à ce dernier, il s'enorgueillissait d'être devenu le prétendant officiel, en quelque sorte.

— Son amie est une jolie personne, remarqua-t-il à mi-voix.

Sa compagne, perdue dans ses pensées, ne comprit d'abord pas. Puis elle admit, rougissante :

— Oui, en effet.

— Il s'agit d'une simple secrétaire, bien sûr, mais tout de même...

Françoise ressentit la précision comme une gifle.

Plus loin, à l'arrière, Amélie marchait aux côtés de Gertrude. La vieille domestique lui semblait être une version plus abrasive, mais combien plus drôle, de tante Louise.

— Je ne comprends rien aux histoires d'amour, glissa-t-elle.

— Et bien sûr, en parler à une vieille fille te rendra plus savante.

— Ma sœur laisse Mathieu pour un garçon bien moins intéressant. Mathieu se retrouve avec une fille bien moins jolie que Françoise...

— Tu veux dire que toi.

Elle rougit de se voir aussi facilement percée à jour.

— Ce que tu penses n'a aucune importance, déclara Gertrude. Une seule question me semble pertinente : ta sœur est-elle heureuse de son choix, et Mathieu du sien ?

Elle songea : « De mon côté, je l'ai trouvée très bien, sa petite secrétaire. Elle ne semble pas se prendre pour une madone de plâtre. » Loin derrière, Thalie se posait exactement la même question, et se faisait la même réponse.

Quand les nouveaux mariés s'arrêtèrent devant la porte du commerce, rue de la Fabrique, Paul consulta sa compagne du regard, puis tendit la main.

— Monsieur Langlois, je suis heureux d'avoir fait votre connaissance. Un jour prochain, j'espère que vous pourrez vous joindre à nous pour le repas.

— Ce sera avec plaisir, monsieur Dubuc.

L'homme serra ensuite la main de Marie, puis celle de toutes les retardataires. Au moment où elles pénétraient dans le commerce, il se pencha pour faire la bise à Françoise.

— À bientôt, dit-il.

— … À bientôt.

— Si tu le permets, je te téléphonerai ce soir.

Le ton trahissait une confiance accrue, la certitude d'avoir enfin le champ libre. Elle eut juste un moment d'hésitation avant de répondre :

— J'attendrai ton appel.

❁

Mathieu occupait un banc dans le parc Montmorency, Flavie à ses côtés. En quittant le reste de la famille sous prétexte de la reconduire, il lui avait proposé de s'arrêter là un moment, avant de se rendre à la Basse-Ville.

— Je m'excuse de vous avoir entraînée à ce mariage, bafouilla-t-il.

— C'est bien la réception la plus étrange à laquelle j'ai assisté, mais vous n'avez pas à vous excuser.

— En même temps, votre présence m'a fait plaisir, alors mes excuses ne veulent pas dire que je regrette…

— Dans ce cas…

Elle lui adressa un sourire, effleura son avant-bras de la main.

— Pendant toute mon enfance, reprit-il, rasséréné, ce parc a été mon terrain de jeu. Vous avez vu, à l'avant de la maison, le mur de la boutique donne directement sur le trottoir. À l'arrière, il y a un petit espace pour la livraison des marchandises, encombré de débris et peuplé de rats.

— Des rats ?

— Gros comme ça. Des rats de la Haute-Ville, bien nourris.

Des mains, il indiquait une longueur de deux bons pieds. Elle s'esclaffa à côté de lui.

— De mon côté, à L'Ancienne-Lorette, l'espace ne manquait pas. Les rongeurs non plus, pour tout dire.

— La vie à Québec vous plaît-elle ?

— Mon travail me convient, il me permet de vivre décemment. Alors oui, Québec me plaît.

Flavie souhaitait revenir sur le sujet du mariage.

— Croyez-vous que votre mère a pris la bonne décision ? demanda-t-elle après une hésitation.

— Je n'en doute pas un instant. Dubuc est un homme bien, il nous apprécie, ma sœur et moi, il fait tout pour nous aider. Par exemple, il a fait jouer ses influences pour me procurer l'emploi que j'occuperai à compter de lundi.

— Sa sœur ne semblait pas très enthousiaste…

— Louise ? Il la loge et la nourrit. Elle craint un peu de perdre l'un et l'autre de ces avantages.

Bien sûr, comme Marie n'entendait pas abandonner son commerce avant l'âge de soixante ans, tante Louise demeurerait vraisemblablement la gardienne de la demeure de Rivière-du-Loup jusqu'à son décès. Tout au plus subirait-elle la présence de l'intruse quelques semaines par année.

— Et ses filles ? demanda encore Flavie.

— Elles et maman s'entendent très bien. La cohabitation ne posera pas de difficulté.

— Et comme vous et votre sœur habitez déjà à l'extérieur de la maison, il n'y aura pas vraiment de heurts possibles.

Son compagnon hocha la tête en guise de réponse. Un long moment, ils commentèrent le magnifique panorama devant eux.

— Je dois rentrer à la maison, déclara la jeune fille en se levant.

— Je vous raccompagne.

Elle prit son bras, se laissa conduire vers la côte de la Canoterie. Le trajet fut un peu plus long que de raison, mais la marche fort agréable. Quand ils arrivèrent à la porte de la pension de la rue Saint-François, le garçon proposa :

— Nous pourrions aller manger dans les environs.

— Non, je préfère retrouver mes voisines.

— … Pourrai-je vous inviter de nouveau ?

— Puis-je vous poser une question d'abord ?

Ce désir ne pouvait le surprendre. L'atmosphère, pendant le repas, nécessitait quelques éclaircissements. Il hocha la tête en guise d'assentiment.

— Cette jolie femme, Françoise, était votre fiancée ?

— En quelque sorte, oui. La chose n'a jamais eu un caractère officiel, mais ce terme décrit très bien notre situation passée.

— Et maintenant?

— Vous avez bien vu, elle est venue au mariage de son père avec un nouveau prétendant.

La réponse n'avait pas de quoi la satisfaire complètement. Elle alla droit au fait:

— Et vous, vous étiez avec la première venue.

— Voyons…

— Ne jouons pas sur les mots. Nous nous sommes vus à trois reprises. Ce qui me préoccupe maintenant, c'est la place de cette femme dans votre vie.

Cette façon de vouloir clarifier les choses forçait son compagnon à se montrer très précis.

— J'ai beaucoup d'affection pour elle, comme il convient pour une demi-sœur, en réalité.

— Rien de plus? Elle paraissait regretter le cours des événements récents.

— Je ne peux rien y faire. Moi, je vous ai demandé si vous aimeriez me revoir. Je regarde devant, pas derrière.

À tout le moins, Mathieu tentait désespérément de le faire. Son passé récent comptait trop de fantômes menaçants pour s'y complaire.

— Je serai heureuse d'entendre vos propositions, conclut-elle en tendant la main.

Il l'accepta avec le sourire, lui dit «Au revoir» avant de tourner les talons. Il avait fait trois pas quand elle prononça assez fort pour être entendue.

— Mathieu…

L'usage de son prénom, à la place du «Monsieur Picard», laissait augurer le meilleur.

— Oui?

— Si nous devons nous revoir, mieux vaudrait nous tutoyer. Je ne viens pas d'un milieu où nous abusons du «vous».

— Tu as absolument raison, Flavie. À bientôt.

Il souligna son salut en touchant le bord de son chapeau du bout des doigts. Elle inclina la tête et entra dans son domicile.

❖

Dans l'appartement du dernier étage, l'atmosphère demeurait un peu étrange. Avant de disparaître dans la cuisine, Gertrude demanda :

— Madame, désirez-vous manger à la même heure que d'habitude ?

— ... Oui, bien sûr. Nous avons dîné un peu tard, c'est vrai, mais pas assez pour retarder le souper.

La présence d'un nouveau « maître » dans la maison justifiait la question. La domestique craignait un changement dans la routine. Rassurée, elle alla allumer le feu dans la cuisinière à charbon. Les trois jeunes filles se dirigèrent vers le salon, silencieuses.

Paul offrit à la ronde :

— Je peux vous servir à boire ?

Marie regagna son fauteuil avant de répondre :

— Pourquoi pas. Nous n'avons certainement pas abusé, pendant la réception.

— Avec la prohibition, maintenant seul le curé prend un verre lors des noces, grâce au vin de messe. Notre tour est arrivé.

Il versa un sherry à sa femme, interrogea les trois filles du regard. Aucune n'accepta. Peu après, il se calait dans un fauteuil, un whisky à la main. D'habitude, les nouveaux mariés tremblaient de fébrilité au moment de se retrouver seuls. Ceux-là, à cause de la présence de leurs enfants, gardaient une allure empesée.

À la fin, Amélie se leva en marmottant :

— Excusez-moi, je vais aller défaire ma valise.

Même si, depuis le mois de juin précédent, elle avait passé de nombreuses journées dans l'appartement de la rue de la Fabrique, la jeune fille était descendue la veille avec une grosse malle. Il lui restait encore à placer tous ses effets.

— Et moi, déclara Thalie à son tour, je vais aller faire la mienne. Quelqu'un du Canadien Pacifique doit la prendre tôt demain matin.

En quittant le salon, elle comprit combien il lui plaisait de regagner Montréal dès le lendemain.

— Finalement, déclara Françoise en se levant, je vais prendre un sherry. Laisse papa, je vais me servir moi-même.

Les nouveaux mariés échangèrent un regard un peu désolé. Avant ce jour-là, la proximité entre les Picard et les Dubuc suscitait des conversations enjouées. Ils en étaient réduits à souhaiter que leur nouveau statut matrimonial ne soit pas à l'origine de pareille débandade.

❖

Le lendemain, Mathieu vint dîner en famille. En se mettant à table, Amélie lui annonça, comme si la chose présentait un accomplissement :

— Je vais occuper ta chambre, tu sais.

— Je ne veux pas te décevoir, mais il s'agit de celle de mon père. Françoise occupe la chambre qui a été la mienne de ma naissance à mon départ pour la guerre.

La déception se peignit sur le joli visage.

— Tu pourras prendre la mienne, proposa Thalie dans un sourire. Elle donne sur la rue de la Fabrique.

— Thalie, tu es très gentille, déclara Paul, mais cette maison restera celle de ta mère, en conséquence la tienne aussi. Tu continueras d'occuper ta chambre à chacune de tes visites. Amélie se trouve très bien où elle est.

Marie le remercia des yeux. Leur entente était simple : les Dubuc seraient des invités chez les Picard, et les Picard des invités chez les Dubuc. La blonde se le tint pour dit et n'aborda plus le sujet.

Après avoir servi le potage, Gertrude prit sa place à table. La veille, après la noce, la nouvelle organisation familiale avait éveillé chez elle des velléités de retourner prendre ses repas à la cuisine. Après quelques arguments, Marie avait conclu :

— Si, à Rivière-du-Loup, tante Louise mange avec le reste de la famille, à Québec, tu vas continuer de t'asseoir avec nous.

Le « merci » s'était étranglé dans sa gorge, une poussière dans l'œil l'avait forcée à se retirer vers ses chaudrons. Vingt-quatre heures plus tard, elle reprenait néanmoins sa place habituelle à table avec une assurance renouvelée.

Une fois réglées les questions des chambres et de la place de la domesticité dans la demeure, le silence s'alourdit sur la salle à manger.

— Thalie, tu dois être heureuse de retourner à l'université, remarqua Françoise. Tu retrouveras tes cours, tes amies.

— C'est un plaisir ambigu, expliqua Thalie. Pour cela, je dois quitter ma famille, d'autres amies.

Son interlocutrice la remercia d'un sourire.

— Tu vas revenir, n'est-ce pas ? intervint Marie à son tour, un peu de tristesse dans la voix.

— Aux fêtes, pour te permettre de faire enfin ton voyage de noces.

— Viens seulement pour me voir.

— Je te verrai avant et après votre escapade en amoureux.

Ces paroles réussirent à troubler un peu la nouvelle mariée.

— Mais l'été prochain, insista-t-elle, tu voudras travailler auprès des malades… C'est bien normal.

L'effort de compréhension sonnait un peu faux.

— Mais je pourrai peut-être venir à Québec. J'ai déjà écrit au directeur de l'hôpital Jeffery's Hale pour lui offrir mes services et le directeur m'a répondu avec intérêt. Il y a aussi une clinique pour les indigents, dans la Basse-Ville, où je pourrai aider. Je contacterai les hôpitaux catholiques… mais avec les protestations en chaire des curés contre les féministes, je perdrai mon temps. Alors ce sera probablement le Jeffery's Hale.

— Tu pourras venir à Québec… répéta la mère.

Le reste de la déclaration de sa fille lui avait échappé. La promesse la réconciliait avec la perspective de la voir partir.

— Avant d'obtenir ton diplôme, remarqua Mathieu avec à-propos, tu hériteras de tâches bien rebutantes.

— Toi, tu classeras de vieux dossiers, moi, je manipulerai des bassines. Nous en avons encore pour trois ans à effectuer les pires corvées.

Même si elle était plus jeune que son frère de quelques années, son séjour au Quebec High School, moins long que celui exigé pour les humanités classiques, puis l'exil de ce dernier en Europe, les plaçaient au même niveau dans leur cursus universitaire.

— Sans vouloir te vexer, je préfère l'odeur d'un vieux dossier à celle de tes bassines.

— Les enfants, nous sommes à table, intervint Marie en plissant le nez.

La conversation ne tarit plus pendant tout le repas. À deux heures, un sac de voyage à la main, Thalie se tenait dans l'embrasure de la porte du commerce.

— Tu es certaine que la grosse malle se rendra à destination ? s'inquiéta Gertrude.

— Selon les employés du chemin de fer, elle se trouve déjà dans ma chambre, à Montréal. Maintenant, je dois y aller.

Elle fit le tour des personnes présentes pour leur donner la bise, excepté son frère. Celui-ci devait l'accompagner jusqu'à la gare. Tout le long du chemin, ils abordèrent divers sujets. Une fois rendus à destination, le garçon alla se mettre en ligne afin de lui acheter son billet. Il la retrouva sur un banc près du quai.

Elle reçut son droit de passage en disant :

— Tu vas garder un œil sur eux ?

— Sur qui, exactement ?

— Les nouveaux mariés. Les grandes personnes sont souvent bien déraisonnables.

Mathieu éclata de rire.

— J'aurai les deux yeux ouverts, convint-il. S'il survient un problème trop compliqué pour moi, je t'appellerai, sois sans crainte.

Elle le contempla un long moment avant de dire, très sérieuse cette fois :

— Et si jamais tu as besoin d'aide, tu m'appelleras, n'est-ce pas ?

Elle craignait une folie de sa part, après des nuits et des nuits sans sommeil.

— Oui, je t'appellerai si nécessaire.

— Tu te portes mieux, je crois. Tu retrouves plus facilement ton sourire.

— Mon esprit revient lentement des Flandres. Il n'avait pas suivi mon corps, après mon transport à l'hôpital.

Thalie saisit sa main, posée entre eux, sur le banc. Ils demeurèrent un long moment comme cela, silencieux. Puis un employé du Canadien Pacifique annonça le départ du train pour Montréal. Il l'accompagna jusqu'aux marches donnant accès au wagon, l'embrassa en disant :

— Passe une excellente année, et essaie de m'écrire une fois de temps en temps.

— Je te souhaite une bonne année aussi et j'attendrai tes lettres. Sois un peu plus long que sur les cartons de l'armée.

— Promis.

Elle posa le pied sur la première marche, puis se retourna, le regard soudainement chargé de curiosité.

— Dis-moi, l'amélioration de ton moral a-t-il à voir avec la jolie secrétaire de notre cousin ?

— C'est plutôt l'inverse : la jolie secrétaire a à voir avec mon meilleur moral.

— Je comprends.

Sur ces deux mots, elle tourna les talons afin de trouver son siège dans le wagon.

❖

Le matin, au moment de son départ de la pension de la rue Sainte-Geneviève, Mathieu se trouvait le seul locataire. À son retour l'après-midi, il découvrit les lieux bruissant de conversations. Dans le salon, Élisabeth devisait avec trois messieurs d'âge mûr. Elle se leva à l'instant où il entrait dans la pièce.

— Mathieu, j'aimerais te présenter certains de mes invités.

Depuis l'accueil de ses premiers clients, elle s'était plu à les présenter ainsi, comme si les mots locataires ou clients décrivaient mal ses relations avec eux.

— Monsieur Fortin, monsieur Frenette et monsieur Tremblay.

Pendant que le jeune homme serrait les mains, elle continua :

— Ces personnes sont des députés à l'Assemblée législative.

Il s'agissait de trois membres du Parti libéral. En se tournant vers eux, elle dit encore :

— Mathieu Picard est mon neveu. Il étudie présentement à l'Université Laval.

Le jeune homme reconnut chez le trio le regard allumé d'individus séduits par leur nouvelle hôtesse. Ils commenteraient certainement son charme à leurs collègues dès le lendemain, lors de la rencontre du caucus de leur parti. Peut-être des étudiants se trouveraient-ils délogés pour accueillir d'autres élus.

— Nous partagions nos souvenirs concernant Wilfrid Laurier, précisa-t-elle encore. Souhaites-tu te joindre à nous ? Je peux demander qu'on t'apporte du thé.

— Je vous remercie, ma tante, je préfère me plonger dans mes livres. Comme demain, je commencerai à la fois les cours et mon nouvel emploi, je dois prendre un peu d'avance.

— Tu te joindras à nous pour le souper ?

— Oui. Comme je suis allé dîner avec maman, je lui laisserai la chance de profiter d'un souper avec sa nouvelle famille. Messieurs.

Il salua les députés d'un geste de la tête, puis gravit l'escalier. Au second palier, il perçut le bruit d'une conversation dans le couloir. Il découvrit quatre jeunes gens de son âge en conciliabule. Il s'approcha en tendant la main.

— Je m'appelle Mathieu Picard.

Les autres se présentèrent en la lui serrant.

— Vous êtes étudiant aussi ? demanda l'un d'eux.

— En deuxième année de droit.

— Je ne vous ai pas vu l'an dernier, commenta un autre.

— Il y a un an, je me trouvais occupé ailleurs... En voyage.

Les autres le toisèrent, puis l'un d'eux déclara :

— Vous étiez à la guerre ?

Tante Élisabeth pouvait avoir évoqué la chose devant eux. Plus probablement, sa posture, sa main blessée, les traits de son visage pouvaient le trahir.

— Je ne peux rien vous cacher. De votre côté, vous fréquentez l'université ?

— Vous avez devant vous deux futurs avocats, et deux futurs médecins.

— Nous nous reverrons donc souvent. Bonne fin d'après-midi.

Il ne ressentait aucun désir d'énumérer ses expériences récentes à leur profit. Les prochaines semaines leur procureraient des occasions de conversations. Un moment plus tard, sous les combles, il découvrit ses deux voisins immédiats. L'un se tenait appuyé contre le mur, l'autre dans l'embrasure de la porte de sa chambre. Il répéta alors le rituel de la main tendue, des présentations, des noms évoqués machinalement.

— Nous sommes donc au complet, conclut Mathieu. J'ai vu du monde à tous les étages.

— Pas tout à fait, précisa un garçon avec un lourd accent de Charlevoix.

Celui-là venait de Saint-Irénée. Mathieu devait faire un effort pour ne pas baisser les yeux sur ses pieds. Il portait des bas en laine grise, sans doute tricotés par sa mère, sans chaussures, pour ne pas user inutilement celles-ci. Des trous laissaient voir ses deux gros orteils en totalité.

— Juste sous ta « suite », continua-t-il en utilisant spontanément le tutoiement, il y a un médecin. L'an dernier, il logeait dans tes quartiers, il a maintenant amélioré un peu son sort.

Une petite hostilité à l'égard des «nantis» marquait l'intervention.

— Au début de ses études, il devait loger dans ta chambre, rétorqua Mathieu sur le même ton.

— Exactement. Il vient de la Beauce. Maintenant, il a commencé sa pratique dans un cabinet de la Haute-Ville. Dans dix ans, il aura une grosse maison sur la Grande Allée.

L'anecdote lui rappela une conversation avec Thalie. Le docteur Caron avait recruté l'un de ses voisins.

— Il manque aussi un étudiant, et nous serons au complet. Un gars de Montréal, précisa son autre voisin.

— Je vous verrai donc au souper. Messieurs, à plus tard.

Sur un salut de la tête, Mathieu les quitta pour s'enfermer dans sa chambre. Dans vingt-quatre heures, au lieu de perdre leur temps à discuter dans le couloir, tous ces jeunes gens se plongeraient dans leurs livres. Il aurait une avance sur eux.

❀

Les cours de l'Université McGill devaient reprendre le lendemain. Après un trajet sans histoire au cours duquel Thalie eut l'impression de s'arrêter dans tous les villages situés entre Québec et Montréal, elle monta dans un tramway afin de se rendre à sa pension. Après une correspondance, elle posa enfin les pieds sur le trottoir de la rue Milton.

— Rien n'a changé ici, remarqua-t-elle à mi-voix.

Cela n'était pas tout à fait vrai. L'arrêt de la production militaire et le retour des vétérans faisaient chuter le prix du travail et augmentaient le nombre de chômeurs disposés à se contenter d'un dollar ou deux pour une journée d'efforts. En conséquence, les volets paraissaient bien droits maintenant, le gazon moins négligé, la galerie nouvellement repeinte.

Elle monta l'escalier de son pas vif habituel, faisant claquer ses talons sur les marches, entra dans la maison de chambres. Personne ne se trouvait accoudé au comptoir. Elle passa derrière afin de prendre sa clé, déposée dans un petit casier.

Des voix venaient de la salle à manger. Elle franchit la porte, découvrit une vingtaine de jeunes filles devisant gaiement.

— Thalie, lança une grande châtaine, te voilà enfin.

Catherine Baker faisait maintenant l'effort de prononcer le prénom à la française. Elle quitta sa place pour venir lui faire la bise.

— Québec se trouve plus loin que Sherbrooke.

— Surtout si on prend le train l'après-midi.

Au cours des dernières semaines, elles s'étaient échangé un nombre suffisant de lettres pour se tenir réciproquement au courant de toutes leurs activités. Après une étreinte à sa meilleure amie, la nouvelle venue embrassa les plus proches parmi les locataires, salua les autres d'un bon mot, s'attarda auprès des petites nouvelles, au nombre de cinq, rassemblées au bout de la table, timides et silencieuses.

Quand la propriétaire des lieux vint poser une théière devant elles, la dernière venue lui dit :

— J'ai pensé prendre ma clé moi-même, pour ne pas vous déranger.

— Vous avez bien fait. Déjà, je dois préparer les repas au rythme des arrivées. Tout le service est chamboulé, ce soir. Il ne faut pas vous plaindre de manger froid.

Plus impressionnable, la Canadienne française aurait rougi un peu devant le reproche implicite. La femme se reprit tout de suite, plus amène :

— Bienvenue, « Thalia ». Assieds-toi, je t'apporte une assiette.

— Ma valise est restée dans l'entrée...

— Elle tiendra compagnie aux autres. Enlève ton chapeau et tes gants.

Elle poussa l'amabilité jusqu'à lui poser un baiser furtif sur la joue, puis disparut dans la cuisine. Assise avec ses camarades, l'étudiante repassa brièvement les événements de l'été. Plusieurs avaient eu l'insigne honneur de voir le prince de Galles... à une distance de mille pieds au moins. Certaines entendaient sécher les cours pour l'apercevoir de nouveau lors de sa prochaine visite, prévue dans quelques semaines.

À une question d'une voisine, Thalie précisa :

— J'ai travaillé au magasin de maman tous les jours. Cela me laissait peu de temps libre, même pour un prince.

Toutes, dans la petite assemblée, venaient de familles besogneuses, toutefois assez prospères pour permettre à leurs jeunes filles de poursuivre des études supérieures. La situation de leur camarade canadienne-française suscitait une vague de sympathie : une femme menant toute seule la barque familiale avait de quoi les impressionner. La suite de la conversation les décevrait bientôt un peu.

— Ta mère a perdu son indépendance hier ? demanda Catherine Baker.

— Elle s'est remariée, mais n'en doute pas, son indépendance demeure intacte.

— En vertu du Code civil, elle perd ses droits. Son commerce...

— Avant de dire « oui », elle a passé des heures chez le meilleur notaire de Québec. Il a concocté un contrat de mariage compliqué, tout à son avantage, semble-t-il.

La précision rassura les étudiantes assises à proximité.

— J'aimerais bien le voir, ce contrat, commenta Catherine. Je pourrais m'en inspirer pour mes clientes, plus tard.

La future avocate songeait déjà aux moyens de contourner les clauses les plus abusives de la législation québécoise à l'égard des épouses.

— Ils se sont mariés en séparation de biens, j'espère, continua-t-elle après une pause.

— C'est évident.

La tenancière de la maison de chambres posa une assiette devant la nouvelle venue.

— Il ne reste plus de potage, précisa-t-elle.

— Cela ira très bien, madame.

Le ton soumis lui valut un sourire et une déclaration :

— Mais il y a encore du dessert.

Les cheveux en désordre, elle retourna vers la cuisine. Catherine Baker baissa la voix d'un ton pour demander :

— Mathieu se porte-t-il mieux ?

— Je crois, oui. Le grand adolescent a définitivement disparu à la guerre, mais l'homme a gagné en épaisseur et en profondeur.

Le choix des mots sonnait curieusement. Elle laissa échapper un ricanement en imaginant son frère affligé d'un embonpoint précoce. Cela risquait peu de se produire. En posant la main sur celle de son amie, elle questionna à son tour :

— De ton côté, John se montre-t-il toujours aussi torturé ?

— Comme tous les anciens soldats, je suppose. Au moins, je le comprends un peu mieux. Lui aussi promène un visage grave, l'esprit ailleurs pendant de longues périodes, perdu dans ses souvenirs. Mais comme il commencera à la banque bientôt, cela l'aidera à se faire à la vie civile.

Pendant une heure, le babillage se poursuivit encore. Puis chacune regagna sa chambre.

Le lendemain matin, après un petit déjeuner avalé dans une atmosphère fébrile, la procession habituelle se forma sur le trottoir, puis elles regagnèrent le campus toutes ensemble. Un groupe se détacha pour rejoindre la Faculté de droit, un autre se dirigea vers l'École normale McGill.

Thalie se retrouva seule avec une jeune fille effarouchée, l'air d'une adolescente.

— Vous me rappelez votre nom ?

— Audrey. Audrey Hogson.

— Ce matin, ce sera le cours d'anatomie. La matière est difficile, mais le professeur est plutôt sympathique. Il est arrivé l'automne dernier, juste après le premier épisode de la grippe.

— Les autres étudiants ?

— Vous trouverez quelques inévitables idiots parmi le lot, mais la plupart s'habitueront à votre présence.

L'autre parut à moitié rassurée. Quand elles arrivèrent devant le grand édifice en pierre grise, elle contempla la porte de chêne en retenant son souffle.

— Bonne journée, Audrey. Tout à l'heure, nous pourrons rentrer ensemble.

— À bientôt, Thalia.

Avec un peu de chance, elles seraient deux ou trois à entreprendre la première année du programme de médecine. Mais cette gamine aux cheveux noirs coupés au carré sur le front pouvait tout aussi bien être la seule recrue de sexe féminin de la classe de 1919.

Chapitre 23

Mathieu aussi commençait l'année universitaire, tenaillé par un trac profond. Après deux ans d'absence, il se demandait encore si les longues heures attaché derrière un bureau lui seraient supportables. Pour les apprentissages proprement dits, son inquiétude se révélait moins grande. La fréquentation assidue du Code civil, au cours des dernières semaines, le rassurait sur ses aptitudes intellectuelles.

Les cours théoriques se déroulaient en matinée, sauf en de rares exceptions, afin de permettre aux étudiants de travailler dans les cabinets d'avocats de la ville. Les plaideurs trouvaient là une main-d'œuvre peu, sinon pas du tout payée. Les jeunes gens profitaient de ce premier passage dans le monde professionnel pour se construire un réseau de relations très souvent utile toute leur vie.

À treize heures, Mathieu entra dans les locaux du procureur général, au premier étage de l'édifice de la bibliothèque de l'Assemblée législative. L'hôtel du gouvernement devenait trop exigu pour accueillir toute la fonction publique de la province, celle-ci débordait dans les bâtiments environnants. Il trouva non seulement l'un des substituts du procureur général, Arthur Fitzpatrick, mais le titulaire du poste lui-même. Le premier serra la main du nouveau venu et demanda en se tournant à demi :

— Connaissez-vous monsieur Louis-Alexandre Taschereau, notre nouveau ministre ? Il a été nommé par le premier ministre Lomer Gouin mardi dernier.

— Bien sûr, j'ai lu la nouvelle dans *Le Soleil*, la semaine dernière.

Dit comme cela, il sous-entendait être un sympathisant libéral. Aucun partisan affiché de l'opposition ne pouvait occuper un emploi public.

Maigre, les cheveux coupés très court sur le crâne, une moustache touffue sur la lèvre supérieure, Taschereau trahissait une force nerveuse. Après avoir occupé différents ministères, son accession au poste de procureur général faisait de lui le meilleur candidat à la direction du gouvernement quand l'actuel premier ministre, Lomer Gouin, déciderait d'abandonner. Pour un disciple de plus en plus affiché d'Ernest Lapointe, cela représentait un exploit.

— Vous êtes le jeune Picard? demanda le politicien en lui serrant la main. Celui qui est allé à la guerre?

— Mathieu Picard. Je suis celui-là.

— Vous avez été recommandé par le député de Rivière-du-Loup, je pense. C'est un parent à vous?

— Il est devenu mon beau-père avant-hier.

L'autre éclata de rire.

— Cet emploi pour vous, ce fut un cadeau de mariage à sa future épouse, je suppose?

— En quelque sorte, oui. Vous avez raison, quoique je n'aie jamais regardé les choses sous cet angle.

— Un bon homme, ce Dubuc. Quelle que soit sa motivation, s'il vous a recommandé, je peux vous faire confiance.

Taschereau les salua d'un signe de tête, puis quitta les lieux. Arthur Fitzpatrick demeura immobile un moment, les yeux sur son nouvel employé, comme s'il remettait en cause la décision prise six semaines plus tôt.

— Je vais vous présenter tout de suite à votre supérieur, conclut-il enfin. Il s'agit du chef du service, en quelque sorte. À Québec, il y a un autre avocat de la Couronne avec lequel vous serez aussi en relation, Arthur Lachance. Vous le rencontrerez éventuellement. Présentement, il se trouve sans doute dans l'édifice d'à côté.

Il le conduisit dans la pièce voisine. Un vieil homme paraissait perdu dans un amoncellement de papiers, une multitude de lettres recouvrait la plus grande partie de son bureau.

— Basile, voici votre nouvel assistant. Je le laisse entre vos mains.

Le substitut du procureur s'esquiva sur ces mots. Comme l'employé ne bougeait pas de sa place, Mathieu prit l'initiative de s'avancer, la main tendue.

— Monsieur, je suis enchanté de vous connaître.

— … Moi aussi. Dégagez le dessus de la chaise.

De vieux documents débordaient du siège réservé aux visiteurs. Il les posa par terre avant de s'asseoir.

— Connaissez-vous le rôle du procureur général ?

— Je suis en seconde année de droit.

Après une matinée à la Faculté, l'affirmation se révélait véridique. Comme l'autre demeurait silencieux, il se crut obligé de continuer :

— Le procureur général se charge des poursuites au nom du roi.

— Ce bureau reçoit les rapports des directeurs des postes de police, des laboratoires de médecine légale, les procès-verbaux des coroners. Selon la qualité des preuves accumulées, le substitut du procureur général chargé du dossier décide de poursuivre, ou non. Bien sûr, dans les cas les plus complexes, ou les plus délicats, il demande au patron.

Il voulait dire au ministre, Louis-Alexandre Taschereau depuis la semaine précédente. Mathieu hocha la tête. Il n'ignorait rien de cela.

— Vous voyez ce désordre ? Vous allez ouvrir le courrier, constituer des dossiers sur toutes les affaires, mettre les diverses pièces en ordre, puis vous me remettrez le tout. Je rédigerai de courts résumés pour Fitzpatrick ou Lachance. Venez avec moi.

Il le conduisit dans une pièce attenante, une salle mal éclairée par une fenêtre étroite, encombrée de nombreux classeurs en chêne. Une table se trouvait dans un coin, avec deux chaises. Par terre, un panier d'osier contenait de nombreuses enveloppes.

— Le courrier s'est un peu accumulé pendant l'été. Afin de ne pas créer de multiples dossiers sur la même affaire, consultez ce registre. Et bien sûr, vous y ajouterez une entrée pour tous les nouveaux documents.

L'homme le contempla un moment, l'œil interrogateur. Ses directives demeuraient si sibyllines qu'aucune question ne venait à l'esprit de son interlocuteur. À la fin, Mathieu acquiesça. L'autre retourna dans son bureau.

Demeuré seul, l'étudiant fit un tour complet sur lui-même, puis pesta :

— Dire que je me sentais malheureux à vendre des mouchoirs à de jolies femmes !

Il se laissa tomber sur sa chaise, allongea le bras pour prendre une missive dans le panier. Elle venait d'un juge de paix de Saint-Malachie, en Beauce. Le pauvre homme signalait le vol d'une vache. Véritable Sherlock Holmes des campagnes, il racontait par le menu son enquête et identifiait un suspect très sérieux.

❖

Affrontant toujours les difficultés de sa réinsertion à la vie civile, Mathieu appréciait son existence d'étudiant. Il

retrouvait à l'université une routine familière, peu susceptible de laisser divaguer son esprit.

Les cours occupaient toutes les matinées. Il regagnait
ensuite les locaux du procureur général pour prendre
connaissance des vicissitudes de la vie de ses contemporains.
Dans la plupart des cas, il s'agissait de crimes mineurs liés
à la misère, ou à la sottise. Bien sûr, certaines causes rete-
naient son attention pendant une longue période, il en
retrouvait les échos dans les journaux.

En rentrant à la pension de la rue Sainte-Geneviève, il
retrouvait les visages familiers de ses voisins. Les députés
choisissaient de souper en ville un soir sur deux. Les étudiants ne jouissaient pas de ressources pour se permettre
un luxe pareil. Soir après soir, ils tentaient avec un succès
inégal de paraître brillants devant leur belle hôtesse. Le
vétéran trouvait leur conversation un peu insipide, mais
parfois, il glanait auprès d'eux des informations utiles pour
la poursuite de ses études.

À la longue, le jeune médecin logé au second étage se
révéla le meilleur compagnon. À vingt-cinq ans, soucieux
de bien amorcer sa carrière, Alcide Davoine accordait peu
d'importance aux tournois de bridge ou aux soirées dan-
santes tenues chez les parents de jeunes filles à la recherche
du bon parti.

Comme ce soir-là, les deux hommes demeuraient souvent seuls dans la salle à manger après que tous les autres
eurent regagné leur chambre.

— Excusez-moi, déclara Julie en entrant dans la pièce,
mais je dois desservir.

— Bien sûr, répondit Mathieu. Je vais même vous aider
un peu.

Le jeune homme se leva et entreprit de mettre les dernières assiettes l'une dans l'autre.

— Voyons, ce n'est pas nécessaire, protesta la jeune domestique.

— Vous ne pourrez pas vous reposer avant d'avoir terminé la vaisselle, n'est-ce pas ?

Dans cette maison, le personnel se trouvait contraint à travailler de longues heures. Mathieu savait bien que la bonne et la cuisinière ne regagnaient jamais leur chambre avant neuf heures. Pourtant, tous les matins, elles s'agitaient devant le gros poêle à charbon aussi tôt que six heures.

Julie plaça les couverts dans un grand plat, le vétéran posa les assiettes, puis les soucoupes et les tasses sur le chariot utilisé pour desservir.

— Je vous remercie, monsieur, murmura-t-elle en quittant la pièce.

Après son départ, le médecin lui adressa un sourire amusé.

— Tu sais te faire bien voir des dames de la maison.

— Ce sont mes voisines. Elles travaillent fort pour un maigre salaire.

— Je sais, l'an dernier, je logeais sous les combles.

Les deux jeunes hommes s'engagèrent bientôt dans l'escalier.

— Tu ne fais pas de bureau ce soir ? demanda Mathieu en arrivant sur le premier palier.

— Le docteur Caron me donne congé le jeudi.

— Quelle générosité !

— Mais je serai là demain soir.

À ce rythme, le praticien arrivait à faire fonctionner son cabinet une douzaine d'heures par jour, six jours par semaine. Cela lui avait permis de conserver tous les patients autrefois confiés aux bons soins de Charles Hamelin, et d'en attirer de nouveaux.

— Je pense que je ne suis pas le premier bénéficiaire de cette générosité, continua le jeune médecin. Cela permet à sa fille de profiter aussi de sa soirée de congé. Tu la connais ?

— Élise ? Pas vraiment. C'est toutefois une amie de ma sœur.

— L'étudiante en médecine ? Tu devras me présenter ce personnage, un jour. Elle semble remarquable.

— Dès qu'elle viendra en visite à Québec, je le ferai. Mais ne fonde pas trop d'espoir sur cette rencontre. Je ne lui connais aucune inclination sentimentale. À l'entendre, les étudiantes universitaires mènent une vie plus sage que celle des nonnes.

Ils arrivaient au second palier. Le médecin proposa :

— Tu viens prendre un verre ?

L'autre marqua un moment d'hésitation.

— Je ne sais pas. Comme ma sœur, moi aussi je suis plutôt sage. Les études...

— Tu te reprendras cette nuit.

Comme l'étudiant en droit logeait au-dessus du médecin, ses longues périodes d'insomnie ne lui avaient pas échappé. Il ouvrit sa porte, laissa l'autre passer devant lui.

— Je ne pourrai m'attarder très longtemps, précisa Mathieu. C'est fou le nombre de pages qu'un futur avocat doit assimiler.

— Alors ne perdons pas de temps. Tu veux un cognac ?

L'invité acquiesça en prenant place dans un vieux fauteuil au revêtement élimé. Son logis se composait de deux pièces. L'une servait de salon. Trois sièges confortables lui permettaient de recevoir une compagnie limitée. L'autre pièce, fermée par une porte, abritait la chambre à coucher.

— Comment fais-tu ? demanda le visiteur en acceptant le verre de cognac.

— Comme tout le monde à Québec : je demande une prescription à un docteur. Comme je vois Caron tous les jours, c'est facile. Rusé, le bonhomme en profite pour me demander de lui rapporter aussi une bouteille. Je passe pour un ivrogne, et lui s'épargne des heures d'attente.

— Accepterais-tu de me donner une prescription ?

Avant de se servir, l'autre se pencha sur la table de travail poussée dans un coin. Au moment de s'asseoir à son tour, il lui tendit le bout de papier.

— Tu me disais que les étudiantes de McGill sont sages comme des images.

— Selon Thalie, afin de se protéger des esprits obtus désireux de les chasser des campus, il leur faut se classer sans cesse parmi les meilleurs.

— Donc, elles n'ont pas le temps de voir des garçons.

Le sourire moqueur du médecin témoignait de son profond scepticisme.

— Je ne peux parler pour toutes les étudiantes, mais ma sœur ne sort avec personne.

— J'ai vu sa photo, en haut. C'est une très jolie fille.

— Je suis sérieux, je te la présenterai. Peut-être sauras-tu la faire sortir de sa vie monacale… pour le bon motif, bien sûr. Lors de ma dernière conversation avec mon père, j'ai promis de bien m'occuper d'elle. Alors je garderai un œil sur vous deux.

— Si un ange protecteur veille sur elle, je ne la toucherai même pas avec mon petit doigt.

De nouveau, son amusement bien visible amenait à ne pas trop le prendre au sérieux. Après quelques phrases sur les chances de voir un jour des femmes exercer des professions, Mathieu choisit de satisfaire sa curiosité.

— Tant qu'à passer tout ce temps à recevoir des malades, pourquoi ne pas ouvrir ton propre bureau? Tu ferais certainement un meilleur revenu.

— Ce n'est pas si simple. Tous les ans, les Facultés de médecine livrent des dizaines de diplômés; plus que le marché ne peut en absorber. Puis monter un bureau de toutes pièces coûte une fortune. Moi, j'ai emprunté à des oncles de quoi payer ma scolarité. Tu vois, la guerre m'a été bénéfique. Les cultivateurs vendaient leur bacon aux Anglais et me prêtaient de l'argent. Ils s'attendent maintenant à récupérer leur mise de fonds avec une bonne marge de profit.

— Mais tu paies un loyer au docteur Caron. Si tu étais à ton compte...

— Je lui verse une partie des honoraires. Comme sa fille reçoit l'argent des patients, je ne peux pas le tromper sur le montant.

— Tu y trouves vraiment ton compte?

— Caron jouit d'une excellente réputation. Il s'occupe des cas les plus graves. En même temps, il me prodigue de précieux conseils. De mon côté, je me fais un nom auprès de centaines d'habitants de la Haute-Ville. Un jour, cela rapportera des dividendes. Et d'ici là, je paierai mes dettes.

L'arrangement ne devrait pas le desservir, à la longue. Son interlocuteur acquiesça.

— Tu comptes le quitter avec en poche la moitié de son carnet d'adresses?

— Peut-être. Mais le vieux n'est pas dupe, et il pourra répéter la même opération à sa guise. Chaque année, juste à Québec, au moins dix personnes seraient prêtes à accepter un arrangement comme le mien.

— As-tu pensé à t'établir en Beauce? Saint-Georges doit offrir de belles perspectives d'avenir.

— Les trois médecins de la ville ont moins de trente-cinq ans.

Le meilleur espoir, pour lui, serait d'acheter à la fois la maison et le cabinet d'un vieux médecin. Pour cela, il lui faudrait amasser des économies.

— De mon côté, si je veux un jour me soucier de la manière de me bâtir une carrière, je dois étudier, conclut le jeune homme en se levant.

— … La nuit, tu dors un peu ? Je suis ici depuis quelques semaines, et je t'entends souvent faire les cent pas.

— Une nuit sur deux, je dors comme un bébé.

— Et l'autre ?

— À peu près pas. C'est pour cela que la suivante, je tombe de sommeil. As-tu un produit miracle pour corriger la situation ?

Le jeune médecin écarta les bras de son corps pour exprimer son impuissance.

— Rien qui ne laisse pas le client dans un état lamentable.

Thalie lui avait dit la même chose à propos de tous les dérivés de l'opium.

— Tant pis, j'en serai quitte pour continuer à te marcher sur la tête.

Sur ces mots, le jeune homme regagna ses propres quartiers.

❖

Bien dormir une nuit sur deux : cela décrivait assez bien sa situation. Après trois bonnes heures à réviser des notions de droit commercial, Mathieu s'étendit sur son lit vêtu de son seul sous-vêtement, avec à la main un roman d'une toute nouvelle auteure anglaise, Agatha Christie. Si les exploits du petit détective belge lui paraissaient bien improbables, au moins la lecture se révélait plaisante.

Un peu passé minuit, il laissa l'opuscule sur la table de nuit, éteignit la lampe et se tourna sur le côté. Le jeune homme se força à la plus rigoureuse immobilité, respira profondément, avec une lenteur calculée.

Ces précautions ne valaient rien. Après une heure de paralysie feinte, il se redressa rageusement.

— Jésus-Christ ! Quelqu'un arrêtera-t-il ce cinéma infernal ?

Une fois de plus, les scènes de guerre se déroulaient dans son esprit avec une netteté troublante. Il avait beau essayer de revivre l'épisode à la fois torride et tendre avec Jane, repassant dans le détail son long examen du corps pâle et lisse, rien n'y faisait. Les images de jeunes hommes pourrissant dans les tranchées se substituaient aux premières, les gommaient irrémédiablement.

Peut-être par compassion pour le voisin du dessous, il renonça au projet de parcourir pendant des heures un minuscule ovale dans ses deux petites pièces. Ses vêtements pour le lendemain se trouvaient sur une chaise. L'insomniaque les enfila à la lueur de la lune, sous la lucarne percée dans le toit. Puis il ferma doucement la porte de sa chambre derrière lui, descendit l'escalier en tenant ses chaussures à la main.

L'air de la nuit le saisit, un moment il tenta de réprimer un frisson, la main près de son cou afin de fermer le col de sa veste.

— L'automne est vraiment arrivé, maugréa-t-il.

La prochaine fois, il devrait prendre son paletot. Il abandonna toutefois l'idée de rentrer afin de le récupérer. Mieux valait marcher d'un pas vif, essayer de se réchauffer de cette façon.

Lors de ses pires insomnies, celles où il devait sillonner la ville afin de se fatiguer un peu, Mathieu parcourait un trajet convenu, toujours le même, malgré de légères variantes. D'abord il gagnait le chemin Saint-Louis, passait la porte monumentale, continuait vers l'ouest jusqu'à l'intersection de la rue Scott. En passant devant la maison d'Édouard Picard, il ralentissait un peu le pas, cherchait à deviner quelle chambre servait au couple.

Cet endroit représentait la première station d'un étrange chemin de croix. Le jeune homme atteignit ensuite la rue Saint-Jean, emprunta un escalier afin de rejoindre la Basse-Ville. Rue Saint-Joseph, il salua un policier soupçonneux d'un geste de la tête.

— Vous êtes-vous perdu ? demanda l'agent.

— Comment serait-ce possible, dans notre jolie petite ville ?

L'autre cherchait des signes d'ivresse, estimait la valeur des vêtements, inventoriait de mémoire les visages des mauvais garçons souvent croisés au poste de police.

— Je fais juste un peu d'insomnie, expliqua enfin le promeneur. Marcher permet de me nettoyer la tête.

Vraie, l'explication ne paraissait pas convaincante pour autant.

— Rentrez chez vous. Nous sommes au milieu de la nuit.

— Ça, je l'avais remarqué.

Mathieu reprit sa progression. Un long moment, il entendit le pas du policier derrière lui. L'agent ne croyait guère à son histoire. Il le soupçonnait d'en vouloir plutôt à l'une des nombreuses vitrines de l'artère commerciale. Quand il s'arrêta sous le clocher de l'église Saint-Roch afin de contempler un moment l'entrée du magasin PICARD, le limier accéléra sa cadence pour le rejoindre.

Peu désireux de s'expliquer encore, l'insomniaque traversa le parvis de l'église pour rejoindre la rue Saint-François. Il s'attarda un bref instant à côté de la pension où logeait Flavie.

— Dors bien, jolie brunette. Je préférerais m'épuiser avec toi plutôt que de traîner en remorque un valeureux représentant des forces de l'ordre.

La jeune fille s'accrochait toutefois à sa vertu. Enjouée, toujours souriante, elle tolérait mal les jeux de mains, se refusait aux privautés plus audacieuses.

Mathieu pressa ensuite le pas pour rejoindre la côte d'Abraham. En passant devant la boutique ALFRED, le jeune homme songea à sa mère, eut envie de rentrer dans le commerce et d'attendre là le moment du petit déjeuner pour rejoindre les siens. Finalement, il décida plutôt de regagner sa chambre. Épuisé, il se laissa tomber sur son lit, plongea dans un sommeil profond, sans rêve. La sonnerie stridente le ramena à la vie, à peine reposé. Il affronterait une nouvelle journée dans un état de fatigue peu propice à la concentration.

❖

La fin de septembre arriva, puis octobre vint teinter les feuilles des arbres. L'exil rural de la famille Dupire s'allongeait. Parfois le vendredi soir, d'autres fois le samedi matin, Fernand stationnait sa voiture près de la grande maison de campagne. Ses enfants les plus âgés et sa mère venaient l'accueillir sur la grande galerie couverte. Jeanne les rejoignait bientôt, le dernier-né dans les bras.

La dynamique de la maisonnée demeurait étrange. Pour tout observateur, la domestique incarnait l'épouse timide et Eugénie, une cousine maussade invitée par la famille.

Le cérémonial se répéta le matin du 4 octobre. En acceptant son étreinte, sa vieille mère murmura :

— Si tu ne me ramènes pas cette fois, je vais devenir une véritable paysanne.

— Ce ne serait pas une mauvaise idée. Tu parais resplendissante, comme si tu désirais devenir centenaire.

— Voyons, ne dis pas de sottise.

Tout de même, son sourire amusé témoignait de l'effet bénéfique de plusieurs semaines au grand air. Antoine, de son côté, une salopette de coton bleu et une chemise à carreaux sur le dos, ses cheveux blonds un peu trop longs, adoptait des allures de cultivateur. Toute la durée des récoltes l'avait tenu sur le qui-vive.

— De toute façon, continua le notaire, nous allons rentrer demain. Les travaux sont terminés. Même si la maison empeste la peinture et la colle à tapisserie, elle est tout à fait habitable.

Au fil de la conversation, tout le monde était rentré dans la maison. La fraîcheur automnale les empêchait de rester longtemps à l'extérieur. Eugénie se tenait dans le salon, comme à son habitude. Son mari vint dans l'embrasure de la porte.

— Je te souhaite le bonjour, ma chère.

— … Bonjour.

— Tu seras sans doute heureuse d'apprendre que nous rentrons à Québec demain. Une demeure plus grande et plus confortable nous attend.

— J'espère que tu ne me feras pas faux bond, comme il y a deux semaines.

Fernand se frottait aux dures réalités de la construction. La facture se révélait plus salée que ce qui avait été convenu et les délais plus longs. La fin des travaux avait été annoncée à plus d'une reprise et, quinze jours plus tôt, il avait planifié une première migration.

— De nous tous, le propriétaire de cette maison est le seul à mériter de se plaindre. Il n'avait pas prévu faire coucher ses enfants dans le foin jusqu'aux premiers froids. Nous partirons demain au début de l'après-midi.

— Ma valise est prête depuis longtemps.

— Nous ne partirons pas plus tôt pour autant.

L'homme revint dans la cuisine. Le temps de cette brève conversation, sa mère avait retrouvé sa place près de la fenêtre, dans une grande chaise berçante.

— Nous irons faire une longue promenade cet après-midi, afin de nous remplir la tête de souvenirs de cette belle campagne.

— Tu as raison, ces deux mois ont été très agréables, admit la vieille femme. Cela m'a donné le temps de faire la paix avec... les derniers événements.

Elle voulait dire avec la mort de son Léon. Elle poursuivit :

— Je serai très heureuse de retrouver la maison.

— Tu verras, tu auras une chambre magnifique au rez-de-chaussée, à deux pas du jardin. Puis nous pourrons peut-être revenir l'été prochain. Ce garçon semble déterminé à se muer en un parfait agriculteur.

Antoine cherchait une veste de toile bleue achetée un peu plus tôt au magasin général. Il vint ensuite se planter devant lui pour déclarer :

— Papa, tu viens avec moi voir les animaux ?

— Bien sûr, même s'ils ne doivent pas être très différents de ce qu'ils étaient, la semaine dernière.

Main dans la main, ils parcoururent le pâturage voisin.

❖

Même si trois d'entre eux étaient des enfants, la grande Buick ne pouvait accueillir huit passagers. Le retour serait un peu compliqué. Un peu après le dîner, alors que les valises et les malles se trouvaient déjà sur la galerie, un cultivateur de forte stature frappa à la porte, puis entra sans façon.

— Ah! Monsieur Fortin, nous vous attendions pour nous mettre en route. Votre dû se trouve sur la table.

Le propriétaire regarda l'enveloppe contenant le prix de la location, et un petit supplément pour compenser le départ tardif.

— J'ai été heureux de vous avoir avec nous.

— Et nous de nous reposer dans votre belle maison.

— Nous reviendrons l'an prochain, affirma Antoine avec l'assurance que son père ne lui refuserait pas cela.

Le paysan le toisa avec des yeux amusés. Après l'avoir eu sur les talons si souvent, il avait fini par apprécier sa compagnie.

— Alors il faudra arriver un peu plus tôt afin de voir le temps des semailles. Là, tu ne connais que celui des récoltes.

— Oui, nous allons faire cela, n'est-ce pas, papa?

Le notaire lui répondit d'un sourire. Il échangea une poignée de main avec l'agriculteur, puis offrit son bras à sa mère afin de l'aider à se lever. Il commencerait d'abord par un passage à la gare. Quand la vieille dame fut enfin assise sur la banquette avant, Jeanne vint prendre place à l'arrière avec Antoine.

— J'aurais pu aussi rentrer en voiture, commenta la veuve.

— Tu trouveras sans doute le voyage plus confortable dans le train. Sur une si longue distance, les cahots de la route deviennent rapidement lassants.

Elle n'insista pas, d'autant que peu après, un nid-de-poule lui valut une douleur sourde au bas des reins. Un peu plus tard, le petit groupe se retrouvait dans la salle d'attente minuscule de la gare. Fernand alla acheter les billets de première classe, pour les remettre à Jeanne.

— J'irai vous chercher tout à l'heure à Québec.

— Nous vous attendrons dans le petit restaurant.

Environ un an plus tôt, ils y avaient attendu le train en partance pour Charlevoix, alors que la jeune domestique accompagnait son frère vers son dernier repos. L'homme hocha la tête.

— Antoine, tu devras bien prendre soin de ta grand-mère et de Jeanne.

— Oui, papa.

La responsabilité l'amena à adopter un air sérieux.

❖

En repassant à la maison de campagne, Fernand put mettre les plus petites valises dans le coffre et la malle sur le toit de la voiture. Un moment plus tard, la vieille gouvernante, le petit Charles dans les bras, poussait Béatrice à monter à l'arrière, puis s'installait près d'elle. Eugénie montait à l'avant, préparée à un long trajet silencieux.

Plus de deux heures plus tard, la voiture s'arrêtait près de la grande maison de la rue Scott.

— Ils n'ont pas encore terminé, pesta l'épouse d'un ton plein de reproches.

Des pièces en bois, des briques, et même des sacs de ciment et du sable traînaient encore sur la pelouse, à peu de distance du trottoir.

— Les ouvriers devaient terminer les travaux hier. Ils viendront tout nettoyer au début de la semaine.

Elle descendit sans prononcer un mot, attendit qu'il ouvre le coffre pour récupérer un minuscule sac de voyage et se diriger vers la maison.

En descendant à son tour, la vieille gouvernante déclara :

— Je dois rentrer tout de suite. Charles…

Le plus jeune réclamait ses soins. Depuis l'arrivée à la traverse de Lévis, il répandait une odeur ne laissant pas de doute sur l'état de son système digestif. Béatrice leur emboîta le pas en se pinçant le nez avec deux doigts.

— Bon, grommela Fernand en contemplant le lourd bagage attaché sur le toit, me voilà condamné à rentrer cela tout seul.

À l'intérieur, Eugénie avait ouvert successivement les portes du petit bureau, occupé depuis quelques semaines par un clerc, et du plus grand, le territoire de son mari depuis la mort de son père. Les deux pièces avaient été à peine rafraîchies. De toute façon, les boiseries sombres, les vieux meubles et les étagères débordant de livres convenaient bien à leur profession.

Le salon et la salle à manger avaient été conservés intacts. Toutefois, la cuisine se trouvait moins grande qu'autrefois. Une première porte permettait d'accéder à une grande terrasse rectangulaire. Une seconde ouverture conduisait à l'ajout à la maison. La jeune femme la poussa pour parvenir dans une pièce vaste et bien éclairée, sentant la peinture fraîche et le papier peint posé depuis trois jours tout au plus. Le lit, la commode, le prie-Dieu avaient été descendus du premier étage. Deux fauteuils placés de part et d'autre d'une petite table procureraient à la vieille dame un refuge douillet, juste assez éloigné du corps du logis principal pour la préserver d'une progéniture parfois turbulente. Une petite pièce découpée dans la plus grande abritait une salle de bain complète.

— La belle-mère a maintenant un petit logis bien à elle, à deux pas de son fils bien-aimé.

La bru ne s'en réjouissait pas. Cela signifiait que l'aïeule ne quitterait les lieux qu'à son décès.

Eugénie revint vers la cuisine, pour se rendre compte d'un changement important. L'espace avait été réduit pour aménager un nouvel escalier en forme de vrille étroite. Elle l'emprunta. Sur le palier, elle découvrit à sa gauche une porte ouvrant sur l'étage de l'ajout à la maison. Fernand s'était aménagé une retraite identique à celle de sa mère quant à la taille, meublée de neuf, avec elle aussi ses fauteuils, un bon lit et de larges étagères pour les livres. Le tout affichait un air masculin à la fois simple et élégant.

En sortant, Eugénie franchit une autre porte pour rejoindre le corridor. Les pièces lui servant de refuge, toutes du côté droit du couloir, n'avaient pas été touchées. Les trois autres, à gauche, présentaient une allure tout à fait nouvelle, gaie et pimpante, idéale pour des chambres d'enfants.

La curiosité amena la jeune femme sous les combles. Les chambres des domestiques demeuraient inchangées. Celle qui servait de nursery serait bientôt vide, dès que Charles viendrait se joindre à son frère et sa sœur. Le nouvel escalier se trouvait au fond. Cet aménagement se voyait dans plusieurs grandes maisons bourgeoises : les domestiques pouvaient passer d'un étage à l'autre sans s'imposer à la vue des patrons. Elle lui trouva toutefois une fonction bien suspecte.

Eugénie descendit par là. Au premier, elle s'arrêta brièvement entre deux portes, celle donnant sur le couloir… dotée d'une serrure, et celle s'ouvrant sur la nouvelle chambre de son époux.

« La garce pourra le rejoindre sans que personne ne le sache », ragea la femme trompée.

Bien sûr, dans une maison où habitaient de jeunes enfants, verrouiller l'accès à un petit escalier en vrille semblait bien raisonnable. Cela permettrait aussi aux domestiques de se déplacer en toute discrétion.

❖

Après avoir porté les valises et la malle dans les chambres, Fernand rangea quelques vêtements dans sa garde-robe. Son regard revenait souvent vers les fauteuils couverts de cuir fauve, la petite table, le papier peint d'un brun léger souligné d'un liséré or. Le lit était placé un peu en retrait, dans une alcôve. Le tout donnait à la pièce une allure de garçonnière élégante, confortable. Tous les célibataires de Québec se seraient réjouis d'un aménagement de ce genre. Pour un homme marié, cela paraissait étrange.

Un regard sur la montre à son poignet le sortit de sa rêverie. Le reste de sa famille devait arriver sous peu à la gare, dans la Basse-Ville de Québec. Quand il sortit de sa chambre, il croisa Eugénie à la porte de la sienne.

— Je suppose que tu es satisfait des nouveaux aménagements, déclara-t-elle d'un ton chargé d'ironie.

— Oui, je le suis, puisque j'ai expliqué moi-même à l'entrepreneur comment organiser le tout. Les enfants seront en face de tes appartements. Ce sera une bonne occasion de te rapprocher d'eux.

— Je parlais plutôt de ton refuge, à l'abri des regards. Tu te coupes du reste de la famille.

Elle n'osa pas compléter sa pensée : « Pour te rapprocher de ta maîtresse. » Le notaire la devina sans mal, mais rétorqua plutôt :

— Tu as raison, cela me donne une retraite discrète. Tiens, nous pourrions nous y cacher pour revivre notre lune de miel. Tu me feras savoir quand tu voudras me faire le plaisir d'un rapprochement intime. Pour l'instant, je dois récupérer ma mère et mon fils.

— Et elle aussi.

— C'est vrai. Je ramènerai aussi la bonne venue avec toi dans cette maison, au moment de notre mariage.

Sur ces mots, l'homme continua vers le rez-de-chaussée. Une demi-heure plus tard, il retrouvait les membres de sa famille assis à une table du restaurant de la gare, une théière et des tasses devant eux.

— Papa, papa, cria Antoine en se précipitant vers lui, nous sommes passés au-dessus du fleuve.

— Maintenant, la moitié de la ville est au courant.

Les badauds jetaient un regard compréhensif au bambin. Eux aussi demeuraient toujours très impressionnés par la prouesse technique que constituait l'assemblage de poutres en fer jeté au-dessus du cours d'eau, à une hauteur un peu étourdissante.

— Tu ne m'avais pas dit que nous aurions à passer sur ce pont, le gronda doucement sa mère. J'ai préféré le chemin emprunté à l'aller.

Pour se rendre à Saint-Michel, la vieille dame avait traversé le fleuve afin de prendre le train à Lévis.

— Cela vous a évité une perte de temps.

— Nous aurions pu tomber.

— C'est impossible.

— Sois sérieux, c'est déjà arrivé deux fois.

Elle accepta tout de même le bras tendu afin de se lever de son siège. Il échangea un regard amusé avec Jeanne, puis guida son petit groupe vers la Buick, une valise à la main. La domestique s'occupait de l'autre, tout en tenant la main d'Antoine.

Un peu plus tard, en entrant dans la demeure, Fernand déclara :

— Je te montre tout de suite tes nouveaux quartiers. De toute façon, il n'y a plus rien à toi à l'étage.

— Les choses de ton père…

Après la mort du vieux tabellion, sa chambre était restée inchangée pendant des semaines.

— J'ai placé ses objets personnels dans ta chambre. Tu décideras au fil des mois ce que tu désires en faire. Les vêtements et les meubles sont soigneusement rangés au grenier.

D'un geste de la tête, elle donna son accord à cette façon d'en disposer. Quand l'émotion serait moins vive, elle accepterait sans doute de tout céder à des œuvres de charité. Avec un peu d'appréhension, elle se laissa guider vers la rallonge construite à l'arrière. Elle s'arrêta un instant au milieu de la grande pièce, incertaine.

— Les fenêtres donnent sur le jardin, puis cette porte procure un accès direct à la terrasse. L'été prochain, nous y mettrons des fauteuils en rotin. Tu pourras y passer tous les beaux jours.

La vieille femme s'approcha de la croisée, murmura, émue :

— Tu as même fait transplanter le vieux lilas près de la clôture.

— Nous l'avons mis en terre ensemble, tu te souviens ? Je ne pouvais pas t'en séparer.

— Tu as dépensé une fortune…

Elle avait raison. Donner de nouvelles proportions à la demeure familiale avait exigé un investissement substantiel.

— Papa a géré ses affaires avec prudence, donc nous avons quelques moyens. Puis, je voulais vraiment te voir rester dans la maison. Quand tu voudras nous rejoindre dans la salle à manger ou dans le salon, l'escalier ne fera pas obstacle. Mais quand tu préféreras être tranquille, tu pourras te réfugier ici.

— C'est très beau.

— Tu as une salle de bain privée. Et regarde.

Fernand se rendit près du lit pour lui montrer un large ruban pendant du plafond. Il tira dessus.

— Cela agite une clochette à l'étage des domestiques. Il y en a un autre près de ton fauteuil, et un dernier dans la salle de bain.

La vieille dame serait la seule de la maisonnée à pouvoir « sonner » ainsi les employées. Les autres continueraient à les appeler de vive voix.

— Les enfants pourront venir te visiter à leur guise. Tu n'auras qu'à fermer la porte si tu désires avoir la paix.

La gouvernante arriva sur ces entrefaites.

— Vous avez besoin de quelque chose, madame ?

Elle ne semblait guère goûter les deux innovations de la maison : se voir appelée par un tintement de clochette, et descendre un étage de plus pour retrouver sa patronne.

— Oh ! Je suis désolé, répondit le maître de la maison. Je voulais montrer à maman l'usage de ces rubans.

Du doigt, il désigna le plus près de ceux-ci.

— Vous ne voulez rien ?

Elle lui jetait un regard un peu sombre.

— Non, répondit la mère. Je vais m'étendre un peu avant le souper.

La domestique quitta la pièce. Fernand allait faire de même quand la vieille dame s'exclama :

— Je te remercie, mon grand. Je serai très bien dans cette… addition.

— Je suis content que cela te plaise.

Il venait de la convaincre de finir ses jours sous ce toit.

❖

467

L'escalier en colimaçon prouva son utilité dès ce soir-là. Au lieu de demeurer au salon après tous les autres comme par le passé, Fernand se retira dans sa chambre. Peu de temps après, un grattement à la porte l'amena à ouvrir. Jeanne se trouvait là, terriblement intimidée.

— Entre. Je vais enfin pouvoir te faire visiter les lieux. Après tout, j'ai fait cela pour nous deux.

— Ne dis pas cela. C'est mal.

Malgré tout, elle fit le tour de la grande pièce avec intérêt, apprécia l'épaisseur du tissu des rideaux. Selon toute probabilité, personne ne pouvait percevoir l'éclairage discret depuis l'extérieur.

— Je peux te servir quelque chose à boire ?

Elle accepta d'un signe de la tête. Quelques minutes plus tard, tous les deux purent apprécier combien un lit moelleux offrait un meilleur agrément que la fraîcheur d'un bosquet.

Dans le couloir, en vêtement de nuit, Eugénie tenta d'ouvrir la porte donnant sur l'escalier en vrille. Son soupçon se confirma : le verrou devait prévenir des chutes douloureuses aux enfants et garantir une discrétion totale aux amants. Même en collant son oreille contre l'huis, aucun son ne lui parvenait de la chambre.

Pour écouter directement par le trou de la serrure de la porte, elle devait soit monter, soit descendre, pour emprunter le nouvel escalier. Elle opta pour la première solution. Cela lui permettrait de faire une vérification initiale. Sous les combles, un étroit corridor donnait accès à des pièces minuscules. Elle colla son oreille à la porte de la chambre de Jeanne, ne perçut pas un bruit.

Elle allait frapper quand la porte voisine s'ouvrit. Vêtue d'une longue robe de nuit blanche, la vieille gouvernante déclara :

— Elle dort. Après avoir couru toute la journée pour s'occuper des enfants, elle a besoin de repos. Je peux faire quelque chose pour vous?

La jeune femme, interdite, bredouilla d'une voix blanche :

— Je voudrais un peu d'eau chaude…

— Je vais descendre.

La vieille domestique fit mine de s'engager dans le nouvel escalier. Eugénie pouvait difficilement la suivre dans le seul but d'espionner son époux.

— Laissez, vous êtes sans doute fatiguée aussi. Je pourrai m'endormir sans cela.

Vaincue, elle emprunta le vieil escalier pour retourner au premier. La maisonnée se liguait contre elle.

Chapitre 24

Le lendemain matin, peu après le déjeuner, Eugénie endossa un imperméable et quitta la maison. Au passage, elle jeta un regard morose sur la demeure de son père. Au moins, cette femme ne la possédait plus. Elle marcha vers la vieille ville, atteignit bientôt la porte de la sacristie de la cathédrale. Elle retrouva un chanoine à la figure sévère, son conseiller spirituel depuis quelques années.

— Je vous remercie de me recevoir, monseigneur.

— Je suis heureux de vous revoir. Votre séjour à la campagne a été agréable ?

— Saint-Michel est un charmant village.

L'appréciation se révélait bien neutre. Malgré tout, elle affichait un teint un peu moins pâle, le grand air lui avait fait du bien.

— Suivez-moi, dit l'ecclésiastique.

Il la conduisit dans une petite pièce à l'écart. Deux chaises leur permirent de se placer l'un en face de l'autre. Un silence très lourd les rendit un peu mal à l'aise. Finalement, la visiteuse glissa dans un souffle :

— Il a réaménagé la maison pour elle.

— Pardon ?

— Pendant mon absence, mon mari a fait faire des rénovations. Désormais, il peut la recevoir dans sa chambre en toute discrétion.

L'homme hocha la tête. Quarante ans à confesser ses semblables le rendaient imperméable à toute surprise.

— Vous avez vous-même pris l'initiative de faire chambre à part, n'est-ce pas ?

— Je n'ai pas une très bonne santé. Après trois enfants…

Eugénie s'arrêta. Le clergé canadien-français ne montrait pas une bien grande sympathie envers les personnes désireuses de limiter les naissances, même avec un moyen aussi naturel que l'abstinence imposée à soi-même et à son conjoint.

— Le médecin me recommandait de prendre le temps de me refaire une santé.

— Votre plus jeune enfant a un an et demi, je crois.

L'homme d'Église possédait une bonne mémoire. Surtout, il inférait que le pauvre homme se trouvait écarté du lit conjugal depuis plus de deux ans.

— Votre mari a-t-il déjà évoqué son désir de… renouveler les liens ?

L'euphémisme fit rougir la paroissienne.

— Il l'évoque…

Elle n'osa pas dire « pour me narguer ». Pour vérifier cela, il lui faudrait accepter ses approches et voir sa réaction. Jamais elle ne courrait le risque de supporter de nouveau ce gros corps soufflant et râlant sur le sien.

— Vous savez, madame Dupire, votre mariage a débuté sur de bien mauvaises bases. Votre mari a appris votre… erreur de façon fortuite, je crois. Sa confiance a été trompée. Puis, d'après vos propres paroles, vous avez vous-même décidé de le priver des avantages du mariage…

— Pour préserver ma santé, s'empressa-t-elle de répéter.

Elle avait confessé son péché à ce même prêtre dès 1909. Pendant sa dernière grossesse, elle avait essayé de le convaincre d'intervenir auprès de son époux afin de convaincre celui-ci de renoncer de bonne grâce à ces fameux «avantages du mariage». Le bon abbé savait additionner deux et deux : à ses yeux, le pauvre Fernand se trouvait doublement puni.

— Madame Picard, je comprends combien la situation peut vous faire souffrir. Je vous demande d'offrir cette souffrance à Dieu, pour le salut de votre âme.

Au moins, le religieux n'avait pas dit «pour le rachat de vos fautes».

— Vous avez la chance d'habiter dans une grande maison, continua-t-il, et d'avoir trois enfants en excellente santé. La Providence se montre généreuse pour vous.

— Mais sa maîtresse vit sous le toit familial. Le Code civil ne tolère pas cela.

— La loi vous autorise à réclamer une séparation de corps. Souhaitez-vous vraiment aller étaler votre vie devant un tribunal ?

Avec un autre ton et en poursuivant un autre but, le chanoine reprenait les arguments de Fernand, quelques mois plus tôt. Ce genre de cause amènerait une confession sur la place publique. À la fin, jouer le rôle de la femme bafouée, digne dans sa misère, valait peut-être mieux que révéler une naissance illégitime survenue l'année suivant sa sortie du couvent. De fait, elle avait été engrossée à peine deux mois après avoir quitté les ursulines.

— Madame, reprit le prêtre après un long silence, si vous voulez bien, nous allons prier tous les deux afin de demander à Dieu de nous éclairer de sa sagesse.

Les mains jointes dans son giron, elle assuma difficilement cette reddition.

❖

Les visites de bon voisinage entre les marchands de la rue Saint-Joseph demeuraient cordiales, quoique accompagnées d'un pincement au cœur. Ces entrepreneurs se livraient à une compétition farouche. Quand les affaires tournaient au ralenti, il devenait difficile de se montrer affable.

À deux portes de la sienne, Édouard pénétra dans le magnifique bâtiment du fourreur Laliberté. Les fenêtres circulaires et le revêtement en pierre abondamment décoré attiraient les regards depuis le trottoir.

Le jeune homme monta directement au dernier étage, déclara à la secrétaire de faction :

— Le patron est-il bien occupé ?

— Monsieur Picard, comment allez-vous ?

— Très bien. Je regrette toujours de ne pas vous avoir à mon emploi, mais j'essaie de m'en sortir sans vous.

— Voyons, Flavie ne vous déçoit certainement pas.

La toute petite coterie des secrétaires de direction cultivait des relations amicales.

— Je voulais juste vous flatter un peu. Je suis heureux de mon personnel.

Tout en échangeant ces menus propos, la jeune femme s'était levée pour frapper à la porte de son employeur. Depuis l'embrasure, elle demanda :

— Je m'excuse. Pouvez-vous recevoir monsieur Picard ?

— Oui, oui, faites-le entrer.

En pénétrant dans la grande pièce, Édouard s'arrêta pour contempler la vitre circulaire de la fenêtre en ogive la plus proche, admiratif, puis il tendit la main à son collègue.

— Tu viens m'apprendre que tu renonces à vendre des manteaux de fourrure.

— Désolé, mais je vends un peu de tout, c'est la nature de mon entreprise.

L'autre lui désigna un siège près d'une table basse, puis s'installa en face de lui.

— Alors, à part le plaisir de me voir, qu'est-ce qui t'amène ? demanda Laliberté.

Dans la quarantaine, il portait bien son embonpoint. Penché un peu vers son interlocuteur, il lui donnait toute son attention.

— Tu as entendu parler de l'intention de Lavergne de se présenter dans Québec-Est ?

— J'ai pris cela pour une mauvaise blague. Dieu nous préserve de cet énergumène. Mais il n'a aucune chance.

Avec ces derniers mots, le commerçant tentait de se rassurer lui-même.

— Te souviens-tu des assemblées sur la place du marché Montcalm ou du marché Jacques-Cartier, près d'ici ? Il demeure très populaire chez les travailleurs.

— Je me souviens aussi que d'habitude, tu te trouvais à deux pas derrière lui.

— … J'étais jeune.

Édouard rougit presque à cette allusion à un passé récent. Son interlocuteur avait des enfants, il lui pardonna d'un sourire cet engouement bien imprudent.

— Cela prendra un candidat solide pour le contrer, continua le visiteur, rassuré. Il ne faut pas une simple victoire, mais une domination écrasante. C'était le fief de sir Wilfrid.

— C'est certain que le petit Drouin ne fait pas vraiment le poids. Mais le Parti libéral ne le laissera pas se présenter. Arthur Lachance va lui damer le pion. Le bonhomme a passé son tour en 1917, l'organisation lui doit une faveur.

— Mais même Lachance ne sera pas convaincant auprès des foules de Saint-Roch. Il parle comme un avocat de la Haute-Ville, toujours poli et ampoulé.

— Alors que Lavergne s'exprime comme un bolchevique.

La révolution russe continuait de hanter les imaginations. L'armée rouge remportait des victoires importantes sur les forces contre-révolutionnaires soutenues par les pays voisins.

— Mais pourquoi viens-tu m'entretenir de cela? demanda Laliberté. Songes-tu à te présenter?

— Grands dieux, non! Je pense que Lachance ne fait pas le poids, alors imagine, moi. Dans vingt ans peut-être, pas aujourd'hui.

L'aveu amusa son hôte. Édouard continua :

— Je souhaite voir un poids lourd succéder à sir Wilfrid, un homme qui guidera les Canadiens français au cours des prochaines décennies.

— Rêves-tu de voir Lomer Gouin faire le saut au fédéral dans notre comté?

— À la convention libérale, nous avons tous vu que Lapointe est maintenant le chef des libéraux de langue française.

L'autre se cala dans son fauteuil, songeur.

— Il y a des gens qui parlent de la candidature de King dans Québec-Est.

— Saint-Roch et les quartiers voisins ne voteront pas en grand nombre pour un Anglais. Même pas pour un fidèle de Laurier. Le nouveau chef va se présenter en Nouvelle-Écosse.

À tout le moins, les notables d'Ottawa lui en donnaient l'assurance.

— Mais Lapointe est député de Kamouraska depuis une éternité.

— Ses électeurs renonceront à ses bons services, pour le bien de la race.

L'expression rappelait un peu trop les discours d'Henri Bourassa, et même ceux d'un nouvel acteur sur la scène politique, un jeune abbé, professeur à l'Université de Montréal, Lionel Groulx. Il se reprit :

— Lapointe caresse ce projet depuis un moment. Si je t'en parle, c'est à sa demande.

L'autre laissa échapper un « oh ! » un peu surpris.

— Tu reprends donc la tâche là où ton père l'a laissée. Tu veux faire campagne en douce pour ton candidat.

— Le futur premier ministre lui doit son titre. Ce sont les Québécois qui l'ont mis en selle à la convention, et lors de la prochaine élection nous enverrons un peloton de libéraux à Ottawa. Si le lieutenant de King est notre député, les affaires seront meilleures. Comme elles l'étaient avant 1911.

— Si je ferme les yeux, je crois entendre Thomas.

Édouard lui adressa un sourire empreint à la fois de fierté et de tristesse.

— Pour cela, rétorqua-t-il, le comté devra lui donner un appui massif le 27 octobre prochain. Notre soutien lui permettra de s'imposer auprès du nouveau chef.

— Tu aimerais donc que j'indique à mes employés comment voter, conclut Laliberté.

— De mon côté, je le ferai certainement. Ici, comme chez moi, ce sont surtout des femmes. Pour la première fois au Canada, elles voteront toutes.

— Plutôt, elles en auront le droit. Nous verrons dans quelle proportion elles s'en prévaudront.

La précision méritait d'être faite. Les journaux proches de l'Église catholique, *Le Devoir* en tête, et les membres du clergé condamnaient le suffrage féminin sans trop de nuances.

Après quelques remarques sur l'amélioration de la conjoncture économique, les collègues se séparèrent sur une poignée de main. En revenant dans les locaux administratifs de son commerce, Édouard fit mine de rentrer dans son bureau. Il interrompit son geste pour revenir vers sa secrétaire.

— Mademoiselle Poitras, quand vous avez emprunté une robe l'autre jour…

— Je l'ai fait nettoyer avant de la remettre sur les rayons.

— Je le sais, rassurez-vous. C'était pour vous rendre au mariage de Marie Picard, n'est-ce pas ?

— … Oui.

Le ton de la question donna à la jeune femme l'impression d'avoir fait quelque chose de mal.

— Vous avez accompagné Mathieu, je pense.

— … Oui.

Cette réponse aussi vint dans un souffle. Plus pâle de teint, elle aurait rougi.

— C'est votre cavalier ?

— Plutôt un ami.

Le marchand retourna vers la porte de son bureau, saisit la poignée.

— Monsieur Picard, cela pose-t-il un problème ?

— Non, pas du tout, fit-il en se tournant vers elle à demi. Je suppose que je dois me réjouir que vous restiez dans la famille.

Malgré ses mots, elle jugea que la situation ne lui plaisait pas du tout.

❁

Les membres éminents du Parti libéral de la région de Québec étaient une autre fois réunis dans un salon du *Château Frontenac*. Édouard ressentait cette fois un certain malaise de se trouver là. Il avait l'impression de tendre un guet-apens à son vieil ami.

Armand Lavergne arriva à l'heure dite. Un long moment, il s'arrêta en face de la longue table autour de laquelle se tenaient Henri Lavigueur, Arthur Lachance, Charles «Chubby» Power, Louis-Alexandre Taschereau et d'autres élus du Parti libéral, tant au provincial qu'au fédéral.

— Monsieur, commença le maire Lavigueur, nous avons appris avec une certaine surprise votre désir de vous présenter sous nos couleurs dans le comté de Québec-Est.

— Mais pourquoi donc? J'ai commencé ma carrière politique au sein du Parti libéral, avec la protection de notre cher Laurier. Et si j'ai siégé parfois comme indépendant, je suis resté fidèle aux principes libéraux.

— Là, vous m'étonnez. En 1911, n'êtes-vous pas allé à Ottawa dans un wagon privé pour discuter de votre avenir au sein du Parti conservateur avec Robert Borden?

Un court moment, le flamboyant agitateur avait rêvé de devenir le lieutenant de langue française du nouveau premier ministre. Il avait déchanté très vite.

— J'ai tenté cela en 1911. D'autres libéraux ont fait la même chose en 1917, en pleine crise de la conscription. Aujourd'hui, ces gens-là sont revenus à leurs premières amours et rêvent d'un siège au cabinet.

Lavergne ne pouvait se défaire de son ton gouailleur, même en cette circonstance. Il rendait plus facile la décision de ses interlocuteurs.

— Monsieur King exige au préalable que vous signiez ceci.

Lavigueur lui tendit une feuille de papier. Lavergne lut les premières lignes: «Je m'engage sur l'honneur à demeurer fidèle au chef du Parti libéral…» On voulait le voir jurer fidélité à King par écrit, s'engager non seulement à respecter toutes ses décisions, mais aussi à ne jamais contester le moindre article du programme.

— Il revient aux membres du parti de choisir le candidat de leur choix, pas au chef… ou à ses collaborateurs.

— Les prétendants à l'investiture dans Québec-Est devront s'engager sur l'honneur de cette façon.

— Et les candidats dans les autres comtés ?

— Sans exception.

Dans les faits, cette précaution ne s'imposerait que très rarement.

— J'ai toujours été un homme libre. Je ne ferai pas de politique avec une laisse autour du cou.

L'homme tourna les talons et quitta la pièce en pliant soigneusement la feuille de papier pour la ranger dans la poche intérieure de sa veste. Parmi ses souvenirs, elle s'ajouterait à la pierre reçue à la tête lors de l'assemblée de 1907 dans Saint-Roch.

❖

Parfois, un scénario très étudié donnait une allure spontanée à des événements politiques. Le lancement de l'investiture dans Québec-Est devait se dérouler en dehors de celui-ci, une entorse bien curieuse aux usages. D'un autre côté, les ors de la grande salle de bal du *Château Frontenac* procuraient un cadre idéal au début d'une interminable campagne qui se terminerait avec le rendez-vous électoral prévu au plus tôt pour 1921.

Édouard remarqua avec plaisir la présence de caméras de cinéma. Les actualités filmées présentées avant les programmes rendraient compte de ses débuts dans le monde politique. Des reporters des divers journaux, pour la plupart inféodés au Parti libéral, bourdonnaient dans la pièce. Une estrade aménagée à une extrémité permettrait aux notables de s'offrir à la vue de tous.

— Quelle merveilleuse mise en scène, ricana Louis-Alexandre Taschereau.

Depuis la convention tenue à Ottawa, le marchand considérait son compagnon avec une certaine méfiance. Le ministre provincial avait louvoyé jusque-là en promettant sa fidélité à la fois à Lapointe et à Gouin. Les événements récents ne l'autorisaient pas encore à afficher un choix définitif.

— Ne soyez pas si cynique. Nous ne pouvons encore rien tenir pour acquis.

Un brouhaha se produisit à l'entrée de la grande salle. Le député de Kamouraska venait de faire son entrée, son épouse Emma pendue à son bras. Édouard se rapprocha pour aller l'accueillir. Très vite pourtant, flairant la nouvelle, les journalistes se massèrent autour du nouveau venu, lui bloquant le chemin.

— Monsieur Lapointe, hurla un gratte-papier du *Soleil*, le comté de Québec-Est ne vous fait pas envie ?

— Je suis ici pour présider le lancement de l'investiture. Vous connaîtrez la liste des candidats dans quelques minutes.

— Mais vous-même…

Plusieurs personnes cherchaient à poser la même question. Bâti comme un colosse, le politicien avançait malgré l'affluence, remorquant son épouse tant bien que mal. À la fin, il atteignit le bord de l'estrade. Un nuage de politiciens remplaça celui des représentants de la presse.

Après de multiples poignées de main, Ernest Lapointe monta sur la scène, commença de sa voix de stentor, celle qui lui permettait de dominer les assemblées en plein air à Rivière-du-Loup :

— Mesdames, messieurs…

À la surprise de la plupart des spectateurs, Arthur Lachance vint le rejoindre sur l'estrade. L'orateur fit semblant de se troubler.

— Pardon… commença-t-il. Je m'excuse de ces manières cavalières, mais je veux parler un moment à nos amis.

Bon prince, le député se recula d'un pas. L'importun déclara :

— Mesdames, messieurs, vous le saviez, je devais annoncer aujourd'hui mon intention de me présenter à l'investiture libérale dans Québec-Est. Depuis le grand rendez-vous d'Ottawa, une conviction a grandi en moi, et tout à l'heure, mon devoir s'est imposé à mes yeux. Je veux proposer la candidature de notre ami Ernest Lapointe…

Une salve d'applaudissements naquit dans un coin de la salle, pour se répandre à une vitesse rassurante.

— Nous savons tous que monsieur Lapointe a été le plus fidèle appui du regretté sir Wilfrid. Il est l'héritier naturel du grand homme.

Cette fois, des hourras s'ajoutèrent aux applaudissements. Pendant plusieurs minutes, il fut impossible à l'avocat de poursuivre.

— Vous avez de la chance, déclara Édouard dans l'oreille de Taschereau. Vous allez conserver votre avocat de la Couronne.

Lachance travaillait comme substitut du procureur général de la province. Le ministre rétorqua :

— Pour un temps seulement. Le bonhomme sera certainement récompensé pour son second beau geste. C'est curieux tout de même : le point culminant de sa carrière politique sera d'avoir su céder sa place au meilleur moment.

Il avait raison, l'arrivée au pouvoir des libéraux lui vaudrait bien vite une nomination de juge. Lachance continua quand l'assistance cessa ses acclamations.

— Si j'interprète bien votre réaction, vous tenez tous à appuyer ma proposition.

Le vacarme reprit aussitôt. Ernest Lapointe jouait assez mal la surprise et l'émotion.

— Monsieur, reprit l'avocat, comme vous voilà candidat, le mieux est de prendre place sur cette chaise. Je continuerai d'animer la mise en candidature à votre place.

Le député fit comme on le lui disait.

— Maintenant, quelqu'un d'autre souhaite-t-il se porter candidat?

— Je propose monsieur Oscar Drouin! clama un jeune libéral.

Édouard reconnut l'un de ses anciens camarades du mouvement de contestation de la conscription. Le nouveau candidat s'approcha de la scène sous des applaudissements polis. Au moment de rejoindre le nouveau maître de cérémonie, il promena son long visage triste sur l'assistance.

— Monsieur Drouin, acceptez-vous de vous porter candidat?

— ... Oui.

La voix manquait d'assurance, comme s'il hésitait encore.

— Allez vous asseoir à côté de votre collègue.

Les deux compétiteurs se serrèrent maladroitement la main.

— D'autres personnes souhaitent-elles se présenter?

Un long silence lui répondit. Après une minute d'attente, Lachance reprit:

— Nous allons donc entendre les deux candidats présenter leur programme. Mais auparavant, j'invite monsieur Lavigueur à s'adresser à nous.

Pour un homme arrivé à la présidence de l'assemblée de mise en candidature par accident, l'avocat paraissait très bien préparé. Dans la salle, Édouard se pencha vers l'épouse de Lapointe pour lui dire:

— Nous avons une place pour vous à cette table. Me permettez-vous de vous offrir quelque chose à boire ?

— Je prendrais bien un café.

Il l'escorta vers son siège, puis se rendit près d'un comptoir placé près d'un mur, pour en rapporter la boisson chaude.

— Je vous remercie, monsieur Picard.

Emma Pratte offrait un visage à la fois régulier et placide. Dans la trentaine, mère d'une fille de neuf ans et d'un garçon de huit ans, elle incarnait très bien l'épouse capable d'offrir un appui soutenu et compétent à son compagnon.

— Vous savez, continua le jeune homme, nous nous sommes demandé si vous accepteriez de vous déplacer à Québec. Nous savons combien vous êtes attachée à Rivière-du-Loup.

— Mon frère dirige la succursale de la Banque canadienne nationale de cette ville, ma mère y habite, expliqua-t-elle. Je ne veux pas me couper de mes racines. Mais à ce sujet, sir Wilfrid fournit aussi le parfait compromis.

— Que voulez-vous dire ?

— Pendant quarante ans, il a été député de Québec-Est, il a eu sa maison familiale à Arthabaska et une demeure de fonction à Ottawa.

— Vous entendez donc répéter le même scénario, avec une variante : Rivière-du-Loup.

Elle acquiesça d'un signe de la tête alors que, sur l'estrade, le maire de Québec s'agitait en rappelant l'épouvantable gâchis de la gestion de l'effort de guerre par Borden. Comme Laurier, Lapointe se proposait d'être un député absent de son comté. Son interlocutrice suivit très bien le cours des pensées de son interlocuteur.

— Vous croyez que ce compromis fera problème ? demanda-t-elle.

— Pas du tout, surtout si quelqu'un s'occupe de maintenir la flamme dans le comté. Je suis tout disposé à être celui-là.

— Comme votre père l'a été.

Il acquiesça d'un geste de la tête, puis ajouta avec un sourire :

— Mais monsieur Lapointe va devoir s'éloigner un peu du confort douillet du *Château Laurier*.

Depuis des années, le politicien résidait dans ce grand hôtel pendant la session parlementaire.

— Je suis certaine qu'il saura se passer des longues conspirations dans le fumoir.

— Si c'est pour rejoindre sa famille, je n'en doute pas.

Elle accueillit la flatterie d'un sourire, puis porta son attention sur la scène. Après des discours assez brefs, les vedettes du parti laissèrent les candidats s'adresser à l'assistance. Drouin amena des sourires crispés à l'auditoire en rappelant un peu trop lourdement les drames causés par la répression des émeutes de la conscription. Ernest Lapointe s'approcha ensuite à l'avant de l'estrade.

— Mesdames, messieurs, je suis extrêmement touché de la confiance que vous me faites en acceptant ma présence dans cette course à l'investiture. D'un autre côté, je me sens déchiré. Voilà seize ans que les électeurs de Kamouraska m'accordent leur appui…

Édouard adressa un regard interrogateur à sa voisine. Elle le rassura d'un sourire entendu. Les choses suivaient le cours déterminé dans les officines libérales.

❖

Tous les après-midi, et toute la journée le samedi, Mathieu gagnait les bureaux du procureur général à l'étage de la bibliothèque de l'Assemblée législative. Après les difficultés des premières semaines, l'avalanche de lettres à classer ne le prenait plus au dépourvu. Il s'était donné une méthode de travail efficace. Maintenant, il se désolait pour une seule raison : un emploi de ce genre lui en apprenait beaucoup sur les mœurs de ses concitoyens, mais assez peu sur le droit.

Le vendredi 10 octobre, absorbé dans la lecture d'une missive dénonçant la présence d'un alambic clandestin dans une paroisse de la Mauricie, il n'entendit pas le visiteur entrer dans son bureau.

— Vous voilà passionné par un grand crime, sans doute, fit une voix.

Le stagiaire sursauta en levant la tête, rougit un peu de se faire surprendre ainsi :

— Une histoire de fabrication d'alcool de contrebande, monsieur Lachance.

— Les gens de la province ont toujours fabriqué des boissons, remarqua le substitut du procureur. Après tout, le whisky écossais est inaccessible pour la majorité des gens.

— Surtout à notre époque.

Mathieu obtenait sans frais une prescription de son voisin du dessus, à la pension. Mais les très rares comptoirs de vente pratiquaient des prix exorbitants.

— Et à notre époque, comme vous dites, poussés par les curés, les « secs » surveillent leurs voisins et transforment les bouilleurs en criminels. Ces causes encombrent les tribunaux.

Dans la province, après avoir désiré se sanctifier afin de hâter le retour à la paix, la population déchantait. La prohibition de la vente de l'alcool ne privait pas réellement les ivrognes de leur poison quotidien, mais elle empêchait les honnêtes citoyens de se détendre un verre à la main après une longue journée de labeur.

— Je ne voulais toutefois pas vous entretenir de la dépravation de nos mœurs, enchaîna Lachance. Je présume que vous êtes un libéral, même si la politique ne paraît pas devenir chez vous une obsession, comme c'est le cas des autres étudiants en droit.

— Contrairement à eux, j'ai deux ans de ma vie à récupérer. Mais comme tous les Canadiens français ou presque, j'appuie les libéraux.

— Vous avez raison là-dessus. Les quelques conservateurs parmi nous doivent se sentir comme des jésuites au milieu des Iroquois. Mais les fidèles de Borden ne sont pas la vraie nuisance de notre province. Vous avez lu cela?

Le procureur de la Couronne tendit une feuille de papier au stagiaire. Elle portait un texte d'une vingtaine de lignes mal imprimées, au style et à l'orthographe approximatifs.

— «Ernest Lapointe, l'imposteur», lut Mathieu.

En lettres capitales, ce titre occupait toute la largeur de la feuille.

— Cela ne porte pas de signature, remarqua encore le stagiaire. Mais selon le style…

— Selon le style?

— On dirait Armand Lavergne essayant de faire semblant d'avoir reçu une éducation de mauvaise qualité. Il nous avait habitués à un langage plus châtié.

— Votre discernement m'étonne un peu.

Mathieu lui adressa un sourire de connivence.

— Je l'ai si souvent entendu faire ses discours contre l'effort de guerre.

— Vous avez absolument raison, cela vient de Lavergne. Il essaie sans doute de se faire passer pour un ouvrier de la chaussure de la Basse-Ville passionné de «vraie démocratie».

Il entend se présenter comme candidat indépendant dans Québec-Est, après avoir souhaité porter les couleurs du Parti libéral.

Lachance semblait encore trouver répugnante cette prétention.

— Vous-même, vous avez préféré accueillir Lapointe à bras ouverts.

— Cela me fut demandé si gentiment.

La voix contenait tout de même une bonne dose de déception. Le rôle de député faisait visiblement envie à cet homme.

— Mais je ne vous parle pas de cela seulement pour vous faire perdre votre temps. Serez-vous au grand rassemblement de ce soir, dans Saint-Roch ?

— Je n'avais pas prévu…

Mathieu n'osa pas poursuivre.

— Nous devons faire salle comble, afin de décourager cet imbécile de Lavergne de faire plus de dégâts. Vous comprenez combien les vociférations de ce fou peuvent nuire à la reconstruction du Parti libéral.

— Il n'a aucune chance de gagner…

— Nous devons lui enlever celle de tout salir.

La presse de langue anglaise scruterait attentivement la campagne menée dans Québec-Est afin de retrouver des signes de la déloyauté des Canadiens français. La domination des francophones sur le Parti libéral demeurait en travers de la gorge de plusieurs.

— Vous connaissez son sens de la formule, continua Lachance.

— Avant de m'enrôler, j'ai assisté à ses meilleurs discours contre la guerre. «Mordu par un chien ou par une chienne»…

Par ces mots, l'agitateur signifiait son indifférence à l'idée de voir un jour l'empire allemand étendre sa domination au Canada. À cette époque, certains avaient réclamé qu'il soit traduit devant les tribunaux pour haute trahison.

— Il ne faudrait pas lui permettre de se trouver une nouvelle tribune afin de répéter des insanités de ce genre, conclut le substitut du procureur.

— Vous pensez que si Lapointe fait salle comble, ce soir, Lavergne ne se présentera pas.

— Il est essentiellement mû par l'orgueil. Il ne voudra pas être tourné en ridicule.

Mathieu regarda encore la feuille dans ses mains.

— Le faire taire me plaira autant qu'à vous, conclut-il. Je serai là ce soir, et j'essaierai d'entraîner une électrice dans mon sillage.

— Quelle belle initiative ! Je vous remercie.

Bien sûr, Mathieu ne pouvait refuser cela à son patron. Il devait son emploi à l'arbitraire du patronage politique. Mais il tenait aussi à priver Armand Lavergne d'une occasion de se faire valoir.

Chapitre 25

En soirée, entre cinq et six mille personnes se massèrent à l'intérieur du «Patinoir» Saint-Roch, dans le parc Victoria, une grande bâtisse sommairement construite qui accueillait les joutes de hockey et les grands rassemblements de ce genre. Aussi tôt dans la saison, la grande surface rectangulaire était encore privée de glace. Une estrade érigée à une extrémité porterait les orateurs. Des chaises y accueilleraient un millier de spectateurs, les autres occuperaient les gradins.

— Me trouver dans une assemblée de ce genre me trouble un peu, confia Flavie à son compagnon.

— Tu as le droit de vote, tu es autant à ta place ici que n'importe lequel de ces hommes.

— Cela ne signifie pas que je me sente la bienvenue pour autant. D'ailleurs, regarde, nous ne sommes pas bien nombreuses.

Mathieu posa un regard circulaire sur les gradins. Les femmes représentaient tout au plus un dixième de l'assistance. Les assemblées politiques traînaient une réputation sulfureuse. Les hommes y buvaient souvent sec. Même en période de prohibition, les candidats distribuaient des flacons afin de cultiver les solidarités. Certains murmuraient même au sujet de la présence de femmes de mauvaise vie.

Dans le quartier Saint-Roch, la violence marquait toujours les activités de ce genre. Cela devenait une curieuse tradition. L'absence de toute bagarre décevrait sans doute la moitié des jeune gens présents.

— Mais moi, je suis très heureux de ta présence.

Elle le remercia d'un sourire, puis porta son attention sur l'estrade.

— Édouard Picard paraît tellement satisfait de se trouver sur la scène, remarqua-t-elle bientôt.

— Pendant des années, il a joué ce rôle auprès d'Armand Lavergne. La mort de son père lui a permis de passer dans la cour des grands.

— La femme avec lui, ce n'est pas son épouse.

— Il s'agit de madame Lapointe.

— Vous connaissez la femme de mon patron ?

Si l'intérêt de sa compagne pour la vie conjugale de son employeur l'agaçait, Mathieu n'en laissa rien paraître.

— Je l'ai vue une fois seulement, le jour de son mariage.

— Elle ne vient jamais au magasin. C'est curieux. Selon mes collègues, du temps de monsieur Thomas, sa femme passait régulièrement. Les jours de fête, ou alors au pique-nique annuel, elle s'efforçait de parler à tout le monde.

— Ma tante Élisabeth se fait un devoir de bien s'entendre avec tous ses semblables. Si tu acceptes un jour de passer à la maison de chambres, je te la présenterai, tu jugeras par toi-même.

Le sujet revenait parfois entre eux. Non seulement Flavie ne le recevait pas dans le salon de sa propre pension, mais elle refusait de se rendre chez lui. Selon elle, « ces choses ne se faisaient pas ». Leurs sorties se limitaient au cinéma, aux promenades bras dessus, bras dessous et à de rares repas au restaurant.

— Peut-être, si le hasard me met en sa présence.

Cela risquait peu de se produire. Sur l'estrade, il y eut bientôt de l'animation. Le docteur Béland devait être le premier à prendre la parole. Il s'avança tête nue, commença d'une voix forte :

— Mes très chers amis…

L'homme profitait d'un curieux titre de gloire. Au moment du déclenchement de la guerre, le hasard l'avait trouvé en Belgique, lui qui convolait en justes noces avec une femme de ce pays. Saisi dans la tourmente, il avait passé des mois dans les geôles allemandes. Libéré quand l'ennemi avait voulu faire des gestes de bonne volonté afin d'entamer des pourparlers de cessez-le-feu, il parcourait le pays depuis afin de prêcher le caractère légitime de la cause alliée et la paix entre les deux peuples fondateurs du Canada. Surtout, avec une faconde peu commune, il racontait les péripéties de sa captivité.

Ce soir, le second sujet retint surtout l'attention de l'orateur. Pour tous ceux qui se souvenaient des envolées oratoires d'Armand Lavergne, son talent compensait un peu. Il termina son discours en clamant :

— Jamais un Canadien français digne de ses origines ne fera partie du gouvernement d'union. Notre seule chance en tant que peuple, c'est de participer de toutes nos forces à la renaissance du Parti libéral, sous la direction de notre nouveau chef, William Lyon Mackenzie King.

Ce nom déclencha une salve d'applaudissements. Le maître de cérémonie, Napoléon Drouin, un ancien maire de la ville de Québec, appela ensuite les députés libéraux de la région à se succéder sur les planches, afin de fustiger l'administration du gouvernement de Borden.

Arthur Lachance vint de nouveau affirmer son désir de céder sa place à Ernest Lapointe « dans le grand comté de Québec-Est, fidèle pendant des décennies au plus renommé des Canadiens français, sir Wilfrid Laurier ». Oscar Drouin, l'objet de toutes les pressions depuis deux jours, vint faire de même. On ne lui avait promis aucune récompense pour se désister, seulement de rendre sa vie professionnelle intenable s'il ne le faisait pas.

Après toutes ces prestations destinées à réchauffer l'assistance, Ernest Lapointe prit la parole à son tour :

— Vous me voyez torturé entre deux devoirs. Le premier, celui que j'ai envers mes électeurs du comté de Kamouraska, le second, envers la mémoire de sir Wilfrid.

Ce sujet revenait sans cesse depuis que le député évoquait à voix haute sa candidature dans Québec-Est, au point de lasser peut-être.

— Les électeurs du beau comté du Bas-Saint-Laurent m'accordent leur confiance depuis des années. Je regrette infiniment de rompre la relation que j'ai entretenue avec eux tout ce temps. Mais je ne peux pas me dérober plus longtemps. J'accepte de briguer les suffrages dans Québec-Est...

Un tonnerre d'applaudissements souligna ces mots. Pour la première fois, de façon claire, l'homme s'engageait.

— Si nous laissons Robert Borden continuer, il détruira entièrement l'œuvre de sir Wilfrid. Vous avez lu les journaux : la guerre est terminée depuis presque un an, mais il vient de lancer un nouvel Emprunt de la victoire. Il continue d'endetter le pays à un rythme affolant. De deux cents millions au début de la guerre, la dette du Canada atteint maintenant les deux milliards.

Le chiffre ne signifiait rien pour tous ces gens, tellement il paraissait astronomique.

— Même après la victoire, le gouvernement d'union continue d'emprunter pour engraisser les profiteurs de guerre.

Il continua pendant de longues minutes encore, avant de revenir à son sujet de prédilection.

— Mercredi dernier, je me suis rendu à Rivière-du-Loup afin de rencontrer les électeurs de ce coin de pays. Ils m'ont autorisé à me présenter dans Québec-Est. Je vous demande de crier trois hourras pour les électeurs de Kamouraska.

Bon enfant, la foule s'exécuta bruyamment. Pendant un bref moment, le docteur Béland reprit la parole pour demander à tous les candidats de se retirer afin de laisser le champ libre à Ernest Lapointe.

— Lachance et Drouin se sont retirés, cria Flavie dans l'oreille de son compagnon, afin d'être entendue malgré le brouhaha. Cette invitation est inutile.

— Il parle des gens désireux de se présenter comme indépendants.

— Comme Lavergne?

Mathieu acquiesça d'un signe de la tête. La grande assemblée se terminait sur cet appel à l'unité. La foule se dispersa ensuite lentement. Quand le couple se retrouva enfin à l'air libre, la jeune femme aspira à pleins poumons.

— Dans ce genre de réunion, il faudrait interdire de fumer.

— Si on en vient là, plus personne ne se présentera.

— Il y aura les femmes, et toi.

En quittant le parc Victoria, ils croisèrent un groupe de notables de la Basse-Ville absorbés dans une conversation animée. Édouard leva la tête vers eux. Il abandonna ses collègues pour venir les rejoindre.

— Ah! Mon cousin, je suis un peu surpris de te trouver ici. Je ne savais pas que tu t'intéressais à la politique.

— Pourtant, tu m'as vu bien des fois dans la foule, quand tu te trouvais sur les estrades avec Lavergne. Ce dernier doit se sentir bien seul, maintenant. Tu te plais avec tes nouveaux amis?

L'allusion à son passé nationaliste troubla le marchand.

— Ce ne sont pas de nouveaux amis, je viens d'une famille libérale, comme toi. C'était la guerre, un temps exceptionnel.

Plutôt que de s'attarder sur son passé politique, il enchaîna en s'adressant à la jeune femme :

— Mademoiselle Poitras, vous avez apprécié notre petite réunion ?

— La fumée des cigarettes m'a étouffée toute la soirée, les discours reprenaient sans cesse les mêmes thèmes.

— C'est probablement parce que les hommes mettent du temps à comprendre le bon sens. Maintenant que les femmes peuvent voter, les politiciens apprendront peut-être à mieux structurer leurs propos.

L'ironie du ton n'échappa pas à Flavie. Son employeur ne paraissait pas considérer le suffrage féminin comme un élément essentiel de la vie démocratique.

— Si vous voulez nous excuser, déclara-t-elle. Comme je travaille demain matin, je dois rentrer.

— Parce que je travaille aussi, je vais vous imiter. Bonsoir, mademoiselle. Bonsoir, Mathieu.

— Cher cousin, à bientôt.

La jeune femme lui adressa un salut de la tête. Quelques minutes plus tard, devant la pension de la rue Saint-François, Mathieu se pencha sur elle pour l'embrasser. Elle s'abandonna un court instant. Quand la main masculine se glissa sous son imperméable, elle se raidit et déclara :

— Je dois aller dormir. C'est vrai, tu sais, demain la journée sera longue.

— Bien sûr, Flavie. Bonne nuit.

Comme il esquissait le geste de se pencher de nouveau, elle tourna les talons en disant :

— Bonne nuit.

❈

Comme d'habitude, Mathieu se présenta chez sa mère ce dimanche soir un peu avant six heures, de façon à passer à table peu après. Il possédait toujours la clé du commerce, ce qui l'autorisait à entrer sans que personne ne descende les deux étages pour lui ouvrir. Par égard pour sa nouvelle famille, il prenait toutefois la précaution de frapper avant de pénétrer dans l'appartement du dernier niveau.

La porte s'ouvrit sur Amélie, toujours aussi heureuse de le voir.

— Comment se portent tes études ? demanda-t-elle en offrant sa joue pour une bise.

— Les études vont bien. Et comment apprécies-tu la vente de rubans ?

— J'adore.

— Il n'y a que des dames.

Venant de sa part, elle prenait ce genre de remarque avec un sourire.

— Ah ! Pas seulement. Des hommes viennent aussi.

— Maman devrait avoir un rayon de chapeaux masculins, juste pour toi.

Elle lui donna un coup sur le bras pour son impertinence, puis elle souffla avec une grimace :

— Il est encore là !

Elle voulait dire Gérard. L'employé de banque fréquentait maintenant le dernier étage de la boutique ALFRED avec une rassurante régularité. Rassurante pour lui, en tout cas.

— Il va te faire le meilleur beau-frère du monde.

— Quelle horreur ! Je me demande ce qu'elle lui trouve.

— Lui ne va pas courir le monde pour de mauvaises raisons.

— Mais tu es allé à la guerre, c'est la raison la plus noble.

Mathieu contempla longuement la jeune femme, découvrant chez elle une gravité insoupçonnée jusque-là. Sous des airs un peu... légers, malgré des enthousiasmes trop volontiers exprimés, elle devait être du genre à s'engager de tout son cœur, sans jamais ensuite remettre en cause sa foi. Cela le troubla un peu. Il préféra conserver le ton de la plaisanterie :

— Si tu veux, je lui demanderai s'il a un jeune collègue à te présenter.

— Ne fais jamais ça. Je mourrais d'ennui avec un type de ce genre. Mais toi, pourquoi n'invites-tu pas ton amie à venir ?

— Mais Françoise...

— Oublie ses états d'âme. J'aimerais avoir quelqu'un d'un peu gai à la table.

Comme ils s'attardaient depuis un moment déjà, Marie passa la tête par la porte du salon pour demander :

— C'est bien toi, Mathieu ?

— Moi-même, comme tous les dimanches.

— Tu ne viens pas nous rejoindre ?

— Je parle un peu avec ma jolie demi-sœur.

À ces mots, Amélie lui adressa un sourire reconnaissant. L'idée d'avoir un grand frère lui faisait très plaisir.

— Tout de même, ne nous prive pas de ta compagnie trop longtemps.

La mère disparut sur ces mots. Quand sa jeune compagne fit mine de se diriger vers le salon, Mathieu demanda :

— Tu trouves vraiment que Flavie est une personne agréable ?

— Toi aussi, j'espère, puisque tu la fréquentes depuis quelque temps.

— Mais toi ?

— Elle est gentille, vive, et elle possède un joli sourire, de la bouche jusqu'ici.

Elle montrait le coin de ses yeux. C'était vrai, les émotions de la secrétaire éclairaient tout son visage. Quand ils pénétrèrent dans le salon, toutes les personnes présentes se levèrent pour l'échange des salutations. Gérard Langlois affectait toujours un air de vainqueur en lui serrant la main. Si cette attitude laissait le fils de la maison totalement indifférent, cela avait le don de mettre Françoise un peu mal à l'aise.

— As-tu passé une bonne semaine ? demanda-t-elle.

— Oui. Enfin, rien de vraiment passionnant : des cours la matinée, le bureau du procureur général l'après-midi, mais je désirais retrouver ce genre de routine. Je ne me plains donc pas. Et toi ?

— C'est un peu la même chose. Les journées se suivent au magasin, toujours un peu semblables.

Quand le jeune homme serra la main de Paul Dubuc, celui-ci demanda :

— Tu ne regrettes pas d'avoir accepté cet emploi, j'espère. Ce n'est pas très prestigieux, je le sais bien.

— Au contraire. L'été prochain, je connaîtrai tous les forfaits que nos concitoyens à l'imagination fertile peuvent commettre. Je compte sur les assises criminelles pour me procurer un aperçu du droit.

— Depuis la table des avocats de la Couronne, cela te donnera une vue d'ensemble très intéressante.

Mathieu accepta un verre, puis s'installa sur le fauteuil abandonné un moment par Marie, soucieuse d'aller aider à la cuisine.

— As-tu l'occasion de côtoyer Arthur Lachance tous les jours ? questionna encore le député Dubuc.

— Je le vois régulièrement. Pourquoi ?

— Je me demandais seulement si le bonhomme ruminait sa déception.

— Pour l'investiture dans Québec-Est? La rumeur dit qu'il sera le premier à obtenir un poste de juge au moment du changement de gouvernement fédéral. Ce genre de nomination à vie doit exercer un certain attrait, comparé au hasard d'un scrutin.

— Pour un candidat libéral, le scrutin ne comporte pas beaucoup de risque, intervint Gérard depuis le canapé où il se trouvait avec les sœurs Dubuc.

— C'est vrai, confirma le politicien. Tout de même, Lachance paraissait très désireux de se faire élire. Il a goûté à cela il y a environ quinze ans, il rêvait de répéter l'expérience.

Bien sûr, les élus se délectaient de la sensation de changer les choses, de préparer l'avenir.

— Ce ne serait pas difficile, murmura Mathieu. Un autre comté devient disponible. Toutefois, il ne paraît pas désireux de se présenter dans Kamouraska. Ce n'est peut-être pas aussi prestigieux, mais c'est un comté sûr.

Ce serait la solution la plus simple. Lapointe bénéficierait du prestige d'occuper le siège de Laurier, et lui aurait enfin la possibilité de se rendre à Ottawa.

— Visiblement, le prestige auquel tu fais allusion lui faisait aussi envie. Lachance n'a pas exprimé le désir de faire campagne dans le Bas-Saint-Laurent. Et puis, tu sais, les cultivateurs aiment voter pour une personne familière. Les candidats imposés d'en haut risquent de grandes déceptions.

— Et vous-même, monsieur Dubuc, demanda l'employé de la Banque de Montréal, faire le saut sur la scène fédérale ne vous dit rien? N'est-ce pas le genre de promotion recherchée par tous les députés provinciaux? Prenez l'exemple de Gouin…

— Gouin n'a rien annoncé encore, nous ne savons pas vraiment ce qu'il a en tête. En ce qui me concerne, fin août, j'ai obtenu la seule promotion à laquelle je tenais.

En disant cela, le politicien adressa un gros clin d'œil à Mathieu. Cette façon de faire allusion à son mariage avec Marie pouvait faire sourire, mais la principale intéressée en serait certainement rassurée.

— Il y aura sans doute un opposant dans Québec-Est, remarqua encore Gérard Langlois.

— Armand Lavergne semble peu désireux d'amasser sur sa tête toute la colère des forces libérales. Il va se dérober, prédit Mathieu.

— Mais il y a un autre type, Galibois, déterminé à perdre beaucoup d'argent pour le seul plaisir de voir son nom quelquefois dans le journal.

Chaque candidat à un suffrage devait déposer une caution. Cela permettait d'éviter que des hurluberlus ne nuisent au processus démocratique pour le seul plaisir d'attirer un peu l'attention sur eux. Les personnes ne recevant pas un appui suffisant perdaient ce « dépôt », les plus populaires pouvaient le récupérer.

— Lapointe n'aura donc pas la chance de son chef, conclut Dubuc. Tout indique que King passera par acclamation demain.

Le chef libéral se présentait en Nouvelle-Écosse. Cette province paraissait en avoir assez de tout ce qui rappelait le gouvernement d'union.

— Tout de même, reprit le député, c'est dommage que nous ne puissions pas l'envoyer directement à Ottawa sans avoir à procéder à une élection. Ce serait un excellent message à l'intention du Canada anglais et du nouveau chef.

Marie revint dans le salon à ce moment. Elle déclara d'un air faussement sévère :

— Je vous entends depuis quelques minutes. Je me demande si je ne déclarerai pas bientôt la salle à manger territoire non politisé. Ces jeunes femmes sont sur le point de s'endormir, et je ne vaudrai pas mieux.

— Nous allons donc faire un effort particulier pour varier un peu la conversation.

— Dans ce cas, vous pouvez venir manger.

La maîtresse de maison ouvrit toute grande la porte de la pièce devant eux.

❖

Comme prévu, William Lyon Mackenzie King fut élu par acclamation. Le mardi 21 octobre, l'événement intéressa à peine les deux hommes assis dans la bibliothèque de la demeure de la rue Scott. Armand Lavergne fréquentait cet endroit avec une régularité absolument impensable du vivant de l'ancien propriétaire.

— «Ernest Lapointe, l'imposteur», commenta Édouard en lançant une feuille de papier dans les flammes du foyer allumé en face de lui. Franchement, tu exagères.

— Peux-tu me donner trois choses accomplies par ce type depuis son élection, il y a seize ans?

Devant le silence de son interlocuteur, l'avocat enchaîna:

— Tu vois, tu ne peux même pas. Il n'a rien fait jusqu'ici, et maintenant il se présente comme l'héritier de sir Wilfrid.

— Il a réussi à réunir les délégués canadiens-français de la convention derrière le candidat de son choix. En quelque sorte, c'est un «faiseur de roi».

L'affirmation laissa le visiteur sans voix. À l'instant où il s'apprêtait à protester, Édouard le fit taire en disant:

— Remarque, tu as aussi réussi à unir le Parti libéral. Tous ses membres paraissent déterminés à t'empêcher de te présenter sous ses couleurs.

Lavergne encaissa la rebuffade difficilement. Il arrivait à l'âge où les bilans prennent une allure prémonitoire : son passé était le garant de son avenir, il ne ferait jamais mieux. Les vingt-cinq prochaines années seraient sans doute une succession de rendez-vous manqués avec l'histoire.

— Tu as de quoi boire ? demanda-t-il dans un soupir lassé.

— Tu seras sévèrement rationné ce soir. Mes réserves sont en chute libre, et le magasin m'accapare trop pour que je perde une demi-journée dans l'antichambre d'un médecin, et une autre à faire la file dans la boutique de l'une des quelques personnes à Québec possédant une licence de vendeur. Je suis vertueux par la force des choses.

Édouard se leva pour sortir une bouteille de cognac presque vide de son armoire.

— Tu sais, commenta encore le jeune marchand, la Grande-Bretagne a mis fin à la prohibition hier.

— J'ai lu cela dans les journaux. C'est curieux, n'est-ce pas ? Nous empruntons au Royaume-Uni et aux États-Unis toutes leurs mauvaises idées. L'impérialisme du premier, la prohibition du second. Nous devrions au contraire nous inspirer de la liberté anglaise de boire un verre en paix et de l'isolationnisme politique des Américains.

En tendant un verre à son vieil ami, Édouard le corrigea :

— Depuis la fin de la guerre, le président Wilson paraît disposé à faire la leçon au monde entier. Les États-Unis sont les grands vainqueurs de ce conflit. Bois lentement, je n'en ai plus.

— Ma vie me semble sur le point de prendre un tournant bien lugubre.

Le vieil adolescent avala le contenu de son verre d'une seule lampée.

❖

Depuis son mariage, Marie découvrait de nouvelles obligations. Le samedi 25 octobre, elle abandonna la direction du commerce à Françoise pour se rendre à Saint-Pascal-de-Kamouraska.

Tandis qu'ils descendaient à la gare du village, son mari lui expliquait encore :

— Je ne peux pas vraiment me dérober, tu sais. Comme je suis député de ce comté au provincial, personne d'autre que moi ne peut présider cette assemblée.

— Je sais, et puis c'est une bonne occasion de me montrer en ta présence. Tout le monde sera là, non ?

L'homme hocha la tête. La régularisation de leur situation lui permettait enfin de ne plus dissimuler une partie, peut-être la plus importante, de son existence. Bras dessus, bras dessous, ils marchèrent vers le centre du gros village, guidés par le clocher de l'église.

Devant le temple, ils trouvèrent une estrade déjà dressée, décorée de branches de conifères. Des dizaines d'automobiles et des centaines de voitures tirées par des chevaux encombraient la rue principale et les quelques autres.

— Tout le comté semble s'être déplacé pour assister à cette assemblée.

— Non, le comté est trop vaste pour cela. Les habitants de Saint-Pascal se trouvent là, de même que ceux des villages environnants. Cela donne tout au plus un millier de personnes.

Paul Dubuc avait une longue habitude de ce genre de manifestation politique. Au fond de l'estrade, plusieurs chaises formaient une ligne continue. Quelques notables y prenaient déjà place, dont un homme grand et fort au crâne dégarni. Ses moustaches en guidon de vélo lui donnaient une allure d'avant-guerre.

— Monsieur Dubuc, commença-t-il, je suis heureux de vous voir.

— Moi aussi. D'après la rumeur, vous êtes le premier responsable du passage de Lapointe dans Québec-Est.

— Quand le sujet de la succession de sir Wilfrid a commencé à être discuté, je n'y ai pas vraiment porté attention. Mais ensuite Borden a évoqué la possibilité de récupérer le comté en y présentant une vedette...

— Cela ne se peut pas, interrompit le député provincial.

Le gouvernement d'union ne pouvait pas envoyer l'un de ses rares membres éminents de langue française à la boucherie.

— Surtout, renchérit l'autre, Lavergne a voulu se présenter. Il fallait absolument lui donner une leçon. Alors oui, j'ai poussé dans le dos d'Ernest pour le convaincre.

Marie se tenait un peu à l'écart, intimidée. Paul la prit par la taille en disant :

— Je vous présente ma femme, Marie.

— Madame, dit l'homme en tendant la main.

— Monsieur Jacques Bureau est député de Trois-Rivières depuis 1900. Il a été ministre dans divers cabinets de Wilfrid Laurier.

Après cela, le trio avait peu à se dire. Heureusement, l'arrivée du responsable de l'agitation des derniers jours força Bureau à quitter le couple. Dubuc entraîna sa compagne vers les sièges, prit place à côté d'elle.

— Selon toi, cet homme est responsable de la venue de Lapointe à Québec ?

— Il lui a servi de mentor pendant des années, à Ottawa. Il a fait en sorte de lui présenter tout le monde. Alors oui, si Lapointe est aujourd'hui assez populaire pour passer dans cet autre comté, il lui en est redevable. Il lui a même appris l'anglais.

— Es-tu sérieux?

— Bureau a vécu aux États-Unis. De son côté, Ernest a été éduqué à Rimouski et à Québec. À son arrivée dans la capitale fédérale, il ne pouvait même pas demander où se trouvaient les toilettes en anglais.

Le député n'exagérait pas. Pendant des années, l'aîné avait repris la prononciation de son cadet à toutes les occasions.

— … A-t-il été un bon élève?

— Selon ce qu'on raconte, il peut maintenant avoir le dessus dans n'importe quel débat avec les ministres de Borden.

Marie regardait Ernest Lapointe serrer les mains à l'avant de l'estrade. Avant de quitter les lieux, le politicien avait dit quelques mots à toutes les personnes présentes. Il s'agissait d'un homme très grand, corpulent, devenu chauve au fil des ans. Au début de sa carrière, il arborait souvent un béret d'étudiant posé sur des cheveux bouclés. Cette allure juvénile cédait la place à celle d'un homme sérieux et efficace.

Elle contempla ensuite l'épouse du politicien, Emma. Elles s'étaient croisées quelques années plus tôt, lors de sa première visite à Rivière-du-Loup. À l'époque, cette femme lui avait semblé timide, effacée. Aujourd'hui, devenue à son tour compagne d'un député, elle reconnaissait sa grande efficacité politique.

En service commandé, Emma Pratte passait de l'un à l'autre avec aisance, disait quelques mots, sans doute toujours les mêmes, attentive à ne jamais porter ombrage à son illustre époux.

Après quelques minutes de ce manège, les nouveaux venus, toujours escortés par Bureau, montèrent sur l'estrade, gagnèrent leur place sur les sièges. Il avait été convenu que le député provincial devait agir comme maître de cette cérémonie d'adieu. En conséquence, Paul s'avança à l'avant de la scène.

— On m'a confié aujourd'hui une tâche à la fois triste et joyeuse, commença-t-il. Nous devons saluer pour la dernière fois le député de Kamouraska, notre ami à tous. D'un autre côté, nous sommes reconnaissants de le voir se dévouer afin de garder au sein du Parti libéral le comté de Québec-Est, celui du plus grand d'entre nous.

Les applaudissements de la foule témoignèrent que personne ne lui en voulait trop pour cette infidélité.

— Mesdames et messieurs, conclut le maître de cérémonie, le nouveau député de Québec-Est.

— Vous devez être là depuis une heure environ, déclara le candidat, puisque je vous ai fait un peu attendre. Je m'en excuse. Pendant ce laps de temps, la dette du Canada s'est accrue de quatre-vingt-dix mille dollars.

L'homme s'arrêta afin de laisser le chiffre pénétrer toutes les imaginations. Pendant toute une vie, ces gens ne gagnaient pas la moitié de ce montant.

— Dans une journée, cela donne deux millions de dollars. Chaque jour où nous laissons Robert Borden au pouvoir, le Canada s'appauvrit d'une somme colossale.

Une autre pause permit à tous les badauds de se convaincre que seule la personne à l'avant de l'estrade serait capable d'arrêter un jour cette mortelle hémorragie.

— Maintenant, vous entendez la nouvelle de ma bouche : je serai candidat dans Québec-Est. J'éprouve un grand chagrin à l'idée de vous quitter et je serai toujours reconnaissant à chacun d'entre vous pour ces années où j'ai eu l'honneur de vous représenter à Ottawa. Mais aujourd'hui, notre tâche est grande. Elle consiste à sauvegarder les droits de tous, à ériger sur cette terre canadienne une muraille contre les préjugés et à empêcher les ravages de la malhonnêteté dans l'administration publique. Nous essaierons de faire notre part, et c'est pour la défense de la mémoire sacrée de Laurier que je consens à porter la bannière que seule la mort lui a arrachée des mains. Je viens venger la mémoire de Laurier.

La fin arracha encore des cris enthousiastes à la foule. Marie se demanda bien à quels outrages la mémoire du grand homme avait été soumise. Chacun dans cette multitude devait pouvoir en aligner plusieurs, à en juger par cette réaction.

Lapointe regagna la chaise placée à côté de celle de son épouse, alors que Jacques Bureau prenait la parole à son tour pour fustiger le gouvernement Borden. À la fin du discours, les trois députés se dispersèrent dans la foule. Emma Pratte préféra d'abord rester à sa place. Après un moment, elle demanda à sa voisine :

— Votre mari n'a pas exprimé le désir de se présenter au Parlement d'Ottawa, je pense. Il y aura probablement une élection complémentaire dans Kamouraska au début de l'année prochaine.

— En réalité, il n'a jamais abordé la question avec moi, même si cette idée doit lui faire envie. Comme nous venons tout juste de nous marier, je suppose qu'il préfère ne rien changer à notre nouveau mode de vie.

— Vous avez de la chance, vous habitez tout près de l'Assemblée législative. Je ne suis pas très heureuse à l'idée de déménager à Ottawa. Mais maintenant, je n'ai plus le choix.

Pour la première fois, la complice de tous les jours, celle qui maintenait intacts les bons sentiments des électeurs de Kamouraska à l'égard de son mari toujours absent, exprimait sa frustration devant le bouleversement de son existence.

Elle se reprit bien vite :

— Mais que ne ferions-nous pas pour eux, n'est-ce pas ?

Elle parlait des hommes de carrière. Intérieurement, Marie se demanda si elle montrerait autant de souplesse, dans le cas où Paul déciderait de faire le saut dans la capitale fédérale. Sans doute. Maintenant, elle n'avait plus vraiment le choix. Leur vie se trouvait irrémédiablement réunie.

— Allons-nous rejoindre ces messieurs ?

Madame Lapointe proposait cela sans plaisir. Sa compagne se demanda un moment si sa présence se révélerait utile ou dommageable. Elle se leva pourtant, descendit de l'estrade pour fendre la foule afin de rejoindre Paul. Machinalement, elle trouva les phrases toutes faites, celles utilisées tous les jours à la boutique pour accueillir les clients. Finalement, vendre une robe ou un politicien ne semblait pas très différent.

Quand elle se trouva près de son époux, celui-ci saisit sa main avec émotion, fier de la trouver à ses côtés.

— Monsieur Demers me disait qu'il serait bientôt grand-père.

— Oh ! Quelle bonne nouvelle. Je vous félicite, monsieur.

Machinalement, elle tendit la main, serra celle du brave homme.

— Je suis un peu effrayée du jour où l'un de mes enfants m'apprendra la même chose, continua-t-elle.

— On se dit cela avant, mais quand arrive la nouvelle, c'est autre chose.

En rentrant chez lui, cet électeur confierait à sa femme : «Elle est bien, la nouvelle flamme du député. Elle paraît moins hautaine que l'autre.» Sans le savoir, la marchande devenait une travailleuse d'élection.

Au lieu de revenir tout de suite à Québec, le couple Dubuc alla passer la nuit à Rivière-du-Loup. Se montrer à la messe dominicale une fois de temps en temps servait à cultiver les fidélités.

— Je te remercie pour hier après-midi, murmura Paul dans le train.

— Crois-tu que j'ai été utile?

— N'en doute pas une seconde.

Elle saisit sa main, cala son épaule contre la sienne, satisfaite.

Chapitre 26

En montant le grand escalier du magasin PICARD deux marches à la fois, Mathieu affichait un sourire amusé. Il fréquentait désormais ces lieux avec une étonnante régularité. S'ils le mettaient mal à l'aise auparavant, maintenant il éprouvait l'étrange sensation de se trouver chez lui.

— Alors, prête à venir accomplir ton devoir de citoyenne pour la première fois ? demanda-t-il à Flavie en se tenant devant son bureau.

— Si je ne suis pas prête, tant pis, car cela doit se faire aujourd'hui, n'est-ce pas ? rétorqua la jolie femme en levant les yeux.

Elle quitta son siège sur ces mots, passa la tête dans la porte du bureau de son employeur.

— Monsieur Picard, je peux partir tout de suite pour aller voter ? Nous avons convenu…

— Oui, oui. Mais ai-je bien entendu la voix de mon cousin ?

— En effet. Il va m'accompagner.

— Je viens le saluer.

Peu après, Édouard tendait la main au visiteur.

— Préfères-tu t'assurer qu'elle votera du bon bord ?

— Même si cette élection offre un choix limité, je ne me mêlerai certainement pas de ses affaires. Flavie me disait avoir une inclination particulière pour les habitants de Limoilou.

L'autre demeura un peu perplexe. Le candidat indépendant, François-Xavier Galibois, venait de ce quartier.

— L'homme ne peut rien apporter…

— Ne vous donnez pas la peine de répondre, intervint Flavie. Vous voyez bien que Mathieu vous fait marcher. Cela doit être l'humour des carabins. On s'y fait à la longue.

— Que voulez-vous, mademoiselle, je ne suis pas allé à l'université, je ne connais pas…

Le marchand adoptait un ton moqueur, mais cela sonnait faux. La jeune fille alla récupérer son imperméable à un crochet tout en enchaînant :

— Nous irons prendre une bouchée ensuite. Je reviendrai à mon poste dès que possible.

— Je vous fais confiance. De toute façon…

— Je resterai ce soir afin de compléter les tâches en suspens, je sais.

La jeune femme se révélait efficace, attentive à bien boucler tous les dossiers, alors, le patron consentait sans mal à ses rares absences. Il reporta son attention sur Mathieu pour demander :

— Et toi, si tu votais dans Québec-Est, pencherais-tu pour le candidat de Limoilou ?

— Les prises de position de Lapointe sur le traité de Versailles et la présence du Canada à la Société des Nations me paraissent très raisonnables, et celles du gouvernement Borden un peu trop alambiquées pour inspirer confiance. Toutefois, je pense aussi que Flavie est une grande fille capable de se faire une idée toute seule sur les candidats en lice.

Anodine, la réflexion écorcha tout de même un peu l'amour-propre de son cousin. Depuis trois semaines au moins, non seulement il incitait ses collègues de la rue

Saint-Joseph à faire voter leurs employés pour les libéraux, mais il s'appesantissait aussi sur les siens propres.

— Tu montres une plus belle ouverture d'esprit que certains de nos compatriotes.

— J'ai vu le délire d'Henri Bourassa sur le sujet. Cet homme est un parfait idiot. Aujourd'hui, Irène Parlby siège au cabinet de l'Alberta, et elle ne paraît pas moins efficace que les autres.

Ce genre de discussions, tout comme celles portant sur la prohibition, devait se répéter dans tous les bureaux, tous les fumoirs, tous les endroits en fait où les hommes se retrouvaient entre eux.

— Mais comme je ne souhaite pas que cette jeune dame termine trop tard en soirée, conclut Mathieu, je l'escorte vers son devoir de citoyenne.

— Je vous souhaite donc un excellent appétit.

Le marchand regarda le couple quitter les locaux administratifs. Un long moment, il imagina que son cousin cherchait dans la Basse-Ville une amie complaisante. Les étudiants de l'Université Laval venaient souvent s'encanailler, vivre leur « vie de jeunesse » dans Saint-Roch ou Saint-Sauveur, pour chercher ensuite une union plus convenable chez les bourgeoises, une fois leur diplôme en poche.

— Non, maugréa-t-il, celui-là montre un sens du devoir trop grand. Je parie qu'il la fréquente pour le bon motif.

La sonnerie du téléphone le tira de ses réflexions. Tout de même, l'absence de sa secrétaire revêtait un mauvais côté. Elle ne devrait pas en abuser.

❖

Quand Flavie se promenait à l'intérieur du commerce en compagnie de son « ami » – le mot « prétendant » lui paraissait encore très prématuré –, elle attirait les regards appuyés des employées. Mathieu représentait un bon parti, elle devait faire des envieuses.

À l'intérieur de l'établissement, ils prenaient garde de conserver une certaine distance entre eux, afin de ne pas trop alimenter les conversations. Dehors, le jeune homme offrit son bras en disant :

— Ce bavard nous a fait perdre un peu de temps. Préfères-tu encore passer d'abord par le bureau de scrutin ?

— Autant nous en tenir au programme convenu.

Ces bureaux, les *polls*, se trouvaient en grand nombre afin d'éviter de trop longs déplacements aux électeurs. Celui désigné à Flavie nichait dans le hall des locaux de la Garde Champlain, rue Saint-Joseph. La vieille association de loisirs perdait beaucoup de sa popularité d'avant-guerre. Ses membres n'osaient plus parader dans des uniformes d'opérette alors que des vétérans du 22ᵉ bataillon rehaussaient de leur présence de nombreuses cérémonies civiles ou religieuses, le cinéma représentait une rude concurrence pour les spectacles d'amateurs, et l'Église catholique comptait sur une armée de vicaires pour encadrer de près tous les loisirs de leurs ouailles.

La jeune fille contempla un moment la file d'attente s'allongeant sur le trottoir, poussa un long soupir avant de confier :

— Si je ne savais pas que c'est important, je te proposerais d'aller tout de suite au restaurant. De toute façon, il va gagner.

— Les droits viennent avec des devoirs, commenta-t-il du ton d'un confesseur.

Elle le toisa avec un sourire narquois sur les lèvres, constata que quatre personnes entraient justement dans la salle de la Garde Champlain.

— Parfois, tu me rappelles monseigneur Buteau, le taquina-t-elle en avançant de deux pas.

— Je te rappelle qu'il s'agit de mon oncle.

La précision lui valut un regard chargé de respect des personnes autour d'eux. Il s'agissait surtout de femmes, des ménagères. Les hommes se joindraient au groupe dans une vingtaine de minutes, et surtout en fin d'après-midi. En plus de dispenser des conseils sur l'endroit où tracer leur croix sur le bulletin, les patrons les plus généreux fermaient leurs portes un peu plus tôt.

Finalement, Flavie eut son tour. Dans le hall, elle trouva une table derrière laquelle se tenaient deux hommes, des «travailleurs d'élection» choisis par le gouvernement d'union au pouvoir. Comme celui-ci ne présentait aucun candidat, les risques d'une malversation demeuraient bien faibles.

— Madame? commença l'un d'eux en posant les yeux sur la liste posée devant lui.

— Mademoiselle…

La réaction lui parut tout de suite futile, son célibat ne regardait pas ces hommes.

— Flavie Poitras.

— Rue Saint-François, dit le second homme. Voici votre bulletin de vote, vous devez vous retirer derrière ce rideau.

Au passage, elle contempla les deux grands drapeaux rouges portant les écus du Canada. La formalité elle-même prit une seconde. Le candidat indépendant lui était un parfait inconnu, alors que tous les journaux commentaient la carrière d'Ernest Lapointe. En sortant de l'isoloir, elle déposa son bulletin de vote avec un soupçon de nervosité.

Mathieu se tenait en retrait sur le trottoir.

— C'est un peu intimidant, la première fois, apprécia-t-elle, mais cela n'a rien de compliqué.

— C'est une première dans tout le pays.

— Ta mère a voté, en 1917.

— Mais alors, c'était réservé aux proches des militaires. Aujourd'hui, toutes les femmes du comté peuvent participer. Tu fais au moins une jalouse. Thalie trépigne d'impatience.

Bras dessus, bras dessous, sans se concerter, ils marchaient vers le restaurant Cartier, rue de la Couronne.

— Mais elle n'a pas l'âge, remarqua la secrétaire, et l'élection ne se tient pas dans son comté.

— Cela ne l'empêche pas d'avoir très hâte. L'élection générale se déroulera en 1921, sans doute. Si jamais elle a lieu juste avant son vingt-et-unième anniversaire, elle deviendra folle de rage.

— Je suis heureuse d'avoir pu voter, mais en avoir été privée ne m'aurait pas troublée outre mesure.

Flavie disait cela avec l'air de s'excuser. En passant la porte du restaurant, Mathieu la rassura d'un sourire.

— Ma petite sœur est adorable, je respecte ses ambitions, mais parfois, elle est assez… disons intense. Je le suis un peu aussi, à ma façon. Alors, il est heureux que dans le monde, certaines personnes voient la vie d'une façon un peu plus… sereine.

Quelques minutes plus tard, assis près d'une fenêtre, le couple discutait de l'ampleur de l'avance d'Ernest Lapointe. Personne dans le comté n'imaginait un autre scénario que celui d'une victoire retentissante.

❖

L'hôtel *Saint-Roch* avait une réputation un peu sulfureuse dans la Basse-Ville. Propriété d'un colonel canadien-français, vétéran de la Grande Guerre, il se dressait à l'angle des rues Saint-Joseph et de la Couronne, près du site de l'ancien marché Jacques-Cartier. Une grande salle permettait à des troupes de théâtre, des chanteurs, des chanteuses ou des orchestres de se produire devant les notables du quartier ou les ouvriers capables de payer le prix d'entrée.

Édouard prenait place devant le maître de la journée. Son visage tout rond, souligné d'une petite moustache, souriait d'aise.

— Je suis heureux d'avoir pu compter sur vous, se réjouit Ernest Lapointe. Je suis majoritaire dans tous les bureaux de scrutin, sauf ceux de Limoilou.

— C'est dommage, mais François-Xavier vient de ce coin-là. Ses voisins l'ont appuyé.

François-Xavier Galibois n'avait pas fait si mauvaise figure, grâce à ses relations de bon voisinage. Tout de même, il perdrait son dépôt.

— Le printemps dernier, je me réjouissais que votre père ait accepté de travailler à ma campagne électorale. Vous l'avez remplacé haut la main.

— Le plus délicat était d'écarter les personnes de la Basse-Ville désireuses de succéder au grand Laurier dans ce comté. Si un marchand ou un professionnel de bonne réputation s'était entiché de l'idée de se présenter, les choses auraient été différentes.

Le jeune marchand tenait à ce que son candidat mesure toute l'étendue de sa dette à son égard. Un jour, cela lui vaudrait un renvoi d'ascenseur.

— Je vous suis reconnaissant de vos efforts. Vous avec été très… efficace.

L'homme lui adressa un sourire narquois.

— Le travail très discret de Louis-Alexandre Taschereau a été remarquable.

Édouard se sentait suffisamment fier de ses efforts personnels pour reconnaître généreusement ceux des autres. Le nouveau procureur général jouait gros : premier collaborateur de Lomer Gouin, dauphin de celui-ci, il soutenait, en coulisse, son principal rival. Assis entre deux chaises de cette façon, il risquait de choir.

— Je sais. Taschereau a découragé les ambitieux de la Haute-Ville imbus d'eux-mêmes de faire campagne ici, et vous vous êtes occupé de ceux de la Basse-Ville. Vous faisiez une bonne équipe.

Le jeune homme se gonfla d'orgueil. Sur la scène politique aussi, il arrivait à remplir les très grandes chaussures de Thomas. Bien sûr, son paternel se dévouait pour le plus grand Canadien français de l'histoire. Édouard se contentait de servir le nouveau chef du Parti libéral canadien, William Lyon Mackenzie King, et le prétendant au poste de lieutenant de langue française de celui-ci. Une plus grande dose de calcul devait compenser l'absence d'une admiration béate à l'égard d'un être exceptionnel.

Les deux hommes se trouvaient dans la salle de spectacle de l'hôtel, une tasse à la main. Une cinquantaine de « travailleurs d'élection » se trouvaient là aussi, des rubans rouges accrochés à leurs vêtements afin de souligner leur engagement. Cinq ou six femmes participaient aux festivités. Ces militantes s'étaient dévouées pour amener leurs consœurs à pencher « du bon bord ». Seulement soixante pour cent des personnes inscrites sur les listes électorales s'étaient prévalues de leur droit de vote, les femmes en aussi grande proportion que les hommes. Cela seul représentait une victoire historique.

— Borden a pris son temps pour déclencher cette partielle, remarqua Édouard. Wilfrid Laurier est mort en février, nous sommes le 27 octobre. Neuf longs mois.

— Je ne lui en veux pas, bien au contraire. Cela nous a donné le temps de nous organiser. Il devra maintenant en tenir une autre dans Kamouraska, le comté que j'ai abandonné pour venir me présenter ici.

— Vous croyez que ce sera difficile de faire passer un libéral là-bas?

— Vous voulez rire. Le candidat sera élu par acclamation, comme lors du scrutin provincial de l'été dernier.

Avec le règlement de la question des insoumis qui traînait en longueur, le spectre de la conscription ruinerait encore toutes les chances des conservateurs.

— Voulez-vous un autre thé? demanda Édouard en voyant un serveur s'approcher.

— Non merci, sinon je passerai la nuit à pisser.

— J'ai autre chose de plus... indiqué dans le coffre de mon auto.

— Malheureusement, je dois refuser. Si les journaux rapportaient demain que le nouveau député de Québec-Est a écorché la loi de prohibition le jour de son élection, cela ferait jaser de l'Atlantique au Pacifique.

La ville de Québec se trouvait doublement « sèche », car elle se soumettait encore à la loi Scott, après le référendum tenu pendant la guerre.

— Un médecin m'a prescrit le whisky comme remontant. Je garde en tout temps son bout de papier sur moi, comme mon exemption pendant la guerre.

— Je refuse tout de même, dit le politicien avec une pointe de regret dans la voix. Nous vivons dans un monde absurde, n'est-ce pas? Devoir consulter un médecin complaisant afin de boire un verre.

— Selon ses fils, Taschereau cherche une solution à ce problème, une mesure susceptible de ne pas soulever la hargne des grenouilles de bénitier.

— S'il réussit ce tour de force, il méritera de succéder à Gouin dans le fauteuil de premier ministre de la province.

Édouard leva sa tasse et fit mine de boire à cette excellente nouvelle. L'instant d'après, il se débarrassait du thé devenu tiède sur le plateau d'un serveur.

Depuis l'entrée de la salle, un homme lui adressait des grands signes.

— Venez, il doit avoir les derniers résultats.

Tous les deux se rapprochèrent du «travailleur d'élection». Celui-ci venait de faire le tour des bureaux de scrutin. Après avoir salué le nouveau député, il porta un bout de papier près de ses yeux pour lire:

— Vous avez une avance de trois mille neuf cent trente-neuf voix, monsieur Lapointe.

L'autre paru un peu déçu, comme s'il escomptait dépasser les résultats de Laurier.

— Galibois a-t-il concédé la défaite?

— En quelque sorte. Les *polls* n'étaient pas encore fermés quand ceci a commencé à circuler dans les rues.

L'homme chercha dans sa poche pour retrouver une feuille de papier pliée en quatre, afin de la remettre à son interlocuteur. Le politicien lut rapidement, alors qu'Édouard se penchait en vain pour faire de même.

— Quel crétin, lâcha tout bas Lapointe. Il affirme que j'ai dépensé soixante-quinze mille dollars pour acheter des voix, en plus de faire défiler des personnes de l'extérieur du comté pour les faire voter pour moi.

L'élection s'était révélée coûteuse, mais elle n'avait pas nécessité des expédients de ce genre.

— Quelqu'un lui souffle peut-être ces mots à l'oreille, glissa Édouard.

— Lavergne?

La grimace du marchand valait une réponse.

— Oublions ce mauvais coucheur et allons remercier les électeurs.

Très vite, une véritable procession se forma dans la rue Saint-Joseph.

❖

La maison de Louis Létourneau, un citoyen éminent de la Basse-Ville, se trouvait dans la rue Saint-François. Cela donnait un trajet beaucoup trop bref au goût des organisateurs libéraux. Aussi, puisque le cortège triomphal se formait devant l'hôtel *Saint-Roch*, il fut rapidement convenu de marcher vers l'ouest dans Saint-Joseph, d'emprunter Langelier vers le nord et de revenir ensuite vers l'est. Le but était de parcourir un long rectangle.

Ernest Lapointe, tête nue, venait au premier rang en compagnie d'Henri Lavigueur, de Charles Chubby Power et de tous les députés fédéraux et provinciaux de la région puis, au second rang, suivaient les notables de la circonscription, des marchands et des industriels parmi les plus importants. Parmi eux se trouvaient les candidats assez généreux pour avoir cédé leur place au gagnant, Arthur Lachance et Oscar Drouin. Derrière, les militants formaient une masse compacte.

Aucun des habitants des quartiers Saint-Roch et Saint-Sauveur ne pouvait ignorer l'heureux résultat, car tout ce monde entonnait le *Ô Canada* de bon cœur. Plusieurs d'entre eux ouvrirent leurs fenêtres au passage du cortège afin de joindre leur voix à celles des manifestants. La population paraissait unanime à fêter cette victoire.

Louis-Alexandre Taschereau ralentit le pas de façon à se trouver à la hauteur du jeune marchand de la rue Saint-Joseph.

— Alors, Picard, vous devez être satisfait du travail accompli.

— Dans une certaine mesure, oui. Tout de même, il aurait été préférable de ne pas avoir d'opposition. Ce Galibois me semble une nuisance.

— Mais il se trouve infiniment moins visible que Lavergne. Son dernier coup de griffe est plus pitoyable que blessant.

Lui aussi avait eu en main le « communiqué » de François-Xavier Galibois.

— Je ne vois pas notre premier ministre provincial parmi nous.

— Il représente un comté de Montréal.

— Surtout, il ne doit pas savourer ce moment… Et vous, votre joie est sans partage ?

Taschereau apprécia le ton persifleur. Son jeune collaborateur perdait rapidement sa naïveté. Cela en ferait éventuellement un précieux allié.

— Je suis aussi content du résultat qu'il convient de l'être, dans ma situation. La suite des choses nous révélera tous les bienfaits attribuables à cet heureux événement.

Ils arrivaient devant la grande demeure de Louis Létourneau. Une galerie couverte s'étendait sur toute sa façade. Quand Ernest Lapointe y monta, escorté par les membres les plus éminents du parti, une petite fille sortit de la maison, une grosse gerbe de fleurs dans les bras. Le vainqueur les reçut avec plaisir, fit la bise à l'enfant, et commenta, rieur :

— Ces fleurs, c'est vous qui les avez méritées, et c'est moi qui les reçois.

Dans ce genre de scénario, même les paroles les plus banales devaient susciter des applaudissements nourris. Le contraire laisserait tout le monde déçu. Tout de suite, le propriétaire de la maison, un ancien politicien municipal, enchaîna avec les félicitations d'usage au nouveau député de Québec-Est. Oscar Drouin lui succéda :

— Aujourd'hui, les électeurs de ce beau comté ont resserré les liens autour de leur nouveau représentant. Demain, ce seront tous les Canadiens français qui le reconnaîtront comme le digne successeur de Wilfrid Laurier…

De la part d'un ancien disciple d'Henri Bourassa, et plus récemment d'Armand Lavergne, ce genre de déclaration servait à se refaire une virginité politique. Éventuellement, les restes de méfiance à son endroit disparaîtraient.

Sans doute parce que Arthur Lachance n'avait rien à se faire pardonner, il ne passa pas sur l'estrade improvisée afin de marquer de la même façon sa soumission au nouveau chef de l'aile québécoise du Parti libéral. Quand Lapointe reprit finalement la parole, ce fut pour dire toute sa fierté d'avoir obtenu la majorité des voix dans chacun des bureaux de scrutin, « sauf quatre d'entre eux situés dans Limoilou ». Quelque chose dans le ton laissait entendre que l'on pouvait s'attendre à n'importe quelle turpitude des gens de ce quartier. Il s'agissait tout simplement des voisins de François-Xavier Galibois.

Le vainqueur souligna encore le moment historique de la participation féminine au suffrage, remercia chaudement ses électrices, fit de même avec ses électeurs, puis souhaita bonne nuit à tout le monde.

Édouard s'attarda assez longtemps pour serrer une nouvelle fois la main de son candidat, et le féliciter.

— Nous allons nous parler bientôt, monsieur Picard. Toutefois, je prends le train de nuit tout à l'heure pour Ottawa. Ma femme m'attend afin de me mettre à la recherche d'une nouvelle maison.

— Elle ne semblait pas enthousiasmée par ce changement apporté à son existence.

— Je sais. D'un autre côté, elle fera tout pour me permettre de continuer.

Il voulait dire continuer d'avancer dans sa carrière politique.

— Je ne vous retarderai pas plus longtemps. Je serai heureux d'avoir de vos nouvelles.

Tous les deux se séparèrent sur des souhaits mutuels de bonne nuit.

❖

Novembre couvrait la ville d'un manteau de grisaille. Selon une habitude maintenant solidement ancrée, Françoise tenait le bras de Gérard Langlois en parcourant la terrasse Dufferin de long en large. Son compagnon se montrait un peu plus tendu que d'habitude, elle devinait qu'il désirait aborder bientôt un sujet « sérieux ».

À la fin, il cessa ses va-et-vient, l'entraîna vers un banc placé un peu à l'écart.

— Tu sais que j'ai beaucoup d'affection pour toi, déclara-t-il enfin.

La formulation trahissait son profond malaise. Dire « Je t'aime » rendrait une rebuffade terriblement blessante. En s'engageant du bout des lèvres, il pourrait toujours reculer, feindre l'indifférence.

— Oui, je sais.

Elle aussi préférait demeurer prudente, garder toutes les possibilités ouvertes.

— Je songe à demander ta main à ton père... Enfin, si tu me le permets.

Elle demeura un long moment songeuse. Ce nouveau développement ne pouvait la surprendre. Au contraire, son confesseur commençait à évoquer les dangers inhérents à de trop longues fréquentations. Gérard ne pouvait la poursuivre de ses assiduités pendant de si longs mois sans jamais la presser pour obtenir certaines gratifications, sans avoir le bon motif en tête.

— N'est-ce pas un peu... rapide ?

— Franchement, j'ai des amis qui ont eu le temps de rencontrer une fille, de se fiancer et de se marier depuis que nous sommes sortis ensemble pour la première fois.

Heureusement, il n'ajouta pas « et de mettre la dame enceinte ». Une allusion aussi triviale l'aurait certainement effrayée.

— Si tu es d'accord, bien sûr, nous pourrions nous fiancer à Noël.

— Papa sera alors absent.

— J'oubliais le fameux voyage de noces. Nous ne pouvons certainement pas faire cela pendant l'avent, continua le jeune homme. Il sera revenu au jour de l'An, je pense.

— Oui, il sera revenu.

Elle ne répondait pas vraiment. À la fin, Gérard dut répéter la question :

— M'autorises-tu à demander ta main à ton père ?

— C'est une décision si importante. Me permets-tu de prendre le temps d'y penser un peu ?

Cette demande d'un moment de réflexion paraissait bien raisonnable. L'homme dut pourtant faire un effort pour maîtriser sa voix en répondant :

— Oui, bien sûr. À la banque, je conseille toujours à mes clients de prendre le temps de dormir une bonne nuit avant de décider d'une transaction importante. Cela convient d'autant plus au sujet d'un mariage devant engager toute une vie.

À ces mots, une brève seconde, Françoise eut l'impression de voir la rive sud du fleuve vaciller sous ses yeux. La situation lui donnait un véritable vertige.

— Je te remercie de te montrer si compréhensif, souffla-t-elle.

— C'est naturel. Es-tu prête à rentrer à la maison?

Lui aussi ressentait tout le poids de la situation, et surtout la douleur de la voir si songeuse. Curieusement, malgré sa propre hésitation, il souffrait de ne pas la voir formuler un «oui» enthousiaste.

Le couple quitta le banc pour marcher en direction de la rue de la Fabrique. En passant sur le parvis de la cathédrale, Gérard bredouilla:

— Je sais bien qu'aujourd'hui ma situation ne paraît pas brillante, mais j'ai des idées. Je ne resterai pas simple commis pour le reste de mon existence.

Pour toute réponse, Françoise exerça une pression de la main sur son avant-bras. Devant la porte du commerce ALFRED, elle se tourna vers lui.

— Je promets de ne pas te laisser languir. Demain, je te donnerai ma réponse.

En guise d'encouragement, elle leva son visage, offrant ses lèvres aux siennes. Après un baiser léger, comme pour s'éviter une déception trop grande si elle finissait par refuser, il déclara:

— J'attendrai donc sagement.

Ils se quittèrent sur ces mots. Aucun des deux n'avait jamais prononcé «Je t'aime». Cela tenait peut-être à la pudeur, ou à l'incertitude quant aux sentiments éprouvés.

❈

Pendant tout le souper, Françoise demeura morose, au point où Marie lui demanda en l'aidant à débarrasser la table:

— Rassure-moi, tu n'es pas malade?

La jeune femme avait présenté le même visage quand les premiers symptômes de la grippe espagnole s'étaient fait sentir.

— Non, je suis juste un peu songeuse.

— Tu me le dirais, si quelque chose n'allait pas ?

— Oui, bien sûr.

Elle alla se réfugier au salon, pour écouter les discussions sur les débats auxquels participait le nouveau chef du Parti libéral à la Chambre des communes. Paul Dubuc s'intéressait surtout avec un intérêt nouveau à la carrière de son concitoyen de Rivière-du-Loup.

Un peu après neuf heures, Mathieu consulta sa montre et annonça à tout le monde :

— Je dois vous souhaiter une bonne semaine. Si je veux lire un peu avant d'aller au lit, je dois rentrer tout de suite.

Des observateurs plus attentifs auraient sans doute observé qu'il ne disait jamais « aller dormir ». La précaution sémantique trahissait pourtant bien la réalité. Marie et Amélie furent les premières à avoir droit à une bise. Quand il s'approcha de Françoise, celle-ci lui confia tout bas :

— J'aimerais descendre avec toi.

La période d'étude serait un peu écourtée. Il salua Paul Dubuc, puis il fit un crochet vers la cuisine afin d'embrasser la vieille domestique et descendit ensuite, la jeune femme derrière lui. Au rez-de-chaussée, il proposa :

— Nous pouvons aller dans la petite salle à l'arrière.

— Non... Dans la pénombre, je me sentirai plus à mon aise.

Elle s'approcha pourtant de la vitrine afin de profiter un peu des lampadaires dans la rue, se retourna pour lui faire face.

— Cet après-midi, Gérard m'a demandée en mariage.

Mathieu ne sut d'abord comment réagir. Afin de briser le silence, elle précisa :

— Enfin, il a plutôt évoqué son désir de demander ma main à mon père, mais cela revient au même, n'est-ce pas ?

Il lui fallait dire quelque chose, n'importe quoi.

— Les traditions demeurent bien tenaces... Que lui as-tu répondu ?

Mathieu ne lui facilitait pas la tâche.

— Je lui ai demandé un moment de réflexion.

Nerveusement, elle se tourna vers la vitrine, appuya le front contre la surface fraîche du verre.

— Comprends-tu pourquoi nous nous sommes éloignés ? Moi, je n'y arrive pas vraiment.

— Je suis parti sans y être forcé. En quelque sorte, j'ai tourné le dos à notre amour. Je t'ai trahie.

Ce mot, Gérard avait jusque-là soigneusement évité de le prononcer.

— Tu as très bien fait de ne pas jouer à Pénélope, continua-t-il, et de passer deux ans à tisser au coin du feu. Au front, je n'avais aucune assurance de revenir un jour. Pour toi, attendre aurait été insupportable.

— Mais tu es revenu !

La voix tremblante le toucha, il eut envie de s'approcher pour lui mettre la main sur l'épaule, puis arrêta son geste. Cela n'aurait rien changé de toute façon.

— L'homme qui a défilé dans les rues de Québec au printemps dernier, ce n'était plus celui parti en 1917. Et toi aussi, tu avais profondément changé. Honnêtement, nous ne nous sommes pas reconnus.

Bien sûr, l'homme du mois de juin dernier paraissait si troublé, personne dans la maisonnée ne se sentait familier avec ce personnage étrange. Quelques mois plus tard, alors que le vétéran affichait une certaine sérénité, les dés semblaient définitivement jetés.

— Par égard envers notre passé, je voulais te l'annoncer en premier.

— … C'est une très délicate attention.

Pendant un très bref instant, Mathieu désira l'attirer contre lui. Puis il comprit que renouer avec sa propre innocence, ou celle de cette jeune femme, ne lui disait plus rien.

— Je m'excuse de t'avoir retardé. Bonne nuit.

Sur ces mots, Françoise le contourna, soucieuse d'éviter tout contact physique, puis elle s'élança dans l'escalier. L'homme la suivit des yeux, sans émettre un son, sans esquisser le moindre geste.

❁

La jeune fille alla directement s'enfermer dans sa chambre, pour y demeurer un long moment. Dans le salon, la conversation s'interrompit, Paul échangea un regard avec Marie.

— Je vais aller voir ce qui se passe, déclara Amélie en faisant mine de se lever.

— … Non, dit Paul. Mieux vaut respecter son besoin de solitude.

— Si elle veut parler à quelqu'un ?

— Elle saura bien nous trouver.

La jolie blonde reprit sa place sur le canapé, tenta de reprendre le fil de sa lecture. À la fin, elle y renonça :

— Je préfère aller me coucher. Si vous voyez Françoise, vous lui souhaiterez bonne nuit pour moi.

Sa curiosité déçue s'exprimait par un ton dépité. Après des baisers, elle regagna sa chambre. Les parents avaient fait de même quand un bruit léger se fit entendre à leur porte. Marie ouvrit, découvrit Françoise déjà en chemise de nuit, les yeux un peu enflés.

— J'aimerais parler à papa.

L'homme passait un peigne dans ses cheveux. Cette précaution, avant d'aller au lit, provoquait encore un fou rire chez son épouse, même plus de deux mois après les noces.

— Nous pouvons aller dans le salon, proposa-t-il.

— Non, je préfère ici. Marie, demeure avec nous.

Elle alla s'asseoir sur une petite chaise élégante placée dans un coin de la pièce. Le couple n'avait d'autre choix que de s'installer sur le lit.

— Cet après-midi, commença-t-elle, Gérard m'a demandé de l'autoriser à venir te voir…

Le sous-entendu se révélait explicite. Pourtant, elle jugea bon de préciser :

— Il a évoqué des fiançailles aux fêtes.

Paul la regarda longuement, puis posa les yeux dans ceux de Marie.

— Que lui as-tu répondu ? questionna-t-il à la fin.

— Je lui ai demandé de réfléchir jusqu'à demain.

De nouveau, elle sombra dans un long silence. En face d'elle, le couple n'osait bouger, ni poser des questions.

— Je pense que je vais accepter.

Le ton brisé amena son père à préciser :

— Tu dois être absolument certaine. Si tu hésites, mieux vaut dire non.

Elle haussa les épaules. En réalité, elle se souvenait d'avoir hésité toute sa vie, devant les petites ou les grandes décisions. Désireuse de la perfection, le doute devenait une façon de vivre.

— Tu sais, ce n'est pas comme si les jeunes gens se bousculaient à la porte. Gérard est le seul à avoir témoigné son intérêt depuis 1917. Et encore, Thalie était avec moi. Peut-être attirait-elle son regard, et pas moi.

Habiter sous le toit du volontaire parti en Europe, c'était crier bien haut qu'elle lui avait juré un amour éternel. Cela suffisait à faire le vide. S'étant rendue inaccessible, Françoise se plaignait maintenant du faible nombre de ses prétendants. Pour s'accrocher ainsi, dans de pareilles circonstances, Gérard avait affiché une ténacité peu commune.

— On n'épouse pas quelqu'un parce qu'il n'y a personne d'autre, plaida encore Paul.

— Cet homme m'aime, j'ai de l'affection pour lui.

Marie s'agita un peu sur sa couche, très mal à l'aise. Elle se sentait un peu responsable d'un gâchis. Elle n'osait intervenir, de peur de rendre les choses plus difficiles encore.

— Tu es jeune et séduisante, insista son père. Si tu n'es pas certaine, ne t'engage pas. Prends le temps de voir d'autres garçons.

La chose paraîtrait saugrenue, si longtemps après sa sortie du couvent, mais le député pouvait encore donner une fête afin de la faire connaître, de la « présenter » aux jeunes hommes désireux de se trouver une compagne.

Françoise comprit, secoua la tête pour affirmer d'un ton un peu plus ferme :

— Non, je ne m'engagerai pas maintenant dans une course au bon parti. Il y a déjà un homme dans ma vie. Demain, je dirai à Gérard qu'il peut te parler.

Elle quitta sa chaise pour les embrasser, puis sortit. Le couple se mit au lit en silence. À la fin, Marie souffla :

— Si tu crois cela préférable, tu peux encore dire non à ce garçon.

— Pour qu'elle me déteste toute sa vie ?

Vu les circonstances, il risquait d'en arriver là, quelle que soit sa réponse.

— De son propre aveu, elle ne l'aime pas, insista l'épouse.

— Mais elle affirme avoir de l'affection pour lui. Surtout, elle semble encline à lui dire oui.

— … Crois-tu que j'ai eu une mauvaise influence sur elle ? J'ai commencé par donner ma bénédiction à son amour naissant pour Mathieu. Ensuite, quand je l'ai vue si inquiète, je l'ai encouragée à fréquenter d'autres garçons.

Elle s'arrêta une première fois avant de poursuivre :

— À mes yeux, si elle tenait vraiment à mon fils, ces fréquentations ne porteraient pas à conséquence. Et si elle ne l'aimait pas suffisamment, gaspiller sa vie à attendre son possible retour ne servait à rien.

Elle marqua une nouvelle pause, puis se souvint à haute voix :

— Nous passions toutes les deux des semaines complètes à nous préparer à recevoir la nouvelle de sa mort. Tu sais, quand les journaux insistaient sur les pertes et les combats farouches dans la région où il se trouvait…

L'homme chercha la main de sa compagne sous les draps, la serra dans la sienne.

— Je trouvais tes conseils très sages alors, et je pense encore aujourd'hui que tu avais raison. Françoise aurait aimé faire toute sa vie avec le premier homme rencontré. Comme cela n'a pas fonctionné, elle prend le second. Elle est sortie avec Gérard pendant la guerre, mais sa rupture avec Mathieu ne tient pas à cela.

— Mon garçon est revenu changé…

— Et Françoise ne lui apparaissait plus comme la compagne idéale. S'il avait voulu la reprendre, crois-tu qu'elle aurait refusé ?

La blessure d'amour-propre incitait maintenant la jeune femme à accepter pour compagnon un homme fasciné par elle. Celui-là risquait peu de s'éloigner pour poursuivre une chimère. Cette pensée devait la rassurer.

Chapitre 27

Incendié quelques années plus tôt, le Skating Ring de Québec avait été remplacé par un nouveau bâtiment destiné à la pratique des sports d'hiver. Quatre mille cinq cents personnes s'étaient rassemblées dans le «Patinoir» de Saint-Roch pour assister à la première joute de hockey des Bulldogs dans la Ligue nationale. Bien que membres de celle-ci depuis 1917, ils n'avaient pas participé aux activités du circuit les deux années précédentes, faute de moyens financiers suffisants.

Pour ajouter un peu de piquant à la situation, l'équipe locale affrontait le Canadien de Montréal.

— Ce sont les détenteurs de la coupe Stanley, remarqua Flavie.

Parmi cette foule d'hommes emmitouflés, seules quelques femmes bravaient les interdits pour assister au spectacle. La jolie secrétaire attirait les regards dans les estrades. Juchée au troisième rang de banquettes un peu branlantes, posées selon un plan incliné pour offrir une meilleure perspective, elle s'offrait à l'examen des amateurs. La majeure partie des spectateurs se tenaient debout le long des murs. Après avoir versé quelques sous, ils jouissaient d'une mauvaise vue sur la glace.

— En 1918, les Canadiens ont terminé les premiers, expliqua Mathieu. Mais le printemps dernier, les séries n'ont pas eu lieu.

— À cause de la grippe espagnole.

— Tu as raison. Un joueur vedette est mort de cette maladie. Pour ne pas empirer la situation, la Ligue a tout arrêté.

Les arénas de ce genre, exigus et mal ventilés, étaient des lieux propices à la contagion. La mesure avait sans doute sauvé la vie de nombreuses personnes.

Il se produisit une certaine commotion chez les partisans quand les membres des deux équipes vinrent occuper leurs bancs respectifs. Ceux du Canadien arboraient un tricot de couleur rouge, avec un CH au milieu de la poitrine, pour Canadien Hockey Club.

Les autres profitaient d'une curieuse compagnie.

— Que fait ce chien affublé d'un chandail parmi eux ?

— Il s'agit de la mascotte du club. Il les accompagne depuis des années.

L'animal se présentait vêtue d'un pull comme les joueurs, avec un « Q » un peu fantaisiste sur le poitrail.

— En réalité, continua son compagnon, avant cette année, le club ne portait pas encore le nom de Bulldogs. Mais les gens ont pris l'habitude de le désigner ainsi à cause du chien.

Ces renseignements intéressaient bien médiocrement la jeune femme. De grosses lampes électriques pendues au plafond jetaient une lumière jaunâtre sur la surface glacée. L'arbitre Hamel invita les douze joueurs à se placer sur deux lignes au centre de la patinoire, avant de mettre la rondelle en jeu. Avec les gardiens, quatorze athlètes s'activaient en même temps.

— Le Canadien compte plus de joueurs sur son banc, remarqua Flavie. Ce n'est pas normal.

— D'abord, notre équipe est plus pauvre, ces gars-là ne travaillent pas pour rien. Nous ne pouvons en opposer autant. Cependant, un événement fortuit complique encore les choses. L'un des joueurs, McNaughton, n'est pas en uniforme.

— Comment cela ?

Son interlocuteur commença par rire un bon coup avant de préciser :

— Son papa ne veut pas le laisser jouer. Il trouve le hockey professionnel indigne de son fiston.

— C'est un travail difficile, commenta sa compagne, dangereux même.

— Si tu veux. D'un autre côté, ces hommes touchent quelques dizaines de dollars par semaine pour jouer vingt parties tout juste en une saison. En hiver, lorsque de nombreux travailleurs se trouvent au chômage, eux parcourent le Canada en train.

Mathieu suivait des yeux l'action sur la surface glacée. Depuis peu, le règlement autorisait de faire des passes avant. Cela procurait un jeu plus enlevant. Pendant cinq bonnes minutes, douze hommes semblèrent voler sur la glace, à la poursuite du morceau de caoutchouc. La défense des Bulldogs se montrait poreuse. Chez les adversaires, Pitre et Lalonde multipliaient les chances de marquer. Bientôt, la rondelle roula dans un coin du filet après avoir frappé le gant de Brophy.

— Mais ce n'est pas juste ! protesta la jeune femme en se prenant d'un nouvel intérêt pour le jeu. Si nos joueurs sont moins nombreux, ils feront moins de changements. Plus fatigués, ils auront du mal à résister.

— Les meilleurs joueurs restent sur la glace une cinquantaine de minutes durant la partie. Mais tu as raison, la joute est inégale. En plus, avec Georges Vézina dans le but, le Canadien se trouve en excellente posture.

Comme pour donner raison à Mathieu, Joe Malone traversa toute la patinoire, déjouant ses adversaires l'un après l'autre pour loger la rondelle… dans le gant du gardien originaire de Chicoutimi.

La partie prit bien vite une mauvaise tournure : la première période se termina neuf à cinq à l'avantage des visiteurs. Flavie se tourna vers son compagnon, les yeux rieurs.

— Tu sais, tu es un garçon bien étrange : inviter une fille à venir voir une partie de hockey, le soir du 25 décembre.

— Le cinéma devient lassant, tu ne trouves pas ? Nous y sommes allés toutes les semaines depuis le mois d'août. Puis les salles sont fermées ce soir.

Elle continuait de le fixer de ses grands yeux bruns, sans chercher à dissimuler son amusement. À la fin, il baissa le regard et confessa :

— Françoise a invité son prétendant à souper. De mon côté, je voulais te voir, tu ne veux pas venir me visiter à la maison de chambres…

— Cela ne se fait pas.

— Dans le salon, avec ma tante qui joue au chaperon, ta réputation demeurerait intacte.

Le sujet revenait parfois entre eux. L'homme la regarda de nouveau.

— Nous ne pouvions tout de même pas nous promener dans le parc Victoria. Tu as vu en arrivant ici, la neige crissait sous nos pieds. Il fait un froid polaire. Surtout, je suis très heureux d'être avec toi.

— Moi aussi. Nous allons regarder les Bulldogs se faire massacrer en nous gelant les pieds. C'est un merveilleux Noël.

Malgré son espièglerie, le ton demeurait sincère. Elle s'inclina vers lui pour lui faire une bise sur la joue.

— S'il faisait plus chaud dans cette bâtisse, la glace fondrait, rétorqua tout de même son compagnon.

À la fin de la troisième période, le pointage atteignait douze à cinq. Le talent de Malone ou de Creary ne pouvait compenser l'absence de certains joueurs et la faiblesse du gardien de but de l'équipe de Québec. En sortant de l'aréna, Mathieu offrit son bras à sa compagne. Ils marchèrent dans une allée du parc Victoria, le temps de rejoindre la rue Dorchester.

— La nuit est magnifique, sans aucun nuage, remarqua Mathieu en levant la tête pour admirer les étoiles.

— Normal, par ce temps glacial.

Le romantisme de Flavie ne résistait pas aux températures sous le zéro Fahrenheit. Elle serrait le col de son manteau contre son cou d'une main, posait l'autre sur le bras de son compagnon.

— Nous sommes près de chez toi. Nous y arriverons dans cinq minutes à peine.

Son soupir lassé s'accompagna d'un nuage de vapeur blanche. Ils parvinrent à la pension de la rue Saint-François. Flavie leva la tête pour offrir ses lèvres. Par cette température, le contact se révéla un peu étrange, pas désagréable.

— Fais attention de ne pas attraper des engelures. Tu as encore un long trajet à faire.

Sa commisération ne l'amenait toutefois pas à lui offrir de rentrer avec elle. Sous ses allures enjouées, la jeune femme se révélait fort sage, attachée à sa réputation.

— Si je ne vois aucun tramway rue Dorchester, je m'arrêterai à l'hôtel *Saint-Roch* afin de demander un taxi. Bonsoir, va te cacher sous les couvertures.

— Bonsoir.

Après un autre baiser glacial, elle rentra bien vite chez elle.

❖

Le 27 décembre, les clientes, et même quelques clients, se pressaient dans le magasin ALFRED. L'habitude de donner des étrennes le jour de l'An expliquait cette affluence. Une vieille dame paya une douzaine de mouchoirs en fine dentelle destinés à une filleule. Elle demanda en acceptant la monnaie :

— Comme cela, votre mère a décidé de se retirer des affaires.

— … Pas du tout, précisa Mathieu. Elle est au voyage de noces à New York. Cela survient un peu tard, toutefois.

— Ah ! Je croyais pourtant, puisqu'elle s'est mariée…

— Mariée ne signifie pas nécessairement impotente. Elle demeure capable de s'occuper de son commerce.

La cliente sortit les pièces de son petit réticule, les lèvres pincées sous la rebuffade. Elle n'entendait pas céder aussi vite.

— Sa bonne santé est une bénédiction de Dieu. Mais une femme mariée devrait s'occuper de son ménage, de ses enfants.

— Pensez-vous que j'aie encore besoin de recevoir l'attention quotidienne de ma maman ?

Il écarta les bras de son corps. Du haut de ses six pieds, la proposition paraissait absurde.

— Non, mais vous êtes en âge de prendre en charge ce magasin pour permettre à votre mère de se reposer. Elle a travaillé tellement fort pour vous élever, vous et votre sœur.

— Soyez certaine que je lui ferai part de votre opinion.

Mathieu regarda au-dessus de l'épaule de la mégère pour demander à la cliente suivante :

— Madame, je peux vous aider ?

À quelques pas, Thalie maîtrisait difficilement son envie de rire. Elle s'approcha pendant une accalmie.

— Tu deviens un ange de patience.

— Je me console en songeant que je retrouverai mes vieux dossiers le lendemain de l'Épiphanie. Mais maman doit devenir folle, à entendre toute la journée : « Elle devrait s'occuper de son ménage... »

Il avait imité la voix d'une ménagère acariâtre.

— Aucune d'entre elles n'ose sans doute formuler cela en sa présence.

— Ou alors elle jouit de l'extraordinaire faculté de devenir sourde quand cela lui agrée.

Thalie changea abruptement de sujet pour demander en baissant le ton :

— Voudras-tu souper avec nous ce soir ?

— Et profiter de la présence de notre banquier ?

— Non, le gentil Gérard a aussi une famille.

Des bruits de pas résonnèrent dans l'escalier, Amélie se pencha un peu pour voir le comptoir et la caisse enregistreuse.

— Mathieu, veux-tu souper avec nous ? demanda-t-elle à son tour, avec un bel à-propos.

— C'est demandé si gentiment, je ne peux pas dire non.

La jolie blonde lui adressa son meilleur sourire avant de tourner les talons.

— Je vais aller avertir Gertrude, annonça-t-elle en grimpant vers l'appartement.

Françoise descendit à son tour, s'approcha en affichant un sourire un peu intimidé.

— C'est gentil de nous tenir compagnie. Mais ne souhaites-tu pas rejoindre ton amie ?

— Mon cousin est moins bon patron que moi : le magasin à rayons ne fermera pas avant neuf heures, peut-être dix, et elle a été recrutée pour travailler sur le plancher.

— N'est-elle pas secrétaire ?

— Cela ne l'empêche pas d'offrir ses services à la vente s'il y a un surcroît de clients.

Tous les deux prenaient l'habitude de la situation sentimentale de l'autre. Peut-être joueraient-ils au bridge à quatre avant la fonte des neiges. Thalie regarda la montre à son poignet, puis remarqua :

— À moins de souhaiter concurrencer Édouard toute la soirée, nous pourrions fermer.

— Tu as raison. De toute façon, nous n'avons plus de clientes.

Sur ces mots, Françoise monta à l'étage.

— Je vais dire à la vendeuse de partir tout de suite.

Un peu après sept heures, Mathieu put enfin baisser le store et tourner la clé dans la serrure.

❖

Gertrude se réjouissait d'avoir un invité à table. Si elle voyait Mathieu régulièrement, elle n'avait plus de longues conversations avec lui, attablée dans la cuisine. En présence de Marie, elle n'osait lui poser de questions. Ce soir-là, elle chercha à en savoir le plus possible sur les tâches d'un stagiaire au bureau du procureur général.

— Cela ne semble pas vraiment plus intéressant que le métier de vendeur, conclut-elle à la fin.

— Cela ne l'est pas, mais je ne compte pas classer des lettres toute ma vie. C'est une sorte de préparation.

— Pour faire quoi ?

La question l'embarrassa un peu. Quand Alfred vivait encore, il déclarait souvent que l'étude du droit l'aiderait dans le monde des affaires. Par contre, le marchand ne lui avait jamais expliqué clairement comment il passerait de l'une à l'autre de ces activités.

— Je vais tenter de me faire embaucher dans un cabinet d'avocats.

La vieille domestique fronça les sourcils.

— Tu veux dire que tu vas défendre les criminels ?

La pauvre femme parcourait les journaux avec difficulté. Les seuls avocats parfois évoqués lui semblaient bien peu respectables. Ils faisaient cause commune avec les pires voyous.

— J'espère plutôt défendre de grandes compagnies contre des concurrents... ou des citoyens ordinaires.

— Cela ne paraît pas tellement plus noble, commenta Thalie.

— J'aimerais bien défendre la veuve et l'orphelin, tout comme toi tu aimerais soigner gratuitement tous les pauvres de la Basse-Ville. Mais dans la vraie vie, ce genre d'attitude ne permet guère de gagner raisonnablement sa croûte.

Parfois, Mathieu se moquait gentiment de la notion un peu romantique du marché du travail de sa petite sœur. Elle cultivait un esprit missionnaire. La chose avait de quoi faire sourire, compte tenu de son profond scepticisme religieux.

— Papa a vécu grâce aux querelles de clôture, expliqua Amélie, ou alors avec les mauvais coups de voyous du Bas-Saint-Laurent.

— Il n'y avait jamais de cause plus importante ?

Le jeune homme profitait de l'occasion pour détourner l'attention de ses propres projets de carrière.

— Une fois de temps en temps. Mais les meurtres demeurent bien rares à Rivière-du-Loup.

— Dieu merci ! intervint Françoise.

— La politique lui apportait une heureuse diversion, continua la jolie blonde. Après avoir plaidé pour un cultivateur dont le cheval, acheté la semaine précédente à un maquignon, était mort mystérieusement, il s'en allait conspirer avec les maires des villages du coin.

Mathieu n'avait aucun désir de se passionner pour l'éternel affrontement entre libéraux et conservateurs afin d'épicer son quotidien. À la Faculté de droit, il devait bien être le seul à se désintéresser de ce petit jeu.

— De toute façon, commenta Gertrude avec sagesse, dans un comté, il y a un avocat qui va à Ottawa et un autre à Québec. Tous n'ont pas le loisir de gagner leur vie de cette façon.

— C'est pour cela que je vais me présenter dans tous les cabinets d'avocats le printemps prochain afin de trouver une place de stage plus avantageuse. Mais nous sommes terriblement sérieux, ce soir. Personne n'a un sujet de conversation plus amusant à proposer ? C'est le temps des fêtes, après tout, et nos parents ne sont pas là pour froncer les sourcils si nous parlons de questions controversées.

En réalité, ni Marie ni Paul ne se montraient particulièrement enclins à s'afficher comme des censeurs.

— Dans ce cas, autant nous pencher sur le grand événement de mercredi prochain, intervint Thalie.

Françoise pencha les yeux sur son dessert. Dans quatre jours, à peu près à cette heure, elle engagerait son avenir avec Gérard Langlois.

— Dois-je vraiment me présenter accompagnée au souper ? continua la jeune étudiante. Cela me paraît tout à fait ridicule. Je ne connais pas ce type.

— Il ne te connaît pas non plus, mais il semble pourtant prêt à se dévouer.

— Se dévouer ? Je te remercie.

Elle afficha un air faussement sévère.

— Bon, disons que ce ne sera pas si désagréable pour lui, si tu fais un petit effort pour sourire une fois de temps en temps.

Elle lui tira la langue. Le matin, son frère avait révélé que son voisin d'en bas, le docteur Davoine, pourrait l'accompagner. Dans la mesure où lui-même songeait à venir avec Flavie, sa sœur serait finalement la seule à n'avoir aucun compagnon. Même Amélie avait convaincu son père de lui permettre d'inviter un étudiant de l'Université Laval.

— Tu sais, expliqua de nouveau Thalie, je peux me présenter à une fête sans avoir un chevalier servant à mon côté.

— Alors, prends la proposition dans l'autre sens. Le pauvre Alcide doit assurer la permanence au cabinet du docteur Caron non seulement le jour de la Saint-Sylvestre, mais aussi le 1er...

— Ce médecin sera de service le jour de l'An ? intervint Amélie.

— Une idée du docteur Caron, expliqua son vis-à-vis. Selon lui, après les excès de la veille, bien des gens voudront voir un médecin.

Thalie ricana un peu et expliqua à la jeune fille :

— Il va soigner des vomissements et des diarrhées.

Chacun grimaça à cette évocation.

— En conséquence, conclut Mathieu, tu feras une bonne action en lui tenant compagnie. Le pauvre sera privé de son immense famille beauceronne au moment de défoncer l'année.

— Si je dois faire une œuvre humanitaire, soit. Tu diras à ton voisin que je vais me dévouer pour toi... et pour lui.

La conversation porta ensuite sur le compagnon d'Amélie. Les questions, un peu trop précises, amenèrent du rose sur ses joues.

❖

Les parents étaient revenus en après-midi, heureux d'un séjour d'une semaine, ou presque, dans la métropole américaine. Paul Dubuc avait constaté combien l'anglais appris au Séminaire de Rimouski demeurait lacunaire. L'expérience lui enleva ses dernières velléités d'imiter Ernest Lapointe et de passer un jour à la scène fédérale. De son côté, après des mois d'été à recevoir des touristes dans son magasin, Marie se tirait fort bien d'affaire dans les rues et les commerces de l'immense ville.

Leur arrivée donna un air de fête à la boutique ALFRED jusqu'à l'heure de fermeture. Les derniers clients étaient des hommes soudainement torturés par la culpabilité. Leurs fautes ne trouvaient leur multiples rédemptions que grâce à une seule action : l'achat de manchons, de gants ou d'une parure à la dernière minute, à l'intention d'une épouse, d'une fille ou d'une amie.

Un peu avant sept heures, tout le monde monta à l'étage pour revêtir de beaux atours. Mathieu avait déserté les lieux depuis une bonne heure afin de passer par la maison de chambres. Peu après, il sautait dans un tramway bondé afin de se rendre dans la Basse-Ville et se planter à la sortie du magasin PICARD. Des centaines de personnes sortaient en même temps, jouaient des coudes pour se frayer un chemin dans la porte un peu étroite.

Parmi les dernières, il reconnut sans mal Flavie. De nouveau, elle avait fait main basse sur l'une des plus jolies robes du rayon des vêtements pour femme. Mathieu l'aperçut alors que la jeune femme boutonnait son paletot de drap.

— Dommage que tu me caches si vite ce joli chiffon, déclara l'homme en lui prenant le coude.

Il fit mine de se pencher pour l'embrasser. Elle lui glissa à l'oreille :

— Pas ici.

Après les clients, les employés du magasin sortaient. Elle ne voulait pas leur donner l'occasion de l'interroger longuement sur ses relations avec ce grand jeune homme, en retournant au travail, le 2 janvier.

— Alors tu diras que je suis ton cousin.

Elle ne badinait pas avec sa réputation. Heureusement, elle se montrait plus accueillante dans la pénombre, sous le porche de sa maison de chambres, ou alors sous les arbres, dans un parc.

Elle lui abandonna cependant son bras, lui adressa son meilleur sourire.

— Es-tu prête à affronter mon étrange famille une fois de plus?

— Encore au *Château Frontenac*! Je me suis demandé si je n'aimerais pas mieux me casser une jambe, à la place.

Son compagnon chercha une trace d'humour sur son visage, ne la trouva pas. Le froid polaire devait figer ses traits, pensa-t-il pour se rassurer.

— Mais comme tu as la gentillesse de m'accompagner demain dans ma famille plus étrange encore, reprit-elle, je ne me déroberai pas.

Il lui serra le bras pour la rassurer. Si la jeune secrétaire se trouvait bien intimidée d'être une nouvelle fois plongée dans ce milieu bourgeois, elle l'était plus encore d'amener cet étudiant en droit dans sa famille ouvrière. Elle ne comprenait pas encore combien son séjour dans les tranchées, à partager le meilleur et le pire de la condition humaine, le rendait un peu indifférent aux préjugés habituels.

Machinalement, tous les deux s'étaient dirigés vers la rue de la Couronne.

— Allons-nous prendre le tramway? demanda Flavie.

— Non, un taxi. D'abord, je ne veux pas t'imposer la grande affluence de ce soir. Puis, si nous voulons arriver à temps…

— Nous pouvons bien être un peu en retard, si tu veux mon avis.

— Nous le serons un peu, mais je ne voudrais pas que nous le soyons trop.

Le constat lui tira son premier véritable sourire. Ils montaient dans une voiture un instant plus tard. En stationnant devant le grand hôtel, le chauffeur se tourna à demi, la main tendue pour recevoir son dû, et dit :

— Il faut en avoir de collé, pour célébrer la fin de l'année dans un endroit pareil.

— Voulez-vous changer de place avec moi ? répondit la jeune femme, moqueuse.

L'homme toisa Mathieu un moment, puis répondit :

— Merci, sans façon. Il n'est pas mon genre.

Tout de même, sa première remarque lui valut un généreux pourboire et des souhaits de « Bonne année » amusés. La grande salle à manger se trouvait sur leur gauche. Les murs, déjà décorés de motifs de plâtre et d'arabesques dorées se couvraient de rubans écarlates et de bouquets de conifères. Des banderoles portant des vœux de fin d'année formulés en anglais s'ajoutaient à cette avalanche criarde.

Autour de grandes tables, des groupes nombreux entendaient dire adieu à l'année 1919. Au fond de la scène, des chiffres de six pieds de haut introduisaient 1920.

— Je me demande où ils se trouvent, s'interrogea Flavie.

— C'est facile : la seule table où tout le monde a un air d'enterrement.

Mathieu se trompait à peine. Dans un coin de la pièce, à bonne distance de l'orchestre, douze personnes formaient un cercle encore incomplet. Amélie fut la première à les voir. Elle leva la main pour attirer leur attention, annonça au moment où ils s'approchaient :

— Je vous ai gardé une place près de moi.

Avant de s'asseoir, le couple dut commencer par faire un demi-tour de table afin de serrer la main des représentants du clan Langlois. Si la jeune secrétaire s'inquiétait à la fois de sa mise et de sa contenance dans cette vaste assemblée de notables, ces gens paraissaient terrorisés. Dans leur meilleur habit du dimanche, ils jetaient des regards craintifs sur le décor, le couvert, les gens autour d'eux.

Quand les nouveaux venus purent enfin occuper leur siège, Mathieu se pencha un peu pour apercevoir Alcide Davoine trois places plus loin et demander :

— Ma petite sœur ne te fait pas trop la vie dure ? Souvent, elle devient très passionnée.

Thalie fronça les sourcils, guère certaine d'apprécier cet humour. Heureusement, le jeune médecin s'empressa de sauver la situation :

— Au contraire, je trouve ses opinions sur le droit de vote des femmes, ou leur accès aux professions, très raisonnables.

Sa compagne le remercia d'un sourire. Tous les deux avaient compris au premier regard qu'ils ne se reverraient jamais. Libérés de cette tension, ils entendaient maintenant tirer le meilleur parti de cette soirée.

— Alcide m'a aussi raconté combien tu le tenais éveillé une nuit sur deux, à tourner en rond dans ta petite suite, commenta la jeune étudiante.

— … Je croyais que cela tombait sous le sceau du secret professionnel, protesta son frère.

— Mais non. C'était juste du commérage sur mon voisin du dessus. Si j'évoquais la prescription pour du cognac, cela serait trahir un secret professionnel…

Le médecin s'arrêta, affecta de se troubler avant de laisser échapper :

— Oups ! J'ai trop parlé, je crois.

Les jeunes gens parlaient tout bas, ce genre d'allusion ne risquait pas d'ameuter les autres convives, même s'ils se trouvaient des « secs » parmi eux. De l'autre côté de la table, Paul Dubuc posait des questions au père de son futur gendre, écoutait les réponses avec la sympathie factice d'un homme rompu à la politique.

Celui-ci travaillait à la comptabilité d'une entreprise d'importation située dans la Basse-Ville. Son fils cadet suivait ses traces au terme de ses études chez les Frères des Écoles chrétiennes, alors que son aîné avait préféré tenter sa chance du côté de la Banque de Montréal.

Pendant ce temps, la mère du fiancé gardait ses yeux résolument fixés sur ses mains usées par les travaux ménagers. Depuis son arrivée au *Château Frontenac*, elle supputait des chances de succès d'un mariage entre des jeunes gens issus de milieux tellement différents.

Quand la pauvre femme levait le regard, c'était pour contempler discrètement sa future belle-fille. Elle devait la recevoir à dîner dans l'appartement du quartier Saint-Jean-Baptiste, le prochain dimanche. Cela l'angoissait depuis des jours.

Amélie paraissait au-dessus de ces considérations. Son cavalier, le fils d'un avocat de la Haute-Ville, trouvait un peu étrange cet assemblage de personnes, mais les grands yeux bleus de sa compagne suffisaient à le rassurer. Celle-ci se penchait justement pour dire :

— Flavie, je suis heureuse de vous revoir.

La déclaration prit l'autre au dépourvu.

— Je suis aussi heureuse d'être là.

Le pieux mensonge ne la fit pas rougir, ni même la main de Thalie qui lui pinça l'avant-bras à ce moment.

— Vous devriez venir à la maison plus souvent.

En réalité, la secrétaire se dérobait à chacune des invitations de Mathieu. L'agitation autour d'eux lui évita de devoir répondre. Certains convives, une fois le repas terminé, se dirigeaient vers la piste de danse. Son compagnon venait de terminer son dessert. Il vint à son secours en proposant :

— Tu viens ? Je suis curieux de voir si je me souviens encore des pas.

Le jeune homme se leva, tendit la main.

— Mais je ne sais pas.

— Voyons, tes hanches dansent quand tu marches. Tu n'auras aucun mal à suivre le rythme. Je te guiderai.

La précision la rassura juste à moitié, mais elle accepta de le suivre. Comme Thalie fixait les yeux de son cavalier, il remarqua :

— Je suppose que vous me guiderez aussi.

— Ah ! Mais pour qui me prenez-vous ? Dans quelques années, je vous donnerai peut-être des ordres dans un cabinet de médecin, mais ce soir, sur un plancher de danse, je vous suivrai avec une docilité parfaite.

L'allusion indélicate à sa stature professionnelle le renfrogna bien un peu, mais le rire dans les yeux le ramena à de meilleurs sentiments. Amélie contempla son compagnon assez longuement avant que celui-ci ne comprenne.

— Voulez-vous danser ?

— Oui, bien sûr.

Un moment, les parents contemplèrent leur progéniture qui se déplaçait au rythme de la musique. Marie interrogea Paul du regard.

— Madame Langlois, puis-je vous inviter ?

La femme lui présenta un visage terrorisé, avant de dire :

— Non, je ne sais pas.

Dans les circonstances, Paul décida de se priver d'inviter sa femme, afin de continuer de tenir compagnie à ces gens.

— Dans la famille, jugea bon d'expliquer Gérard, personne ne sait danser. Nous avons tous les pieds pris dans du ciment.

Françoise enregistra l'information. La vie lui réserverait de nombreuses soirées bien sagement assise à une table. Puisque les autres membres du clan Langlois n'affichaient aucun désir de se dégourdir les jambes, le constat devait être vrai.

❖

La morosité amena les jeunes gens encore dotés de jambes à demeurer sur la piste de danse. Ils revinrent pour le clou de la soirée. Quelques minutes avant minuit, Gérard Langlois sortit une bague de sa poche, bredouilla un engagement de mariage si ampoulé que tout le monde à la table se sentit mal à l'aise.

— Levons nos verres pour souhaiter bonne chance à ces jeunes gens, intervint Paul Dubuc en se levant. À défaut d'ivresse, au moins nous aurons des bulles.

Dans les chambres, des gens se délectaient peut-être de champagne. Dans la salle à manger, les flûtes contenaient du soda parfumé d'extraits de fruits. Tout le monde sacrifia au choc entre les verres et aux souhaits de bonheur éternel.

Mathieu avait promis une danse à sa sœur. Elle vint vers lui quand l'orchestre commença à jouer une valse un peu démodée, alors que le docteur Davoine se dévouait auprès de Flavie.

Après avoir tourné sur eux-mêmes à quelques reprises, elle lui demanda :

— Comment te sens-tu ?

Elle voulait dire devant l'engagement de Françoise.

— Bien, je pense. Les choses restaient un peu confuses. Ce développement vient les clarifier de façon définitive.

— ... Elle doit certainement l'apprécier.

Des yeux, Thalie désignait la jolie secrétaire. Elle bavardait avec son partenaire du moment, le visage animé.

— ... Oui, je suppose. J'ai beau lui avoir répété que c'était fini, elle ne paraissait pas rassurée.

— Tu l'aurais été, toi, si elle avait soupé tous les dimanches soirs avec un ancien prétendant ?

Le jeune homme songea à protester, puis il convint :

— Tu as raison, notre situation n'était pas simple. Elle le devient un peu plus ce soir.

Mathieu demeura un moment silencieux, avant de demander un ton plus bas :

— Comment le trouves-tu ?

— Alcide ? Comme tu peux voir, il paraît plus à l'aise avec ta petite amie qu'avec moi.

Un petit pincement toucha le garçon. Un peu de jalousie ?

— Je pense que je l'effraie un peu, reconnut sa sœur avec une grimace.

— Je pense que tu aimes effrayer les hommes, non ? Au lieu de montrer ton côté sensible, romantique, tu te bardes de tes revendications, de tes ambitions.

— Peut-être cet homme ne m'inspire-t-il pas autre chose.

Le grand frère se sentit un peu désolé de lui avoir imposé cette présence. Après un bref silence, elle changea encore de sujet.

— En tout cas, 1919 ne me manquera pas. Quelle affreuse année ! Le second épisode de la grippe espagnole, puis ce ralentissement économique…

— J'espère juste que l'orchestre changera de musique avant les premières secondes de 1920. Sinon, ce serait un bien mauvais présage.

Devant l'interrogation dans les grands yeux d'un bleu si intense qu'ils paraissaient noirs, il ricana :

— Cette valse, *Songe d'automne*, d'Archibald Joyce, a été la dernière pièce jouée sur le pont du *Titanic*, une minute ou deux avant le naufrage.

— … Tu dois te tromper. Tout le monde parle de *Plus près de toi, mon Dieu*.

Les francophones référaient au cantique *Nearer, My God, to Thee* sous ce titre.

— Cela plaît à tout le monde d'imaginer les centaines de personnes condamnées à mort recueillies, en prière. Mais selon les survivants, juste avant d'abandonner leurs instruments, ces pauvres musiciens jouaient une mauvaise valse.

— Dix, neuf, huit…

Les musiciens s'étaient arrêtés de jouer afin de compter à tue-tête.

Mathieu marcha en direction de Flavie tout en tenant encore Thalie par la main. Il n'abandonna celle-ci qu'au moment où des centaines de voix lancèrent un « zéro » sonore.

— Bonne année, ma belle, lui dit-il en se penchant vers la secrétaire pour l'embrasser sur la bouche.

La jeune femme se raidit d'abord un peu, puis s'abandonna à ses lèvres. À deux pas, le docteur Davoine posa des bises bien chastes sur les joues de sa cavalière d'un soir.

La jeune fille revint ensuite vers son frère en lui disant très fort pour couvrir le bruit autour d'eux :

— Je te souhaite de retrouver le sommeil.

— Et moi de réaliser toutes tes ambitions.

Puis ils rejoignirent la table familiale, échangèrent des baisers maladroits ou des poignées de main furtives avec le clan Langlois. Mathieu montra un nouvel enthousiasme en présentant ses souhaits aux membres de la famille Dubuc.

— Je te souhaite tout le bonheur possible, murmura-t-il à Françoise.

— Je te retourne le même vœu.

Le ton trahissait une tristesse sereine. Un instant plus tard, au moment où le jeune homme tenait sa mère dans ses bras, il regarda du coin de l'œil l'échange empesé entre son ancienne « fiancée » et son amie. Autour de lui, la foule hurlait :

— Vive 1920 !

Chacun espérait tourner le dos à une période de misère.

FIN DU TOME PREMIER

GARANT DES FORÊTS
INTACTES

RÉIMPRIMÉ EN SEPTEMBRE 2010
SUR LES PRESSES DE TRANSCONTINENTAL-GAGNÉ
À LOUISEVILLE, QUÉBEC